孟繁华　程光炜　著

ZHONGGUO DANGDAI WENXUE FAZHANSHI

中国当代文学发展史
（修订版）

北京大学出版社
PEKING UNIVERSITY PRESS

图书在版编目(CIP)数据

中国当代文学发展史(修订版)/孟繁华,程光炜著.—北京:北京大学出版社,2011.10
(博雅大学堂·中国语言文学)
ISBN 978-7-301-19489-8

Ⅰ.①中… Ⅱ.①孟…②程… Ⅲ.①中国文学:当代文学—文学史—高等学校—教材 Ⅳ.①I209.7

中国版本图书馆 CIP 数据核字(2011)第 185565 号

书　　名	中国当代文学发展史(修订版) ZHONGGUO DANGDAI WENXUE FAZHAN SHI(XIUDING BAN)
著作责任者	孟繁华　程光炜　著
责任编辑	张雅秋
标准书号	ISBN 978-7-301-19489-8
出版发行	北京大学出版社
地　　址	北京市海淀区成府路205号　100871
网　　址	http://www.pup.cn　新浪微博:@北京大学出版社
电子信箱	pkuwsz@126.com
电　　话	邮购部 010-62752015　发行部 010-62750672 编辑部 010-62757065
印刷者	三河市北燕印装有限公司
经销者	新华书店
	965毫米×1300毫米　16开本　27印张　461千字 2011年10月第1版　2024年5月第10次印刷
定　　价	68.00元

未经许可,不得以任何方式复制或抄袭本书之部分或全部内容。
版权所有,侵权必究
举报电话:010-62752024　电子信箱:fd@pup.pku.edu.cn
图书如有印装质量问题,请与出版部联系,电话:010-62756370

目录

绪 论 /1
  一、当代文学的"历史化" /1
  二、当代文学的"不确定性" /6
  三、当代文学的话语空间 /9

第一章 当代文学的"前史" /12
  第一节 文学的新方向 /12
  第二节 话语方式的"转译" /14
  第三节 马克思主义与中国本土化 /17
  第四节 历史叙述的"主流"与"非主流" /20

第二章 当代文学的建立 /24
  第一节 第一次文代会 /24
  第二节 "两个报告" /25
  第三节 作家的身份危机 /27
  第四节 海峡两岸的"文学战线" /29

第三章 当代文学的内部制度 /33
  第一节 文化领导权的建立 /33
  第二节 当代文学的组织形式 /37
  第三节 传媒的控制 /42
  第四节 会议的意义 /46
  第五节 文学讲习所 /49

第四章 当代文学的外部资源 /53
  第一节 与俄苏文学的历史渊源 /55
  第二节 社会主义现实主义 /60
  第三节 社会主义现实主义的制度化 /63
  第四节 关于社会主义现实主义的讨论 /69

第五章 社会主义初期的文学实验 /74
  第一节 颂歌与狂欢 /74
  第二节 萧也牧的《我们夫妇之间》 /77
  第三节 何其芳的《回答》 /80

目录

　　第四节　路翎的《洼地上的"战役"》/87
　　第五节　峻青、王愿坚的短篇小说/90
　　第六节　孙犁、茹志鹃的小说/93
　　第七节　杜鹏程的《保卫延安》/98
　　第八节　新人新作/100

第六章　"双百方针"时代/105
　　第一节　"双百方针"/105
　　第二节　"青春写作"/109
　　第三节　关于文学理论批评的讨论/112

第七章　激进文学的兴起/117
　　第一节　"两结合"创作方法/117
　　第二节　《青春之歌》及讨论/121
　　第三节　赵树理现象/126
　　第四节　周立波的小说/130
　　第五节　周而复的《上海的早晨》/134
　　第六节　激进时期的"边缘"文学/137
　　第七节　姚文元现象/144

第八章　红色文学的繁荣/149
　　第一节　梁斌的《红旗谱》/150
　　第二节　《红岩》和《红日》/152
　　第三节　柳青的《创业史》/155
　　第四节　革命历史的传奇化/159
　　第五节　姚雪垠的《李自成》/163
　　第六节　金敬迈的《欧阳海之歌》/165
　　第七节　郭小川现象/168
　　第八节　贺敬之现象/172
　　第九节　戏剧的现代转换/176
　　第十节　《千万不要忘记》/183

第九章　革命文学的高涨/186
　　第一节　"纪要"和政治文化/186
　　第二节　样板戏美学/189
　　第三节　"文革"时期的隐秘文学/192

目录

第四节　激进文学的全面崩溃/196

第十章　80年代的文学转型/198
第一节　出自"十七年文学"的新时期文学/198
第二节　中国作协和中国社会科学院文学所/201
第三节　文学运动的衰落/205
第四节　文学翻译与先锋文学的兴起/209

第十一章　潮涌不定的文学思潮/215
第一节　伤痕文学的起源/215
第二节　人道主义问题/218
第三节　《班主任》引出的"问题小说"/223
第四节　"朗诵热"年代与诗歌创作/227

第十二章　文学对历史的叙述/233
第一节　第四次文代会/233
第二节　知青文学的差异/237
第三节　"归来者"作家的多层性/240
第四节　汪曾祺的出现/246
第五节　80年代的评奖制度/250

第十三章　外国文学翻译与初期文学创作/254
第一节　外国文学翻译的兴起/254
第二节　最早出现的文学流派：朦胧诗/258
第三节　朦胧诗的争论和写作/262
第四节　先锋话剧与荒诞派戏剧/271

第十四章　现代派文学的最初探索/274
第一节　现代派文学的初现/274
第二节　《你别无选择》和《无主题变奏》/278
第二节　《山上的小屋》/283
第三节　第三代诗人/286

第十五章　1985年后的小说（一）/290
第一节　小说的转变/290
第二节　寻根的潮流/293
第三节　韩少功、贾平凹的小说/297
第四节　阿城、莫言的小说/302

目录

第十六章　1985年后的小说（二）/307
　　第一节　先锋小说的革命/307
　　第二节　《虚构》和《访问梦境》/311
　　第三节　新写实小说/315
　　第四节　《一地鸡毛》《烦恼人生》和《风景》/318

第十七章　90年代文学/324
　　第一节　80年代终结和90年代开始/324
　　第二节　大众文化和文学的兴起/331
　　第三节　文学的多种姿态/334
　　第四节　《顽主》和《白鹿原》/338
　　第五节　文学杂志的改刊/342

第十八章　90年代作家创作/347
　　第一节　女作家与女性文学/347
　　第二节　"60后"作家/350
　　第三节　余华等的小说/354
　　第四节　值得注意的散文创作/357
　　第五节　90年代诗歌/361

第十九章　文化市场影响的文学生产/365
　　第一节　文学策划的介入/365
　　第二节　在回忆中重叙历史/368
　　第三节　"红色经典"重版/371
　　第四节　长篇小说热/374
　　第五节　王安忆等的小说/377
　　第六节　"70后"作家/379

第二十章　新世纪文学/382
　　第一节　评价的分歧/382
　　第二节　整体性的破碎/386
　　第三节　重新发现的乡村/392
　　第四节　被复兴的传统/400
　　第五节　中篇小说/409
　　第六节　"新人民性"的文学/414
　　第七节　文学批评/421

修订版后记/426

绪　论

一、当代文学的"历史化"

中国当代文学作为一个学科,它的建立有一个历史化的过程,或者说它是在不断的"叙事"中逐渐"完备"起来的。"当代文学史"的写作是把当代文学作为一个学科"建设"的最重要的手段。在中国当代文学的历史叙述中,普遍认为它起始于1949年中华人民共和国的成立。这一社会历史的断代方式,似乎为中国当代文学学科的建立提供了合法性依据。但事实并不这样简单,或者说,这里不仅有20世纪中叶以来中国社会实践和文化实践作为它必要的语境和规约条件,须在"历史化"的过程中完成必要的资源准备,同时,历史叙事也须在形式中诉诸意识形态的功能。因此,当代文学的发生,是不可能离开上述三个条件的。

20世纪40年代前后,是中国社会生活最为动荡的时期,或者说从这个时代一直到1949年,中国一直处于战争状态。抗日救国和解放全中国是这一时期不同时段的社会主题词。战争不仅改变了中国的社会生活,同时也改变了中国新文学原有的发展进程。建立一个现代的民族国家不仅是中国共产党的思想路线,同时也是全国一切进步人士的梦想。因此,无论是国统区还是解放区,进步文学和革命文学都表达了它对中国社会历史进程的深切关怀,对中国现实的深切忧患。中国当代文学与现实建立的密切联系,是有其深刻的历史传统和复杂的社会原因的。这一社会实践和文化实践的语境,作为文学发展的规约性条件,进入当代中国之后得到继承和发展是有其历史合理性的。也正是在这样的历史条件下,建国后对现代文学的历史叙事,才遮蔽了主流文学之外的文学现象和作家作品。对"非主流"作家的"重新发现",是后来社会和文化实践条件发生变化之后的事情。这也从另一个方面印证了社会和文化实践条件对文学史叙述的限制和规约。

中国当代文学的发生并不是突如其来如期而至的。它的发生发展离不开现代中国文学和文化作为必要和必须的资源准备。或者说现代文学所具有的多样化形态,在当代中国总是以不同的方式或隐或显地得到表达。那一时代的中国处在不同的状态之中,不仅有解放区、国统区,还有沦陷区。不同地区的文学存在着明显不同的特征。虽然解放区的文学在建国后取得了不可替代的地位,但鲁迅、郭沫若、茅盾、巴金、老舍、曹禺等现代文学大师,所取得的文学成就仍然在当代产生着重要和积极的影响。特别是他们重要的、被认同的作品,被选进了不同的文学选本和课本,文学教育本身就是对他们文学精神、观念乃至形式的传播和学习过程。他们反帝反封建的爱国、进步和战斗的文学精神,以及对文学多种形式积极、有效的探索,始终是当代文学重要的遗产和资源。至于跨越两个时代的作家在1949年后为什么没有再写出重要的或人们期待的作品,那是另一个值得讨论和研究的问题。随着时间的推移,许多更边缘化的作家逐渐被"钩沉",不仅张爱玲、沈从文、钱锺书等在20世纪90年代风靡一时,而且甚至像徐訏、张恨水等作家也得到了不同程度的重视和研究。

40年代前后,中国共产党在陕甘宁边区建立并巩固了自己的根据地,建立了边区政府。在这块象征着中国未来和希望的土地上,在新的意识形态的引导下,延安进步、革命的文艺家进行了全新的文艺实践。这个实践当然是在毛泽东文艺思想指导下进行的。也从这个时代开始,"新文化猜想"成为成熟的毛泽东思想的一部分。毛泽东认为:"一定的文化(当作观念形态的文化)是一定社会的政治和经济的反映,又给予伟大影响和作用于一定社会的政治和经济;而经济是基础,政治则是经济的集中表现。这是我们对于文化和政治、经济的关系及政治和经济的关系的基本观点。"①毛泽东的这一观点显然来自马克思的《政治经济学批判》序言。马克思认为:"物资生活的生产方式制约着整个社会生活、政治生活和精神生活的过程。不是人们的意识决定人们的存在,相反,是人们的社会存在决定人们的意识。社会的物资生产力发展到一定阶段,便同它们一直在其活动的现存生产关系或财产关系(这只是生产关系的法律用语)发生矛盾。于是这些关系便由生产力的发展形式变成生产力的桎梏。那时社会革命的时代就到来了。

---

① 《毛泽东著作选读》(上),第350页,人民出版社,1986。

随着经济基础的变更,全部庞大的上层建筑也或快或慢地发生变革。"①从经济基础决定上层建筑的理论出发来理解新文化的建设,虽然在理论上得到了解决,但仍存在对新文化具体理解和表达的问题。毛泽东对此曾经有过不同的表述:"所谓中华民族的新文化,就是新民主主义的文化","所谓新民主主义的文化,一句话,就是无产阶级领导的人民大众的反帝反封建的文化。"②这种新文化的阐发,还是建立在破坏旧文化的基础上的,是以断裂的方式实现变革的。毛泽东虽然没有具体地阐发,但在他不同时期的著作中,我们仍然可以发现他对新文化的猜想和期待:这是一种"革命的民族文化",它要有"民族的形式、新民主主义的内容",它是"新鲜活泼的、为中国老百姓喜闻乐见的中国作风和中国气派",是"为人民大众"的、是"比普通的实际生活更高、更强烈、更有集中性、更典型、更理想,因此就更带普遍性"的,是"政治标准第一、艺术标准第二"的,等等。它是新文化的要求,也是文学所要坚持表达和研究的标准和尺度。

应该说,延安时代的文艺实践,为我们提供了在"新文化猜想"指导下创作出来的最初的范本。这些范本包括《白毛女》《王贵与李香香》《小二黑结婚》《漳河水》《太阳照在桑干河上》《暴风骤雨》等,塑造了中国最初的活泼朗健的农民形象和基层革命者的形象。对这些作品进行"历史化"叙述的过程中,也完成了这些作品的"经典化"过程。这个时期奠定的文学创作方向一直延续到"文革"时期。也只有通过这个历史过程,文学艺术不断净化、纯粹、透明的要求,才能够得以实现。也只有用这样的标准塑造的生活和文学艺术,才被认为是社会主义的。

进入共和国之后,战时的文艺主张被移置到和平时期,局部地区的经验被放大到了全国。社会主义雏形时期的文学在社会主义时代被全面推广。因此,当代文学的发生,应该始于40年代初期的延安革命文艺。当代文学的基本来源,同样是延安时期的革命文艺。

当代文学作为一个学科的建立,比当代文学的发生要晚许多年。这不仅在于"历史"与"叙述"不能平行进行的技术性困难,更重要的是,当代文学也需要在形式的叙事中实现其意识形态的功能。因此,历史的原貌就"呈现"的意义而言是不可能的。这就像汤因比在《历史研究》绪论中所指出的那样:事实与虚构之间并没有清晰的界限。他以《伊里亚特》为例指

---

① 《马克思恩格斯选集》第2卷,第82页,人民出版社,1972。
② 毛泽东:《新民主主义论》,《毛泽东选集》第2卷,人民出版社,1991。

出,如果你拿它当历史来读,会发现其间充满了虚构;如果你拿它当虚构的故事来读,又发现其中充满了历史。所有的历史都同《伊里亚特》相似到这种程度,它们不能完全没有虚构的成分。把历史事实加以选择、安排和表现,就属于虚构范围所采用的一种方法。但他赞同一个伟大的历史学家同时也是一位伟大的艺术家,如果不是这样,他就不可能成为"伟大的"历史学家。① 史料的钩沉与拓展构成了文学史发展的基础,但历史观念的变化和演进则起着主导性的作用。从这个意义上说,"历史"就是"史家"的历史。文学史家在他的历史著作中"建构"他的"历史"的时候,他有意忽略和强调的"史实",已经是他历史观的一种表达形式。当代文学史除了它的对象、范畴不同,其观念和叙述性,也就是它隐含的"虚构"成分同其他历史著作是没有区别的。但也正因为如此,文学史就可以因其叙述主体观照方式的不同,而将其写成"语义审美的历史""文学活动的历史""文学本体建构的历史""文学生产发生的历史""文学传播与接受的历史""民族精神衍变的历史""文学风格史"等等。这些"历史"并不完全等同于历史,它是史家"历史叙事"的不同形式。

当代文学史进入"历史"的叙事,已有四十多年的时间。当代文学史的写作已经出版了六十多部著作。② 通过这些著作我们可以明确看到,当代文

---

① 汤因比:《历史研究·绪论》,上海人民出版社,1986。
② 根据辽宁大学王春荣老师的统计,60年代至今已经发表了60部中国当代文学史著作,其中还不包括邵荃麟、矛盾、周扬等具有文学史价值的文章以及以体裁、专题编写的文学史著作。其目录如下:
1.中国当代文学史(上册)　山东大学中文系编著　山东人民出版社　1960.6
2.中国当代文学史稿　华东师院中文系编著　科学出版社　1962.9
3.十年来的新中国文学(试印本)中国社会科学院文研所编　作家出版社　1963.11
4.中国当代文学史稿　林曼叔　程海著　第七东亚大学出版中心　1978.4
5.中国当代文学史(1-3)　复旦大学等全国22家高校合编　福建人民出版社　1980年　1985.9 陆续出齐　海峡文艺出版社　1987年第二次印行
6.当代文学概观　张钟　洪子诚　佘树森　赵祖谟　汪景涛编著　北京大学出版社　1986.6
7.中国当代文学史初稿　郭志刚　董健　曲本陆　陈美兰　等主编
8.中国当代文学讲稿　张炯　等主编　中央广播电视大学出版社　1983.6
9.中国当代文学(3本)　王庆生主编　上海文艺出版社　1983、1984、1989年
10.中国当代文学史　蔡宗隽等编　吉林省五院校合编　吉林人民出版社　1984.12
11.新时期文学六年　张炯主编　中国社会科学出版社　1985.1
12.中国当代文学简史　汪华藻等主编　湖南人民出版社　1985.7
13.中国当代文学史新编　公仲主编　丁玲作序　江西教育出版社　1985.9
14.中国当代文学　北京自修大学教材　北京广播学院出版社　1986.3
15.中国当代文学　邱岚主编　辽宁教育出版社　1986.6　(转下页)

学史是处于不断"建构"和"重构"的过程之中的。这个有趣的现象不止表明当代文学学科的"发展"或"进步",同时它也从一个方面表达了当代文学史家试图重构的意识形态性质和功能。

————————

(接上页)16.中国当代文学史简编　谭宪昭等主编　广东高教出版社　1986.7
17.中国当代文学简明教程　王锐等主编　吉林大学出版社　1986.8
18.新时期文学　周鉴铭著　云南教育出版社　1986.10
19.中国当代文学　吴之元主编　天津教育出版社　1987.6
20.中国当代文学　张钟等著　北京大学出版社　1988.1
21.新中国文学发展史　李丛中主编　杨振昆等副主编　云南教育出版社　1988.7
22.当代文学新编　张暹明主编　辽宁大学出版社　1988.1
23.中国当代文学史略　邱岚主编　高教自考用书　高教出版社　1988.12
24.中国当代文学教程(上下册)　郑观年主编　浙江大学出版社　1989
25.中国当代文学扫描　陈涛主编　四川　云南　贵州　等十几所大专院校合编
26.中国当代文学史简编　吉林师范学院等7院校合编
27.中国当代文学史略　李达三主编　浙江大学出版社　1989.8
28.中国当代文学史稿(上下册)　高文升等主编　河南人民出版社　1989.12
29.简明中国当代文学　周红兴主编　作家出版社　1990.11
30.中国当代文学　戴克强等主编　陕西人民教育出版社　1990.3
31.中国当代文学论稿　田怡主编　内蒙古人民出版社　1990.3
32.新中国文学史　舒其惠　汪华藻等主编　湖南文艺出版社　1990.4
33.中国当代文学发展史　林湮　金汉　邓星雨等主编　江苏教育出版社　1990
34.中国当代文学史　江西大学中文系编　自考教材　百花洲文艺出版社　1990.7
35.中国当代文学教程　王惠云等主编　高师材料　花山文艺出版社　1990.8
36.中国当代文学　雷敢等主编　王愚作序　陕西师大出版社　1990.12
37.中国当代文学史　舒其惠　汪华藻　主编　湖南师大出版社　1990
38.当代中国文学史　刘文田　周相海　郭文静主编　河北大学出版社　1991.6
39.中国当代文学概论　高文池　陈惠忠著　东北师大出版社　1991.6
40.当代文学40年　山东大学出版社　1991.6
41.中国当代文学　李旦初　北京师范大学出版社　1992.5
42.中国当代文学史　陈其光主编　广东高教出版社　1992.11
43.中国当代文学史纲　鲁原　刘敏言主编　中国文联出版公司　1993.7
44.新中国文学发展史(修订本)　李丛中主编　云南教育出版社　1993.7
45.20世纪中国两岸文学史（续）　徐国纶　王春荣　主编　辽宁大学出版社　1994.5
46.中国当代文学史论　冯忠一　朱开轩　主编　青岛海洋大学出版社　1994.12
47.中国当代文学　阎其男主编　中国文学出版社　1995.8
48.中国当代文学　刘景荣主编　河南大学出版社　1995.11　(转下页)

二、当代文学的"不确定性"

通过对当代文学思潮变迁的描述,我们可以发现,对文学评价尺度以及文学发展方向的确定,一直处于"不确定性"之中。这个"不确定性"有意识形态控制的因素,但如果把"不确定性"完全归于"一体化"的统治是不公平的。原因是,在中国当代文学发生的年代,已经遭遇了现代性问题。西方资本主义已经以霸权的方式诉诸于全球化,社会主义则刚刚崛起或正在实践中。内忧外患的中国不仅经济上十分落后,而且传统文化也处于风雨飘摇之中。中国已经有过饱受西方列强欺辱的惨痛经历,这时选择超越资本主义的社会主义道路,便有了理智与情感的双重含义,而马克思主义为中国革命提供了思想和语言,俄国革命的成功则为中国提供了范本和前景。这两个条件使中国共产党人看到了民族自我拯救的可能。因此,中国共产党选择马克思主义理论和俄国的社会主义实践,与中国的历史处境是联系在一起的。但是,矛盾重重的中国使革命的实践从一开始就充满了探索的艰巨性。这种艰巨不仅来自本土政治、经济和文化上的困难,同时也与蕴涵在现代性之中的矛盾息息相关。阿瑞夫·德里克在分析这一矛盾时指出:"20世纪上半叶的几十年间,中国人跨入了一个广阔的文化和知识空间,这个空间是由欧洲两个世纪的现代化所开拓的;同时又把中国的文化局面抛入了

(接上页)49.当代中国文学史纲　何寅泰主编　杭州大学出版社　1996.6
50.新中国文学史略　刘锡庆主编　北京师范大学出版社　1996.8
51.中国文学通史·当代卷　张炯　邓绍基　樊骏主编　华艺出版社　1997
52.20世纪中国文学史(上、下)　孔范今主编　山东文艺出版社　1997.6
53.中国当代文学概论　於可训主编　武汉大学出版社　1998.6
54.中国当代文学史　洪子诚著　北京大学出版社　1999.8
55.共和国文学50年　杨匡汉　孟繁华主编　中国社会科学出版社　1999.8
56.中国当代文学(上、下)　王庆生主编　国家教委指定教材　华中师大出版社 1999.9
57.中国当代文学史教程　陈思和主编　复旦大学出版社　1999.9
58.中国当代文学史(上、下)　特·塞音巴雅尔主编　民族出版社　1999.9
59.新中国文学50年　张炯主编　山东教育出版社　1999
60.新中国文学史(上、下册)　张炯主编　海峡文艺出版社　1999.12
(这份目录是辽宁大学王春荣老师提供的,这里特别向她表示感谢。此后又陆续发表了多部当代文学史著作。)

动荡的旋涡中,当时中国人正试图寻找一种与他们选择的现代性范式相应的文化。中国人与现代性的斗争体现在其历史人物的现代主义眼光中,体现在这种眼光所暴露出来的矛盾之中,这种眼光显示出中国人无法使自己从过去的沉重包袱中解脱出来;这场斗争被陷入在两种不同的现代性之间的夹缝之中,其中一种现代性是霸权主义的现实,另一种现代性则是一种解放事业。"①中国共产党的选择正是在这种矛盾的处境中作出的反应。许多年之后,毛泽东说"我们正在做我们的前人从来没有做过的极其光荣伟大的事业",就不应看做是一位浪漫诗人的抒情,而是他在重重矛盾中作出选择后自豪的告白。作为胜利者,这一告白潜含了他一向的乐观主义。但它同时也掩盖了现代性旋涡中出现的矛盾,而恰恰"中国化"的胜利和过程中出现的矛盾,一起构成了中国的现代性问题。

一个西方的历史学家曾经写到:在马克思的时代曾经以"天朝"闻名于世的国度,被称为"活化石"的国度,却让"先进的"西方世界中最现代的革命学说在它那里生根开花并结出果实,这个矛盾的现象一直是历史学家的难解之谜:马克思主义学说教导人们,只有高度发达的资本主义经济才能够创造出使社会主义成为真正可能性的工业先决条件——而且同时产生现代无产阶级,即注定要使那种可能性成为历史现实的社会力量。然而,在资本主义前的中国,马克思的当代弟子们却完成了现代最伟大的革命,并且是利用农民起义的力量完成的。② 这个历史事实让包括这位论者在内的历史学家感到匪夷所思。而且中国革命并不像法国大革命和俄国革命那样,是一个改变历史方向的突发的政治事件,它没有巴黎群众攻打巴士底狱或俄国布尔什维克在"震惊世界的十日"中夺取政权的戏剧性革命事件。当中华人民共和国于1949年10月1日宣告成立的时候,中国革命家已经完成了摧毁旧秩序的战斗。③

西方历史学家也热衷于在这个历史事实面前谈论中国革命的特殊性。或者说,是这个历史事实证实了中国共产党所选择的道路,他们实现了把一个贫穷落后的中国改造成为一个独立自主的现代民族国家的梦想,百年激进的理想变成了现实。但是,在抗拒一种现代性的过程中以及实现了这种

---

① 阿瑞夫·德里克:《现代主义和反现代主义——毛泽东的马克思主义》,萧延中等编:《在历史的天平上》,第219页,工人出版社,1997。

② 莫里斯·梅斯纳:《毛泽东的中国及其发展——中华人民共和国史》序言,第1—3页,社会科学文献出版社,1992。

③ 同上。

抗拒后,新的现代性矛盾始终环绕在新中国周围,这种矛盾一开始就充满了窘迫与紧张。德里克事后发现了这一矛盾的存在,这就是,在中国:

> 启蒙运动既成为使人们从过去解放出来的工具又是对民族的主体性和智慧的否定;而过去则成为一种民族特性的源泉又是加诸现在的负担;个人既是现代国家的公民又是全民族解放的威胁因素;社会革命既是把阶级和社会群体解放出来从而建立一个真正民族的工具又是导致民族解放的分裂因素;乡村既是古老的民族特性的源泉又是发展的绊脚石;民族既是世界普遍主义的动力又是反对霸权行为的防卫力量(即以狭隘的本国观念的永久化而向世界封闭)。诸如此类的矛盾无穷无尽;它们在不同的社会视野里以不同的方式表现出来,但是它们都属于现代性的矛盾。①

这些矛盾在中国社会的发展过程中曾以简化的方式做了处理。也就是说,民族解放的总体目标成为主要任务时,其他矛盾只能在压抑中作为代价被忽略,而当面对这些具体矛盾时,就只能以一种"不确定"的形式作出不同的回应。事实上,无论在中华人民共和国成立前后,诸如精英与民众、集体与个人、民族与世界、民主与控制、东方文化与西方文化等问题,都没有明确和稳定的理论阐发。允诺的临时性总不断的变化所替代,独特的中国道路始终是一个实验中被不断修订的方案,它的乐观主义和探索性无可避免地在实践中遇到障碍和挑战。而方案的修订是以"政策和策略"的形式出现的。

超越资本主义道路的选择,无疑是一种富有想象力的实验。中国共产党在解决它所面对的矛盾时,有两点是值得注意的,一是强调人的作用,一是强调民族性。资本主义世代的物资积累是东方古国不能比拟的,但人的意志却是可以重塑的。长征的胜利使毛泽东更加坚信人的意志的作用,延安的艰苦环境和战争中的献身精神,使经历了那一时代的人都生成了崇高感和英雄主义。这种神圣精神在反复强调中演变为道德价值,它超越了资本主义对物资的炫耀,而强调人的作用。但这个"人"是一个"大写的人",当把"大写的人"当做"符号的人"对待的时候,这一理论就没有成为关于人的解放的学说,而恰恰是一种对人的自然要求和心灵世界的压抑和控制力

---

① 阿瑞夫·德里克:《现代主义和反现代主义——毛泽东的马克思主义》,萧延中等编:《在历史的天平上》,第220页。

量:人需要有道德意识,社会也需要秩序的规范,但人并不总是时时需要神圣和献身、时时需要忘我的。日常生活的多样性要求和心灵世界的丰富性表达,具有无可争议的合理性,但在对人的意志强调控制的过程中,它只能是不合理的。

因此,当代文学在建构的初始阶段,规范和控制为这一领域留下的自由是相当有限的。50—70年代,曾出台过大量的关于文学艺术的方针政策,召开过许多关于文艺工作的会议,但是,这些方针和政策、会议,并不是鼓励文艺工作者进行自由的创作,而是教育、告知他们如何创作。当我们重新回顾这些文献的时候,我们发现那里的"不确定性"和非连贯性是显而易见的:在思想领域控制过于紧张,文艺创作和研究明显失常的情况下,便会出现一些宽松的方针和政策;而当文艺创作和研究超越了限定的范围时,又会出现紧缩的方针、政策甚至运动。这些都是新的现代性焦虑的反映。超越了资本主义和它所缔造的现代性问题,并不意味着中国现代性问题的终结。而中国当代文学的发展,恰恰从一个方面成为中国现代性的"表意形式",它的"不确定性"也构成了自身发展的特征。

三、当代文学的话语空间

当代文学的历史叙述,通常是以重大的政治事件作为重要标示的,这一叙事方式本身就意味着政治与文学的等级关系或主从关系。但这种叙述方式却难以客观地揭示当代文学发展过程中的真正问题。这一事实也从一个方面表明,当代文学在相当长的时间里,还没有从紧张焦虑的状态中解脱出来。共和国成立以来,当代文学曾发生过多次重大的理论讨论,但其目标大多是文学如何更好地为政治服务,而不是出于对文学具体问题的兴趣。那些试图在文学范畴内展开人生、体现自我价值的作家和批评家,怀着极大的热情参与进去,而得到的却是意想不到的结果。对文学的敏感和戒备,使当代文学的话语空间一开始就是被限定的。几大学案——对《红楼梦研究》、胡适思想和胡风的"三十万言书"的批判,以及不间断的对知识分子的思想清理,逐渐地粉碎了知识分子试图建立自我意识的幻觉。于是,在当代文学史的建构过程中,很快形成了共同的知识背景和话语形式,他们有了相同的取资范围和评价标准,也惟有如此,才可能在一个学术共同体内被认可和承认,才有可能以话语的方式进入社会实践。

对文学家独立思考和艺术趣味的抑制,源于中国政治文化的革命观念体系。这一观念对人类通过意志来改变社会的能力抱有充分的信心，而且认为中国的群众，特别是农民才是历史的主要推动力量，对文化精英的作用始终是怀疑的，并且改造他们的思想一直是革命观念体系中的重要部分。知识分子虽然也被当做人民的一部分，但其情形与1917年后俄国的情形几乎大体相似："知识分子与人民是隔绝的，主观上没有与人民融合在一起。对知识分子来说，是我们知识分子还是人民这个两难的选择几乎是悲剧式的。"①1918年，俄国科学院院长阿·彼·长尔宾斯基对造成这种认识的原因分析说："把需要专门技能的工作非常错误地理解成享有特权的反民主的工作……这成了群众与思想家、科学工作者之间一条不可逾越的界限。"所以沃洛布耶夫认为："长期以来，在人民的意识中知识分子被理解为'他们，这些老爷'。而与此同时，知识分子却不断地给所有社会主义政党，其中包括受到人民支持的政党，输送思想家和工作人员。"②这种身份不明的悲剧，在50—70年代的中国持续地上演过。

对知识界多次的思想清理运动，彻底改变了知识分子的言说方式，他们甚至不知道用什么样的方式来表达自己诚恳接受改造、转变思想的决心和勇气。"在他们的岗位上，不再仅从个人兴趣出发，而极愿把自己的科学研究工作去配合国家的实际需要。学院式的生活，将成为过去的陈迹了。今后我们还要继续努力，肃清那些可能残留下来的坏影响，进一步发挥集体智慧，提高集体创造，来迎接经济建设与文化建设的高潮。"③表决心式的表述方式，在那个时代是普遍流行的。像茅盾这样资深的作家、理论家，除了阐述毛泽东文艺思想之外，很大一部分精力是用在"为了赶任务"而"常常写写小文章"，并认为"这十年来我所赶的任务是最为光荣的。在党的领导下，有意识有目的地鼓吹党的文艺方针和毛主席的文艺思想，这不是我们的最光荣的任务吗？"④茅盾虽然是以一种欣然的语调谈论他的体会，但"赶任务"本身就隐含着一种唯恐不及的紧张和焦虑。何其芳作为著名的诗人，50年代很大一部分精力是"参加文艺界的思想斗争和政治斗争"⑤。他这一时期的文章的题目多用"批判""批评""保卫"等充满战斗紧张的词语。

---

① 帕·瓦·沃洛布耶夫：《革命与人民》，刘淑春等编《十月的选择——90年代国外学者论十月革命》，第237页，中央编译出版社，1997。
② 同上书，第237—238页。
③ 马寅初：《北京大学学报》（人文社科版）发刊词。
④ 茅盾：《鼓吹集·后记》，《茅盾评论选》（上），第214页，人民文学出版社，1978。
⑤ 何其芳：《没有批评就不能前进·序》，人民文学出版社，1958。

当一切成为历史的时候,何其芳内心充满了遗憾和无奈。所谓"学诗学剑两无成,能敌万人更意倾。长恨操文多速朽,战中生长不知兵。"①"既无功业名当世,又乏文章答盛时";"一生难改是书癖,百室无成徒赋诗"。② 正是他这种心情的真实写照。类似茅盾、何其芳的心态,于当代文学来说是十分普遍的。

　　一方面是紧张的赶任务、参加斗争和批判,一方面则是不间断的检讨和忏悔。茅盾、郭沫若、夏衍、赵树理一直到1949年之后成长起来的作家,都不乏检讨者,许多检讨都是在报刊公开发表的。因此,国外学者也认为:"1949年以后大多数人文和社会科学研究以及文学创作更适于从政治斗争的角度来分析,而不是从学术和文学的角度去分析。"③应该说,政治文化对知识分子的态度是相当矛盾的:一方面,必须维护政治的权威,知识分子必须服从这个权威;另一方面,整齐划一的要求又使文学创作不断地贫困化、单一化。因此,在要求文学艺术服务于政治的同时,又要不断地调整和放宽文艺政策,这就是周期性的震荡。值得注意的是,这种震荡不仅没有缓解文学家的压力,反而加剧了他们的不安。当代文学的话语空间就是在这样一种震荡中随风飘荡。但这也诚如费正清在《伟大的中国革命》中所指出的那样:"知识分子和国家当局的关系,长期以来都是一个议论纷纷的主题。我们只要回忆一下西方经验是如何复杂和多种多样,就不难看出在中国情况下同样是复杂和多样化。如果我们不能看出这个来,那只不过由于我们的无知罢了。"④当代文学的话语空间,就与知识分子和国家当局的关系相似到这样的程度。

---

① 《何其芳诗稿》,第141页,上海文艺出版社,1979。
② 同上书,第133页。
③ 瓦格纳:《中华人民共和国的知识分子》,引自王景伦《美国学者论中国》,第262—263页,时事出版社,1996。
④ 费正清:《伟大的中国革命》,第341页,世界知识出版社,2000。

第一章 当代文学的"前史"

第一节 文学的新方向

1942年,毛泽东《在延安文艺座谈会上的讲话》,奠定了中国新文艺的发展方向。这篇具有划时代意义的文献,集中阐发了他对文学艺术的基本看法。在特定的历史环境中,这些看法在很大程度上有极强的现实针对性,或者说,为了建立一个现代民族国家,毛泽东要求文学艺术帮助其实现民族的全员动员。这一明确的目标诉求,使延安时代的革命文艺,一开始就不曾是一个独立的领域,而是被纳入了政治文化的范畴之中。所谓政治文化,"是一个民族在特定时期流行的一套政治态度、信仰和感情。这个政治文化是本民族的历史和现在社会、经济、政治活动的进程所形成。人们在过去的经历中形成的态度类型对未来的政治行为有着重要的强制作用。政治文化影响各个担任政治角色者的行为、他们的政治要求内容和对法律的反应"①。根据不同政治学家对政治文化的解释,有人把它概括为如下三个特征:一、它专门指向一个民族的群体政治心态,或该民族在政治方面的主观取向;二、它强调民族的历史和现实的社会运动对群众政治心态形式的影响;三、它注重群体政治心态对于群体政治行为的制约作用。② 政治文化不是社会总体文化,但作为社会总体文化包容下的一部分,却可以把它看做是社会群体对政治的一种情感和态度的简约表达。既然政治文化规约了民族群体的政治心态和主观取向,那么,文学生产者作为群体的一部分,也必然

---

① 阿尔蒙德·鲍威尔:《比较政治学:体系、过程和政策》,第29页,曹沛林等译,上海译文出版社,1987。

② 高毅:《法兰西风格:大革命的政治文化》,第7页,浙江人民出版社,1991。

要受到政治文化的规约和影响。尤其在中国,知识分子对公共事务的参与热情,使他们的文学活动很难与时事政治分离开来。即便在已经形成多元文化格局的西方,类似的看法也被一些学者所坚持。伊格尔顿就认为,利用文学来促进某些道德价值,它不可能脱离某些思想意识的价值,"而且最终只能是某种特定的政治形式"。那种认为存在"非政治"文学的看法只不过是一种神话,"它会更有效地推进对文学的某些政治利用"①。

中国当代文学虽然已经建构成一个学科,并形成了较为完备的知识体系,但是,从它的思想来源、关注的问题以及重要观点等看,并不完全取决于学科本身的需要,一套相当完备的指导中国革命实践的理论,也同样是指导当代文学的理论。在毛泽东思想指导下,中华民族实现了建立一个独立、民主的现代国家的梦想,毛泽东作为一个具有超凡魅力的领袖,获得了全民族的衷心爱戴,建立了至高无上的权威,他成了民族灵魂的化身。对毛泽东的信赖和对毛泽东思想的信仰,成了一个时代流行的政治态度、信仰和情感。作为一种政治文化,它已经融进民族群体的潜意识。作为文学生产的群体,文学家不仅要受到民族群体意识的影响,同时,旧的社会制度死亡之后,对于大多数文学家来说,他们也需要自我认同的重新确认。"重新确认自己的认同,这不只是把握自己的一种方式,而且是把握世界的一种方式。新的信仰和自我认同需要新的社会制度作为实践条件,因此,寻找自我认同的过程就不只是一个心理的过程,而是一个直接参与政治、法律、道德、审美和其他社会实践的过程。这是一个主动与被动相交织的过程,一种无可奈何而又充满了试探的兴奋的过程。"②因此,当代文学的生产和发展,如果片面地强调受到意识形态压抑的说法,显然是难以成立的。

事实上,当代文学的实践过程,还存在着一个向实践条件寻求适应的过程,这种适应包括被动的思想改造、检讨、忏悔,向不熟悉的事物学习,当然更包括主动的妥协、退让,以期完全适应实践条件的要求。可以说,当代文学话语权力的拥有者,大多来自于解放区或延安,他们是新的社会制度——实践条件创立的参与者,他们熟悉规则和要求。因此,他们的文学"创造性"是相当旺盛的。而对新的实践条件缺乏了解或难以适应的人,不仅创造力锐减,甚至文学创作对他们来说几乎是勉为其难的。更有甚者,他们为

---

① 特里·伊格尔顿:《当代西方文学理论》,第299—300页,王逢振译,中国社会科学出版社,1988。
② 《汪晖自选集·自序》,第2页,广西师范大学出版社,1997。

了坚持信仰的彻底性,无法同新的实践条件签署"契约",而只能惨遭淘汰。因此,对新的实践条件的适应,是保证个人参与社会实践的基础。对试图建立新的信仰或被新信仰哺育成长的一代人来说,他们内心始终洋溢着意识形态的冲动和兴奋,并逐渐成为他们内心支配性的力量或道德要求。也就是说,当代文学为政治服务成为基本方向之后,主动回应这种时代的询唤,也就成为文学家的情感需要,当初那种试探性的谨慎,逐渐变为汪洋恣肆的激情。当代文学的发展也就是这一领域在政治文化的规约下,不断统一认识、实现共识的过程。作为一个现代化后发国家,动员一切社会力量实现现代民族国家的目标,本身就具有无可抗拒的感召力,作为知识分子,内心洋溢的国家民族关怀不经意地便会为这种话语所调动。文学家在社会需要为它的总体目标服务的时候,他们即便不是期待已久,内心也充满了对此作出回应的极大热情。这里既有政治文化的规约,也有传统文化的深远影响。

第二节　话语方式的"转译"

中国当代文学发生的年代,是中华民族摆脱战争危机、实现民族解放的特殊时代。战争作为时代最大的政治,就不能不考虑它的特殊性,统一的意志、高度的组织、最大的效率,是获得战争胜利的必要条件。民主、自由、个体的要求,必然限定于历史的特殊性之内,一切为了战争。一切组织和斗争都是为了配合和服务于战争。毛泽东和中国共产党,一方面从战略和策略的角度指导战争,一方面纠正批评不利于战争的错误思想。自由主义、个人主义、主观主义、教条主义、本本主义,都是批评的对象。统一的意志所强调的就是服从:个人服从组织、少数服从多数、下级服从上级、全党服从中央。高度的组织和统一的意志,是为了提高和解决战争的效率。一切为了战争的思想,在文艺界得到了积极的回应。周扬在《抗战时期的文学》中说:"为了救国,应该利用一切可能的手段。文艺是许多手段中的一种,文艺家首先应该使用自己最长于使用的工具……先是国民然后才是文艺家。"[①]战争的非常态化,使文艺观念也变得更为激进,夏衍甚至认为:"抗战以来,'文艺'的定义和观感都改变了,文艺再不是少数人和文化人自赏的东西,而变成了组织和教育大众的工具",那种"艺术至上主义者",便会被指认为"汉奸"文

---

① 《周扬文集》第1卷,第234页,人民文学出版社,1984。

学。① 文学服从于战争,在这个时代已不容置疑。

"效率"在这个时代是非常重要的。毛泽东在《反对党八股》中,批评了那种长而空的文风,号召"研究一下文章怎样写得短些,写得精粹些",并且要有内容。不仅他自己是倡导者,而且他的写作实践也实现了这一点,这些显然是为了提高战争时期的效率而作出的努力。战争时期的文学艺术,作为"一条战线",必须服务于战争。他强调文学艺术是"革命机器"上的"齿轮和螺丝钉",这是来自列宁《党的组织和党的文学》的观点。但他却没有谈到列宁在同一篇文章中,对文学艺术必须保证有个人创造性和个人爱好的广阔天地,有思想和幻想、形式和内容的广阔天地的看法。在特殊的战争时期,这显然有毛泽东一切服务于战争的策略性考虑。

文学艺术体现效率的观念,在这个时期就是工农兵文学和民族形式,这两点都与简约明了有关。也就是说,只有通俗易懂的中国作风和中国气派,才能表达中国文艺的主体性和独特性,才能迅速为战时的民众所接受和理解,从而实现全民抗战的目标。对于中国来说,"百分之八十的人口是农民","因此农民问题,就成了中国革命的基本问题,农民的力量,是中国革命的主要力量"。② 简约明了的内在要求,显然是针对占人口绝大多数的农民而言的。只有简约明了、通俗易懂,才能调动中国革命的主要力量并为他们服务。于是,文学艺术从语言到形式,就出现了一个如何把传统文化、外来文化和"五四"以来的新文化,"转译"为革命的政治内容和通俗易懂的形式的问题。首先遇到的是资源的问题:

> 谁来确定民族的本质内含?由谁提出民族文化的语言?这个问题对于中国的知识分子来说,在 30 年代的民族危机中间已经很迫切;他们对"古老的"精英文化和 20 年代的西方主义都抱怀疑态度。他们带着现代性在中国的历史经验中寻求一种新的文化源泉;这种文化将会是中国的,因为它植根于中国的经验;但同时又是当代的,因为这一经验不可避免地是现代的。不少人认为"人民"的文化,特别是乡村人民的文化,为创造一种本土的现代文化提供了最佳希望。③

延安时期的"下乡运动",是寻找这一源泉的有效实践。它一方面改造

---

① 夏衍:《抗战以来文艺的展望》,《文学运史料》第 4 册,第 34—35 页,上海教育出版社,1979。
② 毛泽东:《新民主主义论》,《毛泽东选集》第 2 卷,人民出版社,1991。
③ 阿瑞夫·德里克:《现代主义和反现代主义——毛泽东的马克思主义》,萧延中等编:《在历史的天平上》,第 217—218 页。

了知识分子自身，一方面实现了文艺从语言到形式的"转译"过程，也实现了文艺普及的目的。后来周扬在《新的人民文艺》中总结说："解放区的文艺，由于反映了工农群众的斗争，又采取了群众熟悉的形式，对群众和干部产生了最大的动员作用与教育作用"，就是实现效率的自豪表达。

"转译"首先体现在语言上，这在民族形式的讨论中被许多人所意识到，民间语言是首先被选择的对象。高长虹说："民间语言，是民族形式的真正的中心源泉。"①在"转译"的问题上，是民间语言解决了操作层面的问题。这也是"五四"新文化运动提出的"平民文学"和"通俗明了的社会文学"的再发展，即从它的都市性转变为乡村性。因此，民间语言的具体所指，是中国乡村的农民语言。由于这种语言流通形式的口头性，它无法在文献或传媒中获得，它的生命力体现于民间的传播中，对其鲜活性的了解与体验，只有"下乡"才能获得。这一策略性的选择，与文学艺术面对的基本对象——农民，是直接联系在一起的。那一时代普遍流行的街头诗、秧歌剧、朗诵诗、战地通讯等，共同拓展了一个巨大的公共话语空间。

无可怀疑，战时文艺主张的效率要求，有其历史的合理性，但它单一化的要求与文学内在的要求显然是有冲突的。1949年共和国建立后，作为战时的文艺主张一直延续下来，民间语言因其效率性仍被广泛倡导。这与转入现代化建设，大工业生产对组织和秩序的要求与战时有很大的相似性相关，民族全员动员为现代化后发国家提供了简捷的途径。第一个五年计划时期国民经济的快速增长，带来了中国实现工业化的信心，同时也带来了不切实际的尽快实现这一目标的幻想。"赶英超美""大跃进""跑步进入共产主义"等等，就是这一幻想的直接表达。在文艺战线上，一方面在理论上倡导"革命的现实主义和革命的浪漫主义相结合"，一方面在创作实践上大搞民歌的群众运动。倡导民歌运动的原因是，它是"促进生产力的诗歌"②，这种浪漫的想象，其根源仍是战时的群众动员、"兵民是胜利之本"的思想。从"延安民歌""大跃进民歌"到"小靳庄诗歌"，是这一思想合乎逻辑的发展。"转译"实现的效率原则，一直延续到"文化大革命"，"样板戏"出现之后，"草鞋没样，边打边像"的即兴创作才找到了"像"的范本。与此同时，它自身存在的危机——即激进斗争神学的危机，才潜伏已久地浮出了历史地表。

---

① 长虹：《民间语言,民族形式的真正的中心源泉》,《新蜀道》副刊《蜀道》1940年9月14日。
② 《大规模地收集全国民歌》,1958年4月14日《人民日报》社论。

第三节　马克思主义与中国本土化

文艺为政治服务的唯物论依据,来自马克思《〈政治经济学〉序言》。马克思在这里清楚地表达了他对经济基础和上层建筑关系的看法。由于物质生活的生产方式制约着整个社会生活、政治生活和精神生活的过程,是人们的社会存在决定人们的意识,所以随着经济基础的变更,上层建筑也或快或慢地发生变更。变更了的上层建筑,会反过来给经济基础以伟大的影响。反映在文学中也就是说,新的社会制度将无可避免地诞生优秀的文艺,优秀的文艺又将给新的社会制度以伟大的影响。但是,当新的社会制度诞生之后,伟大的艺术是否会随之诞生或者何时诞生,却仍像一个不明之物。在1844年的《经济学—哲学手稿》中,马克思似乎又游离了他的唯物论立场,他发现了艺术生产与物质生产之间可能出现不平衡的发展关系。他以古希腊艺术为例,说明在经济发展水平不高的情况下,仍然产生了"不可企及"的艺术高峰,并散发着"永久的魅力",并且"当他把对古希腊艺术的企慕同对人类童年时期的怀恋联系起来时,他的结论是心理学的,而不是唯物主义的"。① 马克思在论及美与欣赏对象的关系时,试图通过具体的例证,以心理学的方式论证他的看法:"忧心忡忡的穷人甚至对最美的景色也没有什么感觉;贩卖矿石的商人只看到矿物的商业价值,而看不到矿物的美和特征;他没有矿物学的感觉。"这些并非基于唯物论立场的看法,隐含了马克思将文艺作为一个独立、特殊领域思考的一面,他并不是将文艺刻板地等同于社会历史发展的范畴来考虑的。因此,仅仅根据马克思的唯物论来强调文艺为政治服务的功能,起码是片面的。

在恩格斯的论述中,明确地反对文艺直露的政治倾向性。在1885年11月26日致敏娜·考茨基的信中,就考茨基的小说《新人和旧人》所透露的政治倾向,恩格斯表述了如下看法:"我认为倾向应当从场面和情节中自然而然地流露出来,而不应当特别把它指点出来;同时我认为作家不必要把他所要描写的社会冲突的历史的未来的解决办法硬塞给读者……具有社会主义倾向的小说通过对现实关系的真实描写,来打破关于这些关系的流行的传统幻想,动摇资产阶级世界的乐观主义,不可避免地引起对现存事物的永世长存的怀疑,那么,即使作者没有直接提出任何解决办法,甚至作者有

---

① 佛克马、易布斯:《二十世纪文学理论》,第96页,三联书店,1988。

时并没有明确地表明自己的立场,但我认为这部小说也完全完成了自己的使命。"三年之后,恩格斯在致哈克奈斯的一封信中进一步强调了他的看法。他认为,《城市姑娘》所叙述的那个"老而又老的故事",其缺陷并不在于它"没有写出一部直截了当的社会主义小说",而恰恰在于它简单地表达了贫富之间的阶级对立。在恩格斯看来,"作者的见解越隐蔽,对艺术作品来说就越好"。这里,恩格斯再次否定了"倾向小说"并意属于巴尔扎克。他认为,"《人间喜剧》里给我们提供了一部法国'社会'特别是巴黎'上流社会'的卓越的现实主义历史",他说自己从巴尔扎克那里"所学到的东西,也要比从当时所有职业的历史学家、经济学家和统计学家那里学到全部东西还要多"。恩格斯称这是"现实主义的最伟大胜利之一",作品所表现出的社会效果,有时同作家的政治倾向和愿望并没有必然的逻辑关系。

到列宁时期,作为科学社会主义学说的马克思主义,进入到了同无产阶级革命具体实践相结合的时代。1905年,"十月革命"(指1905年10月的全俄政治罢工)发生不久,列宁发表了《党的组织和党的出版物》一文,①它是此后关于"文学的党性原则"的最高范本。按照传统的理解,列宁认为:"文学事业应当成为无产阶级总的事业一部分,成为一部统一的、伟大的、由整个工人阶级的整个觉悟的先锋队所开动的社会民主主义机器的'齿轮和螺丝钉'。"值得注意的是,列宁的论述是针对十月革命后"俄国造成的社会民主党工作的新条件"而发表的,当党的出版物被宣布为非法的时代,它是容易控制的,但当持有各种观点的人都可以利用合法的出版手段时,党的出版事业有可能遭到资产阶级的影响。列宁的党性原则正是基于这一新的条件而发表的。党的出版物显然是指一般性的广义著作,而不是专指文学创作。佛克马和易布斯曾注意到西蒙斯在词源学意义上的考证,"俄文中与'纯文学'一词对应的词汇——'文艺作品'——甚至没有在列宁的《党的组织和党的出版物》一文中出现过一次"②。克鲁普斯卡娅也认为,《党的组织和党的出版物》一文与文学作品无关。③ 退一步说,列宁在强调了党性原则之后,他又同时强调了"绝对必须保证有个人创造性和个人爱好的广阔天地,有思想和幻想、形式和内容的广阔天地"。因此,仅凭列宁的《党的组织和党的出版物》一文,就确立"文艺为政治服务"的功能观,是不充分的。

---

① 此文最初翻译为《党的组织和党的文学》,新的译文题为《党组织和党的出版物》,《后期》杂志1982年第22期。

② 转引自佛克马、易布斯:《二十世纪文学理论》,第102页。

③ 同上。

无论马克思、恩格斯还是列宁,他们在理论上对文学社会效用的表达,与他们出于兴趣对具体文艺现象和作品的评价,都是存有矛盾的。他们对人类文化遗产的热爱,和对无产阶级新文化期待之间的复杂关系,似乎是处于两难的境地中,这也是马列文论给我们留下的一道难题。

把马克思主义同中国革命的具体实践相结合,是中国共产党理论联系实际的最重要体现。在文学艺术领域,中国共产党和毛泽东以思想路线的方式确定了它的基本主题和文艺功能观。值得我们注意的是,毛泽东和他的同事们并不是在文学的知识范畴内来阐发文艺思想的,而是把它作为"中国的马克思主义"的一部分,作为实现社会整体变革的一部分。就毛泽东的文艺思想来说,虽然与马克思主义、中国文化传统甚至造反小说都有联系,但它的源流关系很难找出一脉相承的明晰线索,甚至模糊了古今中外的界限。或者说,毛泽东思想的来源,既有马克思主义的经典学说,也与中国传统文化有密切关系,但它更出自中国革命的具体实践,出自他对中国革命特殊性的理解和想象。这也是他与一般作家和文学研究者的区别。毛泽东并不是简单地继承了马列主义的要义,也并不是全盘否定中国的传统经学,面对中外丰富的思想遗产,他不仅师其义,更注重师其心。他不是教条地、书卷气地按章循句。他信仰马克思主义,但他更关心马克思主义的中国化:

> 共产党员是国际的马克思主义者,但是马克思主义必须和我国的具体特点相结合并通过一定的民族形式才能实现。马克思列宁主义的伟大力量,就在于它是和各个国家具体的革命实践相联系。对于中国共产党来说,就是要学会把马克思列宁主义的理论应用于中国的具体环境。成为伟大的中华民族的一部分而和这个血肉相连的共产党员,离开中国特点来谈马克思主义,只是抽象空洞的马克思主义。因此,使马克思主义在中国具体化,使之在其每一表现中带着必须有的中国的特性,即是说,按照中国的特点去应用它,成为全党急待了解并急须解决的问题。[①]

因此,把马克思主义的普遍真理同中国革命的具体实践相结合,并创造出适于中国革命特点的民族形式,是毛泽东文艺思想的一大特色。

[①] 转引自王瑶:《中国新文学史稿·初版自序》,上海文学出版社,1982。

第四节 历史叙述的"主流"与"非主流"

在当代文学发生以及发展的过程中,逐步形成了"主流文学"和"主流作家"群体,但和"非主流文学"共同构成的"多元文化"并不是不存在。一个基本事实是,在国统区从事文学创作的作家,他们的文学观念、审美趣味以及对文学形式的理解,和解放区的文艺路线并不一致。但通过文学史的"经典化",解放区之外的文学,或是作了简单化的处理,或是从反面的意义上作了评价。1949 年以后,一些违背文艺路线的作品,也被及时地作了批判和清算。因此"多元文化"在当代文学发展和历史叙事中逐渐成为"剩余"。

中国现代文学的研究,从它诞生不久即已开始。1922 年,胡适的《五十年来中国之文学》的最后一节,是"略述文学革命的历史和新文学的大概",可视为最早的以"史"的角度研究现代文学的尝试。20 年代末期始,少数高校已开设了新文学研究的课程和讲座。陈子展、周作人、朱自清、李何林等都讲授过现代文学的课程,并出版过文学史著作,如周作人的《中国新文学之源流》、李何林的《近 20 年来中国文艺思潮论》等。因此,现代文学的早期研究,有很强的"当代性",它的过程之中的性质使现代文学还不能构成一个完整的学科。比如周作人的《中国新文学之源流》,初版于 1932 年,那时新文学刚刚诞生十余年,他也仅仅用 13 页的篇幅述及了"文学革命运动",且重在表述新文学与传统文学的"源流"关系,对新文学本身叙述的简略可想而知。

现代文学成为一个完整的学科的标志,是 1951 年王瑶先生《中国新文学史稿》上册的出版。虽然现代文学的历史被认为已经"过去",但于王瑶写作的年代来说,它仍然是切近的文学历史,并没有为作者提供充分的考察距离。王瑶先生以他史家的训练和学识,对现代文学进行了"史无前例"的学科化、系统化整合。在王瑶先生写作《中国新文学史稿》的同时,全国高等教育会议通过了"高等学校文法两学院各系课程草案",其中规定了"中国新文学史"的讲授内容:

> 运用新观点、新方法,讲述"五四"时代到现在的中国新文学的发展史,着重在各阶段的文艺思想斗争和其发展状况,以及散文、诗歌、戏剧、小说等著名作家和作品的评述。

王瑶先生称："这也正是著者编著教材时的依据和方向。"但是这一"依据和方向"是一个难以期许的预设。这不只是说"草案"对"中国新文学史"的规定过于简略，其边界难以明确，而且更在于不断政治化的要求决定了文学史不可能完全符合这一尺度。这一状况在1952年8月30日下午《文艺报》组织的"《中国新文学史稿》(上册)座谈会"记录上得到了反映。参加座谈会的都是文学史的权威研究者和文学界知名人士。①《文艺报》在发表座谈会记录时发了"编者按"：

> 研究中国新文学的历史是文艺工作者与文艺教育工作者当前的一项重要的工作。但是,这方面的工作,我们作得是十分不够的。这里发表的《中国新文学史稿》(上册)座谈会记录,对王瑶所著的《中国新文学史稿》(上册)所表现的立场、观点的错误进行了批评,对研究新文学史的方法也提出了一些有益的意见。我们认为,这些意见和批评虽然还是初步的,但这种认真、严肃的讨论,将有助于我们对中国新文学史的研究,我们希望通过这样一些切实的讨论,更好地开展这方面的工作。②

座谈会对《中国新文学史稿》(上册)所表现出的"立场、观点"上的错误,提出了几乎是众口一词的激烈批评。在这些批评中,一个重要的内容就是"对代表资产阶级、小资产阶级和无产阶级的思想的社团和作家,一律等量齐观,不加区别","把胡适、周作人、谢冰心、李金发等和郭沫若、蒋光慈平列起来加以评述";对"在文艺运动上起过反动作用的(自然政治思想也成问题)如徐志摩、沈从文等等的作品,往往是赞美为主;就是对于政治上显然是反革命的胡适、周作人、林语堂等等也有不少赞扬之词"。这些批评所提出的"立场""方法""阶级斗争""阶级分析"的"问题",主要是对被述作家的选择和评价问题。因此,王瑶在《读〈中国新文学史稿〉(上册)座谈会记要》(实际是检讨)一文中也坦白承认："这门课的内容很难办。"③这个问题在50—70年代一直没有解决。

1955年,作家出版社出版了丁易的《中国现代文学史略》。这本文学史建构了一种更为激进的写作框架。在文学运动部分,用革命运动统摄文艺

---

① 参加座谈会的有：吴组缃、李何林、孙伏园、林庚、李广田、臧克家、钟敬文、黄药眠、孟超、杨晦、袁水拍、王淑明、叶圣陶、傅彬然、金灿然、王次青、唐达成。
② 《文艺报》1952年第20号,1952年10月25日出版。
③ 《王瑶文集》第7卷,第508页,北岳文艺出版社,1995。

运动和现象；在作家作品部分，简单地使用了阶级划分的方法。30年来的文学史，被概括为从现实主义到社会主义现实主义的历史。在具体判断上，他强调"首先应划分的是人民的和反人民的界限"①，在这样的视野里，胡适、陈西滢、梁实秋、"新月派"等，都被划到了反人民的一边。"现代评论派""新月派"是"反动没落的文学派别，在政治上是反人民的，在艺术上则是反现实主义的，因而在中国现代文学史上，它们是一股逆流"②。这本文学史还开了在文学史上批判沈从文、徐志摩等作家的先河。

同年10月，作家出版社出版了东北大学张毕来的《新文学史纲》第一卷。这部著作在未出版之前，曾被李广田称为是"思想性较强，不过有些武断"的一部著作。在《新年文学史纲》中，作家都被纳入"革命作家""进步作家""小资产阶级作家""右翼作家"等范畴进行评价。

1956年，作家出版社又出版了刘绶松的《中国新文学史初稿》上、下卷，这部文学史是高教部委托出版的高校现代文学史教材。在绪论里，作者阐发了研究现代文学的三大目的：第一、叙述"五四"以来先驱者使用文艺武器与统治阶级进行不屈不挠的斗争的实况；第二、把各个历史时期的战斗史实和经验加以正确的叙述和总结；第三、全面深入地考察和研究各个历史时期的重要作家和作品。他同时强调说："必须在新文学史的研究工作中，划清敌、我，分别主、从。"③在这样的文学史框架中，对于朱自清、戴望舒等作家，必然要作出低调的处理。

在政治文化的主导下，这些文学史从反面汲取了王瑶《中国新文学史稿》的"教训"。到1958年，留给这位现代文学学科奠基者的只有"检讨"。他在《〈中国新文学史稿〉的自我批判》中说：

> 我错误地肯定了许多反动的作品，把毒草当作香花，起了很坏的影响。胡风分子的作品，我大都是加以肯定的，还特别立了一节谈《七月诗丛》，究竟我肯定这些作品的什么东西呢？翻开我的书，不外是"情感丰富"之类的词句，而脱离了作品的思想内容和政治倾向……我还肯定过丁玲的反党作品《在医院中》和《我在霞村的时候》，冯雪峰的《灵山歌》和《乡风与市风》等杂文集；对这些毒草的内容我毫无批判，而是当作香花来肯定了，这除了说明我的立场和思想感情上有和他们

---

① 丁易：《中国现代文学史略》，第18页，作家出版社，1955。
② 同上书，第278页。
③ 刘绶松：《中国新文学史初稿》，第9页，作家出版社，1956。

共同的地方以外,是很难用其他原因解释的。①

文学史的"历史建构",在这样一种政治文化背景下有了"主流"和"非主流"的区别。"非主流"作家在不断地滤及和批判的过程中被逐渐淘汰。这种"历史"叙述事实上不只是要建构现代文学的主体性,同时它还有重要的现实意义:"非主流"文学将不再作为文学遗产被对待,除了革命文学和进步文学,其他的文学潮流、现象,因其"不合法性"而不再受到重视,也不会得到继承和发展。进入共和国之后,文学生产的纯净化和对多元倾向的排斥、批判,证实了这一"建构"的现实意义。

---

① 《王瑶文集》第7卷,第557—558页,北岳出版社,1995。

第二章 当代文学的建立

第一节 第一次文代会

1949年7月,来自解放区和国统区的文学艺术工作者,在北平举行了第一次中华全国文学艺术工作者代表大会,753位代表参加了这次大会。大会被认为是解放区和国统区文艺工作者的"大会师"。毛泽东、朱德、周恩来、董必武、陆定一等中国共产党领导人参加会议并发表了讲话。毛泽东简短的讲话,主要是以主人的身份表达对代表的欢迎。他说:"你们对于革命有好处,对于人民有好处。因为人民需要你们,我们就有理由欢迎你们。"①

朱德在讲话中说:"中国的新文艺运动有各种不同的派别和倾向,但是它的主流,从1919年的'五四'运动以来,始终是和中国人民民主革命运动相联系的。在中国第一次大革命失败以后的十年内战时期发展起来的左翼文学艺术运动,特别是中国人民解放区和中国人民解放军内的文学艺术运动,虽然还有缺点,但是与人民革命斗争是有更广泛的联系的。""文学艺术工作者在将来的新时代中,要担负起比过去更重大的责任,这主要的就是用文学艺术的武器鼓舞全国的人民,首先是劳动人民,团结一致,克服困难,改正缺点,来努力建设我们的独立、自由、民主、统一、富强的新国家。"②

周恩来的政治报告,系统地阐释了文艺作为"一条战线"与革命的关系,阐释了农民、工人阶级对革命的支持。文艺工作者从广义上说是工人阶级的一员,但因为精神劳动的特点之一是个人劳动,就容易产生一种非集体

---

① 《中华全国文学艺术工作者代表大会纪念文集》,第3页、第5—6页,新华书店,1950。
② 同上。

主义的倾向,所以文艺工作者应当特别努力向工人阶级学习。他还就文艺工作者的团结问题、为人民服务的问题、普及提高问题、改造旧文艺问题提出了看法和要求。

毛泽东、朱德、周恩来的讲话,受到了与会代表的热烈欢迎,他们"长时间热烈鼓掌和欢呼"。大会的重要目的,是"共同确定今后全国文艺工作的方针与任务"。几个重要报告,不仅共同体现了这一基本精神,而且高度评价和重申了毛泽东《在延安文艺座谈会上的讲话》的文艺思想。这些报告是结合《讲话》精神和延安文艺经验来阐发今后全国文艺工作的方针和任务的。

全国各大区和部队有十个代表团参加了大会,每个代表团都由团长、副团长和团委构成。大会设立了主席团,郭沫若任总主席,茅盾、周扬任副总主席。会议通过了《中华全国文学艺术界联合会章程》,选举了"中华全国文学艺术界联合会全国委员会"以及各协会负责人。从这个时候起,当代中国文学的发展有了全国性的统一组织,有了明确的章程和制度,为中华人民共和国成立后,执政党和国家控制文学艺术奠定了组织和管理机构的基础。

会议期间演出了丰富的文艺节目。从节目目录和演出单位看,基本是解放区和部队创作的"人民文艺";演出单位主要是来自军队、北平院校的艺术团体以及进步的艺术家。

第二节 "两个报告"

在第一次文代会上,特别值得注意的是周扬和茅盾的两个报告。这两个报告虽然都在竭力体现《讲话》的精神,但对解放区和国统区文艺的评价,形成了鲜明的对比。周扬是带着胜利者的骄傲和丰富成熟的"工农兵文艺"经验走向会场的,他的报告充满了无可怀疑的自信。他阐述的是"新的人民文艺",这一文艺形态的形成,就是在《讲话》思想的指导下实现的。周扬从文艺的主题、人物、语言、形式、思想性、艺术性、普及和提高、改造旧文艺、建立科学的文艺批评等方面,系统地表达了对"新的人民文艺"的理解。他认为:"毛主席的《在延安文艺座谈会上的讲话》规定了新中国的文艺方向,解放区文艺工作者自觉地坚定地实践了这个方向,并以自己的全部经验证明了这个方向的完全正确,深信除此之外没有第二个方向了,如果有,那就是错误的方向。"对文学批评来说,"必须是毛泽东文艺思想之具体应用,必须集中地表现广大工农兵群众及其干部的意见,必须经过批评来推动文艺工作者相互间的自我批评,必须通过批评来提高作品的思想性和艺术性。批评是实现对文艺工作的思想领导的重要方法"①。

他用了四个"必须"来强调这一阐发的重要性。毛泽东的文艺思想,不仅是文学创作的指导思想,同时也是文学批评的指导思想。

茅盾的报告虽然肯定"在种种不利条件下,我们打了胜仗",国统区的文艺"还是有其显著成绩的",但也还是有"各种缺点","基本根源",是由于"不能反映出当时社会中的主要矛盾与斗争"。② 茅盾还从理论上检讨了"人道主义""个人趣味""小资产阶级的思想观点""欧美资产阶级文艺的传统"等对国统区文艺的影响,并在文艺大众化的问题、文艺与政治关系问题、文艺的功能问题等方面,表达了对毛泽东文艺思想的全面认同。他还不点名地批评了胡风的"主观论",并在新的条件下把它当做"问题"要求解决。

茅盾对国统区文学创作和理论批评的检讨,实际上已经宣告了这些问题的性质。过去在国统区可以讨论的问题,随着新时代的到来已经成为过去,因为这些问题与"新的人民文艺"是格格不入的,也是与《讲话》精神不相符的。应该说,这个转变与中国社会的历史进程是密切相关的。从政治上说,一个世纪以来,前资本主义形式只为民族统一提供了相当脆弱的物质基础,要在这个基础上实现政治统一的任务实在是艰难的,但中国共产党却迅速地完成了它,这个伟大的、历史性的创举是独一无二的,它使所有的中国人都在共产党的身上看到了民族的前途。就文学艺术而言,解放区在《讲话》精神的指导下,艺术家通过有效的组织,第一次创造了"新的人民文艺",中国文学史上也第一次出现了活泼、健康、生动的民众形象,并通过这样的文艺实现了民众全员动员、建设一个现代民族国家的目标。历史的经验无可辩驳地昭示了它的未来,使所有的文学艺术工作者都没有理由拒绝《讲话》的精神。因此,毛泽东文艺思想在那个时代能够深入人心,是有其历史原因的。

但是,这一源于经验主义的认识显然是存在问题的。其中最重要的一点,就是将文学艺术严格地限定于政治文化的范畴中进行理解和认识,忽略了在未来的文化建设中,文学艺术多样化发展对于民族文化健康发展的重

---

① 《中华全国文学艺术工作者代表大会纪念文集》,第96页。
② 同上书,第45—46页。

要性,对于塑造民众文化性格的重大意义。在新的时代,执政党将文学艺术作为意识形态的范畴来了解和把握,从方针政策的角度对它提出统一的要求是可以理解的。但是,在思想文化领域内推行统一意志所造成的后果,为此后几十年的历史实践所证实:统一的意志反而总是在不断的分化中遇到危机和挑战,它的"合理性"总是不断遭到质疑。因此,"一体化"并没有也不可能解决文学发展过程中的问题,它的压抑性机制反而加剧了问题的复杂性。

第三节　作家的身份危机

　　第一次文代会确定了中国当代文学发展的方向,从组织上落实了领导者。也正是从这个时候起,40年代以来作家身份和地位发生的变化明显地突现出来。左翼作家和来自延安的作家在文学界确立了主导地位,其他作家的边缘化成为事实。这一状况与中国社会的历史发展有关,也与作家自己主动的选择有关。或者说,作家的身份与他们对中国革命的态度以及左翼文学界内部的斗争、分歧都有很大的关系。但从40年代初期开始,如何贯彻执行"工农兵文艺方向",就成为划分作家"等级"的一个重要标准。

　　延安时代,在"工农兵文艺方向"的指引下,创作了《白毛女》《李有才板话》《李家庄的变迁》等作品。这些作品迅速得到了郭沫若、周扬等文艺界权威人士的肯定。赵树理最初被周扬赞扬,主要因为他是"一位具有新颖独创的大众风格的人民艺术家"。[①] 郭沫若对《白毛女》的肯定,着眼点是"这儿把'五四'以来的那种知识分子的孤芳自赏的作风完全洗刷干净了。虽然和旧的民间形式更有血肉的关系,但也没有因此自封,而是从新的种子——人民情绪——中自由地迸发出来的成长"[②]。这些肯定和赞扬,是对毛泽东文艺思想的具体贯彻,同时也是对作家主流身份的一种肯定。

　　另一方面,是对抗战以来,特别是40年代国统区文艺状况的判断,以及对一些重要文艺观念论争、讨论的清理。通过这样一些"识别",不仅划分出了作家的"类型",同时也建立了未曾宣告的作家"等级"关系。识别的"标准"是由左翼作家提出的。根据作家的世界观和阶级立场,区分出了革命作家、进步作家和反动作家。张道藩、潘公展等被列为反动作家。但在左

---

① 周扬:《论赵树理的创作》,1946年8月26日《解放日报》。
② 郭沫若:《序〈白毛女〉》,上海黄河出版社,1947。

翼作家眼里,萧乾、沈从文、朱光潜和"鸳鸯蝴蝶派"以及买办文艺、色情文艺等,被一起列入了"反攻"的对象。① 这一划分加剧了文艺界内部的紧张,也为历史上形成的宗派斗争在后来提升到政治高度打下了基础。

关于作家身份和地位的确立,我们在《中华全国文学艺术工作者代表大会纪念文集》的"纪念文录"中可以感受到。除文艺界主要领导者外,每个作家文章不同的语调隐含了他们在文学界不同的身份和地位。

陈学昭、赵树理、柳青、草明、杨朔、康濯、孔厥、王希坚、碧野等人的文章,是从"经验"的角度讲的。赵树理的《也算经验》一文,是经"几位朋友"的一再请求才谈的经验。他从材料的获取、主题的确立以及语言的使用等方面,谈了他个人——但有普遍意义的经验。他说:"我既是个农民出身而又上过学校的人,自然是既不得不与农民说话,又不得不与知识分子说话。有时候从学校回到家乡,向乡间父老兄弟们谈起话来,一不留心,也往往带一点学生腔,可一带出那种腔调,立刻就要遭到他们的议论,碰惯了钉子就学了点乖,以后即使向他们介绍知识分子的话,也要设法把知识分子的话翻译成他们的话来说,时候久了就变成了习惯。说话如此,写起文章来便也在这方面留神——'然而'听不惯,咱就写成'可是';'所以'生一点,咱就写成'因此',不给他们换成顺当的字眼儿,他们就不愿意看。"②草明、柳青等也从在与工农大众的接触中,如何转变思想、体验生活的角度介绍了经验。这些经验使他们豁然开朗、充满自信。因此,作家的地位与他们对工农大众的情感有一定的关系。

但像巴金、曹禺等缺乏工农大众生活经验的作家,在潜意识里意识到了某种危机。他们的文章已经显出不自信。巴金文章的题目是《我是来学习的》。他说:"在这个大会中我的确得到了不少的东西。第一,我看见人怎样把艺术和生活揉在一块儿,把文字和血汗调和在一块儿,创造出来一些美丽、健康而且有力量的作品,新中国的灵魂就从他们中间放射出光芒来。第二,好些年来我一直用笔写文章,我常常叹息我的作品软弱无力……现在我发现确实有不少的人,他们不仅用笔,并且还用行动,用血,用生命完成他们的作品。……第三,我感到友爱的温暖。我每次走进会场总有一种回到老家的感觉。"③曹禺虽然是为大会提了"一点意见",但这意见事实上是他的

---

① 洪子诚:《中国当代文学史》,第9页,北京大学出版社,1999。
② 《中华全国文学艺术工作者代表大会纪念文集》,第412页,新华书店,1950。
③ 同上书,第392页。

一点愿望和期盼。他说:"由于个人的历史、环境与经验的不同,大家对于如何致力于新民主主义阶段的群众文艺的作法可能有些歧异。我们只要避开本位主义与经验主义的作风,了解客观情况而不隔断历史,便会明白思想的进步,在今日的我们可能是程度上的差别。"①曹禺显然期待自己在明天会赶上来。

这些作家的不同发言,代表了作家身份和地位的分化,也决定了不同身份和地位的作家在后来的社会政治生活和文化生活中的地位。郭沫若、周扬、郑振铎、丁玲、邵荃麟、冯雪峰、田汉、张庚、何其芳、张光年、林默涵等,都在文艺界拥有了实际权力;而巴金、曹禺、沈从文、朱光潜、李健吾、萧乾、陈白尘等,大都没有实际权力。在文艺界的,只挂一个虚职;在大学教书的,也只有一些荣誉性的职务,如学部委员、政协委员或人大代表等。由于历史上左翼内部的宗派斗争,像冯雪峰、丁玲等,在不久之后也被清除出了文艺界的权力阶层。

第一次文代会,结束了当代文学的"史前史",空前地统一到一个由执政党和国家控制的组织和思想路线之中。在统一的思想路线指导下,中国当代文学在全国范围内的"合法性",真正地建立起来。

第四节　海峡两岸的"文学战线"

周恩来在第一次文代会上,已经明确阐释了文艺作为"一条战线"同革命的关系。这个阐释在代表的掌声中获得了认同。同样,战败的国民党在台湾也在努力形成他们的"文艺战线"。

1949年12月7日,国民党迁往台湾,大陆与台湾对峙的分裂格局形成。刚刚溃败的国民党当局所面对的纷乱复杂的局势是可想而知的。一方面,国民党二百多万军民迁台,导致岛内人口骤增,为欠发达的岛内经济带来了巨大压力,物资匮乏,通货膨胀;另一方面,作为战败的一方刚刚落脚,惊魂未定,内外交困;而来自大陆的政治、军事压力一刻也没有解除,失败主义的心态笼罩全岛。这种情况和大陆新政权建立后的欢欣鼓舞形成了鲜明的对比。面对岛内混乱的局面和低落的情绪,蒋介石开始实施一系列改造措施以挽救危局。这些改造措施的目标诉求,就是把台湾建成"反攻大陆"的基地。其中以严密控制台湾社会思想、稳定社会情绪、激化两岸矛盾为宗

---

① 《中华全国文学艺术工作者代表大会纪念文集》,第405页,新华书店,1950。

旨的"文化改造运动",是重要的措施之一。一方面,台湾地区行政管理机构于1950年2月27日以官方名义颁发了《反共保民总体纲要》,7月26日颁发了由蒋介石亲自核定的《反共抗俄救国公约》等,动员台湾各界实施反共总体战略;一方面,民间也成立了所谓"反共抗俄妇女联合会""中国青年反共抗俄联合会"等组织。"反共政治"成为台湾社会不容抵抗、质疑和超越的超级意识形态。

这种政治意识形态反映到文艺领域,就是以"反攻大陆"为主要内容的"战斗文艺"运动的兴起。所谓"战斗文艺",与文学艺术无关,它是在特定的历史条件下台湾国民党当局政治意识形态的一部分,是国民党官方授意、指使并组织的一种文化生产形式和反共的文化部队。最初起始于1949年底,文人孙陵受国民党宣传事务主管部门代负责人兼台北市文化运动委员会主任任卓宣的约请,写了一首《保卫大台湾歌》,发出了"反共文艺的第一声"。接着,其他国民党官方控制的传媒有组织地先后效仿。其中有代表性的文艺刊物有:1950年3月创刊、由程敬扶为主编兼社长的《半月文艺》;1950年12月创刊、孙陵主编的《火炬》半月刊;1951年3月创刊、国民党政治事务主管部门主办、朱西宁主编的《新文艺》;以及《绿洲》《中国文艺》《晨光》《文艺月报》《军中文艺》等。特别是1951年5月由台湾中华文艺奖金委员会创办、张道藩任社长的《文艺创作》最具代表性。这些杂志不仅宣传"战斗文艺"理念,推出反共文艺作品和理论文章,而且形成了骨干的创作队伍。除了文艺杂志以外,报纸副刊更是推波助澜。一时间"反共文学"和"战斗文艺"蔚为大观、尘嚣日上,形成了与大陆针锋相对的文艺战线。在这个意义上应该说,台湾当局强迫文艺为政治服务并诉诸于文艺实践,比大陆统一的"文艺战线"的形成还要早一些。

1950年3月,张道藩受蒋介石之命,设立了台湾中华文艺奖金委员会,1950年5月4日,由张道藩、陈纪滢、王平陵在台北发起成立了台湾中国文艺协会。这两个组织,是台湾最大的,也是"反共抗俄"文艺战线的核心组织。虽然一"官"一"民",但他们的宣言和宗旨几乎如出一辙。官办台湾中华文艺奖金委员会宣称,要"奖助富有时代性的文艺创作,以激励民心士气,发挥反共抗俄的精神力量"。[①] 台湾中国文艺协会则表示:"本会以团结全国文艺界人士,研究文艺理论,从事文艺创作,发展文艺事业,实现三民主

---

① 赵友培:《文坛先进张道藩》,第193页,台北重光文艺出版社,1975。

义文化建设,完成反共抗俄复国建国任务,促进世界和平为宗旨。"①

在这两大核心组织的带动下,其他民间团体纷纷表态。1953年8月成立的台湾中国青年写作协会、1955年成立的台湾省妇女写作协会等组织的宣言,也沿着同一政治目标如法炮制。② 这些宣言或宗旨,事实上都是国民党官方理论的复写。各文艺团体宣言所表达的内容,没有超出张道藩的"三民主义"文艺观。因此,那些民间团体的独立性是不存在的。

在推动"反共文学"和"战斗文艺"发生、成长的过程中,台湾当局几乎不惜一切手段,甚至达到了毫不遮掩、赤裸裸的地步。一个典型的做法,就是"重金收买"。1950年3月,张道藩亲任主任的台湾中华文艺奖金委员会,每年由官方提供60万新台币的经费征集"有反共抗俄"意义的各类作品。在这个委员会存在的七年时间里,曾奖励诗歌、曲谱、小说、戏剧、电影、宣传画、文艺理论、鼓词小调等十余种艺术形式,先后17次评奖,作品近万件,获奖作家120人,从优获得稿费者达千人以上。除此之外,还设置了"军中文艺奖""学术文艺奖""青年文艺奖""中山学术文化奖"等。这些重奖激励下的"文艺创作",一方面对作家有极大的金钱诱惑性,极大地激发了"创作"的积极性;一方面也满足了台湾当局试图通过文艺对民众"励志"的幻觉。从1950年台湾中华文艺奖金委员会首次公布的奖金得主名单和作品中,可以看出台湾当局文艺的政治意识形态化到了何种程度。③ 其中反共、抗俄、反攻等极端政治化和概念化的空洞口号,是这些作品基本的修辞方式。它除了表达台湾当局的政治愿望之外,没有任何艺术性或美学价值可言。

"反共文学""战斗文艺"极端的政治化和概念化,因单一和雷同必然导致公式化。就在这个文艺路线确立不久,国民党文艺政策的"权威"阐释者

---

① 《文协十年》,第201页,台北,中国文艺协会编印,1960年5月4日。

② 台湾中国青年写作协会在宣言中说:"我们不仅以团结国内的文艺工作者为满足,我们还希望并要求海外的华侨青年文艺工作者,和我们站在一起,同心同德,为反共抗俄而写作,为复兴建国而磨砺。"台湾省妇女写作协会声称:"我们愿望能拿起一支笔写下自己的心声、自由中国的复兴、大陆铁幕的黑暗。"

③ 1950年台湾中华文艺奖金委员会首次公布的得奖名单是:

一、歌词:第一奖:赵友培《反共进行曲》;第二奖:章甘霖《反共抗俄歌》;第三奖:孙陵《保卫我台湾》。

二、得稿费酬金者:纪弦《怒吼吧台湾》;乐牧《怀大陆》;张清征《自由生存》;毛燮文《我不再流浪》;杜敬伦《反共抗俄歌》;郭庭钰《为了自由》;刘厚纯《妇女反共歌》;吴波《一仗打得好》;张奋岳《保卫海南》;方声《保卫大中华》;胡东刚《江河忘》;林洪《反攻大陆回故乡》;何逸夫《革命青年》;万铨《打回大陆去》;小亚《反共进行曲》;宋龙江《反极权反独裁》。

张道藩沮丧地承认:"一个不容否认的事实摆在我们面前:便是反共的文艺作品一年比一年产生地多了,广大读者对反共文艺作品的兴趣却一年一年减少了。不仅是少数专家学者认为这些作品,是属于'宣传'一类的东西;便是广大的读者,也把它当作宣传品看待。反共文艺的效用,在逐渐减削。"①这一真实的告白,从一个方面预示了"战斗文艺"最后的命运。用台湾政界作家王蓝的话说,这是一种"只战斗""不文艺"②的创作。50年代末期,"反共文学"和"战斗文艺"已成强弩之末,难以为继,来自内部的反对之声也不绝于耳。1959年,一篇署名"李经"的文章绝望地指出:"政治干预文学可能摧残文学,但无法提高作家的创造力。一个文艺政策如果尝试以政治的原则取代文学的原则,其结果必然是可悲的。"③这一识见真实地道出了台湾文艺路线的本质问题。

但是,台湾的文人和作家大多来自大陆,因反共需要建立的文艺意识形态,不可能完全置换他们过去对文艺的理解和全部文艺观念。反共文艺的兴起除了迎合台湾当局的要求之外,奖金制度也起到了相当重要的作用。初到台湾的文人作家,因物资匮乏,生活水平低下,很多应时之作也可理解为"稻粱谋"。因此,台湾文艺的政治意识形态的控制,相对来说还是较为松散的。50年代中期,现代主义等文艺思潮的兴起,从一个方面证实了台湾作家对政治意识形态的疏离,以及台湾当局对文艺控制的松动。

---

① 张道藩:《论当前自由中国文艺发展的方向》,《文艺创作》第21期,1953年1月。
② 王蓝:《岁首说真话》,《联合报》副刊1958年1月5日。
③ 李经:《文艺政策的两重涵义》,《自由中国》第20卷第10期,1959年5月16日。

第三章 当代文学的内部制度

第一节 文化领导权的建立

在葛兰西看来,东方国家的无产阶级之所以可以用暴力迅速夺取政权,是由于东方国家市民社会的微弱,不存在对抗革命的强大堡垒,无产阶级不必进行细致漫长的精神和道德渗透,缓慢地夺取文化领导权之后才有可能夺取政权。在东方,无产阶级只要打碎了旧的国家机器,也就意味着夺取政权的完成。这与在西方资本主义社会进行社会主义革命是完全不同的。但是,中国革命的具体实践与葛兰西的这一设定,既有相似性,也有极大的不同。或者说,在中国共产党以暴力的形式摧毁旧的国家机器的时候,城市几乎没有起什么作用,但它的精神和道德的力量获得了包括知识分子在内的中国民众的广泛支持。在中国共产党革命成功之前,许多知识分子放弃了优裕的生活,或从家庭叛逃,或从国统区奔赴延安。这里除了个人要求和对传统中国生活方式的不满之外,与中国共产党的道德精神感召不能说没有联系。不然,我们也就不能解释陕北农民李有源为什么会创作出歌颂毛泽东的歌曲《东方红》。

因此,美国学者莫里斯·梅斯纳在《中华人民共和国史》中,一方面热情地赞颂中国革命的象征性意义,不亚于1789年的法国大革命和1917年的俄国十月革命,其政治摧毁的范围和为社会发展新进程而开辟道路方面,也不亚于那两场革命;但是,另一方面,他也指出:"与法国革命和俄国革命不同,中国革命并没有一个突然改变历史方向的政治行动。中国革命没有一个象巴黎群众攻打巴士底狱或者象俄国布尔什维克党人在'震撼世界的十日'中夺取政权那样的,戏剧性的革命事件。对中国革命家来说,并没有要攻打的巴士底狱,也没有要占领的冬宫。现代中国历史环境的特殊性提出了极为不同而且困难得多的各种革命任务。当中华人民共和国于1949年10月1日正式宣布成立的时候,中国革命家们已经展开并且赢得了那些摧毁旧秩序的战斗。10月1日在北京并不是一个革命暴力的时刻,而是变成统治者的革命家可以回顾过去并且展望未来的一天,那一天他们可以追溯和反思使他们掌权的那些斗争和牺牲的漫长岁月,展望他们国家的,充满希望的和平任务。在摧毁旧政权的几十年革命暴力期间,新国家和新社会的胚胎已经逐渐成长起来。"①这一描述隐含了两方面值得注意的内容:一方面,中国共产党是以暴力摧毁了旧的国家机器,但那漫长的革命岁月也孕育了"新国家和新社会的胚胎"。这一"胚胎"的形成和最后分娩,就是中国共产党对文化领导权掌握的过程。不同的是,它不是通过葛兰西的"市民社会",而是通过中国最广泛的民众实现的。另一方面,这一过程是十分复杂的,其间不仅有民众被动员组织起来之后极易形成的暴力倾向,也有在民族战争中被伤害后的"保家卫国"的正义要求。但值得注意的是,当民族战争结束之后,在同国民党的战争中,到处都出现了"支前"的民众队伍,在条件极其恶劣的情况下,是民众没有条件地支持了要"解放"他们的中国共产党。如果仅从民众缺乏理性,易于受"战时文化"煽动这一点来解释是没有说服力的。国民党掌握着国家机器,他们的"煽动"条件要远远优于共产党,民众为什么没有支持国民党?因此,我们不能不从共产党的精神和道德感召上,去解释民众对它的认同和追随。

中国共产党的文化是"新文化",这个文化的提出者和权威阐释者是毛泽东。在毛泽东还没有走向中国政治舞台中心的时候,他也像许多杰出的政治家一样办过传媒,试图通过传媒传播自己的政治主张。他于五四时期创办的《湘江评论》,虽然是湖南省学生联合会的会刊,但它气吞山河的气象不仅已经显示了毛泽东的政治抱负,而且也简单地构建起了他未来思想的雏形。在创刊宣言中,他提出了两个问题:一个是"吃饭问题最大",一个是"民众联合的力量最强"。号召民众造反,让被压迫者获得解放,是毛泽东建立的新文化的出发点。要建立新文化,首先要批判旧文化。新文化虽然是个不明之物,但旧文化却是清楚的,"不把这些东西打倒,什么新文化都是建立不起来的"。② 在这种"破坏"的意识形态的支配下,凡是与新文化

---

① 莫里斯·梅斯纳:《毛泽东的中国及其发展——中华人民共和国史》,第3页,社会科学文献出版社,1992。

② 毛泽东:《新民主主义论》,《毛泽东选集》第2卷,人民出版社,1991。

猜想格格不入的旧文化,都在批判和破坏之列。对于底层的民众来说,"破坏"的欲望只要稍加引导便可迅速点燃,并以百倍的仇恨去实现它。在这个意义上,新文化的领导权是通过中国最底层的民众来实现的。值得注意的是,毛泽东对于新文化的阐释并不一定为民众所理解,他说:"所谓中华民族的新文化,就是新民主主义的文化","所谓新民主主义的文化,一句话,就是无产阶级领导的人民大众的反帝反封建的文化"。① 这种断裂式的文化变革,其内容是新民主主义、社会主义的,但形式却必须是民族主义的。对于没有文化的中国底层民众来说,要他们在理论上接受新民主主义和社会主义显然是困难的。这时,新文化的提出者为了让最广大的民众接受这一想象,在文化传播的过程中事实上进行了两次同步的"转译":首先是将抽象的理论"转译"为形象的文艺,其次是将五四时期知识分子个人主义的小资产阶级的语言和感伤、浪漫、痛苦、迷惘的情调"转译"为老百姓喜闻乐见的语言和形式。因此,新文化又可以解释为"革命的民族文化",它要具有"民族的形式,新民主主义的内容",它是"新鲜活泼的,为中国老百姓所喜闻乐见的中国作风和中国气派"的文化。在新文化的内涵被确定之后,一个重要的问题就是形式的问题:"谁来确定民族的本质内涵?由谁提出民族文化的语言?这个问题对于中国的知识分子来说,在三十年代的民族危机中已经很迫切;他们对'古老的'精英文化和20年代的西方主义都抱怀疑态度。他们带着现代性在中国的历史经验中寻求一种新的文化源泉;这种文化将会是中国的,因为它植根于中国的经验;但同时又是当代的,因为这一经验不可避免地是现代的。不少人认为'人民'的文化,特别是乡村人民的文化,为创造一种本土的现代文化提供了最佳希望。"②这一资源后来衍生出了有关新文化的一系列理论。应该说,这是一条建设新文化的卓有成效的途径。在迈向这条道路的过程中,白毛女、小二黑、李有才、王贵与李香香、开荒的兄妹等,这些活泼朗健的中国农民形象,不仅第一次成为文艺作品的主人,而且重要的是,他们对于实现最广泛的民众动员起到了难以想象的作用。那一时代,共产党有了相对稳定的根据地,毛泽东也可以抽出时间亲自过问他历来重视的传媒问题。1941年5月16日起,中央决定将延安的《新中华报》《今日新闻》合并,出版《解放日报》。毛泽东不仅为报

---

① 毛泽东:《新民主主义论》,《毛泽东选集》第2卷。
② 阿瑞夫·德里克:《现代主义和反现代主义——毛泽东的马克思主义》,萧延中等编:《在历史的天平上》,第217—218页。

纸写了七份"解放日报"报头供报社选用,而且亲自撰写了"发刊词"。他还给报社社长打电话,并且亲自撰写社论,甚至亲自校对报纸清样。后来有人回忆说,延安《解放日报》出版六年,毛泽东为报纸写的按语最多。① 这些细节足以说明毛泽东对传媒和文化权力之关系的深刻理解。但是,在战乱的年代,对于落后的中国民众来说,即便是有能力读报纸的人,也是相当有限的。因此,街头诗、秧歌剧、朗诵诗、黑板报、战地通讯等,这些相当原始的传媒所构建的公共空间,因为其民族形式而有效地提高了它的传播效率。

  毛泽东的新文化观念,正像后来有的研究者指出的那样,"对普通民众——他们绝大多数是贫困的,没有文化,受剥削和压迫——的价值观和愿望,怀有一种偏爱,显然是由于政治上的缘故。他认为,这些人,正是中国潜在的革命者"②。这的确是一种政治上的缘故,但是实现这一政治目标的内在动力,对于民众来说则是"偏爱"中蕴涵的道德力量。

  在毛泽东处理现实和展望未来的所有表达中,他都毫不犹豫地站在了民众一边。他对民众运动的热情赞颂,对农民思想品质的想象性构造和倾心认同,都使知识分子相形见绌。而且,知识分子在五四时期建立起的"个人主义",在与农民的比照中,已经成为不可容忍的内部异己。在葛兰西那里,他对"有机知识分子"是十分重视的,因为他认为他们负有回答"卑贱者"提出的问题的义务。但是,在毛泽东那里,知识分子并不负有这样的义务。准确地说,他们没有资格,或者说在毛泽东看来他们没有能力来承担这个任务。能回答这些问题的只有毛泽东一个人,知识分子只负有阐释和宣传的义务。因此在现代中国革命史上,只有毛泽东才是革命的导师,只有他才是真正的理论家。也正是在这样一种不作宣告的规约和语境中,毛泽东成为具有"超凡魅力"的领袖。我们还注意到,当民众的精神和道德在毛泽东的想象中被成倍地放大直至近乎完美之后,对精神和道德的追随,事实上也就被置换为对民众的想象和追随。中国现当代文学史上的经典作品所塑造的可效仿的"典型人物",几乎无一不是农民,或者是农民出身的军人。他们纯粹,透明,乐观,充满了理想主义和英雄主义。这些人物在毛泽东的热情赞颂和诗性表达中,显示了道德理想无可抗拒的巨大

---

  ① 黎辛:《毛泽东与延安〈解放日报〉》,载《纵横》1997年11期。
  ② 〔澳〕王衮吾:《作为马克思主义者和中国人的毛泽东》,萧延中编:《在历史的天平上》,第139页。

魅力:张思德是为人民的利益而死的,他的死比泰山还重;纪念白求恩,就是要学习他毫无自私自利之心的精神,"一个人的能力有大小,但只要有这点精神,就是一个高尚的人,一个纯粹的人,一个有道德的人,一个脱离了低级趣味的人,一个有益于人民的人";而愚公挖山不止,坚忍不拔,充满了战胜自然的乐观精神;等等,一起构成了道德理想的内涵。在文学艺术领域,"新的人民文艺"也以人民群众喜闻乐见的形式,建构起了新文化的道德理想的形象谱系。这些表达道德理想的形象在民众那里获得了广泛的认同。

第二节 当代文学的组织形式

一 文学研究机构的设置

文学研究机构在大学已经存在,但"教研"一体化决定了它是一个松散的形式。成立于1917年11月的北京大学国文门研究所,内分研究科、特别研究科两项,主要研究文字学和文学。它的任务是研究学术、研究教授法、特别问题研究、中国旧学钩沉、审定译名、译述名著、介绍新书、征集通讯研究员、发行杂志、悬赏征文等十项。钱玄同、马叙伦、陈北韬、田北湖、黄侃、刘师培、朱希祖、吴梅、刘叔雅、周作人、胡适等都是研究所的成员。从它的成就看,从1928年至1950年间,所出论著及外出调查,多与传统文化有关,所出刊物也多为旧学研究。但1950年"北京大学文科研究所"在向高教部上报的调查表中,虽然研究计划仍多为旧学,但加上了"经过一年多的学习,各室工作人员已经建立新观点、应用新方法治学"①。它的背后显然述说了一种权力的力量。

中国社会科学院文学研究所的前身是北京大学文学研究所,创建于1953年,1954年9月内部改属中国科学院,1956年1月正式归属中国科学院下属的哲学社会科学学部。1958年哲学社会科学学部成为独立的单位,由中宣部直接领导。因此,文学研究所的工作事实上是由中宣部领导的。这一情况在1958年3月27日由何其芳、唐棣华向中国科学院党组送的一

---

① 《1950年度北京大学研究机构调查表》,教育部档案处藏。

份报告中得到了证实。①

　　这个报告送转不久,中国科学院又向中央宣传部送交了《关于改变中国科学院哲学社会科学学部组织领导关系的请示报告》②和《关于将中国科学院哲学社会科学学部改为独立工作单位的请示报告》,③报告要求将哲学社会科学学部直接划归中央宣传部领导。文学研究所的隶属关系至此得到了最终解决。这样,文学研究所的"研究方向",就不可能再像北大国文门研究所那样,主要研究一些与现实无关的旧学,不仅它的日常研究要密切配合现实的需要,而且中、长期工作也必须纳入规划中。在《中国科学院哲学社会科学学部所属各所 1961—1962 年重点专著计划目录》中,文学所的项目有七个,它是《中国文学简史》《文学概论》《美学》《当代英、美资产阶级文学流派资料汇编》《苏联文艺思想斗争史料十辑》《中国古代和近代文学批评论文选辑》《左联史料》。问题也许不在于选题,这些选题是在文艺政策调整之后做出的,它的学科基础建设性质显示了计划者的视野。但它"集体"实施的办法,使这些研究都带有完成任务的性质。而具体的编写方法乃至观点,都会及时地得到上级领导部门的指示。

　　科研机构的设置,集中表达了国家对文学研究的规范与控制,它的经费来源、人员配备、规划制定、指导思想等,都是由国家统一给定的。与此相适应的还有奖励制度、项目资助、对外交流乃至职称升迁等,都控制在国家权

---

① 报告藏于中国科学院档案处。全文如下:
　中国科学院党组并转
　中央宣传部:
　　文学研究所自 1953 年 2 月成立以来,五年的工作经历过一些摸索和曲折。在领导关系上,我所过去隶属于北京大学;1956 年 1 月转到了中国科学院。隶属于北京大学的时期,由于北大集中力量领导教学,对我所在政治、思想和业务方面管得很少。领导关系转到中国科学院后,由于科学院所属的单位太多,而且主要是把力量放在自然科学和社会科学的其他部门上面,对我所思想、业务方面仍然缺少经常的领导。这次整风运动中,康生同志指示我们,我所的研究工作要不脱离实际,最好和中央宣传部发生关系。我们从五年来的工作经历中,深感有此必要。现在请科学(院)党组(能)加以考虑,是否我所今后除在行政上仍隶属于中国科学院,由科学院和哲学社会科学学部在各方面继续领导而外,在政治、思想、业务方面同时请中央宣传部直接领导。如果党组同意,请转请中央宣传部正式确定对我所的直接领导关系。
　　以上意见是否妥当,请指示。
　　　　　　　　　　　　　　　　　　　　　　　　　　　　何其芳　唐棣华
　　　　　　　　　　　　　　　　　　　　　　　　　　　　1958 年 3 月 27 日。

② 藏于中国科学院档案处。
③ 同上。

力执行者的手中,其间的"利益关系"也从另一方面制约了研究者的思想取向和课题的选择。在权力的支配下,包括文学在内的社会科学研究,都不可能不体现国家权力的意志。

二 文学团体

文学团体一般说来是民间性的群众组织,它自愿结合,服务于共同设定的目标。1949年以后,我国最有影响的文艺团体是"中国文学艺术界联合会"和"中国作家协会"。中国文学艺术界联合会是中国文学艺术团体的联合组织,简称"中国文联",原名是"中华全国文学艺术界联合会"。1949年7月成立,1953年9月,全国文学艺术工作者第二次代表大会后改称现名。团体会员有中国作家协会、中国戏剧家协会、中国电影家协会、中国美术家协会、中国舞蹈家协会、中国音乐家协会等。

中国文联为自己规定的任务是:团结全国文艺界,在中国共产党领导下,在马克思列宁主义、毛泽东思想指导下,实践文艺为人民服务、为社会主义服务的方向,发展和繁荣社会主义文艺事业。对这个组织,曾有这样的评价:中国文联成立以来,在中国共产党的文艺政策、方针指引下,组织并推动中国广大文艺工作者深入生活,提高作品思想和艺术水平,积极开展各种创作和理论批评活动,对于促进中国各兄弟民族之间文学艺术的共同繁荣,加强党员作家与非党作家的团结,开展与海外侨胞文艺工作者以及与各国文艺工作者的友好交流等方面,作出了贡献。[①] 中国作家协会是中国作家自愿结合的群众团体,简称"中国作协"。它在各协会中影响最为广泛,它的许多会员,都是在读者中深受欢迎的知名作家,以及在学界有影响的学者或批评家。这个组织被认为:成立以来,鼓励和帮助作家深入生活,提高思想和艺术水平,组织推动文学创作、理论批评和研究活动;扶植培养各民族文学创作的新生力量,发展壮大社会主义文学队伍;积极贯彻"百花齐放、百家争鸣"的方针,提倡创作题材多样化和各种艺术风格、流派的自由竞赛;加强同台湾作家、港澳作家和海外华侨作家的联系和团结;积极开展中外文学交流,扩大同外国作家的联系等方面,都取得了显著的成绩。[②] 这两个重要的文艺团体的主要负责人,都是当代中国知名度最大的作家和理论家。郭沫若、茅盾、周扬、夏衍、田汉、阳翰笙、谢冰心、林默涵等,曾任中国文联

[①] 《中国大百科全书·中国文学(2)》,第1280页,中国大百科出版社,1986。
[②] 同上书,第1284页。

的主席、副主席;茅盾、周扬、巴金、老舍等曾任中国作协的主席、副主席。这两个文艺团体的章程规定:它们的最高领导权力机构是"代表大会",会议结束后,由主席团主持日常工作,充分显示了群众组织的民主性和民间性。

群众团体只是一个组织形式,它的成员都是国家公职人员,领导者都是党的文化官员,他们负有的使命和责任,是把文艺家们组织起来,把这些最具自由思想倾向的人,统一到为社会主义事业服务的轨道上来。文艺界整风,批俞平伯、胡适的《红楼梦》研究和资产阶级唯心论,批胡风的文艺思想,批文艺界右派等,文联、作协都是具体的组织部门,但每次重大运动的动员和实施,则一定是身份重要的党内人物。《武训传》公映后,文艺界和知识界对其评价不一,但还是好评者多,认为武训是中国历史上"伟大的劳动人民企图本阶级从文化翻身的一面旗帜"①,"甘做无产阶级和人民大众的牛",具有"全心全意为人民服务的崇高精神"②等等;也有人认为"武训精神"不足为训。这都是可以正常讨论的。但毛泽东调看了影片后,特为《人民日报》写了社论,他指出,《武训传》所提出的问题带有根本性质,像武训这样的人,处在清朝末年中国人民反对外国侵略和国内的反动封建统治者的伟大的斗争时代,根本不去触动封建经济基础及其上层建筑的一根毫毛,反而狂热地宣传封建文化,并为了取得自己所没有的宣传封建文化的地位,就对反动的封建统治者竭尽奴颜婢膝之能事,这种丑恶行为,难道是我们应当歌颂的吗?……文联和作协的领导人迅速作出反应,郭沫若、周扬分别撰写了文章,表达了他们鲜明的立场。

对俞平伯《红楼梦》研究的批判,也是毛泽东发动的一场批判运动。1951年9月,俞平伯将30年前写的《红楼梦辨》作加工修饰并增加五篇新作后,以《红楼梦研究》为书名重新出版。1953年5月,《文艺报》推荐了这部著作,并肯定了30年来俞平伯红学研究的成就及其地位。该刊于1953年10月至1954年7月,还陆续发表了俞平伯《红楼梦的著作年代》《红楼梦简论》等论文。这一时代,用马克思主义研究红学的青年人如李希凡和蓝翎已应运而生,他们对俞平伯的研究方法开始表示怀疑,并投寄稿件给《文艺报》,但没有引起重视,转而由山东大学《文史哲》发表。李希凡和蓝翎批评了俞平伯对《红楼梦》的反封建倾向的否定。1954年10月16日,毛泽东

---

① 董渭川:《由教育观点评〈武训传〉》,1951年2月26日《光明日报》。
② 孙瑜:《论导〈武训传〉记》,同上。

在给中共中央政治局的同志和其他有关同志写的《关于红楼梦研究问题的信》中,尖锐地批评了文艺界"大人物"压制"小人物"的倾向,并将其同对电影《武训传》的批判联系起来。10月24日,《人民日报》刊发了袁水拍的文章《质问〈文艺报〉编者》。之后《文艺报》改组。主编冯雪峰承认自己"做了资产阶级的错误思想俘虏"。文联主席郭沫若也承认做了"错误思想的俘虏"。作协主席茅盾不仅承认"做了错误思想俘虏",还和盘托出了他1935年有关《红楼梦》的文章,"完全抄引了胡适的谬论"。在《人民日报》发表袁水拍文章的同一天,作协古典文学部在部长郑振铎主持下,召开了《红楼梦》研究座谈会,出席会议的几乎全是著名专家教授。一周以后,中国文联主席团和中国作协主席团连续召开了扩大联席会议。在12月8日最后一次会议上,文联主席郭沫若作了《三点建议》的发言,作协主席茅盾作了《良好的开端》的发言,中宣部副部长周扬作了《我们必须战斗》的发言。他们进一步阐发了毛泽东信中的精神,并公开了在这一问题上同胡风的分歧,顺理成章地引发了批判胡风文艺思想的运动。

同胡风的分歧,既有文艺思想上的分歧,也有宗派斗争的性质。从30年代到50年代前期,以周扬为代表的主流文艺思想,同以冯雪峰、胡风为代表的文艺思想的斗争,始终以潜流的形式存在着。虽然他们都称自己是马克思主义者,也曾共同批判过朱光潜的文艺思想,但他们历史上的各种矛盾和纠葛并没有得到过真正的解决。1949年第一次文代会上,从权力分配中已可以看到冯雪峰、胡风等人的"失势",他们都没有占据重要的位置。特别是冯雪峰,作为唯一参加过长征的文化人,又同鲁迅有着不平常的关系,他的经历决定了他应当在文艺界有举足轻重的地位,但他只有短暂的主持《文艺报》工作的机会;而胡风从40年代末就处于被批判的地位,他与周扬的理论分歧自然是一大原因,但左翼文艺内部的矛盾显然也起到了极大的作用。1949年之后胡风几乎没有被委派过具体工作,这种有意的冷落与过去的恩恩怨怨不无关系。尽管如此,胡风也绝不会想到因思想观念的分歧而被捕入狱。当《人民日报》公布《关于胡风反革命集团的材料》时,毛泽东亲自为它撰写了序言和按语。在这些材料公布期间,中国文联主席团和中国作协主席团于1955年5月25日通过了联席扩大会议决议,开除了胡风的中国作协会籍,撤销了他的作协理事和《人民文学》编委、文联全国委员等职务,并向人大常委会建议撤销胡风全国人大代表资格,向最高人民检察院建议,对胡风的反革命罪行进行必要的处理。

第三节 传媒的控制

文艺刊物作为传媒的一种,是文学创作和理论生产最后得以实现的重要载体,文学是依靠报刊发表并得以传播的。但是,在五六十年代的中国,文艺刊物所负载的使命要远远大于它的传播功能,尤其是重要的文学刊物,不仅是时代政治风云变幻的晴雨表、"观象台",同时也肩负着引导方向,宣传、阐释中共的文艺方针、政策,讨论重大理论问题的重要"阵地"等功能。作家协会主办的《文艺报》就属于这类敏感的刊物。

《文艺报》创刊于 1949 年 5 月 4 日,创办时,是由中华全国文学艺术工作者代表大会筹备委员会主办的周刊。在"发刊词"中,编者对《文艺报》的办刊宗旨作了如下表达:它除了经常目标(交换经验、交换意见、报导各地文艺活动、反映群众意见)而外,特别希望做到下列几件事:一、随时报道筹委会工作进行的情形;二、发表对将来新的全国性文艺作家协会的任务、组织、工作方式、会员成分等的意见;三、推出五六年来优秀的文艺作品。这时的《文艺报》还是一个临时性的"筹委会之公报"①,它的任务更多的是搜集各种意见,很像个服务性的报纸,其权威性还没建立起来,在主编茅盾、副主编胡风、严辰的领导下,只出版了 13 期就停刊了。

1949 年 9 月 25 日,《文艺报》作为作家协会的"机关刊物"复刊。复刊的《文艺报》与"筹委会之公报"的《文艺报》已完全不同,它的权威性从历届编委会的名单中得到了体现。它的历届主编为:丁玲、陈企霞、萧殷(第 1 卷第 8 期至 1952 年第 1 期);冯雪峰(1952 年第 2 期至 1954 年第 22 期);张光年(1957 年第 1 期至 1965 年第 9 期)。期间第 1 卷第 1 期编辑者署"文艺报编辑委员会",1954 年第 23 期至第 24 期编辑者署"中国文学艺术界联合会文艺报编辑部",1955 年第 1 期至 1956 年第 24 期,署以康濯为首的编委,1965 年第 10 期至 1966 年第 5 期,署"文艺报编辑委员会"。②《文艺报》主编的频繁变更,一方面说明了它的重要地位,历任主编都是文艺界党内的知名人物;一方面也说明了这块重要"阵地"的敏感性,特别是 50 年代前期,主编丁玲、陈企霞被指控为"反党小集团",其主要证据就是他们把《文

---

① 《文艺报》发刊词,刘宏权、刘洪泽主编:《中国百年期刊发刊词 600 篇》,第 767—768 页,解放军出版社,1996。

② 洪子诚在《1956:百花时代》一书中,详尽地列出了《文艺报》历届主编及编委的名单。该书系谢冕、孟繁华主编的"百年中国文学总系"之一种,山东教育出版社,1998。

艺报》搞成了"独立王国"。丁、陈的主编职务随后即由冯雪峰顶替。在此之前,丁玲就曾写过一篇《〈文艺报〉编辑工作初步检讨》,这篇检讨虽然与"独立王国"无关,但其讯息已透露出了《文艺报》作为"阵地"的紧张,以及苏联对《星》和《列宁格勒》两杂志的批判对我国的影响。日丹诺夫曾在他的报告中说:"我们要求我们的文学领导同志和作家同志都以苏维埃制度赖以生存的东西为指针,即以政策为指针;我们要求我们不要以放任主义和无思想性的精神来教育青年,而要以生气勃勃和革命精神来教育青年。"①丁玲在她的检讨中,主要列举了如下缺点:第一,最主要的缺点,是没有通过文学艺术的各种形式与政治更密切地结合,广泛地接触目前政治上各方面的运动。《文艺报》只有几期刊登了这样的文章,并且作为社论和特辑,但内容不充实,好像只起了点缀的作用。……第二,在提高文艺思想方面,贯彻宣传与研究毛主席《在延安文艺座谈会上的讲话》非常不够。这种宣传和研究的工作,在目前是十分必要和迫切的。……第三,未能更好地与当前的文艺运动配合,我们虽然不断地发表各地文艺工作的报道与某些经验的介绍或总结,但对于这些情况和经验,我们没有经常的系统的研究。因此,就未能很好负起指导各地文艺工作的责任。……第四,我们的读者对象偏重于作者和文艺工作者,因此我们的文章,也就针对着这种对象,我们对广大的文艺爱好者和一般读者的注意就不够了。②丁玲的检讨表达了她办好《文艺报》的真诚愿望,但她仍然没有达到要求,没有让有关方面满意。尽管她是延安新文艺真诚的捍卫者,但仍没有逃离"丁、陈反党小集团"首要分子的宿命。

冯雪峰作为资深的党内文艺理论家,对文学艺术和理论有他独特的理解,对缺乏民主的气氛也十分忧虑和反感。但作为《文艺报》的主要负责人,他又必须执行党的文艺政策,有时他又是"左"倾批判运动的发动者。比如1951年6月25日,冯雪峰化名"读者李定中",在《文艺报》发表了《反对玩弄人民的态度,反对新的低级趣味》的文章,从而把批判萧也牧的行为提升到新的高度,进一步促进了"左"倾文艺思想的发展。重要的不是冯雪峰个人的品质问题,它更从一个侧面反映了《文艺报》对整个文坛的权威性导向。但这在冯雪峰主持《文艺报》工作期间还不是典型事件,更典型的是他作为"被告"的关于《红楼梦》研究的事件。李希凡、蓝翎的《关于〈红楼

---

① 《苏联文学艺术问题》,第56页。
② 丁玲:《跨到新的时代来》,第65—69页,人民文学出版社,1955。

梦简论〉及其它》一文曾寄给《文艺报》，但没有发表，《文史哲》发表后，《文艺报》转载了它，转载时冯雪峰加了编者按语：

> 这篇文章原来发表在山东大学出版的《文史哲》月刊今年第9期上面。它的作者是两个在开始研究中国古典文学的青年；他们试着从科学的观点对俞平伯先生在《红楼梦简论》一文中的论点提出了批评，我们觉得这是值得引起大家注意的。因此，征得作者的同意，把它转载在这里，希望引起大家讨论，使我们对《红楼梦》这部伟大杰作有更深刻和更正确的了解。
>
> 在转载时，曾由作者改正了一些错字和编者改动了一二字句，但完全保存作者原来的意见。作者的意见显然还有不够周密和不够全面的地方，但他们这样地去认识《红楼梦》，在基本上是正确的。只有大家来继续深入地研究，才能使我们的了解更深刻和周密，认识也更全面；而且不仅关于《红楼梦》，同时也关于我国一切优秀的古典文学作品。

冯雪峰的这篇"编者按"的倾向性是明显的，它不仅因为《文艺报》此前曾拒绝发表它，而且在1953年5月15日出版的《文艺报》第9号上，曾有文章向读者推荐了俞平伯的《红楼梦研究》，认为"……过去所有红学家都戴了有色眼镜，做了许多索隐，全是牵强附会，捕风捉影。《红楼梦研究》一书做了细密的考证、校勘，扫除了过去'红学'的一切梦呓，这是很大的功绩。其他有价值的考证和研究也还有不少"。按说刊物坚持自己的学术看法和立场本来是正常的，它有选择稿件的权力，它对俞乎伯的肯定和对李希凡有所保留的情况，在《文艺报》既不是第一次，也不是最后一次，但这次却大不相同。1954年10月16日，毛泽东在《关于红楼梦研究问题的信》中指出："这是三十多年以来向所谓红楼梦研究权威作家的错误观点的第一次认真的开火。……看样子，这个反对在古典文学领域毒害青年三十余年的胡适派资产阶级唯心论的斗争，也许可以开展起来了。"

毛泽东的这封信当时没有公开发表，但它的精神显然在上层得到了贯彻。12天之后，《人民日报》发表了袁水拍的经过毛泽东审阅修改的《质问〈文艺报〉编者》一文。文章多用反问句，如"对于'权威学者'的资产阶级思想表示委曲求全、对于生气勃勃的马克思主义思想摆出老爷态度。难道这是可以容忍的吗？""唯有对这两篇文章就如此特别对待，这究竟是什么动机呢？难道《文艺报》《文学遗产》的其他作者一律都是充分研究了中国古典文学的老年吗？难道他们所发表的其他文章一律都不是'试图'或'供我们参考',而一律都是不能讨论的末日的判决吗?"文章还大段引用了斯大林给费里克斯·康的信中的话:"我认为,我们现在应当抛弃那种对本来已经提拔起来了的文学'显贵'再加以提拔的贵族习惯,由于这些'显贵'的'伟大',我们的年轻的、默默无闻的和被大家所忘记的文学力量正处于不断呻吟之中。""我国有成百成千有能力的青年人,他们用尽全力要从下面冲到上面来,以便向我们建设工作的总的宝藏贡献自己的一点儿东西。然而他们的努力总是白费,因为他们常常被文学'名人'的自傲、我们某些机构的官僚制度和冷酷无情、同辈男女的羡妒心(它还没有转变成竞赛)压下去了。我们的任务之一就在于打破这堵铜墙铁壁,给不可胜数的年轻力量以出路。"这些引文再恰当不过地说明了事件的性质。

　　迫于各方面的压力,冯雪峰发表了《检讨我在〈文艺报〉所犯的错误》。1954年12月8日,中国文联、作协主席会议通过了毛泽东审阅过的《关于〈文艺报〉的决议》。决议明确了《文艺报》的错误主要是:"对于文艺上的资产阶级错误思想的容忍和投降;对于马克思主义新生力量的轻视和压制;在文艺批评上的粗暴、武断和压制自由讨论的恶劣作风。这些错误的性质是严重的,是违背了马克思主义的立场和党的文艺方针政策的。"①《决议》不仅明确了《文艺报》的错误,同时又一次强调了刊物的宗旨,这就是:"《文艺报》应该成为真正宣传马克思主义文艺思想、开展健康的有原则性的文艺批评的刊物。它应该对资产阶级的各种错误的文艺思想进行斗争,坚决克服投降主义的倾向;它应该积极扶植马克思主义的新生力量,坚决克服轻视和压制新生力量的倾向;它应该有领导有计划地开展文艺思想的自由讨论。同时,其他文艺刊物也应该以同样精神来开展文艺批评和自由讨论,保证文学艺术事业能够在马克思主义思想指导下健康地发展,真正担负起为国家社会主义建设事业服务的光荣任务。"②这些要求显然不只是对《文艺报》的要求,同时也是对所有刊物的要求。

　　对《红楼梦研究》这个学术个案的处理,影响是巨大的。其处理过程和结论,都有强权的直接干预。它所处理的不仅仅是冯雪峰的编辑思想和俞平伯的研究方法,而是通过对这个个案的批判,向思想和学术界明示了"正本清源"的决心,即只有马克思主义才是唯一具有合法性的指导思想和研究方法,它的主流地位是不容侵越的,统一到马克思主义的思想轨道上来,

---

① 《文艺报》1954年第23、24期合刊。
② 同上。

是不可违背的意志。作为传媒的学术理论刊物,首先是宣传马克思主义的阵地,这是党的文艺方针。

因此,对《红楼梦》研究问题的处理,不是单纯的学术问题。那些有深厚学养和学术建树的知名学者,因其对政治话语的不熟悉而逐渐"落伍",年轻的运用马克思主义理论、方法治学的学者开始显露头角。这种时代风尚规约了刊物的办刊思想。新创刊的人文学科学术刊物的"发刊词",都写上了那一时代最流行的政治语言。马寅初在为《北京大学学报》(人文科学版)写的发刊词中说:

> 北京大学的教师们正在自愿的原则下,进行马克思列宁主义理论的学习。目前,对胡适派资产阶级唯心观点的批判,已经广泛地在社会科学各个领域中热烈地展开。尽管警钟敲着,不免还有些人没有警醒过来。这有待于以后继续深入检查肃清,以便能正确地运用马克思列宁主义的立场、观点、方法来做科学研究工作。①

李达在为《武汉大学人文科学学报》写的发刊词中说:

> 我们对于现代资产阶级的唯心主义哲学和反动的社会学说是否可以研究呢?我认为可以研究。"知己知彼,百战不殆。"要批判唯心主义的东西,首先要了解它,才能一针见血。不懂得敌情,无的放矢,是不能真正打倒敌人的。我们学术界在批判胡适、胡风等人的运动中所写的批判文章,其中有一些是并没有击中敌人的要害的。②

马寅初和李达都是大学校长和知名学者,但他们仍难以"免俗"地与现实唱和,把临时性的政治运动而非学术活动写进学报发刊词中,可见那一时代学术刊物的大致风貌。把胡风称为"敌人",认为对他的批判有些文章没有击中"要害",也从一个方面表达了一些学者推波助澜的非正常心态。

第四节 会议的意义

有关文学的重要会议,是传达贯彻党的文艺方针政策、统一思想步调、布置当前任务、制定长远规划、矫枉纠偏等的主要形式。除了专业性的会议之外,重要会议并不讨论具体的问题,它更着眼于大政方针和方向性问题。

---

① 《中国百年期刊发刊词600篇》,第110页。
② 同上书,第113页。

因此,会议的精神对一个时期的文艺创作和理论研究具有最直接的指导作用。同时,不同时期会议倡导或抵制的思想与倾向,其变化又集中体现了方针与政策的变化。文艺创作和理论研究外部环境的变化,与重要会议的精神紧密地联系在一起。在中国,有经验的人,只要看看重要会议的报道,就大体可以猜想到又有什么样的事情发生。更重要的是,频繁的会议产生了一种重要的文体——会议报告。

会议报告是权威人物代表权力机构向与会者宣谕一种精神和意志,它是一种典型的意识形态表达,是国家对文学艺术实施规范和控制的重要方式。因此,会议报告并不是体现报告人意志或研究成果的一种文体,它是掌握话语领导权的统治阶级的"集体发言",其权威性是不可置疑的,威慑力是不可抗拒的。会场上,报告人端坐于主席台中心位置,向与会者宣读通常是经过讨论或上一级领导审阅批准的报告,参加会议的人或认真倾听或忙于笔记。参加者将会根据报告的内容及利害关系表现出不同的情绪和态度。

当然,在不同的时代环境中,会议也会体现出阴晴不定的气氛。比如 1953 年第二次文代会召开前夕,决定由冯雪峰起草大会总报告。冯在报告草稿中,着重列举新中国成立后文艺界的严重问题,并在 1953 年 6 月的一次会议上,批评许多作家是"奉命体验生活""奉命写作",作家的能动性、独立思考能力,"好像被谁剥夺了","我们没有形式上的管制,而是思想上的管制"。冯雪峰起草的二次文代会总报告,在中共中央宣传部胡乔木主持,周扬、邵荃麟、袁水拍、冯雪峰参加的会上被否决,文代会报告也改由他人另行起草。① 这个例子说明,会议报告作为一种文体的性质,或者说,报告所谈论的问题不见得是真问题,而有见识的人提出的真问题,又往往在报告中被回避了。因此报告是话语权力拥有者根据需要向文艺界提供的一种特殊文本。特别是在政治气氛紧张的时期,报告的用语更体现了这一文体独特的编码形式,它具有批判性、打击性甚至是毁灭性的语言绞杀。周扬有两个报告特别能体现这一文体的特点,一篇是《我们必须战斗》,一篇是《文艺战线上的一场大辩论》。

我们正在进行的对俞平伯在《红楼梦研究》及其他著作中所表现伪胡适派资产阶级唯心论观点的批判,是又一次反对资产阶级思想的

---

① 洪子诚:《中国当代文学概说》,第 61 页,香港青文书屋,1997。

严重斗争,同时也是反对对资产阶级思想的可耻的投降主义的斗争。

《文艺报》的错误,当然不只是一两位编者的。我们放弃了对资产阶级唯心论的批判和斗争,实际上就是对资产阶级思想投降,这是我们工作中最大的错误。

当十年前舒芜先生宣传反马克思主义的唯心论的时候,党是及时地指出了这种理论的错误和它的危险性的,胡风先生却不听党的忠告,对这种错误理论狂热地捧场;而当解放以后舒芜表示愿意抛弃他过去的错误思想,愿意站到马克思主义方面来的时候,党对他的这种进步是表示欢迎的,而胡风先生却表示了狂热的仇视。这就是胡风先生对于共产党和马克思主义的最典型的态度。

这是周扬在《我们必须战斗》中,对他所要战斗的三个对象的判词。只要认定了矛盾的性质,报告就可以把人和事上升到政治的、阶级的高度来认识。文艺思想和观念上的分歧,就是这样转化为政治斗争的。同时,由于报告的权威性和威慑力,它又极大地紧张了文化环境,使文艺界充满了自危气氛。许多人忙于表态、忙于诠释报告精神,用紧跟形势换取个人的解脱。这种风气加剧了文艺界独立人格的丧失,加剧了精神空间的危机和陷落过程。

当然,政治气氛的缓和,精神统治的松动,也是由报告传达的。1956年5月26日,中共中央在中南海怀仁堂召开了一次由北京知名科学家、文艺家参加的会议,中宣部长陆定一作了题为《百花齐放,百家争鸣》的报告。他指出,这一方针"是提倡在文学艺术工作和科学研究工作中有独立思考的自由,有辩论的自由,有创作和批评的自由,有发表自己的意见、坚持自己的意见和保留自己的意见的自由"。他还指出:"在人民内部,不但有宣传唯物主义的自由,也有宣传唯心主义的自由。只要不是反革命分子,不管是宣传唯物主义或者是宣传唯心主义,都是有自由的。"这一精神自然让文艺界欢欣鼓舞,秦兆阳、钟惦棐、巴人、钱谷融、秋耘、王淑明等,都在文艺学有限的范畴内提出了新问题或新看法,理论界一时呈现出相对活跃的局面。但这一现象的虚幻性很快就得到了证实。周扬在《文艺战线上的一场大辩论》的讲话中认为:"从1956年春季以后,特别是从匈牙利事件以后,他们的心就痒得熬不住了。他们按照自己的主观愿望把'百花齐放、百家争鸣'的正确政策加以曲解。""把'百花齐放、百家争鸣'解释成对马克思主义思想运动的否定;他们十分讨厌思想改造运动。他们说'严冬'就要'解冻','春天'即将来临。他们的目的并不在开展什么学术辩论和艺术竞赛,而只是企图利用这个口号来卷起一场反社会主义的政治浪潮。"①林默涵、邵荃麟等主流批评家还在座谈会上完全肯定、支持了周扬的这些观点。这篇讲话不仅集中表现了话语霸权的暴力,而且不惜歪曲、篡改历史,以实现彻底打败丁玲、冯雪峰等对手的目的。后来,周扬在编选自己的文集时,甚至也没有勇气将它编选进去。"双百"方针只实行了相当短暂的一段时间,紧缩政策便又接踵而来。

文艺政策的调整也是通过会议的形式传达的。1961年6月召开的"新侨会议",1962年3月召开的"广州会议",同年8月召开的"大连会议",是60年代初期对文艺政策产生重大影响的三次会议。周恩来在"新侨会议"上作了重要讲话,文化环境又有了新的转机。这时周扬又在一次会议上的讲话中指出:"在科学研究领域,我们主张不要有门户之见,还是自由一些好。科学方面、学术方面、艺术方面的问题,允许自由讨论,有的问题短时间内得不出结论也不要紧,让历史去作结论。这个方针不会改变。"②但是,周扬的这个承诺被历史证明是不会兑现的,或者说,变与不变也并不以周扬个人的意志为转移。距这个承诺几年之后,周扬自己也陷入到了他曾经倾心认同,极力维护的权力体制之网达数年之久。

因此,重要会议和会议报告最集中地体现了文艺政策的变化,会议报告也成为最能体现那一时代政治特征的文体形式,它不具有理论创造性,只是政治语言翻来转去的权力意志的表达。由于它是会议报告,所以又没有具体人为它承担责任。

第五节　文学讲习所

文学的群众团体只是一种组织形式,它的成员都是国家公职人员,它的领导者都是党的文化官员,他们负有的使命和责任,是把文艺家们组织起来,把这些最具自由思想倾向的人统一到为社会主义事业服务的轨道上来。这种组织形式是文学艺术体制化的最集中的表现。这种体制化的建立,是国家体制的组成部分,也是国家统一组织文化、文学生产的一种形式。它参照了苏联组织文化、文学生产的经验,包括组织形式。但更重要的是,它是国家一体化的制度需要,是在新的文化实践条件下,社会制度对文学的要

---

① 《文艺报》1958年第4期。
② 《关于学术研究与出版问题》,《周扬文集》第4卷,第225页,人民文学出版社,1991。

求。中央文学研究所就是在这样的背景下建立的。

1949年，在第一次"文代会"筹备期间，茅盾就曾谈道："苏联作家协会有文艺研究院，凡青年作家有较好成绩，研究院如认为应该帮助他深造，可征求他的同意，请到研究院去学习，在理论和创作方面得到深造。培养青年作家是非常重要的事。"①同年10月，当年的"文协"给文化部上报了一份《关于创办文学研究院的建议书》：

> 全国面临着新形势，正如毛主席所指示，文化部的文化建设任务也要增强。思想教育更有重要意义。因此我们建议创办文学研究院。按文学艺术各部门来说，文学是一种基础艺术，但目前我们有戏剧、音乐、美术各学院，恰恰缺少文学院。所以有创办文学院之必要。自五四新文学运动以来，除延安鲁迅艺术学院文学系以及联大文学系用马列主义观点培养文学干部而外（经验证明他们是有成就的），一般的文学工作者大都是自己单枪匹马，自己摸路走，这是他们不得已的事情，这是旧社会长期遗留下来的人们的学习方法。至于过去各大学的文学系，也由于教育观点方法的限制及错误，从来很少培养出多少真正的文学人才。我们接收以后，教育观点与方法虽然要改，但也不一定能适合培养各种不同条件的文学工作者，不一定适合培养作家。所以，也有创办文学院之必要。

> 另外，在我党领导下，近十几年来，各地已经涌现出许多文学工作者，有的实际生活经验较丰富，尚未写出多少好作品。有的已经写出一些作品，但思想性、艺术性还是比较低的。他们需要加强修养，需要进行政治上的、文艺上的比较有系统的学习。同时领导上可以有计划地、有组织地领导集体写作各种斗争、奋斗史。……②

1950年2月，周扬在谈到当年工作重点时，也特别提到了"筹备文学研究所"。③ 同年10月18日，中央人民政府文化部长沈雁冰批复："同意中央文学研究所筹办计划草案及第一次筹委会会议决议七项照准，望即据此进行。"经过政务院第61次政务会通过后，正式设立了中央文学研究所机构，并任命丁玲为中央文学研究所主任，张天翼为副主任。机构隶属中央文化部领导，全国文协协办（1954年，中央文学研究所缩编，改称"中国作家协会

---

① 《文艺报》第5期（1949年）。
② 《关于创办文学研究院的建议书》，现藏鲁迅文学院资料室。
③ 周扬：《全国文联半年来工作概况和今年工作任务》，《文艺报》第1卷第11期。

文学讲习所")。文学研究所副秘书长康濯说,文研所"创办的目的就在于选调全国各地的文学青年,经过一定时期的学习,提高其政治与业务水平,培养实践毛泽东文艺方向的文学创作与业务理论批评方面的干部。"①应该说,文研所在1958年停办之前,实现了它既定的目标。第一期招收学员53人,其中有两名是第二次国内革命战争中入党的,17名是1938年参加革命的,其余也多是在抗战和解放战争中参加革命的,百分之九十是党员。② 要求学员"经过两年学习研究,能提高一定的政治及业务水平,掌握毛泽东文艺方向进行创作,两年内希望每个研究员尽可能写出一部能出版的作品"。1952年秋招收研究生24人,多数为大学毕业生,主要是培养文学编辑、教学工作和理论研究者。教学是授课和导师辅导相结合的方式。

到文研所讲课的教授,都是国内知名的大学者。第一期的课程表是:裴文中:史前文化;郑振铎:中国文学史、中国古代文学;郭沫若:屈原;俞平伯:古诗十九首、孔雀东南飞;郑振铎:三国六朝文集;余冠英:南北朝乐府诗、乐府词;郑振铎:唐代的骈文和传奇;游国恩:白居易及讽刺诗;叶圣陶:古文;郑振铎:辛稼轩词,元朝时代的文学;张庚:元曲;聂绀弩:《水浒传》;郑振铎:明代的小说与戏曲——《桃花扇》与《红楼梦》、清朝末年的小说。现代文学课程有:曹靖华:鲁迅杂文;郭沫若:创造社及其作品;茅盾:文学研究会;叶圣陶:茅盾的短篇小说;老舍:抗战时期的重庆文学;李广田:关于闻一多;艾青:新诗的源流和发展;田汉:南国社及当时的戏剧运动。

这些课程虽然不够系统,但从授课人的身份可以看出对文研所和作家的重视程度。文研所是培养文学新人的一种形式。除此之外,召开全国性的青年创作会议,创办专门发表青年作家作品和指导青年作家的刊物,如《文艺学习》《文学知识》《萌芽》以及加入作家协会等,都是培养文学新人的不同方式。应该说,这些培养青年作家的方式,一方面有效地控制了进入作家队伍的新人的成分,使这种"后备力量"的培养能够在"规范"的范畴内进行;一方面,对青年作家的"规训"也建立了合法性和规范性的制度。这些青年作家因在文研所的学习,也获得了进入作家队伍的重要"资格"。有人说文学研究所是文学界的"黄埔军校"。统计资料表明,文研所或讲习所第一期到第四期学员共279人,从他们结业后在文学界的分布情况看,在中国作协、文联工作的有18人,约占总数的7%;任省级文联、作协主席、副主

---

① 《文艺报》第3卷第4期。
② 邢小群:《丁玲与文学研究所的兴衰》,第19页,山东画报出版社,2003。

席的 61 人,约占 23%;任国家级刊物、出版社正、副总编的 19 人,约占 7%;任省级刊物正、副主编的 38 人,约占 14%;专业创作人员 36 人,约占 11%;教授、研究员 11 人,约占 4%,其余的分别是编辑、记者、工人、农民等。①

虽然徐光耀的《小兵张嘎》、马烽的《结婚》、董晓华的电影剧本《董存瑞》、梁斌的《红旗谱》、邢野的话剧《游击队长》(后拍成电影《平原游击队》)、刘真的《春大姐》《我和小荣》等作品,与这些作家在文研所的学习提高有一定关系,但更多的学员却没有成为作家,而成为文学的管理者和组织者。这也从一个方面反映了文研所和体制之间的必然的关系。或者说,文学讲习所主要还是培养"文学干部"的单位,是培养文学的组织工作者或期刊负责人的学校。

1957 年 11 月 14 日,中国作家协会整风办公室编的《整风简报》第 61 期,印发了《书记处决定停办文学讲习所》的通知。1980 年,文学讲习所恢复。1984 年起,文学讲习所改称"鲁迅文学院"。

---

① 邢小群:《丁玲与文学研究所的兴衰》,第 67 页。

第四章　当代文学的外部资源

当代中国文学的发展,与苏联文学密切相关,这与我国在一段时期内把苏联作为社会主义的成功范本是联系在一起的。社会主义苏联首先创造了具有社会主义典范意义的文学和理论,在文艺创作和理论上向苏联学习,因此是一种合乎逻辑的选择。据《中国新文学大系史料索引》和《翻译总目》记载,五四后的8年间,187部单行本的翻译作品中,俄国就有65部。《新青年》《晨报》译介的各国小说中俄国小说的数量均占第一位。在中国的读者中,普希金的《驿站长》、莱蒙托夫的《当代英雄》、果戈里的《钦差大臣》、屠格涅夫《父与子》《猎人笔记》、契诃夫《樱桃园》、A.H.奥斯特洛夫斯基的《大雷雨》、列夫·托尔斯泰的《复活》《安娜·卡列尼娜》、高尔基的《母亲》、法捷耶夫的《毁灭》、尼·奥斯特洛夫斯基的《钢铁是怎样炼成的》等作品,都被长久地阅读着。20年代,当马克思主义在中国进一步传播时,在文艺领域,是伴随着对苏联文学创作和理论介绍同时进行的。1928年12月起,陈望道主编的"文艺理论小丛书"开始印行,其中就收有苏联的文学论文;1929年春,冯雪峰主编的"科学艺术论丛书"也开始出版,鲁迅为这套丛书翻译了卢那察尔斯基的《艺术论》《文艺与批评》和苏联的《文艺政策》;冯雪峰也翻译了卢那察尔斯基的《艺术之社会的基础》、普列汉诺夫的《艺术与社会生活》、伏洛夫斯基的《社会的作家论》等书。鲁迅后来又单独译出了普列汉诺夫的《艺术论》(《没有地址的信》)。从这个时代起,苏联文学作为重要的资源已经开始影响和渗透了中国文学的建设和发展,它像社会主义在苏联获得了成功一样,挥发着社会主义文学的巨大魅力。

建国后,对苏联文学和理论的介绍,更显示出了空前的热情。短短几年的时间,就有上千种苏联文学作品被介绍到我国。《青年近卫军》《真正的人》《早年的欢乐》《水泥》《不平凡的夏天》等,迅速被我国读者所熟悉,它们被关注和熟知的程度,几乎超过了任何一部当代中国文学作品。高尔基、法捷耶夫、费定、奥斯特洛夫斯基成了最有影响的文化英雄,保尔·柯察金、丹娘、马特洛索夫、奥列格成为青年无可争议的楷模和典范。同时,从1950年到1962年的12年间,我国还翻译出版了苏联文艺理论、美学教材及有关著作11种,翻译出版了普列汉诺夫、列宁、斯大林、高尔基、卢那察尔斯基等论文学艺术的著作7种。①

1955年,苏联一个不知名的学者毕达可夫来华讲学,在北京大学开设了文艺学的研究生班,直接传授苏联多年来形成的社会主义文艺学,培育了中国文艺学教学和研究的骨干力量。所有这些,都对当代中国文学产生了直接而深远的影响。甚至可以说,一直到今天,还没有任何一个国家的文学像苏联文学那样,给我们留下了如此不能磨灭的深刻记忆。

但是,由于苏联文学一开始就具有鲜明的意识形态色彩,一开始就被规范为无产阶级革命事业的一部分,所以,在它表达了无产阶级和社会主义文学的特征、服务于这个总体目标的同时,也伴随了关于文学若干重大问题的论争与讨论,它自身所隐含的矛盾伴随着发展的全过程。在我们认同与接受苏联文学的时代,事实上也无可避免地遭遇了苏联文学所含有的矛盾。于是我们发现,在当代中国文学发展过程中,不仅我们使用的概念、关注的焦点,甚至面临的问题与苏联几乎都是相同的。它高涨的理想主义热情和残酷的政治压抑相伴相生。过去,我们只看到高尔基作为一代文学宗师的权威地位,但却难以想象他内心的全部痛苦和无奈。罗曼·罗兰在50年后才公开发表的《莫斯科日记》,部分地揭露了斯大林时代的文化专制,也部分地揭示了高尔基在那一时代的矛盾心理和精神苦痛;我们只看到法捷耶夫《毁灭》《青年近卫军》的经典意义和他作为苏共中央委员、作协总书记的荣耀,但却难以想象他用子弹将自己置于血泊中,而此时正是史称"解冻"的时代。当然,还要包括对托洛茨基、布哈林充满仇视的理论批判,对左琴科、阿赫玛托娃等人的清洗,对索尔仁尼琴、帕斯捷尔纳克的迫害,以及对各种"非无产阶级文学"流派和潮流的批判等,我们也都曾部分地经历过。

不同的是,苏联与欧洲传统的密切联系以及19世纪以来俄罗斯丰富的文学和理论遗产,作为潜流和已成为民族精神一部分的影响,始终在产生着作用。赫尔岑、别林斯基、车尔尼雪夫斯基、杜勃罗留波夫、普列汉诺夫、托洛茨基、布哈林等大师的理论,总会成为生长点,有可能在理论危机的时代

---

① 洪安南:《中苏当代文学理论异同简论》,倪蕊琴主编:《论中苏文学发展进程》,第177页,华东师范大学出版社,1991。

填补稀缺的理论空间,并暗中给人们以思想的支援。而我们在接受苏联文学的时代,更注重的是理论的实用性和意识形态的意义,而不是包括俄罗斯文化精神在内的全部苏联文学。这种情况自然有民族传统的制约,有民族主体性要求的考虑,但它也同时隐含了追随中疏离的危机。也就是说,当民族主体性和意识形态要求与追随对象发生分歧时,疏离甚至反目就会成为新的选择。事实也是我们如此经历了对苏联文学的接受、对抗、选择的全过程。即便如此,苏联文学对我们的影响仍然是巨大的,抛开文学的意识形态性,19世纪的俄罗斯文学及理论、20世纪的苏联文学的世界意义仍值得我们格外重视。而70年的苏联文学的经验与教训,对我们说来其意义更是不同寻常。

第一节　与俄苏文学的历史渊源

事实上,当中国共产党作为一个独立的政治力量出现于国际共产主义运动中以后,与苏联的关系一直是微妙而复杂的。当"用无产阶级的宇宙观作为观察国家命运的工具,重新考虑自己的问题"时,"走俄国人的路",就是"结论"。① 在缺乏经验的领域,向苏联学习也是一个策略上的选择,"在全国解放初期,我们全没有管理全国经济的经验,所以第一个五年计划期间,只能照抄苏联的办法"。② 但是,"中共领导人从来没有采取照搬苏联经验的立场"。③ 这不仅与毛泽东对中国革命道路独特性的理解、强调民族主体性相关,同时也与同苏联关系中的痛苦教训相关:"斯大林对中国作了一些错事。第二次国内革命战争后期的王明'左'倾冒险主义,抗日战争初期的王明右倾机会主义,都是从斯大林那里来的。解放战争时期,先是不准革命,说是如果打内战,中华民族有毁灭的危险。仗打起来,对我们半信半疑。仗打胜了,又怀疑我们是铁托式的胜利,一九四九、一九五〇两年对我们的压力很大。"④与苏联交往的压抑感是不能抹去的历史记忆。因此,毛泽东在强调向一切国家长处、好的东西学习的同时,也指出必须有分析有批判地学,不能盲目地学,不能一切照抄,机械搬运。这时,毛泽东尤其指出了

---

① 毛泽东:《论人民民主专政》,《毛泽东选集》第4卷,人民出版社,1991。
② R.麦克法夸尔、费正清编:《剑桥中华人民共和国史》,第66页,中国社会科学出版社,1990。
③ 同上书,第65页。
④ 毛泽东:《论十大关系》,《毛泽东选集》第5卷,人民出版社,1977。

"对于苏联和其他社会主义国家的经验,也应当采取这样的态度"①。但这一明确的立场是1956年中苏关系发生危机之后才提出的。在相当长的一段时间里,向苏联学习几乎是没有条件的,特别是在文学艺术领域,当它被认为是意识形态一部分的时候,与苏联在这一领域内保持一致,就是同资本主义世界相抗衡的社会主义阵营的意识形态要求。因此,在50年代中期以前,封闭的中国唯一保持了与苏联在文艺领域内单向的文化流通,大量的苏联文学和文艺理论被介绍到中国,也正是在这样的意识形态背景下发生的。

俄国的社会主义文学,创造了这一文学形态的典范,它从被认知时开始,就强烈地吸引了中国共产党人和进步知识分子。1979年才第一次公开发表的李大钊的遗作《俄罗斯文学与革命》,这篇大约写于五四前后的介绍俄罗斯文学的文章②,在分析俄国文学特质时指出,它"一为社会的彩色之浓厚;一为人道主义之发达。二者皆足以加增革命潮流之气势,而为其胚胎酝酿之主因"。"文学之于俄国社会,乃为社会的沉夜黑暗中之一线光辉,为自由之警钟,为革命之先声。"由此可见,对俄国文学的接受,一开始就是与革命和意识形态的需要联系在一起的。现代中国文学在西风东渐的时代,曾沐浴了多元文化的洗礼,各色"主义"都曾在中国留下印记,但那个兼容并包的时代仍显示了它所强调的选择。鲁迅在1927年同美国学者巴特勒特的谈话中曾提到,俄国文学作品已经译成中文的,比任何其他国家作品都多,并且对于现代中国的影响最大。茅盾、王西彦、冯雪峰、耿济之、郁达夫、郭沫若、巴金、沈从文等现代中国文学家都曾程度不同地受到俄国文学的哺育和影响,或直接表达了对俄苏文学的景仰之情。俄苏文学所具有的时代魅力,恰似"黑暗王国中的一线光明",使中国作家看到了民族解放和民族文学的曙光。但这些作家更多的是在思想上汲取俄苏文学的营养,对艺术上的关注则退居到了次要地位。

因此,如前所述,由苏联文学观念所引发的问题与矛盾,我们在接受的过程中同样遭遇,特别是后期"拉普"所推行的极"左"思潮,严重干扰了中国无产阶级文学的发展。它的宗派主义、关门主义、一家独大的思想倾向在我国不同时期都有所反映。如果说早期中国进步文学界的马克思主义思想

---

① 毛泽东:《论十大关系》,《毛泽东选集》第5卷,人民出版社,1977。
② 李大钊的《俄罗斯文学与革命》,发表于《人民文学》1979年第5期,戈宝权在介绍这篇文章时认为它的写作年代不详,但肯定了它是"一篇最初用马克思主义观点来论述俄国文学,特别是俄国诗歌与革命的关系的文字"。

水平普遍不高,尚缺乏识别能力的话,那么,随着马克思主义经典作品的不断译介,文学界马克思主义思想有了显著提高之后,那种教条主义、宗派主义、关门主义等错误思潮并没有终结,则不能不说是意识形态方面的原因造成的。1933年11月,周扬曾根据苏联作家吉尔波丁的文章,发表了《关于"社会主义现实主义与革命的浪漫主义"》一文,第一次系统批判了"拉普"的理论核心"辩证唯物主义创作方法"。周扬认为,这一创作方法的主要错误,就在于"忽视了艺术的特殊性,把艺术对于政治,对于意识形态的复杂而曲折的依存关系看成直线的、单纯的,换句话说,就是把创作方法问题直线地还原为全部世界观的问题"。它"把辩证法的一般命题绝对化,而忽视文学的特殊性质。'拉普'在文学上的行政的手段就是根据这个来的"。周扬这时虽然也强调了世界观的重要性,但他仍然在"拉普"的教训中看到了艺术的重要性。他认为:"艺术的特殊性使批评家负了这样的义务,就是:他不但要发见作家的创作的阶级的和思想的意义,而且也非发见他的艺术的价值,他的才能的程度不可。"[①]并且援引了吉尔波丁、恩格斯对艺术性的强调。这种清理对当时左翼文学界是意义重大的。

在周扬的这篇文章中我们隐隐听到别林斯基和托洛茨基思想的回响。别林斯基曾认为:"确定作品的美学上的优劣程度,应该是批评家的第一步工作。当一部作品经不住美学分析的时候,也就不值得对它作历史的批评了;因为如果一部艺术作品缺乏迫切的历史内容,如果其中以艺术本身为目的话——那它还可以具有相对的、尽管是片面的优点;可是,假如它只有生动的当代旨趣,却没有创造和自由的灵感的印记,那么,它就决没有任何价值,其中生动的旨趣既然是强制表现在与它格格不入的形式里,也成了荒唐无稽的东西。"[②]托洛茨基也曾在《文学和革命》一书中指出:"艺术必须按照自己的方式发展,走自己的道路。马克思主义方法并不就等于艺术的方法。党领导无产阶级,但领导不了具有历史意义的各种历史过程。有些领域,党的领导必须是直接的、绝对必要的;有些领域,党只能参与合作;最后,还有些领域,党只能去适应要求,艺术领域并不是要求党去发号施令的场所。党能够而且保护和赞助艺术,但只能间接地领导艺术。"[③]周扬所表述的思想连接了俄苏艺术民主的传统,但它并没有也不可能作为一个传统

[①] 《社会主义现实主义与革命的浪漫主义》,《周扬文集》第1卷,第106—107页,人民文学出版社,1984。
[②] 《别林斯基论文学》,第261—262页,新文艺出版社,1958。
[③] 佛克马、易布斯:《二十世纪文学理论》,第106页,三联书店,1988。

在现代中国延续下来。而托洛茨基表达的艺术领域并不是要求党去发号施令的场所,也含有布尔什维克当时没有支持"无产阶级文化派"的解释因素。

事实上,在斯大林的时代,并不存在党去适应文艺要求的情况。在俄共中央不仅存在一个领导文学艺术的"专门小组",而且"斯大林亲自过问文学问题",苏联作协筹委会主席伊·米·格隆斯基"是他的常客,斯大林相信他,接见他的时候也不必'事先报告'"。格隆斯基后来回忆说:"专门小组的工作实际上决定了苏联文学以及整个苏联艺术后来的发展。"①因此,文艺创作和基本理论实际上是党在控制的。斯大林同高尔基讨论文学问题时,高层领导如莫洛托夫、伏罗希洛夫也"往往"参加。文艺这个领域没有人认为它是一块"飞地",苏联的经验得到了进一步证实的是日丹诺夫时期"以政策为指针"的理论,文艺作为意识形态的表意工具到这时达到了极致。

1949年之后,中国同苏联的关系虽然是微妙而复杂的,但它只限于高层领导集团,对于包括文艺界在内的其他领域,苏联仍是个社会主义阳光普照的伟大国家,日丹诺夫的极"左"理论仍在刚刚诞生的新中国得到了回应。一次文代会上就有人强调文艺工作者为党的政策服务的重要性,并为后来的论者发挥为:文艺必须服从政治,而"政治的具体表现就是政策",以政策为"指针",才能保证作品的"政治力量与艺术力量"。② 这种意识形态的认同,在1951年周扬的一份报告中被明确提出。周扬认为:"文艺工作现在最大的问题就是缺乏上边的帮助,缺乏政治上的帮助,他们最需要政治方面的帮助,就是如何使他们注意政策问题,注意人民生活中哪些是正当的问题,哪些是不正当的问题,领导他们对生活中所发生的重大问题发生兴趣,帮助他们去表现。"③这一提法与日丹诺夫的提法是非常接近的。对苏联的追随起码在文艺的领域并未因高层领导的微妙关系而受到影响。

1952年,周扬应苏联文学杂志《旗帜》之邀,写了《社会主义现实主义——中国文学前进的道路》一文,这是一篇向苏联致敬的文章,是包括文学在内的向苏联没有保留的认同的公开表达。周扬援引了毛泽东在《论人

---

① 《格隆斯基给奥甫恰连哥的回信》,《论中苏文学发展进程》,第343页,华东师范大学出版社,1991。
② 《文艺报》1950年第3卷第1期。
③ 周扬:《在中国共产党第一次全国宣传工作会议上的报告》,《周扬文集》第1卷,第71页,人民文学出版社,1985。

民民主专政》一文中"走俄国人的路"的话,并且发挥说,"政治上如此,文学艺术上也是如此","现在苏联的文学、艺术和电影已经不只是作为中国作家和艺术工作者的学习的范例,而且是作为以共产主义思想教育和鼓舞广大中国人民的强大精神力量,成为中国人民新的文化生活的不可缺少的最宝贵的内容了"。中苏两国的"文化交流","这个意义还不只是文学上的,同时也是政治上的"。周扬道出了实情。也就是说,中国与苏联单向的文化流通,一开始就是意识形态的需要,它的联盟是"保卫世界和平的最重要的因素"。向苏联学习,就成了"摆在中国人民、特别是文艺工作者面前的任务"。[①]

当然,这种追随与学习绝不是抽象或姿态式的,它具体到党对文艺的领导、文艺基本理论的提出、创作方法、作家的组织形式、文艺的意识形态功能等等。事实上,50年代中期以前,中国文艺的组织形式和它的功能要求,几乎完全是照搬苏联的,它的影响则一直持续到60年代。

文学的意识形态性同样被西方文学家所关注。注重文学与社会历史的关系,或直接从文学的意识形态属性出发研究文学现象的大有人在。法兰克福学派,英国的伊格尔顿,美国的马尔科姆·考利、杰姆逊等,在具体的理论研究和批评实践中,都非常注重文学与社会历史的关系。但是,这也正如韦勒克、沃伦在《文学理论》一书中指出的那样,社会性的文学只是文学中的一种,而且并不是主要的一种。因此,即便是注重文学意识形态属性的研究,也是为了揭示文学作为一种意识形态部类的内在结构和外部关系,它仍然是文学"本体"范畴的内容。这显然与西方对"意识形态"这一概念的持续研究并把它作为一个知识问题对待有关。也就是说,一方面,意识形态不是空洞的说教,它是一个人进入并生活在一个社会中的许可证书,一个人只有通过教化与一种意识形态认同,才可能与以这种意识形态为主导思想的社会认同,才能在这种社会生活中得心应手,但同时他主体性的失落也越严重;[②]另一方面,意识形态又是一种幻想,或者说是"虚假意识","它通过父母、学校、教会、电影、电视、报纸,从人们的儿童时期起就强加给人们,它们控制着人们的头脑,仿佛它是人们自己思考或观察的结果"。[③] 它既有合理化的一面,又有虚假的一面。这样,意识形态就不再是一个神话,而是统治

---

① 周扬:《社会主义现实主义——中国文学前进的道路》,《周扬文集》第2卷,第183—186页。
② 俞吾金:《意识形态论》,第3页,上海人民出版社,1993。
③ 同上书,第280页。

阶级思想的表达形式。

　　但在中国，对苏联意识形态的追随，充满了幻想性，把用语言表达的允诺当做现实，并希望文学帮助它兑现。具有讽刺意味的是，当50年代下半期，苏联文学理论已经批判教条主义、公式化，反思历史重建理论的时候，我们仍在大量翻译出版他们斯大林时代的、充满了教条主义气息的教材和论文。这从一个方面反映了那一时代对苏联追随的功利性和意识形态需要。

第二节　社会主义现实主义

　　在文学向苏联学习的过程中，社会主义现实主义是一个最为集中的理论命题。这期间虽然出现过多种阐释、讨论、改造，但它的核心内容已成为中国当代文学的基本骨架，它所表述的思想早已在主流文学中打下了难以撼动的基础，从而成为一种包容性相当广泛的文学命题。无论是作为创作方法、艺术思潮还是评价尺度，它都拥有不可置疑的权威性和合法性。

　　社会主义现实主义的经典定义，始见1934年第一次苏联作家代表大会通过的《苏联作家协会章程》：

>　　社会主义的现实主义，作为苏联文学与苏联文学批评的基本方法，要求艺术家从现实的革命发展中真实地、历史地和具体地去描写现实。同时，艺术描写的真实性和历史具体性必须与用社会主义精神从思想上改造和教育劳动人民的任务结合起来。

　　但是，作为苏联文学基本方法的社会主义现实主义的定义，准确地说，是1932年5月20日提出来的。据当事人回忆，当时的"专门小组"成员斯捷茨基和格隆斯基到斯大林那里谈文学问题，格隆斯基提出，苏联艺术理论的基础应该是共产主义现实主义，并且应该作为一个口号：

>　　斯大林思考了片刻，然后不慌不忙地、若有所思地说："共产主义现实主义……共产主义现实主义……也许还为时尚早……不过如果您同意的话，那么社会主义现实主义应该成为苏联艺术的口号。"据他的理解，他作了这样的解释：应该写真实。真实对我们有利。不过真实不是轻而易举能得到的。一位真正的作家看到一幢正在建设的大楼的时候，应该善于通过脚手架将大楼看得一清二楚，即使大楼还没有竣工，

他决不会到"后院"去东翻西找。①

格隆斯基作为苏联作协筹委会主席,在1932年5月20日的莫斯科文学小组积极分子会议上首次提出了社会主义现实主义创作方法。后经中央政治局批准,确认了这个集体讨论的表述方法。

它的诞生过程和斯大林对"写真实"的理解,再清楚不过地揭示了这一方法所隐含的政治意图。它的内涵具有决定意义的是修饰"现实主义"的"社会主义",正是这个非文学的概念决定了它的性质。"艺术描写的真实性和历史具体性必须与用社会主义精神从思想上改造和教育劳动人民的任务结合起来",是这一方法的关键,它所蕴涵的指向和期待,也是与这一方法密切相关的理想化、典型化、乐观主义等处理方式最有力的依据,"透过脚手架将大楼看得一清二楚"而不是到"后院"去"东翻西找",形象地暗示了这一方法的实质性内容和要求。

较早将社会主义现实主义方法介绍到中国的,是周扬发表于1933年11月1日的《现代》第4卷第1期上的文章《关于社会主义的现实主义与革命的浪漫主义》。但它并没有成为显学迅速风行,这不仅与周扬当时迟疑、矛盾的心情有关,同时也与中国当时的社会状况相关。新民主主义革命虽然有社会主义因素,但它毕竟不是社会主义。这也正如格隆斯基提出"共产主义现实主义"时,斯大林认为"还为时尚早"。加之不久就爆发了抗日战争,民族主体性的问题日益突出,社会主义现实主义只能作为一个"参照"的文本而不能成为一个流行的口号。但它的实质性内容,总是或隐或显地流淌于我们具有民族形式的主流文学要求之中,也就是说,在战争年代,社会主义现实主义是在我们民族化的过程中起作用的。而到了1949年10月1日,情况发生了实质性的变化,当毛泽东宣布"中国人民从此站起来了"的时候,它就不只是一个象征性的仪式,那自豪而又有些悲壮的宣告,不仅表明中华民族获得了民族自主性,而且也表明,在共产党领导下的民族解放事业,经过前赴后继流血牺牲,取得了决定性的胜利。这一胜利使中华民族在国际上无可争议地拥有了独立的合法地位和民族身份。这时,主体性的问题就不再像战争时代前途未卜那样敏感。因此,毛泽东在1949年6月30日——中国共产党诞生28周年前夜发表的《论人民民主专政》中,第一次表达了"一边倒"的选择:

---

① 奥甫恰连柯致格隆斯基的信,倪蕊琴主编:《论中苏文学发展进程》,第341页,华东师范大学出版社,1991。

积四十年和二十八年的经验，中国人民不是倒向帝国主义一边，就是倒向社会主义一边，绝无例外。骑墙是不行的，第三条道路是没有的。我们反对倒向帝国主义一边的蒋介石反动派，我们也反对第三条道路的幻想。

大政方针的制定必然要在文艺思想上引起强烈反响，或者说它只是时间问题。解放初的文艺界还沉浸在解放区文艺成就的喜悦中。作为中国共产党文艺政策和理论权威阐释者的周扬，无论在第一次文代会上的发言、在文学研究所的讲演，还是在党的宣传工作会议上的报告，其主要内容都是在宣扬解放区的文艺成就和经验，其用意就是通过推广使其普泛化。但这时社会主义现实主义仍没有流行，这是由同苏联关系的复杂性决定的。建国后，中国共产党对苏共和斯大林表示了极大的友好，斯大林在中国受到的颂扬，在他70岁生日这天达到了高潮。但同年12月毛泽东率团去莫斯科同斯大林会谈，两个半月的时间都没有达到想象的效果，斯大林甚至连《中苏友好条约》都不愿意签署，五年内只给三亿美元的有息贷款，比波兰一年前得到的还少，而且卢布很快就宣布贬值。同时，在朝鲜战争问题上，在中国在联合国的合法地位等问题上，苏联显然都缺乏友好。中国共产党对苏联的热情因此大幅地降温。有材料表明：1950年建军节，北京各界人民为庆祝八一建军节和反对美国侵略朝鲜、中国台湾而举行游行示威，当时发布的35条口号中，有一条是"全世界人民的伟大领袖斯大林元帅万岁！"但1951年建军节由总政治部发布的18条标语中，没有一条说到斯大林、苏联或苏联共产党。① 这些细节，反映出两国在一段时期内复杂微妙的关系。虽然在1951年1月中央人民政府文化部、教育部发布的《关于开展春节群众宣传工作与文艺工作的指示》第三条中，仍可看到"宣传以苏联为首的世界和平民主力量的空前强大，世界人民保卫和平运动的新的胜利；宣传加强中苏两大国家的友谊合作"②等字样，但作为"宣传"内容，它与"抗美援朝"的国际斗争背景是相关的，也符合中国在国际斗争中的战略。

中苏关系虽然存在着一些不愉快的阴影，但在总体利益上，特别是在国际意识形态斗争的大背景下，以及中国社会主义道路的选择，都预示了中国必须同苏联保持必要的兄弟关系。这是大前提。而且当1953年中国

---

① R.麦克法夸尔、费正清编：《剑桥中华人民共和国史》，第294页，中国社会科学出版社，1990。

② 《东北文艺》1951年2月号。

逐步从理顺国内政治秩序和从"抗美援朝"的沉重负担中解脱出来之后，有计划的国内社会主义建设即将展开，这不仅在资本主义世界对我国进行经济封锁的时代需要苏联经济上的援助，同时也需要相对一致的意识形态协调。

第三节　社会主义现实主义的制度化

1951年，中国文艺界经历了两次较大的批判运动，这就是对电影《武训传》和对萧也牧创作倾向的批判。文艺思想界反映出的问题，引起了有关方面的高度重视，并引发了文艺界的整风学习。1951年11月24日北京文艺界召开了整风学习动员大会，胡乔木在会上作了题为《文艺工作者为什么要改造思想》的报告。报告认为："北京文艺工作者进行一次关于文艺工作方向问题的学习，借以改造思想，改进工作。这个学习是迫切需要的。"在他看来，文艺界"存在着更大的资产阶级小资产阶级思想的包围"，因此，"目前文艺工作中的首要问题，从根本上说，就是确立工人阶级的思想领导和帮助广大的非工人阶级文艺工作者进行思想改造的问题"。[①] 周扬和丁玲也分别作了题为《整顿文艺思想，改进领导工作》和《为提高我们刊物的思想性、战斗性而斗争》的报告。这两个报告也显示了整风包括改进文艺领导工作和整顿办刊方针的内容。文艺界的领导人组成了"学委会"领导整风学习，并指定了学习文献。它们包括毛泽东的《实践论》《在延安文艺座谈会上的讲话》《应当重视电影〈武训传〉的讨论》《反对自由主义》、联共（布）中央关于文艺问题的四个决定和日丹诺夫《关于〈星〉和〈列宁格勒〉两杂志的报告》、斯大林给杰米扬·别德内依的信等。

值得注意的是，整风文件中苏联的文艺思想和文艺政策，成为重要的学习内容。斯大林1930年12月12日写给杰米扬·别德内依的信，《人民日报》在发表时同时发了"编者按"，认为"斯大林同志在这封信中提出了两个重要原则性的问题，即文艺作品应如何表现无产阶级的爱国主义精神及党的作家应如何对待自己的错误"[②]。这封信发表于批判《武训传》、批判萧也牧创作倾向和文艺界整风学习之际，它的用意是非常清楚的。中国文艺界显然也存在着类似于杰米扬·别德内依的"自高自大"作风和自由主义的

[①] 胡乔木：《文艺工作者为什么要改造思想》，第1页，人民文学出版社，1952。
[②] 1951年8月20日《人民日报》。

态度。因此,斯大林要求共产党员作家必须服从党的决议,领会党的决议的实质并改正自己的错误,必须谦虚,就不仅仅是20年前对杰米扬的答复,同时也是对50年代初期中国文艺界的忠告。

联共(布)中央关于文艺问题的四个决定和日丹诺夫的报告,都形成于1946—1948年的日丹诺夫时代。这些决议和报告彻底清算了苏联战后文艺界存在的"严重错误",它们包括:"专门写作空洞的、无内容的和庸俗的东西,专门鼓吹腐败的无思想性、低级趣味和不问政治的习气""对苏联生活方式和苏联人的卑鄙的诽谤"的左琴科;"渗透着悲观和失望的情绪,表现着那停滞在资产阶级贵族的唯美主义和颓废主义——'为艺术而艺术'的立场上"的阿赫玛托娃;《星》杂志因发表了上述两作家的作品而犯有"重大错误",《列宁格勒》杂志也因此"办得特别坏"。① 影片《灿烂的生活》"仅仅描写了开始恢复顿巴斯矿区时期的一段并不重要的插曲","主要注意力却放在各种个人遭遇和生活场面的粗陋描写上"。② 而歌剧《伟大的友谊》的音乐,因作曲者是穆拉杰里而成为"极其有害的形式主义"。③ 这些错误似乎在50年代的中国都可以找到相对应的作家或作品。

这些被批评的作家作品,被认为是没有反映出战后苏联生活的"本质",或者说,他们没有"透过脚手架将大楼看得一清二楚",而是在"后院"东翻西找,从而构成了对苏联社会生活的"诽谤",因此在本质上是不符合社会主义现实主义创作原则的。日丹诺夫在他的报告中指出:"我们不再是1917年以前那样的俄国人,我们的俄国不再是那样,而且我们的性格也不再是那样。我们随着那些把我们国家的面貌根本改变了的最大的变革而改变了和成长起来了。"因此他要求:表现苏联人这些新的崇高的品质;表现我们的人民,但不只是他们的今天,也要展望到他们的明天;像探照灯一样帮助照亮前进的道路——这就是每个真诚苏联作家的任务。作家不能作事件的尾巴,他应当在人民的先进队伍中行进,给人民指出他们发展的道路。以社会主义现实主义方法为指针,真诚地和仔细地研究我们的现实,力图更深地透入我们发展过程的本质,作家就一定会教育人民,在思想上武装人民。④ 这些要求显然也同样适于整风学习中的中国文艺界。因此,中国

---

① 明诺夫:《关于〈星〉和〈列宁格勒〉两杂志的报告》,《苏联文学艺术问题》,第33—35页,人民文学出版社,1959。
② 《关于影片〈灿烂生活〉》,同上书,第83页。
③ 《关于穆拉杰里的歌剧〈伟大的友谊〉》,同上书,第119页。
④ 日丹诺夫:《关于〈星〉和〈列宁格勒〉两杂志的报告》,《苏联文学艺术问题》,第64页。

文艺界不仅重新学习了文艺的新方向,统一了文艺界的思想认识,而且也经历了一次苏联文艺思想和方针政策的"洗礼",初步了解了作为苏联文艺创作方法核心内容的社会主义现实主义及其具体要求。同时,违背这一要求的左琴科、阿赫玛托娃等作家的"下场",也具有一种无形的威慑力量,给中国文艺界以某种暗示。文艺界知名人物纷纷从不同的角度作了检讨。1952年7月14日,整风学习宣告结束。①

经过整风学习,1952年底,文艺界开展了又一轮向苏联学习的热潮。《文艺报》发表了《文艺工作者必须认真学习斯大林关于社会主义经济问题的伟大著作》的讨论,号召文艺界"认真地、深刻地学习斯大林同志新近发表的伟大著作《苏联社会主义经济问题》和苏联共产党第十九次代表大会的文件以及斯大林同志在大会上的演说"。② 同期《文艺报》还刊载了马林科夫在苏共十九大报告中关于文学艺术部分的摘录。《文艺报》主编冯雪峰撰写了《学习党性原则,学习苏联文学艺术的先进经验》的文章。他认为:"深刻地、有系统地研究苏联文学艺术的发展经过,学习它的辉煌成就和经验,对于我们是极端的需要。而尤其首先的问题,是如何更深刻地去认识列宁、斯大林的指示,也即是如何更深刻地认识毛主席的指示,如何更深刻地了解:经过社会主义现实主义的方法,为实践党性原则而努力,这是我们文学艺术创造的唯一正确的道路。"并进一步指出:

> 我们现在必须加倍深刻了解:如果社会主义现实主义,不以实践党性原则为其基本的原则,那么,它就不能成为我们的正确的文学艺术方法。苏联的文学艺术的最重要的、最中心的经验,就在于它证明了这一点。正因为苏联的同志们能够努力遵照列宁、斯大林和联共党中央的指示去从事创造,所以他们能够实现了社会主义现实主义。这就是苏联文学艺术的先进经验中的最先进的东西。③

这与他几个月前连载于同一刊物上的长文——《中国文学中从古典现实主义到无产阶级现实主义的发展的一个轮廓》所表达的观点,已有所不同。在这篇长文中,冯雪峰试图回答"读者"就现实主义提出的几个问题。这里他使用了"无产阶级现实主义"的概念,并力图证明,它是在现代中国具体的文学实践中概括出来的,是中国本土文学实践的产物,也是对中国古

---

① 《北京文艺界整风学习基本情况》,《文艺报》1951年第15号。
② 《文艺报》1951年第21号。
③ 同上。

典现实主义和西方批判现实主义在批判中继承、改造、再创造的结果。他的基本理论来源还是毛泽东的《新民主主义论》和《在延安文艺座谈会上的讲话》。冯雪峰的论述潜含着毛泽东关于民族主体性的精神,意在说明,中国本土的无产阶级现实主义并不是对苏联社会主义现实主义简单的模仿。但他同时又说:

> 我们又说无产阶级现实主义也就是社会主义现实主义,这是因为无产阶级的思想就正是社会主义和共产主义。这两个名词在意思上是一样的。苏联社会主义的文学成绩,是世界无产阶级现实主义的最初的成绩,这成绩和它的创作方法上的成就,是世界无产阶级现实主义的最初的胜利,对于世界各国文学的影响是非常伟大的。不错,苏联的社会主义现实主义,也概括了文学所反映的社会主义社会(内容)的意思在内了,这是我们了解的;但这是因为社会主义和共产主义是思想系统,同时又是社会制度,所以能够同时概括文学内容(即所反映的社会)和创作方法的时候,也依然可以从创作方法的特征而称社会主义现实主义……①

这样,冯雪峰完成了将无产阶级现实主义同社会主义现实主义进行内在联系的论述。也就是说中国新民主主义时期文学虽然反映的还不是社会主义社会的生活内容,但在创作方法上,已经是社会主义现实主义了。冯雪峰的论文,既论述了中国新文学相对的完整性和民族主体性,也论述了与社会主义现实主义相一致的思想理路。这样,无论从历史还是现实来看,学习苏联完整的、丰富的社会主义现实主义理论和经验,就是理所当然、势在必行的了。

1953年1月,冯雪峰又换了一个角度来谈论社会主义现实主义,指出它已成为"今天人民要求于我们的",而且"用不到解释,无产阶级现实主义就是社会主义现实主义"。② 几乎是同时,周扬为苏联《旗帜》杂志写的论文《社会主义现实主义——中国文学前进的道路》在《人民日报》转载,他明确指出:"社会主义现实主义,现在已成为全世界一切进步作家的旗帜,中国人民的文学正是在这个旗帜之下前进。正如中国新民主主义革命是无产阶级社会主义世界革命的组成部分一样,中国人民的文学也是世界社会主义

---

① 《文艺报》1952年第17期。
② 冯雪峰:《为克服文艺的落后现象,高度地反映伟大的现实》,《文艺报》1953年第1期,又见《冯雪峰论文集》(下),第6页,人民文学出版社,1981。

现实主义文学的组成部分。"①同年9月,第二次全国文代会正式确认了"以社会主义现实主义作为我们文艺界创作和批评的最高准则"。至此,作为范本的社会主义现实主义完成了它在中国的确立过程。

社会主义现实主义作为最高原则在中国的确立,一方面表达了我们在文艺思想、方针和政策上向苏联的全面学习和认同,另一方面反映了苏联的社会主义现实主义的实践经验,也同样适应中国社会主义文艺发展的需要。或者说,在社会主义文艺实践的过程中,我们遭遇了和苏联几乎相同的问题和矛盾,苏联为我们提供了经验和范本。尽管冯雪峰、周扬、邵荃麟等权威理论家在诠释社会主义现实主义过程中,总是在强调从我国实际情况出发,同我们的文艺传统结合起来,从而使我们的社会主义现实主义的作品具备民族的形式和风格,但是,所要学习的这一创作方法的实质内容和要求是完全一致的。

虽然社会主义现实主义已经写进了苏联作家协会章程,但在联共十九大的报告中,马林科夫又提出了相当具体的要求:

> 我们的作家和艺术家必须在作品中无情地批评在社会中遇到的错误、缺点和不健康现象;他们必须创造正面的艺术形象,表现新型人物的人格的光辉灿烂,——必须大胆地表现生活的矛盾和冲突,必须善于使用批评的武器,把它当作一个有效的教育工具。现实主义艺术的力量和意义就在于:它能够而且必须发掘和表现普通人的高尚的精神品质和典型的正面的特质,创造值得做别人的模范和效仿对象的普通人的明朗的艺术形象。——典型性是和一定社会——历史现象的本质相一致的;它不仅仅是最普遍的、时常发生的和平常的现象。有意识的夸张和突出地刻画一个形象不排斥典型性,而是更加充分地发掘它和强调它。典型是党性在现实主义艺术中充分地发掘它和强调它。典型是党性在现实主义艺术中表现的基本范畴。典型问题经常是一个政治性的问题。②

马林科夫的报告提到了社会主义文艺学范畴中的几个关键性概念:正面形象、新人物、典型、典型性、本质、党性等等,它也成了我们几十年诠释、讨论的基本概念的一部分。我们从开始学习社会主义现实主义的时候起,

---

① 周扬:《社会主义现实主义——中国文学前进的道路》,1953年1月11日《人民日报》,又见《周扬文集》第2卷,第182页,人民文学出版社,1985。

② 《文艺报》1952年第21号。

几乎就是在阐释或复述这些概念的内涵和基本精神。周扬在《社会主义现实主义——中国文学前进的道路》中说：

> 社会主义现实主义首先要求作家在现实的革命的发展中真实地去表现现实。生活中总是有前进的、新生的东西和落后的、垂死的东西之间的矛盾和斗争，作家应当深刻地去揭露生活中的矛盾，清楚地看出现实发展的主导倾向，因而坚决地去拥护新的东西，而反对旧的东西。

在另一篇报告中周扬又说："要看先进的东西，真正看到阶级的本质，这是不容易的事，真正看到本质以后，作家就是一个社会主义现实主义者了。"①而无论是马林科夫还是周扬，他们所强调的真实性或本质，事实上都远不如斯大林说得形象，也就是透过脚手架看到一幢大楼，看到社会主义的远景也就看到了本质，也就是写了真实，而在"后院""东翻西找"的作家，只能是以琐碎的生活枝节写了生活的表面甚至"诽谤"了生活。而教育人民，就必须发掘生活的本质。为了达到这一目的，马林科夫提出了"有意识的夸张"，周扬进一步解释说："现实主义者都应该把他所看到的东西加以夸张，因此我想夸张也是一种党性的问题。他所赞成的东西，他所拥护的东西要加以夸大，而引起社会对新的赞成，对旧的憎恨。"②周扬虽然没有正面回答"夸张的标准"，但他认为"这种夸张是表现党性立场的"。③

这样的例子不是个别的，事实上当我们全面接受了社会主义现实主义这一口号时，几乎就没有再为这一理论做出过创造性的添加，只是在追随中把它抬到了党性、政治性的高度，从而使它成为一种不容超越和冒犯的政治律令。但是，如果对社会主义现实主义的理解和认识超出了文艺学的范畴，对它的功能性要求无限扩大，把它作为一家独大、至高至尊、唯一具有合法性的"范式"，它自身的合理性就不复存在，它所含有的内在矛盾就会日益突出，并且是自身理论所不能解决的。更成问题的是，我们在接受、学习的同时，又把这一方法确认为"人类文学艺术方面的最高峰"④，这就更突出了它至高无上的权威性和神秘性地位，引导了对它的教条、僵硬、机械的理解

---

① 《在全国第一届电影剧作会议上关于学习社会主义现实主义问题的报告》，《周扬文集》第2卷，第198页。
② 同上。
③ 同上。
④ 《周扬文集》第2卷，第193页。

和遵循。事实上，就在此后不长的时间里，不仅苏联文艺界对这一方法及内涵作了修改，重新进行了大规模的讨论，而且在中国文艺理论界，它也遭到了有力的挑战和质疑。

第四节　关于社会主义现实主义的讨论

1953 年 9 月，第二次文代会将社会主义现实主义确定为过渡时期我国文艺创作和批评的最高准则，并根据这个准则提出了如何塑造新英雄人物的典型形象的问题。周恩来在他的政治报告中指出："今天文艺创作的重点，应该放在歌颂的方面"，"首先歌颂工农兵中间的先进人物"；这样的"典型人物"，才能"成为人民学习和仿效的对象"。为了塑造好这样的人物，周恩来强调"应该把人物写得理想一点"，而"革命的现实主义和革命的理想主义结合起来，就是社会主义现实主义"。这一提法不仅是对社会主义现实主义的具体阐释，同时也表明了国家在过渡时期的文艺政策以及对文艺配合过渡时期总路线的明确期待。

但是，就在第二次文代会确定将社会主义现实主义作为我国文艺创作和批评的最高准则刚刚一年多的时间后，苏联文艺理论界却发生了急剧的变化。具有表征意义的是西蒙诺夫在苏联第二次作家代表大会上作的补充报告——《苏联散文发展的几个问题》中，首次提出了将社会主义现实主义的经典定义的第二句删去，并作了如下说明："这个本意是想作明确规定的第二句是不确切的，甚至反而容许有歪曲原意的可能。它可能被了解为一种附带条件：是的，社会主义现实主义要求艺术家真实地描写现实，但是，'同时'这种描写必须与用社会主义精神从思想上改造人民的任务结合起来；那就是说，好像真实性和历史具体性能够与这个任务结合，也能够不结合；换句话说，并不是任何的真实性和任何的历史具体性都能够为这个目标服务的。正是基于对这条定义的这种任意解释，在战后时期我们一部分作家和批评家在作品里经常借口要从发展的趋向来表现现实，力图改善现实。"①在第二次作家代表大会通过的《苏联作家协会章程》，采纳了西蒙诺夫的建议，并且将原定义中的具体的历史主义原则也同时删去了，只保留了"真实性"要求。

值得注意的是，苏共中央委员会给第二次全苏作家代表大会的祝词中，

---

① 《苏联人民文学》(上册)，第 34 页，人民文学出版社，1956。

还在强调:"社会主义现实主义要求艺术家从现实的革命发展中去真实地、历史具体地描绘现实。要担负起社会主义现实主义的任务,就要透彻地了解人们的真正生活,了解他们的思想和感情、对他们的感受息息相关,善于用配得上真正典范的现实主义文学的动人的艺术形式来表现;同时要充分地领会工人阶级和全体苏联人民争取进一步巩固我国现在已建成的社会主义社会和争取共产主义胜利的伟大斗争。在目前的条件下,社会主义现实主义的方法要求作家了解在我国完成社会主义建设和由社会主义逐步向共产主义过渡的任务。"①苏共中央的祝词仍然是官方的一贯立场,它期待着作家艺术家的真诚合作,服从官方长远和目前的政治目标。它的用语和对社会主义现实主义的叙述,仍然是1934年的观念。但第二次苏联作家代表大会还是通过了西蒙诺夫的提议,修改了社会主义现实主义的定义,这一情况显露了苏联国内政治气氛的变化。也就是说,无论是斯大林定的社会主义现实主义定义,还是现政权对这一基本方法再度强调,苏联作家都可以根据文艺创作实践中出现的问题,根据他们对艺术规律的理解,去重新阐释、界定这个核心概念。它表明在斯大林刚刚去世后的苏联,作家艺术民主要求的兴起,而官方也松动了对文艺理论探讨的监控。这与"解冻"时代的大背景是联系在一起的,它开启了苏联文学发展的新阶段。

  从第二次作家代表大会到1957年,苏联报刊发表了不计其数的关于社会主义现实主义的文章,学术机构也召开讨论会和报告会。从批评、建议到极端的否定,各种意见都得到了表达。当然,这一时期无可避免地突出了新阶段的初期特征,也就是,批判个人崇拜,清算教条主义,反对无冲突论,反对粉饰现实的倾向,反对"理想人物"口号,反对把社会主义现实主义公式化、标准化等等,无疑都是正确的,但它更多地还是限于意识形态层面,没有或者说还没有足够的积累在"现实主义诗学"的层面得以展开。而意识形态层面的思想斗争是相当脆弱的,当它一旦超出了官方允许的范畴或程度,干预就会发生。1957年苏联官方终于出面干预了"局面混乱"的讨论,领导人亲自接见文艺界人士,文艺理论界从这时起,又重新强调了"保卫社会主义现实主义"的口号。同年苏尔科夫在苏联作协理事会第三次会议的报告中指出:"对于苏联文学发展的道路及其基本的方法——社会主义现实主义作不正确的评价,我们必须给予原则性的、彻底的批评,不管这些评价是

---

① 《苏联文学艺术问题》,第136页,人民文学出版社,1959。

从谁的口里讲出来的。"①1959年苏联第三次作家代表大会重新恢复了"历史和具体地"两个副词,新公布的作家协会章程中,关于社会主义现实主义的定义是:"社会主义现实主义是苏联文学久经考验的方法。社会主义现实主义要求作家真实地、历史和具体地描写现实。它为作家在一切内容和形式方面的创作自由和主动精神、为表现个人才能的特点提供全面的可能性,要求艺术手段和风格的丰富性和多样性,促进一切创作方面的革新。"因此,50年代苏联关于社会主义现实主义的讨论,在理论上并没有多少进展,而在意识形态层面的挑战,也终于导致新的行政干预而回到原来的起点。这说明维护社会主义现实主义原则,不仅是官方的一贯要求,同时它也作为一种思潮深入到了主流文艺理论家的思想深处。甚至到了1978年,波斯彼洛夫在他的《文学原理》中,虽然深入地挖掘了苏联文学中的庸俗社会学——抽象的阶级分析法的根源,清理了它的内容及发展,但仍然肯定了作为社会主义现实主义文学内容主要特点的"党性"、文学题材的"根本上的社会政治性"②等倾向性要求,甚至也肯定了日丹诺夫时代对《星》和《列宁格勒》两杂志作出的决议。与此相联系的是对社会主义现实主义创作方法之外的作家的打击和排斥。在他看来,像布留索夫、勃洛克、别雷依、阿赫玛托娃、帕斯捷尔纳克、茨维塔耶娃、叶赛宁、普利什文等作家的"思想改造是一件非常艰难的事",他们还没有"掌握科学的社会主义世界观",虽然"非常有才能",但不能成为"主导流派"。③ 中国学者钱中文后来分析说,社会主义现实主义原则,作为"公式的严重失误在于忽视文学本身的特征,使自己变为一个规范化的式子。要求从现实的革命的发展中真实地、历史地具体描绘现实,这是现实主义的一种形态,拿一种形态要求现实主义,这已经使现实主义狭隘化;再通过行政手段把这种式子作为唯一的写作要求,就堵死了非常态现实主义写作,即那种真正透入生活深层的批判性的现实主义的写作,而又不符合社会主义精神的写作;堵死了非现实主义流派的写作,如表现主义、荒诞夸张、浪漫主义、象征主义的写作,形成了独尊一家的局面,使创作走向极端的单一"④。这一分析无论是对苏联还是对中国的社会主义现实主义时代所存在的问题,都是切中要害的。

---

① 苏尔科夫:《苏共第二十次代表大会以后苏联文学发展的几个问题》,《保卫社会主义现实主义》第1辑,第111页,作家出版社,1958。
② 波斯彼洛夫:《文学原理》,第413—414页,三联书店,1985。
③ 同上书,第412页。
④ 钱中文:《文学原理——发展论》,第287页,社会科学文献出版社,1989。

因此,苏联从 1953 年开始的关于现实主义的讨论,它的主要思想倾向,还是争取艺术民主的问题,维护或超越社会主义现实主义的规范,也就是民主与监控的斗争过程,它还很少涉及或深入到现实主义的诗学层面。苏联这一时期关于社会主义现实主义的讨论,在中国引起的回应也具有这样的特征。1956 年,"双百"方针的提出,为艺术民主的讨论提供了政治上的保障,国内逐渐出现了民主的讨论气氛,但周扬在文学讲习所的讲话,仍然充满了犹疑和困惑。一方面,他认为批评斯大林有解放思想、破除迷信的好处,承认 1952 年发表于苏联《旗帜》杂志上的向社会主义现实主义致敬的文章"可能有些错误",但同时又毫不犹疑地肯定社会主义现实主义,认为"它有更多的好东西教育了全世界的人"。因此,在周扬看来,"我们一方面要感谢苏联,他们给了我们很多的作品和理论,使我们得到很大的帮助;可是对有些东西,我们做了机械的搬运,没有看出它是教条主义。……在中国,艺术理论上的教条主义方法,完全是搬的苏联那一套……所以要注意。对于社会主义现实主义的学习,决不能陷入教条主义的泥潭"①。应该说,是苏联"解冻"时代关于社会主义现实主义的讨论,带动了中国对这一问题的反省,它掩盖的诸多矛盾开始得到暴露和揭示。置身其间的理论家对此早就洞若观火,冯雪峰就曾对友人说:"苏联文艺界这些年来老是转来转去,一会儿抓这个理论,一会儿抓那个理论,一会儿反无冲突论,一会儿又跟着尼古拉耶娃大谈艺术特征。其实都不是关键,所以始终解决不了问题。只有这一回,根本关键才抓住了。关键在于社会主义民主。作家其实都知道应该怎么写,不用人去教。没有社会主义民主,他怎么也不可能写得好。有了社会主义民主,都会写出好东西来。"②冯雪峰的这段话与其说是针对苏联文艺界说的,不如说是针对整个将社会主义现实主义作为教条的文艺政策说的,因此,它也是针对中国文艺界说的。这种在当时不可能公开表达的想法,从一个侧面说明了主流话语的霸权性和对非主流话语的排斥和压制。

50 年代中期出现的短暂的"对话",预示了一个良好的开端。也就是说,中国文艺界对教条主义的挑战,既是一次艺术民主的争取,同时又在较短的时间里不同程度地深入到了现实主义的诗学层面,典型问题、世界观与创作方法问题、人性人道主义问题、真实性问题等,都得到了进一步的讨论。

---

① 《关于当前文艺创作上的几个问题》,《周扬文集》第 2 卷,第 408—409 页。
② 转引自巴人:《是现实主义还是反现实主义——对冯雪峰的"现实主义"理论的初步批判》,《文学评论》1959 年第 1 期。

这些讨论虽然还只是初步的清理，还没有超出现实主义的范畴，但它毕竟开启了社会主义时代文艺学的学术性讨论，它所具有的意识形态性质，也是那一时代文艺学的意识形态性所规约的。只是，这一讨论刚刚启动不久，就在反右斗争的声浪中泯灭了。在民主与监控、政治性与艺术性的较量中，非主流的争取终于因其"合法性"问题而宣告失败。当中国需要强化文艺的国家意识形态功能时，它选择了接受苏联社会主义现实主义的理论，因为这一理论的全部经验符合中国的国家意识形态需求，并且进一步证实了社会主义阵营文艺学的建立和它的规律性的存在。当苏联试图调整、丰富这一理论，走出教条主义的困扰时，中国文艺理论界也及时地作出了回应，也试图在追随中保持一致性。然而，斯大林的逝世和苏联批判个人崇拜的时代风潮，同中国需要进一步确立国家意识形态权威性的历史处境毕竟是不同的。当文艺理论以激进的形式表达了"分化"倾向时，它便受到了官方敏感的戒备，在当时的条件下，它无论如何都是不能被接受的。1957年9月16日，周扬在《文艺战线上的一场大辩论》中，彻底清算了讨论中的非主流观点，重新又强调文艺为政治服务的口号，并且再次回到了社会主义现实主义先前阐释的道路上。至此，中国文艺学中断了唯一的单向交往关系——对苏联的追随。

第五章　社会主义初期的文学实验

进入共和国之后，文学环境发生了整体性的变化。一方面，文学规范要求文学能够在统一的文学功能观的指导下进行创作和生产；另一方面，新的社会制度对作家，特别是对来自解放区的作家和青年作家有极大的感召力。因此，对新时代的赞颂自然成为文学创作的主流。但原有的文学经验和传统并没有、也不会全部消失，它仍以不同的形式在新时代里延续。于是，一个带有明显的实验性质的文学局面在共和国初期形成了。

这种文学的实验性质在共和国初期就是文学的现代性。或者说，文学对现实和未来关怀的混杂性以及不确定性，构成了这一时期文学鲜明的特征。我们既可以看到传媒上到处流播的"颂歌"，同时也可以看到革命者进城后对城市生活的向往和迷恋；既可以看到对农村发展道路深表关怀的小说，也可以看到知识分子的矛盾、犹疑和彷徨的复杂心态。但这种似乎是多样的文学格局并没有持续多久，当多样的文学还没有形成规模的时候，那些不符合文学新规范的作家作品，就受到整肃和批判。当然，这种不断匡正的文学"一体化"要求，本身就是中国现代性的一部分。

第一节　颂歌与狂欢

进入共和国之后，文学创作的规范事实上已经形成，除了对外部资源的限制和对内部制度的建立之外，主流作家队伍的更替和对传统的继承，是形成共和国初期文学创作面貌最直接的原因。作家协会的主要负责人和作协主要刊物负责人，不仅担负着作家协会及刊物的领导、组织工作，同时也经常是文学创作最具权威性的"裁决者"。文学创作的主体力量，主要是来自解放区和其他革命根据地的作家，以及共和国培养起来的作家。他们包括来自解放区的作家如丁玲、艾青、陈企霞、萧军、蔡其矫、秦兆阳，和共和国培养的作家如王蒙、刘宾雁、公刘、邵燕祥、刘绍棠、宗璞、高晓声、陆文夫等。

对于传统的继承,有鲜明的经验主义和功利主义的色彩。周扬在第一次文代会上所强调的延安经验,被当做最正确的方向和最有价值的传统得到了倡导。文学的社会功能、思想情感、写作立场,仍然是被反复强调的第一性的东西;文学服务于政治、服务于现实生活,反映和歌颂人民群众的生活和情感,是文学最根本和核心的观念。于是,延安传统在共和国初期的文学,尤其是诗歌创作中,得到了普遍的继承和发扬,这就是"颂歌与狂欢"的时代。谢冕曾这样概括这个时代诗歌的基本特征:"它对新生活充满欣喜、对未来充满希望,在大多数场合,它是以宣扬革命激情为目的的政治抒情诗。共和国诗歌的实质是对新生活的歌颂,可以认为,它开创了一个完整的颂歌时代。"[1]当然,新诗的这一情感特征亦有其历史传统,洪子诚认为:"'颂歌'最早出现在解放区诗歌中那些对人民战争胜利和根据地建设的歌颂。虽然并未成为一种普遍的主题,但由于对人民战争和根据地建设的歌颂,升华为对战争指挥者和根据地缔造者中国共产党及其领袖的歌颂这一思路,却已基本形成。"[2]到50年代,这一思路发展为"普遍的范式",对工农兵、党和领袖的歌颂,对新生祖国的歌颂成了这一时代诗歌挖掘不尽的题材和感情。因此对这一时代颂歌传统的概括在文学史家那里已经形成了共识。

那是一个名实相符的颂歌时代。在中国作家协会编选的1953年至1955年和1956年两本颇具规模的《诗选》中,我们发现仅以"颂歌"作为题目的作品就占了相当的篇幅,如阮章竞的《祖国的早晨》,田间的《祖国颂》,戈壁舟的《延河照样流》,郭龙桂的《毛主席的光辉永远照亮》,臧克家的《这光亮不是来自天上》,魏传统的《长征诗草》,严辰的《红旗手》,郭小川的《投入火热的斗争》以及其他以"歌"命名的诗歌如《我快乐,我歌唱》《侗家本来爱唱歌》《我歌唱鞍钢》《勘探队员之歌》《云雀之歌》《苗家姑娘之歌》《刺绣歌》《铁匠的歌》《牧歌》《造林英雄之歌》《马路之歌》《热芭的歌》《听歌》《酒歌》《阿肯的歌》等等。

到贺敬之的《放声歌唱》《十年颂歌》《雷锋之歌》,颂歌达到了顶峰。然而重要的并不在于这表面的形式,透过这一形式我们看到的是那一时代统一的心态和追求。无论何种题材,无论何种阅历的诗人,几乎都放弃了对

---

[1] 谢冕:《从春天到秋天》,见《中国现代诗人论》,第19页,重庆出版社,1986。
[2] 洪子诚、刘登翰:《中国当代新诗史》,第20页,人民文学出版社,1993。

独特艺术个性的追求，在统一的模式中诗人都加入了曲调相似的合唱。当然这里也不乏好诗，比如邵燕祥的《我们架设了这条超高压送电线》、张明权的《拂晓的灯光》等。前者由衷的自豪感至今读来仍会给人以感动，他目击了祖国建设的飞速发展和日新月异的变化，没有理由不对此感到自豪；而后者，从巧妙的构思中，我们同样可以读出被述对象的敬业精神，无论是领导者还是普通人，他对职业的态度都会传达出他的文化素养和公民意识。因此，这样的诗虽然也鲜明地含有那一时代的印痕，但它质朴的情感，与夸张的热情和有意的道德提升并不是一回事。

但是从更多的作品来看，作者的诉求最终都要将其抒写对象同祖国、集体、荣誉等联系起来，它是抒情和叙事共同的出发点和最后归宿。"一体化"的文学观念必然导致艺术上大量的相互复制。闻捷（1923—1971）于1955年发表的《吐鲁番情歌》，是名重一时的作品。他用牧歌的形式书写颂歌，在当时的环境下显得别具一格，因而区别于李季、阮章竞、张志民等诗人。在《种瓜姑娘》中，那位"种瓜姑娘"对情人的选择，很重要的条件就是看他胸前是否有一枚奖章，社会统一的价值标准已经融入到爱情观念中。傅仇在《蓝色的细雨》中叙述了一个久去不归的青年，是"森林占去了他的心，他已着了迷。阿里的爱情送给森林，森林把幸福也送给了阿里"，作者为了歌颂建设者的忘我精神，不惜以牺牲少女单纯的情感为代价，至于姑娘的思念、痛苦和复杂的情感，则已经不在作者的视野中。那一时代还有一首更为著名的爱情诗，张天民的《爱情的故事》。事实上这首诗同爱情没有什么关系，作者叙述的是一对年轻夫妇在敌人监狱中相互鼓舞并先后被敌人杀害的故事。"他们的情话是'同志，坚持！'他们的誓言是'不屈，胜利！'"最后作者悲壮地写道："有了他们的生死别离，幸福和青春才有权利并肩坐这长椅！如果建设需要我们爬冰卧雪，分离那天让我们想想过去！"也许正因为如此，那位被思念的阿里的爱情才值得歌颂，因为他们为社会主义建设牺牲了爱情，个人服从了集体，爱情才被赋予了更丰富的内涵，只有这样的爱情才被认为是道德的。在郭小川的《闪耀吧，青春的火光》中，诗人对青春和爱情的理解更具有职业革命家的色彩："然而青春／不只是秀美的发辫／和花色的衣裙，在青春的世界里／沙粒要变成珍珠／石头要化作黄金；青春的所有者／也不能总在高山麓，溪水旁／谈情话、看流云，青春的魅力／应当叫枯枝长出鲜果／沙漠布满森林；大胆的想象／不倦的思索／一往直前的行进，这才是／青春的美／青春的快乐／青春的本分！"不能说这里没有真情实感，不能说它没有巨大的道德感召力，它的气势、纯洁和真诚的向往，都会在年轻人心中掀起难以抑制的冲动,它确实以诗的形式传达了那一时代青春的形象。青春为时代而降临,并在回答时代的呼唤中,在时代的流行话语里获得了存在的意义。比起冰心的人间温情、戴望舒的哀婉孤独、徐志摩的温柔雅致或艾青的苍凉磅礴,这些作品更以集体理性和献身精神呈现着时代特色,诗在精神层面上向着同一个方向集结。

时代要求反映它的深刻变化和飞速发展,建设题材成为颂歌的主要创作领域,诗人从四面八方云集各处建设第一线,努力从这一题材中寻找、挖掘艺术的价值——事实上,那一时代题材本身就意味着艺术价值是否存在。于是,外部世界的沸腾场景在诗中得到了多姿多彩的表达。外部世界的每一个角落都光明灿烂,任何一个地方都可成为颂歌的表达对象。但这对外部世界多姿多彩的描述折射出的却是诗人单调的心态,所有的诗人似乎都在唱着赞美诗,新中国在诗歌中的形象,既蒸蒸日上又春光明媚。

但是这还不够,这还不是时代的最强音,这样的作品还不能在宏观上反映出这个时代的本质。反映社会生活中重大事件的"政治抒情诗",才有可能唱出这个时代的主旋律,这样的诗人才有资格成为时代和人民的代言人。这类诗"以强烈的感情直抒结合政论式的理性表达,以高屋建瓴的方式俯瞰生活和概括生活,而不停留于具体生活场景和细节的描述。强烈的政治性和鼓动性,使它具有鲜明的英雄主义的浪漫色彩。这种以理性思辨和激情宣泄为主要特征的抒情方式,构成了始发于五十年代,而在六七十年代中居主导地位的政治抒情诗潮流"[①]。在这一诗歌类别中,最具代表性的诗人是贺敬之。

第二节 萧也牧的《我们夫妇之间》

按照我们的文学史观念,《我们夫妇之间》是典型的"文学史经典"。所谓"文学史经典",就是某一部作品的价值并不能构成经典作品,但文学史必须要讲到它。不讲它,某一时段的文学或某一个文学现象,就不能说清楚。萧也牧的《我们夫妇之间》,就是我们所说的"文学史经典"。

萧也牧(1918—1970)的这部作品,应该说是最早反映革命者进城之后生活和思想变化的小说。这一题材不仅是现实的,同时也是富于现代性意义的。小说叙述的基本内容可以概括为"我们夫妇"进城后的矛盾/和解过

---

① 洪子诚、刘登翰:《中国当代新诗史》,第25页,人民文学出版社,1993。

程。李克夫妇曾被认为是"知识分子和工农结合的典型",虽然两人的文化背景和身份不同,但他们结婚后"不论生活上、感情上",都"觉得很融洽,很愉快",一年以后,这对"典型"吵起架来了;甚至有一个时候,"我曾经怀疑到,我们的夫妇生活是否能够巩固下去"。这种变化是他们"进了北京城以后的事":

>　　今年二月,我们进了北京。这城市,我也是第一次来,但那些高楼大厦,那些丝织的窗帘、有花的地毯,那些沙发,那些洁净的街道,霓虹灯,那些从跳舞厅里传出来的爵士乐……对我是那样的熟悉,调和……好象回到了故乡一样。这一切对我发出了强烈的诱惑,连走路也觉得分外轻松……虽然我离开大城市已经有十二年的岁月,虽然我身上还是披着满是尘土的粗布棉衣……可我暗暗地想:新的生活开始了!
>
>　　可是她呢?进城以前,一天也没有离开过大山、大沟和沙滩;这城市的一切,对于她,我敢说,连做梦也没梦见过的!应该比我更兴奋才对。可是,她不!
>
>　　进城的第二天,我们从街上回来,我问她:"你看这城市好不好?"她大不以为然,却发了一通议论:那么多的人!男不像男女不像女的!男人头上也抹油……女人更看不得!那么冷的天气也露着小腿;怕人不知道她有皮衣,就让毛朝外翻着穿!嘴唇血红血红,就像吃了死老鼠似的,头发像个草鸡窝!那样子,她还觉得美得不行!坐在电车里还掏出小镜子来照半天!整天挤挤嚷嚷,来来去去,成天干什么呵……总之,一句话:看不惯!

从进城第二天开始,夫妇之间尖锐的矛盾就不能调和。通过他们之间的对话可以发现,他们的矛盾并不是在夫妇之间展开的,而是在两种不同的观念中展开的。李克对现代都市生活的热爱和兴奋溢于言表,对象征都市生活的地毯、沙发、街道、霓虹灯、舞厅、爵士乐等充满了亲近和向往。在他看来,有了这一切,才有可能证实:"新的生活开始了!"与李克不同的是妻子张同志截然相反的态度和情感。张同志讨厌城里的一切,目光所到之处都与自己的情感和经验格格不入。她看到的是男人头上的头油、女人裸露的小腿、鲜红嘴唇、凌乱的头发,对城里人判断的尺度是"他们干活不?"

这一矛盾事实上是对"现代生活"的态度。在李克看来,革命十多年,争取的就是这种"新生活",当这一切到来的时候,他有理由为之感到鼓舞并接受;但妻子张同志认为李克的心"大大地变了",她仍然固守着她"前现代"的生活经验,并坚信自己肩负着"改造城市"的使命,应该保持艰苦奋斗、简单朴素的作风。张同志实践着自己的诺言,她不仅自己保持革命者的本色,而且将李克准备买皮鞋的钱捐给了闹水灾的家乡、为小保姆补习文化、救助被欺辱的少年等。张同志的"政治正确"使李克常常不战自败。李克虽然热爱都市生活,但他又没有能力说服妻子,生活观念的矛盾在李克这里是无力作出解释的。夫妇之间矛盾的化解,在李克那里是通过"向后看",他通过整理妻子的传记,与妻子谈了"整整三个晚上",了解了妻子的"革命历史"之后,又"爱上了她";对张同志来说,她是通过"向前看",首先,她对原先看不惯的抹口红、脑袋像"草鸡窝"的女人可以接近并可以"亲近"了,然后是服装整洁了,粗话没有了,见了生人有礼貌了,更重要的是,她还在集市上买了一双旧皮鞋,"逢集会、游行的时候就穿上了"。她自己解释说:这是"组织上的号召","在可能条件下要讲究整洁朴素,不腐化不浪费就行!"最后,夫妇有一个非常革命化的谈话:妻子检讨了自己的简单粗暴;丈夫检讨了自己的"小资产阶级脱离现实生活的成分",和工农的感情有一定距离,于是,夫妇在相互妥协的前提下,达成了新的默契。

《我们夫妇之间》的矛盾/和好的过程,是共和国初期现代性矛盾的想象性解决方案。虽然小说以想象的方式化解了矛盾,但在现实生活中,这个矛盾一直是困扰当代中国的一个重要问题。城/乡、传统/现代、东方/西方等在后来被提出讨论的问题,在《我们夫妇之间》中已经隐约地暗示出来了。不同的是,这些矛盾没有、也不能用小说中相互妥协的方式获得解决。不久,对这篇小说的批判证实了这一点。

最初提出批评的是批评家陈涌,他在《萧也牧创作的一些倾向》中认为,小说是"依据小资产阶级观点、趣味来观察生活,表现生活"的,这种趣味"带有严重性质",是"非无产阶级思想的影响"。同时他也认为小说对女主人公朴素阶级感情的描写是真实生动的。① 但十天之后,《文艺报》发表了"读者李定中"的文章《反对玩弄人民的态度,反对新的低级趣味》。文章认为《我们夫妇之间》对女工人干部张同志,"从头到尾都是玩弄她","是宣泄作者的低级趣味","是在糟蹋我们新的高贵的人民和新的生活"。李定中还认为陈涌所说的这种不良创作倾向的原因在于作者脱离生活是不准确的,原因"是由于作者脱离政治!在本质上,这种创作倾向是一个思想问

---

① 陈涌:《萧也牧创作的一些倾向》,《人民日报》1951年6月10日。

题,假如发展下去,也就会达到政治问题"。① 当时谁也不会想到,"读者李定中"就是冯雪峰。但丁玲在一个多月之后发表的文章《作为一种倾向来看——给萧也牧的一封信》中,把《我们夫妇之间》的问题提到了新的高度,她认为,这是一篇"穿着工农兵衣服,而实际是歪曲了嘲笑了工农兵的小说",这篇小说不是萧也牧一个人的问题,"而是使人在文艺界嗅出了一种坏味道来,应该是看成一种文艺倾向的问题了"。②

这些批判可能不应简单地看成是文化霸权的话语暴力。因为,在单一的文化目标诉求下,批判者还没有能力意识到《我们夫妇之间》已经隐含了现代性的深刻矛盾:一方面,新中国要求或希望人民过上好日子,希望能够在物质上满足人民的愿望;另一方面,过去的经验表明,资产阶级的香风毒雾正是从物质欲望上战胜人的意志和观念的。因此如何处理日常生活和过去艰苦朴素传统的关系,是长期困扰五六十年代文学的一个大问题。我们发现,面对这一矛盾时,人对欲望的抵制并战胜欲望,已经成为一个不变的基本主题。从这个意义上说,萧也牧和《我们夫妇之间》是不幸的,它的实验性使它在无意间成为一个牺牲品。

另外需要指出的是,《我们夫妇之间》并不是一篇多么优秀的作品,观念化、概念化以及中华人民共和国建立初期文学的幼稚性,都在这篇小说中有明显的印记。也正因为这样,《我们夫妇之间》才是一部"文学史经典"而不是文学经典。

第三节 何其芳的《回答》

与解放区培养或在解放区成长起来的作家有很大不同的,是一批在三四十年代已经成名的作家和诗人,他们进入共和国之后的创作普遍遇到了困境。他们也真诚地写过一些歌颂现实的作品,深刻地检讨自己的人生观和文艺思想,而且为了表明自己的真诚,改写自己旧作的现象经常发生。比较典型的是冯至、曹禺和艾青。

冯至不仅修改了早年的《昨日之歌》《北游及其它》以及 40 年代创作的《十四行集》,而且 1949 年之后的一些诗作也在不同的选本中作过修改。曹禺的《雷雨》1934 年发表后,先后经历了 5 次修改,最大的一次是 1951 年

---

① 读者李定中:《反对玩弄人民的态度,反对新的低级趣味》,《文艺报》1951 年 6 月 20 日。
② 丁玲:《作为一种倾向来看——给萧也牧的一封信》,《文艺报》1951 年 8 月 15 日。

开明书店出版的《曹禺选集》,这次修改使几个人物面目大变,第四幕几乎等于重写。同时收进这本集子中的《日出》和《北京人》也都作了较大的修改。曹禺在"选集自序"中说,"这些作品多少记录了旧社会人们所遭受的苦难,大家认为这些作品有些地方还可取,大约因为我衷心憎恶的人物,也是观众所痛恨的"。"但是以后再读它们,就时时觉得其中有些地方未尽合理。现在想想倒也觉得动手的时候确实要提出一些问题,说明一些道理。但我终于是凭一些激动的情绪去写,我没有在写作的时候追根问底把造成这些罪恶的基本根源说清楚。"① 接着曹禺又检讨了自己在《日出》中只写了控诉,却放过了帝国主义这个罪大恶极的元凶,只写了一些反动统治者的爪牙,却未写出严肃的革命工作者。在这一思想的驱使下,曹禺修改了自己已在观众中确立了独特地位的作品,甚至置不同方面的意见于不顾。② 这既反映了作家的惶惑、不自信,及对时代追随的真诚,也反映了"一体化"文学制度的巨大压力。意识形态话语的权威性,使所有的作家都深陷矛盾之中。中国的知识分子,当然也包括作家在内,面临重大抉择时几乎无一例外地都选择了"国家话语"。在作家追随时代的步伐里,我们还能够体察到自我保护的潜意识。胡风作为一个例外,不仅成了一个"反面的教材",失去了话语权力和影响力,甚至最终失去了自由。正反两方面的教训,使知识分子不能不真诚地忏悔自己、检讨自己,然后努力去追赶时代;不仅在思想上,甚至在具体的艺术技巧上也在所不惜地与自己的过去告别。这成了一个时代的风尚。

然而,要做到这一切并不是一件容易的事情。李泽厚曾分析过这一矛盾万般的心态:"这就是知识者迈向这条道路上的忠诚的痛苦。一面是真实而急切地去追寻人民、追寻革命,那是火一般炽热的情感和信念;另一面却是必须放弃自我个性中的那种种纤细复杂的高级文化培育出来的敏感脆弱,否则就会格格不入。这带来了真正深沉、痛苦的心灵激荡。"③李泽厚虽然忽略了知识分子自我保护的本能层面,但对其精神矛盾和内心痛苦的揭示还是贴切的。事实表明,以政治追求替代审美的艺术追求,不仅使曹禺、冯至以及一大批从旧时代走来的作家丧失了自己的艺术创造力,同时也使一大批力图维护艺术纯正性的作家、诗人陷入了不能自拔的内心冲突和矛

---

① 《曹禺选集·序言》,开明书店,1951。
② 参见曹禺《胡风先生在说谎》,载《人民日报》1955年2月21日。
③ 李泽厚:《二十世纪中国文艺一瞥》,见《中国现代思想史论》,第239页,东方出版社,1987。

盾痛苦之中。这一状况在现代就已相当普遍,作家、诗人们时常像古代文人一样,长久地徘徊于"道"与"势"之间,是投身于时代洪流,还是滞留于象牙塔?许多人久经徘徊,最后还是投身于时代的洪流,他们为爱国的激情所驱动,不仅在心态上日趋接近劳动大众,在艺术作品中积极主动地选择时代的重大主题,而且有的干脆以"以身许国"的情怀来回应时代的召唤。丁玲、艾青、萧军、何其芳等一大批作家走的都是同一条路。应该说他们的人生选择无可非议,国难当头,每一个热血青年都有责任去承担争取民族解放的大业。但问题并不如此简单。这些作家从此便亲历了一个永远面临但又永远无力解决和摆脱的困境:时代要求作家首先作出政治选择,一旦作家服从于时代要求,政治的功利性必然要排斥艺术的纯正性追求,它要求艺术牺牲固有的规律并降低自己的品格以适应政治的实效性。作为作家、诗人,出于艺术良知和对艺术规律的尊重,内心便会产生"不满"和"抗拒",于是他们会呼吁尊重艺术规律,反对公式化、概念化,并在具体的创作上强化艺术性,重视或讲究语言、技巧。但这一追求与政治的要求会无可避免地产生距离,这又迫使艺术家在政治上进行调整、自省、检讨。这样的困境不仅发生在不同的作家诗人那里,有时在一个作家身上还会不止一次地发生。

艾青到延安之后,曾受到格外的重视,但他仍然发表了题为《了解作家,尊重作家》的文章。艾青的呼吁反映了他内心所经历的痛苦。此前,他曾自觉地响应过时代对文艺的呼唤,写过叙事诗《雪里钻》、长诗《吴有满》,但这些直接服务于现实的创作,由于缺乏作家必要的情感积累和真实的心灵体悟,那些真实的、近于平面化的分行故事不仅不能为他的读者所接受,而且连他本人也承认是失败之作。艾青的《了解作家,尊重作家》一文的背后,显然饱含着他对于直接服务于现实需要的深刻的失望情绪。尽管他为此付出了代价,却无法在这一道路上坚持下去。新中国成立后,艾青并没有像有些诗人那样迅速地投入到对新社会的热情而肤浅的赞美中,他好像一时还不能找到自己的抒情位置,对自己的角色多少还有些迷茫。这时他更多地写一些国际题材的诗。但时代的呼唤不容诗人太久地迟疑,或是跟上时代的脚步与时代一道前进,或是在沉寂与彷徨中被时代淘汰。艾青不甘心被时代淘汰,他又一次做出了追随时代的选择、尝试和努力。在1953年至1954年间,他在家乡浙东搜集了抗战时期人民斗争的事迹,用七言民歌体创作了叙事诗《藏枪记》,再次放弃了自己的文化背景和诗歌话语系统,写出了诸如"杨家有个杨大妈,她的年纪五十八,身体长得很高大,浓眉大眼阔嘴巴"这样的"诗句",又经历了一次喜剧性角色和悲剧性的实践。事实证明,既要保持艺术的纯正性又要实现政治的实效性是一个无法完成、难以兑现的写作神话。任何一位作家在这样的写作要求面前最终都要归于失败。问题并不是一定要把政治与艺术对立起来,一定要牺牲一个以迁就成全另一个,问题的实质是,这两个完全不同的范畴,没有必要一定密不可分地联系在一起。它们可能会发生联系,社会政治生活无可避免地要渗入作家的思想意识中,但它们也可以不发生联系,社会政治生活并不是无时无刻地影响、制约作家、诗人的。当他们以天才的感受能力和方式去把握、认识、表达这个世界时,他们同样可以写出艺术品,并以另一种方式给这个世界施加影响,起着政治无法替代的功用。

然而这一认识的滞后性无法安慰、化解新中国相当长一段时期内作家们矛盾痛苦的心境,他们真诚地愿意用手中的笔服务于这个新的时代,然而终于发现,这支笔并不属于他们个人,怎样写、写什么的决定权并不在自己的把握之中。唯一的选择是,要么彻底放弃个人独立的精神地位,无条件地适应时代对"艺术"的呼唤,彻底融会于集体意识之中,在限定的空间内去创造时代的最强音;要么以沉默的方式坚守内心的独立,放弃个人的话语权力,在寂寞中保持人格的完整,虽然失去了个人的声音但也获得了内心的宁静。当然,也有人痛苦地陷入了第三条道路,他们既想真诚地追随时代,又企望能够保持艺术的纯正性,守住不能放弃的艺术良知和正义的情感要求,这样,他们的内心冲突和情感矛盾就更强烈了。

1949年10月初,隆隆礼炮刚刚鸣放过,何其芳怀着无比的激动和喜悦写下了《我们最伟大的节日》一诗:

> 中华人民共和国
> 在隆隆的雷声里诞生。
> 是如此巨大的国家的诞生
> 是经过了如此长期的苦痛
> 而又如此欢乐的诞生,
> 就不能不像暴风雨一样打击着敌人,
> 像雷一样发出震动着世界的声音……

诗人曾部分地参与了创建共和国的历程,因此这是诗人由衷的欢呼和歌唱。一个时代宣告终结,又一个时代在"震动着世界的声音"中莅临。作为这一"梦想"的参与者和实践者,在这样的时刻他最有歌唱的资格。在何其芳的诗中我们还很少读到这样的诗句:

> 欢呼啊！歌唱呵！跳舞呵！
> 到街上来，
> 到广场上来，
> 到新中国的阳光下来，
> 庆祝我们这个最伟大的节日！

诗人少年、青年时代的歌声都充满了忧郁和柔弱，而这"人到中年"的歌声竟如此欢畅和年轻，可见此时诗人激情的无可抑制。这首诗在诗人的创作中别具一格，然而，此后的几年间诗人沉默了，他并没有持续他变得欢畅和年轻明快的歌唱，在读者的期待中他发表的却是一首思绪万端、矛盾重重的《回答》。从作者注明的写作时间看，从开始写作到完成全篇竟用了近两年半的时间。显然这不是一气呵成的晓畅之作，诗人一再延搁也反映了内心的犹豫和诗情的迟滞，诗人甚至可能动摇过完成它的决心。然而《回答》毕竟发表了，但它不再是"歌"与"舞"，而是充满了沉重和复杂：

> 从什么地方吹来的奇异的风，
> 吹得我的帆船不停地颤动：
> 我的心就是这样被鼓动着，
> 它感到甜蜜，又有一些惊恐。
> 轻一点吹呵，让我在我的河流里
> 勇敢地航行，借着你的帮助，
> 不要猛烈得把我的桅杆吹断，
> 吹得我在波涛中迷失了道路。

那是狂欢的时代，何其芳也曾融会于它的序幕。时代要求诗歌充分表达人们的惊喜，并以昂扬的声音伴随又一时代的帷幕徐徐拉开。然而，《回答》却既不昂扬也不乐观，在狂欢的广场上，它便更像一位心事重重、矛盾重重、满腹忧虑的"局外人"，身置广场心在别处，与那狂欢场面形成的反差显得格外刺目。因此，它很快就被判定为"不健康的感情"，是一首让人"失望"的作品，几乎被逐节批驳，然后批评者严正地为作者指明了新的出路。①

不能否认，与《我们最伟大的节日》相比，这里固然含有太多的复杂和矛盾的情绪，在文学走向"一体化"的时代，它的不被理解是在意料之中的。但是，这个《回答》是真挚的，也因它诞生于这一时代而格外地具有价值。

---

① 曹阳：《不健康的情感》，《文艺报》1955 年第 5 期。

诗人没有盲目地被统一的文学潮流所裹挟,他力图保持个人冷静、严肃的思考,并不回避内心深处的重重矛盾和无法轻松的情感,他正视并向世人传达了他的矛盾,这份真诚和勇敢恰恰是那一时代最为缺乏的。新的生活开始了,但面对新的生活他不像有些诗人那样充满了自豪感和满足感,他内心涌动着对新的生活不适应的隐忧:

> 我的翅膀是这样沉重,
> 像是尘土,又像有什么悲恸,
> 压得我只能在地上行走,
> 我也要努力上天空。

然而"努力"仅仅是一种期许,却不能替代现实。生活给人带来了"甜蜜感",但诗人却依然愁肠百结,这是传统的"士"的"居安思危",还是对"四十岁的到来"的伤悲?抑或是对"我结出的果实这样稀少","难道我是一棵不结果实的树"的自我谴责?也许都有。诗歌不是政治教科书,诗人有理由以诗的形式排遣或抒发内心的苦闷和忧伤;它不仅有显示真理的功用,也有显示人类情感的无限丰富、复杂多样的功用。但《回答》是不合时宜的,因为它不符合那一时代的诗歌职守,尽管它符合诗歌创作独特性、个性化的规则。谢冕认为:"《回答》以它真实的而不是虚假的、复杂的而不是单纯的、立体的而不是平面的、矛盾的而不是单一的情绪描写,传达了那一历史时期诗歌中受到忽视的、然而却是应当受到珍重的诗歌实践。"[①]这一概括提示了《回答》的美学价值和认识价值。

《我们最伟大的节日》和《回答》所呈现出的矛盾现象,仿佛是何其芳作为诗人一生的缩影。事实是,诗人一生都在为自己的精神蜕变进行着痛苦的、没有终结的自我苦斗。这一点他似乎有中国传统文人"非制度化"的"修身""自省"的严重遗传,他似乎时常处于内在的紧张之中,不断地怀疑、否定自我,总是不断地在思想上深刻地反省、检视自己,他内心的冲突和矛盾似乎从未平息过,这不仅是作为诗人的何其芳一生的精神历程的特点,从某种意义上说,它也典型地浓缩了现代中国知识分子的精神历程。一个异邦人在研究了何其芳的文学道路和思想经历后指出:何其芳到了延安之后,他的诗歌创作"已经是为了把它当作舒缓个人感情和社会职责之间的矛盾的手段了。甚至晚至 1942 年,他进行战斗的对象,仍然不是敌人,而是在他

---

① 谢冕:《真诚,他素有芬芳》,《中国现代诗人论》,第 118 页,重庆出版社,1986。

自己身上的私人魔障"。① 这位"他者"一语中的。但他似乎并不了解,何止到1942年,何其芳的一生都在同自我苦斗,一生都在同自我纠缠。

何其芳少年时代就喜欢诗,他喜欢泰戈尔和冰心,后来深受新月诗风的影响。诗人的青年时代是忧郁而寂寞的,在个人狭小的情感世界里,他抒写着自己几乎是与外界完全隔绝的那份独特的感受。那时的诗人是一个典型的唯美主义者,他曾同一个朋友因温庭筠的一首诗而产生分歧,他认为那个朋友"是一个沉思的人,他要在那空幻的光影里寻一份意义;我呢,我从童年时翻读着那小楼上的木箱里的书籍以来便坠入了文学魔障。我喜欢那种锤炼,那种色彩的配合,那种镜花水月。我喜欢读唐人的绝句。那譬如一微笑,一挥手,纵然表达着意思,但我欣赏的却是姿态"②。但诗人告别并厌弃了自己的"精致",并反省了是怎样"开始了我的独语"的。他认为"独语是不能长久地继续下去的",因为那也是一种"逃避"。"然而逃避也是不能长久地继续下去。"③显然,诗人否定了自己过去的人生道路和艺术道路。

1938年6月,即到延安后的前两个月,他创作了自己的又一名篇:《成都,让我把你摇醒》。这里再也没有孤芳自赏的精致和典雅,诗人的心同时代一起走进了兵荒马乱,宁静的心态破碎了。何其芳不久回顾说:"抗战发生了。对于我抗战来到得正是时候。它使我在陕西、山西和河北看见了我们这古老的民族的新生的力量和进步。他使我自己不断地进步,而且再也不感到在这人间我是孤单而寂寞的。"④这是诗人真实的心态,广阔的社会环境和延安的生活让诗人有一种强烈的归属感,有一种终于找到了归宿的释然。他的创作也以另一形态出现,写了《一个泥水匠的故事》和一组《夜歌》。前者是诗人第一次尝试叙事诗的创作,也是实践写人民大众、为人民大众而写的尝试,后者则诚实地传达了诗人从旧世界走向新世界的别样心境。他在《夜歌·初版后记》中说,这些作品,"还可以说明其中有一个旧我与一个新我在矛盾中,争吵着,排挤着"。这时的诗人仍然是矛盾的:他庆幸自己在民族危亡的时候走上了战斗的第一线,找到了自己应该选择的道路;然而当他一旦进入艺术的思考,一旦进入他的诗的世界,他"精致"的审美欲望对于现实的艺术要求又时常有一种无法适应的窘迫。他写作《夜

---

① 庞尼·麦克道高尔:《何其芳的文学成就》"后记",周发祥译,引自《何其芳研究专集》,第420页,四川文艺出版社,1986。
② 何其芳:《梦中道路》,见《刻意集》,文化生活出版社,1938。
③ 何其芳:《给艾青先生的一封信》,《文艺阵地》1940年第4卷第7期。
④ 同上。

歌》是在 1940 年 5 月,这时他已宣布了要告别"精致"和"独语",然而,在《夜歌》中他仍然写出了"精致"的"独语":

> 而且我的脑子是一个开着的窗子,
> 而且我的思想,我的众多的云,
> 向我纷乱地飘来,
> 而且五月,
> 白天有太好太好的阳光,
> 晚上有太好太好的月亮……

人的改变实在是困难的。尽管诗人在这里仍然表达了"痛苦地想突破我自己,提高我自己",然而那"梦中道路"中的诗人仿佛依然存在,敏感而多情的诗人并未在严酷的斗争中实现"脱胎换骨",他的苦闷仍然为忧郁的诗句所传达着。

何其芳对自己艺术观念的坚持又是固执的。从解放区文艺一直到 1958 年的"大跃进"民歌,共和国文学从内容到形式不断向人民大众倾斜。到了 50 年代后期,对待民歌的态度问题已不单纯是艺术问题,对民歌的态度意味着对劳动人民的态度,它体现的是阶级立场的问题。但是尽管如此,何其芳除了在 1945 年与张松如合编过一本《陕北民歌选》之外,他个人的创作很少向民歌形式倾斜。而且当民歌和古典诗歌被看做新诗发展的基础时,何其芳观点鲜明地表示了异议。他认为"民歌虽然可能成为新诗的一种重要形式,未必就可以用它来统一新诗的形式,也不一定就会成为支配的形式,因为民歌体有限制"。他主张"批判地吸收我国过去的格律诗和外国可以借鉴的格律诗的合理因素,包括民歌的合理因素在内,按照我们现代口语的特点来创造性地建立新的格律诗"。[①] 何其芳从理论到创作实践拒不接受流行的文学意识形态,在一片走向民歌的呼声中,他仍然冷静地坚持自己的艺术观念,这确实是需要胆识的。

第四节 路翎的《洼地上的"战役"》

50 年代初期,出现了一批以抗美援朝为题材的作品,如魏巍的《谁是最可爱的人》、杨朔的《三千里江山》、巴金的《生活在英雄们中间》等。这些作

[①] 何其芳:《关于新诗的"百花齐放"问题》,《处女地》1958 年第 7 期。

品都获得了好评。特别是魏巍的《谁是最可爱的人》,被认为是那个时代同类题材中最具代表性的作品。

与上述作品不同的是路翎的同一题材的小说创作。路翎是40年代七月派小说的首席作家和"集大成者"。他所探索的"心灵史诗",在文学大众化、民族化的潮流中,具有某种"异类"性质。他的《饥饿的郭素娥》《燃烧的荒地》《蜗牛在荆棘上》以及短篇集《青春的祝福》等,在现代文学史上均有重要位置。特别是他的长篇小说《财主底儿女们》,更被认为是"中国新文学史上一个重大的事件"①。在这部长篇小说中,路翎深刻地塑造了一个投向革命而内心又充满了悲苦、孤独、苍凉,有独立精神世界的蒋纯祖的形象。他经历了动荡时代的兵荒马乱,也经历了内心与现实格格不入的痛苦精神历程。他对上层社会和世俗世界充满了蔑视,同时在思想情感上也不能容纳他面对的现实。他内心充满了矛盾:信仰人民,但又不得不"告别人民"。路翎真实地描述了知识分子如何在转变生存方式和思想情感方式的炼狱中挣扎。他对人的心灵的探询和关怀,以"异端"的方式延续到了他50初期的小说创作中。

从1953年到1954年间,路翎先后发表了一组以朝鲜战争为题材的短篇小说,如《初雪》《战士的心》《你的永远忠实的同志》和《洼地上的"战役"》等。这些作品大多发表在《人民文学》上,在读者中引起了极大的反响,以至于产生了一股小小的"路翎热"。② 其中《洼地上的"战役"》影响最大。小说虽然也正面描写了朝鲜战争,但战争在小说中仅仅构成了背景,主要内容还是志愿军战士王应洪和朝鲜姑娘金圣姬之间未被言说和无法实现的爱情。王应洪怀着眷恋和不安在后来的战争中牺牲了,因此这是一个悲剧性的爱情故事。和这个爱情悲剧构成对应关系的,是小说压抑性的叙事,或者说,路翎在讲述这个故事的时候是十分谨慎的。这不仅由于小说特殊的背景和题材,同时也缘于当时的文学环境和整体气氛。王应洪和金圣姬的爱情,于王应洪来说是完全被动的,一个19岁的单纯青年是肩负着国际主义的使命支援朝鲜战争的,他对金大娘和金圣姬一家的帮助,完全是出于朴素的阶级情感和国际主义精神。但同样是19岁的朝鲜姑娘金圣姬却暗自爱上了王应洪:她"见到王应洪的时候就显得激动,在他走过的时候总是痴痴地看着他。有时候,显出特别兴奋的样子和王应洪说上几句话,就要脸

---

① 胡风:《〈财主底儿女们〉序》,人民文学出版社,1985。
② 林莽:《路翎的生活与创作道路》,《路翎文集》第4卷,第351页,安徽文艺出版社,1995。

红起来。可是王应洪却完全没有注意到这个,这个年轻人的全部心思都集中在练兵的工作和未来的战斗任务中"。姑娘的爱情虽然没有被王应洪感知,但却被班长王顺和其他战士感觉到了。于是,王顺和王应洪有了一场艰难的谈话:在王顺那里,他十分矛盾和苦恼,一方面他觉得军人纪律不允许王应洪沿着爱情的道路走下去,一方面,他对金圣姬纯洁、赤诚的感情又深感同情。但在王应洪看来这却是一场误会,因为他从来也没有想和这位朝鲜姑娘的感情问题。悲剧也许就是从这次谈话开始的。谈话使朦胧的爱情明朗起来,但明朗起来的爱情不仅不能实现,反而使两位年轻人变得陌生和不自然。同时,"纪律"并不能阻止金圣姬对王应洪的爱情,在王应洪上前线的时候,她将一块绣着两个人名字的手帕放到了王应洪的口袋里,战斗中王应洪的鲜血染红了这块象征着爱情的手帕。一个在战争中默默生长、但还没有被言说的"跨国"爱情故事,就这样以悲剧的形式结束了。

  应该说,小说非常正面地塑造了王应洪、金圣姬、王顺的形象,他们的勇敢、坚毅以及侦察中的机智和无畏精神,与国际主义、爱国主义和英雄主义精神是完全一致的。在战争与个人生活的冲突中,主人公宁可牺牲爱情甚至生命而维护了"战时纪律"。路翎要歌颂的正是这些。从艺术角度看,《洼地上的"战役"》并不是一部多么优秀的作品,作者的谨慎使得叙述拖沓而冗长,青年男女主人公没有交流的情爱关系,完全靠叙述来交代,阅读起来非常沉闷,与路翎早期作品的激情和尖锐比较起来,这篇小说的创造力和想象力明显地倒退了。但路翎仍然试图关注人物的心理现实,关注人的精神和情感领域,并以悲剧的形式作了处理,这显示了路翎寻找新的艺术出路的努力,以及对新的文学范式和文学功能观的偏离和质疑。

  路翎在探索自己艺术道路新的可能性的同时,还在试图获得叙事的合法性,他把不同国度青年男女的情爱关系与一场战争"缝合"在一起,以此喻示中朝两国人民的情感和命运,并在具体的细节上尽量避免男女非道德化的枝蔓,以"过滤"和"提纯"的方式使这段"跨国"爱情纯洁到不能再纯洁了。作品受到了志愿军官兵普遍的欢迎和好评。[①] 但即便如此,《洼地上的"战役"》还是遭到了激烈的批评。其中侯金镜的《评路翎的三篇小说》最

---

  ① 野艾:《对一个熟悉的陌生人的问候》,《读书》1981年第2期。文中介绍说,野艾读《洼地上的"战役"》,就是一位直接参与和指挥了朝鲜金城秋季阻击战和1953年轿岩山夏季反击战的师长推荐的。他对作者说:"我不懂文艺,但我觉得《洼地上的"战役"》是我读过的小说中的一篇杰作,你应当找来看一看。"

有代表性。文章认为,除《初雪》之外,其他作品都"有着严重的缺点和错误,对部队的政治生活作了歪曲的描写",《洼地上的"战役"》,"攻击了工人阶级的集体主义,支援了个人温情主义,并且使后者抬起头来","由于作者立脚在个人温情主义上,因此大力渲染个人和集体——爱情和纪律的矛盾,前者并且战胜后者的结果,无论如何也无法弥补金圣姬心灵上的创伤,无法改变在战争中丧失个人幸福,而造成的个人悲剧",认为路翎"还没有彻底抛弃他的错误思想和错误的创作方法"。① 路翎发表了《为什么会有这样的批评》的答辩文章。虽然他不接受批评者对他小说的指控,但路翎对个体价值的否定,无论出于何种考虑,都和他的批评者具有某种文化同一性。

路翎的探索和他遭遇的批判,事实上宣告了个人的思想情感和心理体验的丰富性和复杂性,在共和国初期就已经被排除于文学表现的领域之外了。

第五节　峻青、王愿坚的短篇小说

峻青,山东海阳人,1922年生。抗日战争爆发后参加革命,曾任胶东《大众报》记者、新华社前线记者和敌后武工队队长。中华人民共和国成立后,曾在中南文联、上海作协工作。1952年开始专业创作。出版有短篇小说集《黎明的河边》《最后的报告》《胶东纪事》等。"文革"后出版了短篇小说《怒涛》、长篇小说《海啸》等,此外,还出版有散文集《秋色赋》《欧行书简》《雄关赋》。

峻青的文学成就主要体现在短篇小说上。个人经历和"历史化"叙事是峻青小说的基本特征,壮美和崇高是峻青小说的美学追求。他对根据地人民为革命英勇献身的书写,特别是对特殊环境的营造和人物面对革命/生死选择的处理,对英雄主义的悲怆渲染,最大限度地表达了对革命的信仰。《黎明的河边》是峻青的代表作,小说叙述的故事发生在1947年胶东解放区昌潍平原。为了粉碎国民党反动派的猖狂进攻,交通员小陈奉命护送武工队新任队长姚光中和副队长老杨去敌后开展斗争。在恶劣的环境中他们连夜冲过了敌人的封锁线,在黎明时分到了潍河边,但渡河的船已被水冲走。正当小陈的父亲护送两位武工队长凫水过河时,敌人押着小陈的母亲

---

① 《文艺报》1954年第12期。

和弟弟追了上来。小陈身负重伤,但仍在堤坝上阻击敌人,最后壮烈牺牲,母亲和弟弟也被敌人枪杀。父亲强忍悲愤和伤痛,坚持把武工队长送到了河东。

小说的命名、环境、人物,都有鲜明的象征性。在后叙事视角里,黎明时分大雨滂沱的暗夜和敌兵的追剿构成了险恶的自然和历史环境,但人民对革命的坚定支持,使革命伦理成为最高正义。父亲老陈为了革命的胜利可以牺牲儿子和妻子,从一个方面印证了革命的历史合理性,也叙说了革命的胜利是千百万人流血牺牲换来的道理。小说集中表现的是悲壮、崇高、献身等革命的美学原则和高昂、理想、激情等浪漫主义的艺术特征。这一追求几乎体现在峻青所有重要的作品中。《老水牛爷爷》《党员登记表》等,都延续了他一贯的写作策略和风格。有学者在分析"革命历史小说"的特征时说,这一小说类型与传统的讲史小说一样,也往往是从灾难或失败开始;但与传统的讲史小说不同的是,它不仅仅是"话头",从根本的意义上说,更是革命的起点、历史的起点。不合理的旧制度、残酷的阶级剥削与压迫、反革命势力的迫害和残杀,重现于小说叙事时,具有了多重功能。其中之一就是从水深火热走向革命人民的盛大节日,从胜利走向更伟大的胜利。这一点"革命历史小说"与传统的讲史小说是非常不同的:传统的讲史小说"无未来性",而"革命历史小说"恰恰为读者预示了无限的"未来"。①

在当时的历史环境中,关于如何讲述革命历史、塑造英雄人物,是一个被长期讨论的问题,但各种观念并不完全一致。50年代初期,部队的文艺工作者首先提出了塑造英雄人物形象的问题。他们认为:"在表现革命英雄主义与创造英雄典型时,必须要充分表现战略战术思想,领导和干部以及解放军的历史。不能充分地、正确地表现这些方面,就不能丰富英雄的形象,有损英雄典型的完整的创造。"②歌颂、表现这些英雄人物,"是我们发展的方向问题"③。但也有声音表示怀疑。《文艺报》在组织相关讨论的时候,就提出了反对以一种公式替代另一种公式。这一怀疑与苏联当时批判的"无冲突"论的背景有关。但在接下来的讨论中,《文艺报》改变了立场,这与批判《武训传》和萧也牧的创作倾向有关。特别是在第二次全国文代会上,周扬作了题为《为创作更多的优秀的文学艺术作品而奋斗》的报告,报

---

① 黄子平:《"灰阑"中的叙述》,第25—26页,上海文艺出版社,2001。
② 陈荒煤:《创造伟大的人民解放军的英雄典型》,《解放军文艺》1951年6月15日第1卷第1期。
③ 胡耀邦:《表现新英雄人物是我们的创作方向》,《解放军文艺》1952年1月号。

告正式提出:"当前文艺创作的最重要的最中心的任务是表现新的人物和新的思想。"但冯雪峰在当年的一篇文章《英雄和群众及其它》中,表达了并不一致的看法。他虽然认为创造正面的、新的人物,是"最迫切的任务",而且生活也为创造英雄形象提供了丰富的根据,但是,"不可以把先进分子和英雄们从实际生活的矛盾冲突中孤立开来;不可以把他们从他们在斗争中作为矛盾冲突的一方面的地位上孤立开来;不可以把他们从他们所反映的伟大的社会力量(即群众)中孤立开来;不可以把他们从现实的历史前进运动的力量和方向上孤立开来"。他还提出,塑造反面人物和中间人物的艺术形象,"不仅不应排挤出我们的创作工程之外,而且和创造正面人物形象是同样重要的"。① 但这不同的看法,并没有妨碍峻青的小说在当时受到很高的评价。他的小说虽然把革命历史叙述得相当残酷,无论是自然环境还是社会环境,无论是敌我关系还是亲情关系,峻青都将其渲染到极致,但这残酷更加凸显了英雄人物不可战胜的"超意志力",因此,峻青的小说虽然有明显的模式化、戏剧化、程式化特征,但他革命的浪漫主义和理想主义的美学气质,在本质的意义上表达了"革命历史"对未来的允诺。

与峻青小说的戏剧化、对"超人"意志和环境的夸张渲染比较起来,王愿坚的小说要平实或单纯一些。王愿坚,山东诸城人,1944年参加革命,曾任部队文工团分队长、新华社记者等职。1952年参加革命回忆录丛书《星火燎原》的编辑工作,曾访问革命老区,追寻过红军长征的足迹。他虽然没有参加过长征,但这些经历激发了他书写革命历史及其精神的强烈愿望。他的小说代表作是《党费》《七根火柴》《三人行》《普通劳动者》等;出版有小说集《党费》《后代》《亲人》《普通劳动者》等;粉碎"四人帮"后,发表了短篇小说《路标》《足迹》《标准》等;此外,还与人合作发表了电影剧本《闪闪的红星》(与陆柱国合作)、《映山红》(与肖穆合作)以及创作谈等。

1954年,短篇小说《党费》的发表引起了强烈反响。小说写的是二次国内革命战争时期,在闽粤赣边区八角坳坚持地下斗争的女共产党员黄新,不顾极度白色恐怖的威胁,组织群众为山上的游击队腌制咸菜,并且作为党费来支持武装斗争。消息走漏后,白匪包围了村庄。黄新临危不惧,掩护了游击队的联络员,自己从容赴死。小说把人物置于一个极端危难的典型环境中,试图通过一系列具体的细节,深入挖掘和展现在严酷的革命历史时期,一个共产党员的内心世界和献身精神。

---

① 冯雪峰:《英雄和群众及其它》,《冯雪峰论文集》(下),第68、74页,人民文学出版社,1981。

短篇小说《七根火柴》，也是表达同一精神取向的作品。在长征路上，一个无名战士将七根火柴作为自己生命的支点，在生命的最后时刻，他将七根火柴夹在党证中，托付给战友。作者以抒情诗般的语言描写了这个战士最后的造型：他举起手臂指向北方，"它高高地擎着，象一只路标，笔直地指向长征部队前进的方向……"茅盾评价《七根火柴》说，小说"约二千字，可是生动有力地，描写了草地行军的艰苦，刻画了忠心耿耿的战士在将要断气的一瞬间还专心致意地要把他所保存的七根火柴连同党证交托同志转呈上级。这七根火柴关系着部队的饱和暖。全篇人物形象是鲜明的，故事的发展也很紧凑"。"在结构上，这一篇也有它的优点。全文共计不过二千字，似乎不可能有多余的字句来浪费篇幅，可是作者还能腾出一手来写环境，烘托出那七根火柴是怎样关系着千百人的安全；作者用总篇幅的三分之二描写主人公的形象，可是我们并不觉得它和整体的比例不适当，因为作者在描写主人公的形象的时候也即是故事在发展的时候，一切都是在动而不是静止的。"①茅盾的这一称赞，从一个方面反映了主流批评对王愿坚创作的支持。

但是，王愿坚的小说，特别是书写红军和早期革命历史题材的小说，隐含着一个没有被深究的问题，这就是生活与创作的关系。在无产阶级革命导师那里，存在决定意识，生活是第一位的，文学艺术作品是现实生活在作家头脑中反映的产物。王愿坚没有经历过二次革命战争和长征，但他却写出了符合时代要求，或者说符合重新建构历史的要求的作品。这一情况暗含着违背历史唯物主义基本理论的事实，但却符合延安时代文学艺术"逆向"发展的经验，符合后来者对革命历史的想象。也正因为如此，王愿坚的创作在所有的当代文学历史叙述中，始终占有重要的地位。

第六节　孙犁、茹志鹃的小说

孙犁（1913—2002），河北安平人，曾做过小学教员，办过边区的文艺刊物。1944年，和华北联大学员一起，自冀西山区出发，经过一个月的长途跋涉到达延安。在延安，孙犁在鲁迅艺术文学院边做研究和教学工作，边从事文学创作。这期间先后创作了《荷花淀》《芦花荡》《麦收》《嘱咐》《光荣》以及中篇小说《村歌》等名篇。孙犁的小说一面世就引起了巨大的反响，浪漫

---

① 茅盾：《谈最近的短篇小说》，《茅盾评论文集》（上），第166页，人民文学出版社，1978。

主义风格和鲜明的抒情性,使他的小说在解放区红色文学的整体格局中别具一格而备受关注。但是,由于"赵树理方向"的确立,孙犁在当时和1949年之后的文学界,并没有达到赵树理那样显赫的地位。这与孙犁小说的浪漫主义风格有很大的关系。在现实主义备受推崇的时代,孙犁的风格没有被推到时代的最前沿,是完全可以想象的。与孙犁小说风格有关的,是他对战争生活的抒情性描述。对这一点,文学界持有并不一致的意见。

建国后,孙犁长期工作、生活在天津,他在《天津日报》主编文艺副刊和辅导文学青年的同时,先后写成了长篇小说《风云初记》、中篇小说《铁木前传》以及短篇小说《吴召儿》《山地回忆》等。1958年出版的小说散文集《白洋淀纪事》,汇集了他1939—1950年间创作的小说、散文54篇。

《风云初记》分别于1951、1954、1963年先后以初集、二集、三集的形式发表,1963年6月由作家出版社出版了合集。这是一部反映抗日战争生活的长篇小说。与同类题材的作品相比,《风云初记》虽然也是揭露日本侵略者罪恶、张显民族英雄主义和歌颂中国共产党领导军民抗战的故事,但它的写作风格却延续了孙犁一贯的诗意、抒情和散文化的笔法,这种风格与孙犁对战争以及用文学的方式反映战争的独特理解相关。他说:《风云初记》是"关于那一时期我的家乡的人民的生活和情绪的真实记录"①。小说的主人公芒种和春儿是冀中平原的普通农民,他们的生活理想就是通过自己辛勤的劳动,在婚后做一对恩爱的夫妻,过太平日子,但抗日战争的爆发打破了这对年轻人的梦想,在时局危机的时刻,曾经参加过长征的高庆山回到了家乡,他领导建立了抗日武装和政权。芒种参加了抗日武装并成为骨干;春儿也为家乡救亡积极工作。小说没有组织疾风骤雨的重大事件或跌宕起伏的故事情节,而是举重若轻地、在普通人的日常生活中反映那个时代的风云变幻。小说中的人物都是那个时代常见的人物,可能因为熟悉而更难以描摹,但在孙犁的笔下,无论是雇农出身的芒种、老温、老常、地主田大瞎子、狗腿子老蒋,还是吴春儿、李佩钟、蒋俗儿等农村女性,都显得自然本色而非刻意为之。芒种、老常、老温因其出身贫苦,必然有改变命运、参加革命的天然要求;田大瞎子的狡诈、阴暗及张狂也符合人物性格;对三个女性形象的塑造,更是体现了孙犁在把握女性性格方面的能力和特点。春儿的羞涩和纯朴、李佩钟的韧性和克制、蒋俗儿的轻浮和厚颜无耻等,都给人留下深刻鲜明的印象。茅盾认为:"孙犁有他自己的一贯风格。《风云初记》等作品,显示了

---

① 孙犁:《为外国文版〈风云初记〉写的序言》,1979年10月11日《天津日报》。

他的发展的痕迹。他的散文富于抒情性,他的小说好象不讲究篇章结构,然而决不枝蔓;他是用谈笑从容的态度来描摹风云变化的,好处在于虽多风趣而不落轻佻。"① 但在倡导或注重"史诗"的年代,孙犁的诗意和散文化倾向并没有、也不可能受到高度重视,甚至批评界对《风云初记》的结构和散文化倾向多有微词。

中篇小说《铁木前传》,是写铁匠傅老刚、木匠黎老东以及他们的儿女们两代人的故事。从抗日战争之前到农业合作化前夕,重点是写两代人的生活、性格、命运在土地改革后的变化,并揭示这些人物在新生活到来时的心理和精神脉动。小说不仅写了生产关系的变革和农民与土地关系的变化,而且着重写了在变革时代人的心理和人生经历的变化。傅老刚与黎老东友情的发展和决裂、九儿和六儿友谊的发展和幻灭、九儿与四儿的新友谊以及小满和六儿爱情的曲折发展等,都不同程度地折射出了鲜明的时代印记。对世道人心的体察和对人性的关爱,是《铁木前传》在那个时代作出的最值得注意的贡献。作者在肯定傅老刚、九儿、四儿的淳朴、正直并以此赞美新的时代和传统美德的同时,也对黎老东、小满、六儿这些有缺憾和问题的人物,既暴露他们的缺点错误,也尽可能捕捉和表现他们内心深处善良和积极的一面,从而尽可能多方面地展现人物的复杂性和丰富性,而不是机械教条和简单抽象地塑造小说中的人物。

孙犁创作的独特性,在文学研究者和批评界那里引起了极大的关注,其中一个重要的讨论,就是在文学史上是否存在一个"荷花淀或白洋淀文学流派"。1980年,作协河北分会等有关部门联合举办了"荷花淀派"研讨会,就"荷花淀派"是否存在的问题展开了讨论。肯定的意见认为,当代文学史上存在这个流派,它发端于40年代,形成于50年代。《荷花淀》《白洋淀纪事》中的54篇作品,《铁木前传》《风云初记》等风格成熟的作品,为这个流派奠定了坚实的基础;一批文学青年刘绍棠、从维熙、韩映山、冉淮舟、房树民等,不仅推崇孙犁的艺术风格,而且自觉地追随和学习,在《天津日报》《文艺周刊》等报刊上发表了大批作品,于是形成了以孙犁为代表、风格相近的作家群体,因此"荷花淀派"是存在的。

否定的意见认为,"荷花淀派"的种子虽然早在40年代埋下,但因为没有适宜的生长环境,一直未能萌发,并没有形成一个真正的文学流派。个中原因是,1957年之后,文学界推崇"阳刚之美",孙犁的风格不仅没有受到重

---

① 茅盾:《孙犁的创作风格》,见《孙犁研究专集》,江苏人民出版社,1983。

视,反而遭到冷落和排斥,虽然有文学青年模仿,但也只是初露端倪,并没有形成成熟的风格。①

第三种意见在充分肯定孙犁艺术成就的同时认为,作为一种文学流派,"在50年代是一个不自觉的流派;在今天则是一个不健全的流派。50年代他们没有明确的艺术宣言、艺术主张和共同的鲜明的艺术追求,因此是不自觉的;60、70年代已经衰落,80年代作品不多,所以是不健全的"②。

当代文学的整体环境,决定了文学流派形成的困难。孙犁的创作虽然取得了相当高的艺术成就,并有一批追随者创作了风格相近的作品,但他们还仅限于风格学的意义,说已经形成了"荷花淀"或"白洋淀"文学流派,恐怕还是勉为其难。

茹志鹃(1925—1998),祖籍浙江杭州,生于上海。少年时代家境败落,前后读书不足四年,1943年参加新四军,曾在部队文工团工作,1953年转业到上海。曾任中国作家协会主席团委员、理事等。

1943年发表了短篇小说处女作《生活》,1950年8月31日在上海《文汇报》上连载的《何栋梁和金凤》,是她在中华人民共和国成立后发表的第一篇小说。五六十年代的作品集中收在《高高的白杨树》和《静静的产院》中。但作家引起广泛的注意,是1958年3月号的《延河》发表了她的短篇小说《百合花》,以及围绕这篇小说展开的讨论。《百合花》也是以一种追忆的方式对革命时期人际关系展开想象,战争在小说中只是一个背景,作者集中描写的是发生在前沿包扎所里的片段故事:一个农村出身的小战士与两个女性之间的纯洁感情。在当时的文学气氛中,小说的情感态度——缠绵、温情和感伤——应该被看做是十分危险的,但《百合花》却意外地走出了"惊险"时刻,受到了许多批评家的高度评价。围绕《百合花》的讨论,可以看做是激进文学兴起时期水平最高的一次讨论。参加讨论的几乎都是知名评论家,如欧阳文彬、侯金镜、细言、洁敏、茅盾等。

欧阳文彬在《试论茹志鹃的艺术风格》一文中,虽然肯定了茹志鹃在人物塑造上"有自己的独特方法","作家完全有权利按照自己的个性和特长选择写作对象并从不同的角度加以描写",但仍然批评说:"我们面临着史无前例的壮丽时代,广大的劳动人民正在党的领导下创造惊天动地的业绩,现实生活中涌现了成千上万的英雄,他们不是什么神话传奇式的人物,他们

---

① 白海珍:《关于"荷花淀派"的讨论》,《河北文学》1980年第12期。
② 阎纲:《孙犁的艺术》,《河北文学》1980年第5期。

也都是普通人,他们的性格在斗争中发展,在矛盾冲突中放出夺目的异彩。为什么不大胆追求这些最能代表时代精神的形象,而刻意镌写所谓'小人物'呢?"欧阳文彬虽然批评茹志鹃没能写出"最能代表时代精神的形象",但仍为作者"所刻画的普通人的精神美和充溢在字里行间的诗情画意而感动"。①

侯金镜肯定了《百合花》善于"向人物内心活动的纵深方面去挖掘","常常更多借助心理过程的变化来把握人物的性格",对人物作"针脚细密、细致入微的心理刻画",不同意欧阳文彬对小说指责性的批评,认为为了去反映"现实中的主要矛盾"把人物"提高和升华到当代英雄已经达到的高度","放弃她目前所熟悉、所擅长的那些方面,而去选择有关重大题材和创造高大的英雄人物"②是错误的。

最重要的肯定来自茅盾。在综论一个时期短篇小说创作的文章中,茅盾认为《百合花》占有突出地位:"在结构上最细致严密,同时也是最富于节奏感的。它的人物描写,也有特点;人物形象是由淡而浓,好比一个人迎面而来,越近越看得清,最后,不但让我们看清了他的外形,也看到了他的内心。"③茅盾从艺术处理的角度高度评价了《百合花》,认为这是他那一时期读到的"最满意""最感动"的一个短篇小说。事实上,茅盾在《百合花》题材"政治正确"的框架内,通过对这篇作品的分析试图实现他重归现实主义的经典化写作方式,以此来匡正短篇小说艺术粗糙的现状。在这样一种期待和艺术评价视野中,《百合花》所表达的人性和温情主义,意外地没有遭到扼杀,而作为那一时期的文学收获受到保护。但有趣的是,在茅盾的文章发表一个月之后,作家出版社欲重印《百合花》等小说,并将茅盾的这篇文章一并收入时,茅盾又写了一篇"附记",指出:这篇"文章在刊物上印出之后,我自己重读一遍,不免有点忧虑。为什么?怕起副作用。怎样的副作用呢?就恐怕有些青年误以为这些所谓技巧是在下笔以前必须预先安排的。事实上不是这么一回事。……例如《百合花》的作者不会事先计划要在小说里写这么几处的前后呼应,而是从素材提炼时敏锐地感觉到通讯员枪头插的树枝和野花这些细节很能说明问题(衬托通讯员的内心世界),于是用不多不少、恰好的笔墨点染出来。"茅盾的这些表白,恰恰是他内心紧张的

---

① 欧阳文彬:《试论茹志鹃的艺术风格》,《上海文学》1959 年第 10 期。
② 侯金镜:《创作个性和艺术特色》,《热风》1961 年第 2 期。
③ 茅盾:《谈最近的短篇小说》,《人民文学》1958 年第 6 期。

透露,在强调文学功能性的时代,他兴致盎然的艺术趣味不免因游离于主流而忧心忡忡。事实也的确如此。除了《百合花》之外,像刘真的《英雄的乐章》、高缨的《达吉和她的父亲》等,都因书写了"资产阶级人性论""人间的爱和恨"而受到了严厉的批判。

第七节　杜鹏程的《保卫延安》

共和国初期的文学,在形态上进行了多种实验,这些实验除了肤浅的颂歌之外,大多是失败的。这种状况与对社会主义文学不确定的想象有关,或者说,什么样的文学才是社会主义中国的文学,虽然在理论上已经被描述出来,但在创作实践上并没有得到解决,仍然是一个不确定的方案。《保卫延安》是一个例外。这部长篇小说1954年初分别在《解放军文艺》和《人民文学》上连载,人民文学出版社于当年出版了单行本。

《保卫延安》取材于1947年3月至9月为保卫延安而展开的战事。胡宗南指挥国民党的军队对延安大举进攻,在力量悬殊的情况下,毛泽东、彭德怀先是主动放弃延安,然后又收复了延安。小说集中描写了一个英雄连参加青化砭、蟠龙镇、榆林、沙家店等战役的过程,以连长周大勇的英雄事迹为中心,表现了保卫延安、浴血奋战的过程。在解放战争的整体背景上,联系刘邓大军挺进大别山、陈赓大军飞渡黄河,显示了延安战事重要的战略地位,并以此为转机,艺术地概括了我军由战略防御转入战略反攻的历史进程。作品描写的战争场面规模宏大,战事进程跌宕起伏,从高级将领的重大决策到基层连队的战斗场景,以及根据地人民和游击队的斗争等,都有真实、正面的描写。作品在一定程度上再现了当时的严峻形势和"一片土地一片血"的残酷激烈。

作品被认为深刻地揭示了这场战争之所以能够取得胜利的根本原因:党中央、毛主席对整个战局的正确分析和英明决策,彭德怀司令员的正确部署和指挥,从高级指挥员到普通战士为保卫党中央而浴血奋战的革命英雄主义精神,在作品中都有精彩的描绘;陕甘宁边区群众和全国人民对战争的支援也得到了一定程度的表现。作品洋溢着高昂的激情,使人感受到人民战争无往不胜的巨大威力。作品刻画了一批生动的人物形象。他们之中有彭德怀这样重要的领导人,有陈允兴、李诚、赵劲、卫毅这样的高、中级将领,有周大勇、王老虎这样的基层指挥员,也有普通的战士和根据地的革命老英雄。周大勇是作者塑造的主要人物形象。作品通过一系列战斗和细节描写,突出地描绘了他的英雄性格:对党、对领袖、对人民无限忠诚,战斗中总是主动请求最危险、最艰巨的任务。在长城线上的突围战中,他身负重伤,带着伤病员和疲惫不堪的战士,被围困在一个小山洞里,最终率领战士走出险境。团政委李诚说,周大勇是一个"浑身汗毛孔里都渗透着忠诚"的人。李诚的形象是当代文学史上最早出现的政工干部的形象。彭德怀的形象笔墨不多,却是当代文学塑造革命家形象的最早尝试。

激昂高亢的英雄主义,是小说贯穿始终的情绪。另一方面,在小说艺术中第一次出现了真实的历史人物,这一叙事策略模糊了虚构与真实的界限,因此引起了批评界的高度重视。《保卫延安》作为第一部表现革命战争历史的长篇小说,它的成功,为这一题材的开掘和发展,提供了重要经验,带动了这一题材逐渐形成"主流化",成为当代中国文学表达内容的"半壁江山"。作品发表后,冯雪峰认为:

> 这部作品,大家将都会承认,是够得上称为它所描写的这一次具有伟大历史意义的有名的英雄战争的一部史诗的。或者,从更高的要求说,从这部作品还可以加工的意义上说,也总可以说是这样的英雄史诗的一部初稿。它的英雄史诗的基础是已经确定的了。我们读者的亲切的感受,也就是可靠的证明:在它强烈而统一的气氛里,在它对于战争的全面而有中心的描写里,这么集中地、鲜明地、生动有力地激动着我们的是这样的革命战争的面貌,气氛,尤其是它的伟大的精神。①

"史诗"的命名对《保卫延安》来说是一种评价,但对当代文学、特别是对革命历史题材的创作来说,却成为一种整体性的追求。或者说一部作品只要被认为是一部"史诗",就意味着它的巨大成功。"史诗"是建构革命历史的重要形式,在对历史的重新想象和追忆中,不仅再现了革命历史的辉煌和波澜壮阔,而且形象地阐释了历史发展的合理性。对历史的叙述隐含的是作家对时代精神把握的诉求,它被认为是一个作家的崇高理想和抱负,在揭示"历史本质"的过程中,弘扬了革命的理想主义和英雄主义。当代文学史上的经典作品如《红日》《红岩》《红旗谱》《创业史》《李自成》《三家巷》《苦斗》等,都因具有这样的艺术品格而受到推崇。

《保卫延安》1954年出版之后,作者曾于1956年和1958年作过较大的修改,粉碎"四人帮"之后出版了第四个版本。这部"史诗"虽然得到了普遍

---

① 冯雪峰:《论〈保卫延安〉的成就及其重要性》,《文艺报》1954年14、15期。

的赞誉,但由于模糊了艺术虚构和生活真实的界限,当社会生活和意识形态发生改变的时候,对它的评价就成了问题。1963年文化部发出通知:"人民文学出版社出版的小说《保卫延安》(杜鹏程著)应立即停售和停止借阅。……立即遵照执行。"1964年文化部又发出补充通知:"……关于《保卫延安》一书……就地销毁……不必封存。……立即遵照办理。"①1967年12月19日,《人民日报》发表了《〈保卫延安〉——利用小说反党的活标本》一文,彻底否定了这部作品,并把作者打成"反革命修正主义分子"。因此,这部"史诗"在提供了社会主义文学经验的同时,也带来了难以把握的艺术与真实之间如何处理的问题。这个当初看起来成功的经验,对社会主义文学的现代性实验来说,其实还远远没有完成。

第八节 新人新作

在"现代"作家在创作上出现犹疑、困顿的同时,五六十年代涌现出了一大批新人新作。这些新人是在新的文学观念、新的文学思想路线的指引、哺育下走上文学创作道路的。就新人的创作状况而言,比较有艺术性的作品,主要集中在农村题材的范畴之内,当然也包括创作革命历史题材小说的作家,比如王愿坚、峻青、徐光耀、白桦、胡石言等。但在整体格局中占主流地位、产生广泛影响的,还是农村题材的创作。这有两方面的原因,一方面,是这些作家对城市生活相对陌生,或者说还没有获得描写城市生活的经验;对萧也牧的《我们夫妇之间》的批判,也在一定程度上造成了作家写作城市题材的为难心理;另一方面,延安的经验主要是农村题材的创作经验,这不仅与中国社会发展的"前现代"的历史状况有关,也与中国革命成功的主要力量是来自和依靠农村的经验有关。因此,战时的经验在这时被放大到了和平时期,局部地区的经验被放大到了全国。我们发现,农村题材的创作,已经和过去沈从文、王鲁彦、蹇先艾、吴组缃、沙汀等的"乡土文学"有了很大的不同,已经不再是那片"毫无异己感、威胁感的令人心神宁适的土地"。② 对这一题材的处理,更多的是借鉴、继承了延安时代的传统和经验。延安时代周扬对"赵树理方向"的肯定,以及第一次文代会上茅盾对国统区作家"题材取自农民生活"的作品的"表面"化、"没有从现实斗争中去看农

---

① 杜鹏程:《保卫延安》"重印后记"。
② 赵园:《地之子——乡村小说与农民文化》,第21页,北京十月出版社,1993。

民"的检讨,①都表明了农村题材创作未来发展的方向和应该坚持的道路。因此,表现"现实斗争"和中国农村的"深刻变化",成为新人创作的基本主题。

在新人的创作队伍中,从地域上说,主要是来自北方的作家:以杜鹏程、王汶石为代表的受柳青影响的陕西作家群,受赵树理影响的、包括马烽、孙谦、西戎、束为、胡正等人的山西作家群,这两个作家群体是最具代表性的。这是一个值得研究的文学现象。地域特征不仅表达了北方在文学领域中心地位的确立,同时也影响了文学获取资源的范围和风格在整体上的变化。除了上述两个作家群体外,李準、浩然、刘绍棠等也是较有影响的北方新作家。

李準虽然从40年代中期就开始了写作活动,但他的成名作是1953年11月20日发表于《河南日报》的《不能走那条路》。小说表达的是一个相当概念化的主题:贫农张栓为还债要卖地,同样是贫农出身的宋老定一心要当个"置业手",打算买张栓的地。但他的出身决定了他品质上的正直善良,在党员儿子东山和群众的帮助下,他终于醒悟,放弃了买地的想法。小说要表达的是"不能走地主走的那一条路"。由于小说及时地反映了农村当时出现的两极分化现象,具有教育作用和推动农村社会主义革命开展的作用,而引起了一定的反响。李準有很多这类小说,比如《一串钥匙》《两匹瘦马》《夜走骆驼岭》《参观》《冰消雪化》《农忙五月天》等。1957年,在当时文艺思潮的影响下,李準试图转变自己的创作路向,发表了《灰色的帆篷》,通过对一个文化馆长对上级阿谀逢迎作风的揭露,触及生活中的矛盾,但作品发表后很快受到了批评。此后李準似乎还有对文学进行深入探求的想法,比如小说《信》(又名《妻子》)写一个志愿军战士的妻子得知丈夫牺牲后,自己忍受着悲痛,担负起家庭的重担,同时不断以丈夫的"身份"书写家信,安慰想念儿子的婆婆。小说对人物内心世界的开掘和所具有的人性力量,显示了李準在那个时期所能达到的文学深度。但小说和根据小说改编的电影都受到了批评。这两个路向对李準那个时代的作家来说,都是行不通的,因为创作的方向已经有了整体设计,无须作家的个人探索。

李準的代表性作品是1960年发表在《人民文学》第3期上的《李双双小传》。李双双在家庭中和丈夫孙喜旺的斗争,使她获得了平等的家庭地

---

① 茅盾:《在反动派压迫下斗争和发展的革命文艺》,见《中华全国文学艺术工作者代表大会纪念文集》,第55页,新华书店,1950。

位,也获得了爱情和应有的尊重;在公社里,由于她积极参与公共事务和敢于斗争,也得到了群众的好评。故事的背景发生于"大跃进"年代,李双双的热爱集体、泼辣活泼、健康明朗的性格,既表现了妇女解放的精神光彩,也留下了鲜明的时代特征。《李双双小传》集中代表了李準小说的喜剧特征和乐观幽默的风格。同年9月,李準在《人民文学》上发表了《耕耘记》,小说试图在公社办气象站这个新生事物中歌颂新的人物,叙述了萧淑英在党委书记的支持下,在矛盾冲突中成长的故事。茅盾赞赏这篇小说说:"如果说《李双双小传》还有些多余的句子,那么,《耕耘记》就锤炼得相当精醇了;如果说《李双双小传》描写环境和气氛还不够,那么,《耕耘记》已经没有这个缺陷了。"同时,茅盾也委婉地指出,小说主人公和青年干部的形象,并不是第一次在李準的小说中出现,在其他作家和李準自己的小说中,都曾出现过。① 李準还著有电影文学剧本《老兵新传》《李双双》《牧马人》《高山下的花环》等。80年代他出版的长篇小说《黄河东流去》获得了第二届"茅盾文学奖"。

马烽是"山药蛋派"的代表性作家之一。1942年发表处女作《第一次侦察》,并和西戎合作创作了长篇章回体小说《吕梁英雄传》。1949年之后,先后创作了《一架弹花机》《饲养员赵大叔》《结婚》《韩梅梅》《三年早知道》《我的第一个上级》等作品。后两个短篇被认为是马烽的代表作。《三年早知道》中的赵满囤是个"落后人物",一开口总是"我早就知道……",因此外号"三年早知道"。赵满囤出身中农,这一出身决定了人物的精明、自私的性格特征。他在弟弟的"最后通牒"和不入社就分家的"威胁"下勉强入社,但入社后也是一个"头痛社员"。随着合作化运动的深入发展,赵满囤的思想逐渐发生了转变,"认识到大集体的利益高于一切"。茅盾认为:"赵满囤这个人物的性格及其思想变化的过程是有普遍性的,但是作者笔下的赵满囤同时又有鲜明的个性;赵满囤闹的那些笑话(在他只为个人打算以及后来只为自社打算的时候都闹过笑话),只有赵满囤那样有点小聪明、最会打算盘、办法多的人,才会做出来。"②就小说本身而言,是一个典型的落后/转变的主题模式,但由于马烽对农村生活和人物的熟悉,使小说充满了喜剧效果和幽默因素。《我的第一个上级》也是一篇写人物思想转变过程的小说,

---

① 茅盾:《1960年短篇小说漫评》,《茅盾评论文集》(上),第347—348页,人民文学出版社,1978。

② 王汶石:《答〈文学知识〉编辑部问》,《文学知识》1959年第11期。

不同的是,它不是写落后人物的转变,而是写一个"准知识分子"对"第一个上级"的看法的转变。水利局副局长老田表面上看是一个精神不振、甚至有些萎靡的"怪人",但在关键时刻他不仅坚决果断,而且临危不惧、身先士卒、挺身而出。于是,老田在"我"心中成了"一个值得受人尊敬的人"。"中间人物"的转变,是那个时代普遍采用的写作主题,其背后的诉求是对新时代、新人物的赞美和歌颂,强调的是文学的社会功能。

"山药蛋派"的主要创作还有西戎的《宋老大进城》《灯心绒》《赖大嫂》《丰产记》等。《赖大嫂》是西戎影响最大的作品之一,小说虽然也是写"中间人物"的转变,但笔调似乎有些揶揄。赖大嫂是全村著名的落后人物,也是一个"无利不起早"的农村妇女,但在事实的教育下,特别是在她意想不到的集体的关爱下,发生了变化,决心改正缺点。小说发表后曾引起过激烈的争论,它既是被"现实主义深化论"反复征引的例证,也是批判"中间人物论"最有力的材料。

王汶石的小说虽然也是农村题材,但在创作方法和资源的获取方面,和"山药蛋派"作家有明显的区别。"山药蛋派"作家更注重本土资源的开掘,更注重在生活化的故事和情节中,表现农村发生的道德伦理方面的变革,因此也就更带有通俗文学的特征。王汶石显然受到柳青的影响,他虽然取材于农村生活,但在表现他的人物和价值观念时,更多的是强调"时代精神",更有理想主义的色彩,他不是表现人物的转变,而是直接书写农村生气勃勃的新人新事,书写代表生活先进倾向的思想和气象。因此,王汶石更类似于一个"新生活的观察者",更像是一个从外部书写农村生活的作家。这与"山药蛋派"作家以"土著"身份来写作还是有区别的。王汶石的成名作是短篇小说《风雪之夜》,代表作是《新结识的伙伴》《大木匠》。《新结识的伙伴》通过描写张腊月和吴淑兰两个农村女青年在劳动中竞赛,"来反映中国农村妇女的新的社会地位、新的命运、新的生活,来描写这种真正人的生活所引起的真正人的感情的大爆发"[①]。茅盾评论《新结识的伙伴》说,小说"用两个性格相反但同样具有共产主义风格的人物作对比,可是我觉得对比之下,张腊月的投影太浓了,使得吴淑兰相形见绌。当然,《新结识的伙伴》的结构和文学语言同主人公张腊月的性格取得了很好的配合"[②]。

---

① 王汶石:《答〈文学知识〉编辑部问》,《文学知识》1959 年第 11 期。
② 茅盾:《短篇小说的丰收和创作上的问题》,《人民文学》1959 年 2 期。

在新出现的作家作品中,还有浩然的《喜鹊登枝》、刘绍棠的《田野落霞》、刘真的《长长的流水》《核桃的秘密》《英雄的乐章》、萧平的《三月雪》、徐光耀的《小兵张嘎》、刘树德的《老牛筋》《桥》、孙谦的《伤疤的故事》、束为的《老长工》、李南力的《唐兰的婚姻》、胡万春的《目标》《在钢铁厂发生的故事》、费礼文的《黄浦江的浪潮》等。

第六章 "双百方针"时代

第一节 "双百方针"

教条主义的盛行,不仅引起了文艺界朝野的不满,同时也引起了中共高层领导的密切关注。1956年2月在毛泽东寓所召开的一次会议上,陆定一揭露和批评了苏联在领导科学、文化上的教条主义,及对我国的不良影响。他提到,在遗传学界,苏联说摩尔根学派是资产阶级的、唯心主义学派,说米丘林学派是社会主义的、唯物主义学派,不允许摩尔根学派的存在和发展。他提出应让两派平起平坐,各自拿出成绩来。在医学界,有人认为"中医是封建医,西医是资本主义医,巴甫洛夫是社会主义医"。郭沫若与范文澜对中国历史的分期问题有不同看法。陆定一认为这是学术问题,应该由历史学家自己去讨论决定。他还认为,应该破除对苏联的迷信,学术与政治不同,只能自由讨论。毛泽东同意陆定一的意见。①

这是"双百方针"最初的酝酿。1956年4月25日,毛泽东在政治局扩大会议上作《论十大关系》的报告。报告的基本出发点,是冲破苏联模式,抛弃照抄外国的教条主义做法,实行马克思主义与中国实际的第二次结合,走出一条中国自己的建设社会主义的道路来。中心思想是"一定要努力把党内党外、国内国外的一切积极因素,直接的、间接的积极因素,全部调动起来,把我国建设成为一个强大的社会主义国家"。27日,陆定一发言,提出对于学术性质、艺术性质、技术性质的问题要让它自由,要把政治思想问题同学术性质的、艺术性质的、技术性质的问题分开来,把那些资本主义和封建主义的帽子套到自然科学上去是错误的。28日陈伯达发言,指出在文化

---

① 夏可珍:《"百花齐放,百家争鸣"方针形成过程的历史回顾》,1996年5月3日《文艺报》。

科学问题上,要提出两个口号去贯彻,就是"百花齐放""百家争鸣",一个在艺术上,一个在科学上。同日毛泽东作总结发言,采纳了讨论中的意见,他说:"'百花齐放,百家争鸣',我看应该成为我们的方针。艺术问题上百花齐放,学术问题上百家争鸣。"①

"双百方针"的提出,与中共八大思想理论的准备过程有很大的关系。预计到社会主义改造将基本完成,毛泽东和刘少奇等中央领导人从1955年底开始,在繁忙的国务活动之余,抽出大量时间从事调查研究和听取各方面的汇报,为新的决策作准备。毛泽东听取了各部委的报告后,整理出了研究成果,总结为《论十大关系》的著名讲话。它的中心思想就是调动一切积极因素,为社会主义事业服务,以苏联的经验为教训,寻找适合中国国情的社会主义建设道路。

国际上,1956年是共产主义运动的多事之秋。苏联和东欧发生了一系列重大事件。苏共二十大揭露了斯大林的错误。斯大林的个人崇拜、肃反扩大化、破坏民主集中制、独断专行等错误,为中共提供了深刻的经验教训。这是"双百方针"提出的国际背景。

5月26日,中宣部长陆定一应文联主席郭沫若之邀,向科学界、文艺界、医学界的有关人士作了《百花齐放,百家争鸣》的报告,他指出:

> 我国历史证明,如果没有对独立思考的鼓励,没有自由讨论,那么,学术的发展就会停滞。反过来说,有了对独立思考的鼓励,有了自由讨论,学术就能自由发展。
>
> 对于文学艺术工作,党只有一个要求,就是"为工农兵服务",今天来说,也就是为包括知识分子在内的一切劳动人民服务。社会主义现实主义,我认为是最好的创作方法,但并不是唯一的创作方法;在为工农兵服务的前提下,任何作家都可以用自己认为最好的方法来创作,互相竞赛。题材问题,党从未加以限制。只许写工农兵题材,只许写新社会,只许写新人物等等,这种限制是不对的。文艺既然要为工农兵服务,当然要歌颂新社会和正面人物,同时也要批评旧社会和反面人物,要歌颂进步,同时要批评落后,所以,文艺题材应该非常宽广。……至于艺术特征问题,典型创造问题等等,应该由文艺工作者自由讨论,可以容许各种不同见解,并在自由讨论中逐渐达到一致。②

---

① 夏可珍:《"百花齐放,百家争鸣"方针形成过程的历史回顾》,1996年5月3日《文艺报》。
② 1956年6月13日《人民日报》。

陆定一的讲话虽然还有执政党的起码要求作为前提,但对于对思想改造、批判整肃记忆犹新的文艺界来说,显然是一个令人鼓舞的消息。尽管有人对此疑虑重重,但对大多数人来说,他们相信了这一方针带来的希望。刚刚检讨了"我的文艺思想的反动性"的朱光潜,半年之后在一篇文章中说:

> 在"百家争鸣"的号召出来之前,有五六年的时间我没有写一篇学术性的文章,没有读一部像样的美学书籍,或者是就美学里的某个问题认真地作一番思考。其所以如此,并非由于我不愿,而是由于我不敢。……
>
> "百家争鸣"的号召出来了,我就松了一大口气。不但是我一个人如此,凡是我所认识的有唯心主义烙印的旧知识分子一见面谈到这个"福音",没有一个不喜形于色的。老实说,从那时起,我们在心理上向共产党迈进了一大步。我们喜形于色,并不是庆幸唯心主义从此可以抬头,而是庆幸我们的唯心主义的包袱可以用最合理最有效的方式放下,我们还可以趁有用的余年在学术上替大家一样为心爱的祖国出一把力。①

《文艺报》在1956年第10期发表了《百花齐放,百家争鸣》的社论,中国作协于11月召开了文学期刊编辑工作会议,号召期刊正确贯彻"双百方针"。平心而论,对文艺和学术自由的要求,不仅来自于文艺和学术界的业内人士,同时也来自于这个领域的领导阶层,像周扬、林默涵、邵荃麟等,也在不同场合强调了反对教条主义和公式化、概念化的必要性。1956年1月,中央召开了全国知识分子问题会议,周恩来代表党中央作了《关于知识分子问题的报告》。他宣布,我国知识分子的绝大部分"已经是工人阶级的一部分"。会议最后一天毛泽东讲了话,他说:现在叫技术革命,文化革命,革愚蠢无知的命,没有知识分子是不行的,单靠老粗是不行的。② 为了表达执行"双百方针"的坚定性,他甚至批评了陈其通等人在《我们对目前文艺工作的几点意见》一文中对文艺形势的错误估计。但1957年反右斗争的开始,证实了这一"策略化"考虑的短暂性,它作为"不会改变的方针"的承诺便没有人再提及了。

值得注意的是,反右斗争的开始虽然使知识分子对思想自由的向往再

---

① 朱光潜:《从切身的经验谈百家争鸣》,《文艺报》1957年第1期。
② 《当代中国意识形态风云录》,第100—101页,警官教育出版社,1993。

度幻灭,但短暂的鸣放却也调动了知识分子的独立意识,对教条主义的尖锐批评,使50年代中期的文艺领域呈现出了空前的活跃,对马克思主义文学基本理论的再认识和重新阐发,显示了那一时代文学理论所能达到的最高水平。同时它也有机会进一步暴露了文化领导权的"霸权"性质。

于是,在50—70年代,出现了一个相当奇怪的现象:当文艺创作注重艺术性,文学艺术作品在艺术上有了很大提高的时候,就会出台一些强调政治倾向的政策和理论;当艺术因此而变得苍白、概念化、公式化的时候,重视艺术性的问题又会被提出。这个怪圈在这一时期一直在不断重复。这种"犹豫不决"或不断变化的策略,事实上正是中国"现代性"的一种不确定性的反映。当文学艺术被纳入到体制之后,如何使文学艺术适应意识形态的统一运作,是一个非常难以处理的问题。因此,在反右运动过后,经过1958年的"大跃进"、1959年的反右倾,加上困难时期、国际局势的变化等因素,中共中央为了扭转困难局面,提出了"调整、巩固、充实、提高"八字方针。文艺界先后召开了三次重要的文艺工作会议,总结教训,纠正错误。这就是1961年6月1日至28日中宣部召开的文艺工作座谈会、文化部同时召开的故事片创作会议。会议在北京新侨饭店举行,故简称"新侨会议"。中国戏剧家协会1962年3月在广州召开了全国话剧、歌剧、儿童剧创作座谈会,简称"广州会议"。1962年8月中国作家协会在大连召开农村题材短篇创作座谈会,简称"大连会议"。"文艺八条"就是这几次会议精神的总结。

这三次会议体现了文艺政策新的调整和变化,扭转了文艺界"左"倾思想的严密控制。特别是周恩来、陈毅的讲话,对于冲击"左"倾思想起到很大的作用。文艺政策不仅对知识分子的总体评价发生了很大的变化,确立了知识分子在社会整体结构中的位置,明确了知识分子在社会主义事业中的作用,而且对文艺方针、政策的偏差,做了检讨和反省,对文艺规律有了重新的认识。特别是文艺为什么人服务的问题、对如何反映人民内部矛盾问题、如何评价讽刺幽默、悲剧喜剧、创造英雄人物和"中间人物"等问题,三个会议有了明确认识。在这新的气氛中,周扬在一次会议上的讲话中宣称:"在科学研究领域,我们主张不要有门户之见,还是自由一些好。科学方面、学术方面、艺术方面的问题,允许自由讨论,有的问题短时间内得不出结论也不要紧,让历史去作结论。这个方针不会改变。"[1]

但是文艺政策的调整仅仅在一段时间里带来了文学艺术新的气象和面

---

[1] 《关于学术研究与出版问题》,《周扬文集》第4卷,第225页,人民文学出版社,1991。

貌。根深蒂固的"左"倾激进思潮不可能通过几次会议得到根本性的改变。实际情况是,对三次会议精神的抵制也同时存在。上海市委不仅不派人参加广州会议,会后甚至说"广州开了黑会,大家要提高警惕,不要晕头转向",还说要经得起资产阶级思想的猖狂进攻……①这"两个声音"的情况,一方面反映了对待文学艺术的两种态度,一方面反映了"左"倾思潮势力的顽固和强大。事实上,不断调整的文艺政策仍然没有也不可能扭转主流批评向极端化的方向发展。

第二节 "青春写作"

在"双百方针"提出之前,对教条主义的批判就已经开始。1953年9月24日在中国文学艺术工作者第二次代表大会上,周扬的报告在肯定了四年来文艺工作"不容忽视和抹煞的"有益"贡献"之后,也对存在的问题作了如下概括:"许多作品都还不免于概念化、公式化的缺陷,这就表现了我们文学艺术中现实主义薄弱的方面。主观主义的创作方法是严重存在的。有些作家在进行创作时,不从生活出发,而从概念出发,这些概念大多只是书面的政策、指示和决定中得来的,并没有通过作家个人对群众生活的亲自体验、观察和研究,从而得到深刻的感受,变成作家的真正的灵感源泉和创作基础。这些作家不是严格地按照生活本身的发展规律,而是主观地按照预先设定的公式来描写生活。"②同年,冯雪峰在《关于创作和批评》的长文中也批评了公式化和概念化的问题,他甚至点名批评了刘白羽编剧的电影《人民战士》,认为这部作品不能感动观众,是"因为作品根基不是放在现实的真实的斗争基础上,而是放在作者观念上的斗争的基础上的缘故"③。冯雪峰的观点和周扬几乎完全一致。

但我们发现,无论是周扬还是冯雪峰,都陷入了一个难以自拔的怪圈:一方面,他们反对主观主义的创作倾向,反对从观念和政策出发;另一方面,他们又强调必须从政策的观点来考察、估量和研究生活,以免使自己掉在生活的大海里迷失方向;要求作家必须研究政策,政策指导作家去了解实际斗争生活。生活和政策的关系,在他们那里实在是一个纠缠不清的关系。这

---

① 转引自朱寨:《中国当代文学思潮史》,第382页注1,人民文学出版社,1987。
② 《周扬文集》第2卷,第241—242页,人民文学出版社,1985。
③ 《冯雪峰文集》(下),第40、37页,人民文学出版社,1981。

说明在"双百方针"提出之前,文学界高层面对创作出现的主观主义、概念化问题,也不可能拿出根本性的解决办法;他们的犹疑和矛盾,既是制度、体制带来的不可避免的矛盾,也是中国"现代性"的矛盾。

1956年"双百方针"提出之后,这一犹疑和矛盾得到了极大的缓解,因此创作上确实出现了突破教条主义的新面貌,这可以称作中国文学的"解冻"时期。值得注意的是,首先突破禁区的并不是资深的、在文学界已经确立了地位的作家,而是在四五十年代之交成长起来的青年作家。这些作家成长的社会环境、接受的社会信仰、文学影响,都与理想主义有关,他们的"不成熟"使他们还不能理解中国的复杂性,看到的只是理想与现实的矛盾。他们是以年轻的眼光对现实发出质疑的。因此,我们将这些写作称为"青春写作"。这一时期的作品,多以短篇为主。内容主要涉及两个方面:一是对外部世界或社会生活作出反映,可以称作"干预生活"的创作;一是走进人性深处,表达年轻人对爱情的理解,并以此维护个人情感和价值,可以称作"爱情小说"。前者有刘宾雁的特写《在桥梁工地上》《本报内部消息》,王蒙《组织部新来青年人》,耿龙祥《明镜台》,李国文《改选》,刘绍棠《田野落霞》,耿简《爬在旗杆顶上的人》,荔青《马端的堕落》,白危《被围困的农庄主席》等;后者有宗璞《红豆》,邓友梅《在悬崖上》,陆文夫《小巷深处》等。

"干预生活"的创作更多的是要使文学重新担负起社会批判的职责,揭露生活流弊,这一趋向使文学界流行的"无冲突论"得到遏止,而一度衰微的批判性再次得到昭示。1956年4期的《人民文学》发表了刘宾雁的报告文学《在桥梁工地上》,作者受到苏联作家奥维奇金"干预生活"观念的影响,他曾经翻译介绍过奥维奇金访问中国的演讲稿《谈特写》。奥维奇金认为:"特写,是文学的一种战斗的体裁","它可以帮助党做另外一件事,即跑到很远的生活深处起侦察兵的作用"。刘宾雁学习了奥维奇金的这一方法。[①]《人民文学》负责人秦兆阳为《在桥梁工地上》写的"编者按"和"编者的话"中对这篇作品作出了很高的评价,他说:"我们期待这样尖锐提出问题、批评性和讽刺性的""像侦察兵一样,勇敢地去探索现实生活里的问题"的作品。不久,《人民文学》又发表了《本报内部消息》及续篇。这些作品在文学界引起了强烈的反响。《在桥梁工地上》写的是1955年冬到1956年秋发生于黄河桥梁工地的事情。作者以采访的方式,揭示了老干部、桥梁队队

---

① 奥奇维金:《谈特写》,《文艺报》1955年7月号。

长罗立正和青年工程师曾刚的矛盾与冲突。在作品中，罗立正是一个保守、僵化、墨守成规、安于现状的人物，他工作和生活的基本态度，就是不遗余力地"领会领导意图"，以维护个人的地位和利益。罗立正的性格特征与曾刚求新求变的思想要求必然产生分歧。"在桥梁工地上"的冲突和矛盾，实质指涉了共和国初期已经严重存在的教条化趋向。作品的锐气和勇气，显示了那一时代悄然涌动却又蓬勃生长的文学新潮。

1956年9月，《人民文学》发表了王蒙的短篇小说《组织部新来的青年人》。这是一篇充满青春气息的小说，主人公林震作为制度和政治生活的"他者"，以年轻人单纯、理想和浪漫的情怀走进"组织部"。他曾尊敬的上级和同事对工作和人生的态度，却以他不能接受的方式存在着。在他狐疑不解的目光中，刘世吾冷漠又消极，处世哲学是得过且过；韩常新世故而虚浮却得到重用；王清泉是典型的新官僚主义却被容忍；"组织部"处理日常工作的效率极低，而且是形式主义的；等等。这些问题使一个年轻人的内心充满焦虑不安，但他没有能力改变这一切。这些在日常生活中表现出的问题，从一个方面透露了社会已经出现的危机。年轻人浪漫的想象和他观察到的一切形成了鲜明的反差。这篇小说被认为是"干预生活"的代表性作品，发表不久便迎来了激烈的论争。肯定的意见认为小说是"去病和苦口"，小说表现出的真实性，"是社会主义现实主义的生命核心"。① 否定的意见认为，小说"把我们党的工作、党内斗争生活，描写成一片黑暗、庸俗的景象，从艺术和政治的效果来看，它已经超出了批评的范畴，而形成了夸大和歪曲"，"小说的主要缺点和小说的赞颂者们的言论，都表明着一种值得注意的不健康的倾向"，"在它的客观的艺术效果上，向人们提出了一个值得认真考虑的问题：是用小资产阶级的狂热的偏激和梦想，来建设社会主义和反对官僚主义，还是用无产阶级的大公无私的忘我的激情和科学的'现实主义'的态度，来建设社会主义和反对官僚主义？在这样一个根本性质的问题上，我以为作者王蒙同志和他的人物林震是一致的。"②在这样一种批评气氛中，王蒙发表了一篇《关于〈组织部新来的青年人〉》的文章。文章交代了小说写作的过程以及一些对文学观念的理解，但事实上还是检讨了自己某些"小资产阶级思想"和"非无产阶级思想"情绪。

"爱情小说"代表性的作品是宗璞的《红豆》。小说用追忆的方式叙述

---

① 《文艺学习》1957年1月号。
② 《人民日报》1957年5月8日。

了女大学生江玫和学物理的男青年齐虹的爱情故事。小说写得缠绵缜密，语言带有知识分子的鲜明特点，特别是对江玫心理活动的细致描摹，在当时看来别具一格。故事讲述了爱情与革命的冲突，已经成为"党的工作者"的江玫在回顾个人情感历程的时候，想要表现的是个人情感与历史进程的一致性，在革命尚未成功的年代，她理智地选择了革命道路而放弃了个人爱情。这与"革命加恋爱"的小说模式并不相同，《红豆》表现的是在两者出现矛盾的时候，革命青年应该坚持正确的政治道路而放弃个人情感。因此，江玫是带着检讨和反省的姿态回忆自己的情感历史的。但有趣的是，这一主观愿望在小说中并没有彻底实现。对爱情如诗如画和缠绵悱恻的动情追述，甚至使叙述者忘记了检讨与反省的最初动因。当年，一些青年大学生读过小说之后，甚至到颐和园寻找江玫与齐虹定情的确切地点，从一个侧面显示了《红豆》中爱情描写的感人和成功。因此，对江玫爱情的同情与批判的立场发生了裂痕。当年姚文元在批评《红豆》时也发现了这一点，他说，小说"留给我们的主要方面不是江玫的坚强，而是她的软弱，不是成长为革命者后的幸福，而是使我们感到了一种无可奈何的痛苦，仿佛参加了革命以后就一定得把个人的一切都牺牲掉，仿佛个人生活这一部分空虚是永远没有东西填补得了。作者通过江玫的口说：'我不后悔。'然而通篇给我们的印象却是后悔，是江玫的永生伴随着她的悔恨，同齐宏断绝关系后无法补偿的痛苦……是一个手中握着'已经被泪水滴湿了的'红豆的悔恨终生的女性形象"。①

带有鲜明青春气息的写作，不久就遭到了激烈的批评。他们被认为是"修正主义的思潮和创作倾向"，被质疑"干预生活""写真实"的实质是什么？② 此后的很长时间，"干预生活"和表现人性、人情、爱情的创作，被视为"创作上的逆流"而成为禁区。但二十多年过去之后，这些作品作为"重放的鲜花"再次面世并受到隆重的礼遇。

第三节　关于文学理论批评的讨论

"双百方针"的提出和共产国际运动形式的变化，深刻地影响了国内文学研究和批评的气氛，典型问题、形象思维问题、"文学是人学"等问题相继被提出，在文学批评领域出现了空前活跃的局面。

---

① 姚文元：《文学上的修正主义思潮和创作倾向》，《人民文学》1951年第11期。
② 李希凡：《所谓"干预生活""写真实"的实质是什么?》，《人民文学》1957年第11期。

自从恩格斯提出了典型理论之后,它历来被视为马克思主义文学理论的核心问题、现实主义的核心问题。但恩格斯的理论在马克思主义文学理论的整体格局中,显然又有它的独特之处,特别是与列宁的党性原则存在着明显的冲突。恩格斯不赞成小说透露明显的政治倾向,他认为倾向性应当从场景和情节中自然地流露出来,而不应当特别把它指出来,作家不必要把他们所描写的社会冲突的历史的未来的解决办法硬塞给读者。在恩格斯的文艺观念中,他的功利性要求在经典马克思主义作家那里是最为淡薄的。但列宁的党性原则提出之后,特别是经历了斯大林/日丹诺夫时代之后,恩格斯的文艺观念逐渐被淡化,不断得到强调的是列宁的文艺思想。即使提到恩格斯的典型理论,也是以列宁的方式作出解释的。在苏共十九大报告中,马林科夫关于典型的论述,也是中国文艺理论界理解这一概念的基本依据:"典型不仅是最常见的事物,而且是最充分的、最尖锐地表现一定社会力量的本质事物","典型是和一定社会——历史的本质相一致的"。"典型是党性在现实主义艺术中表现的基本范畴。典型的问题经常是一个政治性的问题。"这些论述同恩格斯的典型观已经相去甚远。把典型同社会本质、政治性联系在一起,是50年代初期教条主义、庸俗社会学普遍流行的最集中的表现。

1953年斯大林逝世后,苏共二十大重新制定了党的方针路线,在文学理论上的反映之一,就是重新阐释了典型理论。1955年第18期的《共产党人》杂志发表了《关于文学艺术中的典型问题》的专论,驳斥了马林科夫在苏共十九大报告上关于典型的观点:

> 在对艺术领域的党性的理解上,存在着烦琐哲学的态度。它的表现之一就是把典型同党性等同起来,把典型当作是党性在现实主义艺术中的表现的基本范围,把典型仅仅归结为政治。不难看出,这种把两者等同起来的作法,会促使人们以反历史的态度来对待文学和艺术的现象。不估计到艺术家进行创作的时代和条件,不深刻地分析他的世界观的性质,而企图在任何一个典型中找到党性立场的表现,结果就会抹杀文学和艺术的党性原则的具体历史内容。①

文章还具体驳斥了机械、教条地理解列宁关于"现代的哲学是有党派性的"问题,从而推论出"把对党性的这种理解机械地搬用到文学和艺术中

---

① 《关于文学艺术中的典型问题》,《文艺报》1956年第3期。

来,就有庸俗化的危险"。① 这时,苏联对典型的再阐释,在很大程度上又回到了恩格斯的立场。

苏联的这一变化和"双百方针"的提出,也使中国文学界有了重新探讨这一理论命题的机会和可能。《文艺报》1956年8月号专辟"关于典型问题的讨论"专栏,首发了张光年、林默涵、钟惦棐、黄药眠四人的文章。《文艺报》还发表了"编者按",指出:

> 典型问题,是马克思美学的中心问题,包含着极其丰富的实际内容,涉及文学艺术的创作、理论研究、批评各个方面的重要问题……
>
> 在最近举行的中国作家协会第二次理事会会议(扩大)上,强调提出了要克服创作中公式化、概念化和自然主义倾向,和文艺理论、批评、研究中的庸俗社会学倾向。这种种倾向的来源,当然有其多方面的、复杂的原因,不过,对典型问题的简单化的、片面的、错误的理解,对马克思列宁主义美学缺少认真的、系统的研究,应该说是主要原因之一。

这是50年代中期以前最有生气和活力的声音。"编者按"提出的问题本身,事实上也否定了此前文学界的理论方法和思想观念。这是中国文学界第一次"突围表演"。张光年的"典型即本质"、巴人的"典型就是代表性"、王愚的"典型即个性"等,虽然从理论和学术上还没有令人鼓舞的突破,但这次讨论毕竟改写了文学与政治、与党性的密切关联。各种观点的冲突,虽然还是限定于马克思主义经典作家的思想框架之内,但表明批评家和理论家对马克思主义文艺思想有了不同的理解,并形成了内部对话。

形象思维的讨论是与典型问题的讨论同步进行的,这一问题提出的背景与典型问题的提出没有区别。共和国建立后,对形象思维这一范畴的接触,最早见于1952年底对胡风文艺思想的批判。批判者认为胡风对形象思维的论述和强调,贬低了理性的作用。但文艺界的高层领导在内心深处或处理政治/艺术关系问题时,始终处于一种矛盾状态:一方面要强调文艺与政治的关系,要求文艺服务、服从于政治的总体目标;一方面又要求文艺能够摆脱因此而造成的公式化、概念化的倾向。1955年,形象思维问题还没有被全面展开讨论时,在周扬、冯雪峰等文艺界领导人的文章中,就已经常

---

① 《关于文学艺术中的典型问题》,《文艺报》1956年第3期。

常出现这一概念。1955年2月20日,周扬在电影创作会议上的报告《论艺术创作的规律》指出:"对艺术的规律、特性过去是存在不正确的认识……艺术的规律是什么、艺术认识现实的手段是什么?——科学和艺术都是反映现实的,艺术反映现实的特点是通过形象,通过艺术的特殊规律——形象思维,不是艺术没思想,任何艺术都是有思想的,和科学、政治不同的地方是艺术通过形象表达思想,艺术的特点是形象思维。"①这是主流话语第一次正面肯定形象思维对于艺术创作的意义,并把它纳入到艺术创作规律的范畴来认识。

1956年二三月间,中国作协召开了第二次理事扩大会议。会上强调了形象思维和文艺特征的重要,周扬作了《建设社会主义文学的任务》的报告。报告在《人民日报》发表之后,文艺界和美学界展开了大规模的讨论。从1954年初《学习译丛》译载尼古拉耶娃的《论文学艺术的特征》开始,到1965年底,先后有20篇专题论文谈形象思维问题,22篇论文涉及这一问题,9本文艺理论教科书、8本文艺理论著作、2本语言学著作,对形象思维问题作了论述。②这些论述在总体上与苏联在争论这一问题时所形成的两派之争,有很大的相似性。不同的是,苏联以布洛夫为代表的反形象思维论者,只是认为形象思维不能与逻辑思维并存,它并不能揭示艺术家在创造形象时的思维活动本质,而中国的反对形象思维论者,除了像毛星那样的沿袭了布洛夫的观点外,还有郑季翘的"现代形象思维论是一个反马克思主义的认识体系,是现代修正主义文艺思潮的一个认识论基础"③的观点。因此,中国五六十年代关于形象思维的论争,与苏联相比,内在的紧张更为剧烈。

第三个有影响的讨论,是"文学是人学"的讨论。这一命题原本是由无产阶级文学的奠基人高尔基提出的,也是现代文学理论的核心命题之一。由于百年来中国特殊的历史处境和意识形态对文学艺术的期待和要求,一般说来,涉及文艺基本命题和内部规律的问题,都很难得到深入的展开。关于文学中的人情、人性、人道主义的问题,其命运也大体如此。进入当代中国之后,首先提出人性问题的文章是巴人的《论人情》。文章呼唤"魂兮归来,我们文学作品中的人情!"④但巴人的文章难以进入学术的讨论,他的理

---

① 《论艺术创作的规律》,《周扬文集》第2卷,第185—186页,人民文学出版社,1985。
② 刘欣大:《"形象思维"的两大论争》,《文学评论》1996年第6期。
③ 《形象思维参考资料》(一),第248页,上海文艺出版社,1978。
④ 巴人:《论人情》,《新港》1957年第1期。

论资源和依据十分有限,但他的声音却是共和国早春时节最有胆识的一声呼喊。

半年之后,王淑明在同一刊物发表了《论人性与人情》,进一步肯定了人性人情对于文学创作的重要性,并部分地修正了巴人的观点。他认为亲子之爱,男女之情,是人类正常的本性:"人性的具体表现形式,虽带有阶级的印记,但人性的每一步正常的发展,却逐渐向其本体接近。在这里,人性的本质,又可以说是具有相对普遍性的基础的。"所以,"将人性与阶级性对立起来,将作品的政治性与人情味割裂开来,说人性既带有阶级性,就不应有相对的普遍性,作品要政治性,就可以不要人情味,这些庸俗社会学的论调,客观上自然也助长了作品的公式化概念化的发展,我以为这些都是要不得的"。①

关于人性人情问题的讨论在北方发起,得到了南方学者热情的回应。钱谷融在上海的《文艺月刊》上发表了《论"文学是人学"》,这是一篇气势恢弘、理论系统的文章。他从文学的对象、题材、目的、人道主义精神、文学作品的社会意义、典型本质论的错误等,全面论述了"文学是人学"的合理性。文章不仅从俄苏文学、中国现代文学的发展中寻到了人道主义发展的脉络,而且在文艺复兴时期、在马克思主义那里、在中国传统文化中,分别找到了人道主义作为文学根本性命题的依据。这些现象表明,当代文学理论的研究又出现了向学院研究复归的迹象。

人道主义的提出和面对文学现实的问题,有其极大的合理性。但在把人道主义当做理解文学的"钥匙"的时候,人道主义的真理意志使这一理论忽略了对其有限性的认识。事实上,人道主义作为人类重要的思想传统,在维护人类的基本价值、伦理观念、道德尺度的同时,其本身也不断遭遇挑战。当然,我们必须考虑到这一命题提出的时间和条件。当巴人所说的"我们当前文艺作品中最缺少的东西,是人情,是出于人类本性的人道主义",钱谷融所说的"把描写人仅仅当作是反映现实的一种工具,一种手段",已经成为普遍事实的时候,提出人道主义以纠正这一倾向,就不应当被看做是这些理论家对人道主义的自我欣赏,或把人道主义当做了无所不能的神话。它面对现实的合理性,决定了人道主义思想在这一时段提出的合理性。

---

① 王淑明:《论人性与人情》,《新港》1957年第7期。

第七章　激进文学的兴起

第一节　"两结合"创作方法

1958年6月1日《红旗》创刊号上,发表了周扬的《新民歌开拓了诗歌的新道路》的文章。文章首次传达了毛泽东提出的"两结合"的创作方法:

> 毛泽东同志提倡我们的文学应当是革命的现实主义和革命的浪漫主义的结合,这是对全部文学历史的经验的科学概括,是根据当前时代的特点和需要而提出来的一项十分正确的主张,应当成为我们全体文艺工作者共同奋斗的方向。毛泽东同志本人所作的许多诗词,向我们提供了最好的范本。我们处在一个社会主义大革命的时代,劳动人民的物质生产力和精神生产力都获得了空前解放,共产主义精神空前高涨的时代。人民群众在革命和建设的斗争中,就是把实践的精神和远大的理想结合在一起的。没有高度的革命浪漫主义精神就不足以表现我们的时代,我们的人民,我们的工人阶级的共产主义风格。人们过去常常把现实主义和浪漫主义当作两个互相排斥的倾向,我们却把它们看成是对立的而又统一的。没有浪漫主义,现实主义就会容易流于鼠目寸光的自然主义;……当然,浪漫主义不和现实主义相结合,也会容易变成虚张声势的革命空喊或知识分子式的想入非非……①

周扬像历次阐释革命文艺口号一样,从理论上阐释了"两结合"创作方法的依据和合理性,并以此取代了"社会主义现实主义"的口号。这一口号

---

① 周扬:《新民歌开拓了诗歌的新道路》,《文艺报》编辑部编:《论革命的现实主义和革命的浪漫主义相结合》,第6—7页,作家出版社,1958。

自上而下的提出也同历次一样,并非是出于文学的考虑。联系到1958年特殊的国际、国内环境,它隐含的政治语义就更加突出。"社会主义现实主义"口号被取代,明确无误地传达了中苏两国在意识形态方面的分歧,中国将用属于自己的独立的意识形态话语表明同苏联的区别,并明示了疏离关系已成为事实。这一事实揭示了中国向苏联"一边倒"时代的终结,并开启了中国争取独立的文化身份以及建立中国独立的文学时代的开始。同年七八月间,周扬在河北省委宣传部召开的全省文艺理论工作会议上,发表了《建立中国自己的马克思主义的文艺理论和批评》①的讲话。讲话第一次公开批评了对苏联文艺及理论的崇拜,表达了建立中国马克思主义文学理论的决心。"两结合"成为这一理论的核心命题。

这一创作方法提出的现实背景,是全民空前高涨的社会主义建设热情。"总路线、大跃进、人民公社三面红旗"以超越现实的方式调动了全民的幻觉,新民歌集中表达了这一时期不切实际的幻想和浮夸。而"两结合"的主张恰恰适应了"大跃进"的激进形势。郭沫若认为:"毛主席提出革命的现实主义和革命的浪漫主义相结合的这个口号,是在这"大跃进"的时代。全国工人、农民,在总路线的光辉照耀之下,正在鼓足干劲、力争上游,发扬敢想、敢说、敢干的共产主义风格。这就充分显示了浪漫主义的精神。当然,它也是在现实主义的基础上表现出来的。所以,在文学上提出革命的现实主义和革命的浪漫主义相结合的创作方法是非常适时的、具有重大的时代意义的。"②在周扬看来,"两结合"是"对全部文学历史的经验的科学概括",在郭沫若看来,它"具有重大的时代意义"。也就是说,"两结合"创作方法无论从文学史的角度还是从现实的角度,都有充分的依据,因此是科学的。

郭沫若从分析毛泽东的《蝶恋花》入手,认为毛泽东既是一位现实主义者,又是一位浪漫主义者。他认为这首词里"有革命烈士的忠魂,有神话传说的人物,有月里的广寒宫和月桂,月桂还酿成了酒,欢乐的眼泪竟可以化作倾盆大雨,时而天上,时而人间,人间天上打成了一片",因此毛泽东的诗词是革命现实主义和革命浪漫主义结合的"绝好的典范"。③ 周扬则从新民歌入手,肯定了它的大胆幻想和火一般的热情,认为新民歌的"作者们的想

---

① 《文艺报》1958年第17期。
② 郭沫若:《就目前创作中的几个问题答〈人民文学〉编者问》,《人民文学》1959年第1期。
③ 郭沫若:《浪漫主义和现实主义》,《红旗》1958年第3期。

象力像脱缰之马一样地自由驰骋。他们神往于更加美好的未来生活。他们根据自己的革命经验和劳动经验,相信世界是可以改造的。他们正凭自己的双手在从事着这个改造世界的巨大工作。他们的幽默,就是相信自己正确,相信自己有力量,而蔑视敌人,蔑视困难的一种表示。他们敢于幻想,并且能够用自己的双手把幻想变成现实。这就是民歌中革命的现实主义和革命的浪漫主义结合的根源"①。这些分析多是感想和印象,还构不成理论,许多试图论述"两结合"创作方法的文章,也多流于这个层次和水平,议论泛泛虚空。因此,"两结合"的提出不仅在文学范畴内没有提供新的理论话语和框架,而且还进一步恶化了空泛的理论学风和创作风气。狂热的冒进时代,文艺和理论都失去了理智。批评家们"论证""两结合"是与"共产主义的文学艺术要求相应的创作方法",鼓动"文艺放出卫星来"②相联系的。激进的理论还要付诸行动,不仅"全党办文艺""全民办文艺",而且作家也要完成宏大的写作计划。50年代很少写作品的巴金,保证在一年时间里写一部长篇小说、三部中篇小说和完成几篇作品的翻译。作家协会宣布,专业作家将创作七百部小说、剧本和诗,而且这些作品将是易于读懂的,并有助于新人新事的出现。"作家"的人数1957年还不足一千人,1958年猛增到了20万人以上。③

从1958年6月到1960年7月,"两结合"被权威理论家和著名作家、诗人"论证"了整整两年。虽说是"两结合",但在论证中似乎强调"浪漫主义"更为重要。这个曾被视为唯心主义和小资产阶级自我表现的创作方法,多年因受到排斥而不能成为主流,甚至郭沫若都不敢承认自己是浪漫主义诗人。但在1958年的"大跃进"时代,浪漫主义却随着狂热的情绪一起成为时代主潮。茅盾说:"如果把和革命浪漫主义结合的问题看成是一个艺术表现技法的问题,那就是'失之毫厘,谬以千里'了。"④因此,对浪漫主义的强调仍然在文学的范畴之外。邵荃麟在寻找浪漫主义的来源时说:"浪漫主义是哪里来的呢?是从群众生活中来的,目前生产大跃进中,群众那种英雄的共产主义气概,那种创造性和想象力,就充分表现了革命浪漫主义的精神。有人把浪漫主义简单地理解为幻想,这也不尽然。革命浪漫主

---

① 周扬:《新民歌开拓了诗歌的新道路》,《红旗》1958年第1期。
② 《文艺报》1958年第18期。
③ R.麦克法夸尔、费正清编:《剑桥中华人民共和国史》,第458—459页,中国社会科学出版社,1990。
④ 茅盾:《关于革命浪漫主义》,《处女地》1958年8月号。

义包括文学的幻想,但不仅仅是幻想,它的含义要丰富得多。我觉得它是人民群众在社会主义建设中对于社会主义和共产主义的信心和远大理想,共产主义者的英雄气概和乐观主义精神,以及工人阶级无穷的创造性、想象力和幻想在文学上的反映。"①贺敬之从新诗的发展过程出发,区别了资产阶级、小资产阶级可怜又可憎的"浪漫主义"和革命浪漫主义的概念。他发现,革命的浪漫主义必须含有下列要素:必须有理想,革命的理想主义是革命的浪漫主义的基础;必须有共产主义者的无限广阔的胸怀;必须是集体主义者,是集体主义的英雄主义;不能满足于一般的所谓"写真实"的方法。②这里,贺敬之的用语是"必须"和"不能"。一个诗人或理论家在他表达、维护一种时代流行的理论时,不容商讨的一家独大和没有余地的自以为是,在这个时代已经成为风气。

1960年7月,全国第三次文代会正式确认了"革命的现实主义和革命的浪漫主义相结合"的创作方法。周扬指出:"我们今天所提倡的革命现实主义和革命浪漫主义的结合,批判地继承和综合了过去文学艺术中现实主义和浪漫主义的优良传统,在新的历史条件下,在马克思主义世界观的基础上将两者最完满地结合起来,形成为一种全新的艺术方法。"③它的逻辑似乎是成立的,但周扬却没有阐明这一艺术方法与实践的关系,或者说,艺术实践曾经能够为它提供怎样的支持。

后来的研究者指出:"关于这个口号的解释,也是苦心孤诣地为它寻找理论的根据。概念上的混乱,对作品的误解,不完全是理解和认识上的原因,其中有曲意迎合附会的因素。而且,对'两结合'的解释,与苏联文艺界以及我国文艺界关于社会主义现实主义的解释基本相同。实际上,'两结合'在理论上并没有提出社会主义现实主义理论以外的新内容。"④这一切中要害的评价,使"两结合"离开了文学的学术范畴而成为时事的表意符号。但是,无论"两结合"创作方法背后隐含了多么复杂的政治语义,有一点都是相当清楚的,这就是它作为政治策略的一部分,虽然"前无先例,后无成果",却承担或完成了同苏联意识形态分歧后的表意形式,以它为分界线,标示了中国与苏联文艺理论的疏离关系。它既谕示了中国重建独立文

---

① 邵荃麟:《民歌·浪漫主义·共产主义风格》,《延河》1958年8月号。
② 贺敬之:《漫谈诗的革命浪漫主义》,《文艺报》1958年第9期。
③ 周扬:《我国社会主义文学艺术的道路》,《文艺方针政策学习资料》,第309—310页,吉林人民出版社,1961。
④ 朱寨主编:《中国当代文学思潮史》,第358页,人民文学出版社,1987。

化身份的决心,也暴露了理论积累的不充分和它作为权宜之计的特征,它所有的资源从来也没有离开过政治文化一步。在它的引导下,中国文学陷入了更加政治化的境地之中,或者说,在国内国际政治力量的角逐中,文学被作为代价支付了——它并没有被当做一个相对独立的知识范畴,而仅仅是意识形态斗争敏感的反应器。

第二节 《青春之歌》及讨论

杨沫的长篇小说《青春之歌》,是当代文学史上第一部描写学生运动和知识分子思想改造的长篇小说。小说在1958年1月出版后,除了个别文章予以批评否定外,绝大部分文章都给予了充分的肯定。茅盾亲自撰写了肯定作品及其主人公的文章。此后,《青春之歌》就成了当代文学史上的经典之作,成了知识分子思想改造、走向革命的一个范本。值得注意的是,《青春之歌》的出版时间与同是表现知识分子命运的《财主底儿女们》相比,晚了十年,这十年对于中国知识分子来说是至关重要的,他们经历过的一切足以从根本上改变他们的心态和精神面貌。在路翎的时代,他还幻想以自己的真诚写出知识分子追寻革命,同时又必须进行自我搏斗的矛盾和痛苦,还幻想以自己的真诚捍卫艺术的真实性原则,捍卫自己理解的现实主义精神,内心还荡漾着不能换取的冲动。到杨沫的时代,这种冲动早已被视为异端多次被批判过。公允地说,杨沫内心的冲动也许比路翎还要激烈。不同的是,杨沫走出了路翎的困惑,她不再有内心矛盾冲突的苦痛,放弃了"小资产阶级知识分子"由高级文化培育出的犹疑、多虑、患得患失以及敏感纤细等情感特征,她内心激荡的是经过改造和过滤之后的对更崇高、更神圣、更纯洁的向往和追求。《青春之歌》正是知识分子在完成了自己的思想改造后,对其思想改造必由之路的确认并通过个人的心路历程得到确证的一个文学文本。

与蒋纯祖不同的是林道静在成长过程中的情感和角色。前者始终没有放弃个人主义的立场,作为一个进步青年他同时也始终拥有个人的精神空间,对革命他热情向往,但又不能克服甚至不能掩饰与"革命者"在思想情感上无法相通的固执。因此他始终是革命的一个边缘人,他没有改变自己作为"财主的儿女"出身的小资产阶级知识分子的主观主义和个人主义,也因此没有进入革命的中心。他目送着革命队伍渐渐远去,自己仍挣扎于灵魂的痛苦深渊直至死亡。林道静不是这样,在她的成长道路上,没有犹疑、徘徊,没有痛苦和矛盾,她的道路上铺满了不断来临、可以预知的欣喜,每一次的欣喜都预示着精神解放的临近。作家有意不断地暴露了这位小资产阶级知识女性的弱点,并让此成为她需要不断改造的依据,她的内心对这一帮助、导引完全没有疑虑或排斥、反感,恰恰相反,林道静与这些她从内心崇拜并渴望的人物总是不期而遇,并从他们那里不断地获取思想情感转变的资源与动力。这一情境预示并规定了林道静的角色归属:她最后成为共产党员,并因这一"命名"而完成了思想改造的过程,被塑造成凯旋式的英雄。

《青春之歌》将知识分子作为叙述主体,同时也创造了这一叙述的基本范型,即"反抗/追求/考验/命名"①。它的具体过程大致是:离家出走,以反抗地主家庭的婚姻迫害;在共产党人的指引下追求革命;被捕入狱后经受了严峻的政治考验,然后成为共产党员。小说形象地对此作了确证和阐释。林道静一出场,从装束到行为,被赋予的是一个五四式的青年女性形象。她不切实际的浪漫而天真的想象,以个人主义的方式来反抗地主家庭为她安排的人生道路,这在五四时代就已被证明是一条无法走通的道路,作者对主人公作出这样的安排,便预示了林道静对未来的人生必须作出新的抉择。但对主人公未来道路选择的铺垫仅此一点是不够的,作者又以全知视角叙述林道静的家世:她虽然出身于地主家庭,但她的生母秀妮却是个贫苦佃户的女儿。这预示了林道静最终将面临一个从属的问题,她在血统上起码有一半已经属于劳动人民,她与劳动人民的这一天然联系,预示了林道静的最后归属。

出走之后,林道静在杨庄短暂的平静生活,酝酿着一个转折。在她走投无路将要"纵身扑向大海时",被余永泽救起。余永泽仅仅是年轻的林道静的肉体生命的拯救者,林道静也以以身相许的方式回报了这一拯救,对一个追求精神解放的知识女性来说,她终极性的迷惘此时还未被触动。在作者看来,林道静完全是出于罗曼蒂克加感恩图报才与余永泽结合的。但是余永泽一出现就是一个看来可笑的角色,他除了只会谈几本文学名著或五四时代的个性解放以投这位青年女性之所好外,还可以被理解为一个乘人之危的伪君子。余永泽对劳动人民的态度,在品质和人格的层面上被作者作了宣判。如果说这一切林道静尚能忍受的话,那么她无法忍受的则是余永泽对她走向精神觉醒和解放之路的阻拦。她不能容忍余永泽阻止她与卢嘉

---

① 戴锦华:《〈青春之歌〉历史领域中的重读》,唐小兵编:《再解读——大众文艺与意识形态》,第148页,牛津大学出版社,1994。

川的会见,尽管她内心已潜含了与卢嘉川的情感联系,但卢嘉川的身份以及他对林道静精神上的引导,使他们的接触具有了一种高尚的色彩,这里蕴涵的道德方面的问题便被这一高尚遮蔽了。作者也正是在这样的意义上为林、余的终结找到了理由。

林道静和作者最喜欢的人物是卢嘉川,他虽然也是一个知识分子,但由于已经被置换了身份,因此一开始就是作为林道静的精神导师出现的:

> 道静和卢嘉川两个人一直同坐在一个角落里谈着话。从短短的几个钟点的观察中,道静竟特别喜欢起她这个新朋友了。他诚恳、机敏、活泼热情。他对于国家大事的卓见更是道静从来没有听见过的。他们坐在一块,他对她的谈话一直都是自然而亲切的。他问她的家庭情况,问她的出身经历,还问了一些她想不到的思想和见解。她呢,她忽然丢掉了过去的矜持和沉默,一下子,好像对待老朋友一样把什么都倾心告诉了他。尤其使她感觉惊异的是,他的每一句话或者每一句简单的解释,全给她的心灵开了一个窍门,全能使她对事情的真相了解得更清楚。于是她就不知疲倦地和他谈起来。

卢嘉川几乎是个完美无缺的人物,也是作者理想中的人物。作者曾多次谈论过现实中的人物与人物形象的关系:"书中的许多人和事基本上都是真实的,譬如书中篇幅不多的林红就真有其人。"[①]在另一处,杨沫说:"谈到我所写的人物,大多数都有个比较熟悉的模特儿,然后再把我所熟悉、所了解的其他同类人的阶级特征、特点加在这个模特的身上。这就使得创造出来的这个人,比较真人更具备了普遍性。林道静的创作是这样;江华、白莉苹、许宁的创作也是这样。但也有不是这样做,而完全是虚构出来的人物,这就是卢嘉川。他是我把多年对于共产党员的观察、体会,把充溢在胸中的对于他们的爱和敬,都集中概括在他的身上。这个人物虽然是虚构出来的,但我和许多读者的感觉一样,觉得对他很熟识,仿佛实有其人。"[②]

根据作者的介绍,我们可以认为,卢嘉川是典型化创作方法的产物,他是一个完全虚构的人物,但正是这一虚构的人物一步步把主人公引上精神解放之路的。它从一个侧面传达了作者的精神向往,并通过这一虚构的人物确证了精神解放的崇高和神圣。在同样年轻的卢嘉川面前,林道静如同

---

① 杨沫:《青春之歌·初版后记》,人民文学出版社,1958。
② 杨沫:《我为什么能够写出〈青春之歌〉》,《北京文艺》1977年第8期。

一个单纯无知的小姑娘。实际上,林道静已经把卢嘉川当做自己的"精神拯救者"来对待了。在卢嘉川的映照下,余永泽作为知识分子的庸俗、不洁、卑微更加突显出来。这时她要逃出"娜拉式"的婚姻牢笼,甚至要求卢嘉川:"你介绍我参加红军,或者参加共产党,行吗?我想我是能够革命的。要不,去东北义勇军也行。"①卢嘉川毕竟是成熟的革命者,他在理解、鼓励林道静的同时,也批评了她的"个人英雄主义"。在卢嘉川的启示下,林道静的精神世界呈现出了一片广阔天地。此后她散发传单、被捕入狱、经受考验、下乡参加斗争、参加学生运动等壮举,都与卢嘉川的引导无法分开。她在情感上对卢嘉川的依恋也被视为理所当然。

林道静踏上了精神解放之路,在这条路上她遇见了各种优秀的人物。这不仅是作为历史的胜利者确认历史的必然需要,在小说中也是对林道静的精神向往和追求进步确认的需要。与这些优秀人物的不断相逢,使林道静的成长成为可能。作为知识分子进行思想改造,争取精神解放的寓言,也正是通过对林道静的不断接受这些人物的启示、诱导、帮助的叙述完成的。

作为寓言式的文学文本,它的意义并不在于揭示如何使林道静获得了精神的解放,"它呈现了一个个人主义、民主主义、自由主义的知识分子改造成长为一个共产主义者的过程。它负荷着特殊的权威话语:资产阶级、小资产阶级知识分子只有在共产党的领导下,经历追求、痛苦、改造和考验,投身于党、献身于人民,才有真正的自己的生存与出路(真正的解放)。这并非一种政治潜意识的流露,而是极端自觉的意识形态实践"②。同名影片的导演崔嵬对作品的理解进一步印证了这一看法:"通过林道静的典型形象,通过她的经历,指出了知识分子应走的道路,指出了小资产阶级知识分子只有在党的领导下,把个人命运和大众命运联结起来才有出路。"因此《青春之歌》作为"一种特殊的读本,一部知识分子的思想改造手册"③是名实相符的。

《青春之歌》还有一点值得注意的是,作者将林道静的婚姻与她的精神履历密切地缝合在一起,她的精神解放与婚姻成功是同步进行的,这也喻示了女性与政治不能分离的关系模式。这从一个侧面否定了鲁迅在《伤逝》中对子君、涓生爱情悲剧的理解。当年的子君坚持认为"我是我自己的,他

---

① 杨沫:《青春之歌》,第119页,人民文学出版社,1958。
② 戴锦华:《〈青春之歌〉历史领域中的重读》,唐小兵编:《再解读——大众文艺与意识形态》,第148页,牛津大学出版社,1994。
③ 同上。

们谁也没有干涉我的权力"①,她毅然走自己的路,坚持个人的精神追求。但在鲁迅看来,这条路是无法走通的,"人必生活着,爱才有所附丽"。子君与涓生无法"生活着",他们的爱的悲剧是不可避免的。林道静不同,她的出走已证明将要丧失生存的可能,在余永泽那里她获得了温饱的生活,但这一爱的"附丽"并不值得林道静珍惜,这也意味着她遗忘了自己在北戴河的经历。在她或作者看来,精神需求比生存需求来得更为迫切,因此她才抛弃了余永泽式的"俗世"生活,去追求她神往的精神世界。作为知识分子的思想改造历程,林道静是完成了,但作为一个女性独立的精神空间却也同时失去了,爱情的更换或转移事实上就是男性或权力话语对她发出的传唤,她每次新奇的体验与其说是情感的吸引,毋宁说是话语的吸引。在这个意义上林道静的性别特征被严重忽略了,因此她的意义才更具"普遍性"。

《青春之歌》讲述的仍然是知识分子的话语,是小资产阶级知识分子如何在共产党的指引下成长为一个共产主义者的自豪表白。与《沉沦》《莎菲女士日记》《财主底儿女们》相比,虽然后者也是知识分子的精神表白,但后者的沉重、痛苦、犹疑恰好证实了知识分子的可疑、动摇、卑微和不洁。对于一个追求精神解放和充满神性向往的革命者来说,那应该是耻于言说并应自觉改造的。也正是在这样的意义上,《青春之歌》在当代文学史上具有经典性的地位。

《青春之歌》发表之后,在社会上产生了广泛的反响。《中国青年报》和《文艺报》曾辟专栏予以讨论,除个别文章外,其他人均以基本肯定的姿态给予好评。杨沫曾多次谈到过她创作《青春之歌》时的心态。在《青春之歌》的《再版后记》中她说:"作家创造出来的形象,不仅可以教育和感动读者,同时也可以教育和感动作者本人。在创造卢嘉川、林红这些视死如归的共产党员形象的过程中,我自己的精神世界就仿佛升华了,就仿佛飞扬到崇高的境界中……"在一篇"答读者"的文章中,杨沫回顾了她之所以能够塑造出林道静这一形象的思想经历,她说:"其根源正是因为我遵照了毛主席的教导,曾经在抗日战争中和广大的群众生活在一起,战斗在一起,滚着一身虱子和他们同住在一条炕上。工农兵群众改造了我,那些崇高的英雄们教育、感染了我,所以我才能写出像卢嘉川和林道静那样一些人物来。只有人民生活才是创作的惟一源泉。如果我不曾投身到革命战争的烈火中去,如果我不曾接触、理解,并且常常爱上卢嘉川、林红那样的英雄人物,如果我

---

① 鲁迅:《伤逝》,《鲁迅全集》第 2 卷,第 112 页,人民文学出版社,1981。

只有一些小资产阶级知识分子的生活经历,而没有在火热的斗争中得到改造的话,那我自信绝对写不出《青春之歌》来。"①这是杨沫创作《青春之歌》后的补述,但通过作品本身我们可以得到确证,作家在创作这部小说时的思想与这些追忆性的表述不会有大的差别,这也是杨沫通过林道静的道路否定了蒋纯祖的道路的最为自信和充分的根据。林道静正是按照作家的这一体验踏上精神解放之路的。

第三节 赵树理现象

在 20 世纪文学的历史叙述中,赵树理是一个非常独特的现象。一方面,他是成功实践《讲话》、遵循"革命现实主义"创作原则的作家,"赵树理方向"被确定为所有作家都应该学习和坚持的方向;一方面,建国后他又遭到批评/肯定的反复过程。这个看似矛盾的现象,对赵树理本人来讲是痛苦和不幸的,但对于中国当代文学的发展过程而言,恰恰从一个方面反映了当代中国文学的复杂性、矛盾性和不确定性。从 40 年代走上文坛开始,赵树理的写作就一直注意与农村、农民和现实的关系,注意对民间文艺传统的借鉴和改造,注意按照《讲话》的要求为工农兵服务。并且他的内容和形式,也明显地区别于其他写作农村题材的作家。

赵树理是毛泽东文艺思想哺育成长的有代表性的作家。1943 年 5 月——毛泽东的《在延安文艺座谈会上的讲话》发表一周年的时候,赵树理发表了他的成名作《小二黑结婚》。1946 年 8 月 26 日的《解放日报》发表了周扬的《论赵树理的创作》一文,文中盛赞《小二黑结婚》"是在讴歌新社会的胜利(只有在这种社会里,农民才能享受自由恋爱的正当权力),讴歌农民的胜利(他们开始掌握自己的命运,懂得为更好的命运斗争),讴歌农民中开明、进步的因素对愚昧、落后、迷信等等因素的胜利,最后也最关重要,讴歌农民对恶霸势力的胜利"。在艺术上,"作者在任何叙述描写时,都是用群众的语言,而这些语言是充满了何等的魅力啊!这种魅力是只有从生活中,从群众中才能取得的"。周扬还认为,《李有才板话》,"简直可以说是一个杰作"。从《小二黑结婚》开始,赵树理成为实践《讲话》精神的楷模,是"方向"和"旗帜",是一位"人民艺术家"。他的作品被视为人民文艺的"经典"。当然,也正是从赵树理开始,在中国现代文学史上才第一次出现了活

---

① 杨沫:《我为什么能够写出〈青春之歌〉》,《北京文艺》1977 年第 8 期。

泼、朗健、正面的中国农民形象,中国最底层的民众才真正成为书写的主体对象。

但是,进入共和国之后,对赵树理创作的评价开始出现分歧和反复。这不仅与赵树理在这一阶段的创作有关,更与激进时期文学观念的变化有关。1955年1月,《三里湾》在《人民文学》杂志连载,5月出版单行本。这是第一部反映农业合作化运动的长篇小说,也被认为是"我国最早和较大规模地反映农业社会主义改造的一部优秀作品"[1]。小说以三里湾的秋收、扩社、整风和开渠作为故事的主要线索,以"一夜""一天""一个月"为时间线索来结构作品,叙述了三里湾四个不同家庭在合作化运动初期的矛盾和变化。支书王金生一心带领全村人走合作化和共同富裕的道路;村长范登高则满足于自己致富,有严重的私有观念。小说围绕这一矛盾,交织着四个家庭青年一代的爱情故事,反映了农村所有制变革中的思想和观念的斗争,表现了家庭、婚恋、道德等各方面的深刻变化,同时也提出了推广农业技术、培养农业人才的问题。在艺术上,小说注意运用传统的民间说书手法并加以改造,通过完整连贯的故事情节展开人物性格,语言机智幽默,表现了作家对民族化、大众化道路的一贯坚持。

小说发表之后,受到了褒贬不一的评论。批评者大多沿着路线斗争的思路,认为小说对"当前农村生活中最主要的矛盾,即无比复杂和尖锐的两条线的斗争"没有作应有的处理,"看不到富农以及被没收土地后的地主分子的破坏活动",而且三里湾党的领导者王金生对蜕化分子范登高表现得软弱,"没有流露出应有的愤慨的心情"等。[2] 1955年10月,赵书理针对批评发表了《〈三里湾〉写作前后》一文。这篇文章既可以看做是一个"答辩",也可以看做是一种"检讨"。他陈述了写作经过之后,也谈了作品的"几个缺点"。他说自己在抗日战争初期是做农村宣传动员工作的,后来"职业"写作只能说是"专业",做这种工作中来的作者,"往往都要求配合当前政治宣传任务,而且要求速效。这本来是正当的,是优点",但他还是检讨了三个缺点。其中"对旧人旧事了解得深,对新人新事了解得浅,所以写旧人旧事容易生活化,而写新人新事有些免不了概念化"。他接着解释说:"这一切都只能说是在创作之前的准备不充分,为了迅速地配合当前政治

---

[1] 中国科学院文学研究所《十年来的新中国文学》编写组:《十年来的新中国文学》,作家出版社,1963。

[2] 俞林:《〈三里湾〉读后》,《人民文学》1955年7月号。

任务，固然应该快一点写，但在写作之前准备得不充分的时候，正确的做法是赶紧把不充分的地方补充准备一下然后再写，而不是就在那不充分的条件下写起来。"①

但事实上赵树理对上述批评是不接受的，这不仅表现在赵树理在处理农村矛盾和人际关系时，仍然限定于乡村的伦理秩序允许的范畴之内，同时他也清楚地认识到，即便是农村的党员干部，也不可能因为社会主义的到来，其思想和精神就达到了与时代同步的水准。在批评他的文章发表不到一年，在一次"双百方针"的座谈会上，他说出了自己真实的想法："我感到创作上常有些套子束缚着作家……有人批评我在《三里湾》里没有写地主的捣乱，好象凡是写农村的作品，都非写地主捣乱不可。"②但赵树理这一内心压抑刚刚释放不久，对他的新的质疑就已经酝酿在急剧变化的形势中。

对赵树理的再度批评，到50年代后期被提出来。这次批评的缘起主要是短篇小说《锻炼锻炼》。小说发表后，《文艺报》刊发了武养的文章《一篇歪曲现实的小说》③。文章认为小说"所持的态度是错误的"，不符合农村现实，对劳动妇女和农村干部进行了歪曲污蔑。但不久《文艺报》又发表了王西彦的文章《〈锻炼锻炼〉和反映人民内部矛盾》。王西彦说，"内心充满喜悦，觉得是一篇很好地反映了农村人民内部矛盾的作品"。文章几乎逐一驳斥了武养的观点，认为作品"成功地描写了农村社会里两个落后的妇女，'小腿疼'和'吃不饱'"，④并对轻率粗暴的批评风气提出了批评。

对赵树理评价的变化和反复，事实上是文学观念的不确定性的表现，尤其是涉及塑造什么样人物的问题。当代文学批评中经常使用的"英雄人物""正面人物""中间人物""反面人物"等概念，已经将人物作了等级和类型化的划分。创造英雄人物或正面人物形象的理论依据，来自毛泽东的《讲话》。毛泽东要求文艺工作者创造出"新的人物新的世界"。周扬在第一次文代会上的报告，有专门论述"新的人物"一节，"新的人物"在这里被解释为"各种英雄模范人物"。他说："我们是处在这样一个充满了斗争和行动的时代，我们亲眼看见了人民中的各种英雄模范人物，他们是如此平凡，而又如此伟大，他们正凭着自己的血和汗英勇地勤恳地创造着历史的奇

---

① 赵树理：《〈三里湾〉写作前后》，《文艺报》1955年第19期。
② 赵树理：《不要有套子——在中国作家协会创作委员会小说组"百花齐放、百家争鸣"座谈会上的发言》，《作家通讯》1956年第6期，《赵树理文集》第4卷。
③ 武养：《一篇歪曲现实的小说——〈锻炼锻炼〉读后感》，《文艺报》1959年第7期。
④ 王西彦：《〈锻炼锻炼〉和反映人民内部矛盾》，《文艺报》1959年第10期。

迹。对于他们,这些世界历史的真正主人,我们除了以全副热情去歌颂去表扬之外,还能有什么表示呢?"①1953 年 9 月 24 日召开的第二次文代会上,周扬在报告中又提出:"当前文艺创作的最重要的、最中心的任务:表现新的人物和新的思想,同时反对人民的敌人,反对人民内部的一切落后的现象。"②同年年底,冯雪峰发表了题为《英雄和群众》的文章。他在论证了"创造正面的、新人物的艺术形象,现在已成为一个非常迫切的要求,十分尖锐地提在我们面前"之后,也提出了如何塑造"否定人物的艺术形象"的问题:"从文学的社会教育的任务来说,描写各种各样的否定人物所代表的社会势力,是为了使读者认识,并鼓舞人们的斗争,是不能不在描写正面人物的同时也描写否定人物的。对于读者,不仅正面人物的艺术形象是教育和鼓舞的工具。一切否定人物的艺术形象也同样是教育和鼓舞的工具。"③

这些论述使我们理解人物创造问题为什么受到如此重视。在这些论述中可以看到,人物的创造问题只有纳入到功能范畴内,它的重要性才有可能得到揭示。1962 年,在政治、经济的激进主义逐渐退潮后,文学界"现实主义深化"的问题也被提出。同年 8 月,中国作家协会在大连召开了农村题材短篇小说创作座谈会。会议主持人邵荃麟发表了讲话。他在分析当时的创作情况时认为,主要问题还是"人物创作问题",因为"作品是通过人物来表现的","英雄人物是反映我们时代的精神的,但整个说来,反映中间状态的人物比较少,广大的各阶层是中间的,描写他们是很重要的。矛盾点往往集中在这些人身上","茅公提出'两头小,中间大',英雄人物与落后人物是两头,中间状态的人物是大多数,文艺主要教育的对象是中间人物,写英雄是树立典型,但也应该注意写中间状态的人物"。④ 在这一观念的提出后,对赵树理的评价又发生了变化。康濯在《试论近年间的短篇小说》中说:"赵树理在我们老一辈作家群里,应该说是近 20 年来最杰出也最扎实的一位短篇大师。但批评界对他这几年的成就却使人感到有点评价不足似的,我认为这主要是对他作品中思想和艺术分量的扎实性估计不充分。事实上他的作品在我们文学中应该说是现实主义最为牢固,深厚的生活基础真如铁打

---

① 周扬:《新的人民文艺》,《周扬文集》第 1 卷,第 516 页,人民文学出版社,1984。
② 周扬:《为创造更多的优秀的文学艺术作品而奋斗——1953 年 9 月 24 日在中国文学艺术工作者第二次代表大会上的报告》,《周扬文集》第 2 卷,第 251 页,人民文学出版社,1985。
③ 冯雪峰:《英雄和群众》,《冯雪峰文集》(下),第 74—75 页,人民文学出版社 1981。
④ 邵荃麟:《在大连"农村题材短篇小说创作座谈会"上的讲话》,见洪子诚编:《20 世纪中国小说理论资料》,第 429、437 页,北京大学出版社,1997。

的一般。"①后来,这样的评价在"文革"前又被否定,"中间人物论"也被作为一种修正主义的文学观念遭到清算。多年来文学观念的不确定性,是在评价作家时产生矛盾和犹疑的根本原因。

对赵树理的评价的反复和矛盾,是当代文学"犹豫不决"的表现之一,也是寻找"当代文学"不得已而为之的权宜之计或必要的方式。应该说,赵树理坚持从生活出发,在生活中捕捉最感性、生动的文学形象,是完全符合马克思主义认识论原则的。他塑造的人物形象之生动和鲜活,离开了他熟悉的农村生活是不可能做到的。这本来应该给予鼓励的创作倾向,却因文学思想路线和对文学要求的不断改变而变得迷离和困惑起来。因此,陷于这个怪圈、迷惘和不解的不仅是赵树理一个人,而是整个文学界。

第四节　周立波的小说

周立波是一个跨时代的作家。30年代曾投身于左翼文艺运动,后到延安,从事文学创作、评论、翻译和教学工作。1942年参加了延安整风运动,1946年参加了东北的土地改革运动,1948年完成了长篇小说《暴风骤雨》。1951年2月,作家曾到北京石景山钢铁厂深入生活,之后创作了反映钢铁工人的长篇小说《铁水奔流》,但这个尝试并没有达到作家预期的目的。1955年冬,周立波回到故乡湖南益阳县农村安家落户,与农民生活在一起,并经历了农业合作化运动的全过程,创作也又一次转向了农村题材。其间先后发表了富于乡土情调和个人艺术风格的短篇小说《禾场上》《腊妹子》《张满贞》《山那面人家》《北京来客》《下放的一夜》等,1960年结集为《禾场上》出版。

周立波反映故乡农村生活的短篇小说,在50年代的环境中应该说是很有特色的。虽然也不免受时代环境的影响,但他的创作实践,无意中在传统的乡土小说和新型的农村题材写作之间建构起了自己的艺术空间。在某种程度上,周立波接续了传统乡土小说的脉流,试图在作品中反映并没有断裂、仍在流淌的乡村文化;同时,在新的历史环境中,农村巨大的变化和新的文化因素已经悄然融进了中国农民的生活。《禾场上》中的场景是南方农村夜晚最常见的场景,劳作一天之后的乡亲,饭后集聚在禾场上聊天,"禾场"既是娱乐休闲的"俱乐部",也是交流情感、信息的"公共论坛";既是一

---

① 康濯:《论近年间的短篇小说》,《文学评论》1962年第5期。

种乡风乡俗,也是乡村一道经年的风景。作家将目光聚焦于"禾场上",显示了他对家乡生活风俗的熟悉和亲近。禾场的"公共性"决定了聊天的内容,在关于天气和农事的闲谈中,人们对丰收的喜悦溢于言表,但也有对成立高级社的某些顾虑。工作组组长邓部长以聊天的形式解除了农民的隐忧,表现出了他的工作艺术和朴实、细致的工作作风。小说几乎没有故事情节,但"禾场"营造了一种田园气息和静谧气氛,在情调上与传统乡土小说有血脉关系,前现代的农村生活方式和习俗,并没有终结在新社会的门栏之外。同时,在乡亲们坦诚无碍的交流和对话中,我们又感到了新生活的涌动和对静谧乡村的影响。小说以简洁生动的笔触勾勒出了猪老倌王老二、赖皮詹七、王五堂客等人物形象,显示了作家驾驭语言的杰出能力。《山那面人家》是周立波的名篇,曾被选入不同的选本和课本。小说选取一个普通人家的婚礼场景和过程,在充满了乡村生活气息的描述中,展示了新生活为农村带来的新的精神面貌。婚礼的场景决定了小说轻松、欢乐的气氛,但作家对场景的转换和处理,不经意间使小说具有了内在节奏和张弛有序的效果,新娘、新郎、兽医的形象在简单的白描中跃然纸上。唐弢在评论周立波的这些短篇时认为,它具有"生活的真实"和"感情的真实"。"就《禾场上》和《山那面人家》《北京来客》三篇而论,我们可以清楚地看出,作者是有意识地在尝试一种新的风格:淳朴、简练、平实、隽永。从选材上从表现方法上,从语言的朴素、色彩的淡远、调子的悠徐上,都给人一种归真返朴、恰似古人说的'从绚烂到平淡'的感觉。"[①]周立波在他的时代建立起了自己的短篇小说的风格,这就是散文化、地域特征和阴柔的、不那么阳刚的语言风格。

　　1956至1959年,周立波先后写出了反映农业合作化的长篇小说《山乡巨变》及其续编。作品叙述的是湖南一个偏远山区——清溪乡——建立和发展农业合作社的故事。正篇从1955年初冬青年团县委副书记邓秀梅入乡开始,到清溪乡成立五个生产合作社结束。续篇写小说中人物思想和行动的继续与发展,但已经转移到成立高级社的生活和斗争。在当时的历史语境中,周立波也难以超越阶级斗争、路线斗争的写作模式,比如,对待合作化的态度,一定有左、中、右之分;贫农、尤其是代表农村未来的青年农民,坚定不移地走社会主义道路;中农一定是怀疑、观望、动摇;地主、富农一定是破坏合作化运动;一些"顽固分子"则要与合作社进行"和平竞赛";在党内,

---

① 唐弢:《风格一例》,《人民文学》1959年第7期。

也一定有推进合作化运动的干部，有代表资本主义倾向的干部，这些干部也一定是内外勾结，于是，合作化运动的复杂形式就这样形成了。这当然不是周立波个人的意愿，在时代的政策观念、文学观念的支配下，无论对农村生活有多么切实的了解，都会以这种方式去理解生活。这是时代为作家设定的难以超越、不容挑战的规约和局限。

即便如此，《山乡巨变》还是取得了重要的艺术成就。这不仅表现在小说塑造了几个生动、鲜活的农民形象，同时对山乡风俗风情淡远、清幽的描绘，也显示了周立波所接受的文学传统、审美趣味和属于个人的独特的文学修养。小说的人物中最见光彩的是盛佑亭，这个被称为"亭面糊"的出身贫苦的农民，因怕被人瞧不起，经常没有个人目的地吹嘘自己，同时又有别人不具备的面糊劲，他絮絮叨叨，心地善良，爱占小便宜，经常贪杯误事，爱出风头，既滑稽幽默又不免荒唐可笑。他曾向工作组的邓秀梅吹嘘自己"也曾起过几次水"，差一点成了"富农"，但面对入社他又不免心理矛盾地编造"夫妻夜话"；他去侦察反革命分子龚子元的阴谋活动，却被人家灌得酩酊大醉；因为贪杯，亏空了八角公款去大喝而被在社里当会计的儿子给"卡住"……这些细节生动地刻画了一个典型的乡村小生产者的形象。这一形象是中国农村最普遍、最具典型意义的形象。当时有评论说："作者用在亭面糊身上的笔墨，几乎处处都是'传神'之笔，把这个人物化为有血有肉的人物，声态并作，跃然纸上，真显出艺术上锤炼刻画的工夫。亭面糊的性格有积极的一面，但也有很多缺点，这正是这一类带点老油条的味儿而又拥护社会主义制度的老农民的特征。作者对他的缺点是有所批判的，可是在批判中又不无爱抚之情，满腔热情地来鼓励他每一点微小的进步，保护他每一点微小的积极性，只有对农民充满着真挚和亲切的感情的作者，才能这样着笔。"①

其他像思想保守、实在没有办法才入社的陈先晋；假装闹病、发动全家与"农业社"和平竞赛、极端精明、工于心计的菊咬金；不愿入社又被反革命分子利用的张桂秋；好逸恶劳、反对丈夫热心于合作化而离婚、又追悔不及的张桂贞等，都塑造得很有光彩。但比较起来，农村干部如李月辉、邓秀梅，以及青年农民如陈大春、盛淑君、雪君等人的形象塑造，就有概念化、符号化的问题。当时的评论虽然称赞了刘雨生这个人物，但同时也批评了作品"时代气息"不够的问题，如有人认为："作为一部概括时代的长篇小说，《山

---

① 黄秋耘：《〈山乡巨变〉琐谈》，《文艺报》1962年第2期。

乡巨变》对于农业社会主义改造这一历史阶段中复杂、剧烈而又艰巨的斗争,似乎还反映得不够充分,不够深刻,因而作品中的时代气息、时代精神也还不够鲜明突出。"不够鲜明突出的主要问题是:"没有充分写出农村中基本群众(贫农和下中农)对农业合作化如饥似渴的要求,也没有充分写出基本群众在党的坚强领导下,在斗争中逐步得到锻炼和提高,进一步自己解放自己,全心全意为集体事业奋斗到底的革命精神。"①这一批评一方面表达了那个时代的文学观念,另一方面也揭示了作家在实践中的勉为其难。"先进人物"或"正面人物"难以塑造和处理的问题,其实已经不是周立波一个人遇到的问题。批评家对农村"基本群众"的理解和对作家塑造"基本群众"形象的要求,与实际生活相距实在是太遥远了。如果按照批评家的要求去创作"基本群众"的形象,样板戏式的"无产阶级文化想象",在周立波的时代就应该实现了。

周立波自己在谈到作品人物和与时代关系时说:"这些人物大概都有模特儿,不过常常不止一个人。……塑造人物时,我的体会是作者必须在他所要描写的人物的同一环境中生活一个较长的时期,并且留心观察他们的言行、习惯和心理,以及其他的一切,摸着他们的生活规律,有了这种日积月累的包括生活细节和心理动态的素材,才能进入创造加工的过程,才能在现实的坚实的基础上驰骋自己的幻想,补充和发展没有看到,或是没有可能看到的部分。"但他同时又说:"创作《山乡巨变》时我着重地考虑了人物的创造,也想把农业合作化的整个过程编织在书里。……我以为文学的技巧必须服从于现实事实的逻辑发展。"②在这一表述里,我们可以发现作家自己难以超越的期待:他既要"服从于现实事实的逻辑发展",又要"把农业合作化的整个过程编织在书里"。这是一个难以周全的考虑:按照服从于现实事实的逻辑发展,周立波塑造了生动的亭面糊等人物形象,这是他的成功;但要把合作化的整个过程编织在书里,尽管他已经努力去实践,但对于流行的路线政策的要求来说,他必然要受到"时代气息"不足、"时代精神"不够

---

① 黄秋耘:《〈山乡巨变〉琐谈》,《文艺报》1962 年第 2 期。
② 周立波:《关于〈山乡巨变〉答读者问》,《人民文学》1958 年第 7 期。在另一篇文章《关于民族化和群众化》一文中,周立波又说:"抽象的、乏味的说教要不得,但思想内容又得十分地重视。思想是作品的灵魂。小说创作和其他的姐妹艺术一样,归根结底是为了要表现崇高的思想,而在我们的时代,崇高的思想就是共产主义的理想。我们的作品应该反映我国社会主义建设的意气风发的情景,并要表露'光芒四射喷薄欲出'的共产主义的朝日。没有这样的思想内容,光顾技巧,就会使你陷入形式主义的泥坑。"但周立波的创作实践证明,这一矛盾他也无力解决。

的指责。

　　这是一个难以两全的矛盾。如果还原到具体的历史语境,可以说,周立波的创作,由于个人文学修养的内在制约和他对文学创作规律认识的自觉,在那个时代,他是在努力寻找一条属于自己的道路:既不是走赵树理及"山药蛋"派作家的纯粹"本土化",在内容和形式上完全认同于"老百姓"口味的道路,也区别于柳青及"陕西派"作家以理想主义的方式,努力塑造和描写新人新事的道路。他是在赵树理和柳青之间寻找着"第三条道路",即在努力反映农村新时代生活和精神面貌发生重大转变的同时,也注重对地域风俗风情、山光水色的描绘,注重对日常生活画卷的着意状写,注重对现实生活人物真实的刻画。正因为如此,周立波成为现代乡土文学和当代农村题材写作之间的一个作家。

第五节　周而复的《上海的早晨》

　　周而复,1914年生于南京,祖籍安徽旌德县。30年代开始文学创作,出版有诗集《夜行集》。1938年奔赴延安,先后创作了报告文学《诺而曼·白求恩》和其他形式的文艺作品。1946年赴香港,主编《北方文丛》,并与茅盾等合编《小说》月刊,其间创作了长篇小说《白求恩大夫》《燕宿崖》和中篇小说《西流水的孩子们》。新中国成立后,曾在中共中央华东局统战部和中共上海市委统战部工作,参加了上海对资本主义工商业改造的全过程,这为他创作《上海的早晨》积累了素材。《上海的早晨》全书共四部,第一、二部分别出版于1958年和1962年,第三、四部于1980年出齐。这是规模最大的描写对民族资产阶级与资本主义工商业进行改造的艰难历程的长篇小说,也是继《子夜》之后,反映中国资产阶级历史命运的宏大作品。

　　如果从主题和反映社会运动过程、性质来看,《上海的早晨》与《创业史》具有一种完全同构的对应关系,它们虽然题材和书写的领域不同,但都是试图通过文学的形式来完整、全面地表现中国城乡社会主义改造的艰难、曲折、复杂但一定走向胜利的历史过程和必然趋势。因此,在塑造人物形象、处理人物关系、设定故事情节和指认人物阶级属性等方面,都具有易于识别的相似性,都是严格按照历史发展的时间顺序,形象地阐释了社会主义革命的巨大威力和无可辩驳的优越性。《上海的早晨》讲述的是,无产阶级夺取政权之后,必然要将社会主义革命推向进一步发展,但是,资产阶级由于阶级本性的原因,他们一方面不得不接受社会主义改造,一方面必然要进行抗拒。农村土地改革运动正在全国范围内展开,这一声势巨大的社会变革,使他们深怀恐惧;抗美援朝战争胜负未果,这又使他们心存幻想。资产阶级试图在利用他们发展经济的时机,以不同的方式发动了进攻。于是,公开或隐蔽的改造与反改造的斗争就无可避免。资产阶级采用了各种手段,他们腐蚀干部、拉拢亲信、盗取经济情报、偷工减料、分裂工人队伍、制造对立情绪;无产阶级则处乱不惊,在党的领导和群众的支持下,始终掌握着斗争的主动权。于是,正义战胜了邪恶,无产阶级战胜了资产阶级。

小说在这样一个框架中展开,一方面塑造了以党支部书记余静和女工汤阿英为代表的工人阶级群体,她们在上级党组织的领导下,同不法资本家展开了坚决的斗争;一方面塑造了以沪江纱厂总经理徐义德为代表的几个类型不同的资本家形象。徐义德是贯穿小说的主要人物,他是上海工商界的头面人物,工于心计,有"铁算盘"之称。小说将他置于50年代特定的历史环境中,调动了一切艺术手段来刻画他狡诈、矛盾和复杂的性格和心理:上海刚一解放,他就将资金分散于上海、香港、纽约三地,为自己构成进退有余之势;抗美援朝,他希望失败;在"五反"运动中他顽固抵抗;在"公私合营"中,他搞"私私合营";当他东山再起的野心彻底破灭后,勉强走上了社会主义的道路。

小说出版后,当时有评论说:"由于我国无产阶级革命是两步走,又因为既团结又斗争,以斗争求团结的统一战线有利于社会主义建设事业,所以,党对资产阶级的政策,是通过利用、限制、改造的和平手段,逐步把他们从损人利己的剥削者改造为自食其力的劳动者。在我国的文学艺术中,这方面的生活和斗争曾经有过反映,《上海的早晨》就是其中出版较早、也可以说质量较好的一部长篇小说。"[①]这一评论,从一个方面验证了小说与50年代方针、路线和政策的关系。因此,无论小说情节和人物关系如何复杂,场面如何宏大,线索如何错综,矛盾如何大开大阖跌宕起伏,细节和环境如何逼真,小说在总体构想上如果只是为了诠释政治意图,那么,当事过境迁之后,小说的问题终会显露出来。这个关乎"谁战胜谁"的问题,在小说尚未完成之前,答案或谜底就早已清晰。

中国共产党掌握政权之后,通过有效的组织形式,已经全面地控制了城市,在提高国家荣誉和改善生活条件的允诺下,获得了人民真心的支持。这

[①] 阎纲:《一场未熄灭的阶级斗争——读〈上海的早晨〉第三部》,见阎纲著:《文坛徜徉录》(上),第43页,人民文学出版社,1984。

时,在高层领导集团内部,实行计划经济就是一个被普遍接受的方法:"它不但是意识形态的选择,而且比'混乱的'资本主义发展更有效率。强调计划工作的一个重要结果是,它在经济目标和社会改造之间创造了一个关键性的连接纽带。规划中的所有制形式的改变,不但剥夺了可疑阶级的财产,而且能使国家直接控制经济资源,没有经济资源,计划工作就不起作用。"①因此,城市社会主义工商业改造的目标是国家掌控社会的经济资源和命脉。但在《上海的早晨》中,这一重要的诉求被置换为"阶级斗争"和"谁战胜谁"的问题。在这样的叙述框架中,作为资本家的徐义德只有两种选择:要么死去,要么走社会主义道路。徐义德选择了后者,这不仅说明了资本家徐义德作为人的求生本能的要求,作为个人对抗一个强大制度的不可能,更从一个方面证实了社会主义的不可战胜的伟力和符合历史发展潮流的合理性。

在当时的评论文章中,有人对"一部多卷本长篇小说中,它的主人公既不是工农兵,又不是干部和革命知识分子,而把一个不法的资本家置于小说描写的中心,这是一个创造,也是一种突破"②这一点赞赏有加。在此前的当代小说创作中,确实不曾出现过这一情况,不曾有过将一个资本家作为主角来塑造的长篇小说。但是,即便如此,也并不奇怪。一个资本家的被改造、被战胜,和诞生一个社会主义的新英雄在意义上是完全一致的。这里谁是主角的问题并不重要,重要的是谁最后取得了胜利。

这一判断我们在其他材料中得到了证实:"春雨潇潇的上海市,约 50 万人在南京路,淮海路和北四川路载歌载舞,庆祝社会主义时代的开始。也许是这座'东方巴黎'艺术趣味与北京有所不同的缘故,除了解放区传统的秧歌舞外,引人瞩目的还有漂亮的彩车,装扮成园艺师和工程师的少男少女,歌咏队伍中,'我从未见过别的国家,可以这样自由呼吸……'的旋律格外响亮。……在上海人民广场的盛大仪式上,副市长许建国向全市人民祝贺。他兴奋的情绪溢于言表:'从今天开始,我国资本主义最集中的城市,开始进入社会主义社会了!这一伟大胜利是我们全上海人民的胜利,也是全国人民的胜利……"③这个情景虽然不是《上海的早晨》所描述的,但却是它一

---

① R.麦克法夸尔、费正清编:《革命的中国的兴起——1949—1965》,第 96—97 页,中国社会科学出版社,1990。

② 阎纲:《一场未熄灭的阶级斗争——读〈上海的早晨〉第三部》,见阎纲著:《文坛徜徉录》(上),第 46 页。

③ 宋强、乔边等著:《人民记忆 50 年》,第 117 页,甘肃人民出版社,1998。

定会向我们透露的。这部宏伟的长卷依然是一部有关国家民族历史的寓言。

第六节　激进时期的"边缘"文学

何其芳的一生充满了矛盾和自我搏斗的痛苦,但类似何其芳现象的诗人远不止他一人。在"一体化"的时代,有独立思考能力和意愿的诗人几乎都不同程度地经历过类似的精神煎熬。蔡其矫的精神历程也证实了这一看法。

蔡其矫的诗歌创作始于40年代初期。他奔赴延安,又深入敌后的晋察冀边区,在战斗的岁月里走上了诗歌创作的道路。我们读到的诗人最早的诗作如《乡土》《哀葬》《肉搏》《雁翎队》《兵车在急雨中前进》《风雪之夜》等,记录了诗人在战争年代高唱的时代战歌。他以诗歌创作的方式汇入了时代雄壮的主旋律。他的诗风浑厚而粗犷,他高唱"子弟兵战歌""人民解放军在前进",并以叙事的风格描述着一个时代的风云际会。

诗人叙述着乡土"无尽道路"上的无尽苦难,以及为摆脱这一苦难而进行的艰苦的"肉搏"。这些诗歌以"写实"的特点表现了诗人对时代的关怀和忧患,那里呈现着传统的悲壮和英雄主义。就诗歌创作本身而言,基于时代的原因,蔡其矫并没有超出诸如艾青、田间等时代歌手的思考,没有超出将诗歌作为号角、旗帜、炸弹的这一功能性的理解。不同的是,蔡其矫由于个人的文化背景和艺术素质,使他在"写实"的记叙中表现出了尚未自我发掘的、不经意的抒情欲望:

> 白洋淀,我所梦想的地方,
> 像十一月的天空,美丽而安详。
> 呵! 有多少肥美的雁群呀
> 密集的雁群,骚扰的雁群,亲爱的雁群,
> 从湖面飞起,像一张罗网牵过湖面。

这是诗人《雁翎队》中的诗句。全诗叙述的虽然仍是"怎样用打雁的武器打击敌人"[①],那里仍然有"硝烟里有黑点猝然降落",有"萧瑟的芦叶滴着雁的鲜血",有"反抗"和"死战"的呐喊,但那明丽的抒情却透露了诗人日

---

① 蔡其矫:《雁翎队》"题记",《生活的歌》,第7页,人民文学出版社,1982。

后诗歌变化的走向和消息。

诗的本质是抒情。与其他叙事文体相比较,诗歌在叙事上由于其形式的制约决定了它不具有优势。但是由于时代对艺术功能的理解和要求,战时的诗歌也多具叙事性而缺乏抒情性,诗歌同其他文体一起承担起了叙述苦难、号召战斗的角色。蔡其矫这一时代的诗歌创作也不例外,这是一个时代共有的特色。

自50年代起,蔡其矫的诗风有了很大的变化,这一变化突出地体现为他的纪实性风格的蜕变和抒情的强化,他如一只浪漫的海鸥飞翔在远处的海面。他开始表现出了南国诗人明丽多情、浪漫轻柔的特点。他写的是"献给保卫海疆的士兵、水手和渔夫的歌"①,但强化了诗人主体的感受和想象,而不是努力地逼真地描述他的对象。他这样写《风和水兵》:

> 风啊!风啊!
> 你是大海的朋友,水兵的爱人!
> 你带来岸上花的芬芳
> 和草的凉爽,
> 抚爱船上的旗帜和我的心。
> 你吹起我帽后的飘带,
> 用激动的声音向我诉说衷情;
> 你把飞溅的水花泼到我的脸上。
> 我感到是你清凉的嘴唇在亲吻。
> 你那粗犷不羁的爱,
> 只给那最坚强的灵魂。
> 风啊!风啊!
> 你是大海的朋友,水兵的爱人!

诗人对南国海滨热爱到了迷恋,他写水兵,写爱情,写船家女儿,写港湾和渔船上的点点灯火,这一切都在诗人心中幻化成无尽的诗情诗意。战火硝烟散尽了,粗犷的战叫消退了,诗人浪漫、柔性的爱鼓荡在心怀,蔡其矫的诗这时有了一种鲜明的"南曲"音色。也许由于诗人身在边地,高昂依旧的时代主旋律没有影响到他,也许诗人执著于独特的心灵感受,一任情感奔涌于波涛椰林之间。诗人肯定有他钟爱的艺术追求,不然他不会在战歌与颂歌的

---

① 蔡其矫:《回声集》"后记",作家出版社,1956。

时代竟写出那么多的偏离时代主旋律的浪漫之作。他的作品虽然也反映新时代的生活景观,但避免了直白、浅露的"流行色",而是突显了当时极为鲜见的诗的柔性。诗人显然了解自己在追求什么,也了解时代要求什么。这使他陷入了犹豫和矛盾。一方面,他不能放弃自己的追求和已形成的诗风,一方面他又须检讨自己"写出来的东西究竟和工农兵的实际生活还有一段距离,这是我和我的诗歌的最大缺点"①。蔡其矫的这一矛盾是时代的普遍矛盾。诗人的艺术追求和个性总会或多或少与时代要求的共性发生抵牾,无论舍弃哪一方面都会使矛盾化解:舍弃艺术个性和追求,可以汇入时代的欢乐颂,那是一片没有忧虑的乐土,无论怎样"放声歌唱"都合时宜,歌者可以尽可能地放大音量和音域,可以随心所欲地突发奇想,即使走调也不会受到斥责;要么舍弃歌唱欲望,但你需忍受沉默,在沉默中保持操守和内心的完整。事实证明,更多的人选择了前者,他们成了时代的歌手,成了又一代诗歌明星,而选择沉默的毕竟是少数。蔡其矫此时是犹疑的,他不能放弃艺术的纯正性,但对时代的要求也不能无动于衷,时代要求诗人跟上它的脚步。在浪漫主义风起云涌的波涛间,蔡其矫也终于被驱赶进诗歌创作的土地。他模仿"大跃进民歌"先后创作了《襄阳歌》《水利建设山歌十首》,试图放弃自己探索并坚持已久的艺术风格,试图"改了洋腔唱土调""歌句不顺用心改"。② 蔡其矫的改变博得了权威话语的喝彩。但他很快就放弃了这一尝试,"重新写起自由诗"③来。

从蔡其矫的创作情况看,他的这一犹疑是短暂的。1957 年底蔡其矫创作了《雾中汉水》,1958 年"改了洋腔唱土调",但同年他就重新又改为"洋腔"。诗人在偏离了自己熟悉的形式和背叛了应该坚持的艺术良知之后,显然被自己短暂的迷失所击伤。他不能容忍自己对良知的背叛,面对浮华徒具的现实他不能隐藏涌动的忧虑。《雾中汉水》曾有这样一段说明:"1957 年最后一星期,我是在汉水上一只小火轮上度过的(1958 年元旦才到襄阳)。中国惟一的一条从北向南的大江汉水,两岸相当荒凉。小火轮逆水而上,每一小码头都有客货上下,蜗牛般爬行,使我有机会观察体验。"④于是诗人写下了这首名篇:

---

① 蔡其矫:《回声集》"后记",作家出版社,1956。
② 蔡其矫:《水利建设山歌十首·为啥唱山歌》,《人民文学》1958 年第 4 期。
③ 蔡其矫:《生活的歌·自序》,人民文学出版社,1982。
④ 同上。

> 两岸的丛林成空中的草地；
> 堤上的牛车在半天运行；
> 向上游去的货船
> 只从浓雾中传来沉重的橹声，
> 看得见的
> 是千年来征服汉江的纤夫
> 赤裸着双腿倾身向前
> 在冬天的寒水冷滩上喘息……
> 艰难上升的早晨的红日，
> 不忍心看这痛苦的跋涉，
> 用雾巾遮住颜脸。
> 向江上洒下斑斑红泪。

这是诗人面对现实的真实书写，也是内心感受的真实抒发。诗人心情异常沉重。"相当荒凉"的汉江两岸，使诗人无法响应浪漫主义的无限膨胀的夸张。在残酷贫困的现实面前，诗人的隐忧使诗情格外憔悴。因此，当诗人企望追赶时代的步伐而创作了一些民歌体的作品之后，又迅速地回到了以往的坚持。此时诗人创作的《宜昌》《川江号子》等作品在情绪或思想上，与《雾中汉水》是相近的，《川江号子》在情绪上似乎还要激烈些。那是诗人心灵孤旅的歌吟，是歌唱在别处悲怆的宣泄。在疯狂的浮夸的时代，蔡其矫的诗却隐含着强烈的悲剧性。当然，诗人在对象那里也获得了鼓舞性的内在力量。他的"宁做……不做……"的句式是对世人的宣谕也是对自我的暗示，在当时恶劣的环境气氛中显示了他传统的忧患感和英雄气。

时代自然不会无视蔡其矫的孤旅远行。以时代的眼光来看，他的创作和选择在思想和艺术上都存在严重的问题。批评家认为蔡其矫是"一面灰旗"，而诗人"应该在人们的心灵上插红旗"。[1] 接着，更有人对蔡其矫的诗歌情绪、思想感情、创作倾向进行了全面的清算。他的诗被指认为"歪曲现实"，是"资产阶级及修正主义文艺观点"[2]。80年代曾名噪一时的"晦涩朦胧"[3]的概念也早在60年代初期批评蔡其矫的创作时被提出。那是无法对

---

[1] 沙鸥：《一面灰旗》，《文艺报》1958年第15期。
[2] 肖翔：《蔡其矫的创作倾向》，《诗刊》1960年第2期。
[3] 同上。

话的时代,也是不能对话的时代,批评话语的权威性是不容置疑的。当然,蔡其矫受到的批评还远不止这些。"蔡其矫以清醒的态度对待这些。他只好回到故乡福建落户。虽然他发表作品的机会渐少,但仍执着于自己的生活信念和艺术追求,继续坚持创作。"①诗人因对现实的介入而惨遭批判,但历史的风云却锻炼了诗人格外坚忍的个性,他并不沮丧、惊恐。相反,曾如浪漫的海鸥歌唱于远方海面的蔡其矫,过去写的多是海滨椰林的生活景观,而此后的创作,却更多地抒发了他与现实的精神联系,"柔性"的爱意写得少了,却多了深沉英武甚至是怒不可遏的苍劲。诗人虽然身处边地,但他的精神无疑处于时代的中心,"只有作者确实站在时代生活的中心,他才有可能把那有力的感人心肺的时代声音传播出来,而这才是真正的诗"②。这一自觉的意识使蔡其矫此后的作品充满了独立精神,它的思想力量至今读来仍会令人怦然心动:

> 我英勇的、自由的心啊
> 谁敢在你上面建立它的统治?
> 我也不能忍受强暴的呼喝,
> 更不能服从邪道的压制;③

这是写于 60 年代初期的作品。它的内涵和情感显然已不同于《海鸥》《南曲》。这"是一篇凝聚着诗人对于生活的全部思考的力作……强烈的使命感与对于强暴的抗争精神的崇扬,凝成了如今不断腾跃的'波浪'。正是因为诗人对社会生活的判断有了自己的尺度,有自觉的意识作为赞美或抗争的准绳,60 年代初的蔡其矫才没有像当时众多的诗人一样,在阶级斗争的题材上一哄而上,而保持着可贵的独立和执着的诗人节操"④。谢冕所揭示的蔡其矫独立的人格精神,也正是诗人于我们来说的意义所在。此后蔡其矫的大量作品都体现了一个有正义精神和良知的诗人、知识分子独立的立场,他坚持健全的人格精神,这使他的创作形成了有别于其他诗人的执著和坚定。他似乎绝不再犹疑、彷徨或左右顾盼,但诗人的心灵孤旅却终于在坚忍不拔中显示了他的价值和意义,证实了人格力量与艺术魅力的依存关系。

当然,那一时代抒情在别处的心灵孤旅并不止蔡其矫一人。在文学史

---

① 洪子诚、刘登翰:《中国当代新诗史》,第 107—108 页,人民文学出版社,1993。
② 蔡其矫:《回声集》"后记",作家出版社,1956。
③ 蔡其矫:《波浪》,见《生活的歌》,第 87 页,人民文学出版社,1982。
④ 谢冕:《"海的子民"的歌吟》,《中国现代诗人论》,第 166 页,重庆出版社,1986。

上被命名为"七月诗派"和"中国新诗派"的诗人们,在 50 年代中期以后几乎全部失去了歌唱的权利。他们的集体"凋谢"成为文学史上的重大事件。它中断了具有鲜明流派特征的中国新诗的正常发展。但诗人仍然对缪斯之神情有独钟,他们在一种压抑、痛苦的情绪中独自歌唱在别处,记述着他们苦难忧伤但又充满了理想主义情怀的心路之旅。1983 年,绿原出版了个人诗选《人之诗》,但其中写于 1955 年"胡风案件"之后到 1962 年长达 7 年时间里的作品,却只有一首《又一名哥伦布》。据此我们可以隐约看到,这位 16 岁就开始过着流亡学生生活的诗人,这一时期"精神流亡"的景象。他像当年的哥伦布一样:

  也告别了亲人
  告别了人民,甚至
  告别了人类
  驾驶着他的"圣玛丽娅"
  航行在时间的海洋上
  前后一望无涯
  没有分秒,没有昼夜
  没有星期,没有年月……①

然而,这想象的"圣玛丽娅"却"不是一只船","而是四堵苍黄的粉墙/加上一抹夕阳和半轮灯光",但诗人并没有绝望,信仰使他达观并自信:"即使终于到达不了印度/他也一定会发现一个新大陆。"《又一名哥伦布》写的是诗人的心灵世界,是人的"内宇宙",它同当时流行的对外部世界的巨大热情形成了对比。

  同属"七月诗派"的曾卓在那一时代不仅有着与他诗友相似的人生经历,而且也有着大体相似的人生信念,他那首后来被普遍重视的《悬崖边的树》,如"一个永久的造型"②,塑造了诗人的精神形象:

  不知道是什么奇异的风
  将一棵树吹到了那边——
  平原的尽头
  临近深谷的悬崖上

---

① 绿原:《又一名哥伦布》,《人之诗》,第 19 页,人民文学出版社,1983。
② 谢冕:《献给他们的白色花》,《中国现代诗人论》,第 183 页,重庆出版社,1986。

>它倾听远处森林的喧哗
>和深谷中小溪的歌唱
>它孤独地站在那里
>显得寂寞而又倔强
>它的弯曲的身躯
>留下了风的形象
>它似乎即将跌进深谷里
>却又像是要展翅飞翔……

这一信念与绿原的"即使到达不了印度","也一定会发现一个新大陆"的精神内涵是没有差别的。"中国新诗派"的许多诗人写于50年代的诗也同样闪耀着他们不灭的精神之火。他们经历过战乱,又被放逐于边缘,但他们并不只是表达个人的迷惘和叹息。他们的心路之旅有追问,有批判,更有自我反思的自觉和忠贞不渝的信仰。

穆旦是新诗史上一位有突出成就的诗人,他1952年回国,1957年被打成右派。战时他经历过"一次断粮到八日之久"①的死里逃生,和平时期又经历了精神的"离乱",但他的《冬》依然在心里歌唱:

>谨慎,谨慎,使生命受到挫折,
>花呢?绿色呢?血液闭塞住欲望,
>经过多日的阴霾和犹豫不决,
>才从枯树枝漏下淡淡的阳光。

他的《春》《夏》《秋》《冬》四首诗有如人生的四重奏。在这四首诗里,他在追寻、思索着人的生命和意义,一如他在《我的叔父死了》中的宣谕:"平衡把我变成一棵树,它的枝叶缓缓升向春天,从幽暗的根上升的汁液,在明亮的叶片不断回旋。"

这似乎是那一时代共同的精神现象:一方面是对现实世界的描摹与歌颂,这是时代的主旋律,高亢而响亮;另一方面,则是潜入地表的独自歌吟。前者表述着时代的集体想象,后者则是个人无声的独语。

在这里,我们似乎还应提到艾青的"域外之歌"。他经历又一次创作危机之后,1953年《藏枪记》的失败使他重新走向了个性化诗风的道路。这些

---

① 王佐良:《一个中国诗人》,收入《穆旦选集》(1935—1945),1945年5月在沈阳自印出版。转引自钱理群:《丰富的痛苦》,第311页,时代文艺出版社,1993。

努力是他在域外题材中实现的。《在智利的海岬上》是一首献给巴勃罗·聂鲁达的诗：

> 你爱海,我也爱海
> 我们永远航行在海上
> 一天,一只船沉没了
> 你捡回了救命圈
> 好像捡回了希望
> 风浪把你送到海边
> 你好像海防战士
> 驻守着这些礁石
> 你抛下了锚
> 解下了缆索
> 回忆你所走过的路
> 每天瞭望海洋

与其说是献给聂鲁达,不如说是艾青在言说自己,"在海上航行"道出了艾青此时苍茫、漂泊、孤独的内心,但他仍然赞美像海防战士一样驻守礁石的操守和精神。他的思绪在无垠的海洋上舒展地飞翔,虽心如孤旅却也获得了最大限度的自由。

这些"抒情在别处"的诗人如蔡其矫、艾青、"七月派""中国新诗派"等,都是有着较高文化素养、对中西诗歌传统深有了解的知识分子。深厚的文化背景使他们不仅坚持着正义、良知、批判、自审等独立的理性精神,同时也有坚持艺术纯正性的自觉。即使是在不适合的时代,他们也不肯出让艺术良知去换取一时的荣耀,他们宁愿凋谢。历史证明了这一坚持的可贵价值。

第七节　姚文元现象

激进文学的兴起,如果被看做完全是意识形态的控制、压抑造成的后果,起码是不全面的。事实上,当意识形态需要被认同的时候,也有人积极、主动地选择了意识形态的需要。因此,激进文学必定要产生它的代言者和"文化英雄"。姚文元是激进时代的产儿,同时也是那个时代所期待的"文化英雄"。从 50 年代起,他先后出版的文集有《兴灭集》《冲霄集》《新松集》《论文学上的修正主义思潮》《鲁迅——中国文化革命的巨人》《文艺思想论争集》《在前进的道路上》等。但姚文元在文艺批评领域产生影响并成为文艺批评新星,还是在 1957 年以后。他的文艺评论集《论文学上的修正主义思潮》在 1958 年出版,1963 年再版时改名为《文艺思想论争集》。这两本集子相比起来只增删几篇文章,大体反映了姚文元从事文学批评活动的特点。

  姚文元的文章基本属于"驳论"。许多文章的副题就是"与刘绍棠等辩论""和钱谷融等辩论",没有注明"辩论"的,则冠以"批判"的字样:"批判文学中人性论""丁玲部分早期作品批判""论陈涌在鲁迅研究中的反马克思主义的修正主义思想""文学上的修正主义思潮和创作倾向""论'探求者'集团的反社会主义纲领""艾青的道路——从民主主义到反社会主义"等等。通过这些文章我们大体可以看出姚文元立论的方法。当周扬等文艺界的领导者,还徘徊于如何处理文艺界的基本问题和矛盾,甚至还在为文艺界的恩怨、宗派斗争以及权力之争权衡利弊时,姚文元已从另外一条路线走在了时代的前头。这不仅为他日后的腾达埋下了伏笔,也为日后清算周扬路线培育了代言者和理论形象。

  在反右斗争尚未开展之前,姚文元的文章还没有达到后来的嚣张和恶毒,他还有商量或妥协的意思。比如在和姚雪垠讨论"教条和原则"时,他列举了姚雪垠对文艺批评和政策不满的话,如"动不动拿'小资产阶级思想感情'来批评作家,而这句话简直成了一句紧箍咒,使不少作家下笔时如临深渊,如履薄冰,不敢写爱情,不敢写温暖的友谊,不敢写私生活……解放后几年中文学题材的狭隘,作品写得干巴巴,原因虽不完全如此,但与此颇有关系"之后,姚文元虽然认为过去的批评大多数是正确的,"原则上仍然是对的。今天我们要写爱情、写友谊、写私生活,也绝不是要恢复那种小资产阶级的温情主义和庸俗的去写私生活,我们要前进,不是倒退!"但他还是承认对小资产阶级思想感情的批评"有一部分是过火的"。[①] 在《论诗歌创作中的一种倾向》一文中,尽管充斥着流行的空泛语言,但尚能结合具体的作品,他对爱情诗、山水诗"婉约"一派的指责和对"浪漫"斗争的倡导,也可看做是文学主张的一种。这时,他批评的对象还仅仅限定于"小资产阶级"和"个人主义"。但这种有条件的"商讨"或"妥协",已然隐含了他追逐风潮和"二元对立"的排斥性,在他的抽象肯定的后面总是具体细致的否定。

---

  ① 姚文元:《教条和原则——与姚雪垠先生讨论》,《文艺思想论争集》,第 10 页,作家出版社,1964。

1957年反右斗争之后,姚文元的"驳论"完全变成另外一种面孔。他批判的对象几乎都是文艺界的"顶级"人物和最敏感的前沿问题。他的这一选择并非是慧眼独具,或是从批判对象那里发现了什么理论问题,而是这些人物和问题都是遭到了清算或是正在被清算的。不同的是姚文元的批判上升到了新的高度,并为批判对象规定了新的性质。"修正主义"是姚文元在这个时期使用频率最高的一个词。这本来不是文学批评的概念,姚文元也从来没有对这个概念作出过任何界定或解释,但在他这里,凡是与既定的理论、方针、政策相悖的文艺思想,凡是表达了个人见解,试图突破教条主义思想束缚的,都被冠之以"修正主义"。他对刘绍棠、何直、周勃、陈涌、钱谷融、巴人、冯雪峰、"探求者"的批判,都是指责其"修正主义"。姚文元为什么一定要把文艺论争提升到"修正主义"的高度?他在《论文学上的修正主义思潮》的序言中透露了其中的秘密。他说:

> 在1956—1957年出现的文学上的修正主义思潮,按它的广泛性和进攻的剧烈性来说,超过历史上任何一次。它有理论,有在这种理论指导下的创作,并且还篡夺了某些阵地(如《人民文学》),形成了一个完整的修正主义的思潮,又和匈牙利事件之后国际上反苏、反马克思主义、反社会主义现实主义的修正主义思潮相呼应。

1964年,在这本文集再版时,姚文元将"国际上反苏、反马克思主义、反社会主义现实主义的修正主义思潮"改为:"国际上反社会主义、反共、反马克思列宁主义的现代修正主义",并将被"篡夺"的阵地又加上了《文艺报》。这种改动对姚文元来说,是根据时势的变化;对批判者来说,则意味着对他们的命名可以根据不同时期的不同需要,随意作出。这一细节有力地证实了姚文元的问题:他只是借重了那个时代的权力话语,但并没有构成对文学的真正批判。这一点从姚文元的"修辞"中也可以得到证实。

现代修辞学特别注意研究听者和读者,它关注语言创造或发生的过程,也关注话语分析或解释过程,要求通过语境来考察话语,把话语内容看做时间、地点、动机、反映诸要素的综合。按照修辞学派的观点,修辞的目的主要是通过言语说服听众,激发或增强人们对某些论点的同意。姚文元"讲述话语的年代",正是国际共产主义运动发生重大变化的年代,苏共二十大以后,中苏两党的分歧加剧并日益公开化,最终导致了公开论战和彻底分裂。国内,"左"倾思想日益发展。1957年,毛泽东不仅从理论上提出和论述了社会主义社会阶级斗争的长期性、曲折性和尖锐性,强调要在政治战线、经济战线和思想战线上展开反对资产阶级和"现代修正主义"的斗争,强调要在思想文化和学术等意识形态领域批判"毒草"和"牛鬼蛇神",而且发动了反右斗争。在这样的形势下,姚文元的一篇文章《录以备考》得到了毛泽东的注意与肯定,并被《人民日报》作为《〈文汇报〉在一个时期的资产阶级方向》的有力证据加以转发。时代为姚文元的话语方式提供了实践条件,姚文元又以自己的话语方式敏锐地适应了时代的要求。他在《论文学上的修正主义思潮》的序言中说:"这些文章执行着批判的、革命的、战斗的任务,全部是为当前彻底粉碎修正主义的斗争服务的。因为文学上的修正主义涉及到各个方面的问题,所以批判的内容就不是局限在文学问题上,而同时通过文学问题进行着对政治上、思想上、哲学上的修正主义和资产阶级思想的批判。"他在表达自己写作动机的同时,也没有忘记寻找一个衬托的对象,他列举了中国科学院文学研究所在《文学研究》上刊载的"关于方针问题辩论"的报道。报道中有人主张文学研究应当以系统的长远的学术要求为主,多做百年大计性质的长远的学术研究。姚文元不无嘲讽地说,他的这本集子"他们之瞧不起是必然的。关在高墙深院之中,浮沉于洋人死人的典籍之内,两耳不闻窗外事,一心只在'学术性',做着能'一举成名'的'百年大计'的研究,和一切'打手'工作绝缘,那自然是极为幸福的生活。可惜我还没有做到'心如古井'的地步,这样的幸福生活和我是没有任何缘分的。我乐于把全部业余时间献给当前的社会主义文学事业,我希望自己永远能'跟着社会上跑',只要跟得上,没有落伍,这就是最大的快乐了。"这种叙事性对比,不仅仅是一种策略,同时也在叙事中实现了对自己"合理性"选择的确立。相比之下,高墙深院中做的是"一举成名"的事,而他做的则是"把业余时间献给社会主义"。在不断激进和革命的时代,没有比这种"牺牲"和选择更具感人的力量了。他以"悲壮"的情感诉求实现了"孤军奋战"的形象自塑。

在激进的文学时代,人们最熟悉的语言就是关于"斗争"的语言,反对资产阶级和警惕出现修正主义,是那个时代的最强音。时代的气氛是在这样的渲染下格外紧张,这是语言的力量。姚文元能够四面出击威风八面,在很大程度上来自于他的特殊修辞。一方面他对已有的文学遗产和当代成果,没有保留地作出批判,认为现实已形成了修正主义"相互联系着的潮流",那些本来不构成必然关系的现象,在姚文元那里被结构成"有直接联系"的"线索";另一方面他对尚未出现或无从把握的未来,作出没有依据的承诺。在这样的话语策略中,对历史和现实的批判和破坏,就合乎逻辑地得到了肯定。由于历史和现实的资产阶级、修正主义性质,所以诉诸怎样的暴力都是理所当然的;而"迷信未来",在未来建立起一个崭新的文艺形态,就变成了一个光芒四射的诱惑。这种理论和历史的虚无主义,正是在姚文元的修辞中变成"现实"的。

姚文元不仅以自己的方式解释分析了姚雪垠、刘绍棠、秦兆阳、周勃、冯雪峰、丁玲、艾青、周扬、吴晗等"修正主义"思想潮流,而且也以他的方式"重读"了经典。他选择和有意强调的作品,不是他自己发现的,而是在无产阶级文学历史叙事中被建构和推荐的。他转述和肯定的作品有:高尔基的《母亲》、海涅的《西利西亚纺织工人》、维尔特的《在绿色的森林中》、瓦尔鲁编的《巴黎公社诗选》、聂鲁达的《解释一些事情》等,他尤其推崇的是《巴黎公社诗选》。他在论证巴黎公社诗歌创作方法上的两个明显特点时说:

> 第一,写诗的目的是为了无产阶级革命事业服务。……他们不是作为一个旁观者来同情革命,而是明白地为了革命事业而写诗的。他们的创作同无产阶级革命事业有同一个命运。他们自觉地作为阶级的喉舌而歌唱。第二,他们是用马克思主义的思想、战斗的态度、艺术的语言来写诗的。他们能够透过残酷的现实而看到未来,因此他们的诗歌(除了一些染有资产阶级艺术观点的人外)能够激起人们的理想,并且永远给人们以力量,把读者的心灵引向社会主义革命事业,引向虽然还是遥远的、但毫不怀疑它必然来到的未来。①

姚文元在现实中没有找到符合他想象的文艺形态,只有求助于无产阶级早期革命文艺。在革命发生并试图动员民众的时期,文艺总要站在民众的立场上号召革命,总要描绘未来的图景作为号召的手段,但它的期许和实现并不构成对应关系。革命文艺的感召力和纯粹性、民众立场和道德色彩,总会给人以激荡和热情,特别是具有民粹主义立场的人,都会毫不犹豫地选择它。但是,革命文艺因其功利的诉求,大多采用浪漫主义和象征的修辞手法,这一明快的方式不仅易于为民众所接受,而且易于转化为实践行为,它昂扬的激情虽然空泛,但也易于触动接受者的情感。这一表达策略和目的性,以及它无私的、献身的、理想的情怀、鼓动性和狂欢性,都是民众所喜闻乐见的。姚文元并不见得对这样的作品怀有个人兴趣,但时代需要的正是这样的文化英雄和代言者。他的话语和言说方式,事实上已经为后来更激进的文学提供了理论和修辞方式。

---

① 姚文元:《论文学上的修正主义思潮》,第71页,新文艺出版社,1958。

第八章　红色文学的繁荣

红色文学，是指在《讲话》精神指引下创作的具有民族风格、民族气派、为工农兵喜闻乐见的文学作品。这些作品以革命历史题材为主，以歌颂中国共产党领导下的人民民主革命和社会主义建设为主要内容。它被不断倡导和广为传播，不仅为人民大众所熟悉，培育了他们独特的文学欣赏和接受趣味，而且成为支配作家创作的重要目标。这一状况，使当代文学积累了丰富的红色文学的创作经验。从50年代初期的《保卫延安》开始，革命历史叙事和建构就已经开始，经历了革命战争或有过革命历史经验的作家，都积极地投入了红色文学的创作。在这一领域展开的文学创作，不仅是对过去革命的一种追忆或再现，而且它还表达了一种"资格"和身份。

在当代文学的历史叙述中，主流文学作品包括小说、诗歌、散文、戏剧、电影等各文学艺术门类，红色文学都是最主要的被述对象。比如小说有柳青的《铜墙铁壁》、孙犁的《风云初记》、知侠的《铁道游击队》、高云览的《小城春秋》、梁斌的《红旗谱》、吴强的《红日》、雪克的《战斗的青春》、李英儒的《野火春风斗古城》、刘流的《烈火金刚》、冯志的《敌后武工队》、冯德英的《苦菜花》、欧阳山的《三家巷》、罗广斌、杨益言的《红岩》、曲波的《林海雪原》、柳青的《创业史》等；诗歌有郭小川的《将军三部曲》《白雪的赞歌》、贺敬之的《回延安》《放声歌唱》《十年颂歌》《西去列车的窗口》、闻捷的《复仇的火焰》、阮章竞的《金色的海螺》《白云鄂博交响曲》、田间的《英雄赞歌》《赶车传》、乔林的《马兰花》、王志远的《胡桃坡》，以及李瑛、公刘、白桦、邵燕祥、梁上泉、张永枚、傅仇、雁翼、严阵、张万舒、张天民、张明全等歌颂新时代新生活的短诗，魏巍、刘白羽、杨朔、秦牧、巴金、吴伯箫、郭风、柯蓝等作家的散文，以及根据红色文学改编的电影。

对革命历史和现实生活的本质化叙述，以及对新生活的赞颂和认同，使红色文学形成了思想内容大致相同的取材范围，但在艺术形式上却有两种不同的表现形式：一种是史诗化的追求，一种是传奇性的表达。在史诗化的叙事中，革命历史以"拟真"的方式在重构中得以再现；在传奇性的叙事中，又建构了民族化的现代叙事形式。红色文学不仅实现了意识形态要求的文学艺术功能，而且在这两种形式中创造了当代文学的新传统。

第一节　梁斌的《红旗谱》

梁斌，1914年生，河北蠡县人。1927年参加共产主义青年团，1931年在保定二师求学时，参加护校运动，次年参加了故乡高蠡武装暴动，失败后流浪北平，开始文学创作生涯。1934年考入山东省立剧院学习戏剧。抗战爆发后投入抗日战争，1937年加入中国共产党，从事宣传文化工作，曾任剧社社长、游击队政委、文艺部长、县委宣传部长、副书记等职。1949年之后屡任湖北襄阳地委宣传部长、《武汉日报》社长、河北省文联副主席、中国作协理事等职。1935年发表第一篇短篇小说《夜之交流》，此后陆续发表了一些中、短篇小说和剧本等作品。

《红旗谱》（第一部）1957年由中国青年出版社出版，此后第二部《播火记》（1963）、第三部《烽烟图》（1983）也陆续出版。《红旗谱》通过叙述冀中平原朱、严两家三代与恶霸地主冯老兰父子的斗争，特别是开展"反割头税"的斗争、保定二师学潮等，对大革命时期中国北方农村和城市的革命形势，作了艺术概括；第二部主要描述的是1932年发生的高蠡暴动；第三部写的是抗日战争刚刚发生时的斗争状况。小说塑造了朱、严两家三代农民与革命历史相关的、具有不同时代特征的农民形象。朱老巩是旧时代具有侠义性格的农民英雄；朱老忠是新旧交替时代的农民英雄；运涛、江涛则是在共产党领导下自觉走向革命道路的新一代英雄。在这一历史叙述中，小说不仅解释了中国革命"发生"的历史原因，同时也揭示了中国革命走什么样的道路才能成功的"必然规律"。在半个多世纪的历史中，朱、严两家三代农民以不同的方式与地主阶级展开了激烈的斗争。第一代农民朱老巩为了保卫锁井镇48亩公田，与地主冯老兰发生冲突，失败后吐血身亡；儿子朱老忠被迫远走他乡，多年后回乡复仇，通过江涛、运涛等朱、严两家的下一代遇到了共产党，在共产党的教育和引导下，成长为无产阶级战士。

三代农民处于三个不同的历史时期。朱老巩作为第一代农民，在阶级压迫下，自发地走上反抗道路，他有天然的革命要求，但这种自发的斗争必然要遭到失败；朱老忠是第二代农民的代表，他从个人复仇、家族斗争逐渐实现了向自觉革命和为阶级而斗争的转换;运涛、江涛、大贵、二贵等第三代青年,在共产党的引导下,一开始就是觉醒的农民,他们是作为革命的主流力量出现的。梁斌在自己的创作谈中,这样阐释了小说主题的形成:"从锁井镇农民的革命斗争方式,可以明显看出一代比一代进步,朱老巩是赤膊上阵,拿起铡刀拼命。朱老明他们是采取所谓的对簿公堂,和地主打官司,这注定要失败的⋯⋯到了朱老忠和江涛,他们接触了党,党教导他们要团结群众,走群众路线的道路,于是所发起的反割头税的斗争,就取得了很大的胜利。这说明中国农民只有在共产党的领导下,才能更好地团结起来,战胜阶级敌人,解放自己。"①这是表述中国现代革命、特别是农民革命常见的主题,"重复了主流意识形态关于中国社会本质的有关叙述,然而,《红旗谱》的不同凡响的地方,是将一个中国农民的现代性的本质的生长过程包裹在一个传统的子报父仇的通俗小说故事中,以'成长小说'这种现代艺术形式描述了这一抽象本质的生成过程"②。

《红旗谱》以传统的艺术形式,叙述或包裹了现代小说崭新的因素,这是作家梁斌的一大发明。当时有评论说:"对于旧中国革命农民来说,朱老忠是一个性格的'总结';而对于20世纪30年代的革命的中国农民来说,它又展示了一个新的起点。它形象地论证了中国共产党所领导的以农民为主力同盟军的伟大的新民主主义革命的历史动力。"③这一评论虽然是在流行的意识形态的框架内展开,但它认为《红旗谱》对表现革命的中国农民是一个新的起点,发现了这部作品新的文学内涵,应该说还是不简单的。作者自己的期许是创造出一部具有"民族气魄"的小说,他通过对《水浒传》《红楼梦》《三国演义》以及对鲁迅、赵树理等作品、作家的学习和分析,认为对地域、风俗、风情的描述,是可以形成民族风格和民族气魄的。在长期准备的基础上,作者掌握了冀中平原的民众语言。这是《红旗谱》的"人民性"的标示之一。但更重要的还是作者对不同时代农民英雄人物性格的把握。虽然这里试图通过对三代农民从不自觉到自觉的革命意识的描述,来反映农民只有在共产党的领导下才能走上真正的革命道路,但在具体的表达中,特别在对农村生活的具体描摹中,所体现的民间气息、江湖色彩和传统小说的侠义性,往往超越了小说主题和作者的理性观念,而和日常生活无意识地建立

---

① 梁斌:《漫谈〈红旗谱〉的创作》,《人民文学》1959年第6期。
② 李杨:《50—70年代中国文学经典再解读》,第42页,山东教育出版社,2003。
③ 李希凡:《革命英雄典型的巡礼》,《文学评论》1961年第1期。

了更广泛的联系。在这个意义上可以说,在展现中国北方农村生活的丰富性上,比起它的史诗性追求更有值得肯定的文学意义。

在人物塑造上,《红旗谱》与传奇小说最大的不同在于,传奇小说、包括革命历史传奇小说,如果离开月黑杀人、风高放火,或者英勇智斗、化险为夷的场面,将人物置于日常生活的时候,他们就会显得苍白无力,但《红旗谱》中,生活化的叙事始终没有间断。作家发现:"在那个时代,在他们之间存在着伟大的爱情:父子之情,夫妇之爱,母子之爱。在他们之间存在着伟大的友情,敦厚的友谊。当我发现了旧中国时代这些宝贵的东西,我不禁为之钦仰,深受感动,流下了眼泪。"①这一日常伦理关系的展现,不是在国恨家仇的叙事中表达的,它是在没有时间、时代限度的农村风俗和风情中再现的。作家对冀中平原农村生活和风情的熟知,使他在反映不同时代农民革命状态的同时,也描绘出了一幅北方农村生活的风情画。这一点,恰恰构成了《红旗谱》艺术魅力的重要组成部分。

第二节 《红岩》和《红日》

罗广斌,1924 年生,1967 年在"文革"中被迫害死去;杨益言,1925 年生。《红岩》出版于 1961 年 12 月。在不到两年的时间里,作品发行了四百多万册,到 80 年代为止,先后印刷二十多次,发行量达八百多万册,创下了当代小说的发行最高纪录。"《红岩》一出,全国为之轰动,到处形成了《红岩》热,正像 1958 年以来广大读者竞相传阅《创业史》《红旗谱》《林海雪原》《青春之歌》的盛况一样。《红岩》带着一种崭新的思想感情和与这种思想感情相适应的艺术特点参加到优秀长篇创作的行列里来。"②这一描述并非夸张。还有一个值得注意的现象是,上述提到的长篇小说,几乎都经历了颇有争议的讨论,否定性的观点也相当激烈,但《红岩》不同,除了对其艺术上的不足稍有议论之外,对其思想内容的肯定和赞誉是众口一词的。《红岩》可以说在最大程度上满足了时代的需要。在《红岩》塑造的英雄面前,每一位读者都会产生追随感和献身感。小说出版后还被改编成电影《烈火中永生》、歌剧《江姐》和其他艺术形式。应该说,《红岩》这部作品对当代中国几代人的心理和精神结构,都起到了巨大的作用,它是当代中国有关信仰

---

① 梁斌:《漫谈〈红旗谱〉的创作》,《人民文学》1959 年第 6 期。
② 阎纲:《〈红岩〉的人物描写》,阎纲《小说论集》,第 144 页,湖南人民出版社,1982。

的启示录般的作品。作为"革命的圣经",至今它仍然是我们最重要的精神和思想资源之一。

《红岩》塑造了众多的革命者的形象,他们的地下斗争和被捕后的表现,不仅表达了共产党人的意志和信仰,同时也贯穿了作者的人生观和价值观。应该说《红岩》是一部表达"绝对化"和"极端化"的作品,在两个政治集团和两种精神意志的较量中,革命者的坚韧、毅力与敌人的狡诈、残忍,都以极端和绝对的方式得到了表现。江姐、许云峰格言式的陈情或独白,使共产党人的高风亮节和坚定信仰,在被"舞台化"和"戏剧化"的同时,也被本质化。因此《红岩》在那一时代被视为是具有教科书意义的作品。

《红岩》主要描写的是狱中生活。这里的英雄们面临的不仅是心理压力,更承受着酷刑的生理性的压力。对这一无法经验的生活,我们只能从作者的叙事中了解。被认为塑造得最成功的形象之一江姐,面对严刑拷打时说:"上级的姓名、住址,我知道。下级的姓名、住址,我也知道……这些都是我们党的秘密,你们休想从我口里得到任何材料。"对英雄意志力的渲染是《红岩》贯穿始终的思想主线。作品表现英雄意志力的场面随处可见,"疯子"华子良和许云峰也是其中典型的例子。华子良接受了党组织"长期隐蔽、迷惑敌人"的批示,在三年多的时间里一直伪装疯癫。他不仅在巨大的精神压力面前显示了英雄精神和意志,而且战胜了来自同志们的"胆小鬼""软骨头"的轻蔑与指责,这种卧薪尝胆、忍辱负重的意志力是常人难以想象的;许云峰作为共产党的领导干部,为了实现暴动越狱,他在自己的地下牢室中硬是用双手挖开了一条通道:"许多日子过去了,他手指早已磨破,滴着鲜血,但他没有停止过挖掘。石灰的接缝,愈挖愈深,他的进度愈慢。脚镣手铐妨碍着他的动作,那狭窄的接缝也使他难以伸手进去。困难,但是困难不能使他停止这场特殊的战斗。"可以说,《红岩》对英雄意志力的开掘达到了极致,在非人性的环境中又赋予了英雄比环境更具挑战性的行为,这些行为放射的正是英雄意志力的光彩。

但更能突现英雄意志力的是他们面对死亡时的从容宁静。许云峰临刑前坦然自若,痛斥徐鹏飞,然后从容赴死。当江姐临刑时,"她异常平静,没有激动,更没有恐惧与悲戚","带着永恒的笑容,站起来,走到墙边,拿起梳子,在微光中,对着墙上的破镜,像平日一样从容地梳理她的头发",并且留下了著名的超越生死的格言:"如果需要为共产主义理想而牺牲,我们每个人,都应该也可以做到——脸不变色心不跳。"英雄的诗性与神性,不仅让读者产生了追随感,它甚至也感染并影响了"剧中人"。刘思扬被拘渣滓洞时,曾因自己没有受到毒刑而深感"内疚",因为那一考验是光荣的印记。当他一旦戴上重镣,不仅没有肉体和精神的痛苦,反而油然升起"为此自豪"的满足感,他对渣滓洞的留连心情,反射出了作者将苦难诗化为"圣坛"的独特心态。在这一点上,歌剧《江姐》更是有过之而无不及,它的歌唱性和抒情性特征,把狱中人"苦难的历程"表现得更加如诗如画、壮美无比。《红岩》作为一部"红色圣经",除了表达共产党人的信仰和意志,在新的历史语境中,还提供了关于身体、灵肉、施虐、受虐、家国、生死等可以解读的众多内容。《红岩》的时代已经成为过去,但《红岩》的浪漫、激情以及对革命信仰的宣谕,已经植入几代人心理意识的深层,仍然散发着巨大的思想魅力和道德感召力。

吴强,1910年生,曾用笔名吴蔷、叶如桐,江苏涟水人。自幼在本乡读小学,毕业后进省立师范,因闹学潮被开除。后转读高中,上了大学。其间因经济原因几次中断学业,做过徒工和小学教师。1933年在上海加入左联。1938年在皖南参加新四军,次年加入中国共产党。曾任干事、科长、宣传部长。1949年之后任华东军区政治部文化部副部长、华东文联党组成员和中国作协上海分会代理党组书记、副主席、中国作协理事。

吴强的第一篇小说《激流下》1937年发表在茅盾主编的《文艺阵地》上。他亲历了莱芜、孟良崮、淮海、渡江等重大战役,有丰富的实地战争经验。《红日》也是一部追求史诗性的宏大作品。小说以1946年夏天蒋介石全面发动内战为背景,以五战五胜的人民解放军在涟水、莱芜、孟良崮进行的三大战役为中心展开故事,塑造了解放军的高级将领、基层干部和普通战士的形象,也生动地塑造了国民党七十四师师长张灵甫的形象。在人物性格的把握上,小说在坚持人物阶级性的同时,突破了脸谱化、漫画化、程式化的惯有模式。对人民群众支持战争的描写,也从一个方面揭示了中国革命取得胜利的根据和源泉。《红日》以壮阔宏大的场景、纵横交织的人物、复杂细致的心理刻画,为战争小说的写作提供了新经验。与《红岩》不同的是,《红日》写作的时代已经超越了对革命"发生"的合理性阐释,它所描绘的壮丽图景是一个无言的宣告:革命已经成长为参天大树,声势浩大的正规部队正在为解放全中国而浴血奋战,并且作为代表历史发展的方向受到了人民的支持和援助。这一题材的"史诗性质"是先在的。《红日》是一部将真实的历史战争与艺术虚构相结合的作品。

作品通过叙述三次战斗,塑造了一批生动的艺术形象,包括从普通战士、警卫员、班长、排长、连长、团长、政委到军长等各种不同的人物。在特殊的历史环境中,不仅表达了他们的勇敢、正直等军人特有的风采,而且写出了人物不同的兴趣、爱好等个性特征以及他们的爱情生活。特别是对高级指挥员军长沈振新、副军长梁波的塑造,为当代文学增添了新的艺术形象。批评界认为,在表现解放战争时期的长篇小说中,和《保卫延安》相比,《红日》在思想艺术上取得了重大的进展,它所涉及的生活面更加广阔,对人民和军队的关系、前方和后方的关系,对战争生活和日常生活的立体把握等,显示了作家整体把握社会生活的能力。在人物塑造上,除了注意他们阶级性格的差异外,也加强了对他们思想情感、心理活动的刻画。

第三节　柳青的《创业史》

柳青的《创业史》被普遍认为是代表五六十年代文学创作最高水平的作品之一。在《创业史》之前,柳青曾出版过长篇小说《种谷记》和《铜墙铁壁》。他在50年代曾长期生活在陕西长安县的皇甫村,对农业合作化的过程有深入的了解,《创业史》就是反映农业合作化过程的一部作品。第一部1959年4月在《延河》杂志连载,中国青年出版社1960年出版单行本。作者原计划写四部,从互助组写到人民公社成立,反映农村社会主义革命的全过程。但"文革"的发生使小说创作中断,"文革"结束后,作者完成了第二部上卷和下卷的一部分,原来的计划终未能实现。

小说第一部以陕西渭南地区下堡乡的蛤蟆滩为典型环境,围绕梁生宝互助组的巩固和发展,展现了合作化运动中两条路线、两种思想的激烈矛盾和斗争。互助组在党的领导下,依靠、教育和团结农民,最终取得了胜利。第二部主要叙述试办农业合作社的过程。小说通过对梁生宝、梁三老汉以及郭振山、郭世富、姚士杰等人物的塑造,回答了农村为什么要发生社会主义革命的问题。作品发表后好评如潮,出版后一年的时间里,全国就有五十多篇评论文章发表,并围绕相关问题展开了长达四年之久的讨论。讨论一方面关乎"中国农民的历史命运和历史道路"[1],一方面也"显然带有文学思潮的重要背景"[2]。

《创业史》之所以受到肯定和好评,最重要的原因,是塑造了梁生宝这个崭新的中国农民形象。这个形象,既不同于鲁迅、茅盾等作家笔下的麻

---

[1] 姚文元:《从阿Q到梁生宝》,《上海文学》1961年第1期。
[2] 洪子诚:《当代中国文学的艺术问题》,第26—27页,北京大学出版社,1986。

木、愚昧、贫困、愁苦的旧农民形象，也不同于赵树理笔下的小二黑、小芹、李有才等民间新人形象。梁生宝是一个没有"前史"的人物形象，一个天然的中国农村新人，没有人对他进行教育和告知，他对新中国、新社会、新制度的认同几乎是与生俱来的。于是，他就成了蛤蟆滩合作化运动天然的实践者和领导者。在塑造梁生宝这一形象时，柳青几乎调动了一切艺术手段，来展示这个新人的品质、才能和魅力。作家为他设定了重重困难：他要度过春荒、要准备种子肥料、要提高种植技术、要教育基本群众、要同自发势力歪风斗争、要团结中农、要规劝没有觉悟的继父……但一切都难不倒梁生宝。他通过高产稻种增产丰收，无言地证实了集体生产的优越性，证实了走社会主义道路的优越性。梁生宝不是集合了传统中国农民的性格特征，他不是那种盲目、蛮干、仇恨又无所作为、一筹莫展的农民英雄。他是一个健康、明朗、朝气勃勃、成竹在胸、年轻成熟的崭新农民。在解决一个个矛盾的过程中，《创业史》完成了对中国新型农民的想象性建构和本质化书写。

因此，当时有评论称赞说："在梁生宝的身上，我们可以看到：一种崭新的性格，一种完全是建立在新的社会制度和生活土壤上面的共产主义性格正在生长和发展。"梁生宝这个形象，"应当看作是十年来我们文学创作在正面人物塑造方面的重要收获"①。但这一评价似乎还显得表面一点。倒是姚文元的评论显示出了某种时代的"高度"：梁生宝"从进入青年时代起，就生活在无产阶级掌权的光明的新社会里，他用不着一个寻找党的领导的过程，他用不着再经历长期的从自发斗争到自觉斗争的摸索过程，而是一开始就在党的领导下参加了轰轰烈烈的土地改革运动，接着就是以百折不挠的毅力，领导下堡乡的农民为实现农业合作化而进行了坚决的斗争。老成持重的青年人梁生宝的性格中，继承着老一辈农民勤劳、坚韧的品格，也继承着新民主主义革命时期'穿上军衣的庄稼人'的武装革命的斗争精神，我们从这些方面不难找到他同朱老忠精神上的联系。但突出地吸引广大读者的，是梁生宝身上发出的崭新的社会主义思想的光辉，是他身上具有的作为社会主义革命事业带头人的无产阶级的政治觉悟。"②姚文元是"从文学作品中的人物看中国农民的历史道路"的，在他看来，中国现代文学作品中的农民人物谱系，只有到了梁生宝这里，才真正完成了中国农民革命从自发到

---

① 冯牧：《初读〈创业史〉》，《文艺报》1960年第1期。
② 姚文元：《从阿Q到梁生宝——从文学作品中的人物看中国农民的历史道路》，《上海文学》1961年1期。

自觉的过程。

但评论界对小说人物的评价并不一致。另一种看法是,梁三老汉这个形象比梁生宝更有血肉、更生动和成功。1960年12月,邵荃麟在《文艺报》的一次会议上说:"《创业史》中梁三老汉比梁生宝写得好,概括了中国几千年来个体农民的精神负担。但很少人去分析梁三老汉这个人物,因此,对这部作品分析不够深。仅仅用两条路线斗争和新人物来分析描写农村的作品(如《创业史》、李凖的小说)是不够的。"①在大连召开的农村题材短篇小说创作座谈会上,他又说:"我觉得梁生宝不是最成功的,作为典型人物,在很多作品中都可以找到。梁三老汉是不是典型人物呢?我看是很高的典型人物。"②邵荃麟的观点不止是对一个人物形象和一部小说的评价,事实上是他对流行的文学观念和批评标准产生了疑虑。

在这些材料尚未公开之前,严家炎对《创业史》作了系统的分析和评价。他连续发表了四篇文章,对作品的主要成就提出了不同看法。在他看来,《创业史》的成就主要是塑造了梁三老汉这个人物形象,这一观点与邵荃麟不谋而合。他在《关于梁生宝形象》一文中明确指出,《创业史》中最有价值的人物形象是梁三老汉而不是梁生宝,"梁三老汉虽然不属于正面英雄形象之列,但却有巨大的社会意义和特有的艺术价值",他是"全书中一个最有深度的、概括了相当深广的社会历史内容的人物",他还认为:"艺术典型之所以为典型不仅在于深广的社会内容,同时在于丰富的性格特征,在于宏深的思想意义和丰满的艺术形象的统一,否则它就无法根本区别概念化的人物。"③在这样的表述中,严家炎实际上隐约委婉地对梁生宝的形象提出了某种质疑甚至批评。

更多的人认为梁生宝这一形象代表了中国农民的发展方向和内在要求,认为作品反映了农村的阶级斗争和路线斗争。邵荃麟、严家炎则从中国农民的精神传统考虑,认为作品真实地传达了普通农民在变革时期的矛盾、犹疑、彷徨甚至自发的反对变革。梁三老汉在艺术上的丰满以及他与中国传统农民在精神上的联系,是这部小说的最大成就。这一非主流的看法在当时是很难被接受的。严家炎的文章发表之后,遭到了众多的批评和反对。

---

① 《关于"写中间人物"的材料》,《文艺报》1964年第8、9期合刊。
② 同上。
③ 严家炎:《关于梁生宝形象》,《文学评论》1963年第3期。

在关于《创业史》的激烈争论中,柳青谈到了这部小说写作的初衷:"小说要向读者回答的是:为什么会发生社会主义革命和这次革命是怎样进行的。回答要通过一个村庄的各阶级人物在合作化运动中的行动、思想和心理的变化过程表现出来。这个主题思想和这个题材范围的统一,构成了这部小说的具体内容。小说选择的是以毛泽东思想为指导思想的一次成功的革命,而不是以任何错误思想指导的一次失败的革命。这样,我在组织主要矛盾冲突和我对主人公性格特征进行细节描写时,就必须有意地排除某些同志所特别欣赏的农民在革命斗争中的盲目性,而把这些东西放在次要人物身上和次要情节里头。……第二要合乎革命发展的需要;第三要反映出所代表的阶级的本性,就是无产阶级先锋队成员的性格特征。简单的一句话来说,我要把梁生宝描写为党的忠实儿子。我以为这是当代英雄最基本、最有普遍性的性格特征。"①

对《创业史》人物的争论,后来演化为文学界的一个重大事件。1962年8月,中国作家协会在大连召开农村题材短篇小说创作座谈会,在会上,邵荃麟仍然认为"梁三老汉比梁生宝写得好。亭面糊这个人物给我印象很深"②。这就是"中间人物论"的肇始。《文艺报》1964年8、9期合刊发表了《关于"写中间人物"的材料》不久,又以《文艺报》资料室的名义发表了一篇文章《十五年来资产阶级是怎样反对创造工农兵英雄人物的?》。文章历数了15年来"形形色色的资产阶级、修正主义的理论,特别是关于人物描写上的反动理论",认为"解放以来,我们和资产阶级文艺家在人物创造问题上一直进行着长期的、反复的、激烈的斗争。是表现、歌颂工农兵,努力塑造革命的英雄人物形象,还是表现、歌颂资产阶级、小资产阶级而丑化劳动人民,这就是斗争焦点"③。关于《创业史》人物的讨论到此暂时结束了,塑造"工农兵英雄人物"开始成为文学创作唯一具有合法性的"美学"标准。

80年代以后,关于《创业史》的讨论再度兴起。肯定的意见认为:"柳青同志所提供的描写农村题材的宝贵经验,是实际存在着的,值得进一步总结和很好地继承。柳青同志……那样地痴心于革命现实主义,那样执着地追求着细节描写的真实性和人物环境、人物描写的典型化;那样坚持不渝地在农民中寻找新的人物、英雄人物和理想人物!他笔下的梁生宝,不管带不带

---

① 柳青:《提出几个问题》,《延河》1963年第8期。
② 《关于"写中间人物"的材料》,《文艺报》1964年第8、9期合刊。
③ 《文艺报》1964年第11、12期合刊。

所谓的'理念化',都不可否认是社会主义革命文学中最早出现的社会主义英雄人物的成功形象。尽管有同志认为梁生宝的形象不如他的父亲梁三老汉的形象那样丰满,但是,在文学史上诞生一个梁生宝,要比诞生一个梁三老汉困难得多,意义重大得多。"①80年代末,上海学者拉开了雄心勃勃的"重写文学史"的序幕,其中重评《创业史》的文章对其作了如下评价:"柳青把表现这种农民落后和狭隘心理的细节统统集中在梁三老汉身上,这就表达了他对历史发展的乐观情绪。在他看来,老一代农民身上的落后和狭隘才是富于典型性的,而新一代农民则已经摆脱历史的阴影了。但实际情况是,正因为梁三老汉这个人物比较全面准确地概括了中国农民贫困屈辱的历史,以及因为这种贫困屈辱而形成的落后狭隘、裹足不前的性格侧面,同时又表现了中国农民勤劳、朴实的性格侧面,他反而成为《创业史》中概括变革中农民心理的复杂变化过程最生动、最典型的形象。"②后一种看法在重新解读"文学经典"的过程中逐渐被接受,并沿着这个思路向更纵深的方向发展。

第四节　革命历史的传奇化

1940年,毛泽东在《新民主主义论》中明确指出:"建立中华民族的新文化,就是我们在文化领域中的目的。""这种新民主主义的文化是民族的。它是反对帝国主义压迫,主张中华民族的尊严和独立的。它是我们这个民族的,带有我们这个民族的特性。"③强调包括文学艺术在内的文化的民族性,是毛泽东指出的方向。此后有关民族性、民族化、民族形式的讨论,事实上都是对毛泽东的关于民族文化的论述的具体解释和技术性处理。所谓民族的文化,必须是大众的文化。在《新民主主义论》发表以后很长一段时期内,文学艺术的思想路线无论有过什么样的变化,在坚持民族性和大众化这一点上,都始终没有变化。共和国时期的文学,严格地说,除了少数试图建构"史诗"的作品外,大都是通俗的大众文学。特别是革命历史题材的小说,如《铁道游击队》《敌后武工队》《烈火金刚》《林海雪原》等,这些作品所具有的文化同一性,就是传奇形式中的民族性的建构。它们延续了传奇小

---

① 阎纲:《函致〈创业史〉及农村题材创作讨论会》,见阎纲著:《文坛徜徉录》(下),第611页,人民文学出版社,1984。
② 宋炳辉:《"柳青现象"的启示——重评长篇小说〈创业史〉》,《上海文学》1988年第4期。
③ 《争取小市民层的读者》,《文艺报》第1卷第1期。

说的叙事形式和内部构造,在装进了"新的内容"、起到了教育人民的作用、建构了民族的防卫屏障的同时,也替代了过去言情、武侠、侦探等通俗小说的娱乐功能。

通俗小说之所以被普遍接受,一个重要的原因在于它的模式化。应该说,所有通俗的、大众的文化都一定是模式化的。一个被大众熟悉的模式才有可能被大众所接受,他们的阅读、观赏、倾听过程,就是他们的心理期待不断兑现和落实的过程,也就是获得快感和满足的过程。这一接受心理使新的通俗文艺在注入新的内容的同时,仍然在旧的模式内展开。民间接受心理的坚不可摧,使经受过五四新文化洗礼的作家的观念、情感以及受到的写作影响和训练,必须大大地妥协以适应他们的接受对象。五四时期被彻底否定的作为旧文化一部分的通俗小说写作模式,又逐渐得到了发扬光大。因此,文学的现代形式,是在不断的调整过程中得到确立的,五四时期彻底反传统的路线在现代中国文化史上不可能被贯彻到底。它的影响事实上从来也没有超出知识分子阶层。像知侠、曲波、刘流等书写革命历史题材的作家,大都是革命战争的亲历者,他们接受的是革命文化的哺育,这一经历不仅使他们具有了一种身份的优越感,同时,在他们接受的文化中,旧形式是始终伴随的。

曲波,山东黄县人,1923年生。1938年参加八路军,抗战期间任连营指挥员。抗战胜利后,任牡丹江军区某团副政委。1946年冬,曾奉命率领一支小分队深入牡丹江一带剿匪,这些经历为他后来的文学创作提供了经验依据。1949年之后他转业到地方工作。1952年开始创作《林海雪原》,1957年由作家出版社出版。这是一部影响最广泛的革命通俗小说。小说叙述的是人民解放军一支小分队在林海雪原剿匪的故事。由于作家自己的经历和作品扉页上题写的"献给我的战友杨子荣、高波",非常容易使人联想到这是一部回忆录式的作品。但是,作品的传奇性、理想主义色彩以及中国传统通俗文学的叙述方式,使文学与历史、生活与想象的界限变得模糊而不确定。

小说内容是解放军剿灭残留在林海雪原的匪徒,这为英雄传奇的写作提供了先在的合法性。奇袭虎狼窝、智取威虎山、会师百鸡宴、周旋绥芬草甸、大战四方台等,情节惊险神奇、诡异多变。小分队如天兵天将,所到之处战无不胜。具体的情节,如活捉"一撮毛"刘维山、"小炉匠进山"、杨子荣打进威虎山、小分队消灭座山雕等,既表现了人民解放军的神勇,也达到了引人入胜的艺术效果。特别是对杨子荣这个孤胆英雄的塑造,更为作品平添了一股豪迈和侠义之气。

这是一部革命英雄传奇,但在价值观和叙事策略上,对传统的传奇小说借鉴更多。在传统的传奇小说中,"血案""复仇"、天上人间黑白两道,最后快意恩仇,是常见的叙事模式。在《林海雪原》中,与土匪的较量,是两种政治力量的较量,但小说中有明确政治诉求的反动势力,首先是一群邪恶的、无恶不作、烧杀抢掠、丧失道德伦理的匪徒。小说开篇就是"血债",土匪血洗杉岚站,乡亲尸横遍野。少剑波目击了包括姐姐在内的乡亲们的惨死,首先想到的就是复仇。面对邪恶势力,正义之师启动了横扫匪徒的惊险之旅。

小说出版后,何其芳说:"在当时读完后我就想,作者一定很得力于我国的古典小说,因为从其中许多地方都可以看到他学习古典小说的写法的痕迹。学习而还有过于明显的痕迹,或许也可以说是缺点,然而我国的古典小说的这种突出的艺术特点,情节和人物给读者的印象非常深,读后就不能忘记,却是十分值得学习和发扬的宝贵传统。"曲波自己也曾说:"在写作的时候,我曾力求在结构上、语言上、故事的组织上、人物的表现手法上、情与景的结构的结合上都能接近于民族风格。我这样作,从目的性来讲,是为了要使更多的工农兵群众看分队的事迹。我读过《钢铁是怎样炼成的》《日日夜夜》《恐惧与无畏》《远离莫斯科的地方》,我非常喜爱这些文学名著,深受其高尚的共产主义品质道德及革命英雄主义的教育,它们使我陶醉在伟大的英雄气魄里,但叫我讲给别人听,我只能讲个大概,讲个精神,或是只能意会而不能言传。可是叫我讲《三国》《水浒》《说岳全传》,我可以象说评词一样的讲出来,甚至最好的章节我可以背诵!在民间一些不识字的群众也能口传;看起来工农兵还是习惯于这种民族风格。"①这些建立在语言、故事、人物、情与景描述基础上的民族风格,使大众感到熟悉和亲切,一个想象的民族共同体,在阅读感知中建立起来,这就是"形式的意识形态"。读者在原有的形式框架中找到了和民族传统的历史联系。

当然,民族性的建构,最后目的并非仅仅是为民众提供一个熟悉的、可供消遣娱乐的"形式",它最终要达到的是民族独立和民族防卫的屏障意识。像《铁道游击队》《敌后武工队》《烈火金刚》等作品,读者能够在阅读中既体验到神出鬼没、智勇双全、血腥暴力的快意恩仇,同时又受到民族自尊自强、为维护族群不惜流血牺牲的无畏精神的教育。这方面,《烈火金刚》似乎更为突出。这部作品被认为"是一本写英雄的说部"。故事以1942年春夏之交,日本帝国主义在冀中抗日根据地进行残酷的"五一大扫荡",

---

① 何其芳:《我看到了我们文艺水平的提高》,《文学研究》1958年第2期。

冀中八百万人民向敌人展开"震山河、荡人心、惊天地、泣鬼神"的斗争为背景。以史更新、丁尚武、肖非、孙定邦、孙振邦为中心人物，惊心动魄地书写了中国人民在艰苦卓绝的处境中坚持抗战的大无畏精神。值得注意的是，这部1958年出版的小说讲述的是1942年的故事。话语讲述的年代既是一段不堪回首的民族苦难历程，同时也是一段值得自豪和夸耀的过去。而讲述话语的年代，虽然已经告别了这一痛苦的往事，但中华民族仍是一个弱势民族，一个被封锁、被敌视的民族。这时讲述这个故事的意义就不仅仅是对历史苦难和胜利的重温，同时更是对建设一个现代民族国家的伟大事业的激励和鼓舞。作为通俗文学，它的传奇性已几近神话，"史更新单身出重围""救妇女肖非只身入虎穴"，所讲述的不止是英雄虎胆、胆大艺高、以弱胜强的传统武侠故事，更是民族正义战争赋予参与者以不可战胜的伟力，作为从现实生活中提炼出来的"仿真"写作，对民众来说就更有可信性。"抗强暴妇女尽坚贞"隐含的更是关于"民族的"贞节，对外来入侵者的淫威，妇女们威武不屈的抗争所维护的是一个民族的尊严。因此这个通俗的故事仍然是一个关于民族的政治寓言。

　　小说中，对日本下级军官"猪头小队长"和伪军军官刁世贵形象的区别以及最后火并的情节，都是意味深长的。"猪头小队长"残暴、凶狠、相貌丑陋，他是对另一个民族构成伤害的形象符号，也是旧模式中恶人形象的"日本版"；刁世贵虽然是伪军军官，但他毕竟是中国人，并不是我们视野中的"他者"，当他目睹了日本鬼子的残暴之后，终于同这个十恶不赦的"异类"火并了。作为民族性的叙事，作者对刁世贵这个伪军的处理，显然有民族情感的因素。他的部下能够接受策反，事实上还是对民族性的最后认同。类似的情节和叙事策略我们在《野火春风斗古城》等作品中也曾读到过，比如关敬陶最后还是一个深明民族大义的形象。这同后来许多进入共和国政协的原国民党起义的高级将领能够得到"人民"的原谅，其起点是一样的。

　　强调民族的共同利益，在外来侵略面前是一条行之有效的思想路线和斗争策略。在《烈火金刚》出版的时代，维护民族独立的战争已经胜利完成，但动员民众参加社会主义建设的任务刚刚开始。建设社会主义是一个现代化的要求，是不断提高人民生活质量的国家行为，同时，建设一个强大的现代民族国家，本身就含有捍卫民族独立和尊严的诉求。在这样的时代通过文学作品强调民族性，是进行新一轮民众动员的需要。用德里克的话来说，就是："从中国作为一个第三世界社会与资本主义的关系看，中国的社会主义在其全部历史中都表现为中国民族纲领的一部分；换句话说，为了一场反对资本主义的社会革命而进行的社会主义斗争,不可避免同争取民族解放和民族发展的斗争结合在一起;因为资本主义以帝国主义形式出现在中国,反对资本主义的斗争因而无法和摆脱帝国主义霸权而获得解放的斗争分离开来。"①

第五节　姚雪垠的《李自成》

姚雪垠,河南邓县人,1910年生。幼年曾读过私塾,后来读过不到一年的初中。1929年考入河南大学预科,因参加地下党领导的斗争被捕,释放后上了一年学被学校开除。此后在北京过了一段流浪生活,回河南当过中学教员,开过小书店,办过刊物。三四十年代发表过短篇小说《差半车麦秸》,中篇《牛全德与红萝卜》,长篇小说《春暖花开的时候》《戎马恋》《长夜》等。抗战中曾在第五战区文化工作委员会工作,后在东北大学、大夏大学任教。1957年被划为右派。曾任湖北省文联主席、中国作协顾问等。

《李自成》是姚雪垠历经近半个世纪创作的多卷本长篇小说。小说原计划写五卷,后来完成了三卷。第一卷(上、下)、第二卷(上、中、下)和第三卷分别完成于1961年、1976年和1981年。第一、二卷,写崇祯十一年至十三年间,起义军潼关南原大战受挫、商雒山养兵、受官军、叛军和土豪围剿,李自成突围后进兵中原,联合张献忠,攻破洛阳,再战开封,农民起义战争由低潮转向高潮。第三卷写农民起义军自身的局限性,以及崇祯皇帝退出历史舞台,李自成领导的大顺军及其余部抗击以清朝统治者为中心的满蒙贵族和汉族地主联合的武装力量。最后,李自成进军北京直至死去,张献忠也失败死亡。大顺军最后一支余部被消灭,高夫人和李来亨等自焚,明末农民起义的历史悲剧终于落幕。

《李自成》结构宏伟,书写的人物众多,是一部试图以全景的方式展现明末清初社会历史状况的鸿篇巨制。从宫廷到边塞,从都市到乡村,对政治、经济、军事等领域均有广泛的涉猎和描绘。塑造的人物,从皇帝到幕僚,从太监到宫女,从士人到百姓,从军师到衙役,从商贾市贩到游侠术士,从和尚巫婆到妓女乞丐,从起义军将领到普通士兵。通过这些人物关系,小说表达了各种社会力量的纠葛、矛盾和斗争。这里既有农民起义军和明王朝的

---

① 阿瑞夫·德里克:《现代主义和反现代主义——毛泽东的马克思主义》,萧延中等编:《在历史的天平上》,第225页,中国工人出版社,1997。

矛盾,也有明、清王朝之间的矛盾;既有统治阶级内部的矛盾,也有大地主阶层和中小地主阶层对清主战派同主和派的勾心斗角;既有李自成和张献忠各路起义军之间的分合,也有农民军内部同土匪武装"杆子"、同知识阶层以及将帅之间的矛盾,从而将明末清初前后几十年的社会矛盾,错综复杂地呈现出来。

《李自成》前两卷出版之后,有评论说:"中国的封建文人也曾写过丰富多彩的封建社会的上层和下层生活,然而,用历史唯物主义和辩证唯物主义来解剖这个封建社会,并再现其复杂变幻的矛盾本相,'五四'以后也没有人尝试过,作者是填补空白的第一人。"①姚雪垠自己阐释说:"历史小说应该是历史科学和小说艺术的有机结合,而历史小说家在处理两者的关系时必须做到深入历史,跳出历史。"②如果按照小说来理解,这样的评价和阐释是没有问题的,文学史历来的评价也是在这样的框架内展开的。普遍的看法是,作品首先以历史唯物主义的思想方法处理了阶级和民族矛盾。李自成起义后,崇祯十一年冬,在清兵即将进犯的危急时刻,崇祯皇帝不去迎击进犯的清军,而是命重兵围剿李自成的农民起义军。清兵入关后,也同样将李自成的农民起义军视为主要的打击对象。阶级和民族矛盾复杂而集中地体现在对待农民起义军的态度和立场上。在作品中,由于起义军是体现历史进步和发展的正义力量,所以,在起义军崛起的阶段,他们蓬勃发展,势不可挡,但是,由于阶级和历史的局限,他们不可能不走向失败。而崇祯皇帝,虽然是一个"亡国之君",但他并不是一个荒淫无度、不理朝政的昏庸君主,他"宵衣旰食、事必躬亲",一心料理朝政,但还是不能挽王朝于即倒。这从一个方面反映了"阶级斗争的复杂面和深刻面"③。这些宿命式的对社会历史命运的描绘,正是历史唯物主义的解释。

其次,小说浓墨重彩地塑造了李自成这个中心人物。在小说中,李自成是光彩夺目、悲壮的农民起义领袖。作者按照历史唯物主义的原则揭示了这个人物产生的历史必然性。李自成的时代,是明王朝彻底走向没落的时代,王朝内外交困,社会民不聊生,统治阶级酒色荒淫、醉生梦死,民间则是赤地千里、炊烟断绝、易子而食。这种巨大的阶级反差和对立,孕育了农民革命的前提条件,这使李自成的出现不仅具有历史必然性,而且也具有历史

---

① 茅盾:《关于长篇历史小说〈李自成〉》,《文学评论》1978年第2期。
② 姚雪垠:《李自成》第1卷"前言",中国青年出版社,1972。
③ 同上。

合理性。不仅如此,作家还以典型化的方法塑造了李自成这个典型人物:"我在塑造他的英雄形象时,在性格在事迹方面基本上根据他本人原型,但也将古代别的人物的优秀品质和才干集中到他的身上。"①在这一原则的指导下,李自成被塑造成一个临危不惧,处乱不惊(潼关南原大战,义军被重重包围时),坚贞不屈,大义凛然(当敌人诱降时),高瞻远瞩,气象万千(当义军遭受重创时),运筹帷幄,镇定自若(在腹背受敌内忧外患时),慧眼独具,气节高尚(当张献忠试图吞并他、杨嗣昌利用叛徒挑拨时)的超级英雄和领袖。同时,他还是一个具有普通人性人情和超凡魅力的人物:不因私废公,泪斩李鸿恩;体恤民情不忘本,放粮救赈灾民;与马夫王长顺的关系,更是体现了李自成与下层士兵的亲密情感。当然,小说也写到了李自成的历史局限性,比如他的帝王思想和迷信思想。但这些局限在小说的整体结构中几乎是微不足道的。

《李自成》在它的时代受到了高度的赞扬,不仅毛泽东亲自关心作者的写作,而且获得了长篇小说首届"茅盾文学奖"。但是,《李自成》作为一部"填补空白"的重要作品,作为书写了"农民革命战争的英雄颂歌"的宏伟巨作,在后来的文学史研究中却遭到了质疑。有学者认为,作者对李自成以及高夫人和起义军的描写,"明显地是以 20 世纪以井冈山为根据地的农民武装作为参照。李自成对革命事业的忠心耿耿,他的卓越的军事才能,他的严以责己、宽以待人,以及他的天命观和流寇思想等弱点;起义军从小到大、由弱到强的原因,军队与百姓之间的'鱼水关系',政治路线的正确和组织上的巩固对军队发展的重要性——所有这一切,都来自于对 20 世纪工农红军的经验教训的总结。这是作者考察明朝末年那支起义军的思想基点"②。这一具有历史眼光的独到考察,在揭示了未被言说的秘密的同时,可能也为我们重新理解和评价《李自成》提供了一个新的视角和起点。

第六节 金敬迈的《欧阳海之歌》

在和平时期的英雄传奇中,没有哪部作品能比《欧阳海之歌》的影响更为广泛,作者因这部作品而被毛泽东称为"大作家"。《欧阳海之歌》以自己特有的修辞方式,为它的时代提供了最充盈的激情。1965 年 12 月出版后,

---

① 姚雪垠:《李自成》第 1 卷"前言",中国青年出版社,1972。
② 洪子诚:《中国当代文学史》,第 122 页,北京大学出版社,1999。

就被认为是"三过硬"的典范。郭沫若认为它是"毛泽东时代的英雄史诗"。三十多年后,我们在读者的回忆中仍可感到这部小说在当年的巨大轰动:"1966年,文艺圈内外经常可以听到对这部作品的赞誉声。称它是'里程碑''教科书'。文化名人、评论家都写文章剖析这本小说的成功之处,小说一版再版。各地报纸杂志或选登或连载,真叫一时洛阳纸贵。""记得那本书我刚一看完就被别人借走了,催了几次,一直还不回来。等到再送到我手上时,书已残破不堪,书角也卷起来了,不知经过了多少人的手。"而书中那短短的四秒钟描写,"几乎是有口皆碑,都说写得好、写得精彩,不少人用这段文字当做朗诵词,还有一些中小学生能背诵这一段文字"。《欧阳海之歌》在那个时代获得了最高的荣誉。

这部小说讲述的是在和平环境下,一个青年军人是如何成长为英雄的。那是一个需要英雄的年代:社会主义建设正如火如荼地展开,它伟大的承诺让所有人都对未来充满了想象,它将给人们带来什么样的幸福已经不重要,重要的是作为一种乌托邦询唤,它所产生的无可抗拒的感召力,那个模糊的所指虽然是个不明之物,却像圣火一样催促人们将渴望付诸于献身。另一方面,战争文化的英雄主义已经实现了它弥漫四方的传播。特别是青年一代,内心早已积淤了英雄情怀和情结,许多人痛感自己没有生在战火纷飞的年代,没有机会让悲壮的死亡在瞬间照亮世界。然而,欧阳海做到了,他使许多人在和平环境中找到了献身方式,并在欧阳海的镜像中体验着英雄的壮烈与壮美。可以说,《欧阳海之歌》以最经典的方式,满足了它讲述话语时代的社会期待,并创造性地丰富了需要激情的历史语境。

应该说,欧阳海神话的创造面临着极大的困难,他不是生长于血与火的斗争年代,没有在险恶的环境中显示英雄意志力的机会。他不同于许云峰、江姐等英烈,这些人物不仅有独特的展示他们超人性格与意志力的典型环境,同时还有创造一个伟大、独立的民族国家叙事作为依据和依托。这个目标可以使这些英雄的崇高和伟大不证自明。而欧阳海没有这样的环境和机会。作者必须用修辞的方式,证明欧阳海是如何在日常生活中同样可以走向圣坛的,从而揭示出欧阳海与前辈英雄相通的精神品格。作品揭示了"欧阳海想当英雄,而不是英雄;后来他知道了怎样才算是英雄,结果成了英雄反而不知道"的过程,从而实现了作者"写英雄是为了写我们伟大的党、写我们的时代。要通过欧阳海的成长写出部队几年来的变化"[1]这一主

---

[1] 金敬迈:《〈欧阳海之歌〉的酝酿和创作》,《人民文学》1965年第4期。

观愿望。

同其他"成长小说"的主人公一样,欧阳海同样是在精神导师的指引下实现了精神转换的。它的具体化身就是一个叫做曾武军的连队指导员,他负有引导、监督英雄成长的使命,同时也是一位身体力行的时代英雄,他的角色与《青春之歌》中的卢嘉川是一样的。在他的指导下,欧阳海一步一个脚印地成长起来,逐渐克服了诸如"个人英雄主义""不服气"等,终于成长为一个"无故加之而不怒,猝然临之而不惊"的"大勇者"。在作品中我们可以发现,在曾武军的指导下,欧阳海最突出的一点就是不断地自我反省,自我约束。当他与刘伟城对刺,连刺对方三枪转身就走后,指导员批评了他的"不服气"和虚荣心,欧阳海内心反省道:"我是犯了错误,出了问题了!……为什么我刺完了三枪转身就走,为什么我在转身的时候,没有想一想这样做对不对呢?"①于是他向连部写了检讨:"今天我才发现,我距离一个党员的要求太远太远了。"②当他向战友发火后,"冷静一想,又觉得自己刚才的态度不好",于是"对小高说:'刚才我说话的声音大了些,我向你检讨。'"③作者除了借人物的思想反省检讨外,亦不时地对人物的克己行为直接作出议论赞赏。困难时期,欧阳海"让饭",为的是"减轻国家的负担",作者议论说:"虽然只是小小的一碗饭,欧阳海却是用它表达了为党、为毛主席的心意!这样可贵的克己让人的精神,是作为人民战士的一种本色代代相传下来的。"④这里明确地提出了"克己"精神,这是英雄成长的必修课。正是在这一点上,欧阳海体现了常人所不具有的英雄意志力。当他毫无个人的欲望和意识时,终于达到了"成了英雄反而不知道"的境界。有了这样的境界,才能在最后关键的时刻,在四秒钟的时间里完成一个英雄的壮举。对四秒钟的时间作者却用了一千七八百字作了极为诗性的抒情,从欧阳海"想了些什么"到"看见了些什么",从"听到了些什么"到"说了些什么",作者把时代的流行性话语几乎应有尽有地复述了一遍,然后变成英雄的想象。这一千七八百字的抒情在当时受到评论界和读者热情的赞赏。

《欧阳海之歌》向读者揭示的是,一个人被命名为英雄,就意味着他将失去或必须放弃常人的生活,他完全成了一个"被看"的对象,完全是作为

---

① 金敬迈:《欧阳海之歌》,第193—194页,解放军文艺出版社,1966。
② 同上书,第195页。
③ 同上书,第235—236页。
④ 同上书,第219—220页。

"示范"或"楷模"的意义而存在。作家因此可以心安理得地不再关心他作为"人"的内心情感需要。英雄本人一旦被送上"圣坛",也理所当然地有了自我认定的角色要求,他同"看者"一起对自我实行"英雄情怀"的统治而放弃常人的欲望和需求。对于这一特征,后来,我们在许多关于英雄模范人物的事迹中都曾读到过。

没有人质疑对英雄的这一意志力要求或英雄的这一自我要求是否合理,人们都在被鼓励向这一境界迈进、努力,在规定的环境和心态中,人们从开始的对英雄的想象和要求最后变成了"相信",英雄正是这样被人们仰慕的。英雄作为"人间"的人,同样有正常人的要求和欲望,这一点,被作家想象性的塑造全部悬置了。如同当年雷锋也有手表、皮夹克、毛衣一样,如在当年披露了这些,会让人们对英雄大失所望。因此,对英雄及其意志力的叙事纯粹是一种话语实践,它蕴涵的是话语权力顺从者听命于时代召唤的忠实心态,然后它又将想象幻化成了"人民的记忆"。作为叙事的故事和真实的英雄之间究竟是一种什么关系,其界限在修辞策略中已经完全模糊了。《欧阳海之歌》的成功,也是修辞和叙事的成功。一个崇尚英雄的年代提供了英雄神话的机遇和语境。人们内在的激情因英雄的莅临而被调动,在崇尚者的想象中,英雄再次被创造,献身的需求和渴望转化为教徒般的心甘情愿。

第七节 郭小川现象

在红色文学繁荣的时代,郭小川无疑是一位重要的政治抒情诗人,同时也是一位独特的诗人。他的独特不只在于他以自己的天才创造了他的诗歌时代,显示了比同时代诗人更杰出的艺术才能,同时也包含了这位天才诗人内心曾产生过的精神痛苦和试图偏离中心、实现"突围"的欲望和努力。当然,郭小川最终没有实现自己的努力,从本质上又回到了原来的立场。

郭小川有着延安一代青年共有的个人履历,有延安精神培育出的强烈的理想主义情怀。1949年之后,郭小川创作的主要作品有:《向困难进军》《投入火热的斗争》《闪耀吧,青春的火光》《致大海》《山中》《望星空》《林区三唱》《甘蔗林——青纱帐》《厦门风姿》以及叙事诗《白雪的赞歌》《深深的山谷》《一个和八个》等。这些作品受到了读者,特别是青年读者的喜爱。郭小川的创作有明确的目标,"我的出发点是简单明了的。我愿意让这支笔蘸满了战斗的热情,帮助我们的读者,首先是青年读者生长革命的意志"①。这一出发点使郭小川充满了追随时代的热情,他"迈着巨大的步子,大喊大叫地前进,因为大喊大叫,有时难免发出个别不和谐的音符来"。他又是"一位才华横溢的充满创造性的诗人,在 30 年的诗歌创作史中,没有一个可与他相比"。②但是,在红色文学激进发展的年代,他也有过如下表述:"我越来越懂得,仅仅有了这个出发点还是远远地不足,文学毕竟是文学,这里需要很多很多新颖而独特的东西,它的源是人民群众的生活的海洋,但它应当是从海洋中提炼出来的不同凡响的、光灿灿的晶体。就因为这个原故,在我写了一些那样的东西之后,这许许多多的念头常常苦恼着我,有时真想放弃这个工作,去作自己还能够作的事情。实在的,我是越来越感到不满足了,写不下去了,非得探寻新的出路不可了。"③

郭小川的这些倾诉透露了他对流行的文学观念的怀疑或迷惘。在他意属"新颖而独特的东西"的时候,先后发表了《致大海》《山中》《白雪的赞歌》《深深的山谷》等作品。这些作品与他的《向困难进军》等高唱时代主旋律的作品相比,在情感和倾向上多少显示出了诗人的某种"暧昧性"。他不仅偏离了公共性领域,而且表露了他"不免忧伤"④等不合时宜的想法。写于同一年的《致大海》即与流行的诗歌有很大区别。在何其芳的《回答》之后,我们又一次看到了不那么"高昂"的心态,看到了诗人来自心灵深处的自我审视和追问。

郭小川遇到的问题显然不止这些。对于以往的历史,特别是知识分子投身革命过程中的经历和复杂的个人心态,他亦进行了新颖而独特的、不同于诗歌主潮的探讨。《白雪的赞歌》就是这样一首作品。它是自 40 年代以来,极为少见的以知识分子的生活情感经历为主要表现对象的叙事诗,也是游离于经典作品表达内容的叙事诗。它显然不那么"大众化",它的话语形式和情感方式都是知识分子式的,诗中充满了知识分子情调。它叙述的是一位青年女性因有了身孕而没有随丈夫去前线,留在后方与一位医生产生了暧昧情感的浪漫故事。女主人公于植虽然最终还是完成了个人生活的"白雪的赞歌",但她情感历程上的波澜也是不能否认的存在。郭小川对于植情感矛盾的细密揭示,表明了他对人的情感复杂性的理解和尊重,不同的

---

① 郭小川:《月下集·序》,人民文学出版社,1959。
② 谢冕:《共和国的星光》,第 65 页,春风文艺出版社,1983。
③ 郭小川:《月下集·序》。
④ 郭小川:《山中》,见《月下集》,第 138 页。

是，在需要作出价值判断和选择时，他必须坚持时代崇尚的标准。

医生是个柔弱的知识分子形象。他压抑，甚至有些自卑和委琐，但他自尊自律，默默地爱着于植。诗中虽然将他处理为边缘性的角色并赋予"灰色"的调子，但总体上仍给人以有修养、敬业、诚实、尊重情感的印象。它在一定程度上传达了郭小川对知识分子的看法和受到时代影响的深刻印痕。《白雪的赞歌》不同于《深深的山谷》，前者，郭小川对医生有许多同情的成分；而后者，作者却毫不犹豫地将一个软弱的知识分子埋葬于深深的山谷，尽管这是完成于同一年代的诗。《白雪的赞歌》是郭小川第一次在诗歌领域向时代的"文学病"发起冲击的信号。那时的诗人不大敢问津人的内心世界，更不要说去赞美一位在"生活"上曾有过动摇的知识女性。郭小川虽然也没有忘记表现那代人所特有的自律能力和道德克制，于植和医生没有越雷池半步，最终还是一个大团圆的、欢天喜地的传统故事，但这"战地浪漫曲"还是让我们有机会看到了郭小川的"突围"欲望或"偏离"倾向：他要试图探索那"新颖而独特的东西"。

两年之后，郭小川发表了《望星空》，表达了他内心的矛盾和迷惘。如果说几年前，诗人的"忧伤"还限于所指不明的"山中"，那么这里诗人的情绪却明确地来自"人间"。郭小川的心情是复杂的，作为毛泽东时代的抒情诗人，时代和个人的原因都使他不可能走得太远。他内心矛盾重重但又无法找到解决的途径，只能面对大海、星空等自然景观诉说他的忧虑和迷茫。而这一诉说必须有节制，必须找到一个均衡的、不至于发生大的倾斜或震荡的、一个可以依托的现实力量。因此，一回到"现实"中，他的"忧伤""迷茫""惆怅"等心情必须重新欢快起来，"人间"终会胜过"天堂"，郭小川的内心正是这样被分裂的。

应该说，在1956至1959年间，郭小川有过一段极为可贵的坚持。他曾受到过严肃的劝告或批评。《白雪的赞歌》发表后，臧克家在《人民文学》上著文批评医生和女主角的暧昧情感，批评了女主人公"一方面念念不忘不知身在何处的丈夫，切盼他早日归来；另一方面，却对眼前的医生发生了'不限于友谊'的情感"，认为于植"人格分裂了"。[①] 臧克家希望郭小川能多写一些像《向困难进军》一类的战斗性强的长诗。《望星空》发表后，华夫著文指出，在举国欢庆的日子里，"郭小川同志却写出了这样极端荒谬的诗

---

① 臧克家：《郭小川同志的两篇长诗》，《人民文学》1958年第3期。

句,这是政治性的错误,是令人不能容忍的"①,认为这首诗里主导性的东西是个人主义、虚无主义。萧三则质问道:"这样消极抒写个人主义幻灭情绪的作品,怎么能出自一个共产党员之手呢?"②面对这样的批评和质问,郭小川又回到了原来的起点。

其实,郭小川对情有独钟的"新颖而独特的东西"的向往始终是留有余地的,是有限制的。郭小川虽然没有再直接抒写类似《向困难进军》之类的政治抒情诗,但从他六七十年代的创作来看,他显然有意识地向诗歌主潮回归。《厦门风姿》和《林区三唱》、"新边塞诗"等,是郭小川60年代最重要的作品,也是他创作生涯中的又一高峰期的代表作。但这些诗歌会让人明显感到郭小川在创作上的谨慎。创作《厦门风姿》时作者曾四易其稿。诗人对这座美丽的海滨城市充满了热爱之情,美丽的自然风光为诗人带来神奇的想象,但他必须走出他流连的城市景观,"上扶梯、登舰艇","驰进大海的怀抱","爬土坡、攀石岗","深入层峦耸翠的山区",这样诗人才会感到踏实。他同流行的以硬性对抗柔性的文学时尚有许多一致的地方,这表现了郭小川在可能的情况下既坚持又适应的策略性考虑。不同的是,郭小川正处于创作的高峰期,他的抒情才华在很大程度上掩饰了他的这些概念化的文学取向。《厦门风姿》很可能是60年代最出色的抒情作品,因此它也更典型地反映出了郭小川受挫后重返起点的心态特征。

《林区三唱》作为唱给劳动人民和劳动的颂歌,反映了郭小川语言风格的变化。他知名的作品如《闪耀吧,青春的火光》《向困难进军》等是"楼梯式",《致大海》《厦门风姿》等都是铺陈排比的长句。而《林区三唱》则是以流畅的、经过改造的民歌形式创作的。他在林区捕捉了大量的自然意象来歌颂林业工人,使诗中流满了山林特色。在节奏上不再是《厦门风姿》等作品的跌宕起伏,而是明快短捷,一气呵成,易记易诵,向"为工农民服务"的方向迈进了一大步。应该说,《林区三唱》或他的"新边塞诗"的探索,在新诗创作中是有一定地位的。但从郭小川的创作生涯和思想历程来分析,"他悲剧性地否认了自己曾有过的开拓"③,重新走上配合时代政治路线的老路,则不能不让人感到由衷的遗憾。

郭小川对现代中国精神传统的忠诚,对"战士"角色的自我定位,使他

---

① 华夫:《评郭小川〈望星空〉》,《文艺报》1959年第23期。
② 萧三:《谈〈望星空〉》,《人民文学》1960年第1期。
③ 洪子诚、刘登翰:《中国当代新诗史》,第201页,人民文学出版社,1993。

很难坚持对"新颖而独特的东西"的追求。当精神困惑、思想矛盾、艺术追求等问题并发的时候,郭小川首先想到的仍是战士的职责,艺术在他看来始终是第二位的东西。这一心理在郭小川70年代的创作中得到了进一步的证实。《秋歌二首》是诗人70年代的代表作,这是用诗的形式表达了一个战士的抗争欲望和战斗情怀,他那战士的"性格""歌声""抱负""胆识""爱情"的宣言作为诗的新话语体已是源远流长,并不是郭小川所独具。而到《登九山》之后,他实际上丧失了写作抒情诗的能力,只能形象地或直接套用政治术语去阐释流行的时代精神。郭小川作为诗人的一生经历了沉重的思想矛盾和情感矛盾,在他艺术最敏感的年代曾有过短暂的"突围"意识,但由于个人的思想、艺术背景以及时代的原因,他终未能摆脱这些重负,他渴望的"新颖而独特的东西"最终仍然没有属于他。

第八节　贺敬之现象

五六十年代,反映社会生活中重大事件的政治抒情诗,"以强烈的感情直抒结合政论式的理性表达,以高屋建瓴的方式俯瞰和概括生活,而不粘滞于具体生活场景和细节的描述。强烈的政治性和鼓动性,使它具有鲜明的英雄主义的浪漫色彩。这种以理性思辨和激情宣泄为主要特征的抒情方式,构成了始发于五十年代,而在六七十年代中居主导地位的政治抒情诗潮流"①。在这一诗歌类型中,最具代表性的诗人是贺敬之。

贺敬之1940年到达延安,在延安读高中,16岁考入延安鲁迅艺术学院,接受的是最正规的延安教育。他从青年时代起就是一个文学爱好者。新中国成立以前,他出版过三本诗集:《并没有冬天》《乡村的夜》和《朝阳花开》。他参与创作的《白毛女》是新歌剧的奠基性作品,白毛女这一形象曾在不同传媒中出现,作品因"旧社会把人变成鬼,新社会把鬼变成人"的主题而名重一时。贺敬之以诗人闻名是在50年代中期以后。1956年,他创作了《回延安》,接着又创作了《放声歌唱》《十年颂歌》《雷锋之歌》《西去列车的窗口》《中国的十月》《八一之歌》等,从而成为有突出地位的政治抒情诗人。

作为在解放区成长起来的一代人,他有鲜明的这一代人的特征。他的成名作就证实了他与他的前辈的不同。郭沫若在为《白毛女》一书写的序

---

① 洪子诚、刘登翰:《中国当代新诗史》,第25页。

中指出:"这儿把'五四'以来的那种知识分子的孤芳自赏的作风完全洗刷干净了。虽然和旧有的民间形式更有血肉的关系,但也没有因此自封,而是从新的种子——人民情绪——中自由地迸发出来的成长。"①不仅《白毛女》,贺敬之的诗同五四以来知识分子的"孤芳自赏"相比,也是另一个世界。这与贺敬之的经历、所受教育,以及延安传统的承接有最直接的联系,他曾多次表达过作为一个诗人的基本素质,认为"诗人必须是集体主义者,是集体主义的英雄主义","诗人的胸怀必须是共产主义者的无限广阔的胸怀……诗人不是一个冷冷淡淡的客人或'多余的人',而是主人"。他自信能"掌握这个世界的命运,为这个世界而创造、而斗争"②。"诗,必须属于人民,属于社会主义。按照诗的规律来写和按照人民的利益来写相一致,诗人的'自我'跟阶级、跟人民的'大我'相结合。'诗学'和'政治学'的统一,诗人和战士的统一。"③这是贺敬之的信念。

贺敬之也是一位谨慎的诗人,在新中国成立后的四十多年时间里,他只有一本薄薄的《放歌集》,创作的题材决定了他不能不慎重。他驾驭的重大政治题材毕竟不同于普通的描述生活场景的小诗,对每一重大的政治事件他必须有充分的理解和领悟,并需要时间积聚他的情感和气势。因此,贺敬之的慎重也来自于题材把握的相对困难。明确的创作目标,使他在心态上与同时代的其他诗人相比,明显地具有稳健和自信的特点。他从没有过犹豫、彷徨或动摇。对于读者来说,他们只需要在给定的希望和承诺中获得鼓舞和激励,贺敬之的诗的职责就给人们以感召、呼唤和对没有经验的未来的想象与承诺。

贺敬之从来不以个人的身份抒情,他始终站在群体的立场上表达公共的情感。他有强烈的"代言人"的角色认同,他的创作几乎从未受到过批评或非议,除了政治本身出了问题而使他的诗受到过影响之外,他几乎是在一片赞美声中过来的诗人。最关键的一点是,在贺敬之眼里,祖国充满了光明的前途,那里蕴涵着人们希望并可以实现的一切,生活、现实都达到了完美无缺的境地,因此他创作的基本心态就是"放声歌唱"。在诗人的眼中,满目疮痍的祖国一改其病态的形象,她已经是"万花盛开的/大地,光华灿烂的/天空!/……星光/和灯光/联欢在黑夜;/……朝霞/和卷扬机/在装扮

---

① 郭沫若:《序〈白毛女〉》,上海黄河出版社,1947。
② 贺敬之:《漫谈诗的革命浪漫主义》,《文艺报》1958年第9期。
③ 贺敬之:《战士的心永远跳动》,《光明日报》1979年12月9日。

着/黎明。/……在每平方公里的/空气里,/都装满/我们的/欢乐/和爱情。社会主义的/美酒啊,/浸透/我们的每一个/细胞,/和每一根/神经。/把一连串的/美梦/都变成/现实,/而梦想的翅膀/又驾着我们/更快地/飞腾……"①

《雷锋之歌》被普遍认为是贺敬之的代表作。作者以不可抑制的激情在一个普通战士身上挖掘出了一个重大的时代命题,这就是雷锋用一生回答了"人,/应该/怎样生?/路,/应该/怎样行?"②的问题。诗人进一步发挥了他在这类抒情诗中纵横开阖、汪洋恣肆的想象力。通过对雷锋成长为英雄的赞颂和向往,诗人把这一形象提炼为一种绝对的精神象征。雷锋的道路和他的死,成为一种人生启示:"人啊,/应该/这样生!/路啊,/应该/这样行!"③《雷锋之歌》同作者的其他政治抒情诗一起,形成了一个完整的语义系统,这就是"革命""鲜花""大海""天空""光华灿烂""滚滚沸腾"以及"百""千""万"等表达宏大叙事的修辞语汇。这显示着作者的诗歌观念和他所认同的时代的本质。

贺敬之的政治抒情诗是一个巨大的精神广场,这里没有个人的隐秘、个人的利益和个人的情趣,一切个人的意志都无条件地服从于集体的需要。雷锋之所以高尚,是因为"你白天的/每一个思念,/你夜晚的/每一个梦境,/都是:人民……/人民……/人民……/你的每一声脚步,/你的每一次呼吸,/都是:革命……/革命……/革命……"透明的雷锋因此获得了"真正的/真正的/幸福","我找到了啊——/最壮丽的/人生!"④在这里,诗人把所有的道德理想都通过雷锋这一形象抒发出来。为了使道德理想成为观念统治,诗人强调浪漫主义的创造精神。他曾经指出:"值得骄傲的我们民族的诗歌,从屈原、杜甫,到毛泽东、郭沫若,给我们划出了深刻的现实主义发展的一条红线,同时也划出了壮丽的、积极的、革命的浪漫主义发展的一条红线。可是,有些遗憾,我们的文学史家和文学批评家常常把这两条同时发展的红线当作一条红线介绍给我们。他们仿佛不大理解积极的、革命浪漫主义这条红线,至多只当作一个小小的线头而已。"⑤这段文字写于"大跃进"时代,不能不受到时代气氛的影响。但事实证明,作者后来的创作,直到

---

① 贺敬之:《放声歌唱》,《放歌集》,第35—37页,人民文学出版社,1972。
② 同上书,第167页。
③ 同上书,第190页。
④ 同上书,第187页。
⑤ 贺敬之:《漫谈诗的革命浪漫主义》,《文艺报》1958年第9期。

《八一之歌》，都在努力实践他的"浪漫主义文学精神"，天上人间，诗人的情思无处不在，犹如行空的天马，显示着"他的自信能掌握这个世界的命运"的"英雄气概"。这样的气势和想象确实部分地实现了诗人的期许，雷锋的精神因《雷锋之歌》而更为广泛地、诗化地得到了传播，在评论界也获得了长时间的赞誉。

当有可能对贺敬之的诗持一种冷静的阅读态度时，我们发现贺敬之的诗中蕴涵着一种强烈的保守主义倾向。这似乎是一个悖论。贺敬之也是极力反对保守主义的，他曾认为妨害革命浪漫主义发展的两种精神，其中一种就是保守主义："对现实发展的保守主义态度，大约只能产生自然主义，产生平庸、乏味、灰色的东西，只能写写脚下巴掌大的片面'真实'。这是和革命浪漫主义精神格格不入的。没有理想、缺乏革命干劲，怎么能发出'惊风雨''泣鬼神'的响亮声音来呢?"①这种看似激进的观念却隐含着顽固的保守性。诗人把想象的世界用语言的形式强加于现实，在诗人的眼中，祖国已是"万花盛开的/大地，/光华灿烂的/天空!"生活已变得无比"神奇"，乡村是"笑语喧哗"，城镇是"灯火辉煌，/彻夜不息"，放牛的孩子在研究室写着论文，童养媳开着拖拉机，少年飘泊者在同省委书记讨论着诗的问题，庄稼汉同政治局委员们研究着五年计划的决议，等等。生活的每一个角落，祖国的每一方土地，到处都充溢着诗人的满足。诗人发出的确实是"惊风雨、泣鬼神"的感叹。在贺敬之的心态中，一切都已无须再改变，或者不能再改变。现实已经充满了人间渴望的一切，生活中再也没有阴暗、恐慌、焦灼，未来的一切均在我们的把握之中，实现它只是时间问题，现实已经十分美好了。然而诗人没有意识到，这一"现实"是想象的现实，它与我们置身的现实并没有多少关系。诗人在浪漫主义诗学的驱动下，以想象的方式粉饰了远不"美好"的现实。

后来的历史必然要打破这一保守的满足感。不断地改革、修正现实的一切，成了所有人的新的追求。"理想"作为一种精神，它感召、吸引人们向着比现实更合理、更完美的境地迈进，它调动、催发人的想象力和创造力，它在遥远的彼岸对人类发出呼唤。在贺敬之的诗歌中，充满了观念统治的欲望，那是一个集体理性的道德说教的殿堂，"一体化"时代的流行话语占据了它的大部分空间。在倡导民歌的时代他大胆地使用了外来形式，在倡导向人民大众的语言学习的时代，他使用着典型的知识分子的语言，但他没有

---

① 贺敬之:《漫谈诗的革命浪漫主义》，《文艺报》1958年第9期。

受到指责或非议,而是被普遍赞扬和肯定,其中重要的一点就在于诗人精神与时代精神的高度一致。那是一个"无我之境"。对贺敬之诗歌的普遍赞誉告诉我们,在那一时代群体心态的构建已宣告完成。

第九节 戏剧的现代转换

戏剧从传统向现代转换的标志性开端,始于1944年。这一年延安评剧院上演了由杨绍萱、齐燕铭执笔的新编历史剧《逼上梁山》。毛泽东看过演出后给剧院写信说:"看了你们的戏,你们做了很好的工作,我向你们致谢,并请代向演员们致谢。历史是人民创造的,但在旧戏舞台上(在一切离开人民的旧文学旧艺术上)人民却成了渣滓,由老爷太太少爷小姐们统治着舞台,这种历史的颠倒,现在由你们再颠倒过来,恢复了历史的面目,从此旧剧开了新生面,所以值得庆贺。你们这个开端将是旧剧革命划时代的开端,我想到这一点就十分高兴,希望你们多演、蔚成风气,推向全国去。"毛泽东希望包括戏剧在内的文艺能够直接服务于战时需要,并在最大的范围内推动民众的全员动员。另一方面,他认为人民是历史的创造者,创造历史的主体理所当然地应该成为戏剧舞台的主体。《逼上梁山》《三打祝家庄》《松花江上》《白山黑水》等新编历史剧的成功,《白毛女》《蓝花花》《刘胡兰》《赤叶河》等现代革命戏剧的生产组织,实现了《讲话》的文艺思想,也形象地诠释了《讲话》的历史观。这一新的现象为戏剧的现代转换提供了最初的范型。

但是,在戏剧领域内,文艺政策的不确定性事实上从共和国政权尚未建立起来就已经开始。1948年11月23日,《人民日报》发表了《有计划有步骤地进行旧剧改革工作》的社论。社论指出:"我们对于旧剧,必须加以改革,因为旧剧也和旧的文化教育的其他部门一样,是反动的旧的压迫阶级用以欺骗和压迫劳动群众的一种重要的阶级斗争的工具,我们不需要欺骗与压迫劳动群众,相反,我们要帮助和鼓励劳动群众去反对与消灭这种欺骗与压迫,所以我们对于旧剧必须加以改革",因为"它们绝大部分还是旧的封建内容,没有经过必要的改造"。同时指出,虽然新型的农村剧团已经相当普遍,农民也喜欢看新戏,自己也会演新戏,但"广大农民对旧戏还是喜爱的,每逢赶集赶庙唱旧戏的时候,观众十分拥挤,有的竟从数十里以外赶来看戏,成为农民生活中的重大事件。在城市中,旧剧更经常保持相当固定的观众,石家庄一处就有九个旧戏院,每天观众达万人,各种旧剧中又以平剧流行最广,影响最大"。既要改革,又要考虑民众的审美趣味和民间传统,社论提出了戏剧的有利、有害与无害的类别划分。① 在明令禁演的有害戏剧中列出了有代表性的 5 出。但中华人民共和国成立后,"1949 年成立的中央人民政府文化部专设戏曲改进局,次年 7 月,文化部专门邀请戏曲界代表人物与戏曲改进局的负责人,共同组建了'戏曲改进委员会',作为'戏改'最高顾问机关。这个以文化部副部长周扬为主任的专门机构,在 7 月 11 日下午举行的第一次会议上,首次以中央政府名义颁布了对 12 个剧目的禁演决定,它们是《杀子报》《九更天》《滑油山》《奇冤报》《海慧寺》《双钉记》《探阴山》《大香山》《关公显圣》《双沙河》《铁公鸡》《活捉三郎》。此后,1951 年 6 月 7 日,文化部通令停演《大劈棺》;7 月 12 日,文化部发文禁演京剧全部《钟馗》,文中专门说明昆曲《嫁妹》应予保留;1951 年 11 月 5 日,文化部发文同意东北文化部禁演《黄氏女游阴》《活捉南三复》《活捉王魁》《阴魂奇案》《因果美报》《僵尸复仇记》等 6 出评剧,并决定京剧《薛礼征东》《八月十五杀鞑子》等两出戏不在少数民族地区上演;1952 年 3 月 7 日,文化部通知,同意热河省文教厅报请禁演全部《小老妈》(包括《老妈开唠》《枪毙小老妈》二剧);1952 年 6 月 21 日,文化部在接天津市文化局报告后,指示东北文化局查禁京剧《引狼入室》"②。这样,在 50 年代初期,禁演的传统剧目就达 26 种之多。

对传统剧目的识别与禁演,无可避免地要产生巨大的矛盾。这一矛盾不只是意识形态的分歧,同时它还引起文艺政策与社会生活、社会安定等直

---

① 这个划分的标准和代表性剧目如下:第一,是有利的部分,这是旧剧遗产的合理部分,必须加以发扬。这包括一切反抗封建压迫,反抗贪官污吏的(如《反徐州》《打渔杀家》《五人义》等)、歌颂民族气节的(如《苏武牧羊》《史可法守扬州》等),暴露与讽刺统治阶级内部关系的(如《四进士》《贺后骂殿》等),反对恶霸行为的(如《八腊图》《问樵闹府》等)以及反对家庭压迫,歌颂婚姻自主,急公好义,勤俭起家的剧目。第二,是无害的部分,如很多历史戏(如《群英会》《萧何月下追韩信》等)对群众虽无多大益处,但也无害处,从这些戏里还可获得历史知识与历史教训,启发与增加我们的智慧。第三,有害的部分,包括一切提倡封建压迫奴隶道德的(如《九更天》《翠屏山》等),提倡民族失节的(如《四郎探母》),提倡迷信愚昧的,如舞台上神鬼出现,强调宣传神仙是人生主宰的等等,至于一般神话故事,如孙悟空大闹天宫的戏,则是可以演的,以及一切提倡淫乱享乐与色情的(如《游龙戏凤》《醉酒》等),这些戏应该加以禁演或经过重大修改,或在重要关节上加以修改后方准演出。第一与第二类节目都是不加修改或稍加修改即可演出的,第二类节目尤其占旧剧中的极大部分。在修改对象上,除了旧剧以外,应当特别着重地方戏的改革。各种地方戏的剧目是很多的,应当有计划有组织地记忆搜集。这些戏许多是口头传授的,保留在旧剧人的脑子里,应当把它们记录下来,加以研究审定与修改。这部分遗产的发掘,对于改革与建设中国民族的新歌剧,将是极为珍贵的。见 1948 年 11 月 23 日《人民日报》。

② 傅瑾:《中国:禁戏 50 年》,《小说家》1999 年第 3 期。

接相关的问题。特别是各地对禁演剧目执行的情况不同,致使传统剧目的演出市场日益贫乏。这样,中央的文艺政策就不得不处在不断调整的过程中。就在中央文化部发出查禁京剧《引狼入室》不到半年的时间后,《人民日报》又发表了《正确地对待祖国的戏曲遗产》的社论,社论指出:

> 在已往的三年中,中央、各大行政区、各省文化工作的主管部门,对中央的戏曲改革政策没有作认真的深入的传达,对各地戏曲工作干部没有进行认真的经常的教育,直到现在,中央的戏曲改革政策在各地的执行情况,是非常不能令人满意的。目前各地戏曲改革工作中的严重缺点,主要表现为对待戏曲遗产的两种错误态度:一种是以粗暴的态度对待遗产,一种是在艺术改革上采取了保守的态度。这两种错误态度是戏曲改革工作向前发展的主要障碍,必须坚决地加以反对。
>
> 各地戏曲工作干部中有不少优秀的工作者,他们依靠当地艺人的通力合作,以正确的态度对待遗产,因而取得了成绩;但也有不少戏曲工作干部长时期不提高自己的政策水平、思想水平与文艺修养,经常以不可容忍的粗暴态度对待戏曲遗产。他们对民族戏曲的优良传统,对民族戏曲中强烈的人民性和现实主义精神毫不理解;相反地,往往借口其中含有封建性而一概加以否定,甚至公然违反中央人民政府政务院"关于戏曲改革工作的指示",不经任何请示而随便采用禁演和各种变相禁演的办法,使艺人生活发生困难,引起群众的不满。他们在修改或改编剧本的时候,不是和艺人密切合作审慎从事,而是听凭主观的一知半解,对群众中流传已久的历史故事、民间传说,采取轻举妄动的态度,随便窜改,因而经常发生反历史主义和反艺术的错误,破坏了历史的真实和艺术的完整。①

1956年,民间演艺界的情况变得更加严峻,为此,《人民日报》发表了《重视民间艺人》的社论。社论认为民间职业艺人是一支极大的艺术队伍,"这支队伍,解放以来,在各地政府的领导和帮助之下,经过各种社会改革和戏曲改革,政治上思想上进步很大,艺术业务有了提高,经营管理有了改进,广大艺人的生活一般地也有所改善,他们在满足人民的文化生活的需要上起了很大的作用。但是近两三年出现了一种值得严重注意的现象,就是:不少剧团和艺人的演出节目日益贫乏,艺术质量不能很快地提高,上座率下

---

① 《正确地对待祖国的戏曲遗产》,1952年11月6日《人民日报》。

降,虽然增加演出场次,收入仍然不多,许多艺人生活十分困难。例如,上海原有的一百零二个民间职业剧团,就有半数以上经济困难,有一个著名演员一个月只分到十多块钱,有些艺人贫病交加,无以为生。""为什么会产生这种现象呢? 这自然有种种社会历史原因,但主要地由于文化部门缺乏对于国家文化事业的整体观念,只看到少数国家举办的艺术表演团体,不注意民间艺术队伍,轻视民族艺术遗产、民间艺术和民间艺人,在戏曲改革中存在着某些粗暴的做法;对民间艺人的生活疾苦采取了漠不关心的官僚主义态度。因此,各行各业一般地都已得到了妥善的安排,而惟独这支民间艺术队伍好象没有娘的孩子,至今得不到应有的关注、照顾和领导。此外,某些地方的少数干部竟还有欺凌和侮辱民间艺人、对于他们的演出活动加以刁难和粗暴干涉的情形,这就更加加重了民间艺术队伍工作上、生活上的困难。"①

在文艺政策调整过程中,类似于这样富于人情味的表达并不多见,把文艺政策同艺人的经济收入、生活状况相联系的思路,也是非常少见的,但它却从一个方面透露了文艺政策变化对传统戏曲、职业艺人的深刻影响。另一方面,对剧场这个"阵地"的占领,虽然是社会主义文化领导权的战略方针之一,但由于民间演出场所的多样性和复杂性,它在实施的过程中始终是充满矛盾的。比如,文化部明令禁演 26 出戏之后,各地在执行过程中的偏差是十分惊人的。辽西省禁演的戏达三百多出,徐州地区禁演二百多出,还有的地方允许演出的只剩下几出戏。正是因为这种激进的文艺政策,才导致了民间艺人生活状况的恶化。但在以往发布或讨论文艺政策时,我们还很少发现文艺政策关心、注意到与艺人经济收入、生活状况的联系。

这种状况引起了中央有关部门的高度重视。文艺方针政策的进一步调整和放宽虽然有诸多的原因和背景,但可以肯定的是,戏剧市场的凋敝、几十万艺人生活的困难,显然是不能忽视的因素之一。在这种情况下,文化部召开了第二次全国戏曲剧目工作会议,1957 年 4 月 27 日,文化部副部长刘芝明在会上作了题为《大胆放手,开放戏曲剧目》的发言,就会议提出的"大放手,开放戏曲剧目"的政策,阐明了为什么要"大放手",以及"大放手会不会使戏剧领域恢复 1949 年以前的状况"的问题,他指出:"如果说在解放初期,必须采取一些禁毒的方式,才能使好花放出来;那么,在今天,就必须采取竞赛的方式,才能使好花开得更多更好。"在代表文化部作的这个总结发

---

① 《重视民间艺人》,1956 年 10 月 2 日《人民日报》社论。

言中,他甚至公开表示50年代初以来一直备受批判的"连台本戏"和"幕表戏"也是"花",也"应允许它们存在"。①《人民日报》则在同一天发表题为《大胆放手,开放剧目》的社论。不到一个月的时间,1957年5月17日,文化部宣布对50年代初禁演的26个剧目"开禁",发布了"文化部关于开放'禁戏'问题的通知"。通知中说,鉴于50年代初的禁戏"妨碍了戏曲艺术的发展",决定"除已明令解禁的《乌盆记》和《探阴山》外,以前所有禁演剧目,一律开放"。这个通知不仅仅发给各级文化主管部门,也明确要求将这一解禁决定"通知各地文化艺术事业单位(包括民间职业剧团)"②。

因此,对于与戏剧相关的文艺政策的调整或改变,我们不应仅仅看做是意识形态的紧张或开放。事实上,这一改变或不确定性,同时也是在新的历史时期,在社会主义文化领导权试图以"现代"置换"传统"的过程中,所遭遇的不可避免的矛盾。政策的变化,从一个方面反映了在新的历史时期意识形态面对民间传统趣味和支配力量时的焦虑、徘徊以及社会问题的牵制所造成的困境和处理的困难。

对传统戏剧态度的变化,总是联系着对传统戏剧的评价,以及对其演出市场情况的评价。但这一评价是由谁做出的,或依据什么作出的,显然是个问题。在对传统戏剧的态度上,作为演出主体的艺人的声音始终是缺席的,而作为接受主体的"人民",是无法也不能"说话"的。因此,只要话语权力拥有者的判断、立场和态度稍有变化,传统戏剧的命运就会随之发生变化。50年代对传统戏剧的"禁"与"放",反映了那个时期在传统文化和现实生活之间难以周全的矛盾心态。一方面,传统戏剧中被认为有害的部分与社会主义新文化是格格不入的;另一方面,禁戏太多,不仅戏剧文化市场凋敝,而且已经关乎艺人的日常生活水平和生存处境。那一时代文艺政策的变化,从一个方面透露出了意识形态还比较"务实"的考虑。

这些背景,都不能不影响到50年代主流戏剧的创作倾向甚至风格。在所有的戏剧形式中,话剧的"现代"追求是最为鲜明的。不仅曾取得了巨大艺术成就的作家如郭沫若、老舍、曹禺、夏衍、田汉、陈白尘等创作了大量优秀的话剧,而且新的话剧作者如胡可、海默、安波、杜印、于敏等也迅速成长起来。杜印的《在新事物面前》、夏衍的《考验》、胡可的《战斗里成长》、崔

---

① 刘芝明:《大胆放手,开放戏曲剧目——在第二次全国戏曲剧目工作会议上的总结发言》,《戏曲研究》1957年第4期。
② 《文化部关于开放"禁戏"的通知》,转引自傅瑾《中国:禁戏50年》。

德志的《刘莲英》、李庆升的《四十年的愿望》、老舍的《春华秋实》等在这个时期有较大的影响。但这些作品多属于"应时"之作,在新的社会和文化实践条件中,有类似"实验"的性质。这个时期较有代表性的作品是老舍的《龙须沟》。《龙须沟》以新旧社会对比的方式,歌颂中国共产党领导下的新社会人民乐观、进取和明媚的生活状态,塑造了解放初期北京大杂院普通民众的不同性格;以沟和人的变化,表现了新旧社会两重天。

话剧取得重大成就,是在五六十年代之交。或许作家们意识到了对现实的浮夸和虚饰,严重地影响或伤害了戏剧的艺术性,于是他们不再简单地配合任务粉饰生活,将创作的视野投向了历史题材。郭沫若的《蔡文姬》《武则天》,田汉的《关汉卿》《文成公主》以及他改编的戏曲《白蛇传》《西厢记》《金鳞记》《谢瑶环》,曹禺的《胆剑篇》,吴晗的《海瑞罢官》等,都是当代著名的历史题材的戏剧作品。

《蔡文姬》是一部受到广泛好评、充满了浪漫主义气息的历史剧。郭沫若说,"我写《蔡文姬》的主要目的就是要替曹操翻案"①。他选择了"文姬归汉"作题材,歌颂了曹操的文治武功、远见卓识和雄才大略。《关汉卿》是田汉的代表作,在戏剧舞台上塑造了元代著名戏剧家关汉卿及其风尘知己朱帘秀的形象。关汉卿的史料极为匮乏,对剧作家的创作构成了极大的挑战。田汉以关汉卿创作的《窦娥冤》为中心,以丰富的想象力完成了他本人"剧本最好的一个"②。吴晗的《海瑞罢官》发表于1961年,是一部典型的抑制豪强、为民申冤的"清官戏"。曹禺的《胆剑篇》,写越王卧薪尝胆,"十年生聚,十年教训"的故事,也是一出诗意盎然的历史剧。

这个时期,影响最大、艺术成就最高的话剧是老舍的《茶馆》。这出三幕话剧,写了半封建半殖民地的三个黑暗时代前后五十多年的历史,舞台上有大小七十多个人物,生动地展示了旧社会的腐朽和行将灭亡的历史,没有常见的说教,它的艺术魅力完全来自剧情的真实性和客观性。剧本没有正面书写革命运动和时代潮流,而是在一个社会缩影——裕泰茶馆里展开全部剧情。各种人物在茶馆中的表演,集中反映了那三个时代的市井风情和自我埋葬的历史趋势。剧中三个主要人物——王利发、秦仲义和常四爷,他们有不同的经历和生活态度:王利发是茶馆的掌柜,他谨小慎微善良和气只求平安,但茶馆的经营却日见衰落;秦仲义梦想成为民族资本家,以实业救

---

① 郭沫若:《蔡文姬·序》,文物出版社,1959。
② 欧阳予倩:《一个成功的好戏〈关汉卿〉》,《戏剧报》1958年第13期。

国,但在半封建半殖民地的中国,他只能是一个一事无成的老人;常四爷是刚直的旗人,他目睹了"大清国要完"的历史,爱国却无力救国。戏剧结尾时三个老人在茶馆撒纸钱为自己送葬,也是为50年来的旧时代送葬。《茶馆》的艺术成就使它成为一个常演不衰的经典剧目。

但是,中国的社会主义道路以及不断激进的思想潮流,决定了"传统戏"必然死亡。一个带有象征性的事件是对昆曲《李慧娘》和廖沫沙的文章《有鬼无害论》的批判。1961年初,虽然中央批转了《关于当前文学艺术工作若干问题的意见》(简称"文艺八条"),大规模地展开了题材问题的讨论,但这些文件本身就是在中国不确定的现代性语境中制定的,它的原则是十分正确的,但如何落实却是一个从来也没有解决的问题。因此,当光未然在1961年发表《题材问题》一文重申陆定一发表于1956年6月3日《人民日报》上的《百花齐放、百家争鸣》一文关于题材问题的论述时,就未免太书卷气了。① 因为传统的问题,从来就不是题材问题。1961年《剧本》杂志7、8期发表了孟超的剧本《李慧娘》,这是一出根据明代周夷玉的《红梅记》改编的昆曲。作品着重写李慧娘这个受压迫而屈死的女子,做了鬼也不甘屈服继续抗争的故事。这个戏被普遍认为思想内容是积极的、健康的,它虽然讲的是鬼魂的故事,但表达的却是人间正义、抗争的思想和品格。

《李慧娘》是在康生的支持和鼓励下改编、演出的。1961年春,康生在一次有关戏剧的会议上当众提出"要把《红梅记》搞一搞!"他还亲自给孟超写信,鼓励他改编此戏。这出戏公演后,他又给孟超写信说"祝贺你的成功!"并宴请了作者和主要演员。但1964年夏天,康生突然发难,把《李慧娘》作为坏戏的典型,号召大家批判。② 批判鬼戏,自然要批判为鬼戏辩护的廖沫沙的《有鬼无害论》。康生的转变,如果仅仅看做是他个人的品质问题,对这一时期的历史解释会失于表面化或道德化。事实上,60年代的中国,"左"倾思潮的恶性发展已经不可改变。1962年,康生以抓意识形态领域的阶级斗争为名,把李建彤的长篇小说《刘志丹》打成"为高岗翻案的反

---

① 光未然援引的陆定一的话是:"……题材问题,党从未加以限制,只许写工农兵题材,只许写新社会,只许写新人物等等,这种限制是不对的。文艺既然要为工农兵服务,当然要歌颂新社会和正面人物,同时也要批评旧社会和反面人物。要歌颂进步,同时要批评落后。所以,文艺题材应该非常宽广。在文艺作品里出现的,不但可以有世界上存在着的和历史上存在过的东西,也可以有天上的仙人、会说话的禽兽等等世界上所没有的东西。文艺作品可以写正面人物和新社会,也可以写反面人物和旧社会,而且没有旧社会就难以衬托出新社会,没有反面人物也难以衬托出正面人物。因此,关于题材问题的清规戒律,只会把文艺工作窒息,使公式主义和低级趣味发展起来,是有害无益的。"

② 朱寨主编:《中国当代文学思潮史》,第466页,人民文学出版社,1987。

党大毒草";1963年,柯庆施提出"大写十三年",认为只有"现代生活",才能"帮助人民树立社会主义理想","旧社会只能培养人们自己为自己的自私自利的思想。社会主义、集体主义思想只有在社会主义革命成功以后才能开始树立"。① 从这个时期到1978年,传统戏剧便再没有公开演出或报道过。传统戏剧被不作宣告地作出了最后的判决。

　　1964年,是中国戏剧走向"现代"的重要一年。3月31日文化部在北京举行了1963年以来优秀话剧创作及演出授奖大会。获奖的16部多幕剧中,《霓虹灯下的哨兵》《千万不要忘记》《年轻的一代》是最有代表性的。这三出戏在戏剧冲突和创作心态上有许多相似之处:每出戏都有一对在道德、立场和价值观上对立的人物(《霓虹灯下的哨兵》中的春妮和陈喜;《年轻的一代》中的萧继业和林育生;《千万不要忘记》中的季友良与丁少纯),他们喻示了不同的人生观和价值观;每出戏都有对生活细节的夸张渲染,都有对"物"和"欲"的紧张、焦虑和排斥。

　　《霓虹灯下的哨兵》通过陈喜扔掉旧袜子的细节,表达了人物在城市"香风"面前品质退化、立场丧失的危险;《年轻的一代》通过林育生对大城市的留恋,表现了年轻人贪图享乐、背离艰苦创业传统的倾向;《千万不要忘记》则通过日常生活的一份账单,如香烟、皮夹克、毛料服、三鲜锅烙、罐头和酒等,表现了丁少纯对"物"的追求和思想的腐化。三出戏里都有道德楷模和精神导师,道德楷模"动之以情",精神导师"晓之以理",他们共同构成了时代的精神品格和道德目标。《霓》剧中的春妮、路华、鲁大成,《年》剧中的萧继业和未出场的母亲,《千》剧中的季友良、丁海宽、丁爷爷等,就是这样的人物。其中最为典型的是《千万不要忘记》,剧情和内在的紧张感从一个方面透露了那个时代山雨欲来的政治动向。

第十节 《千万不要忘记》

　　《千万不要忘记》剧本最初发表时是一个象征性的、富于生活化的题目——《祝你健康》,经过北京汇演之后,改为《千万不要忘记》。剧本的主题是表现资产阶级对青年一代的争夺,其焦点集中在电机厂青年工人丁少纯身上。丁少纯婚后同妻子姚玉娟和姚母生活在一起,姚母曾做过鲜货铺

---

① 见1963年1月6日《文汇报》的报道,1月4日下午柯庆施在上海文艺界元旦联欢会上提出的这一口号。

的老板娘,她的生活方式被认定具有强烈的资产阶级倾向,讲究吃穿,这直接影响了丁少纯,姚母对年轻一代的"健康"成长构成了威胁。丁少纯在姚母的影响下逐渐堕落,对"物"的享受欲望逐渐膨胀,从热衷于吃穿发展为在下班时间打野鸭子赚钱。这一堕落导致了严重后果,以致上班时他魂不守舍险些造成重大的事故。

与丁少纯形成对比的是先进青年季友良。作者通过这一形象"回答了青年普遍遇到的一些问题,这就是如何对待工作,如何对待爱情,如何对待友谊"①。因此这一形象被认为是具有"思想深度"②的。与丁少纯相比,季友良几乎没有个人的生活欲望和生活空间,他对流行的社会观念坚信不疑。对待爱情,季友良也是一个纯真青年,他爱丁少真,也追求她。少真邀他去看球赛,他极认真地"特意记在本子上"。但他对工作的迷恋使他忘记了与情人的约定,作者以这一情节衬托人物内心的高尚,并隐含着淡化私人欲望的道德取向。剧本同时也肯定了季友良向丁海宽汇报丁少纯缺点的"原则性",它被视为是季友良维护、珍惜友谊之举。

从生活细节洞悉思想问题,是《千》剧的最大特色。这出戏并没有大起大落的戏剧冲突或惊心动魄的情节,无论是姚母还是丁少纯,他们的"问题"都是体现在生活细节或趣味上,或者说是对"物"的态度上。但生活的细枝末节不是小事,它是一个"大问题"。姚母的生活趣味和生活方式,与她作为城市居民的经历和习惯密切相关,完全可以作为"文化"问题对待。但由于她曾做过小业主,这一命名使她的身份发生了变化,她不再是一个普通的城市居民,而具有了鲜明的阶级属性,成了一个"准资产阶级",天然具有资产阶级的思想和恶习。在这样的逻辑推演下,她对女婿丁少纯在生活上的"诱导"或关怀,就发生了性质的变化,她成了同无产阶级"争夺"青年一代的"势力",她与丁海宽的亲家关系骤然变成了"阶级"关系。作家在出版单行本时,借人物之口指出:"这是一种阶级斗争啊!这种阶级斗争,没有枪声,没有炮声,常常在说说笑笑之间就进行着。"③结尾处丁海宽又意味深长地说:"是啊,这是一种容易被人忘记的阶级斗争,我们千万不要忘记!"④从而点出了剧的主题。

青年的教育并不是自我实现的,而是通过精神导师的教诲实现的。在

---

① 张钟等:《当代文学概观》,第207页,北京大学出版社,1980。
② 同上。
③ 丛深:《千万不要忘记》,第128、129页,中国戏剧出版社,1964。
④ 同上。

《千万不要忘记》中,丁海宽、丁爷爷就是这样的导师。当丁少纯穿上了"一百四十八"元的毛料子制服并日益"堕落"后,丁海宽对丁少纯——也是对所有的青年说:"毛料子,这是好东西,它比我这身斜纹布强,比人造哔叽也强,这是从前的劳动人民连想都不敢想的东西,现在你们不但敢想它,还有不少的人能够穿上它,这是很好的事情,这是革命和建设带来的成果!我们总有一天,能让全中国和全世界的人民,都穿上最好的衣裳!可是现在,世界上还有成千上万的人,连最坏的衣裳都穿不上!……要是你们光想着自己的毛料子,光惦着多打几只野鸭子,那你们就会忘了关电门,忘了上班,忘了我们的国家正在奋发图强,忘了世界革命!"

丁爷爷是更具权威性的先知式的人物,早就预言了丁少纯的成长,并为其设置了成长的道路:"当初我说把柱子先送屯下去放二年猪再上学,你们不乐意,怕误了他念书,念完了高小念初中,念完了初中又念技工学校,你看这念成什么玩艺了。"丁爷爷的话,不能简单地理解为一个纯朴的农民对知识或知识分子的对立情绪,事实上是作家已经敏锐地感应到了时代的气息和潮流。

丁少纯作为"现代"之子,他试图超越和逃避"传统"的文化范畴,重新建立"个人性"的现代生活方式和空间,他偏离了"父"的意志,因此他与丁海宽的冲突,在剧本中是"被腐蚀"与"反腐蚀"的冲突。丁少纯的生活方式的"现代性"初建是极其脆弱的,他不仅面对着势力强大的丁海宽、丁爷爷以及"父"的继承者季友良们组成的难以逾越的屏障,更重要的是丁少纯的偏离传统不具有"合法性"。在强大的传统力量笼罩中,丁少纯不仅有无可言说的困扰,而且一开始就处于"四面围困"之中,他"被挽救"的命运只是时间问题。他重新回归了"父"的怀抱,由此实现了作家的"社会主义终将战胜资本主义"的创作期许。这种创作思潮事实上已经是"文革"文艺的先声了。

第九章　革命文学的高涨

"文化大革命"时期的文学,并不是突如其来的。它是50年代激进文学合乎逻辑的发展。不同的是,"文革"文学最大限度地放大了极"左"文艺路线,并强制性地演化为唯一的文艺思潮。

1964年,是中国文学艺术发生重要变化一年。6月5日到7月31日,文化部在北京举行了全国京剧现代戏观摩演出大会。毛泽东多次出席观看。在《智取威虎山》《芦荡火种》《奇袭白虎团》《红嫂》《红色娘子军》《红灯记》等京剧现代戏中,毛泽东看到了期待已久的人民文艺的形态。这一形态,是在戏曲——这一毛泽东最喜欢的艺术形式中体现出来的。这一文艺现象不仅为人民文艺带来了前景和信心,证实了毛泽东文化猜想的可以实现,同时,也为清理过去的文艺路线提供了资本和参照。事实上,从延安以来,文艺思想或文艺创作,都是努力实行毛泽东的人民文艺路线的,不同的是,被毛泽东认同的文艺形态没有产生于"十七年"。这个被宣告失败的探索过程,既没有为文学艺术的多样性发展提供可能,后来,它又被当做与人民文艺相对立的"文艺黑线"遭到清算。这一时期,政治文化代替了所有的文化,革命样板戏成为代表性的"崭新"的文艺形态,也是"文革"时期唯一具有合法性的文艺形态。

第一节　"纪要"和政治文化

1962年,毛泽东提出了"千万不要忘记阶级斗争"的口号。这个口号的提出当然有诸多的国内外政治背景,但它不可避免地涉及对国内文学艺术状况的基本估计和评价。这一年,康生在八届十中全会上,以抓意识形态领域的阶级斗争为名,把李建彤的长篇小说《刘志丹》打成了"为高岗翻案的反党大毒草"。毛泽东接受了康生的看法，并做了"利用小说进行反党是一大发明。凡是要推翻一个政权，总要先造成舆论，总要先做意识形态方面的工作。革命的阶级是这样，反革命的阶级也是这样"的批示。在这样的形势下，文艺界风声鹤唳，几乎人人自危，朝不保夕。1963年，毛泽东看了中宣部文艺处编写打印的关于上海举行故事会活动的《情况汇报》后，又借题发挥作了如下批示：

> 各种文艺形式——戏剧、曲艺、音乐、美术、舞蹈、电影、诗和文学等等，问题不少，人数很多，社会主义改造在许多部门中，至今收效甚微。许多部门至今还是"死人"统治着。不能低估电影、新诗、民歌、美术、小说的成绩，但其中的问题不少。至于戏剧等部门，问题就更大了。社会经济基础已经改变了，为这个基础服务的上层建筑之一的艺术部门，至今还是大问题。这需要从调查研究着手，认真地抓起来。
>
> 许多共产党人热心提倡封建主义和资本主义的艺术，却不热心提倡社会主义艺术，岂非咄咄怪事。

在毛泽东看来，文学艺术各个部门都出了问题。文艺界开始"整风"。半年之后，1964年6月27日，毛泽东在《中央宣传部关于全国文联和所属各协会整风情况报告》草稿上作了第二个批示：

> 这些协会和他们所掌握的刊物的大多数（据说有少数几个好的），十五年来，基本上（不是一切人）不执行党的政策，做官当老爷，不去接近工农兵，不去反映社会主义的革命和建设。最近几年，竟然跌到了修正主义的边缘。如不认真改造，势必在将来的某一天，要变成匈牙利裴多菲俱乐部那样的团体。

这个批示，使许多文艺作品已经和正在受到的严厉批判，获得了坚实的依据。江青在这个时候适时出场，与林彪一起合谋炮制了《林彪同志委托江青同志召开的部队文艺工作座谈会纪要》，先是在中共党内一定范围内发表。"纪要"系统地清算了"十六年"文学艺术存在的"问题"，认为"文化战线上存在着尖锐的阶级斗争"，"文艺界在建国以来"，"被一条与毛泽东思想相对立的反党反社会主义的黑线""专了政"，"这条黑线就是资产阶级的文艺思想、现代修正主义的文艺思想和所谓30年代文艺的结合。'写真实'论、'现实主义广阔的道路'论、'现实主义的深化'论、反'题材决定'

论、'中间人物'论、反'火药味'论、'时代精神汇合'论以及'离经叛道'论"。① "纪要"是一篇不足万字的文件，但它却系统地清算了建国16年来重要的，也是有争议的文艺思想，那些相持不下或尚可进一步讨论的文艺思想及观念，在这里得到了统一的处理，它们都被称为是"资产阶级、现代修正主义文艺思想逆流"。林彪在给中央军委常委的信中，进一步强调了它的"现实意义"和"历史意义"：

> 十六年来，文艺战线上存在着尖锐的阶级斗争，谁战胜谁的问题还没有解决。文艺这个阵地，无产阶级不去占领，资产阶级就必然去占领，斗争是不可避免的。这是在意识形态领域里极为广泛，深刻的社会主义革命，搞不好就会出修正主义。我们必须高举毛泽东思想伟大红旗，坚定不移地把这一场革命进行到底。②

"纪要"在全盘否定过去文学艺术的基础上，提出了要创造"开创人类历史新纪元的、最光辉灿烂的新文艺"，要"搞出好样板"，在题材上，"要努力塑造工农兵的英雄人物，这是社会主义文艺的根本任务"，在艺术方法上，"要采取革命现实主义和革命浪漫主义相结合的方法"，因此"重新组织文艺队伍"就是一个刻不容缓的任务。要求革命文艺工作者"要长期深入生活，和工农兵相结合，提高阶级觉悟，改造思想，不为名，不为利，全心全意为人民服务"。

部队文艺工作座谈会召开三个月之后，5月16日，中共中央政治局扩大会议通过了毛泽东亲自主持制定的《中国共产党中央委员会通知》，它明确地告知全党和全国，"文化大革命"的目的，就是"彻底揭露那批反党反社会主义的所谓'学术权威'的资产阶级反动立场，彻底批判学术界、教育界、新闻界、文艺界、出版界的资产阶级反动思想，夺取在这些文化领域中的领导权。而要做到这一点，必须同时批判混进党里、政府里、军队里和文化领域的各界里的资产阶级代表人物，清洗这些人，有些则要调动他们的职务"。"文化大革命"从文化领域扩展到了政治领域，江青等也随之走向了政治权力中心。

---

① 《纪要》是由刘志坚、陈亚丁等起草，张春桥、陈伯达等作了多次重大修改，再经毛泽东审阅修改后，于1964年4月16日作为中央文件发出的。
② 1967年5月29日《人民日报》。

第二节　样板戏美学

1964年6月5日至7月31日,文化部在北京举办了全国京剧现代戏演出大会,19个省市自治区的28个剧团参加演出了《红灯记》《芦荡火种》《奇袭白虎团》《节振国》《红嫂》《红色娘子军》《草原英雄小姐妹》《六号门》《智取威虎山》《杜鹃山》《洪湖赤卫队》《红岩》《革命自有后来人》《朝阳沟》等37个剧目。后来样板戏的有些剧目就是根据其中一些戏加工改编的。

在这次观摩大会上,江青与演出人员进行了座谈,座谈内容在1967年发表时被命名为《谈京剧革命》。这次座谈会表明江青已经控制了制作样板戏的实际权力。不能说江青不懂艺术,她不仅有艺术实践经验,而且,座谈会上她对剧本重要性的看法,对京剧艺术的理解,也不能说是错误的。但是,在重新创造无产阶级的文艺的"经典"的同时,江青也显示了对权力的浓厚兴趣。她直言不讳地宣称不许别人插手样板戏。样板戏事实上成为江青进入政治领导集团的重要资本。《红旗》杂志在发表《谈京剧革命》的同时,也发表了社论《欢呼京剧革命的伟大胜利》。社论称江青的讲话,"是运用马克思列宁主义、毛泽东思想解决京剧革命问题的一个重要文件",《智取威虎山》等"不仅是京剧的优秀样板,而且是无产阶级文艺的优秀样板"。在纪念《在延安文艺座谈会上的讲话》发表25周年大会上,陈伯达称江青"一贯坚持和保卫毛主席的革命文艺路线。她是打头阵的。这几年来,她用最大的努力,在戏剧、音乐、舞蹈各个方面,做了一系列革命的样板,把牛鬼蛇神赶下了文艺舞台,树立了工农兵的英雄形象","成为革命文艺披荆斩棘的人"。① 《人民日报》在同一时期发表了《革命文艺的优秀样板》的社论,正式宣布了《智取威虎山》《海港》《红灯记》《沙家浜》《奇袭白虎团》,芭蕾舞剧《红色娘子军》《白毛女》,交响音乐《沙家浜》等8个剧目为样板戏。社论称样板戏"像春雷一般震撼着整个艺术舞台","宣告了反革命修正主义文艺黑线的破产,报道了无产阶级革命文艺百花盛开的春天就要到来。工农兵昂首屹立在舞台上的新时代到来了!被封建主义、资本主义、修正主义颠倒的历史,在我们手里颠倒过来了!"② 社论明确宣告了革命样板戏的

---

① 陈伯达讲话,1967年5月24日《人民日报》。
② 《革命文艺的优秀样板》,1967年5月31日《人民日报》。

性质和目的。

样板戏得到了毛泽东的支持和肯定,他看过江青的发言纪要后,在上面批阅"讲得好"。他不仅亲自看演出,而且还帮助润色剧本。他看过《沙家浜》后说:"阿庆嫂演得好,郭建光演得好,刁德一演得好。"然后通过江青传达了几点具体指示:"要突出武装斗争,强调武装斗争消灭武装的反革命,戏的结尾要打进去;要加强军民关系的戏,加强正面人物的音乐形象;剧名改为《沙家浜》为好。""芦荡里都是水,革命火种怎么能燎原呢?再说,那时抗日革命形式已经不是火种,而是火焰了嘛。"①

江青在毛泽东的支持下成为革命文艺的"旗手"。但她没有能力在理论上作出系统的表达。这时,郑季翘发表了《文艺领域里必须坚持马克思主义的认识论》的文章。文章是以批判形象思维的借口,系统地宣谕了这个时代对文艺的另一种理解。一方面,郑季翘认为,形象思维论,"是一个反马克思主义的认识论体系,正是现代修正主义文艺思潮的一个认识论基础。近年以来,文艺领域中不断发生这样那样的问题,这反映了这个战线上复杂尖锐的阶级斗争;而形象思维论,却正给一些否定马克思主义和党的领导的人们提供了认识论的'根据',起了很坏的作用。这个特殊的理论,无益于作家创作,相反,正是它,迷误了许多作家"②;另一方面,他提出了创作思维的新公式,即"表象(事物的直接映象)——概念(思想)——表象(新创造的形象),也就是:个别(众多的)——一般——典型"。郑季翘在这里不是一般地参与关于形象思维的讨论,也不是说依据他提出的创作路线一定可以创作出符合"人民文艺"的作品,这个"公式","是引向一种更具教谕性和寓言性的创作通道"。或者说,这一公式以及对形象思维的"直觉主义和神秘主义"的批判,为一种旨在表达权力意志的公式化的创作路线,提供了理论上的依据。

郑季翘以政治的方式解决了基本理论上的问题;于会泳结合样板戏的创作实践,又提出了"三突出"的创作原则。1968年5月23日,是毛泽东《讲话》发表26周年纪念日,也是样板戏诞生1周年的日子。时任上海文化系统革筹会主任的于会泳,应《文汇报》之约口述了一篇纪念文章。在他看来,无产阶级文艺的实践和所取得的成功,与江青密不可分:"江青同志在京剧革命的伟大实践中,首先抓住宣传毛泽东思想这个根本关键,着力塑造

---

① 转引自杨鼎川:《1967:狂乱的文学年代》第41页,山东教育出版社,1998。
② 《红旗》杂志1966年第5期。

以毛泽东思想武装起来的高大的无产阶级英雄形象,因为只有塑造了无产阶级英雄形象,才能有力地宣传毛泽东思想。"他以《智取威虎山》和《海港》的创作为例,指出:"我们根据江青同志的指示精神,归纳为'三个突出',作为塑造人物的重要原则。即:在所有人物中突出正面人物来;在正面人物中突出主要英雄人物来;在主要人物中突出最主要的即中心人物来。"这个无产阶级文艺创作的重要经验,后经姚文元改为:

  在所有人物中突出正面人物;在正面人物中突出英雄人物;在英雄人物中突出中心人物。

  样板戏利用传统的艺术形式转述"革命"的意识形态,这里尽管充斥着强权意志,但"民间意识在审美形态上依然被顽强地保存下来,并反过来制约了这些作品的创作意图"。陈思和曾以《沙家浜》为例分析说:"即使改编到最后的'样板戏',仍然不能改掉阿庆嫂与三个男人之间的固定关系,郭建光的不断抢戏,除了增加空洞与乏味的豪言壮语以外,并没能为艺术增添积极的因素,春来茶馆老板娘角色地位无法改变。因为没有阿庆嫂所代表的民间符号,就失去了《沙家浜》本身,即使是最高指示把剧名由'芦荡火种'改成'沙家浜',即使是'三突出'理论甚嚣尘上,《沙家浜》舞台上仍然并立着两个主要英雄人物,而且真正的主角只能是这个江湖女人。"①对民间审美形态的依赖和借用,是样板戏得以成功的条件之一。"三突出"创作原则在电影、小说、诗歌等形式上并未达到理想的期许,也从另一个方面证实了这一看法。像《虹南作战史》《牛田洋》《前夕》等长篇小说,除了空泛的说教和概念化的人物之外,在艺术上完全是乏善可陈的。

  "三突出"的美学原则,用另外一套表意符号满足了意识形态对文艺的要求,它以空前"净化"的方式,彻底肃清了当代"异质"文艺表现生活的复杂性。生活不再是创作的源泉,特别是日常生活不再是文艺表现的对象,人的情感生活被"三突出"完全过滤掉了。一种空前的"理想化"激情普泛于文艺的各个领域。当"京剧革命十年"到来之际,文化部写作集体"初澜"著文说:"革命样板戏的诞生,如平地一声春雷,宣告了毛主席《在延安文艺座谈会上的讲话》所指出的革命文艺路线已经在实践中取得了光辉的成果,中国社会主义文艺的新纪元已经到来。""无产阶级有了自己的样板作品,有了自己的创作经验,有了自己的文艺队伍,这就为无产阶级文艺事业打下

---

① 陈思和:《民间的浮沉:从抗战到文革文学史的一个解释》,《上海文学》1994年第1期。

了坚实的基础,开辟了广阔的道路。"①虽然他们重组了创作队伍,宣布开辟了新的"纪元",但大众喜闻乐见的人民文艺并未在这个时代应运而生。洪子诚分析说:

> 这是一个"中世纪式"的悖论:政治、宗教教谕需要借助文艺来"形象地""感情地"表现,但"审美"也会转而对政治和宗教产生"消解""破坏"的作用。另外,在"样板戏"等作品中,也许能看到人类追求精神净化的崇高冲动,一种将人从物质欲望的禁锢中解脱的渴望。这种反对物质主义的道德理想,是开展革命运动的主导意识形态。但与此同时,在这种宗教色彩的信仰和禁欲式的道德规范中,在忍受(自觉地)施加的折磨(通过外来力量)和自虐式的自我完善(通过内心冲突)中,也能看到激进派本来所要"彻底否定"的思想观念、感情模式。著名的"三突出",对于激进的文学思潮来说,既是一种结构方法、人物安排的规则(类似于卢卡契所说的小说中人物的等级),但也是社会政治等级在文艺形式上的体现。这种等级是与生俱来的,无法由自己选择的,因而也就可以表述为"封建主义"的。因而,从激进派所领导及受其思潮影响的文艺创作中,我们似乎窥见了相似于本世纪人文思潮中对人类抵抗物质主义、寻找精神出路的努力,也能发现人类精神遗产中残酷和落后的沉积物。他们既无法离开现实,也无法割断历史。②

第三节 "文革"时期的隐秘文学

"文革"时期的文化专制,导致了文学世界的分裂。激进的统治也培育了它的"异质"力量。一个特殊的现象是,在公开发表的文学作品之外,还存在着另一个隐秘的文学世界。它以"地下"流传的方式在民间特别是青年群体中被接受和阅读。这些文学作品为"文革"结束后文学的变革奠定了民间基础。"文革"时期的隐秘文学主要由两部分组成:一种是以"白洋淀诗群"为代表的诗歌创作,一种是以"手抄本"形式流传的小说创作。

食指(郭路生)是"地下诗歌"影响最大的诗人之一。他1948年出生于北京的一个干部家庭,当过知青。主要作品有《海洋三部曲》《鱼儿三部曲》

---

① 《红旗》杂志1974年第4期。
② 洪子诚:《关于50至70年代的中国文学》,《文学评论》1996年第2期。

《这是四点零八分的北京》(或《我的最后的北京》)、《相信未来》《命运》《烟》《酒》《愤怒》等。"文革"结束后,出版有诗集《相信未来》《食指、黑大春现代抒情诗合集》《诗探索金库·食指卷》。食指的诗歌在艺术形式上的探索并不突出,他的主要成就是通过诗歌对心理真实体验的表达和描述,与狂欢时代的盲目、沉迷、空洞和豪情写作对比强烈的,是他的怀疑、困顿、无措无助的惊恐和超越现实的祈祷。《这是四点零八分的北京》以一种感伤的情绪写出了被放逐、被遗弃的悲剧心理,在剧烈晃动中的心的骤然疼痛。食指的意象和情绪,被认为是"这一代青年中较早进入思考者的心理状态。这种精神矛盾的存在,应该看作是新诗潮孕育、出现的心理感情基础或背景"①。《相信未来》不同于传统的理想主义,未来在诗人的想象中远不浪漫,他的"相信",是期许"未来"在"凄凉的大地上"支撑苦难的心灵,用"未来"逃离现实的炼狱。郭路生的重要在于他的先驱性。很多重要的诗人都受到他的影响。"白洋淀诗群"的重要诗人多多说:"要说传统,郭路生是我们一个小小的传统。"②北岛在法国回答记者时说,他当时写诗,就是因为读了郭路生的诗。③

"白洋淀诗群"是"文革"期间地下诗歌运动影响最大的写作群体。这个群体中的骨干诗人,是1969年以后北京下乡插队到河北省安新县白洋淀地区的知识青年。他们是根子(岳重)、多多(栗士征)、芒克(姜世伟)、林莽(张建中)等。他们的诗歌曾在知青和其他"地下"写作群体中有广泛影响,曾慕名而访问过"白洋淀诗人"的有食指、北岛、江河、郑义、甘铁生、陈凯歌等。这些诗人大多出身于知识分子和干部家庭,"红卫兵运动"落潮后,一方面他们对"文革"的思想路线和意识形态产生了怀疑和失望;一方面,他们有机会阅读了"供领导机关和高级研究部门批判之用"的"黄皮书"和"灰皮书"。"黄皮书"为文艺书籍,"灰皮书"为政治书籍,其中有美国小说《在路上》、苏联小说《带星星的火车票》、爱伦堡的回忆录《自然、岁月、人》、剧本《愤怒的回顾》、德热拉斯的《新阶级》、托洛茨基的《斯大林评传》以及《格瓦拉日记》等。他们深受这些作品的影响,在获得反省和思考能力的同时,也从中获得了写作方法。

"白洋淀诗群"由于视野和知识背景的原因,他们的诗歌趣味更倾向于

---

① 洪子诚、刘登翰:《中国当代新诗史》,第402页,人民文学出版社,1993。
② 林莽:《生活与绝唱》,《新诗季刊》创刊号。
③ 杨健:《文化大革命中的地下文学》,第93页,朝华出版社,1993。

"形上"的性质,更注重理性的思辨,因此有较多的"现代主义"艺术因素,而与具体的生存环境较少发生联系,在时间的西伯利亚中,显示着精神贵族的优越。芒克1969年下乡,1971年开始写作。《天空》《秋天》《十月献诗》等,被认为是他的代表作。这些作品以时空和自然作为抒情意象,但芒克却不是一位"田园诗人"。《十月献诗》中有"庄稼"自语:"秋天悄悄来到我的脸上/我成熟了",自况的弦外之音一目了然。他真正要表达的是:"诗——/那冷酷而又伟大的想象/是你在改造着我们生活的荒凉。"①这种精神的优越至今仍被那一代人所铭记,同在白洋淀生活过的作家潘婧(潘青萍)在2002年出版的长篇小说《抒情年华》的扉页上,还印上了芒克这写于1973年的诗句。1989年,芒克出版了《芒克诗选》。根子(岳重)写有《三月与末日》《白洋淀》等八首长诗。但现仅见《三月与末日》和《白洋淀》的残篇。《三月与末日》对大地的诅咒和绝望,表达了根子对现实的绝望和拒绝:"大地是由于辽阔才这样薄弱,既然他/是因为苍老才如此放浪形骸……那么,我的十九次的陪葬,也却已被/春天用大地的肋骨搭架成的篝火/烧成了升腾的烟/我用我的无羽的翅膀——冷漠/飞离即将欢呼的大地,没有/第一次拼死抓住大地——这漂向火海的木船,没有/想拉回它。"②根子的诗后来被查抄,此后不再写诗。但根子的诗对同代人影响很大,多多说他是在根子的启示下写诗的。多多的诗被认为更接近俄国诗人阿赫玛托娃、阿利多尼娜·卡耶娃的风格。他虽然在白洋淀,但作品少有乡村场景,更多的却是布尔乔亚的气息。有评论说:"多多的诗歌创作,总是带有清醒的理智,他大睁着双眼,表现出一种绝望的镇静。他的现代主义取向异常地坚决和始终如一。他的诗句是出色的直觉和清醒的绝望的混合体,在白洋淀诗群中最具有现代意味。"③

后来在朦胧诗的讨论中成为代表性诗人的北岛、舒婷、顾城、江河等,在这一时期也开始了诗歌创作。

"手抄本"小说是"文革"期间流传最广、读者最多的一种隐秘的文学形式。代表性的作品有张扬的《第二次握手》、毕汝协的《九级浪》、赵振开的《波动》、靳凡的《公开的情书》、礼平的《晚霞消失的时候》等。

张扬的《第二次握手》,是一部不断书写、添加而成的长篇小说。最初

---

① 《今天》第2期。
② 多多:《被埋葬的中国诗人》,《开拓》,中国工人出版社,1988。
③ 杨健:《中国知青文学史》,第244页,中国工人出版社,2002。

写于1963年,初稿命名《浪花》,仅一万多字,二、三稿《香山叶正红》约十万字,四、五稿改为《归来》,已近二十万字。传抄过程中,有人根据小说情节将其改名为《第二次握手》。该书在"文革"期间的流传,酿成了一个重要的"文学事件",公安部门和姚文元曾插手和过问此事。张扬也因《第二次握手》被捕入狱,关押四年后于1979年被宣布无罪释放。同年七月,小说由中国青年出版社出版,累计印数达430万册。小说主要叙述了苏冠兰、丁洁琼等老一代科学家的情怀和爱情,宣扬了科学家的爱国热情以及周恩来对知识分子的爱护。但由于"文革"特殊的历史环境,以及小说宣扬的与"文革"截然相反的意识形态,被当局视为"内容极其反动"的[①]小说。

靳凡(金观涛、刘青峰)的《公开的情书》成书于1972年3月,定稿于1979年9月。小说没有完整的故事线索和具体的场景刻画。它通过四个青年——真真、老九、老嘎、老邪门半年时间的43封书信,反映了"文革"中青年知识分子的精神道路和命运,抒发了他们对理想、事业、爱情和祖国命运的思考。作者选择了流浪于"幻路"的形式,在青春想象中营建了一种"生活在别处"的浪漫情调。他们谈论艺术和爱情,相互宣泄失意的苦恼和迷惘的困惑,以理想化的方式塑造了青年主人公形象。流浪于"幻路"的象征意义,是一代人灵魂的漂泊无定和归宿难寻。

比较起来,《波动》是一部更为复杂和冷峻的小说。在艺术手法上,作者采取的是平行视角,人物在场时情节才得以展开。作为一种思辨性的小说,《波动》的情节和故事性同样是模糊的。通过人物关系我们勉强可以找到主人公杨讯和肖凌的爱情悲剧的线索。与《公开的情书》不同的是,《公开的情书》在小说的结尾处毕竟出现了光明:真真以她的大胆和热情"获得了爱情和事业",老嘎也在自己的歌声中"登上漫长的旅途,重新开始心儿的歌唱";《波动》则没有这种乐观,它的主人公似乎不再相信什么,他们的怀疑和精神伤痛要深刻得多也长久得多。肖凌不仅怀疑老一辈的价值判断和他们的生存方式,甚至决绝地说:"这个祖国不是我的!我没有祖国。"这是一代人精神扭曲的极端化写照,它抗议的是造成精神扭曲的土壤和社会环境。

礼平的《晚霞消失的时候》,是一部最具浪漫气质和抒情性的小说。创作于1976年,此后四年四易其稿,最后定稿于1980年。小说的故事情节是:在一个春意盎然的清晨,中学生李淮平和南珊在树林晨读时不期邂逅,

---

① 张扬:《第二次握手·后记》,中国青年出版社,1979。

南珊"聪明而清秀",举止言谈温文尔雅友善和平;李淮平则出语粗俗、野蛮霸道,流露出干部子弟常见的优越感和顽劣。一场恶作剧之后,他们讨论了一个远非他能够把握的"文明与野蛮"的问题。不久,文明与野蛮的冲突终于发生了。李淮平作为红卫兵领袖,带领红卫兵抄了国民党起义将领楚轩吾的家,原来南珊是楚轩吾的外孙女。"文革"后期,李淮平成了海军军官,南珊由一名知青而后当了翻译。十几年过后,世风大变,李淮平依然如故,少年时期朦胧的爱情只是他怀旧的一道风景;南珊则历尽沧桑,不再有"坦率的谈吐和响亮的笑声"。小说有大段的议论,但作者较强的艺术感受力和把握小说的能力,并没有使小说陷于概念化和理性化。特别是南珊性格的变化,给人一种冷峻和沧桑感。但作为老红卫兵的李淮平的"忏悔",则因漫不经心而流于肤浅。

第四节 激进文学的全面崩溃

事实上,激进的文艺思想始终作为主流支配着文艺界,它虽经不断调整和修正,但其主导方向并未改变。这一状况不仅与20世纪作为革命世纪的激进理想相关,同时也与1949年之后的社会制度及其理论相关。文学在这一时代既然不是一个独立的领域,那么,它所有的问题显然也就不可能通过文学自身的讨论来解决。激进文学是社会政治的产物,它的最后解决的方式也只能是政治的,而不是文学的。这是由当代中国的社会性质规定的。

"三突出"创作理论为激进的"左"派带来了短暂的兴奋,他们认为已经找到了实现无产阶级文艺创作的途径,也找到了实现这一途径的具体的艺术样式及风格。当然,这一途径是"十七年"文艺渐进积累形成的一种必然结果。不同的是,"十七年"间还存在着其他探索的可能或缝隙,而到了"三突出"的时代,其他可能已经不存在了。但是,事实证明,这一途径是靠权力意志实现的,并非是艺术发展自然选择的结果,它的简单化和单一性必然要造成艺术创作的雷同化和概念化。如果说作为一种新的文艺观念和形态仍需探索和实践的话,那么,十年的时间证明了它不是一条广阔和充满希望的路线,而是一条日渐封闭和狭窄的路线。重新组织的理论队伍和创作队伍虽然不乏忠诚和敬业,但由于自觉割断并抵制人类的文化遗产和文艺经验,他们有限的想象力也决定了文艺必然日趋贫乏。这样,即使是支持"三突出"的毛泽东,也对文艺现状表示了不满,他认为"百花齐放都没有了","缺少诗歌,缺少小说,缺少散文,缺少文艺",并指示"党的文艺政策应该调整一下"。特别是围绕影片《创业》的斗争惊动了毛泽东后,他批示说:"此片无大错,建议通过发行。不要求全责备,而且罪名有十条之多,太过分了。不利调整党内的文艺政策。"事实上,毛泽东已经否定了江青等人的文艺路线。激进文艺作为一个系统的、经过长时间积累又经过极端化概括的路线,到70年代中期,已经成了强弩之末,它所有的能量几乎都已经释放了。

这时公开发表的小说,除浩然的《艳阳天》《金光大道》之外,《虹南作战史》、南哨的《牛田洋》、郑直的《激战无名川》、周良思的《飞雪迎春》、前涉执笔的《桐柏英雄》、毕方、钟涛的《千重浪》、杨佩瑾的《剑》等,也已经出现了严重公式化、概念化的倾向。公开出版的诗歌,也因对外部世界的简单描摹和对意识形态的紧张诠释而失去了艺术性。强权、专制、封闭的文艺路线,最终导致了它的全面崩溃。

标志激进文学全面崩溃的,是1976年发生于天安门广场的"四五"运动。"四五"运动首先是一场政治运动。它的起因是清明节祭奠周恩来,但文学作为它的表意形式,所张扬的主体性和要求自由民主的精神,同时也是对激进文学有力的、来自民间的反拨。在中国社会的发展进程中,大概还没有任何一个时代的文学显示过如此巨大的力量,它传达出的历史要求,居然在半年的时间里就获得了实现。文学以预言的形式提早埋葬了一个时代,它"先知"般地导引了历史的进程并改写了历史,显示了来自民间的文学艺术的伟力。当然,"四五"运动毕竟是一种"运动",它同样或首先是一种政治行为,这如同样板戏、"三突出"是政治行为一样。但值得注意的是,"四五"运动汇集了"文革"时期"地下文学"的潜流,带着它的怀疑、反抗、批判的精神走向北京早春的街头,并以集体的象征性显示了文学的政治力量。"文化大革命"的结束,终结了激进文学的合法性统治。

第十章　80年代的文学转型

第一节　出自"十七年文学"的新时期文学

70年代末,中国的历史语境出现深刻变化,80年代的文学转型变得不可逆转。然而,这种转型不是全盘断裂的,而是呈现出一个不断重回、拒绝或挑选"十七年文学"的复杂纠结过程。说新时期文学的某些精神资源和想象方式来自"十七年文学",并非毫无根据。新时期文学为确保历史合法性,在强调自身独特性的过程中,是在不同历史层面重新寻找"十七年文学"的。在某种层面,它指责和批判前者的极"左"思想和激进性文学实验;在另一层面,它又为被极"左"思潮长期压抑的文学因素如美感、感情、人道主义、"中间人物论""干预生活论"等恢复名誉,将其消化和回收到新时期文学中来。不过应该指出的是,虽然口号和政策发生了变化,但体制因素并没有根本转型,80年代的文学转型在体制因素上仍然承袭着"十七年"的模式,只是这一体制的组成因素处在裂变、调整的过程中。例如,中国作家协会领导层的日渐多样化和年轻化,主流文学批评对意识形态色彩的有意淡化,以及允许1985年前后出现职业批评家群体等,都表明传统僵化的文学体制、管理方式正在适应新的时代潮流。各种因素的纠结,是导致一个时期文学在繁荣中又经常出现反复和动荡局面的主要原因。

80年代的文学转型,在1977到1984年间的症状是,在"十七年"中寻找资源,很多提法和主张,如"反封建""新启蒙"等等都是为了强化和巩固"十七年"而存在的。1977年11月、1978年8月,刘心武、卢新华的短篇小说《班主任》和《伤痕》相继发表。1979年,郑义的《枫》(2月)、靳凡的《公开的情书》(刘青峰,2月)、茹志鹃的《剪辑错了的故事》(2月)、周克芹的

《许茂和他的女儿们》(2月)、方之的《内奸》(3月)、张弦的《记忆》(3月)、从维熙的《大墙下的红玉兰》(3月)、高晓声的《李顺大造屋》(7月)、王蒙的《夜的眼》(10月)、宗璞的《我是谁》(12月)等短篇、中篇小说大量涌现。① 这些被称为伤痕小说、反思小说的作品,主要延续的是"十七年"小说"干预生活"的叙事模式和文学想象。这群出自"十七年"的作家,毋庸置疑地成为了新时期文学初期的主流作家。同样处在主流位置的知青作家,也主要是在"十七年""干预生活"的文学范式和叙事方法中汲取营养。这些都说明了新时期文学与"十七年文学"之间内在的联系。我们不能否认新时期文学对"十七年文学"和"文革"文学的反思功能,但更应该注意到它们之间的内在联系,很大程度是由于这些作家的文学教育、题材记忆、写作经验和叙述方式大多来自"十七年",因此在短时间内不可能真正地告别自己的历史记忆和文学记忆。在80年代的最初几年,人们对当代文学转型的解释,停顿在对"十七年"时期被压制的"现实主义文学"的解释的水平上。对当代文学转型的理解,必然地会夹杂在从"十七年文学"到新时期文学的文学视野和历史过渡性中。"我在少年时代便参加了当时还处于地下状态的党组织所领导的反对蒋介石国民党的人民革命斗争。我从少年时代便成为这个党的一名战士",因此,"我始终认为,文学和革命天生地是一致的和不可分割的。它们有着共同的目标"。他坚信,文学与革命的"正宗关系"应该是这样的:"文学是革命的脉搏,革命的讯号,革命的良心;而革命是文学的主导,文学的灵魂,文学的源泉。"② 这虽然是王蒙的自述,与其他作家相比也许有所不同,但却表明,"十七年"作为一代作家的历史经验和文学记忆,实际参与了新时期文学的想象与建构过程。它甚至在新时期文学的最初几年,直接承担着思想解放代言人的角色,在重返公众生活的同时,把过去年代的观念、意识和想象方式,也留在了今天人们对新时期文学的记忆屏幕上。这期间,出现了"人道主义'异化'"、关于"现代派"的争论、"现代派小说"登上历史舞台,带着"回收十七年"特征的伤痕和反思小说对社会公

---

① 郑义的《枫》,1979年2月11日《文汇报》;靳凡的《公开的情书》,《十月》1979年1期;茹志鹃的《剪辑错了的故事》,《人民文学》1979年2期;周克芹的《许茂和他的女儿们》,《红岩》1979年2期;方之的《内奸》,《北京文艺》1979年3期;张弦的《记忆》,《人民文学》1979年3期;从维熙的《大墙下的红玉兰》,《收获》1979年2期;高晓声的《李顺大造屋》,《雨花》1979年7期;王蒙的《夜的眼》,1979年10月21日《光明日报》;宗璞的《我是谁》,《长春》1979年12期。

② 王蒙:《我在寻找什么?》,该文是作家为北京出版社即将出版的《王蒙小说报告文学选》所写的"序言",载《文艺报》1980年第10期。

众的影响力，依然是一种无法替换的文学潮流。

80年代的文学转型在结束回收时期后，开始流露出与"十七年文学"相剥离的倾向。① 一些文学事件，如"文化热""方法论热"、寻根文学、"重写文学史"等，纷纷以遗忘"十七年"的方式展开它们对"当代文学"的共同想象。② 寻根文学怀疑的正是"十七年"的"现实主义文学"，它把对"十七年文学"的怀疑和超越当做了自己新的历史的起点。寻根提倡者是在与"十七年"截然不同的历史系统和文学层面上阐释理论主张的："社会学当然是小说应该观照的层面，但社会学不能涵盖文化，相反文化却能涵盖社会学以及其它。""由此，文化是一个绝大的命题。文学不认真对待这个高于自己的命题，不会有出息。"③这种与"十七年"传统相剥离的文学企图，被敏锐的批评家所察觉："社会的概念以一个时代的生活为认知对象，共时性便是它的基本特征；而文化的概念以久远的历史积淀为前提，则更多地体现为历时性的特点"，因此，寻根作家的目的正是要"力图由此而达到对生活和人的整体把握"。④ 刘索拉的《你别无选择》、张辛欣、桑晔的《北京人》、王安忆的《小鲍庄》、马原的《冈底斯的诱惑》、扎西达娃的《系在皮绳扣上的魂》、莫言的《透明的红萝卜》、韩少功的《爸爸爸》、残雪的《山上的小屋》、郑义的《老井》、阿城的《树王》《孩子王》等，可以说一些是极力要改变"十七年"

---

① 人们把1985年看做新时期文学两个阶段之间的分界线，是否有充分的历史根据是可以讨论的，不过，这一年发生的重要文学事件，如寻根文学提出、"文化热""方法论热""二十世纪中国文学"等等，一定程度上传达着某种模糊而笼统的文学转型的时代律动和信息。因为此后，文学的重心开始传统的现实主义转向受到西方现代派文学和拉美魔幻现实主义作品影响的先锋文学，后者的文学观念和叙述方式，对文学创作产生了越来越大的"示范"作用。杨庆祥曾通过对柯云路1986年创作、1987年拍成电视剧并在观众中引起轰动效应的长篇小说《新星》的分析，提出了"现实主义终结论"的说法。他认为，"改革文学可以说是这一'现实主义'在1980年代最后的一次'叙事冲动'，在《新星》《平凡的世界》产生轰动并最终被排斥在主流文学叙事之后，'现实主义'作为一种叙事（讲故事）的方式已经失去其构建'共同体想象'的话语权力。这正是'改革文学'最重要的文学史意义之一，它的意义不仅仅是为我们提供了一个著名的人物形象，一个值得一再回首审视的话题，也为一个历史范畴——作为一种历史信念和'共同体想象'的现实主义叙事——的终结提供了旁证。"（《〈新星〉与"体制内"改革叙事——兼及对"改革文学"的反思》，未刊）。

② 李陀和李劼都认为，1985年以前的"当代文学"只是称之为"左翼文学""工农兵文学"，而不是"当代文学"。于是他们宣称，真正的"当代文学"是从1985年开始的。这种说法虽然充满质疑点，但确实反映了研究者对当代文学转型的一种个人化的理解。

③ 阿城：《文化制约着人类》，1985年7月6日《文艺报》。

④ 季红真：《宇宙·自然·生命·人——阿城笔下的"故事"》，见《文明与愚昧的冲突》，第142页，浙江文艺出版社，1986。

文学地图的典型例证。① 换言之，新时期文学既然在脱离与"十七年"的历史联系，也就意味着它也在告别文学与政治之间关系紧张的年代。1985年后新时期文学所描述的对象，已经不再是历史本身，而是文化人类学范畴中的中国的历史村落和生活方式。80年代的文学转型，在努力脱离当代史的历史轨道之后，思维方式和叙述方式日益感受到融入世界体系的压力。而此时的当代文学，已经不是"十七年"那种"本土化"的当代文学，日益变成了新时期那种"世界化"的当代文学。美国垮掉派文学、法国新小说和拉美魔幻现实主义小说的翻译引进，它们对新一代作家观念的冲击和影响，都证实了一个不同于社会主义现实主义意义上的更具现代派文学趣味的"当代文学"正在悄然兴起。文学翻译和寻根小说也在培养着新一代的批评家和读者群，这是一个出自"十七年"但又不同于"十七年"的文学年代。人们意识到，无论社会还是文学都将不可避免地转入另一条轨道。

第二节　中国作协和中国社会科学院文学所

对新时期文学与"十七年文学"的联系和矛盾，我们在中国作家协会和中国社会科学院文学研究所的批评意识和单位功能在80年代的弱化中，可以得到进一步的观察。

中国作协和中国社科院文学所是建国后根据政治思想宣传要求而建立的文化、科研单位，大批来自解放区的知识分子干部向那里聚集，并掌管着权力。五六十年代当代文学的重要批评活动，也都是通过它们来组织和实施的，这使当代文学的"思潮性"特点再次回到30年代左翼文学兴盛的时期。这种功能，其实并没有在今天的中国作家协会彻底转型。② 在五六十年

---

① 这里的"历史"作为文学的"他者"而存在，中国文化属于"结构力"的文化，而日本文化则属于"没有结构能力"的文化的观点，出自柄谷行人的《日本现代文学的起源》一书，第160—170页，北京，三联书店，2003年。他写道："因为随着日俄战争的胜利，人们失去了面对西洋所产生的紧张和与亚洲的连带感，也就是说，失去了'他者'。"如果说，"十七年文学"是一种有"结构力"的文学，"革命"的对立面恰恰是作为"他者"而赋予它文学创作的冲动的话，那么实际上，80年代的寻根、先锋文学，则是一种取消了"历史"这样一个"他者"的文学思潮。

② 中国作家协会的前身，应该是30年代成立于上海的左翼作家联盟、40年代延安的"文抗""鲁艺"。抗战胜利后，"鲁艺"和"陕北公学"等大专院校经过重组，分为两个部分，由周扬和艾青带队分赴东北、华北。周扬带队的"鲁艺""公学"师生，组建了东北三省的文联、作家协会、东北人民大学（现吉林大学）。艾青率领的两校师生先在河北正定组建华北联合大学（其中大部分在［转下页］

年代的当代文学的批评，准确地说是中国作家协会的意识形态批评，用意是削弱威胁当代权威理论的异见，把各种有利力量归置、统一到"当代文学"范畴，目的为巩固国家政权。因此，作为组织、协调和领导全国当代文学的机构，作家协会成员的确定和变动，往往敏锐地反映着"当代文学"在不同时期的位置和姿态，例如，《人民文学》《文艺报》主编和编委的变化。1966年，周扬在"文革"前受批判并被解除职务，中国作家协会解散。70年代末，洗去罪名的周扬重返文坛，但他的影响力减弱，林默涵、刘白羽、张光年、夏衍、冯牧逐渐取代他成为新的中国作家协会的领导层。这个传统的"周扬派"，因为历史观不同开始出现裂痕。1979、1981年在起草全国四次文代会大会报告和批判《苦恋》的问题上，表明了这个群体思想认识上的重要分歧。其焦点，是如何认识和评价"十七年文学"的功绩。林默涵主持起草的报告初稿认为："十七年"虽然有严重错误，"但并没有形成一条'左'的文艺路线"，因此，"建国以后的五十年代和六十年代，社会主义文艺创作出现了空前繁荣的局面"。周扬主导的修改稿表现出很大的差异，他认为"中间经过了重大的历史曲折"，原因是"左的错误是更多的"。与林默涵批评新时期小说"感伤主义"过多的观点相反，周扬认为"新时期文学"的成就"不但突破了'四人帮'，突破了'十七年'。应该充分地加以肯定"。①不久，与在批判白桦有"错误倾向"的电影《苦恋》时主张采取"十七年"的严厉方式形成对比的是，周扬、张光年希望通过"修改作品"让电影重新上映。他们的

[接上页]"文艺学院"），后改名华北大学、华北革命大学，1950年进城后，成立了中国人民大学。"文艺学院"的骨干，如艾青、江丰、陈企霞、李焕之、彦涵、周巍峙、贺敬之、严辰、王朝闻，以及后来进来的光未然（张光年）、蔡仪等，改调成立不久的中国文联、中国作家协会，以及后来的中国社会科学院文学研究所。中国社会科学院文学研究所1977年才正式成立，之前分为中国科学院社会学部、北大文学研究所。五六十年代的负责人是何其芳，80年代由陈荒煤任所长。50至80年代，何其芳、夏衍、林默涵、刘白羽、张光年、陈荒煤、冯牧、贺敬之等被称为"周扬派"的文艺批评家，在"胡风反革命集团""丁陈反党集团""胡适批判"和新时期初期一系列文学运动中，都扮演着重要角色。他们所在的这两个单位，成为体现意识形态愿望和主流文学性格的"前哨阵地"。也就是说，当代文学的批评史（1984年以前），某种程度上可以称之为中国作协和社科院文学所的"文学批评史"。90年代后，随着社会语境的变化，当代文学批评队伍出现较大重组，例如社科院批评家调入大学，和大学学院批评的兴起，其历史功能和阵地意识才逐步被削弱。

① 徐庆全：《风雨送春归——新时期文坛思想解放运动记事》，第190—214页，河南大学出版社，2005。在第四次文代会报告"起草风波"，尤其是批判《苦恋》之后，与周扬观点存在分歧的林默涵、刘白羽在作协的"领导地位"有所削弱，明显标志是，在1984年作家协会"四大"的新一届领导班子中，和周扬一样主张对文艺"宽容"的张光年、冯牧等开始主导作协的工作。

态度,使作协领导的《文艺报》对作家作品采取了"异常宽容"的批评立场:"对待文学艺术的缺点错误,我们一定要采取稳妥的办法,任何横加干涉、简单粗暴的态度都是不利于发展文艺和安定团结的","过去和现在无数的事实证明,那样做的结果,只能适得其反"。① 某种程度上,第四次文代会报告的起草和对《苦恋》的批判不是一个孤立现象,它背后其实牵涉如何认识"十七年",并通过重评来建立新时期文学的合法性的问题。一种意见表现出以"十七年"为标准来统领新时期的倾向,它的规范性,并没有因为进入了新时期而失效;另一种意见则坚持,正因为"十七年"存在着"左"的错误,新时期文学的价值和意义才得以彰显。今天看来,林默涵等人的观点也并非完全没有道理,由于人们最后都倒向周扬、张光年等人的观点,反而影响到对当时历史复杂情况的深入了解。80年代初期,鉴于作家协会在当代文学体制中的特殊角色,它的价值选择仍然对文学的发展发挥着示范性、主导性的作用。

在80年代,高等院校在思想领域的表现比较一般,中国社科院的外国文学研究所、哲学研究所和文学研究所在新时期文学形成过程中则扮演着重要角色,它们在外国文学的翻译介绍、理论主张的提出和文学发展的规划等方面所产生的影响,与中国作家协会不相上下,甚至更为抢眼。② 当代"思想文化阵地"的作用,这时由政治宣传明显转向了思想解放的方面。大学教师思想状态的沉闷,与高等院校在1949年之后不再是思想文化阵地,反而被看做资产阶级思想重灾区,教师们思想观念普遍谨小慎微有直接关系。而文学所对新时期文学的"规划"作用则更为突出。在过去年代,文学

---

① 1981年第11期《文艺报》社论:《文学艺术的新局面》(1981年6月7日)。刚开始时,《人民日报》《文艺报》都对作家抱有同情的态度,与《时代的报告》有所差异,后来受到压力,才对《苦恋》提出了"批评"。

② 建立于1953年2月22日。最初附属于北京大学,原名北京大学文学研究所。由郑振铎任所长,何其芳任副所长。两年后,归属中国科学院,改称中国科学院文学研究所。1958年郑振铎遇难逝世,何其芳继任所长。研究所分设文艺理论、中国古代文学、现代文学、当代文学、民间文学以及苏联与东欧、西方、东方各文学研究组。1964年外国文学各研究组分出,另建外国文学研究所,从此该所的研究范围主要是中国文学。1976年原中国科学院哲学社会科学学部改为中国社会科学院,文学所随之改称为中国社会科学院文学研究所。沙汀任所长,陈荒煤、余冠英、吴伯箫、许觉民、王平凡任副所长。1982年起许觉民任所长、邓绍基任副所长。1985年起,刘再复任所长,马良春、何文轩、冯志正任副所长。研究所分设文艺理论、古代、近代、现代、当代、鲁迅、民间、文学新学科等文学研究室(组)。余冠英、蔡仪、陈涌、唐弢、王士菁、贾芝等曾任研究室(组)领导人。另有研究辅助单位:图书馆,资料室。编辑出版的期刊有《文学评论》(双月刊)、《文学遗产》(季刊),毛星、陈翔鹤曾任刊物主编。从1981年起,逐年编写出版《中国文学研究年鉴》。该所设有学术委员会,聘请所内外著名专家参加,钱锺书、俞平伯、季羡林、余冠英、吴世昌、孙楷第、蔡仪、唐弢、王瑶、毛星、贾芝、钟惦棐、朱寨等均担任过学术委员。

所的学术研究色彩要比文学批评色彩浓厚。虽然也有人参与了胡适、胡风、冯雪峰、丁玲批判,俞平伯、陈翔鹤也曾被卷入"《红楼梦》批判""历史小说写作风波",何其芳还对"诗歌发展道路"问题发表过意见,但总的说,文学所并不是当代批评的中心。80年代初期,文学所逐渐脱离意识形态控制,成为新时期文学的生产中心之一。朱寨主编的《中国当代文学思潮史》、当代文学研究室集体编写的《新时期文学六年》、刘再复的《论文学的主体性》,文学所主办的杂志《文学评论》,以及陈荒煤、洁泯、何西来、张炯、蒋守谦、张韧、陈骏涛、陈燕谷、靳大成等人的文学批评,对反省"十七年"的历史功过、建立新时期文学的批评话语和知识立场,都发挥了巨大的作用。① 在80年代当代文学的转型中,文学所的三次"事件"(也可以称之为"文学现象")如《中国当代文学思潮史》《新时期文学六年》的出版、刘再复"文学主体论"的提出和1986年文学所主办"新时期文学十年学术讨论会",②具有某种标志性意义。其价值正如刘再复所指出的:"在文学的领域中恢复了人作为实践主体的地位",它的"革命意义"所针对和批判的,是"我国在一个相当长的时期内","主体本身的审美心理结构受到严重的破坏,变得畸形化、简单化和粗糙化"这一当代文学的根本问题。③ 显而易见,这些主张、活动和会议,带有"重评""十七年",把当代文学纳入新时期文学轨道的历史动机。尽管这些著作和评论文章的作者由于受到80年代张扬个性的文化氛围的影响,大都以"个人姿态"积极参与新时期文学的建构活动,但其背后的体制性因素仍然值得注意。比如,当代文学某些"计划经济"的生产方式,会通过"集体编写"或将长篇、中短篇小说由专人分工的形式隐秘地延续;中国作家协会"委托"《人民文学》杂志社组织的文学评奖,采取的是"群众投票"和"专家终评"的方式;《文学评论》虽然不再是单一的"前哨阵地",并且表现出非常开放的视野和眼光,甚至表现出非常注重"推介新人"

---

① 这一时期,尽管有的大学如北大谢冕等人在"朦胧诗论争"中比较引人注目,复旦、北师大、武汉大学等等高校的中青年教师中也出现了一些文学批评家,但批评力量和影响还不如文学所那么集中、突出和广泛。

② 朱寨主编:《中国当代文学思潮史》,人民文学出版社,1987;中国社会科学院文学研究所当代文学研究室编:《新时期文学六年》,中国社会科学出版社,1985。这两部文学史著作仍然沿袭着过去"集体编写"的纂史方式,如按照不同章节分配给不同作者,然后由主编"统稿"。这一阶段出版的较有影响的当代文学史著作还有郭志刚、董健、陈美兰的《当代文学史初稿》(人民文学出版社,1979),张钟等的《当代中国文学概观》(北大出版社,1986年)。

③ 刘再复:《论文学的主体性》,《文学评论》1985年第6期、1986年第1期。刘再复这一阶段担任文学研究所所长,他和何西来主编的《文学评论》由于坚持思想解放、主张文学宽容和学术民主,在80年代具有广泛影响和很大的号召力。后来,刘因思想"越轨"而遭到批判。现居美国。

的特点,但新的"文论专制",仍会在对新时期文学的理解中有所流露,这在一些栏目上都有所体现。新的活动、会议背后的文学体制,在形成新的话语方式的同时,也在制造新的话语霸权,这从文学所内外的新锐批评家与李泽厚、刘再复的"对话"(实际是颠覆性的批评)中也能见出蛛丝马迹。① 当然,文学所因个别领导者的个人特色而表现出的思想异常活跃、文学观念日趋宽容、自由的局面,也为建国以后所少有。

但必须指出,两个单位的组织结构、体制特点依然残留着传统的形态,在思想解放运动大潮冲击和领导者个人观念转变的作用下,它们虽然出现了明显的"转型"迹象,但这些机构中的有些人,还在坚持过去时代的许多做法。《文艺报》仍然左右摇摆,它对"清除精神污染运动"的积极参与,对具有探索性创作现象的苛刻批评,都是不难看到的例证。不过,其内部的年轻批评家,也都在脱离结构的控制,他们思想的新锐性,并不亚于文学所的青年学者群体。这种"半旧半新"的过渡性特点,反映了80年代文学批评、文艺理论的基本面貌,对人们理解这一时期的文学环境、文学过程和存在的问题,有一定的参照作用。

第三节 文学运动的衰落

由于人们对80年代存有"纯文学"的天真想象,文学史叙述不太关注思潮论争在新时期文学形成过程中的多层性和复杂性。② 很多历史叙述,反而把篇幅投放到对新启蒙思潮压倒一切的趋势的描述上,似乎一切都那么容易。而实际上,尽管宣布告别了"十七年文学"和"文革"文学,但在新时期文

---

① 当时,社科院文学所的陈燕谷、靳大成,北师大中文系的刘晓波,华东师大中文系的李劼等青年批评家,都曾写过与李泽厚、刘再复"商榷""对话"的文章。这一方面可以看出对他们已经形成的"话语霸权"的不满,另一方面也说明,思想更为自由、活跃的青年批评家在反抗传统文学体制的过程中,也在尝试着探索文学批评与文学体制的新的关系。1985年后,以上海为中心的"先锋批评"虽然背后仍有作协、高校等体制因素,但批评家的身份向职业化转变的特征日益明显,表现出虽有"单位"隶属、但精神和文学生活却更加自由和个性化的倾向。"单位"对个人生活的控制能力,这时已被极大地削弱。

② 2007年12月底,在中国社会科学院文学所主办的"文学史写作的理论和实践"国际学术研讨会上,文学所研究员白烨对近年来文学史著作这种回避"文艺思潮"论述的现象提出了不同意见。他认为,过去文学史把"文艺论争"和"思潮"列为主要叙述内容当然不对,但最近十几年的当代文学史著作都在大幅度缩减它也同样是一个问题。因为这样,无异于是在抽离文学作品发表所依赖的历史环境。在这种情况下,很难让读者真正了解文学史上曾经发生过的事情,作品生产过程中周边"激烈"的环境,以及80年代新时期文学历史存在的矛盾和复杂性。

学重新规划的过程中,另一形态的文学运动在80年代文学中频繁发动,而且仍在影响着作家批评家,只是它的手段和期待目标发生了比较大的变化。

必须注意到,文学运动是从中国现代文学确立后出现的一种不同于古代文学的文学形态,它几乎成为贯穿现代文学之始终的主要方式,例如"文学革命""左翼文学""大众文艺运动""延安工农兵文艺"等,多半是以文学运动的方式更新文学观念、推动文学发展的。进入当代,它的性质开始脱离文学范畴,文学运动成为"改造"异见作家的工具,其显著的表现是将政治斗争文学化和文学运动政治化,如"《武训传》批判""胡风反革命集团批判""胡适批判""批判《海瑞罢官》""'三家村'批判"等。批判的目的,是强化文学对政治的顺从,在此基础上形成一整套带有战争年代特点的管理文艺的行政方式。1966年以前的文学运动直接脱胎于延安文艺,但在运动的对象、层次和规模上都远比后者具有创新性。

十年"文革"结束,集中精力搞建设成为国家生活中的主导精神。随着经济建设对意识形态依赖性的降低,文学在主流意识形态中的重要性也有所削弱。主流意识形态当然希望营造较为宽松的文化环境,吸引文学配合改革开放的宣传任务。这使整个80年代在文化建设上成为30年代后的又一个黄金年代,人们精神状态的健康明朗,社会生活的积极向上,都是20世纪中国社会所少有的。另一方面,社会公众与国家在大的历史目标和未来设计上的共识性,也达到空前一致的状态。当然,在此之后这种共识再也难以看到了。在这种非常宽松健康的时代氛围中,怎么探索出一种适应于改革开放年代的文艺管理方式成为一个难题。鉴于转型期的不确定性,主管方经常会显得比较游移和矛盾,内部争论也常常干扰、影响到管理的力度和权威性,这就使一个时期内,文学运动呈现出忽紧忽松、有头无尾和无规律的情状。1981年,批判白桦电影《苦恋》的运动,虽然经历了紧张局势,但最终以"摆事实,讲道理和防止片面化"的批评方式草草结束。① 这种局面的

---

① 电影剧本《苦恋》在《十月》1979年第3期发表时,并未引起太多注意。直到根据剧本拍摄的影片《太阳与人》在内部审查观摩放映时,才引起强烈反响。主管宣传部门认为,片子存在着一些严重缺点,但修改后可以放映。《时代的报告》主编黄钢(部队老作家)写信给中纪委,要求调查和追查支持者。但白桦和导演还在由此召开的座谈会上"据理力争"。1981年2月23日周扬在自己家里召集文艺领导核心组开碰头会,刘白羽、林默涵和贺敬之主张调查,夏衍、陈荒煤、张光年表示反对。批评《苦恋》的《解放军报》和同情作家的《文艺报》也出现意见分歧。3月27日,邓小平发表谈话,表示:"对电影文学剧本《苦恋》要批判,这是有关坚持四项基本原则的问题。当然,批判的时候要摆事实,讲道理,防止片面性。"最后,由《文艺报》发表批评性文章,有着"极左"面目的《时代的报告》被取缔而了结。参见刘锡诚:《在文坛边缘上》,第556—558页,河南大学出版社,2004。

形成，与大环境和个人历史记忆都有关系，除了少数人外，很多管理者都经历过"文革"的沉痛教训，开始厌恶过分残酷的形式。1983年发生的"清除精神污染运动"，体现了这一方面的微妙变化。运动由1979至1982年的"朦胧诗论争""现代派文学论争"等引起，由于批判方事先有将"现代派文学"视作"西方资产阶级""腐朽思想"的思想储备和知识预设，他们担忧这样会改变文艺的方向，会对青少年产生错误的引导作用，把人们的思想重新搞乱，①然而，即使主管方有主张"警惕""防止"的方面，但也会对"现代派"产生不那么可怕的理解，开始逐渐表现出宽容的视野："我们的题材所以宽阔，第一，因为我们确实是世界上最伟大的国家之一。美国没有我们历史长，美国无产阶级至今未闹成革命。苏联比我们的国土大，但历史没有我们丰富。我们这个国家，现在的事业是这样雄伟，比已经做过的事业更加轰轰烈烈，更加伟大。"②从另一角度看，"清污运动"的被迫终结，一方面是因为改革开放的大环境，不利于再形成过去那种大面积的社会运动的"受众面"；另一方面，在走向世界的历史大潮中，虽然有在积极吸收西方的管理方式和技术因素的同时，将其"思想""精神"的内容搁置一边的倾向，但不愿因此而影响、干扰经济建设的总体考虑，也是这些运动迅速出现又较快夭折的原因。1983年，还有"批判'异化论'"，1987年有"批判资产阶级自由化"，以及批判《公开的情书》《飞天》《在社会档案里》《人啊，人!》等一系列大大小小的文学运动，但大都草草收场。它们始终没有扩大规模，影响社会的正常生活，最终改变新时期文学发展的轨道。

  不能不提到，高度集中于1979到1984年间的几场文学运动，在不同层面仍然延续着"十七年"的思维习惯和批评方式。虽然人们普遍对政治运动反感，但长期的观念训练使人依然难以摆脱政治化的思维方式，这在发动运动方和被迫接受运动方的身上同样存在。值得注意的是，针对"有错误倾向"的文学现象，运动发动方一般都在文艺性报刊或其他权威报刊发表批评文章、社论、评论员文章，形成对作家、作品的压力，或是采用"座谈会"的方式，对一些"越界"文学现象和作品加以定性。也就是把它们"孤立"在社会舆论和公众伦理反感之中，通过"防止""排斥"的手法使之成为"非主流"现象，然后，再把文艺引向"健康""积极"的方向。对文学作品的认定，

---

① 郑伯农:《在"崛起"的声浪面前——对一种文艺思潮的剖析》,《当代文艺思潮》1983年第6期。
② 胡耀邦:《在剧本创作座谈会上的讲话(1980年2月12日、13日)》,《红旗》1980年第12、13期。

并不是"文学标准",而是"社会价值标准",把一般文学问题向关系国家、民族存亡的核心价值体系的方面归纳、提升和并置起来。这一手段,在"十七年文学"运动中经常使用,这种运动方式不是文学意义上的,而更多是战争意义上的,是对我方军事智慧的重新挪用,因此它对正常社会道德秩序的破坏力就愈加巨大。但有意思的是,"十七年文学"运动中常见的那两种形态被废止,如批判浪潮过后,对被批判者采取"组织措施",威胁其生存尊严和日常生活(如胡风、冯雪峰、丁玲、艾青、王蒙等),到新时期,不少人并未因遭到批评而影响到正常的工作和生活(如白桦、王若水、靳凡、礼平等);与此同时,每场文学运动也未像过去那样殃及当事人的亲属和社会关系,它们被尽量限定在"文学范围",没有推波助澜,使之形成大的"社会运动",这都可以看出改革开放在管理文艺时的日益理智和成熟的思维方式。然而,在当代文学批评的方式逐步"软化"的过程中,也有新的变异,如通过上级文件、录音讲话、内部指示来体现。这些批评性的意见,有的针对作家作品,有的针对文学机构、文学报刊、出版、传媒、阅读、文学课堂、大中小学课本教材等等;这种批评并非隔靴搔痒之举,对文学思潮走向仍有一定影响,如批评"现代派"后,寻根、先锋文学开始小心翼翼地回避社会敏感问题,它们对"文学形式化"特点的过分依赖和强调,与此不无关系。另外,是以文艺座谈、作家书信、媒体采访、当事人电话交谈、简报、情况等等形式组成的,被称作文学界"舆论"的批评方式。到1985年,鉴于中国的改革重心由农村转向城市,更为复杂的社会矛盾取代意识形态之争成为主宰的力量,港台歌曲、影视等大众文化开始登场,社会的主要传媒形式逐步由文学转向大众文化,这些因素都促使当代的文学运动迅速衰落。1985年后,文学界很少再发生较大规模的文学运动及其思潮。那些惊心动魄的文学运动,正在成为人们遥远而模糊的历史记忆,要不是文学史予以记载,恐怕最后都会沉入历史的雪山当中。

　　需要提到的是,尽管文学运动的形态最终衰落,但它的历史影响还会以其他各种方式在一定范围内反映出来。由知识界发起的很多思想创新、文学主张,在80年代仍会以"运动"的形式在继续发挥影响,如在寻根文学、先锋文学、第三代诗歌、"20世纪中国文学""重写文学史""文学主体论"的提倡和实践中,都无一不拖带着令人熟悉的影子。

第四节　文学翻译与先锋文学的兴起

　　有如回到五四时代,80年代以中国社会科学院外国文学研究所为代表的外国文学的翻译,再次冲击了人们的文学观念,重置了文学格局。它直接催生了先锋文学。1949年之后,由于冷战思维影响,对西方国家的翻译受到很大限制,翻译工作重点转向与中国友好的苏联和东欧国家的文学。这使当代苏联文学翻译对"十七年"小说的影响十分显著。① 七八十年代之交,外国文学翻译成为新时期文学之兴起的重要推手。人们发现几乎每一次文学革新,都留下翻译文学影响的痕迹,以下材料足以说明了这一点。1977年开始,《外国文艺》和《世界文学》试刊和创办。《外国文艺》创刊于1978年7月,双月刊,1980年第3期前为内部发行,共出12期,之后改为公开发行。《世界文学》1977年试发行,1978年10月被批准公开出版。据有人考察,起初这两本著名"翻译文学杂志"只是小心地介绍"东西方古典文学",或"批判性"地译介苏联文学,与此同时又在尝试着把"现代派文学"介绍给读者。《外国文艺》创刊号共翻译了四名作家的作品,其中的三名都是诺贝尔文学奖获得者:川端康成、蒙塔莱和拒绝受奖的萨特,共185页,占作品部分总页数的73.5%。还有,就是"外国文艺资料"一栏中使用了27页的篇幅介绍了"诺贝尔文学奖金和获得者",占资料部分总页数的65.8%。二者共占整个刊物总页数的57.8%。也就是说,关于诺贝尔文学奖的信息不仅成为该期刊物最为关注的对象,而且诺贝尔文学奖的获奖作品和作家也是编辑在"精心设计"译介选目时的首选。在此后的《外国文艺》中,以诺贝尔文学奖为主的多种外国文学奖项成为及时追踪和译介的对象,仅仅在内部发行的12期刊物中,就编译了川端康成、蒙塔莱、萨特、阿莱桑德雷、索尔·贝娄、帕斯捷尔纳克、加西亚·马尔克斯、海明威、福克纳、辛格、索尔仁尼琴、莫拉维亚等多位作家。②

　　一两年后,社会言路渐开,来自世界各国的信息通过各种管道传入中

---

① 柳青、梁斌、浩然、王蒙都谈过当代苏联小说对他们创作的影响。比如《红旗谱》出版后,梁斌回忆道:"《红旗谱》从短篇发展到中篇,又从中篇发展到长篇。其中,有些人物在我的脑海里生活了不下一二十年。开始长篇创作的时候,我熟读了毛主席《在延安文艺座谈会上的讲话》,仔细研究了几部中国古典文学,重新读了苏联古典小说,时时刻刻在想念着,怎样才能遵照毛主席的指示,把那些伟大的品质写出来。"梁斌:《我怎样创作了〈红旗谱〉》,《文艺月报》1958年5期。

② 李建立:《〈外国文艺〉中的"外国文学"形象》,未刊。

国,无论政府还是民众,都希望加快了解世界的步伐,为自己补上历史一课。因此,对外国文学的翻译和介绍受到更多鼓励,人民文学出版社、商务印书馆、中华书局、作家出版社、上海人民出版社、生活·读书·新知三联书店、外国文学出版社、译林出版社等出版机构踊跃跟进,相继推出了多种大型丛书,如"走向世界丛书""外国文学名著丛书""诺贝尔文学奖获奖作家作品集""20世纪外国文学丛书""现代外国文艺理论译丛""现代西方学术文库"等。它们的规模和声势为建国后所罕见,对培养新一代的作家、读者和研究者贡献很大。这些外国文学作品和理论的翻译,更新了人们的知识立场、文化视野,建构了新时期认识人和评价人的知识谱系,也为作家的创作提供了崭新的眼光、文学经验和表达方式。有作家敏感到,"19世纪的时代已经结束",而中国作家应该生活在"20世纪文学"之中,他为"现代派"同行开列的"文学史必读"对象是:"卡夫卡、乔伊斯、普鲁斯特、萨特、加缪、艾略特、尤内斯库、罗布·格里耶、西蒙、福克纳等等。"①也有作家认为,"以我个人的兴趣,我认为当今世界最好的文学是在美国"②。由此可见,新一轮文学翻译浪潮(如法国新小说、拉美魔幻现实主义文学),或作家的出访归来,都会成为酝酿、讨论、推动新一波文学思潮的外部因素,它包含着新时期文学思潮之建立的秘密。在寻根、先锋小说出现的过程中,人们都能觉察到西方现代派经典作家对这一过程的介入、影响和参与。例如陈村在与王安忆对话时承认:"应当感谢加西亚·马尔克斯,感谢《百年孤独》的译者与出版者",正是这部小说,打消了"我们在文化上隐隐显显的自卑"③。格非回忆道:"当时我在上海,我记得马原带来了一本台湾翻译的安德烈·纪德的《窄门》。上海有6个人等着看,而马原第二天早上就要回沈阳。我们打电话把时间定好,6个人排队看。给我的时间是两个小时,我就花两个小时看完,然后转到另外一个人手中。这是一段令人愉快的时光!"④

　　已经讲到80年代外国文学翻译对先锋文学之形成的作用,但还要指出人们之所以接受这种影响,首先是由于自身的问题引起的。不了解这一点,我们无法真正理解先锋文学在中国兴起的原因。特贾斯维莉·尼南贾纳认为,翻译"在我这里并非仅指一种跨语际的过程,而是对一种完整问题系的

---

① 余华:《两个问题》,见《我能否相信自己——余华随笔选》,第178页,人民日报出版社,1998。
② 苏童:《答自己问》,见《寻找灯绳》,第119页,江苏文艺出版社,1995。
③ 参见《王安忆、陈村——关于〈小鲍庄〉的对话》,《上海文学》1985年第9期。
④ 格非、李建立:《文学史研究视野中的先锋小说》,《南方文坛》2007年第1期。

称谓",进一步说,是"指某些经典的再现和实在观念相互支撑的翻译问题史"。① 在她看来,本国的文学出现了问题,外国的翻译文学才可能被接受;与此同时,翻译文学是否具有艺术生命力,取决于它所携带的"问题"。正是双方的"相互支撑"和"话语默契",特定国家某一时期的文学思潮得以涌现,并推动这一时期文学的变化和发展。如果说寻根、先锋文学思潮是80年代最为重要的思潮之一,那么它们的出现,是前一阶段的"当代文学"存在的诸多问题所促成的。这段话,开启了人们理解文学翻译与先锋文学关系的新路径。众所周知,"文革"失败,使以社会主义现实主义为根据的当代文学的大量问题暴露了出来。文学为政治服务,以演绎、阐释社会实践的历史进程并赋予其"真理性"面貌的文学书写,越来越暴露出既脱离历史潮流、也脱离文学基本规律的性格。中国寻根文学在提出时,面临着与美国作家福克纳异曲同工的"历史问题"。《喧哗与骚动》的译者李文俊指出,从作品"我们可以看到福克纳对生活与历史的高度的认识和概括能力。尽管他的作品显得扑朔迷离,有时也的确如痴人说梦,但是实际上还是通过一个旧家庭的分崩离析和趋于死亡,真实地呈现了美国南方历史性变化的一个侧面","旧南方的确不可挽回地崩溃了,它的经济基础早已垮台,它的残存的上层建筑也摇摇欲坠"。② 法国荒诞派戏剧家尤奈斯库说:"我倾向于用'反对''决裂'这样的词来给先锋派下定义",因为,"当一种表达形式被认识时,那它已经陈旧了,一件事情一旦说定,那就已经结束了"。③ 西方现代派作家的这些思想和主张,使寻根、先锋作家意识到,先锋文学的使命就是要通过反抗来终结那种非人化的历史,它通过改变文学与政治的关系,进而改变人与历史的关系,如过去那些对文学的作家立场、思想感情、阶级意识、前哨阵地、代言者等等政治功利化要求,实现"文学是文学"的"纯文学"的目标。"实验小说与当时的社会意识形态也多少反映了特定时代的现实性,

---

① 特贾斯维莉·尼南贾纳:《为翻译定位》,引自许宝强、袁伟选编:《语言与翻译的政治》,第122页,中央编译出版社,2001。

② 李文俊:《喧哗与骚动·译本序》,上海译文出版社,1995。人们注意到,在介绍这些西方现代派作家的创作时,翻译者会根据作家作品的情况描述其以现代变形的叙述方式对社会历史强烈的关注和参与意识,由于中国的先锋文学这时候急于摆脱政治的控制,宣称自己的"纯文学"价值目标,所以,前者的社会历史感和参与意识都在后者的"文学接受"中,被有意或无意地"过滤"掉了。这种"误读"现象,实际在20世纪中国文学接受西方文学影响的过程中经常发生。

③ 尤奈斯库:《论先锋派》,李化译。本文是作者1959年6月在国际戏剧学会主办的赫尔辛基先锋派运动讨论会开幕式的演说。引自黄晋凯主编:《荒诞派戏剧》,第62页,中国人民大学出版社,1996。

对于大部分作家而言,意识形态相对于作家的个人心灵即便不是对立面,至少也是一种遮蔽物,一种空洞的、未加辨认和反省的虚假观念。我们似只有两种选择,要么成为它的俘虏,要么挣脱它的网罗。"①这种表白,表征着先锋作家身份的历史性变化,如战士/职业作家、大我/自我、传声筒/心灵、岗位/个人等等。应当知道,西方现代派文学正是出于对"现代文明"的反叛而走上历史舞台的,它精神生活的荒诞感、孤独感,反映的是现代人在现代社会中的异化处境,而在这外国文学翻译中产生的"翻译问题系",当它们进入80年代各种文学思潮的时候,也经历了一个接受、吸纳、挑选并最终转化的复杂过程。西方现代派的"问题系",就是在这个意义上成为中国新时期文学思潮中的"问题系"的,先锋小说的创作也正是由此出发。

另外需要注意,"本土对于拟译文本的选择,使这些文本脱离了赋予它们以意义的异域文学传统,往往便使异域文学被非历史化,且异域文本通常被改写以符合本土文学中当下的主流风格和主题"②,劳伦斯·韦努蒂的这个看法,让读者看到在文学翻译过程中,那些西方现代派作品是如何被"陌生化""非历史化"的,以及这种变异最终又如何成为了80年代文学思潮中的主流风格和主题。其中,最引人注目的是寻根、先锋作品普遍把"现实生活"的描写"非历史化"的现象。阿城等人对"文化寻根"的理解,是在将文化/现实对立的框架中进行的,这等于抽取了文化传统中的现实感、历史感,把文化纯粹视为一种远离现实土地的抽象的存在:"古今中外,不少人已在认真做中国文化的研究,文学家若只攀在社会学这根藤上,其后果可想而知,即使写改革,没有深广的文化背景,那也没有意义。"③而先锋批评家吴亮发现,马原小说《虚构》的主流风格和主题则是作者对"非现实""非历史"的西藏等地奇异生活和人物故事的"叙述",他以非常欣赏的口气写道:"马原的小说大多数都流露出对文字叙述的极端热衷,这种叙述行为已经成为唯一的一次真正经历或亲身体验。叙述在此除了担负着追忆往事和记录在过去时态中发生的事件的工具功能外(如《零公里处》和《错误》),更多情况下它本身就是往事和事件。当叙述在形成着自身的时候,往事和事件便以'正在进行'的样式展示出来",因此,"我想用叙述崇拜、神秘关注、无目的、现象无意识、非因果观、不可知性、泛神论与泛通神论这八个词来概

---

① 格非:《十年一日》,收入《塞壬的歌声》,上海文艺出版社,2001。
② 劳伦斯·韦努蒂:《翻译与文化身份的塑造》,查正贤译,见许宝强、袁伟选编:《语言与翻译的政治》,第360页,中央编译出版社,2001。
③ 阿城:《文化制约着人类》,1985年7月6日《文艺报》。

括马原的观念"。① 这种观点,包含着对当代文学过去那种"反映生活论"的怀疑、反抗的意图,试图把文学从"时代传声筒"的命运中解放出来。1985年后,文学的"去政治化"逐渐成为一种潮流、思潮,众多寻根、先锋作家都把"现实生活"等同于"现实政治"的理念带入到他们小说创作的实践之中,他们把对"生活"的远离看做是实现"文学是文学"目标的绝对前提,如马原的《冈底斯的诱惑》、阿城的《棋王》、莫言的《透明的红萝卜》、余华的《现实一种》、苏童的《妻妾成群》、王安忆的《小鲍庄》等等。如果了解80年代中期前后中国社会的矛盾、冲突等"历史生活",了解在此进程中惊心动魄的人们的命运和心理状态,这些先锋小说显然更像是"隔世景象";如果人们想写一部80年代的风俗史,小说可能并没有为其提供可资参照的素材、信息和材料,但《喧哗与骚动》的译者李文俊提醒人们的恰恰是福克纳写作中的"现实忧虑"和"历史感"。在译者看来,美国南方的蓄奴制度就是美国文化传统的"最大的现实"。李文俊指出:"从这部作品中可以看出",福克纳是"爱憎分明的,他是有他的善恶是非标准的","杰生和'斯诺普斯'三部曲中的弗莱姆·斯诺普斯一样,都是资本主义化的'新南方'的产物。如果说,通过对康普生一家其他人的描写,福克纳表达了他对南方旧制度的绝望,那么,通过对杰生的漫画式的刻划,福克纳又鲜明地表示了他对'新秩序'的憎厌。福克纳说过:'对我来说,杰生纯粹是恶的代表。依我看,从我的想象里产生出来的形象里,他是最最邪恶的一个。'"② 外国文学翻译等异域文学在进入和参与80年代各种先锋思潮的过程中,中国先锋作家和批评家往往会"遗忘"它本身包含的"文学意识形态",而把西方现代文学仅仅理解成一种"非历史化"等"纯形式"的东西,如福克纳小说中"多角度的叙述方法""意识流手段""神话模式"等等。从而中国先锋作家和批评家们就把西方现代派文学简单理解成了吴亮所说的"叙述崇拜、神秘关注、无目的、现象无意识、非因果观、不可知性、泛神论与泛通神论"等纯属文学想象性的东西。

80年代中期后,受外国文学翻译影响的先锋文学意义上的崭新的"当代文学",在文学观念和表现方法上已大大不同于此前的那个"当代文学"。

---

① 吴亮:《马原的叙述圈套》,《当代作家评论》1987年第3期。吴亮这篇文章在当时影响很大,某种程度上已经成为认定什么是先锋小说的"标准"。在当时,以上海为中心,波及江苏、浙江等地,实际已经形成了一个先锋文学的小圈子,如批评家吴亮、程德培,作家马原、余华、孙甘露、格非、叶兆言、苏童等。

② 李文俊:《喧哗与骚动·译本序》,上海译文出版社,1995年。

在中国走向世界的时代潮流中，崭新的"当代文学"的价值观显然更适应于处在这一历史阶段的读者的社会生活和审美趣味，它虽然被世人看做是一种移植来的"外国文学"，但已经逐渐被本土化。这说明，"当代文学"开始成为世界文学的一部分，所谓的"当代文学"也已经不能算是百分之百纯粹的本土化的中国当代文学了。必须指出，先锋文学对现实生活的冷漠，历史意识的淡薄，也使人们感到担心，对这一时期文学成就的重新评价于是有了某种必要。因为人们发现，90年代文学正在将个人意识与时代问题关注相对立，提出了所谓欲望叙事、个人书写等问题，关心艺术形式的探索远远超过了对现实问题的注意，它的思想资源直接来自于当年的先锋文学实验。这在一定程度上造成了有历史含量的作品的稀少，有大视野和胸怀的作家的缺席，虽然人们的反省已经较晚。

第十一章　潮涌不定的文学思潮

第一节　伤痕文学的起源

　　1977年8月,国家领导层经过斗争妥协后达成的一份重要会议公报宣布,"文化大革命"结束,同时把在20世纪内把我国建设成为社会主义现代化强国,作为党在新时期的中心任务。① 出于维护威望的想法,某些不合时宜的提法并未被终止,这使最初两三年中国政情和思想文化状态有如潮汐一般反复不定。不过,来自知识层和民间的要求解放的思潮暗流涌动,人们私下大胆议论各种"禁忌",一些年轻人在墙上开辟讨论专栏。主张解放与巩固基础这两种观念,一直在紧张博弈。

　　伤痕文学首先打破了文艺界的平静。一批富有勇气的作家创作的作品率先被命名为伤痕文学,但人们发现伤痕文学并不是突然出现的,它的起源一直可以追溯到十几年之前。60年代初,北京小范围内有过地下沙龙式的文艺圈子。70年代,北京、上海、湖南和成都等地和知青点的"读书小组"、文学圈子和其他活动更趋活跃;另有一些老作家私下串联,交换着不允许发表的作品。这些作品的姿态、思想倾向和审美特点,与后来兴起的伤痕文学有某种同构的关系。这些前期伤痕文学作品反映的是"文革"时期,权威的坍塌和信仰的破灭,正变得无法控制,许多中国人开始用怀疑、不信任的目光重新审视各种口号和思想禁区,一种由光亮到灰色的心理情绪,是这类作

---

　　① 1977年8月12—18日,中国共产党第十一次全国代表大会在北京召开。华国锋做政治报告,叶剑英做《关于修改党的章程的报告》,邓小平致闭幕词。在这次会议上,"无产阶级文化大革命"正式宣告结束。但是,如何看待"十七年"与新时期的关系,包括是把"文革"等同于"极左政治"还是将其中"十七年"的部分予以剥离,等等,在当时都存在很大分歧。这种分歧波及文学界,是当时文学创作和批评一直处在反复无常的状态的主要原因。

品一个共有的基调。这种压抑、低沉和略有反抗的艺术表现,是出现80年代伤痕文学的思想基础。

伤痕文学最早出现在一批由社会青年、红卫兵和知青写作的小说和诗歌中,例如张扬的《第二次握手》(1963)、赵振开的《波动》(1974)、礼平的《晚霞消失的时候》、靳凡的《公开的情书》(1972)、牟敦白的《霞与雾》(1972)、甘铁生的《第二次慰问》(1972)、王江的《梦》(1973)和刘自立的《圆号》(1974)等等。这些作品起初没有明确的伤痕意识,只是不愿意按照主流文学的要求来观察社会和人生,在思想观念和文学观念上,开始流露出对社会现象的怀疑和批评。在高调的"文革"成果宣传中,人们意识到社会正在经历空前的历史倒退,传统社会伦理陷入全面危机。除张扬的小说外,这些作品均写于1972至1974年之间。当时,"文革"的造神运动暴露出空前危机,人们开始怀疑包裹在各色宣传光环中的历史,注意到红卫兵运动和上山下乡运动中的蒙昧、荒诞和悲剧的现象。在这种情况下,它们的主题很自然集中在一代青年从"追求"到"幻灭"的焦点上,其题材牵涉爱情、家庭、人生等方面。由于当时文网严密,一些作品采取了迂回的叙述方式,以过去年代某个老故事来影射现实,另一些作品虽然通过叙述家庭、爱情的悲剧,直接抨击生活的荒谬,却使用了象征或隐喻的艺术手段。当时,这些作品不可能公开发表,所以,它们都先在各个知青点和大城市部分青年中以"手抄本"的形式流传,逐步向接近中心城市的省份秘密扩散,地处偏远的城市和农村读者几乎不可能接触到这些作品,这使它们具有了历史先驱者的身份。

礼平中篇小说《晚霞消失的时候》刚开始是一部"手抄本"。它是作者经历了北京"文革"初期红卫兵组织的武斗和残酷斗争,目睹很多鲜为人知的故事后,希望以小说形式记载历史的一种文学书写。经过修改,在北京大型文学杂志《十月》1981年第1期上发表。这部小说发表后之所以会引起关注和争议,是因为它不是一般的爱情故事,而是着重从哲学、政治、道德和宗教等各个领域,广泛探索了当时仍属"禁区"的历史和人生难题。甘铁生的中篇小说《第二次慰问》作于1972年冬,曾经三次在"沙龙"中朗诵。小说讲述一些知青在觉醒后,开始阅读被社会公开批判的书籍,因此与极"左"的环境、堕落的农村干部发生了冲突。作品用象征的手法,表现了知青生活中荒诞、自沉的缩影,同时暗示"知青集体户"这种当时非常普遍的"插队"形式,实际是贫乏时期的乌托邦主义,一种精神上的空中楼阁。小说取自北京在山西的知青的真实人物原型,由于作者剪裁和艺术处理不够,使这部小说存在着创作意图比较外露的缺陷。① 赵振开(北岛)的中篇《波动》,在1974到1976年完成初稿,几经周折,直到1981年初才在湖北《长江》上刊出。初稿署名"艾珊",取纪念死去的妹妹珊珊之意。它以北京和河北某小城为中心,在政治、血缘、伦理几条复杂交错的线索中,展开了杨讯、肖凌、白华和林媛媛等青年心灵之间的尖锐冲突,对荒谬社会对人的精神扭曲提出了严正的抗议。第一人称的"独白",成为作品耐人寻味的"画外音",它包含着质疑、内省和痛苦等多重成分。小说弥漫着一种忧伤和冷峻的诗意。肖、杨的悲剧故事尽管是感情一时的波动,但这种波动中却含纳着作者对人性、永恒等问题的思考。无论在思想深度,还是在艺术形式上,《波动》都被认为是"前伤痕文学"中一部比较成熟的小说。另外,刘自立的短篇《圆号》也值得一提。作品与上述几篇小说的视点稍有不同。它和作者其他7篇小说都完成于1974、1975年前后,采用的是当时比较冷僻的意识流的技巧。后来,该小说发表在《今天》第5期。《圆号》是冷酷岁月里的一个虚构、一个期待,其中的男女爱情只是一种"借喻",因为,小说主要想传达的是那个时代的"孤独"和另一种渐渐成为暖色的莫名情绪。这部小说中有作者曾经体验过的东西,但也有某些超验的成分。他说:"当时我的生存状态对社会是疏远的,当我沉浸在艺术中,社会上却在轰轰烈烈地搞运动,'孤独'这种力量是很强大的,即使你进入了人生的形而上,比如人类爱、生命终极的时候,这种孤独也无法摆脱。当时,我并未很清楚地意识到这一点,但我将这种朦胧的经验写进了小说。"②

当时作者还没有后来所说的伤痕意识,也没有形成某种写作规范,这几篇小说已经从精神创伤的角度,表现了"文革"的种种暴行和荒谬现象并予以否定。它们都围绕一代人从"追求"到"幻灭"的历程而展开,这一题材,是从整个社会的精神状况中抽取出来的,是很多人生活感受的真实反映。它的尖锐性表现在,不仅揭示了"文革"后社会空前的危机,而且预先感受到这场危机在未来可能产生的各种负面效应。这种感受并不为大多数人所

---

① 杨健在《中国知青文学史》中指出:"小说有一些情节直接取自生活原型,如小说中知青为饥饿的农民请命,反抗公粮的情节,就是出自李百替(北京人大附中红卫兵)在山西插队时,反对逼农民交公粮,被抓起来的事件。"见该书230页,中国工人出版社,2002。

② 《圆号》这一取材方式,或许实际是新时期伤痕文学在揭示内心创伤上的"先声",值得注意。转引自杨健《中国知青文学史》第292页。借用伤痕文学"前史"的说法,是要表明1978年后出现的伤痕文学开始与新时期文化接轨,并成为支持其历史合法性的力量;而在它的"前史"中,作家作品并没有这种明确的"新时期意识"。

理解,可能还会被视为异端邪说,成为某些部门镇压的社会基础。只有在80年代后期,它尖锐和痛苦的反抗才为更多的人所接受,使许多人的心灵受到强烈震撼。小说传达的信息比较复杂,有些思考引起了人们心灵的共鸣,这就是五六十年代在几代人中间确立的生活信念、道德准则,正在失去它的稳定性、持续性,整个大陆倾斜了、坍塌了。从这些方面看,它在80年代文学中确实是起到"前伤痕",或者说"前预言"的作用的。但由于它有过于触目的"超前性",批判的尖锐程度和有时对生活采取的虚无态度,与1949年之后"歌颂"的文学主题,尤其是和社会上的乐观情绪有较大抵触,所以,发表后不为人们所理解,被批评为有"怀疑情绪"、是有意在"暴露阴暗面"。

爆发于"文革"后期的社会危机,是严重动摇了社会信仰体系和人的"存在"根基的全面危机。在普遍存在的荒谬现实中,个人生存的孤独感、荒诞感,异常突出、尖锐地绵延在人们的思想和生活中,它成为这些作家观察社会、思考人的本质和生活意义的独特视角。二战后,战争对传统精神和道德的摧毁,在西方各国催生了存在主义文化思潮。这些作家,当时很难读到存在主义的书籍,然而,相似的境遇,又使他们与前者产生了极其接近的思想共鸣。这几篇小说透露的,正是在脱离社会轨道后,个人生存的某种悬空感。同时也希望从爱情的角度思考人生的意义。例如,"朋友"在致"真真"的信中说:"谈到爱情,我们首先要感谢上帝。他在所有的自然法则之外又加上了这一条。他使世间的男女除了爱其他之外,又有两性之爱。"(《公开的情书》)由于发现了社会运动对人与人之间信任的摧残,而爱情又在暴风骤雨般的斗争迫害中难以存在,《晚霞消失的时候》把读者引向了宗教,希望在其中找到一条自我救赎的道路。《圆号》的主人公则公开声称:"我感到孤独,无可挽回的孤独。"但是,即使如此,这些作家仍然无法摆脱儒家"以天下为己任"观念的影响,在非正常的社会环境下,它被转化为一种"启蒙"的创作视角。悲剧英雄、精英意识、超人哲学等等观念,被或隐或显地贯穿在这些作品潜在的主题之中。历史证明,上述小说提出的几个重要的文学命题,在80年代文学创作中都曾被广泛涉及。

第二节 人道主义问题

很长一个时期内,文艺政策一直把对人精神世界的探索视为危险对象,尽力干扰人们对它的思考。这种文化环境几乎泯灭了人的主观世界,单一、贫乏和机械化,成为几代人思想生活的基本特征。然而,地火并没有彻底停止,一些敏锐的人一直没有放弃独立的思考。因此,一旦发生历史转折,人道主义问题便成为一个触发的火点,迅速燃烧并在社会上席卷开来。例如,1956年关于典型问题的讨论,1957、1960年对"人情"和"人性"观点的批判,1961年关于"共鸣"问题和电影《达吉和她的父亲》的争论等等,都可以看到社会良知没有完全丧失的迹象,但这种活跃的讨论后来都受到了批评和迫害。

人道主义问题在1978年再度成为人们关注的焦点。《文艺报》《文学评论》《文艺研究》等杂志邀请作家、评论家就如何认识人性、人道主义,如何认识文学与人性,如何看待文学对这一现象的描写等问题,展开了热烈的争鸣。[①] 从1979年到1980年,全国二十多家报纸杂志共发表关于人和人性的文章八十余篇,截至1983年4月,相关讨论文章超过了六百多篇。这些文章牵涉的问题,在范围和深度上,都远远超过了五六十年代。有的在重新评价19世纪人道主义的同时,肯定了人道主义问题在中国的特殊意义,有的把人性表现看做是五四精神的恢复,有的尖锐批判了1949年之后文学中非人化的倾向,有的则对近年突破这一禁区的文学作品给予了大胆支持。有意思的是,人道主义问题讨论的高潮和落潮,都集中在1983年。最后出场的,是两个重量级的人物:周扬和胡乔木。在当代中国文艺界、思想界,他们有着特殊的地位和影响,其观点,往往被看做是最终的意见。在"十七年",周扬是极"左"文艺路线的主要执行者,参与或直接伤害过不少文艺家,发表过许多思想僵化的长篇论文。他在"文革"初落难,被关在北京秦城监狱长达十年,身心都受到严重伤害。这种历史境遇,使他的人生观和文学观发生了彻底转变,他不仅回到了30年代活跃的思想状态,而且出现了超越30年代思想文学水平的某种迹象,这使他站到了新时期文学的前沿。由于他在文艺界的特殊影响,他的觉醒对文艺界的思想解放明显起到了推波助澜的作用。1983年春,王若水、王元化和顾骧在天津参与起草了周扬在"马克思逝世一百周年学术讨论会"上的长篇发言《关于马克思主义的几个理论问题的探讨》。全文分四个部分:一、马克思主义是发展的学说;二、要重视认识论问题;三、马克思主义与文化批判;四、马克思主义与人道主义的关系。论文前三部分,没有越出当时的思想框架,但第四部分,对人道主

[①] 这些争鸣,分别见白烨编《人性和人道主义学术讨论情况综述》,《中国社会科学》1981年第1期;《两年来的人性论争》,《飞天》1981年第9期。

义问题有很大突破。他根据早期马克思的观点，认为在社会主义条件下，同样存在着人的异化问题。这一观点，对1949年之后文学中否定"人"的现象做了全面、深刻的质疑，因而引起了轩然大波。① 代表上层出来批判周扬文章的，是胡乔木。他的三万余字的长文《关于人道主义和异化问题》，对周文做了严厉指责，对1949年之后确立的这一方面的重要观点，也做了坚决维护和辩解。该文1983年由多部门、多人起草，之后中央人民广播电台全文播出，第二年1月，又由人民出版社出版了单行本。由于胡文不再是学术讨论，这场人道主义问题讨论随之停顿了下来。②

人道主义问题的讨论，是与当时中国特殊国情紧密而敏感地联系着的。它因两个因素而引发：首先，中共十一届三中全会对长期困扰社会发展的"左"的思想，进行了比较全面的反省，宣称党的工作重心由阶级斗争转移到经济建设上来，这就为重新认识人的价值和意义，营造了重要的舆论环境。虽然仍有一些禁忌，但总的来说，这种时代气氛对讨论的大力开展是积极有利的。其次，这一时期比较集中地出现了揭露反右、"文革"反人性现象的作品，如电影《苦恋》《天云山传奇》，小说《离离原上草》《在社会的档案里》《飞天》《假如我是骗子》等。这些作品，广泛而尖锐地触及了长期受到压制的人性和人道主义问题，在社会上引起很大反响，促使文艺理论界对此做进一步的思考。因此，这场讨论势必会集中在以下两个领域：一、怎样看当前文学中对人性的描写；二、怎样认识历史上，尤其是五六十年代文学中的人道主义的现象和问题。这些问题牵涉的范围，已不仅仅是文艺问题，它广泛触及到过去许多不为人知的社会危机和罪恶。

在人们看来，如何评价文学对人性的描写，关联到把人是看做独立精神个体、还是国家意识的附属物的问题。前一种观点来自19世纪人道主义思潮，后者依据的是建国后一种封建主义的思想。而对人性、人情如何理解，则是二者的重要分歧点。在80年代这个历史交叉路口，它们必然会处在紧张对立的状态。白桦、彭宁的电影剧本《苦恋》最早触及了这个敏感问题，它通过画家凌晨光在"文革"的遭遇，流露了"您爱我们这个国家"，"可这个

---

① 该文的起草始末，详见顾骧的《此情可待成追忆》一文。顾文还对之后对周扬的"批判"做了辩解，见王蒙、袁鹰编：《忆周扬》第446—474页，内蒙古人民出版社，1998。不过，乔、周之争更多牵涉管理文艺的"话语权"问题，并不真正表明双方对文艺的真实看法，80年代文学环境的某种复杂性，也可以通过这种争论反映出来。

② 1985年6月，黄河文艺出版社出版了沈太慧、陈全荣等人编选的《1979—1983文艺论争集》，周扬这篇文章被"删掉"，只保留了胡乔木的批判文章。

国家爱您吗?"的愤激情绪,这一倾向,受到权威报刊和评论家的指责。唐因、唐达成的文章认为,《苦恋》"无论在思想内容和艺术表现上,都存在着严重的错误和缺陷。剧本的思想错误,是当前一部分人中间的那种背离党的领导、背离社会主义道路的错误思潮,在文艺创作中的突出表现"①。新时期初期,宣传部门仍然习惯用"两报一刊"的批评方式对待正常文学现象,《解放军报》也以"特约评论员"的化名批评了白桦。白桦在《人民日报》上著文做了检讨。在小说《〈人啊,人!〉后记》中,戴厚英态度鲜明地说,鉴于现代迷信的禁锢,她对人性问题并不是一开始就能察觉的,还曾有过迷误。就在这个艰难和漫长的认识过程中:"我走出角色,发现了自己。原来,我是一个有血有肉、有爱有憎,有七情六欲和思维能力的人",她宣称,"我应该有自己的人的价值,而不应该被贬抑为或自甘堕落为'驯服的工具'。"②思想敏锐的批评家王若望对作家这一超前的思想和她的小说给予了热情肯定,但是乔山、俞起等人却表达了相反意见。他们批评说,小说把人道主义的"社会作用"提到了"不恰当的高度",没有从"全局"对生活作出正确的理解和判断,也就是说,偏离了打倒"四人帮"后已经形成的一些"决议"的主流观点,等等。③ 围绕某些有争议的作品,参与讨论的还有陈涌、刘宾雁、张笑天、唐挚和叶橹等作家和评论家,这些文章在当时引起了广泛注意。

怎样评价过去出现过的人道主义探索,是这次讨论另一个重点。由于"历史重评"的思潮在一定范围内展开,80年代文学的确立,难以避免对"十七年文学"加以重评。这种情况下,新时期初期企图用"十七年"的"纯洁"对照"文革"罪行的思维方式受到威胁,因为一些人总希望把罪行缩小到那四个人身上,担心历史反思的深入会引起较大社会反弹。所以,在怎样阐释马克思主义与人道主义的关系,社会主义环境中存不存在异化现象等问题

---

① 唐因、唐达成:《论〈苦恋〉的错误倾向》,《文艺报》1981年第19期。这篇文章是在受到压力之后写出的,而该报对作家本人的"同情态度"在编辑部内部很普遍,暗示着它的社会功能将会受大的时代潮流的影响而开始弱化。

② 沈太慧、陈全荣等编选:《1979—1983文艺论争集》,第206页,黄河文艺出版社,1985。

③ 乔山、俞起:《略谈〈人啊,人!〉的得与失》,《文艺报》1982年第5期。据白亮的研究,对戴厚英及其小说的批判,除了作品的思想探索过于"大胆"之外,还夹杂着上海宣传和文学管理部门与作家本人的"历史积怨"。在"文革"前和"文革"初期,戴厚英在上海作家协会激烈批评、攻击过一些上海的老作家,有过极"左"表现。上海文学界对她的"恶感"和排斥,使得她在新时期创作的小说很难在当地出版。后来,经过各种曲折,终于在广东出版,并被北京的主流文学批评界所认可,从此进入了"当代文学史"。参见白亮:《"写作身份"的转变和"个人价值认同"的重述——戴厚英〈人啊,人!〉与1980年代》,未刊。

上，当时双方存在着尖锐分歧，意见相差悬殊。胡乔木、贺敬之主要是出于维护文艺政策历史权威性的目的来论述其观点的。胡乔木的《关于人道主义和异化问题》，弱化了马克思《1844年经济学—哲学手稿》的异化观点在他整个思想体系中的价值，而将其看做是作者"不成熟"的著作，还没有"摆脱"哲学思辨和"从某种抽象概念或抽象公式出发"的"方法"。与此同时，他强调马克思运用历史唯物主义方法对人的研究和由此得出的结论。以此为根据，他认为只有"社会主义人道主义"，而没有"抽象的人性"和人道主义。这种概念分离的方法，在过去和后来都曾使用过，它的好处是把问题简单化，理论层面与实践层面的边界因此变得模糊，容易达到开脱的效果。①贺敬之也警告说，我们要划清马克思主义与资产阶级世界观的"界限"，不能提倡"个人主义""虚无主义"等等。② 而周扬依据的正是被胡乔木"弱化"的马克思《1844年经济学—哲学手稿》等一些著作，来支持他对人道主义问题的阐述的。他指出，马克思与黑格尔、费尔巴哈的"异化论"虽然有区别，但这一理论仍然在他的学说中占有独特的位置，也有特殊的意义。他强调，克服一切形式的异化，追求人的全面解放，是无产阶级人道主义观形成的关键。周文与胡文的一个重大分歧在于，他不认为人性、人道主义是"抽象"的，相反，社会主义条件下的异化问题，成为他的文章探讨的重点。③王若水的《文艺与人的异化问题》写于1980年，在观点上与周文有异曲同工的感觉。他指出，马克思主义的人道主义思想，就是"肯定人的地位，人的价值，人的尊严"的，恩格斯在总结巴黎公社的经验时，也认为工人阶级在掌握政权后，应该注意"防范"由公仆变为主人的问题，实际是指出了有政治异化和权力异化的问题。尽管作者声明他写此文属于"探讨性质"，但他对长时期内文艺政策错误的批判，却显得十分引人瞩目。④

---

① 胡乔木：《关于人道主义和异化问题》，人民出版社，1984。此时关于异化问题的争论已经落幕，这本书的出版，带有某种历史"定论"的意图。不过，后来人们对这个问题的研究，都没有遵守它作出的结论。应该说，某种意义上是一部比较"尴尬"的著作。
② 贺敬之：《当前文艺思想的几个问题》，《文艺报》1983年第10期。鉴于作者当时在宣传系统的"领导"身份，会经常发表一些这类文体的文章，若干年后很难收入作者的"文集"之中。不过，在已经出版的《周扬文集》中，也有不少这类文章。因此，作者当时对文学界的真实看法，又不能从这些文章的字面意思来理解。
③ 周扬：《关于马克思主义几个理论问题的探讨》，1983年3月16日《人民日报》。
④ 王若水：《文艺与人的异化问题》，《上海文学》1980年第9期。

第三节 《班主任》引出的"问题小说"

"文革"后,堆积如山的社会问题成为舆论触点。政府希望解决这些问题,但媒体不方便用直露方式予以推进。这种情况下,文学扮演了社会媒体的作用,许多小说、诗歌的发表都会引起社会热议,文学实际上替代媒体配合了政府的政策。《班主任》等"问题小说"的兴起,可以为当时特殊的文学生产方式提供佐证。1977年11月号的《人民文学》,登载了刘心武的短篇小说《班主任》。紧接着,中央人民广播电台播发了这篇小说。[1] 刘心武这篇新作之所以引起轰动,是他率先尖锐揭开了"文革"造成的青少年的精神创伤问题,由此成为揭发更多社会问题的历史起点。不过,同类题材在喷涌而出的同时,相互模仿的现象也比较普遍。当时被列为这一作品系列的,还有刘心武的《没有讲完的课》《穿黄色大衣的青年》《爱情的位置》、卢新华的《伤痕》、张贤亮的《吉普赛人》、莫应丰的《竹叶子》等,但影响都要逊色一些。这些作品后来被统称为伤痕文学。

鉴于历次政治运动造成的冤假错案数量惊人,而阻止解决的力量同时存在,青少年问题一时还摆不到桌面上来。但这一问题牵涉面较大,因此,怎样挖掘和表现这一社会问题,就成为刘心武文学创作蓄而待发的一个突破点。刘心武,曾用笔名刘浏、赵壮汉等。1942年生于四川成都,1950年随父迁往北京。1961年大学毕业后,他到北京十三中(原辅仁中学)任教。刘心武创作很早,写过小说、杂文、小品、散文和剧评等。十多年的执教生涯和班主任角色,是他观察社会、感知人生变幻的一个特殊视角。"文革"中,中学生率先卷入残酷斗争的狂潮,他们的心灵,也随之而扭曲变形,成为另一意义上的"历史受害者"。作者没有作为旁观者,而是把人物形象置于自己的精神历程中来观照。他说:"当我十多岁的时候,我胸前飘动着红领巾,每当风儿吹动着领巾,领巾的尖儿拂弄着我的心窝时,我就生出许许多多的愿望。"[2]后来,他个人同样经历了从愚昧、盲从到绝望的过程,痛感到荒谬的历史对人们精神上的戕害,"在写《班主任》时,我只是觉得骨鲠在喉,必须一吐为快;我凭着一种真挚的责任心,一股遏制不住的激情,提笔勾勒着

---

[1] 20世纪七八十年代之交,文学作品直接由国家和各省广播电台广播,是这一时期中的独有现象。中央人民广播电台就曾播放过艾青的《在浪尖上》、柯岩的《周总理,您在哪里?》、李瑛的《一月的哀思》、雷抒雁的《小草在歌唱》等诗歌,小说的播放相对较少。

[2] 刘心武:《泪珠为何在睫毛上闪光——回忆我的少先队生活》,《辅导员》1980年第5期。

我所熟悉的人物,呼唤人们警觉起来,'救救被四人帮坑害了的孩子!'"①70年代末,"伤痕"是一个潜在的社会重大话题,但文学怎样描写,却显得比较敏感。《班主任》的问世,正好打破了这一僵持局面,把许多人内心深处的强烈情绪宣泄了出来,它"仿佛是一只报春的紫燕掠过长空,透露出当代现实主义文学复苏的春讯"②。重要的是它第一个打破了很多人不敢尝试的这个"禁区"。

表现青年精神世界的伤痕,是《班主任》最具媒体效应的主题。作者采取了当时非常流行的思维模式,把"四人帮"确定为制造这一悲剧的"元凶"。光明中学有流氓习气的学生宋宝琦,是作为有"外伤"的青年形象塑造的。但是,作者在另一主要人物谢惠敏身上,却倾注了更多的思考,因为她精神上的"内伤",比宋宝琦那种"外伤"更令人担忧。她是班团支部书记,品行端正、心地单纯,然而思想近于僵化,心灵上打着更深的被"四人帮""毒害"的印记。在作者看来,"四人帮"长期施行的愚民政策,产生了极其严重的恶果,这一现象,尤其是应该警觉和批判的。这一在《班主任》中开始形成、继而逐步发展成型的创作视角,主导着刘心武这一阶段对历史的判断和艺术表现,从而构成了这么一个人物关系模式:班主任/学生、教育者/被教育者、批判者/"四人帮"。在刘心武的意识中,前者与后者之间,显然是一种"光明"与"愚昧""正确"与"错误""真理"与"谬误"的紧张关系,它们甚至永远都处于尖锐对立的状态,作为一个"现实主义"作家,应该责无旁贷地向读者传达憎恶的情绪,表明自己的立场。③ 事实上,上述文学观,也是当时许多作家的共识。他们的小说,从主题到题材,从构思到情节,甚至人物的命运结局、作品所着重揭露、批判的对象,与《班主任》都有着不少相似的地方。卢新华《伤痕》的主要意图,是控诉"血统论"对女知青晓华心灵的严重伤害,这种情绪,在小说结尾达到了高潮。张贤亮的《吉普赛人》、莫应丰的《竹叶子》,也都是描写一些天真单纯的青少年,如何在"阶级

---

① 刘心武:《〈班主任〉后记》,中国青年出版社,1979。近年来,关于《班主任》的文学经典价值一直很有争议,不少人都指责它的叙述模式与"十七年小说""文革文学"有紧密联系,人物形象上有"公式化""概念化"的倾向(参见谢俊《可疑的起点——〈班主任〉的考古学探究》,《当代作家评论》2008年第2期)。尽管如此,小说的历史价值仍然值得肯定。这种80年代"文学经典"的不确定性,实际上与人们对整个80年代文学还没有形成比较理性和成熟的研究有一定关系。
② 朱家信:《刘心武小传》,《刘心武研究专集》,第6页,贵州人民出版社,1988。
③ 刘心武写于这一时期的文章,都鲜明地表现出这一姿态。它们是:《〈绿叶与黄金〉后记》,广东人民出版社,1980;《我走了三步》,《奔流》1981年第10期;《根植在生活的沃土中》,《人民文学》1978年第9期;《生活的创造者说:走这条路!》,选自《同文学青年对话》,文化艺术出版社,1983。

歧视"中受到伤害的。他们和刘心武一样,在创作中关注的主要是主题、题材问题,对艺术技巧并不十分看重。当时很多评论文章的"注意力",也都集中在这一方面。他们评价作品好坏的标准,主要看作家是否"敢于冲破'四人帮'强加在人们头上的精神枷锁",是否"在创作上作了大胆的探索和尝试",是否"敢于说真话"、是否敢"暴露",而对艺术技巧、想象力、语言,对存在着的题材、故事和人物雷同的现象,则普遍采取比较忽视的态度。

某种意义上,《班主任》是20世纪初中国文学史上"问题小说"的重现。在主题上,它承袭于鲁迅"救救孩子"的启蒙思想;题材形式,则是对20年代"问题小说"的模仿和发展。在20世纪的中国,思想解放的时代,也往往都是一个问题成堆的时代。文学与社会问题在这种情境下经常彼此不分,相互声援,但同时也损害了这些文学作品的艺术价值。像冰心等20年代的"问题小说"作家一样,刘心武在历史的转折点,优先关注的是个人/社会、个人/传统的对立,以及什么是阻碍社会发展的重大问题。所以,他80年代的许多小说,都是围绕着一个又一个"问题"而精心构思、设计和创作的。例如,揭露"伤痕"的有《班主任》《没有讲完的课》和《醒来吧,弟弟》,维护爱情合法性的有《爱情的位置》,重申人的生活权利的有《我爱每一片绿叶》《立体交叉桥》,关注公民道德的有《5·19长镜头》《公共汽车咏叹调》,以至一些表面上疏离问题的作品,也都与诸如"文化""风俗"等问题有所牵连。于是有研究者在肯定20年代"问题小说"的成绩时,指出了它的不足,认为:"'问题小说'的兴盛是在五四运动后二、三年间,实际上就是一股'题材热'",不少作品"只是提出了问题而没有找到现实的正确的答案","往往存在着概念化的毛病",有的则"比较粗拙,缺少细节刻划,只是流水帐式叙述主人公一生悲惨经历"等等。[①] 这些现象,在以刘心武《班主任》为代表的七八十年代的"问题小说"中,也在所难免。《班主任》在文学界兴起了一股势不可挡的"题材热",从作品本身看,它只是从班主任张老师特殊的视角出发,讲述了两个不同的学生,在"文革"中所经历的故事,与当时一般的作品相比较,它不过更善于组织"巧合"和"冲突"而已。而且,这一主题、题材的雷同化和概念化现象,在作家以后的小说创作中并没有及时改变和引起警惕。

1979年后,"伤痕"不再专指青少年生活领域,而成为泛指历次政治运

[①] 钱理群、吴福辉、温儒敏、王超冰:《中国现代文学三十年》,第79—91页,上海文艺出版社,1987。

动留下的各种"社会伤痕"的代名词。这一题材开始触及到大量的社会悲剧,它对"反右""大跃进""文革"的认识,明显朝着更有深度和广度的方面发展。这些作品中具有代表性的有,茹志鹃的《剪辑错了的故事》、陈国凯的《我应该怎么办》、金河的《重逢》、叶蔚林的《在没有航标的河流上》、冯骥才的《啊!》、古华的《爬满青藤的木屋》、鲁彦周的《天云山传奇》、路遥的《人生》、谭谈的《山道弯弯》等。不过,从这些作品的思想倾向、创作风格看,它们并没有改变《班主任》所开辟的路向:一是把问题意识作为文学创作的核心,而诸种问题与当时社会正在进行的纠正冤假错案,扮演的是策应的角色;一些作品,对某些领域的工作,还起到了推波助澜的作用。但由于个别作品提出的问题相当尖锐,使它们在发表、出版、上演时出现了一波三折的困难局面,例如电影《天云山传奇》等。① 二是《班主任》中提出的一些问题,如"人性""人道主义"等,由于历史所限,并没有展开和深化下去,而这两、三年的不少创作,有了明显改观。例如,人们不再把"反右""文革"造成的危害简单推给"四人帮"或"路线错误",而是看清楚了它们与几千年中国封建思想的历史联系,封建专制、思想迫害以及愚民政策等,是造成历史曲折和悲剧的主因。人们认识到,中国革命是以广大的农村为基础、以农民为主力军而发展和走向成功的,所以,农民身上根深蒂固的宗法思想、狭隘观念、守旧意识,必然会阻碍社会的民主、法制建设,成为发动各种政治运动的导火线。虽然相隔的时间很短,但上述小说在艺术上要比《班主任》等作品圆熟一些,批判的情绪为相对冷静的反思色彩所替代,这些都说明作家的文学意识在逐渐地加强。

伤痕文学虽然表现出可嘉的探索勇气,但基本还是在上面允许的范围内思考和创作的。其标志是,"文革"时期的一些"地下文学",通过"手抄本"的形式流向社会,伤痕文学的传播,主要借助的是政府办的报纸杂志、出版社和书店,和统一管理的评奖制度。所以,二者在历史形态、作家心态、审美意识上,存在较大的区别。另一值得注意的现象是,像五四以来的中国现代文学一样,作家们专注的仍然是传统的两大题材:知识分子和农民。但本时期知识分子形象与现代文学中的知识分子形象的不同在于,他们是以历史的"受难者"的形象,而非现代文学中的"先觉者"出现在作品中的;农民形象也是如此,现代文学的农民形象是由知识分子作家"发现"的,因此,

---

① 对电影《天云山传奇》公开放映后,会不会在社会上产生"消极作用",有关方面存在着激烈争论,据说,最后拿到中共中央政治局开会讨论,才获通过。

作家往往把他们的愚昧、落后归结为自己批判的"封建礼教",这与伤痕作家有意识地将错误政策与农民悲剧相联系的思维方式,有了视角上的差异。这一现象表明,无论是作家的创作背景,还是人物的历史境遇,伤痕文学都与现代文学中的相似主题产生了较大的时间上的、观念上的距离,虽然二者在题材上非常接近,被人看做是"继承"与"被继承"的关系。这一"当代性",在很长一段时间内都是不被人们注意的。

第四节 "朗诵热"年代与诗歌创作

70年代末,"朗诵诗热"开始在北京各个体育场馆出现。人们热衷于诗歌朗诵,目的是借此宣泄多年积压的历史怨愤。这种广场式的聚会反映了那个年代的思想特色。在中国,每逢社会出现重大转折之际,"朗诵诗运动"都会成为一股文艺团体推动或群众自发组织的热潮,30年代中期以武汉为中心的抗战朗诵诗运动,五六十年代歌颂社会主义建设的朗诵诗热潮,就是其中突出的例子。这一时期的朗诵诗运动,是被迫中断的"天安门诗歌运动"的延续,在政府还没有为各种冤假错案平反之前,作家和群众用这种方式在推动历史的发展。

1977年,《诗刊》社在北京举办了首场大型诗歌朗诵会,作品有《欢呼伟大的历史性胜利》《周总理永远活在我们心中》等。鉴于"文革"刚结束,诗作传达的又是当时最为敏感的时代情绪,因此引起了观众的强烈共鸣。一年后,另一场有二三万人参加的诗歌朗诵会在工人体育馆举行,艾青的《在浪尖上》、柯岩的《周总理,您在哪里?》、白桦的《阳光,谁也不能垄断》等诗作,产生了强烈的效果。当朗诵到"一切政策必须落实,/一切冤案必须昭雪,/即使已经长眠地下的,/也要恢复他们的名誉"等诗句时,每念一句,在台下便跟着一片欢呼,有的人甚至当场痛哭失声。这种特殊情景,被更多人的文学想象继续在全国上下传播、扩散,形成一个来自民间继而推动上层社会政治改革的浪潮。后来,这种借助广场直接与社会大众交流的形式,通过广播、学校、工厂等中介迅速向全国波及,形成了一种特殊的景观和潮流。在不同场合成为朗诵作品的,还有李瑛的《一月的哀思》、贺敬之的《中国的十月》、雷抒雁的《小草在歌唱》、骆耕野的《不满》、张学梦的《现代化和我们自己》、叶文福的《将军》、熊召政的《举起森林般的手,制止!》和舒婷的《祖国啊,祖国》《致橡树》等。由于诗歌承担着表达社会情绪的主要职责,这些朗诵会一时成为文坛引人瞩目的事件,因此,它被称赞为"文学的战斗性、人民性、真实性的传统在诗歌中得到了恢复和发扬","奏响了向四个现代化进军的号角,唱出了人民强烈的心声,大胆地揭露了现实生活的矛盾"。①

当社会逐渐恢复到正常状态,朗诵诗热便像一场暴风雨般地过去了。1979年,从患难岁月中"归来"的诗人们,开始集聚成两个诗人群体,成为诗坛的中坚:一个是以艾青为首的在50年代蒙难的右派诗人,他们是苏金伞、吕剑、公刘、白桦、流沙河、邵燕祥、昌耀、梁南、林希等;另一个是因"胡风案"及其他历史问题被逐出诗界的"七月派"诗人和"中国新诗派"诗人,如牛汉、绿原、曾卓、彭燕郊、冀汸、罗洛、辛笛、郑敏、陈敬容、唐祈、杜运燮和蔡其矫等。二十余年的挫折和磨难,使他们在重返诗坛时,对历史、人生、诗歌都有了较前更为深切的认识和感受。由于经历的不同,前一拨诗人中的大多数人,比较倾向于从社会的层面上选取诗材,因此他们的诗,往往有着社会代言人的浓厚色彩。他们的作品,偏于使用这种激切的句式:"中国!你果真是无声的吗?/哦,可——怕!"(公刘《刑场》),"不!真理是人民共同的财富,/就像太阳,谁也不能垄断。"(白桦《阳光,谁也不能垄断》)给人尖锐诘问的印象。后者虽然同样关注忧国伤时的主题,在艺术表现上,却比较地迂回、含蓄和深沉,诗人们更偏向对个人生命形态、价值和意义的思索。他们追述着枫树被伐倒后,从"一圈圈年轮"中慢慢"涌出了一圈圈的/凝固的泪珠"(牛汉《悼念一棵枫树》),期待的是"你敢这样握着我的手穿过蔑视的人群"的无望的关切和人与人之间的温暖(曾卓《有赠》)。在他们的诗中,展示的是连绵不断的情感,和生命的闪光。他们的创作,继续着20至40年代战斗的、美的诗歌传统,纠正着五六十年代诗坛的某些偏误,从而把当代诗歌带入了一条正确的历史航道。总体上说,他们这一时期的创作,与文学的反思浪潮保持着同一步调,他们把对个人生命和历史进程的感知,融入特殊的现实时空中,试图重建曾经遭到破坏的社会理想和美学理想,虽然这只是天真的幻想。

艾青(1910——1996)在30年代,是唱着《大堰河——我的保姆》《向太阳》和《火把》走上诗坛的。50年代,在写出《礁石》《在智利的海岬上》等诗后不久,被错划为右派,困守黑龙江、新疆石河子二十多年。1978年后,他迎来了自己创作的第二个高潮,先后有《在浪尖上》《光的赞歌》《古罗马的大斗技场》《鱼化石》等一批脍炙人口的诗篇问世,在读者中产生了很大的

---

① 《中国文学研究年鉴(1981)》,第256页,中国社会科学出版社,1982。

反响。他这一时期的创作,延续着肇始于 30 年代、后来一度中断的对黑暗、光明、苦难和人民等文学命题的思索,同时,灌注了前两个时期相对较弱的个人亲身体验的"忧患感"。他著文疾呼诗人要说"真话",批判极"左"文艺思想,提倡艺术民主,深化了本时期诗歌对历史的思考。① 然而人们感到,诗人的创作开始出现把"反右""文革"等民族悲剧置于人类命运的大背景中来表现的变化,这一变化,显示了艾青作为"大诗人"的眼光。

时代特征、民族命运和人类前途是艾青处理题材的一贯视角。在他复出后的诗中,也不例外。长诗《在浪尖上》展示了六七十年代之交政治的纷乱和光明与黑暗的搏斗;《光的赞歌》歌颂自然万物的声音、色彩和生命,象征着人类在艰难险阻中对光明执著追求的智慧和毅力;《古罗马的大斗技场》选取奴隶主强迫奴隶进行生死决斗的历史场景,反省了人在自我认识上的荒谬性、残酷性;它们和《鱼化石》一起,唤起了人们对人——民族——人类的绵长而深沉的思考。值得注意的是,艾青不像当时一些诗人那样,在选材上紧扣"时事性"或"焦点问题"。他对社会政治的考察,包含着历史的眼光、丰富的经历、象征的手段等复杂因素,这使他的诗"对人的生活历程的把握,对人的命运的关注","诗中表现的政治激情包容着浓郁的命运感,某些他习惯使用的理性叙说也凝聚进人生悲欢离合的复杂况味"。② 除却"大题材"之外,作者还有一些短诗,如《致亡友丹娜之灵》《墙》《特根恩湖的早晨》等,也较为耐读。80 年代中期后,诗人诗思减弱,写作渐少。

公刘和流沙河是以诗坛的"双璧"形象出现的。公刘(1927—)江西南昌人,1939 年开始写诗,50 年代成名,有影响的作品是《五月一日的夜晚》《上海夜歌(一)》等。1979 年平反后,他展露在人们面前的是"激切"的诗人形象,其中,《沉思》《哎,大森林!》《刑场》《仙人掌》《母亲——长江》等诗作和诗集受到了关注。"干预生活"的强烈意识、政治性题材和硬朗有力的风格,构成了作者创作的三个基本要素。因此,有人用"从云到火"来概括公刘这代诗人变异很大的精神历程和风格。③ 公刘的目光接触到当代中

---

① 这些文章是:《在汽笛的长鸣声中》《新诗应该受到检验》《我对新诗的要求》等,参见《艾青全集》第 3 卷,花山文艺出版社,1994。由于与朦胧诗人北岛、黄翔之间发生了一些"误解",导致艾青在"清污运动"中对朦胧诗持激烈批评的态度。而在 1975、1976 年前后,北岛与艾青来往很多,并在创作上受到后者的某种影响。

② 洪子诚、刘登翰:《中国当代新诗史》,第 278 页,人民文学出版社,1993。

③ 黄子平:《从云到火——论公刘"复出"之后的诗》,参见其专著《沉思的老树的精灵》第 48—68 页,浙江文艺出版社,1986。文中,作者使用了很多具有启蒙思想特征的措辞,如"复活""沉思""历史感"等等,反映了当时研究者特定的历史观和美学观。

国的许多"重大问题",例如领袖和人民、诗与政治、宗教和神、民主与法制、封建主义和官僚主义,等等。他写道:"哎,大森林!我爱你!绿色的海!/为何你喧嚣的波浪总是将沉默的止水覆盖?/总是不停地不停地洗刷!/总是匆忙匆忙地掩埋!/难道这就是海?!这就是我之所爱?!"(《哎,大森林!》)"战士"的激情因为"历史感"的融入而增加了观察生活的深度和厚度,同时,哲理的思辨也促使读者与作者一起重新"进入"和"反思"历史,这种不再是单一的、而是复杂的抒情方式,成为公刘这一时期创作的主要特色。不过,诗人由于过分强调感情的投入,所以对作品的艺术性有所"损伤",给人率直勇敢有余而含蕴、回旋不够的感觉。流沙河(1931—),四川金堂人。50年代因诗《草木篇》获罪,复出后又因组诗《故园九咏》声名大振。与公刘不同,流沙河采用的"以小见大"的取材方式。他的诗风外柔内刚,继承了杜甫诗歌"讽世"但却含而不露的抒情风格。作者许多年的美好岁月,都沉埋于在故乡为人拉锯、钉木箱的体力劳动,和屈辱的处境之中,所以,带着个人隐痛的恍若隔世的视角,是他恢复写作后的特有方式。"落难"书生与孩子近于天真的嬉戏的场景,尖锐地传达了千百万人曾经有过的卑微、艰难的人生境遇:"爸爸变了棚中牛,/今日又变家中马","莫要跑到门外去,/去到门外有人骂。/只怪爸爸连累你,/乖乖儿,快用鞭子打!"(《故园九咏·哄小儿》)"落难文人"的心态和情绪,形成了流沙河明显有别于同代诗人的抒情特色,也限定了作者艺术的发展。这种特色,在他六七十年代的旧作《情诗六首》《梦西安》中就已显现。但是,当他后来试图用一种与时代气氛更为吻合的笔调,来表达强烈的情绪,如《老人与海》《一个知识分子赞美你》和《太阳》等时,就给人"力不从心"的印象。

　　绿原、牛汉和曾卓是"七月派"诗人中的三棵常青树,但是他们的诗歌趣味,却代表了三种不尽相同的审美倾向:绿原冷静智慧,牛汉温婉深沉,曾卓执迷纯真。绿原(1922—),湖北黄陂人。早年就读于复旦大学,他的政治抒情诗集《童话》《又一个起点》等曾在40年代风靡一时。在50至70年代艰难的岁月里,他零星写过《又一个哥伦布》《重读〈圣经〉》《信仰》等诗。这些作品,在80年代发表后,以思想的睿智、观察的深刻而赢得人们的尊重。作者在"牛棚"中想起了《圣经》,后者对"真理"的无穷探索令他"辗转反侧,好梦难成",于是,《圣经》无形之中与荒谬现实形成了强烈对照。这种将"现实"与"梦寐"融为一体、但又彼此质疑的写作方式,使作品主题始终处在一种反讽、重复的含意当中。80年代,绿原利用访问西德之机,创作了《西德拾穗录》等一批作品。这些诗作,集中了作者对德国文化、自然和宗教的深入体察,仍然保持着他一贯的克制的抒情、讥讽与赞颂相交杂的风格。牛汉(1923—),山西定襄人。40年代曾在西北大学读书,在此前后开始写诗,有《鄂尔多斯草原》等。《悼念一棵枫树》《华南虎》等是诗人写于湖北咸宁"五七干校"时的作品,拿绿原的话说,它们"为我们留下了一个时代的痛苦而崇高的精神面貌"①。它们后来发表后,引起了许多人情感的强烈共鸣:"湖边山丘上/那棵最高大的枫树/被伐倒了……/在秋天的一个早晨",诗人分明痛切感到,"清香/落在人的心灵上/比秋雨还要阴冷"。"树"的伐倒,象征着那个时代信仰的崩溃,和更多人心灵的迷乱。将强烈的痛苦熔铸在诗歌的结构之中,把对自然、人、宇宙的细微感知,通过反复、回旋的诗句缓慢地传达给读者,这是牛汉特有的抒情方式。他的诗,没有明显的节奏感,和语言的格式,往往都是根据内容来自由地发挥,作品艺术上的完整性,主要是依赖感情来贯穿和控制。他出版过诗集《温泉》《蚯蚓和羽毛》《海上蝴蝶》等,90年代后,仍葆有旺盛的艺术创造力。曾卓(1922—2002)湖北黄陂人,40年代毕业于复旦大学,写有《生活》《门》等诗。他也像上述两位诗人一样,曾经"折戟"于历史深处。所以,当他饱含生命忧患感和历史沉重感的作品《悬崖边的树》《有赠》"公之于世"时,得到读者热烈的回应是可以想象的。牛汉评价说,他的诗大多"带有自白或自传的色彩,都是从他'骚动的灵魂'辐射出来的光焰",他在抒情风格上总给人"生命的重逢"的恍然若失的感觉,"带来温暖和美感"。②《悬崖边的树》倾诉了知识分子在非常年代中惶恐不安的生存感受;《有赠》是一曲爱的颂歌,其中却夹杂着忏悔、痛苦与紧张的心绪;《呵,有一只鹰》写的是对自由、幻想的无望而苦涩的期待。在晚年,曾卓的诗风略有变化,他的视野似乎开阔了,一种平淡与超然的诗意成为他作品的结构因素,像《老水手的歌》《征服大海的人》等——实际上,作者勾勒了历经风雨沧桑的他和同代人的"画像":"老水手坐在岩石上/敞开衣襟,像敞开他的心/面向大海。"

在本时期创作活跃的还有"中国新诗派"的郑敏、杜运燮、陈敬容、王辛笛和唐祈等人。郑敏(1920—),福建闽侯人。40年代从西南联大毕业后,赴美国留学。曾有《诗集1942—1947》等。在沉默二十多年后,重新登上诗坛的她,恢复了过去那种观察细腻、富有哲理和深度的艺术风格。"生命里有多少/遗忘时间的荷花,/尽管已是入秋了/仍从容地抒展开花瓣,/走

---

① 绿原:《活的歌》,牛汉诗集《温泉》的"代序",上海文艺出版社,1984。
② 牛汉:《一个钟情的人》,《曾卓抒情诗选·代序》,中国文联出版公司,1988。

完自己的历程。"在她发表在 80 年代及后来的诗作,如《我渴望雨夜》《古尸》《第二个童年与海》《冬天怀友》《心象组诗》《让我们在树荫下行走》等中,可以看出冯至的某些影响,同时,又融入了她历经磨难后的体验、观察。她的诗,注重从自然、生命中提炼生存的价值意义,并把它升华为一种诗意的美学。在艺术上,郑敏的作品有一种经过"打磨"后的精致,更有一种经过冷静处理后的质地,它们有时近于晦涩,但意象却是明朗的,是那一种经得起反复观赏、体味的诗品。进入 90 年代后,她是少数几位仍有创作活力的老诗人之一。

其他一些诗人,80 年代也奉献出了有影响的诗作。白桦出版有诗集《情思》和《白桦的诗》,邵燕祥有诗集《献给历史的情歌》《邵燕祥抒情长诗集》等,梁南的《野百合》《爱的火焰花》、昌耀的《昌耀抒情诗集》也获得了好评。"七月派"的老诗人,如彭燕郊(《彭燕郊诗选》)、冀汸(《我赞美》)等,多有新作发表。

第十二章 文学对历史的叙述

第一节 第四次文代会

1979年10月30日,全国第四次文学艺术工作者代表大会在北京召开(简称第四次文代会)。建国后,文艺体制承袭苏联的组织建制,文艺会议也照样全搬,各种场合充满苏式文化气味。当然中国式的管人传统也在暗中修复。它明显改变了文学与社会的关系。社会强力进入文学,是1949年后当代文学的主要特色。此前,也曾召开过文代会,例如1949年的第一次文代会、1953年的第二次文代会和1960年的第三次文代会。会议是在不同历史诉求下举行的,后来的评价也有所不同,不过被认为都是在加强政府对文艺的控制,虽然宽松程度不一。

随着各种政府布局的展开,各个领域的跟进便成为意料之中的事情。全国文联和作家协会是党的群众组织,它不会没有动作。文代会的召开,正是与当时"思想解放""团结一致向前看"的政治目标相一致的。此前,国家最高领导层围绕如何检讨当代中国的政治、经济和文化政策,存在着较为尖锐的矛盾。1978年5月11日,《光明日报》发表了特意组织的《实践是检验真理的唯一标准》一文,引起了全国性的大讨论;同年底,中共十一届三中全会召开,在撤销"反击右倾翻案风""天安门反革命事件"等一系列错误文件的同时,终止"两个凡是"说,①决定不再提"以阶级斗争为纲"的口号,而把工作重心转向"四个现代化"方面。这些举动,意味着长期处于人为紧张

---

① "两个凡是"是1977年2月7日《人民日报》社论《学好文件抓住纲》中由当时党和国家最高领导人提出的著名论断:"凡是毛主席作出的决策,我们都坚决拥护;凡是毛主席的指示,我们都始终不渝地遵循。"它成为中国思想解放运动的最主要的障碍。

状态的中国社会将进入一个转型期。实际上,在此之前文艺界与之配套的"批判""反省"和"申诉"已经分阶段地展开。例如,1977年5月,中共中央批转解放军总政治部的报告,宣布撤销"部队文艺工作座谈会纪要"。11月,《人民日报》《人民文学》邀请部分文艺界人士举行座谈会,批判"文艺黑线专政论",丁玲、萧军、艾青等一些被错误批判、贬抑的老作家或亲属开始上访,拉开了文艺界"平凡昭雪"的序幕。邓小平亲自出席大会,并作《在中国文学艺术工作者第四次代表大会上的祝辞》。因郭沫若一年前离世,30年前第一次文代会的3位"总报告人",这次换成了茅盾致开幕词,周扬做报告,夏衍致闭幕词。有意识地放松控制,营造一个有利于文学创作的"宽松"的局面,是大会着意向往的效果,为此它提出:"当前,要着重帮助文艺工作者继续解放思想,打破林彪、'四人帮'设置的精神枷锁","衙门作风必须抛弃,在文艺创作、文艺批评领域的行政命令必须废止","在艺术创作上提倡不同形式和风格的自由发展,在艺术理论上提倡不同观点和学派的自由讨论",以便"帮助文艺工作者获得条件来不断繁荣文学艺术事业"。①

　　在历次政治运动中被放逐的老作家,重新执掌文艺界的领导权,当然去世的人士无缘历史。会议公布的名单为:茅盾为名誉主席,周扬为主席,巴金、夏衍、谢冰心、林默涵等为副主席。我们知道前任作协党组书记邵荃麟已不在人间。

　　第四次文代会是一次宣称团结的会议,同时无可避免是一次表达冤屈的会议。不少老文艺家刚刚从流放地归来,他们精神上和身上的历史风尘还未来得及洗净。有的文艺家则满怀感恩戴德之心,有些言论未免夸张,种种迹象都证明历史的复杂。例如,对文艺专制心怀不满的许多作家,在"创作自由"的口号下十分感奋。他们的文章,大多用"解放""砸烂精神枷锁""春天""浩劫后""不能辜负期望"等字眼来描述心灵获得解放后的激动心情。不过,因长期配合和依附文艺政策的习惯,他们的发言,又不妨看做是对第四次文代会精神的被动性解读,如"我们的这次大会,宣告着社会主义文艺新长征已经开始,在中国文艺史上有伟大的历史意义","文艺反映人民的生活,不能与政治无关。在今天来说,就是社会主义现代化建设的需要","谈到安定团结,文艺界的确有一个加强团结的问题";而且坚信,"我们这支革命的文艺队伍,不论在抗战前、抗战中、解放后,尽管有这样、那样

---

① 邓小平:《在中国文学艺术工作者第四次代表大会上的祝辞》,《文艺报》1979年第11、12期。

的缺点和分歧,在总的方向上应该说是团结得很好的"。① 如果贴近中国的特殊国情,上述表白应该受到历史的"同情和理解"。人们发现,文学对历史的叙述,其表达方式和社会效果是值得关注的。在人与历史的关系中,各种纠结的力量在规定人的命运的同时,实际也塑造了他们理解历史和表达自己的语言方式。所以必须注意:一、在数十年针对知识分子的文艺运动结束之后,大多数作家确实感到了心灵的解放和自由,他们迫切希望把"四人帮"造成的损失"夺回来",因此,能够理解会采取一种积极配合的姿态。当时,很多老作家不顾年高体弱,奋力写"回忆录",利用余生进行文学创作,就说明这在很多人中间,是一个普遍的共识。二、由于长期的精神禁锢,不少人的思想一时不能超越自己的社会环境,个人的主体性还很难恢复到过去的水平,而第四次文代会又是一次检讨 50 至 70 年代文艺政策、鼓动作家创作的大会,很容易被看做是当代中国文学发展的一个转折点,是文学和作家获得新生的机会。这就使不少老文艺家出于理想情怀会发表一些过激的言论,没有真正理解这次大会的真实意图。三、在会上重申"双百方针",不仅改善了作家的生存境遇,客观上也建立起一个保证作家文学创作的外部体制和舆论环境。于是,受到文代会的激励,文艺界一时涌现了思想活跃和创作繁盛的景象,当时的很多情形都令人难忘。

按照当代史的习惯,思想解放,一般都是由北京的文艺报刊来牵头。各种敏感迹象,主要通过它们的只言片语反映出来,再诱导更多人予以发挥。它的最初表现,是在刊发在《文艺报》1979 年 1 至 9 期的一批文艺批评文章中。这些文章是:本刊评论员的《解放思想迅猛前进》、祁宣的《加快落实政策的步伐——彻底解放文艺的生产力》、赵岳的《"文艺黑线论必须推倒"》、顾骧等人关于《大墙下的红玉兰》的讨论、罗荪的《贯彻双百方针必须批判〈纪要〉》等。上述文章,措辞文风还令人忆起"文革"年代的某些特点,但它们发挥的打破禁区和倡扬新说的突出作用,也不应被低估。文艺界发现,就连过去一向擅长使用"社论体"写文章、极少流露真实态度的周扬,在《在斗争中学习》一文中,也使用文人化的激动语气说:"四人帮""他们打倒了大批的革命文艺工作者还不算,他们还解散了各种文艺团体,首先是全国'文联''作协'以及其他各协会,然后各省市的'文联'和各协分会也遭到了同

---

① 参见茅盾:《中国文学艺术工作者第四次代表大会开幕词》,周扬:《继往开来,繁荣社会主义新时期的文艺》,夏衍:《中国文学艺术工作者第四次代表大会闭幕词》,均见《文艺报》1979 年第 11—12 期。

样的命运。他们以为从此可以把革命文艺队伍斩尽杀绝。但是世界上的事情总是不以人们的意志为转移的,尤其是不以反动派的主观愿望为转移的。"①其实,周扬的表现并不异常,尤其是当人们想到"文革"使那么多有良知的文艺家致死、致残而又无处声辩的情况下,他的姿态正是文学参与历史叙述的真实反映。上述文章公开发表在这家被认为是50至70年代敏感的"舆论宣传窗口"的杂志上,说明第四次文代会前后,"文禁"确实已有所松动,新的文学年代正在到来。

像中国文学史上的不少场合一样,每当社会转型,思想浪潮剧烈涌动,人们便没耐心埋头进行精致的文艺创作。转型初期的许多作品,姑且可称为文艺宣言,而非文艺作品。一批风格较为粗糙、但思想大胆的文学作品,这一时期也见诸各种报刊。它们是小说《我该怎么办》(1979)、《乔厂长上任记》(1979)、《在社会的档案里》(1979)、《因为有了她》(1979)等。除《乔厂长上任记》是展现改革开放的社会生活之外,其余作品皆以"揭露"和"控诉"政治运动对人性的摧残为主要内容。由于敏感到允许有一定创作自由的时代气候,这些作者便把非常直观、缺乏艺术构思的现实故事加一点"巧合"搬到小说创作中来,这一率真、大胆的写作风格虽与人们的情绪十分契合,但总的看,却存在较多的艺术上的问题。有意思的是,当时的"文学接受"并不在意审美意识和艺术技巧,而更看重哪些作品思想是否大胆、是否敢于去闯各种禁区。主张和鼓励探索,是当时文学创作的主要推动器。它也在加剧随意性很大、艺术想象过于夸张的文学作品的草率问世。某种程度上,这就形成了一些艺术粗糙、思想尖锐的文学作品和作者反而成为文坛"中心""焦点",他们的新作一再引起社会轰动效应的社会心理基础。应该看到,这批作品对思想解放起到了推波助澜的作用,个别作品还为纠正"文革"中遗留的冤假错案,营造了有利的社会舆论环境。当然,思想解放就一个大的历史范围而言,不可能没有一定限度。两年后,电影《苦恋》、话剧《假如我是真的》和中篇小说《飞天》《在社会的档案里》就受到了批判,并被禁演,它们被认为是夸大了社会的阴暗面,存在着不健康的思想情绪。上述现象,增加了问题的复杂性,说明第四次文代会在对未来的承诺与实际社会现状之间,确实存在错综复杂、不那么协调、但总的来说是进步了的矛盾

---

① 参见《文艺报》1978年第1期。可以注意一下这篇文章与第四次文代会之间的"时间差":作者在"文革"中被监禁十年,此文流露出一位"遭贬"文人抱怨的情绪,但第四次文代会的"基调"确定后,同一作者的思想情绪又发生了变化,与文代会的"口径"重新保持了一致。

和冲突。尽管如此,第四次文代会与前三次相比,在开展的方式和政策措施上已发生了重要变化,它不再要求文学艺术形成五六十年代那样的规范和统一步调,它的控制方式,也更多地增添了"人性化"的内容。这些情况,只有到了很多年之后才能真正觉察。

第二节　知青文学的差异

　　过去的教材,都在强调知青文学的历史同质性,例如苦难、理想等等。当然也不能说作为一种青年运动,它本身不存在某种共同的特点,但由于插队时期的先后,来自南北或大小城市,建设兵团、知青点生产和生活方式的不同等因素,又会决定知青文学在理解现实和艺术表现上存在着某种差异。

　　知青文学,是一个含有社会学成分的文学概念。它是指作家与上山下乡有紧密联系、反映一定时期中个人特定历史境遇的文学。知青作家的共同点是,在 1968 至 1979 年间曾在广大乡村插队落户,或在农场劳动,"文革"中和返城后的遭遇,是其情感抒发和文学表现的主要聚结点。知青文学这一概念在形成的过程中,自觉排斥了"颂歌"的成分,也未把倾向于表现精神主体的白洋淀诗歌纳入其中。这样,它实际变成了知青小说的同义词,例如孔捷生、郑义、叶辛、梁晓生、张承志、张抗抗、王安忆、李锐、柯云路、韩少功、肖复兴、史铁生、阿城、李晓、朱晓平等的小说。①但是,由于我国地域广阔,各个地方的文化、风俗和人情有较大差异,每个知青的经历和体验有所不同,所以,知青文学一开始形成了"批判"和"留恋"两种主要的主题和审美形态。后来,由于许多知青作家的心态和创作发生了很大变化,前者又有所延伸、转化,呈现出多样化的态势。

　　现在已经能够看到,知青作家审美观念的形成,得益于时间因素,例如在 1981 年前后就明显不同;也受制于地域和插队方式上的原因,如所在地自然条件的艰苦程度、人际关系的好坏,这些都会导致知青作家的回忆有所不同。批判基调的确立,自然与"文革"后一段时间内社会的总体情绪有密切关联。而对这一代知青来说,则直接联系着他们在"文革"中走过的人生

---

① 当时知青"歌颂"上山下乡劳动生活的作品一度十分盛行,如诗人郭小川之子郭小林的诗作、张抗抗的小说和《朝霞》上刊发的大量作品。这些作品,被人称作"知青文学"。80 年代后,它的"身份"却受到普遍怀疑,逐渐被反思"文革"的知青小说所压抑,实际被文学史家逐出了这一文学概念。

历程。出于对失去了的青春的痛切感受,他们最初看到的是被历史所扭曲的一面,所以批判中有意或无意地包含了追回和补偿的强烈冲动。为了强调批判的必要和正确,这些主观性的文学想象和叙事中,难免不会有某种虚构和矫饰的成分。在孔捷生的《在小河那边》、郑义的《枫》、陈建功的《萱草的眼泪》、老鬼的《血色黄昏》等作品中,有对人生信仰被愚弄的愤怒,有对"文革"悲剧的揭露和控诉,而这种感伤情绪又被某种离奇的情节所支配。例如,孔捷生(广东人,1952—)的《在小河那边》,讲述一对同父异母的姐弟由于"血统论"而被歧视而发生了畸恋,但当姐姐知道弟弟的"出生秘密"后,终因受不了打击而发疯。"离奇"故事与"文革乱世"的拼接,是一个时期内控诉性质的小说普遍的叙事手段,这种比较夸张的手法,目的是为了增强批判的力度,加深人们对错误历史的认识。另外,一些作家为突出知青生活的"灰色"成分,有意显露了农村愚昧、落后的内容,基层干部往往成为"加害"于女知青的因素,他们作为"文革"的支持者和社会基础的象征意义得到了十分强烈的强调。比较起来,农村中"日常生活"的方面,反而被轻易地一笔带过。这自然不能排除由于"新时期意识",作家在描写具体生活时有意夸张"伤痕"的程度,渲染悲剧的气氛。

　　伤痕文学高潮过去之后,人们开始恢复正常的社会生活和文学生活。起初人与社会关系的紧张,因为大量冤屈的平反而转入松弛状态。人们发现,随着对知青生活的重新审视和挖掘,许多日常、丰富和复杂的层面正在逐渐进入知青作家的视野。1981年前后,人们可以明显感到作家对过去生活的展示方式的变化。其一,以梁晓声(黑龙江人,1949—)描写北大荒知青农场生活的小说为代表。他生活了七个年头的黑龙江生产建设兵团,是国家50年代在大批军人转业、复员至此地,投入雄厚资金的基础上兴建起来的,所以,虽然知青负有"戍边"和"锻炼"的任务,但那里的自然条件,要比孔捷生笔下的海南、叶辛笔下的贵州优越一些。因此,这就决定了梁晓生的叙事视点、情感处理和叙述方式会有所变化。在《这是一片神奇的土地》《今夜有暴风雪》和《雪城》等小说中,漫天大雪渲染了知青在命运挫折中与历史抗争的激情,自然的神奇与知青的苦难相辉映,奏响的是一代人生命中那段特殊的乐章。作者这种有意将人生悲欢转化为审美快感的处理方式,后来受到了一些批评家的奚落。另外,异曲同工的"留恋"的调子,也在遥远而闭塞的陕北的塬上缓缓响起,这就是两位北京籍的知青作家史铁生(北京人,1951—2011)的《我那遥远的清平湾》和朱晓平的《桑树坪纪事》。与"知青农场"的生存方式不同,散布在陕西、山西一带的知青,是以进村插队的形式与当地农民朝夕相处的。因民风纯朴,使得他们对普通农民善良的性格容易长久、贴近地观察,于是,在乏味、贫困的生活中,插队的焦虑得以缓解,那奇异的山川地貌,那质朴的人情,反而在他们的记忆中留下了一种牧歌的调子。《我那遥远的清平湾》中的老光棍形象,正是这种"知青想象"中的一个诗化的表现。最后,返城后人生困境的叙述,则向读者展示了知青生活日常、琐碎和无奈的一面。1981年王安忆的短篇小说《本次列车终点》,被研究者认为表征了知青文学的某种转移。在作品中,主人公由新疆建设兵团回到上海,却受到就业、住房和人际关系等问题的困扰,这些在外漂泊多年的游子并没有真正得到都市的恩宠,于是,睡在楼梯拐角中的他决定重返农场,重新确定人生的坐标(在这里被隐喻为"终点")。作者对人物生存挣扎情状的逼真描写,有一种力透纸背的感染力,给世人留下很深的印象。我们看到,王安忆更为关心的是知青如何在新的年代重建自己生活位置的问题,而不再把渲染知青历史悲剧作为小说的手段。

还有一些知青作家,插队前家庭已经遭遇坎坷命运,这种境遇使他们早熟,养成了一种相对老练的看待现实人生的眼光。他们更愿意在平实的叙述语调中回忆过去,理解人物的悲欢。韩少功、阿城和李晓等人的小说一开始就具有这些特点。读者看到,由于家庭变故而被置于运动以外,这些作家不像一般知青那么狂热和理想,而对生活采取了冷静和局外人的态度。轰轰烈烈的知青运动在其笔下少有幻想的光环,一些司空见惯的人性内容和场景,却经常出现在他们笔端。韩少功的《西望茅草地》着力挖掘知青运动后期人生存在的荒谬,阿城的《孩子王》《棋王》把喜剧因素带入到插队生活当中,作者是在揭示被流行观念遮掩的一种鲜活的生命状态,后来寻根文学批评认定它们是寻根小说,但这些作品的知青小说元素也不能忽略。李晓(1950—)原籍四川,生于上海。他注意的是知青返城后的人生姿态。在反思知青运动的高潮过后,作者和人物的心态都发生了微妙的变化。与王安忆还带点理想主义尾巴的《本次列车终点》的视角不同,他的《继续操练》关心的,是这些回到都市的知青在钻营、欺骗及倾轧中的各种"操练"——读者大概会感到奇怪,这篇小说和他其他一些作品如《关于行规的闲话》《机关轶事》中的眼光与笔调,都有一种冷到零点的感觉——这里,显然包含了"文革"在一代人身上留下的精神后遗症,是非常令人触目惊心的。① 除此之外,张承志、张抗抗、叶辛的艺术表现也各不相同。张承志的《黑骏马》《金牧场》,夹杂着文化认同和恋母情结,也有人性的疯狂和失态,它们与作者的少数民族身份和"文革"特殊经历是难以分开的。张抗抗的创作跨越了知青文学的整个时期,她早年曾是《朝霞》杂志的作者,后来和同代人一起转向了反思;但是这种反思仍然夹杂着作者早期写作的痕迹。叶辛的《蹉跎岁月》和《孽债》,似乎是知青历史的两种迥然不同的境界,前者有九死而不悔的情绪,后者则是知青们与其第二代之间在重返城市后的悲喜剧。

鉴于知青运动的历史真相和诸多问题并没有展开,要想在短时间内取得知青文学研究的实质性成果不够现实。知青文学目前只能停留在历史描述阶段,这是不争的事实。但我们不妨让文学先参与历史叙述。1968至1979年,一场席卷全国城乡、涉及千百万人命运的上山下乡运动,在许多人中间留下了难以磨灭的记忆。知青文学即是这一历史记忆的文学书写,它们在70年代末到80年代中期,达到高潮状态,后来则被其他的文学潮流所冲淡和掩埋。但是,关于知青题材的作品,80年代后期以来还零零星星见于一些书刊,如邓贤的长篇纪实小说《中国知青梦》、陆天名的长篇小说《桑那高地的太阳》、张抗抗的长篇小说《隐形伴侣》等;90年代,海南的《天涯》等杂志还辟有诸如"知青日记""知青诗歌"和"知青书信"专栏,有意突出这些搜自民间文本的私人性质,但究竟是强调时代对个人的戕害,还是为了满足今人对历史的窥探癖,在直观上很难识别。它们虽说有的仍在延续、深化前面作品的话题,有的在努力展现另外一些生活侧面及含义,长达十年之久的知青经历,使很多人悲愤难掩,也难以忘怀,但这些文本仍然只是个人化的历史叙述,那些早已被时间所忘却的生命和历史,很难说还能真正展现出来。随着历史的推移,人们感受和判断的变化,知青文学说不定还会在某一时刻以另一种形式呈现于人们面前。这也许要等到很多年之后。

第三节 "归来者"作家的多层性

"归来者"是文学史对这些蒙难作家的补偿性历史命名,它指的是20世纪五六十年代因各种政治运动而蒙难,后来重新恢复了创作权利的一批

---

① 反映一代人"看破红尘"的同类题材,10年后才在刘震云的《一地鸡毛》《官场》等作品中集中、全面地铺开,被批评家名之为"写实小说"。值得注意的是,1984年后,当整个社会还沉在"理想状态"时,李晓已敏锐发现了许多知青精神上的"颓废"和"灰色",第一个对其进行了发掘。

小说家,譬如王蒙、陆文夫、从维熙、张一弓、李国文、高晓声、张弦、方之等。有一个时期,研究者希望把他们归入同一作家群体,但他们之间创作的差异也很明显。这些人当年的职业是官员、记者、教师和文学青年,"文革"后,由于纠正冤假错案的时间的前后,之后获得新荣誉和地位的不同,其创作心态并不像人们想象的那么一致。有的虽说属于反思文学,但潜意识里还在受为政治服务的流行文学观点的约束,有的较多受到五四传统的启发,能与流行主题保持一定距离,但总的说,人道主义关怀和对历史创伤的揭露,是他们都比较感兴趣、创作也比较集中的题材领域。这些确实也打上了他们共同的历史烙印。

　　王蒙(1934—　),原籍河北南皮。"七七事变"后举家迁往北京。40年代末就读于平民中学(现北京四十一中)时,秘密参加中共。50年代在北京市东城区团组织工作,写过长篇小说《青春万岁》,后因小说《组织部来了个年轻人》获罪。先在北京师院任教,之后要求外放新疆。"文革"中还曾落户伊犁乡下。他1979年夏回到北京。80年代中期后,曾任《人民文学》主编和中央政府文化部长。在"反思"的创作潮流中,王蒙以《夜的眼》《春之声》《布礼》《蝴蝶》《杂色》《相见时难》《活动变人形》等一批中、短篇小说,引起人们的瞩目。他的创作,不满足于"伤痕"阶段的感情宣泄,更关注个人在严酷历史中的心灵感知和自我反省。这种处理,因哲理思辨因素而增强了作者思考历史和艺术表现的厚度。知识分子在追寻社会理想过程中的困惑和挫折,"少共"的特殊历史情结,一直在支配和主导着王蒙的小说情节的展开和主人公的感情因素。他承认,他的生活记忆中有一个难以割舍的怀旧情绪:"那些在解放前后积极投入革命斗争的青年人,那些热情地迎接解放,又热情地投入了建设新生活的斗争的青年人。"[①]也有人指出,王蒙经常是把"历史报应的思想""和重大的历史现象联系在一起的,至少也是和重大历史迁变在人的命运中的投影联系在一起的。因此,就赋予它以一种严峻的、惊心动魄的历史哲学的意味"[②]。阅读王蒙的小说,人们发现两重视野成为他作品的基本结构方式:一个是"青春视野",另一个是"老干部视野"。两个视野的交叉渗透,构成像王蒙这样的20世纪五六十年代一代作家充满矛盾的创作世界。《相见时难》的叙事套路,是这一时期文学中常见的海外华侨"文革"后返回中国、感情重新认同的故事,小说叙述重点是

---

① 王蒙:《文学与我》,引自曾镇南《王蒙论》,第389页,中国社会科学出版社,1987。
② 曾镇南:《王蒙论》,第19页,中国社会科学出版社,1987。

翁式含——一个经历了严酷的政治洗礼而深化了自己青年时代的激情和热忱的共产党人的形象。这类形象经常出现在王蒙笔下，也是他最喜爱的一类形象，例如《布礼》中的钟亦诚，《蝴蝶》中的张思远，都是翁式含的血缘很近的兄弟。他们在现实与政治、个人与国家之间艰苦选择，这种历史纠结在王蒙年轻的时候就已经开始，到新时期仍然是其作品的主要思想特色。这种夹杂着多种声音与回忆因素的文学叙述，在中篇小说《布礼》中达到高潮。钟亦诚在被错划右派后的无怨无悔，与对早年参加革命时的单纯激情的回忆，在小说中相互交错、冲突，又彼此质疑，成为当时读者热议的话题。某种意义上，它明显扩大了1949年之后同类小说的历史叙述空间，同时也增加了后代读者理解革命小说复杂性的难度。应该指出，尽管王蒙的政治性写作丰富了当代小说，深化了这一阶段文学对精神理念的思考，如《活动变人形》等力作，然而，它们也会将历史和个人命运最终囿于某些政治命题上（如纠正冤假错案后感激涕零和青春无悔等信念），从而使更有质量的历史反省难以落实。

在小说艺术上，王蒙明显比同代作家进行了更积极的探索。这一方面是作家感到直接针砭现实存在风险，另一方面这时外国文学翻译也在影响他对小说的看法。他的小说实验，很大程度来自两方面的相互作用，这使其作品具有了一般人难以理解的多重色调。80年代初，当小说创作大多仍然沿着传统套路惯性发展时，他就在《夜的眼》《春之声》和《蝴蝶》中开始采用意识流的新颖手法，让故事冲突和结构情节服从于主人公潜意识的思想和生命活动。这种处理在当时引起了争论，但它对于拓展小说的表现空间有明显推动作用。之后，他的探索进一步向立体化、杂色化的艺术方向推进，抒情、叙事、夸张、寓言、调侃、印象、联想等等手法被熔为一炉，显示了作者不同于人的机智和幽默的叙述才能。他的叙述语言是跳跃的、不固定的，有北京的日常口语，也夹杂着貌似严肃的政治用语，它刺激了读者的阅读兴味，但也让人产生某种略带油滑和审美疲乏的感觉。上述手段，在《队长、书记、野猫和半截筷子的故事》《布礼》《说客盈门》《名医梁有志传奇》等作品中皆有淋漓尽致的运用，但其中有些作品在分寸感的把握上还有欠缺。

张弦（1934—　）观察社会的方式，与王蒙有所不同。他的小说虽然充满批判色彩，但对社会政治采取的是暗中疏离的态度，因为在他看来正是前者造成了对主人公的伤害。在小说创作经验上，他是一位长于在短篇小说领域内探索当代女性心灵悲剧的作家。50年代后，他因小说《上海姑娘》而受到牵连。他较早引起人们注意的是1979年3月号发表在《人民文学》上的《记忆》。该小说讲述的是,60年代中期,阶级斗争气氛日益紧张,电影放映员方丽茹不慎将领袖人物的纪录片倒装,受到严厉处罚,被开除团籍、公职,戴着"现行反革命"的帽子送农村监督劳动。十多年后,再次返回正常社会的她,留给秦部长的只是过去的美好"记忆"。之后的两三年,作者的《被爱情遗忘的角落》《挣不断的红丝线》和《未亡人》等继续从"感情"的角度,对知识分子、农民等各类女性的心灵世界进行深入挖掘,它们因触及当代社会的许多重要问题,为当时不少作家、评论家所首肯。[①] 张弦作品不多,但每每发表,都能引起读者心灵长久的震颤。这是因为,他注意截取"大时代"的某一断面,把人的命运压缩在一个看似偶然的历史巨变中,这些青年女性昙花一现的爱情,最后都被一只看不见的手所扼杀和葬送。在"今天"与"过去"的时间差中,作品透射出一种令人茫然和无从把握的沧桑之感。在小说中,作者还力图揭示一些善良的弱者在无力挣脱当代各个时期的政治事件和观念时的无奈而复杂的心理,在客观的叙述中,让形象自身孕育出自省、批判的力量。由于作家的创作灵感来自他多年沉淀的经验,后来,上述创作视角便日趋固定而没有伸展。不久,他的兴趣转向了电影剧本的改编。值得提出的是,张弦小说的表现领域并不开阔,却能在80年代同类题材中占有独特位置,其主要原因是,他不仅继续了五四文学关于妇女解放的思考,而且将其在当代政治的背景中加以深化和延伸,并凸现出"命运"这一普遍性的文学主题。他力避80年代文学"自叙传"的写作陈套和浪漫情绪的无限扩张,采用了平实、节制和冷静的叙述方式,使作品在含蓄中见出深厚。善于观察与刻画女性心理及其相关细节,也是张弦小说艺术上比较圆熟的地方。

高晓声(1928—1999),江苏省武进县人。1951年发表小说《收田财》,三年后,因反映新婚姻法的小说《解约》引起文坛注意。1957年,因与方之、陆文夫等发起"探索者"文学社,成为右派分子,被遣返家乡务农。80年代初,他的《李顺大造屋》《"漏斗户"主》和《陈奂生上城》等一批作品,把对当代农民命运的思考推进到了更深的层面。由于作者二十余年身处中国社会的底层,亲自品尝过生活的不幸和屈辱,所以,他比一般作家更容易观察和

---

① 本时期评论张弦小说的文章有:雷达的《深刻与容量——读〈被爱情遗忘的角落〉所想到的》,《上海文学》1980年第8期;李子云的《爱情为什么遗忘了这个角落?》,《人民日报》1982年3月24日;刘锡诚的《读张弦的〈未亡人〉》,《文艺报》1981年第5期;陈骏涛的《谈一种简单化的文学概念——从〈挣不断的红丝线〉谈起》,《上海文学》1982年第1期;吴亮的《张弦的圆圈》,《上海文学》1982年第7期;王蒙的《善良者的命运——谈张弦的小说创作》,《文学评论》1982年第5期,等等。

发现农民在以个人的牺牲来表达对新社会的热爱时的精神麻木和顺从状态。他对当代农村生活的浓缩能力,有点类似擅长概括历史生活的鲁迅,而鲁迅的改造国民性思想,也在他作品中留下了某种痕迹。所以,当时有评论说他的小说有"鲁迅风"。作者没有把这些单方面地推给当代社会,他对农民自身的问题自觉进行了反思。与此同时,像许多农村题材作家一样,对党的政策的敏感,也是高晓声小说创作的一个特色。在艺术上,高晓声运用的是以小见大的取材方式,他擅长提炼日常生活的细节,把《儒林外史》那种含而不露的笔法融入其中,同时注入了自己对主人公的理解和同情,读来有种悲喜交集的效果。但这种丰沛的创作状态维持时间较短,他对"落实农村政策"文学书写的特殊嗜好,在1981、1982两年的"陈奂生系列"后续作品《陈奂生转业》《陈奂生包产》中日渐明显。他对农民形象过分喜剧化的描写,后来招致人们的批评。《陈奂生上城》的文学史地位较高,但实际艺术成就仍有再讨论的空间。此外,作者还写过《大好人江坤大》《陈家村趣事》,以及中篇小说《荒池岸边柳枝青》和《极其麻烦的故事》等,都不太出名。

张贤亮(1936—),原籍江苏盱眙,生于南京。高中肄业。1956年响应号召去甘肃,做过农村文书和学校教师。1957年,因发表诗歌《大风歌》被划为右派。二十余年间,在宁夏农场被管制、"群专"和监押,这使他理解社会的角度和方式都明显迥异于归来作家群的其他作家。张贤亮1979年重新发表作品,1980年后到宁夏回族自治区文联工作。俄罗斯文学、《资本论》和劳改经历,是他小说创作的重要资源之一。尤其是后者,在读者中引起了更多的历史同情。1979到1984年间,他每发表一篇作品,都能引起评价不一的轰动效应,这些作品是《邢老汉和狗的故事》《土牢情话》《肖尔布拉克》《灵与肉》《男人的一半是女人》《绿化树》和《习惯死亡》等。落难知识分子,是张贤亮作品刻意塑造的主人公形象,他在创作过程中刻意使用这一经验,也应受到相当的注意。他们在被流放、被监管的处境中,生存艰难(主要是饥饿和性苦闷)到了难以忍受的极限。于是,一个救赎者——生活、劳动方式都近乎"原始"的女性——奇迹般地出现在他苦难的生活中,不光帮助他解决了"双重的饥饿",而且赋予他战胜自我和超越苦难的非凡力量。在这里,俄罗斯式的忏悔情结——经济基础决定上层建筑——面对苦难——同时又把它当做艺术观照对象的思维习惯和情感表达方式,成为张贤亮作品的基本结构方式。因此,它获得了评论家黄子平的特殊好感:"在展示这一艰难的精神历程时,张贤亮很好地把握了那一代人真实的心理气氛"，这些作品"以心理学上的极大真实性，重现了这个既悲壮又充满了诗意的年代"。① 但是，它也暴露出张贤亮等作家以个人自传因素吸引读者的问题。今天已能够看到，过度渲染感情在吸引广泛读者的同时，一定程度上会影响到本时期文学在历史认识上的深度。有研究者认为，这些故事是中国古代文学中"才子落难、小姐搭救"的老套叙事模式的现代沿袭。另外我们看到，文学思潮在张贤亮小说中具有过大的影响，当然它不是作家一个人的问题。

把主要创作精力和兴趣投入历史创伤题材领域，在受过伤害的老作家中蔚然成风。除上述几位外，较多涉足该题材的还有李国文、从维熙、张一弓、宗璞等。李国文成名于 50 年代，小说《改选》把他送入命运的深渊。1979 年复出后，李国文延续着他观察社会的独有方式，把对历史的思考融入人物命运的挫折之中。他写小说，没有张贤亮那种主动期待的轰动意识，没把能否引起社会轰动看做写作目的，而更倾向于冷静的描述。这些特点在短篇小说《月食》《危楼记事》和长篇小说《冬天里的春天》《花园街五号》等作品中有所体现。但他在新时期的文学成就，小说要逊色于杂文。90 年代后，李国文转向了杂文创作，形成以史喻今的感受方式和艺术视角，它们给读者留下了较深印象。劳改队和监狱是从维熙最常采用的创作题材，他对过去生活刻骨铭心的记忆，深刻影响着小说的人物、情节、结构和语言方式，使之带有纪实文学的意味，例如《大墙下的红玉兰》《燃烧的记忆》《第十个弹孔》《远去的白帆》《遗落在海滩上的脚印》《雪落黄河静无声》等。正由于"作者紧紧抓住了这个十分尖锐而炽热的题材"②，这些作品问世后，被人称作"大墙文学"，《文艺报》还辟出专栏对此展开了公开讨论。但是，由于认识社会的方式较为简单，作家往往把复杂的历史处理成"忠奸对立"的文学故事，将受难的知识分子形象简单化、脸谱化。他的小说在构思和表现上自我重复较多。张一弓 50 年代曾任《河南日报》记者，亲历过"大跃进"造成的粮食饥荒现象，这一经历，成为有影响的中篇小说《犯人李铜钟的故事》的原始素材。在政策失误导致的大饥荒中，基层干部李铜钟违背上级指示把国家粮仓囤积的粮食分给濒临绝境的群众，小说结尾，他在悲壮的气氛中入狱。这部小说通过叙述李铜钟的自我牺牲，反思了极"左"路线的错

---

① 黄子平：《我读〈绿化树〉》，引自《沉思的老树的精灵》，第 149、150 页，浙江文艺出版社，1986。

② 郭志刚：《见真知深新人耳目》，《文艺报》1979 年第 7 期。

误;它对历史创伤的大胆披露,收到了震撼人心的效果。张一弓习惯用记者的眼光和取材方式进行创作,善于抓敏感题材,但也暴露出通讯报道的趣味和艺术上的不足。另外,对中国传统戏曲、小说中的清官意识资源的挖掘和利用,使他的作品拥有较大范围的读者,与此同时也损害了作家更自觉的历史意识和反思能力。这类创作现象在本时期的反思小说中比较普遍,所以,当作家群体出现又一轮的替换的时候,这种与现实贴得过紧的反思就无法再进行下去,多数作家都难以写出引人注意的新作。张一弓还写有《张铁匠的罗曼史》《黑娃照相》等作品。宗璞在50年代以小说《红豆》走上文坛。80年代,她仍然用多年形成的将感情、感伤带入历史反省的方式写作小说。短篇小说《鲁鲁》以抗战时期为背景,表现了一条小狗在寻找小主人的过程中忠实和温情的一面。在"文革"后读者的理解中,它发出的"悲凉""撞人心弦"的"哀号",强烈地隐喻着"文革"摧残和践踏爱的荒谬历史。宗璞的叙述含而不露,但总能见出一种蕴藉和久远的艺术魅力,这种风格在思想粗粝的反思小说中可以说是卓尔不群。

第四节 汪曾祺的出现

80年代初,不少老作家多年疏于文学创作,艺术技巧一时难以回到熟练和自然的状态。另一些新潮作家则受文学思潮的诱惑,不能及时发现自己的创作个性。这些因素使得文学创作在主题、题材、人物和语言风格上出现了某种雷同化现象,而文学批评则很少给予提醒。虽然思想解放运动一定程度上改善了社会气氛,但社会格局并没有发生根本变化,人们还在延续着20世纪50年代就已形成的历史观和文学观。这一时期,文坛精英主要是归来作家和知青作家,成名于20世纪三四十年代的作家则处在从属地位。但前者所利用的,也仅仅是50年代这点儿思想和文学资源,以及少量的外国文学资源。在文学的恢复期,人们还难以冲破当代文学既有的框架,在艺术上有更大的作为。就在这一时代间隙中,汪曾祺一出现就给予读者耳目一新的印象。

汪曾祺在80年代文学中的独特地位,与他的京派作家身份有一定的关系。这种身份和它所拥有的文化教养,与大部分的归来作家和知青作家相比都明显不同。但迄今为止,究竟是什么原因使这位失势的老作家又走上新时期文学的前台,一直没有得到很好的历史解释。他(1920—1997)是江苏省高邮人,1939年考入西南联大中文系,次年开始发表小说。通过沈从文的指导,他继承京派正宗的艺术血脉,并受到契诃夫小说的启发。他在1949年之前出版过一本《邂逅集》,"其中的《复仇》等已能显示出他文学上的现代意识,不着重于结构故事,但又很能替人物造像的特点",他"寻求极平常生活中的淡泊、自然的趣味,铺张地刻写民俗,很富有生活知识的蕴含"。① 这些艺术表现,与京派作家反感现实斗争题材,主张在带有原始意味的生活和人性中揭示美,以及强调古典主义的审美精神是一脉相承的。但汪曾祺在艺术手段上似乎比他的老师沈从文更显多样和复杂,他有写实小说的佳作,但也有意识流小说的珍品,频繁在杂志上露面。在40年代文坛,他的耀眼夺目,使文学创作上已经大势已去的京派群体重新受到关注。1958年,汪曾祺被错划为右派,下放张家口农业研究所。1962年调入北京京剧团任编剧。"文革"中因受江青赏识,参与样板戏《沙家浜》的定稿。② 70年代末,他在单位被看做"第三种人",一度处境艰难。由于文学圈子友人的举荐,他经由《北京文艺》主编李清泉将写一些描写民国时代风俗人性的小说,如《大淖记事》《受戒》《异秉》等,发表在《北京文学》《人民文学》上,逐渐得到很高的赞誉。之后,他还出版了《汪曾祺短篇小说选》《寂寞与温暖》《晚饭花集》,论文集《晚翠文谈》和《汪曾祺自选集》等。

  汪曾祺小说的取材,与当时大多数作家有很大不同。可能由于受到政治惊吓而产生自我危机感,他有意回避了现实题材,自然也回避了伤痕、反思等文学潮流。这种老题材、老故事,反而在读者和文学批评中产生了一种异样的"陌生化效果"。估计也是一种托词,他声称这些小说改自"1948年旧稿",或者宣称取自"43年前的一个梦"。但就在这种特别的历史情境中,在小说中作家的眼光仿佛回到了遥远的三四十年代,以家乡高邮为中心,贯

---

① 钱理群、吴福辉、温儒敏、王超冰:《中国现代文学三十年》,第486页,上海文艺出版社,1987。

② 在"文革"中,由于受到江青的欣赏,汪曾祺对现代革命京剧《沙家浜》的最后定稿起到较大作用,这段"经历",后来受到人们的非议。近年来,"汪曾祺现象"再次受到研究者的注意。钱振文认为:"在70年代末和80年代初又一次'百花齐放、百家争鸣'的倡导中,汪曾祺的小说可以说是恰逢其时,不但没有受到批判,还以获奖的方式获得了一定程度上的肯定,即使在紧接其后的'收缩'中,汪曾祺仍然能够安然无恙,且写作势头越来越旺。因为,此时此刻,真正有害的作品并不是汪曾祺的即使无益也不能说有害的'纯文学',而是有'资产阶级自由化'倾向的作品,这里的'资产阶级自由化倾向'主要的并不是指汪曾祺的提倡'美感作用'、'美育'的写作,而是指有'反党、反社会主义性质'的文学创作。在把'文学为政治服务'改写成'文学为人民服务、为社会主义服务'的新口号之后,汪曾祺的另类写作已经被纳入了主流叙事的许可范围之内,因为,这样的作品不但对政党政治和主流文学不能构成危害,而且还能够成为证明'文学多样性'政策取得成功的实绩。"(参见《"另类"姿态和效应——以汪曾祺小说〈受戒〉为中心》,《当代作家评论》2006年第2期)

穿了水乡、小镇、寺庙和种种或平凡或离奇的故事及生活意象,成为这时作家最乐意创作的主要题材和灵感。对旧日生活的回忆,①是他小说令那个年代的读者难忘的一幕:在《岁寒三友》中,王瘦吾(开绒线店)、陶虎臣(开炮仗店)、靳彝甫(画店老板)是三位重义薄利、性情平淡的好友,因"时局"变故,他们经历了一连串"发财""破产"的人生悲喜剧。作品在追忆了那已经远逝了的温情、质朴后,慨然写道:

"好,醉一次!"

这天是腊月三十。这样的时候,是不会有人上酒馆喝酒的。如意楼空荡荡的,就只有这三个人。

外面,正下着雪。

对社会人生无常的喟叹,对大千世界无端变故和乖戾的唏嘘,是贯穿在汪曾祺很多作品中的一个基调。而这种基调,在1949年之后的当代文学中基本上已经绝迹。不过,由于受过现代文学作品的熏陶,很多读者仍然在汪曾祺的作品中找到了历史亲切感,仿佛重新触摸到了被革命故事掩盖了的日常生活的真实。但是,由于"不很自觉地受了佛教的'冤亲平等'思想的影响",②在对这些旧故事的处理上,作者有意抱着平淡、超然的态度,无形之中,仿佛是"故事"自己在讲述自己,他并不是在这里刻意与众不同。读者不由得兴趣盎然地看到,"瓜子脸,一边有个很深的酒窝","眼角有点吊,是一双凤眼"的年轻姑娘巧云,已与小锡匠十一子暗结"百年之好",但命运偏偏如此不济,父亲不慎瘫痪在家,自己被刘号长"破了身子",而且十一子也差点被这些兵痞打得丧了性命。(《大淖记事》)保全堂药店小伙计陈相公常因错被打,却能"到了晚上,上了门,一个人呜呜地哭了半天",用对"妈妈"的诉说来宽慰自己。(《异秉》)因为"家贫"而很小出家的少年明海,似乎不懂得人生的苦痛,他最后却在小英子这里得到了爱的庄严的承诺。(《受戒》)小说在结尾换上了异常明朗、欢快的调子,它让欲为之落泪的读者也能转而一笑,感到释然。这种阅读经验,对80年代的读者来说确实别开生面。

这就容易理解,在80年代,人们对汪曾祺小说中结合着自然风光的风

---

① 80年代初,"怀旧"几乎成了汪曾祺创作的一个特殊"情结",除小说外,他还写了《金岳霖先生》《泡茶馆》《跑警报》《昆明的雨》等散文,其中"文林街""昆明的雨季""大西门"等旧景旧事,勾起了作者刻骨铭心的感伤和追怀。选取这种创作视角,大概与作者"文革"后受人冷遇的境况有关。

② 《汪曾祺·代序》,"中国当代作家选集丛书"之一,人民文学出版社,1992。

俗民情描写热评如潮,认为这是开了新时期小说创作的"又一路向",而且很多评者都坚信后来兴起的寻根小说,受到汪氏小说的很大影响。① 众所周知,对原始自然和人性的赞美,是京派文学一贯的艺术追求,汪曾祺接续上这一传统,使其在 80 年代重放异彩。在他笔下,苏北一带小镇、乡村的风俗状物,好像一夜间变成一座展览着各色民俗的博物馆:熏烧、盐炒豌豆、专卖旱烟的源昌烟店、说书的五柳园、运河、石桥、吹管笛、敲鼓板、春粉子、磁坛子、打场号子、芦花荡子、沙洲、挑夫、锅腔子、砖铺的地面、染脚指甲的凤仙花、锡匠、炮仗店、绒线店、刨花、抿子、木瓜酒、药材行、尖底陶瓶、家神菩萨、茶馆酒肆、蜈蚣风筝、玉屏箫竹、田黄,等等,不一而足。这些情状各异、五光十色的民俗风物,构成了作家小说中人物生存的原生态的"环境",影响和决定了他们的生命形式和对大千世界的独特感受,而它们与 80 年代充满新启蒙味道的文学思潮和作家创作,有着天壤之别,给人恍若隔世的印象。另外,他的小说对某些人物、场景的逼真绘状,还带有传奇色彩,例如,《大淖记事》中写巧云父亲的力气之大是,"他专能上高跳。这地方大粮行的'窝积'(长条芦席围成的粮囤),高到三四丈,只支一只单跳,很陡","他就走过去接过一百五十斤的担子,一支箭似的上到跳顶,两手一提,把两箩稻子倒在'窝积'里,随即三五步就下到平地"。又例如《岁寒三友》中炮仗店老板陶虎臣的自杀被救,"他刚把腰带拴在一棵树上,把头伸进去,一个人拦腰把他抱住,一刀砍断了腰带。这人是住在财神庙的那个侉子"。这些描写,令人不禁想起《水浒》《三国演义》《封神榜》等传统小说的艺术状绘来,一切历史都仿佛重回人间。

在一些场合汪曾祺表示,他小说的"本体"是包含着"非现实主义"成分的现实主义,采用的是客观直叙的方法。但人们看到,在创作风格上,他的作品较多受到宋人笔记的影响,另外,《阅微草堂笔记》《聊斋志异》对他也有某种程度上的启发。所以,他欣赏这种艺术境界:"宋人笔记无此功利的目的,多是写给朋友们看看的,聊助谈资。有的甚至是写给自己看的。"它们虽然是"无意为文",但却都"清淡自然"。② 作家的小说意识,包含着非

---

① 参见唐挚:《赞〈受戒〉》,《文艺报》1980 年第 12 期;陆建华:《动人的风俗画——漫评汪曾祺的三篇小说》,《北京文学》1981 年第 8 期;凌宇:《是诗? 是画? ——读汪曾祺的〈大淖记事〉》,《读书》1981 年第 11 期;陆建华:《评汪曾祺描写高邮旧生活的小说》,《扬州师院学报》1982 年第 1 期;程德培:《别是一番滋味在心头——读汪曾祺的短篇近作》,《上海文学》1982 年第 2 期,等等。

② 《汪曾祺·代序》,"中国当代作家选集丛书"之一,人民文学出版社,1992。汪曾祺此番表白,不仅是对自己创作的陈述,也包含着对 80 年代前期文学雷同现象和流行时尚的某种"不满"。

功利的审美化色彩,他把作者、人物、故事和风俗"物我两忘"地熔为一炉,力图呈现那生生不息的永恒的生命光彩。在80年代前期的主流文学中,上述主张和艺术表现,的确有一种非常抢眼的另类姿态。我们知道,这一时期的文学继承的仍然是三四十年代中国现代文学中战斗的现实主义传统,它强调作家的历史使命感,主张积极地"干预生活",表达广大人民群众的利益、愿望和思想情绪。因此,儒家的入世观念——晚清以来的启蒙思想——现代民族国家的奋斗目标这一具有强烈功利色彩的创作意识,成为当时文学发展的主脉。不可否认,80年代前期的文学追求有其历史意义,它的成就也是有目共睹的。但也必须看到,过分强烈的"主观意识""参与意识",也造成了单一化的文学局面,影响了它向丰富和纵深发展。汪曾祺的出现,尽管无法改变当时文学创作中主题重复、人物雷同、手法简单的现状,但他的小说意识、审美选择,却显露出一种难得的艺术自觉和成熟来。这对80年代文学无疑是有特殊的参照意义的。

汪曾祺小说的重要性某种程度上是90年代知识界预设的一种结果,他是通过这种预设形成的力量重返80年代,最终成为80年代的"重要作家"的。其中原因虽然有一些学者曾予以讨论,但显然没有得到更详细充分的解释。汪曾祺与大多数"归来"作家完全不同的突然"归来",也说明文坛已厌倦了"十七年文学"以来那些宏阔雄壮的文学叙事,厌倦了那些格式化的文学创作原则。很多作家想探索另外的道路,已经消失了的现代作家就在这个历史关头纷纷重返,如沈从文、老舍、孙犁,以及钱锺书、张爱玲等等。他们提供的日常生活书写,与八九十年代文学转型的诉求正好合拍,他们的文学经验和精致的艺术技巧,也明显丰富于"十七年"小说,对于新潮作家是非常陌生和新鲜的。关键是,沈从文他们都是旧作,而汪曾祺却有改编的新作发表,这正为求贤若渴的新潮作家提供了具体的文本范型。

第五节　80年代的评奖制度

就在伤痕文学、反思文学大张旗鼓地推动探索思潮的时候,由中国作家协会主导的全国性的文学评奖全面铺开。起初,由中国作家协会委托《人民文学》等杂志,采取群众选举、专家投票的形式进行评奖;后来由于奖项增多,各种面目的文学评奖日渐拓展,一时间热闹非凡。

20世纪五六十年代,政治思想宣传在文艺界重点放在"全国文艺调演"和电影戏剧创作上,文学创作的地位稍逊,因此较少出现文学艺术评奖的现象,即使偶尔举行,也强调"思想倾向"优先的标准。1951年,丁玲的《太阳照在桑干河上》、周立波的《暴风骤雨》分别获"斯大林文学奖",是因为它们及时反映了中国共产党领导的土地改革。后来,全国文联各协会、国家文化部举办的"全国少年儿童文艺创作奖""文化部奖"和"百花奖",也都把是否"反映社会主义革命和建设的成就"列为主要的评审标准。1978年,受中国作家协会委托,《人民文学》编辑部主办的"全国优秀短篇小说评选",首开"文革"后文学评奖的先河。1981年夏,"全国优秀中篇小说、报告文学、新诗评选"也正式拉开了序幕。之后,各个文学门类的评奖每年都如期举行。一般地说,这些评奖都先在《人民文学》《文艺报》等著名报刊登出"评选启事",由读者初选,再由一些声望较高的作家、评论家对全国各家文学杂志"初选"出来的作品进行投票表决;继而,向全国公布"评选结果",在北京举行往往由茅盾、周扬、巴金、张光年等文艺界重量级人物出席的"颁奖大会"。最初几年,这种评奖活动在全国文艺界造成了很大的影响。不少获奖的作家作品,都进入经典之列,甚至进入文学选本的作品,后来也都被视为名作,虽然其中一些作家作品今天需要重新讨论。诚如主办者所言,此举是为了"尽快恢复"被"四人帮"破坏的全国各地文艺组织,"医治""十年浩劫带来的创伤",积极而热情地反映"四化建设以后的时代风貌"。① 文学评奖仍然承载着为改革开放国策服务的任务,那时的获奖作品的重心都在历史题材和改革文学题材上,文学探索的题材直到后来才增加较多。以下获奖实例说明了这一问题。仅从1978、1979两年获奖的优秀短篇小说来看,评委会明确地贯彻了上述的文艺政策。例如,1978年获奖的作家和作品是:刘心武的《班主任》、王亚平的《神圣的使命》、莫伸的《窗口》、邓友梅的《我们的军长》、周立波的《湘江一夜》、王愿坚的《足迹》、成一的《顶凌下种》、李陀的《愿你听到这支歌》、宗璞的《弦上的梦》、卢新华的《伤痕》、张洁的《从森林里来的孩子》、张承志的《骑手为什么歌唱母亲》、张有德的《辣椒》、贾大山的《取经》、贾平凹的《满月儿》、王蒙的《最宝贵的》、陆文夫的《献身》、肖平的《墓场与鲜花》、刘富道的《眼镜》、孔捷生的《姻缘》、祝兴义的《抱玉岩》、关庚寅的《"不称心"的姐夫》、齐平的《看守日记》、于士的《芙瑞达》、童恩正的《珊瑚岛上的死光》。在获奖的25篇小说中,伤痕题材占10篇,改革题材8篇,其余为其他题材。可见,前两类题材明显占有优势,

---

① 巴金:《在一九七九年全国优秀短篇小说评选发奖大会上的讲话》,本刊记者:《欣欣向荣又一春》,均见《人民文学》1980年第4期。

成为该次评奖中的主要题材。1979年的获奖小说,仍然是伤痕和改革题材各占半壁江山,不分伯仲。1982年以后,这种局面有所改观,改革题材开始在数量上占优势,成为获奖作品中的第一大题材。① 建国后,文学创作的题材一直是与作家的立场、思想态度、方向等等紧密联系在一起的,这也是全国文联、中国作家协会重点管理、同时大伤脑筋的领域之一。所以,一旦文艺界有政治运动和对作家作品的批判,往往都习惯从题材入手,在题材上面找"问题"。之所以会如此,是因为,要求文艺工作围绕"中心工作""中心任务"来展开,要求它真正地成为"时代的最强音",于是,五六十年代的文学出现过工业题材、农业题材、军事题材等说法,而且某种题材在一个时期比较集中,变成创作的"热点",一定是由于国家革命和建设的重心开始朝这一方面倾斜的缘故。从这个角度看,在80年代前期全国短篇小说、中篇小说、报告文学和新诗的评奖中,与国家政治生活联系密切的伤痕和改革题材占据很大优势是可以想象的。

国家级文学奖的设立,意义不在评选了多少作品,推出了多少作家,而在它以制度化的形式确立了评奖的权威性。但随着寻根、先锋小说的兴起,这种权威性逐渐失效。90年代末以后,随着茅盾文学奖、鲁迅文学奖的评奖制度被确立,文学评奖权力再次回到国家级评奖的轨道上来。众所周知,"任何奖项的设立,本身就具有意识形态性,它除了举荐和维护文学艺术自身的生产规则外,还要考虑它们在多大程度上体现了奖评标准的要求"②。在这一过程中,人们不难发现,80年代的评奖标准往往都是由中国作家协会或由它认可的权威人士提出来的,评奖被视为国家文学权力的体现。1981年,周扬曾指出:"我们评奖的目的,就是要发挥评奖的积极作用,促进我国社会主义文学艺术的发展和繁荣、促进我国的文学艺术事业在三中全会和四项基本原则的指引下,沿着为人民服务、为社会主义服务的正确轨道前进,实现文学创作和文学理论的真正的'百花齐放、百家争鸣',使文学创作水平和鉴赏水平更进一步提高。"所以,评奖的标准,就是"政治标准和艺术标准的统一"③。在张光年代表中国作协所做的发言中,也表达了类似的

---

① 在1983年全国优秀短篇小说评奖中获奖的作品有:陆文夫的《围墙》、史铁生的《我那遥远的清平湾》、楚良的《抢劫即将发生》、彭见明的《那山那人那狗》、张贤亮的《肖尔布拉克》等。从上述篇目看,"伤痕"的内容日益减弱,表现改革建设和日常生活开始成为小说创作的主调。这说明,"团结一致向前看"的国家政策,开始在作家的创作意识中发挥支配性的作用。
② 孟繁华:《1978:激情岁月》,第240页,山东教育出版社,1998。
③ 周扬:《按照人民的意志和艺术科学的标准来评奖作品》,《文艺报》1981年第12期。

意见。他说:"凡是扎根于生活,扎根于群众,与群众同呼吸,共命运,帮助群众推动生活前进的,这就是人民的文学,这种文学有强大的生命力。而那些一味地沉醉于自我表现、自我扩张,从思想感情上冷淡、疏远了人民群众的,那就理所当然地受到群众的冷淡和疏远。"①上述标准,在历届评奖,尤其是前三届评奖的结果中得到了证实,位居获奖作品榜首的无一不是主题重大、与人民群众生活紧密的作品,例如《班主任》《乔厂长上任记》《西线轶事》。而一些与此标准相抵触、或联系不紧但又被读者和业内人士认可的作品,或是落选,或是一开始就受到了评委会的冷落。1979年,张洁的《爱,是不能忘记的》未入选,茹志鹃的《草原上的小路》在最后一轮投票中遭淘汰。1981年,在新诗评奖中,叶文福的《将军,不能这样做》虽然得票最多,但未能获奖。当时,在社会上影响很大的朦胧诗,因同样理由受到了冷淡。不过,这些作品虽遭遇了不应有的挫折,但并没有像在五六十年代那样被严厉批判,作家也没有失去继续创作的权利,这说明80年代的中国文学环境毕竟有了很大的进步。

后来,上述评奖及其程序以制度的形式固定和延续了下来,它们开始有多种名目。在90年代后,"茅盾文学奖""鲁迅文学奖""老舍文学奖"等逐渐压倒其他各种评奖,成为社会最为关注的文学评奖活动。但它们的评奖程序和社会效果已与80年代有所不同,90年代经由市场经济重新建构起来的人际关系和文学秩序,正在渗透到这些评奖的过程之中,使这些评奖经常充满争议。

---

① 张光年:《一九八〇年全国优秀短篇小说评选发奖大会开幕词》,《人民文学》1981年第4期。

第十三章　外国文学翻译与初期文学创作

第一节　外国文学翻译的兴起

无论是五四时期还是80年代,文学变革浪潮的涌动都与外国文学翻译有很大关系。50年代,由于受冷战格局制约,中国倒向苏联,欧美文学翻译被苏联东欧社会主义文学翻译所取代,这使人们的文学记忆发生了根本变化,《卓拉的故事》《母亲》《钢铁是怎样炼成的》等苏联小说成为一代青少年的重要精神积淀。文学翻译不仅对50年代小说的创作和接受,也对80年代归来作家的创作和接受产生了明显影响。70年代后,由于国策开始疏苏亲美,尤其是80年代的历史轨道全面转向欧美国家,外国文学翻译的中心重回欧美文学。朦胧诗、先锋话剧的兴起正是这一文学变局中的产物,包括随之出现的寻根、先锋小说等。后者我们将在另外章节中叙述。

80年代初,外国文学翻译的首功应该归于中国社会科学院外国文学研究所的众多杰出的翻译家。受到改革开放国策的鼓励,外国文学翻译从另一侧翼承担着清算极"左"文艺路线和重建当代文学的历史使命。如果把外国文学翻译看做新潮文学创作和批评的同盟军,人们并不觉得意外。他们的译著,大都通过北京和上海两地的外国文学出版社、上海译文出版社、国际文化出版公司,以及《世界文学》《外国文学》《外国文艺》《译林》《当代外国文学》《苏联文学》《俄苏文学》《外国文学研究》《外国文学评论》等发行与传播。西方文论和外国文学成为当时译介的重点,是当时社会的大气候所决定的。作家和批评家都需要用新的文学视野,来探索当代中国文学发展的新路径和新空间,所以,标榜为"外国现代派"的出版物、杂志和文章,非常容易引起文学界和读者的热烈响应。一种文学流派、现象的涌入,常常变成文学创作的一个转折点。伍蠡甫等编译的《西方文论选》《现代西方文论选》,1979年6月和1983年1月相继在上海译文出版社问世,其中现代派文论涉及二十多个流派。1980年,袁可嘉、郑克鲁等编选的包括诗歌、小说、戏剧在内的八卷本的《外国现代派文学作品选》,在上海文艺出版社出版。1981年,外国文学出版社和上海译文出版社联袂推出"二十世纪外国文学名著丛书",先后介绍了近二百种在世界文坛具有较大影响的优秀作品,以上都是这方面的例证。80年代中期,外国文学出版社还出版了一套"荒诞派戏剧",漓江出版社出版了"诺贝尔文学奖获奖作家作品集",三联书店出版了"现代西方学术文库",中国社会科学出版社出版了"西方文艺思潮论丛"等。正如他们所说,人们终于"接触到一大批在思想上和在艺术上都有长处的优秀作家的作品,见识了本世纪外国文学中种种令人眼花缭乱的流派、风格与手法",同时有人也批评了阻碍这一工作的势力和现象。[①] 这一时期,译介与创作同声相求、互相呼应,一时蔚为大观。

80年代,外国文学翻译的对象首先是19世纪批判现实主义文学,托尔斯泰、巴尔扎克、雨果等作家的作品广受欢迎。这些作家对人物命运的深刻揭示,与当时中国人道主义社会思潮产生了强烈呼应。其后,现代派文学开始登场,先后有法国荒诞派戏剧、新小说、美国垮掉派文学进入人们的视野。其中《流浪者归来》《伊甸园之门》《麦田里的守望者》等热门读物尤为畅销,一些文学青年还模仿他们的行为游走黄河、长江,到处流浪,他们把这种生活看做是真正的文学生活。由于闭关锁国时间太久,人们对文学的分辨能力有限,在当时作家和读者心目中,西方现代派文学并不存在严格的边界。似乎自19世纪末叶至今的大多数文学,都可以网罗穷尽,例如意识流小说、表现主义、象征主义、未来主义、超现实主义、新现实主义、垮掉派文学、新小说、黑色幽默、荒诞派戏剧、存在主义、魔幻现实主义等等。一时间,一百多年的西方文学现象,一齐涌现在短短几年的中国文学的舞台。由于胃口大开,也来不及对这些作家的背景——甄别,一律拿来,像海明威、艾略特、卡夫卡、福克纳、陀思妥耶夫斯基、阿赫玛托娃、马尔克斯、萨特、海勒、罗伯—格里耶、塞林格、金斯堡、博尔赫斯、川端康成、贝克特、尤奈斯库,等等,人们都能在他们作品里发现广阔的想象空间和诱人的魅力,汲取需要的艺术营养。他们宣称:"它们的创造者们都有意无意地怀着共有的迫切心情",因为"我们所置身的这一现实,不断地为形形色色的问题困扰着",所

---

① 柳鸣九:《西方文艺思潮论丛·前言》,中国社会科学出版社,1987。

以,这种"文学的自我思索和探寻"不会轻易停止下来。① 基于上述认识,文论、人类文化学、语言学、心理学、哲学等人文社会科学领域的著作,与之相关的结构主义、俄国形式主义、精神分析学说、西方马克思主义、现象学、阐释学、符号学、新批评等,也被不加区分地纳入新潮理论范畴,做了系统而广泛的介绍、翻译,这些形态各异的理论和思潮,在80年代文学发展的进程中无一不留下了自己的影响。② 这种影响,至今在大学和研究机构中仍然存在。

正如现代化是一种社会分化运动一样,现代派文学的接受与传播也容易导致人们文学观念的分歧,出现激烈的争论。外国文学作品和文艺理论的传入,导致了80年代文坛的分裂,引起了一系列推动文学发展的讨论与论争。论争双方,争执的不仅是文学观念、创作方法,还有对西方文艺理论的截然不同的意见。有意思的是,倡导现代派文学的作家、批评家,往往以西方文论为依据驳斥对方,前者成为他们引经据典的主要对象。最为典型的是朦胧诗论争,双方都把对方设置为自己的对立面,而且彼此采用的也都是西方文艺理论的观点。例如,双方除在诗人创作的思想倾向上持有不同意见外,最相持不下的就是"懂"与"不懂"这一形式问题。为驳倒对方,支持朦胧诗人的批评家,仅仅在一篇长文中援引的西方文论就有超现实主义、象征主义、结构主义语言学、新批评、人道主义文艺论、魔幻现实主义、新小说、弗洛伊德精神分析学说、存在主义哲学等等,多达十余种之多。③ 翻译的西方理论著作,在文学界被广泛传播。1982年8月1日,《上海文学》第8期在"关于当代文学创作问题的通信"专栏中,发表了作家冯骥才、李陀、刘心武等人围绕高行健《现代小说技巧初探》一书的通信,引发了《文艺报》《人民文学》和《当代文艺思潮》等关于现代派问题的热烈争论。这次讨论,尽管没有马上引来中国作家现代派文学创作的浪潮,但实际形成了文坛的裂隙,作家们自觉或不自觉地分成"传统文学"与"现代派文学"两个营垒,这种状况加剧了不同文学理想、观念的冲突和交锋。叶君健、徐迟和冯骥才等认为,20世纪以来,社会发展,科学倡达,影响到人们的意识、思维和审美

---

① 吴亮、程德培:《当代小说:一次探索的新浪潮》,《探索小说集》,第630—655页,上海文艺出版社,1986。
② 人们不难发现,80年代初的朦胧诗、意识流小说,中期的现代派小说、寻根小说,它们在发生和发展过程中,明显受到了外国文学、理论的翻译的影响,一些作家的作品中,还留下了翻译作品的某些痕迹。
③ 徐敬亚:《崛起的诗群》,《当代文艺思潮》1983年第1期。

方式,也自然影响到文学艺术。所以,现代派是社会现代化的产物,是现代科学、生产力和社会生活方式的产物,是"文学上的一场革命"。他们主张中国建立和发展自己的现代派。① 针对有人关于现代派试图以形式取代内容的指责,李陀为自己辩解说,我国当前文学的创新,其焦点仍然在于内容,而不像有人说的是"焦点在于形式"。② "内容决定形式",这是四五十年代形成的一个权威"定律"。内容往往被表意为作家作品的思想倾向、立场、主题等等,被认为是文学创作中"决定一切"的因素;而形式则与"形式主义""个人主义""颓废"等相联系。这一思想传统,对关于现代派的讨论仍起着某种裁决的作用。因为人们发现,无论是李陀的辩解,还是反对现代派主张的人,往往都围绕着内容是否"正确"这一个焦点而展开。于是,有人对现代派的"方向"问题提出了怀疑,认为这是"把形式和技巧夸大为创新的'焦点'",现代派文学只适应西方的社会制度和政治思想,但不适应"我国社会主义制度和政治思想",因此,即使发展现代派,也应该将其包含在社会主义现实主义文学当中。③ 80年代,有不少讨论最后都因"方向""正确道路"的权威意见而戛然而止,无法正常地进行下去,这种情况,反映了中国文学界的历史特殊性。

1985年,在文化热浪潮中,批评界关于"方法论"的讨论,为80年代的文学创新开创出另一知识资源。很多人一边买书,一边把读到的知识运用到文学观念介绍、批评和争论之中。丛书编委会、大城市知识分子沙龙和兴起于各所大学教师中的青年读书会,是推动这一风气并产生广泛影响的主要形式。有一段时间,"科技革命的大趋势""第三次浪潮""新兴产业结构""三论"等自然科学的新名词和新概念,蜂拥而来,与人文科学和文学创作很快实现了联姻。阿尔温·托夫勒的《第三次浪潮》、库恩的范式理论、B.F.斯金纳的《科学与人类行为》、荣格的《心理学与文学》、索绪尔的《语言学教程》、列维-施特劳斯的《结构人类学》等自然科学、社会科学著作,和各种介绍、评论,不仅纷纷在各种杂志上登场,而且成为作家们的书房必读物。

---

① 叶君健:《〈现代小说技巧初探〉序》,花城出版社,1981;徐迟:《现代化与现代派》,《外国文学研究》1982年第1期;冯骥才:《中国文学需要"现代派"》,《上海文学》1982年第8期。
② 李陀:《打破传统手法》,《文艺报》1980年第9期;《"现代小说"不等于"现代派"》,《上海文学》1982年第8期。后来,李陀不仅与刘心武在《人民文学》上发表了关于现代派的长篇对话,还在该刊1982年第12期推出了具有现代派创作倾向的短篇小说《自由落体》。
③ 参见刘锡诚:《关于我国文学发展方向问题的辩难》,《当代文艺思潮》1983年第1期;《文艺报》1982年第12期"综述文章"《坚持文学发展的正确道路》。

"方法论热"改变了当代文学长期停滞沉闷的局面,它对文学"主体性"的提出,对朦胧诗、先锋话剧、寻根和先锋小说、第三代诗歌的兴起,起到了明显的催化作用。正像象征主义、人道主义文艺观的讨论推动了朦胧诗的发展,现代派文学的讨论激发了小说对形式的又一轮新的探索热情一样,80年代几乎每一次西方文艺思潮的介绍、涌进,都促使当代中国文学在文学观念、创作手法上出现新的变化。当然,必须注意到这种把探索视为唯一历史维度的思潮,也忽视了对中国问题的深刻探讨。一些新潮批评在赢得人们格外青睐的同时,能否将其吸收消化而变成更为自觉老练的文章的问题,也在暴露出来,只是它们当时没有引起人们的警觉。对文学翻译催生的文化热和理论热,我们不能仅仅在文学层面上认识它,还应该将之置于文学社会学的情境下重新加以关注。80年代的文学新潮,并不都是一帆风顺的,这个时候政府上层关于中国社会走向的争论,会变成一种社会思潮直接冲击文学的发展走向。例如,1983、1984年发起的"清除精神污染运动",就曾把对西方文艺思潮的译介看做"西方资产阶级意识形态"的"现代主义文艺"和"个人主义世界观",把对这些思潮的提倡,判定为"错误主张",对某些探索性的文学作品则冠之以"错误作品",等等。[1] 朦胧诗遭到批判,现代派小说一度从杂志、报纸和出版物上消失,一些批评家公开登载"检讨文章",这些现象从不同方面显示出西方文艺思潮在涌进过程中的挫折和起伏,它不可能置身在中国改革开放的历史潮流之外。但是,80年代文学的发展表明,外来影响的积极意义是不必怀疑的,它确实推动了中国作家艺术观念和创作方法的革新。

第二节 最早出现的文学流派:朦胧诗

众所周知,20世纪二三十年代,同人文学社团和杂志非常繁盛,不少文艺论争、创作现象和文学流派由此而生,例如《新青年》《新潮》《语丝》《现代评论》《新月》《大公报》文艺副刊、《现代》和《文学杂志》等,它们成为后来文学史研究的重点对象。50年代后,国家严禁同人社团和杂志的存在,一些青年作家组织的社团,如南京的"探求社",四川公开发行但带着同人

---

[1] 参见何望贤编选《西方现代派文学问题论争集》的"出版说明",人民文学出版社,1984。当时,"出版说明"一般不像90年代后的同类文字那样,包含着介绍、推销的"商业动机",主要承载反映意识形态变化的任务;这些"说明"虽都出自出版社编辑之手,但代表的却是"上层"的意见。

痕迹的文学杂志《星星》,都受到了严厉制裁。1949 年之后,随着同人社团和杂志的销声匿迹,文学流派事实上已不存在。这一文学传统的中断,对作家生存状态、创作心理和审美取向,乃至对当代中国文学的整体发展格局,都产生了极大的影响。

70 年代末,朦胧诗之所以刚出现就受到广泛关注,与《今天》所标榜的同人杂志色彩和先锋文学姿态有很大关系。在他们的文学接受中,外国文学作品显然占据着中心位置,例如他们的文学创作资源主要来自"灰皮书""黄皮书"等。某种程度上可以说,这是 1949 年之后第一家真正意义上的私人出版物。① 1978 年 10 月,芒克、北岛、黄锐商量筹办一份文学刊物。12 月 23 日,取名为《今天》的创刊号以油印的方式出版。在指责了"文革"的文化专制后,"致读者"以惊世骇俗的口气宣称:"历史终于给了我们机会,使我们这代人能够把埋在心中十年之久的歌放声唱出来,而不致再遭到雷霆的处罚。我们不再等待了",但是,它也表露出某种艺术野心,和在上一代诗人影响下的焦虑,而这一焦虑,后来成为他们和前者关系紧张的导火索。② 他们指出:"过去,老一代作家们曾以血和笔写下了不少优秀的作品,在我国'五四'以来的文学史上立下了功勋。但是今天,作为一代人来讲,他们落伍了,而反映新时代精神的艰巨任务,已经落在我们这一代人的肩上……过去的已经过去,未来尚且遥远,对于我们这一代人来讲,今天,只有今天。""致读者"模仿红卫兵报刊和五四创造社文人反潮流的口气,很得年轻人的欢心。但该刊编委成员复杂,大家对杂志宗旨存在不同意见。《今天》根据"编辑部"的集体意见选稿和审稿,第一期编委有芒克、北岛、黄锐、刘禹、张鹏志、孙俊世和陆焕兴。1979 年 10 月,《今天》杂志因办刊方针分歧发生分裂,一部分编委退出,另组成的编委会是:主编北岛,副主编芒克,新编委为周郿英、鄂复明、徐晓、陈迈平、刘念春等。《今天》总共出版 9 期,

---

① 50 年代,冯雪峰、丁玲等曾酝酿过办同人刊物,后因形势原因而放弃。1957 年,江苏的青年作家方之、陆文夫、高晓声、陈椿年等组织"探求者"文学社,筹划创办同人杂志《探求者》,但很快在反右运动中夭折,参加者都被划为右派。"文革"中,全国各地出现了大量的"红卫兵报刊",但它们在性质上不属于同人刊物。1978 至 1979 年,不少地方的同人刊物开始涌现出来,这些被人称作"民刊"的大致有《野草》(成都)、《原上草》(成都)、《秋实》(北京)、《桥》(北京)等。由于它们存在的时间不长,传播范围不大,故未产生大的社会影响。

② 北岛被诗界公认之前(70 年代中期),曾与著名诗人艾青一度关系密切,受到他的影响。后来,因为贵州青年诗人黄翔写出"把艾青送进火葬场"的诗句,艾怀疑到北岛,两人终于交恶。1983 年,在"清除精神污染运动"中,艾青著文对朦胧诗提出了公开指责。

1980年3期被迫停刊。① 它并不是纯粹的诗歌刊物,面目比较芜杂,除诗歌外,《今天》还登载小说、文论、翻译作品、美术和摄影等,像是一家综合文学杂志。当然,最后产生较大影响的还是诗歌创作。它的主要作者是北岛、芒克、食指、史铁生、甘铁生、方含、江河、陈迈平、刘自立、杨炼、顾城、严力、舒婷等。该刊举办过诗歌朗诵、"星星画展"、摄影艺术展等活动。

70年代末的文坛,最初是成名于20世纪30年代和50年代的老作家扮演主要角色,新面孔不多。这些作家的文风多是怨恨交加,哭哭啼啼,有如失意文臣从流放地归来,也令人觉得乏味和缺少新意。朦胧诗人一旦登场,立即在全国大学生和城市文学青年中产生巨大影响。原因在于,他们对历史不停留在抱怨阶段,有冷静深刻的批判反思。他们作品中鲜明的"自我形象",尤其得到经过"文革"沉闷年代而产生精神叛逆的青年一代的热烈认同。《人民文学》《诗刊》《上海文学》《青年文学》《萌芽》《鸭绿江》等杂志,慷慨赠与这些青年诗人很大篇幅,让他们风头出尽。随之而来的激烈批评,也使他们成为当时最受争议的作家群体。围绕他们的创作出现的激烈争论,客观上使它得以通过各种媒体向全国迅速传播,大大超出文学界的范围。80年代初,朦胧诗之所以比小说产生了更大的轰动效应,除上述原因外,还与它作为"地下沙龙"的神秘色彩有较大关系。建国后,随着对文学出版和发行的全面控制,同人文学社团、杂志和创作几乎销声匿迹。朦胧诗是在"文革"精神贫乏时代,从河北白洋淀插队的知青中诞生的一个诗人群体。它的存在方式和写作方式,一开始就明显偏离主流文化的出版渠道,呈现出与隶属各级作家协会组织的作家截然不同的创作姿态。在走上文坛之前,这个群体已经存在了十年之久,通过手抄本和相互传阅,不少作品开始在社会上流传。这种秘密结社当然表露出对当代文学僵化局面的不满,但主要还是这些年轻人不再相信主流媒体的宣传,开始独立思考社会历史和文学问题。这种探索性,无疑具有某种先驱者的姿态。所以,李泽厚曾表示,"我当年把它当作新文学第一只飞燕"②。可以说,这是新时期文学初期最具思想和文学价值的一个作家群体。

"白洋淀诗群"是朦胧诗最早的源头。郭路生(食指)的《相信未来》

---

① 《今天》1980年12期被勒令停刊时,共出版刊物九期(双月刊,每期印1000册),丛书四种(每种1500册),资料三期(每期印600份)。
② 李泽厚:《新诗史上的一页》,1985年11月26日《文汇报》。

《这是四点零八分的北京》等诗,被认为是它的"一个小小的传统"。① 它活动于1969—1976年,主要成员有芒克、多多、根子、方含、宋海泉、白青、潘青萍、陶雒诵、戎雪兰等。1969年春,一群北京的中学生来到河北白洋淀一个叫"淀头"的几个村庄插队。在灾难的岁月中,他们经受了艰苦的磨炼。但是,随着"文革"中政治斗争的激化和许多人信仰的崩溃,他们逐渐地"感到一种被抛弃的痛苦和惆怅,一种强烈的幻灭感和对前途的渺茫"②。这种特殊的人生境遇,使这群年轻人开始思考国家和个人的命运,把兴趣转向了文学。在一种半"秘密"的状态下,他们传阅被"查封"的白朗宁、梅热拉依梯斯、洛尔珈、叶甫图申科、阿赫马杜琳娜、茨维塔耶娃、普希金、塞林格等人的"黄皮书",以及《现代资产阶级文论选》等西方哲学、美学著作,参与北京的"地下文学沙龙",并与各地来此的知青和其他朋友热烈地讨论社会和文学问题。③ 他们冒着危险悄悄地写诗,以手抄形式将作品向北京、山西和其他地方传播。这些诗作在主题、题材和艺术上表现出以下鲜明的现代主义创作倾向:一、主体和价值的转换。他们希望通过诗"重建人的尊严,发扬人的个性",宣称"不再做神或他人的精神奴隶",这一转换在当时无疑具有自觉的思想启蒙的意义。二、注重感性与个人体验。他们强调,人应该通过感官来感知世界,并发现那是一个"永恒、完美、实在"的"现实",主张大胆地追求"现世幸福"。三、以此为前提,他们不仅怀疑政治生活和道德教条的"合理性",而且也发现了当时那个时代的"荒诞性"。四、认为现代诗应该是"形式和语言的探索",这一观点,表露出对建国后一个时期内公式化、概念化诗歌的否定和超越的强烈倾向。正如陈默所评价的:"正是这种写作基点的个人主义立场,使'白洋淀诗歌'在那个特定的时代具有了比其创作者意识到的要多得多的意义。这些非功利的纯洁而颓废、温暖又残酷的幼稚粗糙的文本,无意中却充任了'四人帮'专制时代颠覆者和抗争者的角色。"④

50年代中期,苏联文艺界出现了罕见的"解冻"现象。例如,《四十一个》《一个人的遭遇》等小说,当时被称为开风气之先的"解冻文学"。在某种意义上,这种因大环境的变化而由"控制"转向"宽松"的过程,在社会主

---

① 李宪瑜:《食指:朦胧诗人的"一个小小的传统"》,《诗探索》1998年第1辑。持这一观点的还有宋海泉、多多、杨健等"白洋淀诗人"和研究者。
② 宋海泉:《白洋淀琐记》,《诗探索》1994年第4辑。
③ 80年代成为著名小说家、诗人和电影导演的北岛、江河、甘铁生、郑义、陈凯歌等人,当时先后去过白洋淀。
④ 陈默:《坚冰下的"溪流"——谈"白洋淀诗群"》,《诗探索》1994年第4辑。

义阵营的文学中差不多是一个普遍现象，也几乎是一个规律。可以说，朦胧诗是80年代中国最早的一批"解冻文学"。它之所以在诸多文学现象中比较引人瞩目，原因在于其提出了80年代文学中广泛涉及的命题，这就是思想上的存在主义和艺术上的现代主义等主张。在荒谬的现实中，这些诗人对通行的关于人的本质、价值和生活意义的"解说"产生了根本的怀疑，这使他们在精神上，在个体处境上接受存在主义哲学思想。在《回答》中，北岛传达了这方面的信息："告诉你吧，世界／我——不——相——信！"芒克的《城市》《天空》，以一种孤独的情绪揭示了在非常年代里所遭遇的个人危机。这种"非常态"的精神状态，孕育着现代主义的艺术观点。在不少创作谈中，北岛对蒙太奇手法、象征、暗示的表述，顾城对通感在诗人感知和处理生活意象时的特殊作用的解释，以及江河、杨炼运用东方思维来重新整合现代诗的主张等，在80年代现代主义文学的探索中，都具有某种超前的性质。但也应看到，上述主张在思想深度和艺术的成熟程度上是参差不齐的，一些留有那个时代"急就章"的痕迹，另一些则是出自作者个人感性的写作体验，显得比较零碎、不够完整。北岛的情况可能要略好一点——这也许文学在其转折期，所无法避免的。

第三节　朦胧诗的争论和写作

应该看到，朦胧诗人在思想追求和艺术志趣上，都与主流化的当代文学截然不同，并对后者带有强烈质疑的色彩。这种带有鲜明自我意识的思想姿态和文学志趣，在1949年之后是非常罕见的。所以在80年代初，人们对它的热烈认同和尖锐批评都在想象之中。

1979年前后，由于朦胧诗的影响在社会上迅速扩大，很多人感到不安。长期以来，人们已经习惯于借助诗歌歌颂各条战线取得的成绩，用艺术夸张的手段为国家排忧解难，以便营造一种举国欢腾的气氛。因此，忽然有人对这种诗歌功能产生怀疑，对长期以来实行的文艺政策提出不同看法，这必然让有些人担心。为此，在1980年4月召开的全国诗歌讨论会上，围绕着怎样评价朦胧诗的问题，诗坛出现了较大的裂痕。除诗人外，在诗评家之间出现了大学教师和中国作协系统两个针锋相对的阵营。① 不久，批评家谢冕

---

① 以谢冕、孙绍振、刘登翰等大学教师、学者为一方，丁力、宋垒、李元洛等与作家协会关系密切的批评家为另一方，展开了激烈争论。

的《在新的崛起面前》在 5 月 7 日的《光明日报》发表。该文对"帮腔帮调"的诗歌观念提出了指责,主张对那些"古怪"的诗,不要急于加以"引导",应该多"听听、看看、想想",采取宽容的态度。从此,"崛起"一词成为诗坛代表探索、挑战精神的一个专用词汇。随后,孙绍振、徐敬亚也撰写出标榜"崛起"的文章,对这一诗歌潮流给予了大胆支持。他们的文章,对朦胧诗的美学原则和艺术创作进行了更加清晰的表述。① 就在一年前,另一场论争在《福建文学》的"新诗创作问题"专栏中展开。争论对象是舒婷的作品,问题涉及青年诗人的思想、艺术探索等各个方面,也引起广泛关注。双方尽管都把新诗 60 年的经验作为自己立论的根据,但得出的结论却有天壤之别。这种文学资源经过不同开采,有用部分正在被整理成对争论双方都具有价值的内涵,这种情况不仅发生在朦胧诗论争中,在人道主义论争中也经常可以看到。最早尖锐指责朦胧诗的文章,是章明刊载于《诗刊》当年第 8 期"问题讨论"专栏的《令人气闷的"朦胧诗"》一文,"朦胧诗"一词也由此传布开来。从此,双方的争论都集中在"晦涩""难懂"等问题上,《诗刊》《诗探索》《作品》《当代文艺思潮》《光明日报》都组织过这方面的讨论。由于反对朦胧诗的一方有强大后盾,赞成一方仅有民间背景,起初双方之间的力量并不平衡。不过,后者的英勇之态,倒给世人留下较深的印象。今天看来,这种印象是由于当时人们对探索者产生同情的结果。

　　朦胧诗论争,主要是围绕着内容和形式而展开的。赞成者认为,朦胧诗用新的题材、新的艺术方法处理和开拓历史与现实生活,主张以个人的心灵感知大千世界,表现出了恢复"五四精神"的积极姿态。这一姿态,构成对过去虚假的、公式化的诗歌观念的不屑和挑战,从而形成了艺术革新的潮流,它显然对推动多样化的艺术创造有不可低估的意义。反对者的批评,主要集中在"反现实主义"的"思想倾向""盲目"照搬西方现代派的"创作技巧"和对传统诗歌"数典忘祖"的态度上,他们还把朦胧诗人的"自我表现"与"抒人民之情"加以对立和联系。但是,随着论争的深入,有些论点超出了诗歌观念的范围,变成了对个别批评家的指责;本属艺术领域的意见,也被强拿到政治问题上来说。例如,程代熙在批评徐敬亚时指出:"你的这篇文章……是一篇资产阶级现代派的诗歌宣言。"柯岩也明确断言:"崛起论"者的"唯我主义与民族虚无主义,与革命,与无产阶级,与社会主义制度,与我们这个虽还贫困但却蒸蒸日上的祖国","不但是格格不入的,而且是极

---

① 孙绍振:《新的美学原则在崛起》,《诗刊》1981 年第 3 期。

其有害的"。① 1983年后,反对一方利用"清除精神污染"运动对赞成朦胧诗的诗人和批评家进行了非常严厉的责难,取得了"最后"胜利。② 但是,这次论争表现出的以下现象值得注意:一是在80年代初,五四时代那种个人自由、个性解放的理念,在诗歌理论中提出后一时还难以为人接受,显得过于超前和新锐;二是双方的一部分作者,仍在沿用五六十年代的文艺观点和批评方式,这使论争有一种半旧半新的色彩,带着"过渡"的特点;三是论争后来改变了"文人之争"的性质,被带入某种政治背景之中,这就降低了论争本身的文学价值。尽管如此,新诗艺术革新的潮流,却因此而变得愈发不可阻挡、不可遏制了。后来,朦胧诗提出的许多艺术主张和创作方法,不仅在有现代倾向的年轻诗人创作中被普遍实践,对其他诗歌流派艺术的创造,也产生了间接影响。

朦胧诗人是80年代初文坛最吸引读者的诗人群体。它起初是指芒克、北岛、江河、多多等与白洋淀诗群有较深历史渊源的北京青年诗人。不久之后,把杨炼、顾城、舒婷等人扩大了进来。后来队伍继续扩张,徐敬亚、王小妮、梁小斌等也都被当做朦胧诗人。③ 随着1986年《五人诗选》的正式出版,该群体"代表诗人"的名单才最后确定下来④,这本诗选中的作者最终成为"经典"诗人。90年代后,人们对这一发展过程的认识存在不少争议,有一些讨论空间,不过,它对朦胧诗当时活动情况、特点和动向的记录,仍然可以成为一种历史叙述。值得提出的是,他们这一时期的创作,反映着对当时现实世界的新的把握和观照的方式。利用思想解放这一社会氛围,他们的

---

① 程代熙:《给徐敬亚的公开信》,《诗刊》1983年第11期;柯岩:《关于诗的对话——在西南师范学院的讲话》,《诗刊》1983年第12期。

② 朦胧诗起初的反对者,主要是诗评家丁力、宋垒、李元洛,不久,诗歌"圈外"的批评家程代熙、洁泯、敏泽、郑伯农等加入进来,对孙绍振、徐敬亚的主张进行了责难。后来,在重庆的诗歌讨论会上,贺敬之、柯岩也对谢冕等提出了批评。与此相关的文章是:洁泯的《读〈新的美学原则在崛起〉》,《诗刊》1981年第6期;郑伯农的《在"崛起"的声浪面前——对一种文艺思潮的剖析》,《诗刊》1983年第6期;臧克家的《关于"朦胧诗"》,《河北师院学报》1981年第1期;周良沛的《说"朦胧诗"》,《河北师院学报》1981年第1期;杨匡汉的《评一种现代诗论》,《文学报》1983年3月24日等。

③ 朦胧诗队伍的变化,与《今天》杂志作者、1980年《诗刊》举办第一届"青春诗会"等因素有关,在当时,在某一杂志发表作品,或参加某一重要的诗会,往往都会引起诗人团体的分化和重组。在这种情况下,原来被目为"朦胧诗创始人"之一的芒克、多多,被从朦胧诗的名单中排斥出来。80年代中期,收有北岛、江河、杨炼、舒婷、顾城诗歌专辑的《五人诗选》,开始被更多的人接受,被称为"朦胧诗"的"代表诗人"。这一诗人名单,在90年代后又受到研究者的质疑。

④ 该诗选1986年由作家出版社出版,由于没有"前言"和"后记",看不出该书的编选意图。这一诗人名单的出现,一方面是因为这些诗人当时发表作品较多,逐渐为诗坛所认可,而芒克、多多等不具备这一特点;另一方面,可能其中包含着诗人之间不便说明的不和谐和矛盾。

诗歌表现出对"文革"悲剧的深刻反思,对人的尊严和价值的热情关注,并且在艺术形式的探索上也表现出大胆、勇敢的姿态。他们的诗,汲取了外国现代主义诗歌这一丰富资源,也从二三十年代中国新诗的现代主义艺术资源中获得了启发。具体到每一个诗人的创作来说,艺术表现力和创造力并不十分平衡,在思想深度、艺术成熟程度上,也存在着难以避免的差异。

在人们心目中,北岛是朦胧诗群中思想最深刻和最具创造力的一个诗人。他1949年生于北京,原名赵振开,笔名艾珊、石默。他最为有名的笔名"北岛",据说取有"北方"的寒冷的"岛"之意。他做过建筑工人、《中国文学》编辑,后赴美国定居。北岛70年代初开始写诗。他性情忧郁、敏感,"文革"和妹妹艾珊的死,是其创作的一个重要转折点。他在文学史上的地位,是由80年代初一系列震撼人心的诗作《回答》《宣告》《一切》《结局或开始》《雨夜》《迷途》《红帆船》等所确立的。在北岛身上,集中了80年代朦胧诗创作的突出特点。受苏联诗人叶甫图申科的影响,"政治抒情诗"是北岛诗歌创作运用得最多也最为彻底的一种题材形式,他的诗,"是对非人道的政治的抗议,是争取人的基本生存权利的呐喊。它们代表了普遍的社会良知,代表了自觉的社会责任感和义愤"[①]。但同时,作者"鲁迅式"的绝望态度,悲剧英雄似的情怀,深邃的痛感,以及冷峻而尖锐的观察视角,独异的个人感知方式,简洁、犀利又带些晦涩的语言结构形式,都使他的作品比其他朦胧诗人更具有争议性,也更容易在"文革"后的广大读者中产生强烈的感情共鸣。除上述作品外,北岛还写过中篇小说《波动》。80年代中期后,北岛有长诗《白日梦》和诗集《北岛诗选》等问世。

在主题上,北岛的诗综合了批判现实主义和存在主义芜杂的思想倾向。他善于从个体处境出发,发现人的社会存在的荒诞感和悲剧感,并以"绝望的反抗"来抗争现实对个人命运的安排。他曾表示,"诗必须从自我开始,诗人必须找到自己和外部世界的临界点"[②]。对他的创作来说,这个"临界点"就是"文革"——人在"文革"中的真实境遇,成为他思想和创作最主要的关注点。由此,揭露"伤痕"成为北岛诗的重要取材角度。不过,他对"伤痕"的认识和表现,无论在思想还是艺术上都远远超过了刘心武。他的诗,是以对现实和人的存在真实性的怀疑为根本起点的:"卑鄙是卑鄙者的通

---

① 宋海泉:《白洋淀琐忆》,《诗探索》1994年第4期。该文反映了同代诗人对北岛创作的看法。

② 转引自宋耀良:《十年文学主潮》,第53页,上海文艺出版社,1988。

行证,/高尚是高尚者的墓志铭","告诉你吧,世界/我——不——相——信!"(《回答》)"一切都是命运/一切都是烟云/一切都是没有结局的开始/一切都是稍纵即逝的追寻"(《一切》);"在颤抖的枫叶上/写满关于春天的谎言/来自热带的太阳鸟/并没有落在我们的树上"(《红帆船》)。由于怀疑所导致的精神扭曲和防范意识,使一些作品转向作者心灵隐秘的角落,带有某种私人札记、日记的性质:"用抽屉锁住自己的秘密/在喜爱的书上留下批语","在剧场门口幽暗的穿衣镜前/透过烟雾凝视自己"(《日子》);"把手伸给我/让我那肩头挡住的世界/不再打扰你"(《无题》);"我习惯了你在黑暗中为我点烟/火光摇晃,你总是悄悄地问/猜猜看,我烫伤了什么"(《习惯》)。但是,一种强烈抗争的旋律也贯穿在他的诗作中,慷慨赴死的烈士心态跃然纸上,构成了质疑、唾弃、批判的心理指向;同时,另一种抒情基调也闪现其中——"寻找",它与前者相对照、相呼应,调和着作者创作世界的紧张、焦灼感,从而显示出更加复杂、多样和丰富的抒情特色。"我,站在这里/代替另一个被杀害的人/为了每当太阳升起/让沉重的影子象道路/穿过整个国土"(《结局或开始——献给遇罗克》);"我要到对岸去/对岸的树丛中/惊起一只孤独的野鸽/向我飞来"(《界限》);"沿着鸽子的哨音/我寻找着你/高高的森林挡住了天空"(《迷途》)。北岛的一部分作品,像80年代伤痕文学、反思文学一样有明显的社会政治指向。但他对人和历史的认识,却不像许多作家那样只是体现为时间上的,也涉及人性和人类普遍的本质,尤其是他对人的存在的偶然性、盲目性的思考,具有某种哲学思辨的意味。这就使他能站在"流行题材"之外,超出固有的文学框架,在思想和艺术上进入到一个更加自由的境界当中。

浪漫主义的情绪加象征主义的形式,这种奇怪的结合,是诗人在严峻时代里的艺术选择。在不便直接表达的社会环境中,人们只能采取一种隐晦、曲折的方式从事文学创作,而这种方式往往又被对这类意识和技巧比较陌生的读者所误解。这是北岛的诗招致非议的一个主要原因。暗示、通感、瞬间感觉、蒙太奇手法等西方现代诗的技巧,在北岛诗中被普遍地运用。除个别的诗以"宣告"姿态表露真实态度外,在创作中,他多采用隐蔽的手段,曲折多姿地向读者传达诗中的思想信息。从这些作品中,我们不难发现某种规律:例如,一些题目本身就有象征、暗示的作用,"船票""红帆船""迷途""和弦""地铁车站""峭壁上的窗户""履历""无题""触电""挽歌""寓言"等;"鸽子""星星""岸""蓝色""天空""宁静的黄昏""潮汐""海"等暗示符合人性的理想的状态,而"乌鸦""雨夜""墓碑""花环""栅栏""烧焦的树"

等,则成为窒息人正常生活权利的邪恶势力的象征。另外,通感的使用(《走吧》),瞬间感受的处理(《履历》),蒙太奇镜头的切换、转移和剪辑(《结局或开始》),等等,也成为主要的结构方式。徐敬亚认为,这些诗"往往细节清晰,整体朦胧,诗中的形象只服从整体情绪的需要","所以跳跃感强,并列感也强"。① 当然,上述转换较快的意象、暗示和剪裁,尽管扩大了象征的内涵,但也会对诗的丰富感性的展示有所影响。但是,由于作者重视直觉的表现,重视复杂的精神和心理在冲突中所形成的张力,这样,许多看似"矛盾"的想象碎片经过重新"拼接""整合"以后,反而凝聚为一个丰厚的艺术整体。在情感处理上,他比较注意内敛、含蓄,体现为一种在严峻之中的庄严感和自持感,有一种介于传统的英雄主义和现代的个人存在之间的"复合"效果。也就是说,他是借助语言的内在的张力,而不是依赖外在夸张的表达,来形成这种集冷峻、硬朗、奇诡、丰富和复杂于一体的艺术风格的。不过,它也使北岛在选择用其他方式写诗的时候,面临着一些困难。在悲剧体的诗作之外,他不善于用徐缓、反讽、喜剧和口语的手段处理题材,缺乏在诗歌的大环境变换之后,一种更为灵活、务实的创作能力。80 年代末以后,他创作活力的减弱有其内在的原因。出国之后,艺术感觉也不如以前敏锐。

江河(1949—)原名于友泽,"文革"中留城工作,与"白洋淀诗群"来往。1971 年开始写诗,曾受白朗宁、梅热拉依梯斯、聂鲁达等西方诗人的影响。80 年代初,他因《纪念碑》《祖国啊,祖国》《遗嘱》和《没有写完的诗》等诗作受到诗坛关注。后来,他在文学的"寻根热"中,转向对民族文化心理的探索,出版了《太阳和它的反光》等有影响的诗集。史诗品格,是江河诗歌创作一贯的追求和努力方向;《纪念碑》体现了"巨大的精神能量和历史的厚重感"②,在历史浩劫后,作者想到的是:"生活应该有一个支点/这支点/是一座纪念碑";但是,对历史的警觉使他意识到,任何有价值的精神追求,都要付出沉重的代价,包括对祖国的"热爱"(《祖国啊,祖国》)。这一对历史宏大视野的描绘,使江河不满足于社会政治和历史的层面,1983 年后,他把思想的触角伸向远古的神话、传说,试图为痛苦的思索找到一种合理的解释,《补天》《追日》《刑天》等都是这一"实验性"的作品。虽然这一探索后来直接启迪了 80 年代中期四川"新古典主义""新传统主义"诗人的

---

① 徐敬亚:《崛起的诗群》,《当代文艺思潮》1983 年第 1 期。
② 陈超:《中国探索诗鉴赏辞典》,第 198 页,河北人民出版社,1989。

创作,但"寻根诗"的真正价值仍然受到了怀疑。江河还写过《月光》《母亲和我》《交谈》等感觉现代、情绪舒缓的小诗,与他那些宏篇大制形成有趣的对比。在朦胧诗人中,江河的诗以感情深沉、格调宏大著称。他的诗质,有大理石般的坚硬和厚重,和较强的语言穿透力,虽然形式技巧变化不多,但每每给人很深的印象。他擅长处理大题材,没有当时一般诗作的虚弱和空洞,在注意作品的基本架构外,也能对细节做妥帖的安排。80年代中期后,寓居美国的江河作品逐年减少。

舒婷、杨炼和顾城是朦胧诗另外三位有代表性的诗人。舒婷(1952—)生于福建厦门。幼年遭遇家庭变故,"文革"中到农村插队,后做过工人。李清照、秦观、泰戈尔、何其芳等中外诗人的诗、词,是她诗歌创作最早的资源之一。她说:"1977年初读北岛的诗时,不啻受到一次8级地震。北岛诗的出现比他的诗本身更激动我。就好像在天井里挣扎生长的桂树,从一颗飞来的风信子,领悟到世界的广阔。"①这一转折,使她早就开始的对人、人性的挖掘更加自觉和深化了。舒婷的诗,重复着五四时期关于"爱"和"人性"的主题,注意汲取"怀友""赠别""思念"等传统文学中常见的题材,艺术手法也较为平实。出于女性、母性的角度,即使在揭示青年在"文革"中的精神创伤时,也很少采用激烈、决绝的表现手段,而倾向于以温婉、体谅和善解人意的方式来处理那些社会题材。上述因素,使她的诗刚开始也受到非议,但很快在官方和读者两个方面都得到了认可,成为朦胧诗人中作品传播最广、一时影响也最大的作者。②《致橡树》《这也是一切》《祖国啊,我亲爱的祖国》《土地情诗》和《惠安女子》等作品,在很长一个时期内,是青少年传阅和朗诵的名篇。在艺术上,那些以南国景象为特定背景,从个人境遇和体验出发而写的怀友、赠别诗,是作者这一时期最好的一批作品,它们还扩充了当时诗歌逼仄、单一的题材和情感领域。作者把"长亭送别"的传统意境,置于动荡的大时代氛围之中,从而唤起了人们格外伤感、痛惜的情绪(《寄杭城》);她试图传达的是一种"今夜相别,难再相逢/桑枝间呜咽的/已是深秋迟滞的风"的对友人的眷顾和关切(《秋夜送友》);一种女性观察的细腻和呵护,产生了"润物细无声"的奇异效果,"我为你扼腕可惜/在那些

---

① 转引自宋耀良:《十年文学主潮》,第51页,上海文艺出版社,1988。
② 与北岛、江河、杨炼、顾城的个人诗集在出版时面临各种"阻力"不同,舒婷诗集的问世比较顺利。她的《双桅船》1982年出版后,获得中国作家协会主办的第一届"全国优秀新诗奖(1979—1982)"。按照80年代的标准,这说明作者的思想和艺术倾向未被视为"异类",至少得到了一定程度的容忍。

月光流荡的舷边/在那些细雨霏霏的路上/你拱着肩,袖着手/怕冷似地/深藏着你的思想"(《赠》);"我还不知道有这样的忧伤,/当我们在春夜里靠着舷窗"(《春夜》)。对50年代之后个人内心情感一直受到"封锁""压抑"的中国读者来说,这些描写显然打开了他们心灵的闸门,上述题材、意境、情绪和表现手段,是他们极为熟悉和普遍认同的。如果从这个角度看,舒婷的诗是很难划入北岛等人的"现代诗"之列的,而专注于情感表现,一定程度上也影响了作者思想深度的显示。所以,尽管舒婷又出版了《会唱歌的鸢尾花》《舒婷顾城抒情诗选》等诗集,但80年代中期后,由于人们对"情感"和诗的艺术的需要出现了多样化,她的创作也就变得难以为继。之后,舒婷的创作兴趣转向了散文。杨炼的诗,无论在写法还是在艺术效果上,都迥异于舒婷。杨炼(1955——)生于瑞士,在北京长大。曾下乡插队,之后在文工团工作,80年代中期出国。他的作品,最早见于《今天》杂志,但受到注意,却是在朦胧诗之风大兴之后。他早先的诗,风格华丽,意象飞动而张扬,多数属于那种"青年"题材。他的艺术个性,是在组诗《诺日朗》中形成的。"诺日朗"出自藏语,意思是男神。作品的取材自川、甘交界处著名的风景区九寨沟的一个瀑布和一座雪山。"高原如猛虎,焚烧于激流暴跳的万物的海滨/哦,只有光,落日浑圆地向你们泛滥,大地悬挂在空中",而作者想表现的,正是一种不同于现实生活的原始生命的欲望和力量,"我的目光克制住夜/十二支长号克制住番石榴花的风","在世界中央升起/占有你们,我,真正的男人"。在《智力的空间》一文中,杨炼表示,他要借助"东方的智慧"把阴/阳、有限/无限、运动/静止等古老而神秘的词汇重新组合,通过诗将"自然本能、现实感受、历史意识与文化结构"融为一体,来构造一种"文化"的现实。① 按照这一美学原则,他先后创作了《礼魂》《自在者说》《与死亡对称》等一批极具实验色彩的宏大诗篇,这些作品,成为朦胧诗后来发展的一个"亮点"。这些观点和作品,对80年代中期后一群四川青年诗人"文化诗"的创作有一定的启发。但怎样看待杨炼上述艺术探索,研究界有不同的意见。在朦胧诗群中,顾城(1956—1993)素有"童话诗人"之称。这不仅因为,他"文革"中随父亲下放农村,在孤独的童年岁月留下了幼稚的诗句,而且这种"童年"的、来自"乡村"的经验也被完整地带入到他成年后的创作中。诗人承认:"他的眼睛,不仅仅是在寻找自己的路,也在寻找大海

---

① 杨炼:《智力的空间》,谢冕、唐晓渡主编《磁场与魔方——新潮诗论卷》,第122—126页,北京师范大学出版社,1993。

和星空."①"黑夜给了我黑色的眼睛,/我却用它寻找光明"(《一代人》);"多少年了,我始终/在你呼吸的山谷中生活/我造了自己的房子/修了篱笆"(《季节·保存黄昏和早晨》);"我不是去海边/取蓝色的水/我是去海上捕鱼"(《分别的海》);"你的手是一个很小的房屋/你说过:我要去那居住/让烟缕移动太阳,花朵在石块上死去/我要掘开阴凉的土粒"(《静静的落马者》)。那场历史的浩劫,导致了一代人信仰的坍塌,对社会历史的恐惧和厌倦,使他们很自然地把精神寄托转向了自我、大自然。但是,对过于虚幻的"纯洁"的向往,恰恰反映了作者精神和人格扭曲的严重程度。1993年秋,顾城在新西兰的激流岛杀妻后自杀,这一事件,似乎验证了人们早先在阅读作者诗作中得到的某种不祥的"预感"。②顾城可以说是一个极端时代所造就的"极端"的诗人,他进入成年后仍不愿走到"成年人"的世界中来,仍固执地继续用已经固定化的童年眼光和经验审视现实生活。在"文革"后呼唤真诚、强调单纯的人际关系的社会氛围中,他的诗,拥有很多青年读者是很自然的;但是,当社会的一切都转向"正常",无论是主题、题材还是艺术感觉,作者都与前者之间变得极不协调。他试图以国外的"漂流"生活来延续,甚至强化这种超现实的幻觉,那么悲剧就将会不可避免。顾城生前曾出版过《黑眼睛》《舒婷顾城抒情诗选》和《北岛·顾城诗选》等。被视为朦胧诗人的还有梁小斌、王小妮和孙武军等人。在当时,梁小斌的《雪白的墙》《中国,我的钥匙丢了》和王小妮的《阳光》等诗,也都因主题、形式上的新颖而受到人们的注意。

  1983年后,作为一场"诗歌运动"的朦胧诗宣告结束。究其原因,当时的"清除精神污染运动"是导致它走向式微的直接原因,出于无形的压力,许多刊物不敢继续发表这些青年诗人的作品,致使作品与读者的交流严重受阻。另外,由于朦胧诗人是在"文革"动乱年代开始写诗的,他们中的大多数人都未读过大学,未受过系统教育,这些知识储备、思想积累上的先天不足,虽然未在时代的剧变之际显露出来,但一旦社会走向正常,当艺术对作者提出更高和更严苛的要求时,上述"缺陷"便制约着他们创作的进一步发展。也许是这个原因,他们的中大部分人在寓居海外后,再没有写出过达到出国前水平的诗作来。

---

  ① 顾城:《请听听我们的声音》,《磁场与魔方——新潮诗论卷》,第21页。
  ② 顾城自杀事件,是当时文学界一个很有争议的话题。其中的"真相",在之后出版的顾城的自传体小说《英儿》、顾城的诗文集《墓床》,以及诗人好友撰写的回忆文章中被逐步披露。

第四节　先锋话剧与荒诞派戏剧

80年代初,北京戏剧舞台上出现了一些受到法国荒诞派戏剧理论和创作影响的话剧作品,被称为"先锋话剧"。先锋话剧在形成过程中,引起的争论虽不像朦胧诗那么尖锐,但它对现代艺术的探索,同样给世人留下了较深印象。

我国的话剧,是20世纪初从欧洲引进的。经过学习和改编的中国版的现代话剧,大多以现实生活为题材,结合着中国社会变革的内容而创作。话剧在30年代达到了第一次繁荣,出现了现代主义形式的"探索热"。但抗战爆发后,现代艺术的探索又为服务于现实斗争的潮流所压倒,国统区出现的历史剧,延安和其他解放区的秧歌剧、话剧,一直把这一风气带到了建国初年。50年代后,我国话剧主要遵循易卜生的写实模式,在表演手段上,受斯坦尼斯拉夫斯基"真实"情境等演剧理论的影响较深,贝凯特、迪伦马特、阿尔特和布莱希特等现代主义剧作家的影响基本上从舞台上销声匿迹。中国话剧与现代主义戏剧,在时间发展上出现了将近30年的"断层"。所以,在"文革"后,如何尽快与世界现代主义戏剧潮流"接轨",很自然地成为话剧界打破文化封锁的紧迫任务。

最早的先锋话剧,是1980年由马中骏、贾鸿源和瞿新华合作,在上海工人文化宫上演的独幕剧《屋外有热流》。这部话剧的内容是当时流行的题材,讲述知青赵长康与其身在都市的弟弟妹妹在生活态度、道德理想上发生了冲突,最后以歌颂前者身处严寒的北疆的奉献精神收尾。作品引人注意的是它对象征和荒诞手法的大胆运用。在话剧中,赵长康是以"幽灵"的姿态出现的,死者与生者的对话使剧作充盈着超时空的荒诞感和超现实氛围。之后,一批具有更自觉的创新意识的剧作,出现在人们的视野里,它们是:谢民的《我为什么死了》(1980)、高行健、刘会远的《绝对信号》(1982)、刘树纲的《十五桩离婚案的剖析》(1983)、高行健的《车站》(1983)、贾鸿源、马中骏的《街上流行红裙子》(1984)等。1985年,先锋话剧在因外部社会压力而一度停滞后,又恢复了艺术活力,呈现了一个少有的兴盛局面。这一年,高行健的《野人》、陶骏、王哲东的《魔方》、刘树纲的《一个死者对生者的访问》等,被北京人艺、中国青年艺术剧院和中央实验话剧院先后推出,都引起了不小的轰动。紧接着,王培松、王贵的《WM——我们》、马中骏、秦培春的《红房间白房间黑房间》、孙惠柱、张马力的《挂在墙上的老B》等剧作,也加入到这一"探索"的行列。先锋话剧的现代主义艺术追求,在1986年继续升温,魏明伦根据川剧改编的《潘金莲》、刘锦云的《狗儿爷涅槃》和陈子度、杨健、朱晓平据同名小说改编的《桑树坪纪事》,在演出后,也获得了很大的成功。总的看,先锋话剧取得的成绩,与法国荒诞派戏剧等西方现代主义戏剧在当时的译介和影响有直接关系。作品针对七八十年代中国因为社会动乱而造成的诸多问题,采用法国荒诞派戏剧的创作手法,对其进行了批判和类似黑色幽默的嘲讽。例如,《一个死者对生者的访问》对人生的价值、良心和社会道德的失落进行了深入思考。《潘金莲》采用将《水浒》中人物与托尔斯泰笔下的安娜、《红楼梦》中的贾宝玉、《西厢记》里的红娘、李国文小说《花园街五号》中的吕莎莎等古今中外主人公"拼接"在一起的杂糅手法,对人格和道德问题做了多方面的探讨。在这些作品中,不仅音乐、歌唱、造型、舞蹈、绘画被熔为一炉,不同历史时期的人可以互相自由对话,而且它们反讽、喜剧和夸张的表现主义风格,也强化了观众对"舞台"的参与感,使台上台下浑然一体。先锋话剧最触目的特点,还在它注重对现代情境中人的内心的深入探索。但先锋话剧在凸现作品总体上的"陌生化效果"的同时,也因为其手法的过于离奇、怪诞,与许多观众之间产生了某种疏离感。所以,连"圈内人物"也表示担心:"看来海阔天空,其实很难",因为,"含蓄蕴藉与故弄玄虚区别何在?"这说明,话剧的先锋姿态固然带来了艺术的革新,但在这一过程中,一些潜在的问题并没有引起剧作家们的注意。

在80年代先锋话剧的探索中,用力最勤,也最引人注意的是剧作家高行健。高行健(1940—)生于江苏泰州,1962年从北京外国语学院法语系毕业。他先后出版过小说集《有只鸽子叫红唇儿》、理论专著《现代小说技巧初探》《现代戏剧手段初探》,和《高行健戏剧集》等,是新时期最早注意到"艺术技巧"在文学创作中重要作用的作家之一。出于对话剧现状的不满,他利用自己所熟悉的法国现代派文学的知识,试图拿它们来与中国古代戏曲做"现代"综合。1983年,他在致曹禺的信中表示,传统戏曲给他的最大启示就是,"充分承认舞台的假定性",同时又展现"不同的时间、空间和人物的心境",要在戏剧的叙述方式上体现出"对比""变化""惊奇""发现"的效果,像阿尔多一样,融合做打、面具、民间说唱、杂技等传统和现代的手段,创作出一种"多声部"的"复调的"戏剧。实际上,高行健话剧对80年代文坛产生的"冲击波",主要不是内容,而是新颖、别致的现代艺术形式。《绝对信号》的主题有象征色彩,"绝对信号"暗含着给黑子这种青年滑落的人生"亮"起红灯的寓意。但该剧在北京人艺"小剧场"演出时,更吸引人的,是它打破传统话剧"顺叙"的时间结构,既通过人物回闪过去的事件,又呈现出人物纯粹想象的、实际并未发生的事件,展现人物复杂、多变的心理活动;最后,"蜜蜂"随着笑声"从车体中走到观众面前",使这幕剧更加凸现出"小剧场"的艺术特点。作者1983年创作的另一部剧作《车站》,留有贝克特荒诞剧《等待戈多》的些许痕迹。一群在盲目的"等待"中消耗生命的人们,整天牢骚满天,抱怨命运的不公,但又拿不出实际行动来改变这一现状。作品唯一的亮点,是"沉默的人"在思考中迈着大步走向远方的身影。当时,有些人批评该剧在主题意向上存在着模糊性和不确定性,但可能就在这里,揭示了现代人生存的逼人的"真实"。它把"歧义性"的叙述,带给了80年代的读者。另外,作者还有《野人》《独白》和《现代折子戏》等作品。有人称高行健是我国"小剧场运动"的先行者,理由就是他对"戏剧的革新与发展",做出了有益的尝试。①

---

① 许国荣编:《高行健戏剧研究》,第23页,中国戏剧出版社,1989。

第十四章　现代派文学的最初探索

第一节　现代派文学的初现

50年代后,现代派文学在当代文学中经常与资产阶级、小资产阶级、个人情绪等概念相联系,令人望而生畏。现代文学史上的现代派作家于是纷纷改行成为中国古代文学、外国文学的研究专家,如何其芳、施蛰存、冯至、卞之琳、穆旦、林庚等,借以在大时代中自保。经过多年批判、清理和管制,它基本在文坛上绝迹。由于这层原因,在80年代初的文学环境中,它仍然被认为将影响到中国当代文学的"方向""性质"等重大问题,所以,它的出现面临着重重阻力。80年代中期后,现代派文学不再被提及,为避嫌疑,它被更名为寻根文学、先锋小说和第三代诗歌等。这种局面的出现,是许多人对现代派文学创作的评价不愿意再随便使用社会政治的标准,这使该文学现象获得了与其他文学门类和形式相同的合法身份,关于它的发表、出版也不再有外部的阻力;另外,由于一些大牌文学杂志如《人民文学》《十月》《当代》和《上海文学》等,不仅公开登载这些作品,还以"专栏""小辑"的形式提供醒目的位置,这就大大助长了现代派作家艺术探索的勇气和风气。上述举措,对1949年之后强调社会主义现实主义文学创作,排斥现代主义文学存在权利的狭窄化的文学体制来说,意味着将进行相当程度的调整。

王蒙、宗璞等对意识流、荒诞派手法的运用,高行健对现代小说技巧的"初探",李陀、刘心武、冯骥才关于现代派的通信,以及李陀《自由落体》等小说的艺术尝试,是80年代最早出现的现代派文学。由于整个社会出现转型,宣布放弃阶级斗争的主张,强调以经济建设为中心,社会结构和舆论环境开始明显由单一向多元过渡。人们的生活,也从单一化向着丰富多彩的多元化方面迅速地转化，他们的精神世界开始出现了具有现代特征的、趋于复杂的变化。所以，人们怀着期待心理，希望有更多带着"革新"和"标新立异"观念的文学作品，冲刷他们的生活空间和文学视野，同时通过这些作品了解正在发生深刻变化的世界。广大读者对固步自封的文学创作，愈加不耐烦起来。"十七年"时期发表和出版的文学作品，失去了越来越多的受众。这一强劲奔涌的社会潮流，是文学杂志大胆"鼓吹""倡导"现代派文学作品的一个重要历史前提。1985年前后，《人民文学》《北京文学》《上海文学》和《收获》等刊物先后推出了一批由青年作家创作的现代派小说，它们是：刘索拉的《你别无选择》《蓝天绿海》、徐星的《无主题变奏》、陈村的《一天》、残雪的《公牛》、扎西达娃的《西藏，隐秘的岁月》、何立伟的《花非花》、马原的《冈底斯的诱惑》等。不久，青年批评家吴亮、程德培选编的《新小说在1985年》由上海社会科学出版社出版。该书标以引人注目的"新小说"的名称，一是为招揽读者，二是为了强调和凸现小说的"探索"色彩。《新小说在1985年》收入了韩少功、徐星、何立伟、刘索拉、莫言、扎西达娃、马原、张承志、贾平凹、王安忆、李杭育、郑万隆、残雪等当时一批新锐小说家富有探索性的作品。这些新的文学面孔，不仅替代了"十七年"成名的资深作家，而且也在替代了王蒙等80年代现代派文学的最早一批倡导者，走向当代文学的前沿。正像吴亮在"前言"中所描述的那样："1985年的小说创作以它的非凡实绩中断了我的理论梦想，它向我预告了一种文学的现代运动正悄悄地到来，而所有关在屋子里的理论玄想都将经受它的冲击。"虽然，当时人们评价现代派的标尺还有些混乱，例如，把所有带有文体实验色彩的小说都归入现代派等等，但是，它释放出了一个明确无误的信息：在1985年，小说创作中的现代派探索，已经发展成了一股不可阻挡的潮流。

90年代末，由于当代文学史的叙述建制逐渐形成，从伤痕、反思、改革到寻根、先锋、新写实的文学创作被认为是主要文学史线索，一些对文学探索有贡献的现象正在被砍削、删减和遗忘，如刘索拉等的现代派小说、探索小说、新潮小说等等，所以，这些小说现象有必要在本书中被重新叙述，以便补充历史的缺失。

重新认识"人"，是现代派小说思想探索有意脱离"十七年"社会主义现实主义历史轨道的一个醒目标志。它是"十七年文学"的终结，是文学转型的开端。批评家季红真发现："在中国当代前二十七年的小说创作论中，占统治地位的理论是反映论，即以典型的方式，反映外部社会历史的变迁，进一步的庸俗化,则是作为政策的图解工具,要求作家们急功近利地为政治的中心任务服务。"①在这种文学环境中,有英雄色彩的"高、大、全"的人物形象,必然会占据小说、诗歌和戏剧的空间。在"文革"后的文学创作中,这种对人的"政治化"的规定日益走向崩溃。现代主义文学思潮的涌进,为小说创作提供了更多重新认识"人"的可能性。现代主义文学中强调个体生存偶然性的相对论认知特征,对世界人生不确定性及人性自身的本体怀疑,正适合于中国人对灾难的深切记忆,使许多作家几乎是不约而同地、有意无意地调整自己的认知模式。但是,这种调整有一个渐进的过程。1982年前后出现的现代派,主要强调的是文学创作的创新意识,大多数作家对人的认识和要求还局限在十九世纪人道主义的范围。这样,在创作中就不免带来了形式与内容不和谐,甚至相脱节的现象。1985年的现代派探索,明显跨越了这一阶段。《当代文艺思潮》上一篇署名刘武的文章,向人们透露出这方面的信息,他写道:

> 当刘索拉、徐星、张辛欣等一系列心态小说出来时,我们应该由他们塑造的人物体味过一种深刻的怀疑意识。这些迷惘的青年正处在由自然经济结构社会向商品经济结构社会(即传统文明向现代文明)过渡的转型期,新的价值体系尚未建立,他们抱着对旧价值体系的鄙夷与嘲笑,急于摆脱它们,但却找不到新的大陆立住脚跟。传统的依赖性与客观的茫然使他们仍然不得不将一只脚留在传统的世界里,他们带着双重的怀疑——既怀疑传统的合理性,又怀疑自己追寻的能力——坠入到迷惘之中,时时有一种没有着落的感觉。②

这篇批评形象地描述了新一代现代派作家在社会转型期的内心矛盾和精神状态:他们公开宣称自己是"迷惘的青年",又不知路在何方。在70年代末,"迷惘青年"曾经是作家刘心武的小说中教育的对象,但在今天,他们被放置在社会的正面位置,被看做是现代青年的某种进步的特征。这种变化说明了文学在重新认识"人"这一问题上的惊人变化。与此同时,在这些青年作家笔下,作品形式与内容的关系更趋于和谐。刘索拉的《你别无选择》用一种"无调性音乐"的叙事方式,展现了一群音乐学院的大学生在摆脱社会成规之后,既怀疑习俗也怀疑自己的双重困境。他们的出国、死亡、

---

① 季红真:《中国近年小说与西方现代主义文学》(上),《文艺报》1988年1月2日。
② 刘武:《怀疑的时代》,《当代文艺思潮》1986年第4期。在1985到1988年间,"怀疑"曾是人们评论现代派文学创作时使用频率最高的词之一。

退学,被作者描述为一种缺乏明确目的的人生过程,这些行为的不确定性、盲目性,揭示的是刘索拉这一代年轻作家所经验到的人生的真实状态——别无选择。徐星《无主题变奏》的内容和叙述风格,很容易让人想到美国作家塞林格的小说《麦田里的守望者》。小说主人公在社会转变时期的犹豫不决,是这样展现给读者的:

> 也许我真的没有出息,也许。
>
> 我搞不清除了我现有的一切以外,我还应该要什么。我是什么?更要命的是我不等待什么。
>
> 也许每个人都在等待,莫名其妙地等待着,总是相信会发生点什么来改变现在自己的全部生活,可等待的是什么你就是说不清楚。
>
> 真的,我什么也不等待。这么说并不是要告诉你我与众不同,其实在另外一个意义上我又太知道该要什么了,要吃饭要干活儿。

这段话如果放在当代欧美社会的语境中,人们也许不会觉得奇怪,但在80年代中叶,中国社会刚刚走向开放,这种行为确实具有超前味道,是一种传统习俗所不理解的现代生存感受和艺术感觉。然而在深层次上,这些青年作家所反映的仍然是历史和社会在很长一段时间中矛盾的"累积":"文革"对人的摧毁、人的价值的重建、新的商品经济对这一切努力的又一轮冲击、颠覆,在这一过程中,许多人都在相信/怀疑、痛苦/自嘲、追求/迷茫的生活感受和心理体验中挣扎着,同时又在探寻着。这种文学实验当然是幼稚的,但它在80年代中国文学中注入的一种新的现代眼光和创作经验,却十分引人注意。

随着作家创作经验的增加,现代派小说对形式的实验,开始摆脱单纯模仿的痕迹,注意把外在艺术形式与作者的现代处境和心灵感受结合起来。他们的创作,与美国作家塞林格的《麦田里的守望者》、凯鲁亚克的《在路上》、梅勒的《第二十二条军规》、法国新小说作家罗伯-格里耶的《橡皮》、萨洛特的《嫉妒》等存在着某种联系,艺术上具有反传统小说的特点。在主题上,这些作家的小说多带着黑色幽默的精神特征,把病态或恐怖的成分揉入到喜剧之中,用尖刻和绝望的笔调刻画人世间的荒谬,但又主张作者与认识到的绝望冷漠地保持一定的距离。例如,残雪的《公牛》就记录了一个人的精神幻变,一种非理性的对世界的观察。然而,在这一变形、夸张、错位和虚幻的外观图像中,又反射出被社会表象所遮掩着的真实。① 在作品的历史观和叙述结构上,与传统小说出现了较大的差异。传统小说一般是在特定的历史时间和空间中展开的,因此其主人公身上都带有某种编年史的特征;而这些作家笔下的主人公的历史因素却是模糊的、隐匿的,由于许多小说没有固定的主人公,就使得整个故事富有梦幻和神秘的色彩,情节荒诞,结构零乱,充满了不确定性。有的作品,可以说是一种近于"随笔体"的小说。在语言风格上,则呈现着杂体化的倾向。由于作者意在探索现代人内心的原始状态,试图通过去掉主观意识的"视象"去逼近一种客观的"真实",因此在创作中,他们把荒诞与正经、闹剧和讽刺、傻话疯话和真理、虚构和现实、书面语和市井语等不同成分糅在一起,把杂乱当成一个艺术的整体。徐星的北京大众口语和规范汉语的杂糅,反讽与正话不着痕迹的结合,刘索拉的音乐专用语和日常调侃风格的混用,扎西达娃把藏族经验嫁接在汉族语言上,使之产生多声部和陌生化语言效果的尝试,都可以看做这种努力的一部分。可能是受到新小说把技巧看得高于内容的艺术观念的影响,扎西达娃的形式探索似乎比残雪、刘索拉和徐星等走得更远一些。他的《西藏:系在皮绳扣上的魂》等作品,给人的强烈印象是,所有的人物和他们的命运都是被作品的"叙述"安排的,小说"叙述上的创造,犹如立体主义的绘画,将各个不同的历史立体面放在同一个运行的平面中"②。但后来也有人批评作者所写的只是一个"汉语"中的"西藏",而不是真实的西藏,对他小说的过于"技巧化"表示了忧虑。③

第二节 《你别无选择》和《无主题变奏》

80年代初,由于较早接触翻译过来的西方现代派小说,现代派小说创作开始在北京已经成名的作家圈子中流行,例如王蒙、宗璞、高行健、李陀和刘心武等。高行健主要模仿法国荒诞派戏剧,其他作家虽然在勇闯禁区方面有抢眼表现,但写作实践上仍然漏洞较多,只能算新时期最初的艺术尝试。1985年,当一般读者并不熟悉的两位年轻人刘索拉、徐星的小说突然

---

① 实际上,黑色幽默小说和新小说都表现出对"深层真实"和"内心的原始状态"的追求,同样,中国的现代派小说虽然描写生活的荒诞,但"真实性"仍是其探索的奥秘之一。参见龚翰熊《现代西方文学思潮》,第313页,四川大学出版社,1987。
② 见《探索小说集》中程德培、吴亮对该小说的评述,第524页,上海文艺出版社,1986。
③ 参见中国人民大学中文系97届学生边巴次仁的本科毕业论文《扎西达娃》,未刊。

出现在刊物上时,这种局面立刻发生了变化。他们的出现还表明,作为中国最早向外开放的城市,北京文学界对西方现代文学思潮表现得比其他城市更加敏感,似乎有一种十分自然的艺术适应能力。因此,这使它在现代派文学的发展潮流中,一个时期内保持了比较领先的地位。之后,外省作家领衔的寻根、先锋小说兴起后,这种局面才被打破,不过北京作家仍有上佳表现,如阿城、王朔等等。80年代中后期,先锋文学中心由北京转向上海。

刘索拉的成名作《你别无选择》在当年《人民文学》第3期上登载,引起热烈反响的时候,作者(1955—)还是中央音乐学院作曲系三年级的学生。这一年,这位一身稚气的女学生在小说创作中大出风头,成了文坛新宠。这种景象,令人想起20世纪初在燕京大学就读的谢冰心。不过,成名过早也会成为后来发展的累赘,这种现象同样在两位女作家身上发生。之后,她连续发表了《蓝天绿海》《寻找歌王》等作品。这些小说表现的是音乐学院学生、通俗歌手等的日常工作和生活,现代派味道地道,所以被评论界看做是80年代以来真正的现代派小说,对前一阶段的同类创作,具有突破和超越的意义。有人认为,这是"生气勃勃的创造","刘索拉戏谑揶揄而又不露声色,凝炼集中而又淋漓尽致",作者"超越了形似而达到了神似,而我们超越了音乐术语而达到了心领神会。或许正因为我们对音乐一窍不通才证明了这一超越。你体验到这并不只是关于疯疯癫癫的作曲系学生的古古怪怪的记录。于是你回过头来在一片喧嚣中发现了和谐,在白纸黑字的堆积中发现了结构、技巧和文体,发现了敏捷和才气"。① 对这些小说,当时也存在着激烈的争论。一种意见认为,人物的探索和追求"缺乏一种社会大我意识和历史的自觉性","是对当代青年的一种误解"。另一种意见则表达了不同的看法,认为"作者以夸张、变形、重于表现的形式,平静地完成了一个客观、冷峻的主题,突出了我们这个时代在精神上的强烈冲突对比和自我更新、主动追索的基本流向"。② 上述观点,反映了人们开始对现代派小说表现出一定程度的理解和认同,和不同的文学观念的摩擦日趋公开化的

---

① 黄子平:《刘索拉的〈你别无选择〉》,引自《沉思的老树的精灵》,第167—170页,浙江文艺出版社,1986。在当时,实际已经存在一个具有现代派文学趣味的北京作家圈子,除王蒙、李陀、高行健、宗璞外,还有北京大学中文系的青年教师兼批评家、刘索拉、徐星等人的加入。另外,由他们所掌控的《人民文学》《北京文学》也在有意识地组织相关作品、评论,为现代派文学提供声援。这种看似松散的"作家圈子",在李陀后来的一篇文章中有过详细描述。他认为,80年代北京文学的生成,很大程度是由于作家之间"友情"的作用,"吃饭""谈天""散步"等等交友方式,营造了当时十分浓厚的文学氛围。参见查建英编《八十年代访谈录》一书对李陀的"访谈",北京三联书店,2006。

② 闻逸编:《争鸣中篇小说20篇"争鸣要点"》,第66页,上海文化出版社,1987。

状况。

受到梅勒的小说《第二十二条军规》的影响,刘索拉把陈旧、保守的教育体制艺术化地表现为大学生日常生活中无形的"第二十二条军规"。有意思的是,这种反学校体制的主题也出现在徐星的小说《无主题变奏》中。但是它仅仅出现在北京、上海这种开放较早的大都市中。人们由此想到,它们实际反映当时一些青年希望脱离社会主轨道,在社会转型潮流中重建自己人生位置的叛逆心理。在小说《你别无选择》中,读者看到,一种超自然的力量,营造了这座音乐学院梦境般的生存环境和这些人物夸张、变形和荒诞的精神状态。李鸣富有乐感,有才华,可他莫名其妙地想退学。他无心做习题,不去琴房练琴,索性躲在宿舍里画课堂上几位先生的面孔,躲在被子里看小说。马力对什么都无动于衷,却爱在买的书上登记书号,画上私人藏书的印章,像图书馆一样还附着借书卡。回家探亲时,又匪夷所思地被塌方的窑洞砸死了。戴齐钢琴弹得出众,人长得修长苍白,作品中有肖邦的气质,所以女孩们爱管他叫"妹妹",这使他在与异性交往时总有一道障碍。孟野倒是野心勃勃,一心想成名,他的作品"充满了疯狂的想法,一种永远渴望超越自身的永不满足的追求",他"用手勾住大提琴的弦,猛然拨出几个单音,然后把弦推进去、拉出来;又用手掌猛拍几下琴板,突然从喉咙里发出一种非人的喊叫"。结果,他因偷偷与女友结婚被妻子告发,被校方"劝其退学",没有机会把人生的游戏演完。马力的死让小个子深受刺激,他整天低着头,不停地用水去擦功能圈、玻璃、地板,最后,在出国后渺无音讯。

像西方流行的现代派小说一样,作品没有采用通常的叙述视角展现故事始末,也没有一个贯穿始终的中心人物。躁动的心态,杂乱无章的情节,一大堆行为怪异、各自关系松散的人物,以及相互间难以联系的叙述,构成了这篇小说的总体氛围。但是,就在作品混乱跳跃的叙述中,却暗含着这么一个确指:表面上,学生们通过厌恶习题、课堂、教学秩序、人际关系,表露出对学校环境这一"二十二条军规"的反抗和逃避。实际上,它在深层的文本中,又被延伸为对压抑、控制和扭曲了现代人生命状态的社会生存环境的深刻考察。问题在于,这一典型的"黑色幽默"现象,反而被遮蔽在五色的光环和乐观的情绪之中,并没有引起文坛的关注。作者用她貌似颓废但实际尖刻的笔锋,挖掘出了这个被当时文学创作所普遍忽视的话题。而实现这一切,除上述"解构"性的小说叙述外,作者是通过反讽、隐喻和敏感的内心独白来完成的。如小说第 11 节写道:

　　自从李鸣躲进宿舍不打算再去琴房,他给自己找了很多理由。其中最大的理由是他觉得自己生了病,症状之一是身体太健康、神经太健全。这使他只能躲在宿舍里躺着。在宿舍里没人会使他想起他神经太健全,没人会使他想起乐谱与疯狂的竞争;没人会使他想起关于有调性与无调性、三和弦与空五度的争执。在宿舍里他可以什么都忘掉,忘掉功能的走向,忘掉作品分析时的错误,忘掉配置法、忘掉九度三重对位引起的神经错乱。什么都忘掉了,可就是忘不了马力。

这段描写"进一步将隐蔽在孤独的感知内容之下的深层语义——精神被放逐者的茫然与惶惑,几乎是直述了出来"[①]。它还让人们联想到卡夫卡的《城堡》,生活中一些貌似严肃、宏大和难以怀疑的东西,一下子在刘索拉的小说中变得荒诞了起来。这种荒诞不仅来自李鸣与环境的关系,更重要的是来自被环境长期影响和塑造而成的人物自我分裂的人格本身。《你别无选择》在主题、结构上的"反中心"意图,反映了刘索拉这代青年作家历史观的倾斜,和小说观念上的某些变化。值得注意的是,在挖掘和扩大上述题材的表现领域上,作者虽然显示出一般人所不具备的知识和叙述上的优势,她随意性极大的思维方式和想象方式,确实给了人们以新奇之感,但不等于其创作已臻于成熟;相反,却造成作品意象、语言过于密集和跳跃,结构松散和剪裁不够的缺陷。这说明她不是一个有训练的小说家,敏感的生活感悟触发了她的创作冲动,而她并没有为此做好充分的准备。这在《蓝天绿海》《寻找歌王》等作品中,已经有所暴露。80年代末以后,刘索拉弃笔不写,从文坛淡出。

1985年7期,《人民文学》杂志又推出了新人徐星(1956—)的中篇小说《无主题变奏》。正像小说题目告诉人们的,"无主题"既是主人公真实的内心世界,也包含着他对现实人生轻描淡写的讥讽。这位年轻人对什么都缺乏兴趣和热情,总是以一种超然物外的眼光对待生活,因此他发现到处都充满了滑稽。他嘲笑执著追求,挖苦学问,戏弄常识,讥讽假高雅,当然也时时揶揄自己。他无意于揭露世界的荒诞,因为他懒得去做什么价值判断;他也不承认自己是社会的"多余人",不过是要做一个"普通人"而已。他恍恍惚惚,简单的人生经历处处留下这漫不经心的痕迹:他曾经是一位大学生,"九门课的考试我全部在二十分以下",退学后到一家饭馆打工。在一次音乐会上与艺术院校女学生老Q邂逅(这种称呼很容易使人想起阿Q),并产

---

① 季红真:《精神被放逐者的内心独白——刘索拉小说的语义分析》,《上海文学》1988年第3期。

生了平平淡淡的"爱情"。老Q鼓动他干"事业",要求他有"理想"和"学历",这使他顿生反感,最后竟因此与她分手。他告诉人们:"我什么也不等待","如果我突然死了,会有多大反响呢?大概就象死了只蚂蚁。也许老Q会痛苦几天,也会很快过去,她会嫁人,在搞她的所谓的事业的同时也不耽误寻欢作乐,把以前对我的千娇百媚同样地献给另外一个男人","既然我最爱的人都是如此,那么我还能对谁有那么点儿意义呢?"小说《无主题变奏》的主人公,事实上是一个时期社会"边缘人"的形象,是中国的那个反着戴鸭舌帽的人(《麦田里的守望者》的主人公)。他与社会流行观念相悖谬的心理特征,潜藏着值得挖掘和考究的问题。当时就有人指出:"用十九世纪的文学史知识显然无法衡量这篇小说,更不要说用唐吉可德精神了",因为"它如实地记载了一个年轻平民的日常心态以及他对世事的嬉讽,他没有丝毫的伪饰,幽默得近乎冷酷","《无主题变奏》最大的功绩在于显示了一种真实"。① 虽然小说不算十分成熟,结构上也有点松散,但作品传达的是"文革"结束后,由于历史的反思不够彻底,在一部分人中间所萌生的带点虚无色彩的社会情绪。它令人惊醒地注意到历史发展过程中的某种遗漏和失误,对一些东西的暗示,引起了许多人的不安。当然也可以理解,在城市改革全面铺开之后,当代社会那种长期封闭状态正在被一种新的力量冲破,人们的职业观、社会观都在发生深刻变化。这篇小说,事实上为读者提供了看待转型期北京社会结构出现重大调整之前的崭新视野。

  小说主人公的所见所闻,是作者引领读者阅读的一个视点。它或者也可以成为作品的一个叙述圈套,因为它漫不经心的讲述,使读者在不知不觉中相信了一个被"讲"出的"真实"。小说低调的、商量的、节制的叙述口吻,制造了一个诙谐和松弛的阅读氛围,它使读者由作品的局外人变成了参与者——作品与其是在讲别人的故事,不如说也是在讲他们自己的故事。这样,《无主题变奏》就成为一个由作者、读者、叙述者和人物来共同设计和创作的文本。小说另一个值得注意的特点,是它对北京方言巧妙、自然的运用。我们知道,自从老舍开启了把北京方言杂糅进现代小说叙述的先河之后,它对描绘北京市民社会的人生百态、了解京籍作家的创作心理和叙述方式,发挥了非常独特的作用。八九十年代邓友梅、陈建功、王朔、刘恒等以北京为题材的创作,走的多是这一条路子。在徐星的小说中,北京方言的运用有以下几种意味:一、嘲讽与自嘲。它经常是通过"正话反说""假装不懂"

---

① 吴亮、程德培编:《新小说在1985年》,第64页,上海社会科学院出版社,1986。

的叙述方式,讽刺不满的现象,或显示自己的生存态度。如主人公谈自己的"退学":"那一年我刚离开学校不久,我不是说毕业,你别误会……幸好我得了一场大病,于是我和学校双方得以十分君子气的分手,双方都不难堪。"二、松弛的叙述语势。在小说中,松弛是一种语言风格,一种态度,它是一种外松内紧的说话方式。因此,松弛的小说扩大了叙述空间,增加了语言本身的歧义性。我们看主人公"介绍"他的人生观:"我真正喜欢的是我的工作,也就是说我喜欢在我谋生的那家饭店里紧紧张张地干活儿,我愿意让那帮来自世界各地的男男女女们吩咐我干这干那","我把自己交给别人觉得真是轻松,我不必想我该干什么,我不必决定什么"。三、一种"帝国故都"的中心意识。在京籍作家创作的潜意识里,北京方言是一种不需要任何"参照"、因此也是一种非常自足的语言。纯粹就创作而言,这种意识在徐星和其他北京作家那里都是根深蒂固的,是很普遍的——它形成京籍作家创作在语言上的最大特色。在此前后,徐星还有其他一些小说,但都不很出名。他的创作逐渐停顿下来,也许他的生活和文学资源已经枯竭。

第二节 《山上的小屋》

  在早期现代派小说的探索中,残雪是一个比刘索拉、徐星更具历史深度的青年女作家。残雪(1953—)生于长沙,原名邓小华。因父亲的问题受到牵连,曾在一家街道工厂做工,从事个体服装缝纫。这些坎坷经历,在她的小说留下很深的阴影,某种程度上决定了作者观察世界和艺术体验的方式。80年代中期后,《山上的小屋》《天窗》和《阿梅在一个太阳天里的愁思》等一批富有探索色彩的小说,为残雪带来了文坛声誉,被认为是这一群体中较具创作韧性和实力的作家之一。她的创作形式上有西方现代派文学、尤其是卡夫卡小说影响的痕迹,内容却来自强烈的现实感受。其小说对人性的丑恶和人类生存悲剧境遇的暴露,都达到了深入、残酷和令人发指的程度,而这一现代主题,多是借助梦呓、乱想、神秘乃至怪诞的手法和离奇恐怖与晦涩的审美意象来完成的。作品的创作过程,渗透了作家本人独特的生命体验和感知。其中,短篇小说《山上的小屋》值得仔细研究。

  人们发现,小说以"梦呓"的叙事角度,讲述了一个近乎荒诞的故事。在"我"家房后的荒山上,有一座木板搭起来的小屋。"我"每天都在家里清理抽屉,发现有许多小偷在房子周围徘徊,窗上还有数不清的被人手指捅出的"洞眼"。"我"欲求助家人,却看到和听到"虚伪的笑容""直勾勾"的眼睛、"在黑咕隆咚的地方"的"窃笑""一只熟悉的狼眼",这一切都渲染了离奇恐怖的氛围,它使主人公的生存环境变得岌岌可危。更令人惊诧的,是"我"的周围都充满了鲁迅《狂人日记》中描绘的那种尖锐的敌意,以及人与人、人与环境之间陌生、猜疑甚至仇视的关系。例如母亲对"我"清理抽屉的警告,"父亲每天夜里变为狼群中的一只,绕着这栋房子奔跑,发出凄厉的嗥叫","妹妹的目光永远是直勾勾的,刺得我脖子上长出红色的小疹子来",等等。而一切的敌意都来自一个险恶的目的:阻止"我"清理抽屉。小说虽然以一种非理性的笔调,以一种在正常人眼中不可理解和出尔反尔的讲述口吻记录了一个人精神的裂变过程,但无意中却暴露出一个阅读视点:抽屉。显然,"清理抽屉"是主人公在小说中唯一健全和真实的行为。正像山上那个莫须有的"小屋"根本不存在那样,"清理"作为一个极具象征性的动作,恰恰构成了对"家"(世界的隐喻)中人性丑恶和荒谬激烈然而脆弱的反抗。正因为它反映了人类对健全生活的渴望和憧憬,所以才会受到邪恶势力的破坏、阻挠、践踏;而人又不得不通过对后者的几乎绝望的反抗,来维护和证明自己存在的尊严——在作者看来,这种善与恶周而复始的循环,所揭示的正是人类生存悲剧的本质,因为人类实际是无法超越自己的"命数"的。毋庸置疑,《山上的小屋》在对主题的挖掘和表现的力度和深度上,明显超过了刘索和徐星的小说,不妨说这才是现代派小说在当时真正的收获。

值得注意的是,《山上的小屋》引发了关于现代派小说创作的其他一些问题。在后来的创作中,残雪对这些问题做了不少展开和深化的工作。前面说过,现代派小说在其流派特征上比较接近黑色幽默文学和新小说,但残雪是一个例外。她的主题、题材和创作手法,更容易让人联想起卡夫卡、超现实主义、精神分析和异化理论。这是因为,作家个人的"创伤"决定了她创作的态度和取材的角度,也决定了她会避开当时的创作"潮流""风气"或说"时尚"对自己的限定,独辟蹊径地挖掘在社会意识层面以下的纯粹个人的内心世界。人们注意到,当时的现代派创作实际是向着两个方向发展的:一是"向外转",作家们注意选择因社会改革而出现的若干具有"现代"特征的文学主题,例如孤独、荒诞、异端等等,它们由于已经成为人们普遍关心的社会问题而较容易被一般读者所接受,刘索拉、徐星、张辛欣的小说在这方面有一定的代表性。二是"向内转",这类作家不重视主题、题材的普遍意义,他们更倾心于对人的内心世界的感知和表现,有意加强小说的深奥性和象征意味,残雪可说是这一方面的代表。在她看来,现代派小说的真正价值不在于它与传统文学形成的对抗姿态,也不在艺术技巧的离奇和先锋,而体现在对"现实性"的重新认识和阐释上。首先是她的小说经常流露出对"文革"时期社会黑暗的深刻记忆，它的高度变形和梦境似的偏执处理，使小说始终处在一种精神变态的氛围之中。《黄泥街》通篇贯穿的是人人自危的气氛，而人的自残与伤害别人，在小说中都达到了极端的程度。其次，以一种隐晦、象征的方式，呈现出人的超现实的存在，而这种超现实又导致了对现实的否定。残雪的小说，充满了这些触目惊心的生活意象：孤单的小房子、黏乎乎的雾、潮湿的墙、阴雨、渗水的木板、来历不明的响声、梦游、阴险的窥视者、皮肤、面孔、肢体、耗子、暴戾的行为和无意义的行动、白痴、疯子、变态的男人和女人……这一切都提醒读者不要被日常生活的表象所迷惑，让我们在自己生存的境况中无情地发现真实的丑陋和堕落。最后，通过自己的创作，作家提升了"臆想"在小说中的价值。《山上的小屋》纯粹是作家臆想的"现实"。在《公牛》中，"我"看见"公牛的背"，它的巨大的"牛角""浑圆的屁股"，"它的背影嵌着一条紫黑的宽边"，但他又怀疑这"只是我的幻觉"，然而，正是这种"幻觉"构成了对读者心理强烈的冲击力。这样令人惊异不已的描写，使"反常""紊乱""恐惧"等等这些作者和人物下意识的感觉，产生了一种超乎寻常的特殊的"美感"，它无疑增大了80年代小说的表现空间。因此，有的评论家指出："这个由残雪一手建立起来的臆想世界之所以取得了普遍的品格，是因为它们的一切荒诞细节和错乱的叙述都是我们这个世界的一个真实却又歪曲了的投影，这个世界中的所有人形木偶正由于他们的非个性化，反而取得了一种'类化'的性质。"①除上述作品外，残雪这一时期还出版过小说集《天堂里的对话》《黄泥街》等。但是，她1988年发表的长篇小说《突围表演》并不为人们看好，被认为是一部"冗长、抽象、枯燥"的小说，议论过多，细节和氛围都较缺乏，虽然向读者证实了她的思考能力，但这种思考却没有成功地再现在艺术表现当中。

除上述作家外，被归入现代派小说家之列的还有陈村、张辛欣、扎西达娃和何立伟等人。《上海文学》1985年11期在"作家作品小辑"专栏中推出了陈村的一组"小小说"，如《一天》《古井》《捉鬼》等。这组小说，如《一天》，以简洁的技巧和现代的经验，讲述了一个离奇而日常的生活故事：主人公张三在一种平缓无波的生活流程中走入了老境。张辛欣和桑晔连续发表了以《北京人》为代表的一批"实录"小说，它们以非虚构的叙述方式，强调了人物的"真实"存在，但是这种真实性反又给人强烈的"虚构"的色彩。

---

① 吴亮：《一个臆想世界的诞生》，《当代作家评论》1988年第4期。

扎西达娃的《西藏，隐秘的岁月》和《西藏，系在皮绳扣上的魂》等作品，以其鲜明的异域视角，呈现了另一种生命的存在方式，从而构筑了不同于现实的时间和空间的概念。出现在何立伟小说《花非花》《一夕三逝》中的，是那种空山鸟语式的意境，然而这些没有历史、时间和背景的人物故事，却分明带着超现实的意味。到了1988年，评论界围绕着现代派小说创作的"纯粹问题"发生了争论，有人甚至提出了"伪现代派"的观点，也有一些与季红真的现代派文学论点"商榷"的文章，但它们对作家的创作并未构成实质性的影响。①

第三节　第三代诗人

一代代诗人都处在影响的焦虑当中。80年代中期，在朦胧诗衰落之前，一批年轻诗人由于不愿意受到他们诗歌影响的束缚，开始了新的艺术探索。这些年轻诗人出现于1986年前后，被称作"第三代诗人"。如果说朦胧诗的中心在北京，那么第三代诗歌的中心则开始转向外省，该群体的刊物和诗人主要集中在重庆、成都、南京、云南和上海等地。

第三代诗人登上诗坛之时，朦胧诗在读者中还有较大影响，所以他们一开始就以对抗、不屑的姿态来显示自己的存在。最早提出"Pass北岛"的是重庆的一批大学生，紧接着，西安、兰州等地院校的诗歌民刊也对这些前辈诗人的诗歌观和创作手法进行了尖锐批评。② 与此同时，不少标榜新锐姿态的诗歌社团和杂志，陆续出现于各地高校和社会青年中。其中，较成规模、影响较大的是1984、1986两年成立的"他们文学社"（南京）和"非非主义"（四川）诗社。1986年，对朦胧诗和诗坛现状不满的青年诗人发起了更大规模的艺术"反叛"运动。该年10月，安徽《诗歌报》和《深圳青年报》联合推出了"中国诗坛1986现代诗群体大展"，一百多名诗人和六十多家"诗派"在上面集体亮相。这两家报纸宣称：全国将有"两千多家诗社和十倍百倍于此数字的自谓诗人，以成千上万的非正式打印诗集诗报、诗刊与传统实

---

① 参见黄子平《关于"伪现代派"及其批评》，《北京文学》1988年第2期；李陀《也谈"伪现代派"及其批评》。与季红真《中国近年小说与西方现代主义文学》一文商榷的，有邹平的《中国存在现代主义文学土壤吗？》等（《文汇报》1988年4月8日）。

② 这一时期，几个地方的大学生主要在自己所办的"诗刊"上发表艺术主张，例如，重庆的《大学生诗歌》、西安韩东的《老家》（1983年创刊，共出三期，每期50本）、兰州大学封新成办的《同代》等。

行着断裂",据他们估算,实际自费出版的诗集、诗刊数量比公开披露的情形还要惊人。从大量的"宣言""表白"来看,他们拒绝、怀疑的"传统"是很模糊的,具体所指主要是朦胧诗人和"正式"的诗歌杂志,他们把前者看做了自己艺术发展的主要障碍,而以更激进的态度标榜"现代主义",则是他们登上诗坛所采取的基本策略之一。

"他们文学社"是80年代先锋诗歌中一个有代表性的团体。《他们》杂志除发表诗作外,还刊有小说、文论、美术作品等。主要作者为韩东、于坚、吕德安、小海、王寅、陆忆敏、丁当、小君、于小韦、朱文、朱朱,小说家苏童、李冯等也曾是其作者。截止到1995年,该刊共出版过九期。韩东曾把"他们"诗人的艺术主张概括为:"回到诗歌本身","'形式主义'和'诗到语言为止'是这一主张的不同提法。诗人和任何非诗人的责任感无缘","诗人的责任感只是审美上的";"回到个人",因为"生命的形式或方式就是一切艺术(包括诗歌)的依据";"回到为自己或为艺术为上帝的写作","它使正当的写作方式得以保证,使回到诗歌本身、回到个人成为可行的现实的","任何审时度势,急功好利的行为和想法都会损害他作为一个诗人的品质"。①在创作中,"他们"诗人强调揭示平民化的、日常生活的经验和场景,主张诗歌语言的"口语化"。后来,这派诗人留下较多艺术质量较高的诗歌作品。

"非非"是另一个值得注意的诗人群体。他们虽然有不少作品,但成绩主要在诗歌理论的探讨上。1986年夏,在诗歌民刊《非非》问世之前,周伦佑、蓝马、杨黎、尚仲敏等曾编过《狼们》(1984)、《现代诗内部交流资料》(1985)等杂志。他们认为,"'非非'是作为'异端'出现在中国诗坛的","非崇高""非理性"是对"非非"诗歌的一个形象的"命名"。因此,"前文化"主张既包含了"对既有文化的怀疑和否定",也为了表明要"探讨人类创造的本源"。② 这些观点,在《前文化导言》《非非主义诗歌方法》《人与世界的语言还原》《变构:当代艺术启示录》和《反价值》等文章中,都有不同程度的反映。当然,在今天看来,这些理论还需要进一步清理并加以检验。实际上,他们的思维方式,与文化和语言"断裂"的态度,都留有左翼文化、后结构主义的某些痕迹。"非非"的创作,吸收了法国新小说的技巧,例如《冷风景》《高处》和《自由方块》等。另外,经常在《非非》杂志发表作品的诗人,还有梁晓明、余刚、刘翔、海男、南野、刘涛、陈小蘩、叶舟、何小竹、吉木狼格

---

① 韩东:《〈他们〉略说》,《诗探索》1994年第1期。
② 周伦佑:《异端之美的呈现——"非非"七年忆事》,《诗探索》1994年第2期。

和小安等。人们发现,作为最具思想和艺术叛逆性的诗歌群体,"非非"诗人的影响当时在"他们"诗人之上,经过岁月淘洗,结果"非非"能够留给后世的作品却不很多。

这一时期比较活跃的,还有"莽汉主义""新传统主义""整体主义"和"海上诗群"等群体。万夏、李亚伟、胡冬、马松等"莽汉"诗人的创作,受到了美国五六十年代"垮掉派"文化的影响,主张用鲁莽的、嘲讽的、带点嬉皮式味道的态度来处理诗歌题材,其作品《中文系》《我想乘上一艘慢船到巴黎去》等,就有较多的"行为主义"的痕迹。廖亦武、欧阳江河的"新传统主义",主张用中国传统文化的资源"重新"(现代意义上的)整合诗歌,赋予其艺术的活力。石光华、杨远宏、宋渠、宋炜的"整体主义"与前者的诗观比较接近,但在作品的结构上,他们更强调某种"整体感"。另外,"海上诗群"、女性主义诗歌也都有自己不俗的创作表现,他们的诗歌,表明了当时诗坛要求突现诗人艺术个性、主张创作的多样化的基本走势。当然,由于当时社会的"转轨"过于突然和急速,诗歌界要求艺术"变革"的呼声过于强烈,因此人们不耐烦、甚至不屑于清理诗歌的资源,开展有意义的反省的工作,这样,"反传统""个性表现"就有了过分膨胀的迹象,留下的诗人和作品虽多,但经得起时间考验的却寥寥可数。这在一定程度上,影响了80年代诗歌创作的水平。

韩东(1961—)是本时期值得一提的诗人。他生于南京,1982年毕业于山东大学哲学系,曾在南京财贸学院任教,现从事专业创作。1984年,他发起成立"他们文学社",并主编《他们》诗刊。他的《你见过大海》《有关大雁塔》《温柔的部分》和《你的手》等诗作发表后,在读者中产生了一定的影响。韩东的诗,虽然反对宏大的叙事,主张"回到个人",但他拒绝持激烈的态度,而采取了比较温和、含蓄的处理方式,并且悄悄带入了一种冷静观察的哲学意味。《有关大雁塔》对文化中保守、落后现象的讽刺是隐微的,"有关大雁塔/我们又能知道些什么/有很多人从远方赶来/为了爬上去/做一次英雄"。在日常生活的体验中,作者常常还会在人们司空见惯的场景中,发现新鲜、隐秘的心灵感受:

> 有时候安静下来
> 比如黄昏
> 从这个房间
> 可以看到另一个房间
> 一块漂亮的桌布

一本书
都使我的灵魂喜悦
又总怀疑它们不该为我所用

(《一切安排就绪》)

　　韩东的诗,如果按照当时先锋诗歌对"日常生活"题材的提倡,的确是很"个人化"的,然而,他与许多诗人的根本不同在于,他的诗歌意象不单是生活表面的浮影,而多是从"灵魂""生命"中认真提取的。他平易亲切的叙述方式,把对生活的特殊理解,融入诗中,却又给人点到为止的感觉。90年代以后,韩东的创作兴趣转向了小说。

　　于坚(1954—)生于昆明,1984年毕业于云南大学中文系。其引人注意的作品有《感谢父亲》《尚义街六号》《作品100号》《避雨之树》《对一只乌鸦的命名》和《0档案》等。他是《他们》杂志的创办人之一,在80年代诗歌风气的转换过程中,发挥了积极的作用。他的诗,自然地呈现日常生活的图景,善于用口语化的语言揭示人的复杂、隐秘的心情,并以木刻式的效果加以展现。他的思维方式中,显然夹杂着美国诗人弗洛斯特的某些痕迹,但又能与云南的高原、河流、城市世俗场景很自然地结合起来,从而形成了他个人独有的叙述风格。例如《高山》一诗:"高山把影子投向世界/最高大的男子也显得矮小","在山顶上走/风暴洪水和闪电/都是高山中不朽的力量",然而作者发现,"在高山上人是孤独的/只有平地上才挤满炊烟/在高山中要有水兵的耐性",正是从上述日常的生命现象中,他不由得发出了这样的感慨:

在云南有许多普通的男女
一生中到过许多雄伟的山峰
最后又埋在那些石头中

　　正像有人所评价的,这首诗中"充满人与大自然静默的交流","这里没有自卑,而是一种深深的自豪"。① 另外,在大自然或者在日常生活中,我们可以读到的还有作者的现代意味和层层叠叠的音乐感,它们多半是通过词语的巧妙组合而获得的。除此之外,李亚伟也是一个值得关注的作者,他的诗当时名气在韩东、于坚之下,但放在更长的时空中,李亚伟诗歌的内涵和艺术创造力并不弱于前者,有不少值得开掘的东西。

---

① 陈超:《中国探索诗鉴赏辞典》,第464、465页,河北人民出版社,1989。

第十五章　1985年后的小说(一)

第一节　小说的转变

1985年后,中国城乡关系发生了深刻变革,长期板结的社会结构出现碎裂、重拼和新的组合。农村改革从人民公社转向包干到户,农民生产和生活方式出现根本变化,部分农民开始流向城市。1984年启动的城市改革,彻底打破长期以来在社会组织和工厂中实行的"铁饭碗"制度,很多人下海经商或频繁更换职业,人口流动和迁移明显加快。与此同时,随着港台歌曲、电视剧、通俗小说的登陆,大众文化开始对主流文化产生较大冲击,一种回归日常生活的观念正逐渐成为社会主要思潮。这种情况下,被工业题材、农业题材和革命历史题材长期压抑的丰富的本土化文学记忆,在新环境下催生了作家对文学多样化的追求。"市井小说""京味小说""津门文化小说""乡土小说""乡情小说",以及"陕军""湘军""晋军"和"豫军"等文学现象蜂拥而出,更迭迅速,文坛涌动着活跃的创作潮流。小说观念的重要变化是,作家不再把重大社会性题材当做创作的首选,很多作家倾心于小说审美意识和题材选择的地域性特征,作家的个人记忆、生命形态和语言感受成了作品的重要构成因素。① 1985年后,由于"文化热""方法论热""文学主体论"的推动,以及吴亮、程德培编选的《新小说在1985年》的出版,清楚地标明1985已经成为当代文学60年的一个转折标志,对不同文学现象的边界勘探,对新时期文学的整体观察,都要从它着手。

---

①　人们注意到,在50至70年代的小说中,题材往往具有"普遍化"和"本质化"的特征,"本土"和"当地人"的特征经常比较模糊,即或有,也只是作为一种"道具"来使用。后者还容易被认为是文学意识"落后"和缺乏"时代精神"的表现。

市井小说、乡土小说是文学转折中最早出现的创作探索。市井小说在当时只是一个批评的概念,但如果放在文学史中,它与民初以来的通俗小说其实有极大的渊源关系。80年代后,人们开始把它命名为"海派小说",被纳入海派的作家有包天笑、周瘦鹃、张爱玲等人。海派小说出现在市民社会相对成熟的中心城市或经济活跃带,例如上海、北京、苏州。在这些墙壁斑驳、光线幽暗的胡同、巷子里,世世代代生活着老中国的儿女们。他们是历史的暴风骤雨的观望者,但是,当革命谢幕,一切又恢复到日常状态,他们的生命形态、一举一动,便成为反射着普通市民人生悲欢的"活化石"。乡土小说是一个相对于市井小说的概念。它以中国广大的乡村的人生世相为描写对象,尤其是以偏僻、落后甚至不太开化的地方的农民为模特,勾画出长期受到压抑、但同时又极为质朴的生命的形式。在当时的乡土小说创作中,或多或少地隐含着鲁迅、沈从文和赵树理的某种"影像",它显然是这一艺术脉络的继承和发展。一定程度上可以说,本时期的这两类小说,接续了晚清以来一度中断的市井小说和乡土小说的传统,同时又熔铸了作家本人的当代意识。算在市井小说作家中的,有一些是从伤痕小说阵营转轨而来的作家,如邓友梅、冯骥才、陆文夫、陈建功、刘心武和郑万隆等。从事乡土小说创作的,有汪曾祺、高晓声、古华、刘绍棠、路遥、叶蔚林、何士光、陈忠实、成一、张炜、矫健、彭见明等作家。鉴于出身地域和文化背景不同,这些作家的审美意识、创作手法和读者受众其实存在着明显差异。

邓友梅原籍山东,1931年生于天津,曾参加八路军、新四军,1946年开始发表作品。1956年,表现爱情纠葛的《在悬崖上》使他一举成名,也因此被错划为右派。80年代后,他对现实题材兴趣寡淡,主要精力转向京味小说创作,作品有《话说陶然亭》《那五》《寻访"画儿韩"》《双猫图》《索七的后人》《烟壶》《"四海居"轶话》等,其中《那五》和《烟壶》最被人看好。这些作品中的人物被从现实情境中移开,置于清王朝崩溃、家道中落和传统文化因素当中。他们多是皇族和八旗子弟、民间艺人、落魄书生和流氓无产者,在20世纪以来的社会急剧调整中,被时代大潮从社会中心冲到了边缘,由此产生了特殊的命运感受。家道中落的那五,是一个在社会上"胡混"的旗人,但又时刻不忘端着贵胄子弟的臭架子,以至闹出了不少酸腐可笑的笑话(《那五》);乌世保虽不致像那五那样堕落下去,但也处处表现出随遇而安、乐天知命的懦弱性格,以他为中心,引出的是一个王公贵族、八旗后裔、烟壶艺人、烧瓷工匠、管家、狱卒等生活在北京城各个角落的人物一个个血泪的故事(《烟壶》)。夹杂在小说叙述中的,是一幅关于老北京的"清明上河图",天桥、大栅栏、陶然亭等处的民俗民情、仪式礼节以及各色生活,都得以鲜明地展现。但是,作者显然认为民俗文化绝不是一种外在的东西,而是与人物的历史浮沉息息相关。邓友梅运用工笔手法,细腻刻画,小心经营,与他过去的现实题材小说有意拉开距离。他的语言是纯正的"京白","凡能用细节、动作的,决不用形容词"①,由于做到了含蓄节制,使作品显得有味、耐读。邓友梅还出版过短篇小说集《京城内外》《烟壶》《邓友梅代表作》和《邓友梅自选集(1—5卷)》等。

冯骥才(1942—)原籍浙江慈溪,生于天津。他当作家之前曾做过篮球运动员、书画社职员和美术教师。他70年代末期至80年代中期小说创作的着力点,是揭露"文革"对人的精神的残酷摧残。《铺花的歧路》《雕花烟斗》《啊!》《高女人和她的矮丈夫》《感谢生活》和《一百个人的十年》等,都受到人们的好评。由于是天津人的缘故,在涉足现实题材之后,他情不自禁将小说重心转向这座城市的传统生活领域。从中篇小说《神鞭》起,作者开始"津门文化小说"的写作,有中篇《阴阳八卦》《三寸金莲》《炮打双灯》和长篇《义和拳》等问世。这些作品,取材于清末民初天津市民社会的奇闻异趣、民间轶事,男人的辫子、女人的小脚以及各种猜谜卜卦,都是他经常描写的对象。这些精致入微的描写和高楼深院里的离奇故事,令当代读者大为惊讶。作者声称自己是在批判地展现这些文化遗迹,不过小说叙述仍夹杂着欣赏着迷的心绪。这当然无可厚非,不过也招来了批评。例如在《三寸金莲》中,作家的本意是通过描写女性缠足这一陋习,深入探究其中的历史文化心理,从而廓清美与丑的界限,但通过小说,人们反而看到人性丑恶的扭曲等现象得到了正面的展示。这种有意放弃价值判断的小说创作,似乎在规避五四新文学的路线,回到海派小说的轨道当中。冯骥才的津味小说,多汲取传统章回小说的手法和天津方言的特殊韵味,在描绘人物的形态时简洁、生动,有时像写意画,三言两语即将一个人物绘出。同时,传统通俗小说对"娱乐性""传奇性"的刻意渲染,也在作家的小说中不经意地流露出来,虽突出了市井意味,有时也会在雅与俗的安排中失去平衡。

路遥(1949—1992)是陕西清涧人。他出身贫寒,幼年过继给亲戚。中学毕业后,返乡当小学教师。几经挫折的人生经历使他心理蒙上阴影,也使他把它作为创作带有强烈自传色彩,同时又更具历史性地观察社会转型期千百万个农村青年命运的小说的重要起点。路遥1973年进入延安大学中

---

① 邓友梅:《谈短篇小说创作》,《山东文学》1982年第5期。

文系读书,开始文学创作。1982年发表中篇小说《人生》,引起较大的反响。这篇小说使路遥进入新时期最重要的作家的行列。1986年问世的长篇小说《平凡的世界》,奠定了他在文坛上的地位。他另外还有中短篇小说集《当代纪事》《姐姐的爱情》和《路遥小说选》等。路遥的小说创作,走的是柳青的路子,他的选材、眼光和艺术描写,力图实现朴实与宏大相结合的叙事方式,追求史诗性的艺术效果。读者普遍注意到,改革开放的社会思潮对"城乡交叉带"农民传统道德、人生观念的冲击,以及传统与现代价值观的断裂所引起的痛苦和冲突,是作者持续关注的文学主题。小说的叙述,是在本地人和外来者之间的纠缠中展开的,出于本地人的感情选择,作者对在现实变故中受伤害的弱者深怀关爱,但他以"外来者"的批判性的眼光,又意识到这不过是社会发展中"优胜劣汰"的选择,是历史近乎残酷的法则,并不以人的意志为转移。所以,正是二者强烈的冲突和矛盾,使得路遥的叙事文本变得饱满而充实,在相当宏阔的历史场景中,源源不断地向读者释放着社会生活变动的丰富信息。在《人生》中,农村青年高加林高考落榜后,回乡做了一个民办教师,后来又被人挤回家当了农民。来到县广播站工作后,因抵挡不住中学同学黄亚萍(城市姑娘)的追求,毅然断绝了与恋人巧珍(农村姑娘)的关系。但是,当组织上查明他通过非法手段进城上班,把他再次清理回乡时,遭到心灵打击的巧珍已被迫嫁人。……高加林所走过的人生的循环怪圈,是改革开放初期的必然产物,历史对个人残酷的阶段性选择,才是酿造出小人物的脆弱和悲剧的根本原因。他的长篇小说《平凡的世界》,对这一主题进行了更为深入的探索和挖掘。路遥的小说朴实、深沉,对人的心灵有一种强烈的震撼力量。1985年后,文学发生转折,路遥继续执拗地坚持现实主义文学创作的原则,执着追求自己的文学理想,但人们的文学创作和批评观念已经发生转变,这使他开始受到冷落,主流的文学批评和研究也不再关注这位心存大志的作家。当代文学中的现实主义传统怎样重新被放入新时期文学转型的历史语境之中,是因"路遥现象"引出的一个重要话题,但它迄今没有得到令人信服的解释。

第二节　寻根的潮流

80年代中后期,由于社会观念变化和外国文学翻译的影响,现实主义文学创作逐渐走向衰落,人们开始寻找一种更适应社会变化的小说创作形式。之前的市井小说、乡土小说都是这一过程中的尝试。这时,小说创作中出现了一股寻根的潮流。与当代文学前30年相比，寻根小说无论在价值取向、小说观念还是创作手法上，都表现出截然不同的姿态，这使它备受赞赏。

应该说，寻根最早的潮汛出现在1984年12月。《上海文学》和浙江文艺出版社发起、有韩少功、阿城、郑义、李陀、吴亮、李庆西、季红真、黄子平、许子东、陈思和、李杭育等二十多位作家、评论家参加的"文学与当代性"座谈会，在杭州召开。会议刚开始还没有产生"寻根意识"，只是就张承志《北方的河》和阿城《棋王》表现出的新的手法、视觉和观察方式展开了热烈讨论。但与会者都分明意识到了必须提出一种不同于过去文学的"当代性"问题，也就是说应该怎样在"当代性"的眼光下，用新的观念来"处理、组织、表现"这个"事物"。① 这段寻根文学的前史，一直被人们所忽略。这种起源性的知识，也没有在后来的文学叙述中得到反映。1985年，"寻根"一说开始出笼，这些作家、评论家对这一概念纷纷进行了界定、解说和夸张的发挥，其中有郑万隆的《我的根》、韩少功的《文学的"根"》、李杭育的《理一理我们的"根"》、陈思和的《中国文学发展中的现代主义》、阿城的《文化制约着人类》、郑义的《跨越文化断裂带》、王安忆、陈村的《关于〈小鲍庄〉的对话》和贾平凹的《四月二十七日寄友人书》等。② "寻根"成为这些文章的一个中心词，这反映出倡导者一种着急心态，一种前所未有的历史冲动；与此同时又表明了一个愿望：文学应该突破表面化的"现实"层面，开掘本民族"古老文化"的深厚土壤，与"世界文学"开展真正的对话。在当时"走向世界"的大背景下，这种想法几乎是无人怀疑的。韩少功认为，"文学之根应该深植于民族文化传统文化的土壤里，根不深，则叶难茂"，因此，作家有责任"释放现代观念的热能，来重铸和镀亮""民族的自我"。陈村在与王安忆的"对话"中承认："应当感谢加西亚·马尔克斯，感谢《百年孤独》的译者与出版者"，正是这部书，打消了"我们在文化上隐隐显显的自卑"。王安忆说，于是她开始寻找与过去截然不同的"结构方法"，"寻找我们自己的叙述方法"，而她找到的就是"大刘庄"和"小鲍庄"。

必须指出，文学寻根的提出，对传统的现实主义文学带有某种矫枉过正的动机。作家们不满于社会主义现实主义、伤痕、改革等概念的规范，希望重新构建新的文学空间和审美意识；他们急于摆脱"写什么"（主题或题材

---

① 参见1985年第2期《上海文学》上发表的"会议综述"。
② 分别见于《上海文学》1985年第5期，《作家》1985年第6期，《作家》1985年第6期，《上海文学》1985年第7期，1985年7月6日《文艺报》，1985年7月13日《文艺报》，《上海文学》1985年第9期，《上海文学》1985年第11期。

范畴)的思维局限,更加关注"怎么写"(艺术方法)的问题,强调主体自身的创造性。"他们正在从原有的'政治、经济、道德与法'的范畴过渡到'自然、历史、文化与人'的范畴",并且把它表征为"艺术家在寻找自我的同时,自己也在被寻找"。① 诚然,关注西方文学的热潮,开拓了作家的视野,推动了文学观念、创作方法的革新,作品文本也开始从主题、题材的束缚下赢得了一定的独立性。但是,刚刚获得民族解放或走出政治动乱的"后发展国家"的作家,在对文学的定位上往往有着非常惊人的相似之处,例如"走向世界","挖掘本民族的文化资源",相信"只有民族的,才是世界的"这样一个简单的逻辑公式。于是,在传统的"革命"主题走低、文化保守主义主题持续旺销的形势下,一些富有刺激性、挑战性的词汇频繁出现在寻根作家的笔端,如"突破""重建""重新认识""生命力""寻找自我""主体升华""超越",等等。其实,如果大量阅读寻根小说,人们会发现,在寻根的大题目下,作家们的创作实际上还经常与传统的文学母题发生亲密接触,比如反封建、乡土小说、城乡对立、妇女解放、反思"文革"等等。尽管寻根小说存在着这么多的问题,然而,不可否认的是,它的"世界文学"的艺术视野和趣味,对新的结构方法和叙述方式的野心勃勃的探索,对80年代小说的发展的确有积极的意义。

在寻根的热潮中,出现了一批生气勃勃的青年作家,他们是韩少功、贾平凹、阿城、莫言、李杭育、郑义、郑万隆、王安忆、张承志、乌热尔图等。这些作家大多是知青或回乡青年,特殊的人生经历,使他们在"文革"表面的"热潮"下面,直接接触和亲身体验了山野与蛮荒地区近于原始的人性和生命力,这些地区主要分布在山西的太行和吕梁、山东高密、湖南湘西、陕西商州、安徽淮北、浙江葛川江,以及内蒙古的游牧草原。寻根小说最早出现在1983年,1985到1988年间,达到了巅峰状态。郑义生长在北京,"文革"中到山西太行山插队。1983年,他在小说《远村》中塑造了一个"窝囊"的人物杨万牛的形象。用他自己的话说,这是为了表现"人与自然的对立"。《老井》中的孙旺泉,实际是另一个杨万牛的化身。杨万牛被困在"拉边套"的处境里,他则被困在了老井村;杨万牛没有勇气与叶叶另组家庭,而他也没有胆量与巧巧远走高飞。在这两出令人绝望的爱情悲剧中,"穷"是一个根本的原因。稍后出现的李杭育的"葛川江小说"系列《沙灶遗风》《最后一个渔佬儿》,那些船工和渔夫们活脱脱就是梁山好汉式的人物,他们"大口

---

① 李庆西:《寻根:回到事物自身》,《文学评论》1988年第4期。

喝酒""大口吃肉",似乎洒脱地把人生痛苦都抛到了一旁,大多有"生死两忘"的味道。郑万隆的"异乡异闻"写的是黑龙江边陲的山村,他"在生死的交界处勾勒觅金者们的追求、向往、眷恋和绝望。他用冷静的、不动声色的笔调,在传奇般的场景中挖掘人性的深度"①。王安忆 1970 年从上海到安徽淮北的五河插队,她回忆说:"那地方叫作大刘大队。大刘大队是由一个大庄和两个小庄组成的,大庄叫大刘庄,小庄一个叫小岗上,另一个便叫小鲍庄。"②《小鲍庄》通过对这座同名村庄的虚化描写,让人感受到支撑了人们千百年生活信念的儒家仁义思想,和它出现的断裂和危机的过程。张承志的《北方的河》,借助主人公"他"对这条大河的悲壮的游历,描绘了它与生俱来的壮美、宏阔与浮沉,从而告诉人们一个"因为这个母体里会有一种血统,一种水土,一种创造的力量使活泼健壮的新生婴儿降生于世,病态软弱的呻吟将在他们的欢声叫喊中淹没"的朴素的道理。另外,贾平凹对陕西商州处于封闭状态的自然、人文景观的描绘,阿城对知青生活中"禅宗意味"的深入观察与挖掘,莫言以"爆发式"的叙述方式对山东高密氏族秘密的揭示,以及韩少功沿着沈从文的创作路子对"湘西世界"的愚昧的批判,等等,也是寻根小说创作中格外值得注意的一个个亮点,我们将在另外的地方进行描述和分析。

  在对寻根小说的一片赞扬声中,也有人对这一创作现象给予了必要的提醒或批评。因为按照中国现代文学"思想启蒙"的传统,作家们纷纷"回归山林",到原始、蛮荒的深山乡野去寻求创作灵感和新路,在批评者看来,难免有某种"复古"的倾向。今天看来,个别批评不能说完全没有道理。因为 80 年代末以后,这股创作潮流即逐渐衰退,不少作家或是陷入创作的困境,或改写了其他题材。寻根顶多是文学发展中的一种潮流,它在整个文学中并不具有普遍性的意义。不过,文学寻根的提出,应该说有特殊的社会文化背景,它是当代文学自身调整过程中的一个必然的现象。在经历了 80 年代初对"文革"的批判之后,将反思深入到民族文化的"本质"和"深层"是当时主要的社会思潮。探索历史曲折与"超稳定文化心理"的关系,是许多作家开始形成的共识。与此同时,"文化守成"观念也在激进时代之后逐渐形成,与"市场经济""回归传统"的社会心理,在当时形成一股历史的"合

---

  ① 《黑空儿白空儿灰空儿——关于郑万隆的三篇"异乡异闻"》,黄子平:《沉思的老树的精灵》,第 192 页,浙江文艺出版社,1986。
  ② 《王安忆、陈村——关于〈小鲍庄〉的对话》,《上海文学》1985 年第 9 期。

流"。在此基础上,许多作家认识到,只有重新找回自我,找到民族曾经失落的有价值的东西,才能振兴民族精神,在更高的起点上与世界各国及其时代潮流进行真正的对话。

第三节　韩少功、贾平凹的小说

在那时候,最引人注意同时产生较大影响的寻根小说,应该是韩少功的中篇小说《爸爸爸》和贾平凹的长篇小说《浮躁》。

韩少功是 80 年代小说家中的理论家。他具有理论家的历史敏感,而且又能自觉用理论的术语加以表达。当然,这种过于清楚的理论意识,也在损害他后来的文学创作,这是后话。一定意义上,韩少功是第一个提出"寻根"口号的。他在发表《爸爸爸》之前,已经是小说界的青年翘楚。他的知青小说应该也写得不错,当他成为寻根作家之后,这些知青小说很少再有人提起。他 1953 年生于湖南长沙,13 岁时遭遇父亲自杀的灾难。17 岁到湘西汨罗江边插队,1974 年抽调县文化馆,曾与人合作传记《任弼时》,这些作品都留有"文革"文学的很多痕迹。像很多新时期作家一样,这段文学创作前史,不光作家自己,即使是批评家也不再提及。湘西插队成全了这位聪明的年轻人。"那些人迹罕至的深山野林,那清澈得令人不敢相信的浅溪深潭,那古风犹存的山乡和人神共处的习俗,都必然在韩少功眼前织成一片巨大的神秘之网,使这个城里来的年轻人惊愕万分。"他后来的创作大多出自这一记忆和灵感。1978 年考入湖南师范学院中文系。1979 年后,他的中短篇小说《月兰》《西望茅草地》和《飞过蓝天》,引起了人们很大的注意。这些作品,超出了当时普遍性的控诉、揭露的姿态,有其深刻的个人体验和艺术个性,所以有人评价说,这"是六年多'知青'生活给予他的最大的精神馈赠"[①]。他大学毕业后,曾在湖南省总工会的杂志《主人翁》任编辑,1988 年赴海南创办《海南纪实》和《天涯》,90 年代又"倦鸟知返",回到湖南,埋头从事创作。

韩少功的代表作《爸爸爸》,与其说像沈从文虚构痕迹太过明显的《边城》,莫如说它在精神气质和象征手法上更接近于鲁迅的《阿 Q》,或者说,是在用沈从文的方式来揭露"国民劣根性"的病根。由于过于重视改造国

[①] 王晓明:《不相信的和不愿意相信的——关于三位"寻根"派作家的创作》,《文学评论》1988 年第 4 期。

民性问题,这使后来的文学史研究对这篇小说的寻根价值有所怀疑。主人公丙崽这个痴呆儿的"个人世界"是完全封闭和自足的:他生下来,闭着眼睛睡了两天两夜,"不吃不喝,一个死人相",他很快学会、但终生只会说的只有两句话:"一是'爸爸',二是×妈妈。"天地无常、生死变故,似乎一切都与他无关。他爸爸一走而无踪影,于是他逢人便喊"爸爸",而对含辛茹苦抚养他的母亲,也只有这么一句话:"×妈妈。"然而,在这座愚昧落后的村寨中,他不仅要经常受后生们侮辱性的取笑,挨仁宝的"丁公"和"耳光",即使最弱小者,也是可以随意拿丙崽做"嬉戏"的对象的,人性的丑陋、世事的残暴,在丙崽这面无动于衷的"镜子"上,得到了裸露无遗的呈现。这种描写很容易令人联想起《阿Q正传》等小说。

> 小老头被打惯了,经得打,嘴巴歪歪地扯了几下,没有痛苦的表情。他再来几下,手指有些痛。
> "×妈妈,×妈妈⋯⋯"小老头这才感到形势不妙,稳稳地逃跑。
> 仁宝追上去,捏紧他的后颈批,让他给自己磕几个响头。前额上有几颗陷进皮肉的沙粒。
> 他哭起来,哭没有用。等那婆娘来了,他半个哑巴,说不清是谁打的。仁宝就这样报复了一次又一次,婆娘欠下的债,让小崽又一笔笔领回去,从无其它后果。

但是,呈现在这面乡村镜子上的,不仅是社会层面上,同时也是原始层面上的弱肉强食的一个自足的世界。与鲁迅小说有所不同,作者似乎对批判这种现象毫无兴趣。因此,从叙事方式看,小说有明显的鲁迅式的意图;但作品潜在的文本,却在不自觉地转向生活的原生状态,是那种未经开发的湘西的原始社会。如果说,鲁迅是站在反省辛亥革命的不彻底性的立场上来揭露阿Q们的精神病相的,那么韩少功笔下却没有这种突出的历史、时间的特征。他的《爸爸爸》与其是社会批判的,毋宁也可以认为是文化呈现的,他是在用美国作家福克纳式的眼光来观察中国乡村几千年的文化积淀,他的丙崽比阿Q更具有自在的形态。之所以受到鲁迅影响,又与其不同,是因为此时拉美魔幻现实主义小说已经翻译进来,韩少功大概也已读到,尤其是《百年孤独》这种小说对人物命运的奇异理解,让他情不自禁地与鲁迅传统在悄悄拉开距离。所以,有的评论家非常确信地认为,作者"以峻冷的笔调描画了一幅民俗图,湘山鄂水,祭祀打冤,迷信掌故,服饰食品,乡规土语,全部囊括在这篇不足三万字的小说中。《爸爸爸》的容量庞杂得惊人","丙崽和他娘,祠堂、鸡头峰和鸡巴寨、树和井、仁宝和父亲仲满、谷神、姜凉与刑天,每个词组后面都联系着一种久远的历史,并把它的阴影拖进了现代","在它的字里行间时时透出激动人心的意味,使我们浮想联翩"。① 这种文学影响与作者亲身经历之间的复杂纠结,在小说里已经包含。

因为寻根小说潮流的发生与当时社会和文学转型有关,它的文学思潮的特点一定程度上会淹没作家的艺术创造力。上述发生在韩少功创作中的矛盾,在其他作家身上同样存在。所以,上述现象是寻根小说创作中普遍存在的问题。带着主观意图,作家们有意去寻找远古、原始的生活,然而当寻根潮流过去,社会出现另外的转折时,寻根创作便容易陷入停顿。韩少功之后的《女女女》,就很难再有《爸爸爸》的光彩,再之后的《马桥词典》受到人们的指责,②都可以说与此有关。也因为这个原因,不少寻根作家后来都无法再有新的发展,如李杭育、阿城、陈村、郑万隆等等。当然,也有人会走出这种怪圈,在文学创作上显示出越来越大的气象,例如贾平凹等人。

把贾平凹归入寻根作家行列是批评家的功绩。其实,贾平凹的乡村经验和传统小说训练才是他从事文学创作的主要资源。他后来漫长的文学创作的重要节点,都在这条历史线索上。在80年代的文坛,贾平凹是一个既与寻根派,也与80年代以来的大多数创作思潮都有联系的作家,被人视为文坛上的常青树。他在90年代后,仍被视为文坛的重要作家之一,就能说明文学思潮并不是影响他创作的根本因素。他1953年生于陕西南部的丹凤县,"文革"时因受父亲牵连,初中未读完即回乡务农。1972年进入西北大学中文系,开始写诗和小说。曾任陕西人民出版社和《长安》杂志编辑,现从事专业创作。1978年,他的短篇小说《满月儿》发表后,引起文坛注意。1983年,他的以描写陕南农民生活变迁的"商州系列"小说,使作者获得了较高的文学声誉,它们是《鸡窝洼人家》《小月前本》《腊月·正月》《黑氏》《天狗》《远山野情》《古堡》《火纸》和长篇《商州》《浮躁》等。贾平凹说:"不论任何作品,不管你用什么形式来写,不管你写啥,关键要增加一种大气魄,底蕴一定要大,境界一定要大。"③在这个意义上说,作者并不是纯粹的寻根作家,他的大多数作品中,既有文化意识,又有时代感;既有历史的眼

---

① 《探索小说集》,第43页,参见程德培、吴亮的"评述",上海文艺出版社、香港三联书店,1986。

② 1997年,批评家张颐武曾著文指责韩少功的长篇小说《马桥词典》有"抄袭"之嫌,并引发了两人的争端。

③ 王愚、贾平凹:《长篇小说〈浮躁〉纵横谈》,《创作评谭》1988年第1期。

光，也有占卜星相和玄学禅宗的神秘意味。贾平凹的写实功力，在同代作家中应该是最好者之一。他文字功夫甚好，艺术感觉细腻，三言两语就能使人物跃然纸上，而且故事情境的细微处都能在作品中见到，与很多啰啰嗦嗦还写不清楚的作家相比，这种训练显然非一日之功。但也非勤学苦练的结果，而是来自一种作家的天分。

《浮躁》是一部以全景观的视野描绘陕西农村生活变革及其巨大阵痛的长篇小说，同时也是一部"地方志"小说。它令人想起李劼人的"大河"小说。作者对乡、县、地市三级社会结构的网络式的观察和社会分析，很有点像柳青的写作方式，这种特点以后在他作品中再难见到。这部长篇的取材，一些是作者身边朋友的"故事"，另一些来自陕西的大案，如田、巩两家的斗争，取自他的老家，那条"河"则是象征性的，据说，河的流向是根据八卦阴阳太极的流法虚构的。贾平凹承认，这篇小说对主人公周围宗法关系和作品架构的设计，"从一个乡到一个镇上、州里、县上，再到省里，这些办法严格讲也是吸收了路遥的《人生》的一些办法"①。首先从小说的结构框架看，它通过一条河在地理空间上把州城、白石寨县、两岔镇和仙游川村联系成为一个整体。80年代中国农村进行的经济改革，使传统社会秩序、价值观念和人生选择方式发生了剧烈的变动。然而，覆盖城乡上下的权力关系网并没有改变，它渗透到商品经济和宗法关系的各个层面，成为农民冲破历史雾霭的无形障碍，由此发生了关于乡村的悲欢离合。例如，巩、田两家为州河地方上的控制权所展开的残酷争夺等。作品另一主要着笔点是两个层面四种类型的人物描写。第一层面是权力关系网中的人物，如地委书记巩宝山、县委书记田有善、两岔镇书记田中正等。另一个层面是平民阶层的人物。老一辈的农民有矮子画匠（金狗爹）、麻子铁匠（小水外爷）、韩文举、七老汉，他们老实巴交，是世代农民的代表；另一群则是不甘父辈命运，敢于在改革开放环境中闯荡的年轻人，如金狗、雷大空等人。但是，作品的结构和人物关系都离不开一条主线。有人认为，"农民进城"，对贾平凹或对他笔下的男男女女来说，都是一个"永恒的诱惑"。因为，它们始终不外乎作者所写出的三种方式。"其一，巩宝山方式，出生入死，浴血奋战，'坐上州府大堂'；其二，金狗方式，凭学识凭才华，考取记者或考取大学；其三，雷大空方式，经商、发财，以金钱作矛以智慧作盾"，但"这三种方式都潜藏着某种相

---

① 王愚、贾平凹：《长篇小说〈浮躁〉纵横谈》，《创作评谭》1988年第1期。

似的危机"。① 然而,作者却表示,如果从历史的角度看,任何人都是无所谓"好"和"坏"的,"目前中国发生的一些事情,把前后历史一看,有些问题你就会看得特别清……"②

主人公金狗是从80年代诸多野心勃勃的青年农民中涌现出来的"于连式"的人物,但又有着反叛现实的多重性格。他生性奇特,当兵五年,见过世面,复员回到州河,但眼光、心境已大异于一般农民。权力和利益的主轴,支配着他的人生选择和行动。他抛弃小水而选择田中正的侄女英英,实现了他从农民到报社记者的人生转换。但他又利用记者特权,进而利用巩、田家族的矛盾,冒着极大危险扳倒田中正、田有善乃至巩宝山,最后,招致权力网的陷害而坐牢,无罪释放后,重新回到州河上当了农民。《浮躁》对金狗的内心世界做了大范围的深入的剖析:金狗在人生奋斗和反叛现实的过程中,无时不感到矛盾困惑,甚至感到人格分裂的痛苦。他痛恨权势者,坚持自己的平民立场和独立人格;但同时,他为了改变命运和实现人生价值,又不得不与权势者妥协,甚至借助权势来达到自己的目的。这显然是一个悖论,但金狗正是在这个悖论或说宿命的"怪圈"中苦恼着。另一个重要人物雷大空,虽然人生的轨迹与金狗略有差别,但结局应该是不出左右的。如果以发展的眼光看贾平凹对商州人物的历史性刻画,不难发现,他的前后期作品之间从来不曾断裂,而是用一根线紧紧地牵连着的。只是,金狗集中地体现了这个时代的大"浮躁"而已。因为,在《小月前本》中的门门、《鸡窝洼的人家》里的禾禾、《腊月·正月》中的王才、《古堡》里面的老大……从这一系列人物身上,人们已经可以见出金狗这个典型人物的全貌。当然,正如贾平凹自己所表述的,他很钦佩鲁迅和塞万提斯善于抓住时代的特征,但又认为,时代往往是从生命意识和中华民族的文化意识和心理中派生出来的。由此来看,他的小说虽然出自寻根小说系列,但与其又有着角度和理解上的差别。另外,如果《浮躁》的艺术表现还有某些不足的话,不妨说金狗的性格和意识似乎有一点拔高,较多地加入了些作者主观的意图。

值得提到的是,"青年野心家"在80年代小说中几乎可以组成一个人物系列,像《人生》中的高加林、《新星》中的李向南等等。这种带有改革开放时代痕迹和作家暗中相互模仿痕迹的人物,也出现在长篇《浮躁》中。这当然不是一种偶然现象,说明在那个年代历史板块巨大的分裂、挪动之中,

---

① 李其纲:《〈浮躁〉:时代情绪的一种概括》,《文学评论》1988年第2期。
② 王愚、贾平凹:《长篇小说〈浮躁〉纵横谈》,《创作评谭》1988年第1期。

许多小人物开始登上历史舞台,他们蔑视传统伦理、挑战现实成规,表现了历史上升期的总体特点,当然也造成人物形象的某种类型化。也许是这个原因,后来贾平凹很少再塑造同类人物形象。他不写这类形象并不一定是一种创作的进步,他后来对另类人物形象如庄之蝶等的倾心,也很难说就是成熟的表现,其中很多问题没有得到研究。

第四节　阿城、莫言的小说

在许多批评家看来,阿城和莫言是寻根作家中比较本色的两位。他们共同的兴趣不在历史本身,而在作品文本。他们都是在文学创作中丰富了寻根小说艺术内涵的作家。

阿城(1949—　)原名钟阿城,祖籍四川江津,生于北京一个知识分子家庭,其父是北京电影制片厂著名导演。1968年后,曾在山西、内蒙古和云南等地插队,显然是因为不安于艰苦的乡下生活。1979年返回北京,换过职员、编辑几种职业,还经过商,但均未成功。1984年,他的中篇《棋王》在《上海文学》第4期发表后,引起轰动性的反响。后来又有《树王》《孩子王》问世。这些小说被统称为"三王"。之后类似笔记小说的系列短篇《遍地风流》,也受到人们的重视。后来他的创作数量锐减,直至90年代后定居美国。也可能是因为家庭出身的缘故,没有接受大学教育的阿城的文学功力和文化教养,在同代作家中相对比较深厚,这使他的小说创作始终处在较高层次上。但大概他也有一点玩小说的味道,并无意像很多人那样愿意成为所谓职业作家。某种程度上,老庄哲学和北京散淡自然的文化氛围,是形成他创作倾向的主要因素。他以朴素冲淡的创作手法,渲染文化氛围和人生趣味,暗含着对于世界、生命、人和自然的玄想,对传统文化规定中的人类的生存方式,表现出非常浓厚的艺术审美情趣。这是他的作品比一般寻根小说具有更为持久的艺术魅力的原因之一。

在一般文学批评的解释中,《棋王》吸引读者的,一个是它的"奇",一个是它的"淡"。这种解释虽然比较简单,但也不是完全没有道理。因为在那个荒唐年代,任何事情的发生和发展都是无法预料的,处在这一极其无常年代的文学和人生,如果说它"奇"也是无可厚非的。在小说中,作品之"奇"就奇在"文革"中知青艰难的岁月里,居然还有王一生这样置凶险环境于度外,执著追求心灵的自由的年轻人;说它"淡",在于作者无论描写还是叙述,都能从容入定,淡而处之。在熟悉中国传统小说的人的眼里,阿城小说

的取法之处,是不难找到的。但他又把文学传统化得十分自然。小说开头,"我"这样自述道:

> 父母生前颇有些污点,运动一开始即被打翻死去。……我野狼般的转悠一年多,终于还是决定要走。此去的地方按月有二十几元工资,我便很向往,争了要去,居然就批了。

"文革"中惊心动魄的冤案,家破人亡、求生艰难的惨痛,竟被这般无动于衷地写出。接下来,小说对一代人乱离生活的叙述,也给人"局外人"那种无所谓的口吻。例如,知青们离别时的伤痛,到农场后清汤寡水清苦的生活,"常常累翻"的劳动,精神生活的贫乏无聊,一些人之间相濡以沫的友谊,主人公背时的人生遭际等等,都一一平淡叙来。叙述者那不动声色的姿态,极像小说中那位老练地与人对局的棋手。但正因如此,作者不作任何渲染、夸张和不表露激动与愤激的叙述态度,反而给了读者以极深的印象。其实,这一境界所揭示的正是中国传统文化中的道家思想:在乱世中崇尚淡泊,身处世俗,反而能出污泥而不染;在消极中体现积极,面对浊世而达到超越的境地。自然,由于漫长的插队生涯,很多知青对一切事情已经都无所谓,这种因特殊历史而兴起的人生态度,是小说另一个重要构成因素。作者以直觉体验的感知方式,暗示了他对当时混乱现实和荒唐人生的轻蔑态度。

一部《棋王》,实际上只写了"吃"和"棋"两个字。先看王一生的"吃"相。在叙述者眼里:

> 我看他对吃很感兴趣……拿到饭后,马上就开始吃,吃得很快,喉节一缩一缩的,脸上绷满了筋。常常突然停下来,很小心地将嘴边或下巴上的饭粒和汤水油花儿用整个儿食指抹进嘴里。若饭粒儿落在衣服上,就马上一按,拈进嘴里。若一个没按住,饭粒儿由衣服上掉下地,他也立即双脚不再移动,转了上身找。……有一次,他在下棋,左手轻轻地叩茶几。一粒干缩了的饭粒也轻轻地小声跳着。他一下注意到了,就迅速将那个干饭粒儿放进嘴里,腮上立刻显出筋络。

而他"下棋"也全力以赴,仿佛同样到了忘乎所以的地步。王一生与人进行车轮大战,从上午到下午,再从下午到黄昏直到天黑,作品中有一段著名的描写:

> 人渐渐散了,王一生还有些木。我忽然觉出左手还攥着那个棋子,就张了手给王一生看。王一生呆呆地盯着,似乎不认得,可喉咙里就有

了响声,猛然"哇"的一声儿吐出一些粘液,眼泪就流了下来,呜呜地哭着说:"妈,儿今儿明白事了。人还要有点儿东西,才叫活着。妈——"大家都有些酸,扫了地下,打来水,劝了。

无论是"吃",还是"下棋",可以说在洞见上都到了彻底的程度,可以说是写绝了。其实,前者象征平凡,实际是生存方式。在精神匮乏的70年代初,"吃"是广大民众最真实的心态。后者则代表进取的功名意识。反过来说,它在某种程度上构成了对愚民政策的尖锐讽刺,象征着一种平静的精神坚守——"人还要有点儿东西",这正是主人公和他同代人中的少数人从生存到思想的升华和大彻大悟似的超脱。就像叙述者在结尾所点出的:"不做俗人,哪儿会知道这般乐趣? 家破人亡,平了头每日荷锄,却自有真人生在里面,识到了,即是幸,即是福。衣食是本,自有人类,就是每日在忙这个。"这里面,很难说没有作者插科打诨的成分。

莫言的中篇小说《透明的红萝卜》,是寻根小说中另一篇为人称道的作品。莫言(1956—)原名管谟业,山东高密人。1976年参军,1981年开始创作,先后有《秋水》《枯河》和《民间音乐》等小说。之后,就读于解放军艺术学院。他早期小说有军旅生涯描写,成名作虽然多少沾染一些战争背景,但都不能按照当代军旅文学的标准来看待。1985年,《透明的红萝卜》声名大噪后,作者又相继发表了《金发男儿》《红高粱》等力作。90年代,他的长篇小说《丰乳肥臀》再次在读者中引起了轰动效应。莫言自己坦言,"红高粱"系列受福克纳、马尔克斯小说很大启发,它们取材于对故乡高密的"童年记忆",通过"我爷爷""我奶奶"等长辈的爱恨情仇,揭示了这些人物生命中的野性和传奇经历,象征着民族勃发的血性。而"大地"和"母亲",则是他小说的基本主题。在艺术上,丰富的想象、历史、世俗生活、性爱场面、感性体验等是作品的多种"合成"因素。在开放的文体中,作者的主观感觉天马行空、多面辐射,形成了一个具有鲜明心理特征的感觉世界。不过,有时候也感觉这些作品的内在结构不够完整,有时候还比较零散随意。莫言这种奇特的叙事方式,在不同时期对文坛都构成了强烈的视觉冲击。但一些批评家对莫言过于表现自己的艺术感觉,已感到不耐烦。有人警告说,作者如果这样"过分自信地去透视感觉世界的细枝末节",也将会走向感觉模式的宿命。①

---

① 大卫:《莫言及其感觉的宿命》,《文学自由谈》1988年第2期。

《透明的红萝卜》是莫言最重要的中篇小说之一。它在《中国作家》1985年第2期刊出不久,引来人们普遍的好评。有人指出:"如同刘索拉常倚恃其良好的乐感来弹奏她的小说那样,莫言在他的小说世界里常常表现出对于色彩的几乎完美的良好感觉",在各种色彩感觉中,他"对红色又似乎有着特殊的敏感"。[1] 季红真则认为,这篇小说和作者其他的小说一样,写的多半是现代人的"民族民间神话",而其"作品中忧郁的情绪基调中充盈着的泛性的苦闷",是特别要注意的。[2] 上述评价,可以看做解析该小说的一种路径。《透明的红萝卜》是一个无声的感觉的世界,我们随着作者的心理视线,走进以主人公黑孩为中心的现实世界:黑孩是个命运坎坷的儿童。他父亲闯关东,一去不返,渺无音讯。从此他被后娘百般虐待,"后娘一喝就醉,喝醉了他就要挨打,挨拧,挨咬"。一次被派到公社工地的机会,使他终于暂时逃脱厄运,而且遇上了善良、淳朴把他当做"人"平等对待的姑娘菊子。但是不久,他又受到了小铁匠的控制,命他夜里去偷地瓜和红萝卜,直到终于被人捉住。在作者笔下,成人的世界是丑陋的,充满咒骂、压制和敌视,黑孩的不幸来自于此。然而,与此形成鲜明对照的,却是黑孩个人色彩斑斓、五光十色的想象中的世界,它虽然远不可及,但一瞬之间,就将黑孩包围在幸福和温暖之中。作者在我们面前展开的是黑孩的超常人的主观感觉的"世界":

> 他看到了一幅奇特的美丽的图画:光滑的铁钻子。泛着青幽幽蓝幽幽的光。泛着青蓝幽幽光的铁钻子上,有一个金色的红萝卜。红萝卜的形状和大小都像一个大个阳梨,还拖着一条长尾巴,尾巴上的根根须须像金色的羊毛。红萝卜晶莹透明,玲珑剔透。透明的、金色的外壳里苞孕着活泼的银色液体。红萝卜的线条流畅优美,从美丽的弧线上泛出一圈金色的光芒。光芒有长有短,长的如麦芒,短的如睫毛,全是金色,……老铁匠的歌唱被推出去很远很远,像一个小绳子的嗡嗡声。……
> ……
> 刘副主任的话,黑孩一句也没听到。他的两根细胳膊拐在石栏杆上,双手夹住羊角锤。他听到黄麻地里响着鸟叫般的音乐和音乐般的

---

[1] 夏志厚:《红色的变异——从〈透明的红萝卜〉、〈红高粱〉到〈红蝗〉》,《上海文坛》1988年第1期。
[2] 季红真:《现代人的民族民间神话——莫言散论之二》,《当代作家评论》1988年第1期。

秋虫鸣唱。逃逸的雾气碰撞着黄麻叶子和深红或是淡绿的茎杆,发出震耳欲聋的声响。蚂蚱剪动翅羽的声音像火车过铁桥。他在梦中见过一次火车,那是一个独眼的怪物,趴着跑,比马还快,要是站着跑呢?那次梦中,火车刚站起来,他就被后娘的扫炕条帚打醒了。

读者不难看出,黑孩在无意之中,以一种非常奇特的方式拒绝现实的世界。为达到现实与幻想强烈对比的效果,作者采取了穿插式的写作手法。人们感到,黑孩的人生越是不幸福,他幻想中的自然景象就越绚丽动人、多彩多姿;现实对他的压抑越深,幻觉中的东西就越接近他。小说以一种超现实主义或说魔幻现实主义的手段,展现了一个乡村孩子完整、鲜活的生命世界。它的叙述虽然不像普通的小说那样流畅、前后衔接、故事性强,但它爆炸式的意象,想象丰富奇特的儿童视野,反而蕴涵着比前者更多、更复杂的东西。

另外,读者当会注意到,这篇小说还擅长于细节的描写,例如,写黑孩身体的瘦弱,"孩子向前跑了。有跑的动作,没有跑的速度,两只细胳膊使劲地甩动着"。再例如,表现这个孩子的姿态,他的两根细胳膊"拐"在石栏杆上,双手夹住羊角锤,一副顽皮的模样立即跃然纸上。这些描写,丰富了作品的主观感觉的世界,显得虚幻而又具体,读来意味无穷。以上的例证,在莫言其他小说中也较常见,比如《红高粱》《红蝗》和《枯河》等等。

作为新时期以来的重要作家之一,莫言的创作为当代文学提供了丰富内涵和艺术创新的可能。他对苦难年代乡村人物内心世界的发掘,也给当代读者留下极深的印象。但他的创作一直处在不确定性之中,像很多经常令人惊异的优秀作家一样,人们在期待中也不免担忧,因为漫长的文学创作生涯总会被重复所制约,这不光是莫言,同样也是许多作家都必须克服的来自作家自身的审美疲劳。

第十六章 1985年后的小说(二)

第一节 先锋小说的革命

1949年之后,先锋小说在当代文学前30年几乎绝迹。频繁发动的文学运动,是想完成三个目标:一是彻底清除左翼文学内部的异己力量;二是在广大作家中牢固建立顺从政党意志的所谓思想立场、创作原则等;三是打压受西方现代派文学影响的文学创作。这种情况下,先锋小说被等同于与小资产阶级情调、个人主义、颓废、世纪末情绪等等概念,被赋予历史原罪形象,这是它销声匿迹的根本原因。80年代中后期,改革开放和与世界接轨成为社会主潮,尊重个人权利的观念日益深入人心。在文学界,它鼓励当代文学积极吸收西方19世纪以来文学的思想观念和艺术形式,主张大胆探索,消失多年的先锋小说死灰复燃,而且以迅猛之势登上文坛。与此同时,社会体制全面转轨,促使市场经济和人们的生活方式进一步向着个性化方面发展。文化需求的日益多元化,使文学的流通渠道和生产、传播方式,尤其是文学受众发生深刻变化,开始不满于过去各种僵硬的规范、标准,要求更大的阅读自主权。因此,适应着社会潮流的文学在更深层次上发生的一系列变化,无论作家的创作,还是读者对作品的阅读期待,都不再像50年代以来很长一个时期那样,把自己束缚在主题、题材、"写什么"和"怎样写"等抽象概念上,而是表现出与社会问题进一步疏离的倾向。这种疏离表现出向两个方面发展的态势:一是世俗化或说大众化的趋向更加明显,例如90年代后出现新写实小说、女性文学、60、70后作家等艺术形态。二是先锋文学实验呈现出活跃状态,在此领域涌现了许多文学新人和新作。先锋小说的登场,对于当代文学来说无疑是一场文学革命,它打破了文学长期沉闷的局面,更新了人们的文学观念,极大地丰富了小说艺术表现的空间。

1986 和 1987，是先锋小说的收获年。"先锋小说"一词，是由评论家命名的。1987 年 1 月，青年批评家吴亮较早使用了先锋小说的概念，他是从叙述方式上确指这类小说的先锋意识的，他说："在我印象里，写小说的马原似乎一直在乐此不疲地寻找他的叙述，或者说一直在乐此不疲地寻找他的讲故事方式。"①另一个推崇马原语言意识先锋性的是青年批评家李劼，他在《论中国当代新潮小说的语言结构》一文中指出，马原小说叙事性结构的特性在于，"它全然立足于语言的真实。它可以不关注情感和辞藻，而致力于真实的谎言编造"②。集中论述先锋小说历史意义和艺术价值的，则是陈晓明 1993 年出版的《无边的挑战》一书，他比前面两位评论家更加明确地把它的意义，确定在对广义的"传统小说"美学趣味的"挑战"上。③ 由此可知，"叙述方式""叙事结构"、美学的挑战等，在语义上所涉及的都是先锋小说及其作家们所追求的文学的本体意识；在这些批评家看来，就是小说的"叙述方式"。在他们的论述中，与传统小说强调叙述的真实性不同，先锋小说重视的是叙述本身，他们在意的不是故事的内容，而是它的形式，即怎样处理这个故事的方式（叙述方式）。像法国新小说和博尔赫斯一样，他们把叙事看做创作的目的，看做小说的本体意义，认为衡量好的、一流的小说家作品的"标准"，就看他"讲"故事的能力。为此，他们不惜运用虚构、夸张、编造的手段，拼接、剪贴现实生活中可能没有，而小说艺术中却可能存在的各种稀奇古怪的故事、情节甚至细节，以此来转移、改造读者的阅读经验。有人指出："马原的所有小说的叙事方式，都可以在这个基本句型的结构关系中找到直接的对应"，"也就是说，整个小说既是由'我'叙述的，又是对'我'的叙述"。④ 孙甘露索性把自己小说的标题确定为《访问梦境》，表现出更加露骨的反真实、反小说的意图。由于先锋小说主张与社会现实脱节，所以，他们在创作中更倾向于开掘与"梦境""幻觉"等相联系的死亡、性、暴力等潜意识主题。如果说现代派小说、寻根小说阶段的作家，如残雪、韩少功、阿城等人的历史记忆还经常涉及"文革"、知青生活的话，先锋小说则更愿意选择象征、寓言、隐喻作为叙述的对象，他们对现实生活的理解与前者已经明显不同。到后来，先锋小说把象征、虚构和隐喻等叙述手段推向极

---

① 吴亮：《马原的叙述圈套》，《当代作家评论》1987 年第 3 期。作者的写作日期是"1987 年 1 月中旬"。
② 原载《文学评论》1988 年第 5 期。
③ 陈晓明：《无边的挑战——中国先锋文学的后现代性》，时代文艺出版社，1993。
④ 李劼：《论中国当代新潮小说的语言结构》，《文学评论》1988 年第 5 期。

端,当时吸引了众多读者。但由于这种文学倾向回避了对现实问题的回答,而且把个人完全视为文学的中心,先锋小说后来越来越远离读者。也因为这个原因,当文学在90年代转型后,不少先锋作家的写作陷入停顿,另一些作家开始有意识地调整文学观念,在作品中注入现实生活因素,关注现实题材。先锋小说的分化,导致了它的终结。人们对先锋小说历史地位的评价由此出现分歧,它的艺术价值到底应该怎么评价,至今仍然是一个问题。

　　本时期,先锋小说作家是不约而同地以群体形式出现于文坛的。这些作家是马原、洪峰、余华、格非、孙甘露、苏童、北村、叶兆言、潘军、吕新等。马原是该群体中较早具有叙述自觉的作家,1984年,他的《拉萨河女神》首先以叙述驾驭故事的发展,引起人们的特别注意。之后,他的《冈底斯的诱惑》等对叙述手段做了更为充分的实验,因此被评论家称为"马原的叙述圈套"。孙甘露起先写诗,后改写小说。在小说中,他把诗的技巧手法、下意识感觉进一步运用到故事的编造和虚构之中,1986年后,写出了以《访问梦境》为代表的一批先锋小说。下一节,将对他们的作品做专门分析,这里暂略。1984年,洪峰(1957—　)的早期小说《"足球热病"患者》等在《绿野》《关东文学》和《作家》上发表时,并没有引起太多的注意。1986年后,随着《奔丧》《瀚海》《极地之侧》等中、长篇小说的问世,他的小说开始进入先锋小说的重要作品之列。有人认为,"《奔丧》是惊世骇俗的,它无情地裸示出一个人的内心真相——分裂,和世界脱离,又无奈地陷身其中",又说,"《瀚海》给人的第一印象是它的说话方式,它努力给人以没有加过工的感觉,保持本色和粗糙感,它呈奉出一堆未经雕琢的素材"。① 这些作品,以充满血腥味的"野性""爱欲"的粗犷笔致,虚构了家族惊涛浪般的生活"历史"。作者用生物"物种学"的眼光,考察了"姥爷姥姥""舅舅舅母""白雪雪"和"李金斗""李学文"两个家系的冲突、矛盾直到最后"退化"的过程。但是,故事的叙述却异常冷静,有某种"局外人"的姿态,有时候口吻还略带调侃。稍后出现的余华(1960—　),继续着残雪研究残暴、变态人性的路子,对人"存在"的荒谬现象表现出浓厚的兴趣。但是,他对死亡、血腥与暴力的描写,比前者更为冷静,也更为紧张、尖锐。在《河边的错误》《现实一种》和《难逃劫数》中,作者细致、逼真地描写人们之间不忍卒读的残杀行为,"命运""偶然"就像高悬在他们头上的利剑,催迫他们陷入无休止和无意识的争斗之中。但余华超然、冷静的"叙述",却使他的真实态度与这人间的残

---

① 吴亮:《关于洪峰的提纲》,《当代作家评论》1988年第1期。

忍严格保持着"距离"。在这背后,作者"悲悯"的眼光给人留下极深的印象。苏童(1963—)虽被列入先锋小说作家,但较受人们注意的还是描写清末民初"家族兴衰史",或表现人生无常的作品,例如《妻妾成群》《1934年的逃亡》《红粉》《妇女的乐园》和长篇小说《我的帝王生涯》《米》和《城北地带》等。他还出版有七卷本《苏童文集》和散文集《寻找灯绳》。他说"1989年开始,我尝试了以老式方法叙述一些老式的故事",作者试图"拾起传统的旧衣裳,将其披盖在人物身上,或者说是试图让一个传统的故事一个似曾相识的人物获得再生"。① 这些沿着张爱玲的创作路线,以苏州旧式人物和故事串联、敷衍而成的小说,显示出他与其他先锋作家不同的人生态度和艺术旨趣。《妻妾成群》以细致老到的笔触,展现了一个大家庭内部妻妾之间近于琐碎和残忍的勾心斗角,和这一过程中人性的挣扎和自虐的悲剧。《红粉》写的虽是风尘女子的改造生活,其中透出的却是光阴倒错、人生乖戾的刻骨感受。人把握不住命运,只能在时间的长河中随波逐流的伤感的体验,在作者这一时期的小说中随处可见,几乎形成他独特的叙事风格。但是,随着这两部小说改编成电影,叙事上的先锋口味已经减弱了许多。苏童还善于以女性形象来组织小说,长于以细腻的观察和手段表现她们丰富的心理和矛盾,而一接触男人形象,则不免有点"机械"和"刻板"。他认为,这大概是由于女性身上凝聚了更多的"小说因素"的缘故。实际上,这恐怕跟苏州清末通俗小说源流的影响,以及这座城市潜移默化的传统文人风气对作者气质的熏陶不无关系。比较而言,格非(1964—)的"先锋"色彩更为浓厚,但作品文本也更为晦涩难懂一些。这似乎跟作者"知识分子"式的眼光和取舍,有较大的关系。但是,与其说他关心作品中感性的人生故事,不如说他更关心"叙述"是怎样"组织"这些故事及其结局的,这一博尔赫斯式的创作方式,突出了格非小说"冷漠""玄奥"的特色,当然也因此疏远了与一般读者的关系。在他的《迷舟》《褐色鸟群》等小说中,人们不难发现上述那些特点。不过,作者所写的小说,也许更适合于一些"专业"的评论家来阅读。在90年代,作者还发表过长篇小说《敌人》。

另外,先锋小说的其他作家,如叶兆言的《枣树的故事》《追月楼》《半边营》,北村的《谐振》《陈守存冗长的一天》《逃亡者说》,吕新的《南方旧梦》《沙子》等,也都值得注意。叶兆言起初的先锋姿态还较"折中",作品中不时透出某些"传统文人"的情调,但后来有转向纯虚构性"叙述"的迹象。吕

---

① 苏童:《怎么回事》,《红粉·代跋》,长江文艺出版社,1992。

新虽是山西作家,与传统的"山药蛋派"和 80 年代的晋军作家群在取材上却截然不同,有意思的是,山西的"本地经验"与外来"现代技巧",在他的创作中很自然地结合了起来,从而成为该省作家中的"另类"现象。

第二节 《虚构》和《访问梦境》

在先锋小说中,有不少作品值得细读。当然这也容易出现理解的歧义。如果纯粹在先锋文学层面上,它们对文学叙述的贡献显然不能低估。但如果放在文学史的长河中,这些作品是否都能归入经典作品之列,具有永恒的艺术魅力,现在评价仍然过早。很可能随着时间的推移,有些作品将会在历史上消失。我们这里之所以选择两篇作品作为阅读对象,只是因为它们恰巧代表着这一群体的两类叙事倾向:虚构与幻想。某种程度上,《虚构》代表的是形式上纯属虚构的一类创作,《访问梦境》则带有幻想的诗性的意味。它们在先锋小说中有一定代表性。

马原(1953—)生于辽宁锦州,中学毕业后曾到锦县农村插队。1978 年考入辽宁大学中文系,毕业后进藏当记者、编辑,与扎西达娃等一帮文学朋友结为文学小圈子。他们在《西藏文学》杂志上开辟栏目介绍讨论拉美魔幻现实主义小说,并尝试着写这类小说。当时这些努力并没有引起人们注意,直到上海《收获》杂志的年轻编辑陈永新注意到他们,并约稿组织"西藏先锋小说专辑",这个默默无名的文学圈子才受到广泛注意,开始产生影响。这段特殊经历,和与他以前生活反差极大的观感和体验,成为作家后来创作的主要素材和资源。80 年代中后期,马原发表了一系列以西藏为背景,在叙事上颇具先锋意味的作品,例如《拉萨河女神》《冈底斯的诱惑》《游神》《大师》《叠纸鹞的三种方法》和《虚构》等,成为引人瞩目的作家。其中,《冈底斯的诱惑》和《虚构》较具代表性。在这些小说中,"马原"常常自己担当"叙述者"的角色,他任意地将虚构与真实、抽象与具象、汉人与藏人进行拼接、拆卸和重组,以改变传统小说的叙述视点,和时间、空间的概念,使作品充满了寓言的色彩。正如有的研究者所指出的,他的小说经常是几个故事相互交叉、并列,故事之间也无逻辑可言,通过阅读却可以获得某种整体感。人们所说的"马原的叙述圈套",实质上是让读者变被动为主动,迫使其"参与"到作品的构思、写作与修改的过程之中。当然,这些小说中也恍惚有一个"探险""游记体小说"的影子,就像近代某些传教士写的那些"中国印象记"。因为对于马原来说,他就是西藏异域文化的一个外来者。

他的中原文化经验在接触了西藏原生态的历史生活后，必然会发生奇异的变形，产生陌生化效果。这其实是马原小说之所以广受注意的主要原因。马原的其他作品如《涂满古怪图案的故事》《战争故事》等虽不直接以西藏为描写对象，但仍然大胆进行了叙事的试验。之后，作者还写过长篇小说《上下都很平坦》、话剧《过了一百年》和《爱的季节》等。这种方法显然引人入胜，在熟悉当代文学那些传统叙述方法的评论家和读者看来，马原的实验无异是一次文学革命。

《虚构》是一篇通过虚构完成的"复调小说"。作品一开篇就说："我就是那个叫马原的汉人，我写小说。我喜欢天马行空，我的故事多多少少都有那么一点耸人听闻。"作者为读者讲了一个近乎"小说"的故事：马原到麻风村——玛曲村去考察，他发现了一个现实之外的虚幻世界。但是，那里所发生的"故事"似乎又像在现实生活之中。因为，不仅"会说汉话的女人""小个子""哑巴"带着几个面具，而且他们已经混淆了时间、虚构与真实之间的"界线"。他们相爱，生育，对自己的麻风病和随时来临的死亡抱着置若罔闻的态度。在这一环境中，"我"渐渐也忘却了刚到麻风村的时间，失去了"过去生活"的"记忆"。他与女主人公相爱，并把自己"隔绝"在这个没有时空概念的世界当中，直到最后又莫名其妙地离开。正是在这真真假假的叙述中，真实的、虚构的、正常的与怪诞的几个"我"、几个"故事"之间，发生了一系列的交叉、重叠、变形，出现了作为主体的"复调"的效果。正如叙述者在小说临近结尾时所表白的那样：

> 读者朋友，在讲完这个悲惨的故事之前，我得说下面的结尾是杜撰的。我像许多讲故事的人一样，生怕你们中间一些人认起真；因为我住在安定医院里是暂时的，①我总要出来，回到你们中间。我个子高大，满脸胡须，我是个有名有姓的男性公民，说不定你们中的好多人会在人群中认出我。我不希望那些认真的人看了故事，就说我与麻风病患者有染，把我当成妖魔鬼怪。我更怕的是所有公共场所对我关闭，甚至因此把我送到一个类似玛曲村的地方隔离起来。

这段话表明，作者所写的只是一个"故事"。有时，他是"故事"中的一个人物，有时候又站在"故事"之外，随着故事的发展而发表评论；它更潜藏着这么一个创作动机，即，就像拉美魔幻现实主义小说和福克纳等人的小说一

---

① 本书作者按：这里所指，是北京专门治疗神经病的安定医院。

样,通过"叙述",作者对原本存在的时间和空间重新做了拼接和拆卸,安排了另一种的时间和空间。所以,当你走进故事中去的时候,你不知道它是虚构的,还是发生在你身边的真实的人生故事。而这,就是马原小说的魅力。但是今天看来,这种小说固然极大丰富了当代小说艺术表现的空间,给很多作家的写作提供了难以想象的可能性,然而深入小说内部,其中有些问题也不能忽略。假如离开先锋小说的阅读环境,这种小说的艺术价值实际上有很多值得讨论的地方。

孙甘露(1959—)祖籍山东,生在上海。1977年进邮局工作,1983年后开始发表诗歌、小说等。1986年,他以中篇小说《访问梦境》一举成名。之后,还写过《我是少年酒坛子》《信使之函》《岛屿》《仿佛》《入夜出门》和《夜晚的语言》等小说。作者作品不多,由于早年写诗,"他小说中的故事是充满梦幻气息的。他至今为止所发表的小说,几乎每一篇都是一次对梦境的造访"[①]。鉴于拥有写诗的经验,他处理小说题材明显与很多小说家不同。例如,他不善于经营小说结构,更多是一种虚无缥缈的诗思来带动小说,推动故事进展,但这样一来,作品的可读性就有些问题。而且孙甘露后来一直未能走出这种文学圈套。也有人这样评价作者:"他如此执拗地行走在词藻的世界里,对世俗生活不屑一顾,对传统的规章制度熟视无睹。一些华美的词句,流畅的叙述,明丽的情景,神出鬼没的人物,似是而非的哲理……等等构成他的小说叙事。"又说,"那些莫名其妙的祈祷、忏悔、梦呓和胡说八道居然被称之为'小说',如果不是当代中国文学犯下的一个严重错误,那么,也就是当代中国小说完成的一次最尖锐的革命"[②]。在90年代,他还出版过长篇小说《呼吸》。后来,人们逐渐忘记了这位作家。

《访问梦境》是一篇梦呓小说。这里没有完整的人物,没有故事情节,甚至没有一个贯穿始终的叙述。这篇小说漫无头绪,突发奇想,信笔而去,人们所能读到的只是一些互不关联的描写和议论。但是,"我"的自语显然是这一切语言碎片的"中心",例如,小说开始不久就写道:

> 我行走着,犹如我的想象行走着。我前方的街道以一种透视的方式向深处延伸。我开始进入一部打开的书。它的扉页上标明了几处必读的段落和可以略去的部分。它们街灯般地闪亮在昏暗的视野里,不指示方向,但大致勾画了前景。

[①] 李劼:《论中国当代新潮小说的语言结构》,《文学评论》1988年第5期。
[②] 陈晓明:《跋——孙甘露:绝对的写作》,《访问梦境》,第305页,长江文艺出版社,1993。

这样的句式可以称之为作品中的"典型段落",因为通篇小说的叙述方式都是这样组成的。阅读它,需要首先了解一下当时社会的总体语境。建国后,由于当时社会的需要,强调"我们"这种主语的"集体主义"精神,成为社会发展的主流。十年浩劫的"物极必反",商品经济对个性主义的鼓励,使得以"我"为主语的心理情绪在80年代中期后逐渐抬头。但是,作者意识到,就在这社会价值观的大调整过程中,所谓的"我"其实是碎片化的,无方向感的,不确定的,但是,"我"又不愿意、也不可能再回到过去。因此,他只能在这今天与过去的"境遇"中举止无措,不得要领,陷入矛盾、困惑之中,而"我行走着,犹如我的想象行走着"这样的句式,就是对上述生存状态的一种形象的概括。但是,如果仅仅从社会学的层面上解读这篇小说,是远远不够的。再往下去,小说的情绪出现了幻想的氛围。就在这一氛围中,出现了"丰收女神""我父亲""十三位诗人"和"美男子"等人物,按照作者交代,他是要通过《审慎入门》这个"导游手册","做一次内心故乡的漫游"。于是,他游历了远古的时代,看到一位"来自落日故乡"的伟人,是如何"一路上扶老携幼、风餐露宿",直至最后完成其精神历程的;他又参观了各种各样的"冷兵器",凭此对"远征时期"做了漫无边际的幻想。然而,他的幻想之旅突然中断,穿插地出现了"澡堂子""一场革命""店员""卖花"等一系列现实场景,这种情形,与上述描写形成了一种"复调"的效果。这说明,主人公"我"的梦呓并不是脱离现实的纯属虚构的幻想,而是现实生活的一种折射,一种变形,它揭示了梦呓者复杂曲折的人生体验。……人们还可以注意到,为配合"梦呓"的叙事风格,作者在作品中采用了诗性的、音乐般的叙述声音,在一定程度上,它加强了作品所刻意追求的"内心化"和"自语性"的艺术效果。当然,孙甘露的《访问梦境》其实也是一首不分行的诗,是一篇无主题的音乐作品。作者在有意突破小说、诗歌和音乐的文体界限,进行一种叙事话语的实验,一种"反小说"的修辞游戏,他把哲学的、诗歌的永恒性与存在的瞬间性以小说的形式书写出来,从而对小说做一次"先锋性"的探索。正因为是小说实验,那么也不可避免地出现叙述混乱、语言冗长和拖沓的问题,在阅读上与一般读者形成某种较难逾越的障碍——这恐怕也是不少先锋小说存在的问题。

  对于从未经历过先锋小说阅读的当代读者来说,孙甘露的实验自然有很大意义。不过,这种实验一旦将艺术能量耗尽,自身的艺术再生能力也将成为一个问题,这种困境不仅发生在孙甘露一个人身上。90年代后,很多受益于先锋小说的作家,仍在重蹈这种艺术命运,不过由于市场因素的介入，许多人并没有发现其中的问题。这些作家在处理重大历史题材上的贫乏无力，已经在向人们发出这种警报。

第三节　新写实小说

比先锋小说出现稍晚的，是被当代文学史称为"新写实小说"的创作现象。可以说，新写实小说是在先锋小说历史能力耗尽之后出现的一种崭新文学形式。它的出现，与商品经济浪潮中世俗文化的兴起有一定关系，但如果放在历史维度上，则实际与先锋小说的没落有更多联系。80年代中期以后，文学界对极"左"文艺路线加以修正、转移的任务基本结束，伤痕文学、改革文学、现代派小说、寻根文学、先锋小说等关注知识分子题材的创作，也相继完成各自的使命。社会要求关注平凡人生和小人物日常生活，读者和批评家对先锋小说纯形式的艺术实验日益厌烦。更应该注意的是，由于中国社会都市化进程的加快，这时的图书、出版、杂志也发生了不同于以前的转轨。市民阶层的读者在迅速增长与扩大，表现世俗生活的文学作品比其他作品更容易赢得市场，获取新的文学话语权。具有这种阅读倾向的广大读者就会抛弃过于自我化的先锋小说，而改读有生活实感的小说。所以说，新写实小说应该是社会转轨过程中出现的必然现象。

1988年前后，"新写实"的概念在一些文章中零星出现。由于现实主义文学的思维定势存在压力，文学界对它的称谓有多种，如"后现实主义""新现实主义"等。1988年10月，南京的《钟山》杂志与《文学评论》在江苏无锡联合举办"现实主义与先锋派文学"座谈会，对这一现象的讨论正式开始。推广新写实小说概念最为卖力的《钟山》编辑部，从次年第3期设立了"新写实小说大联展"专栏。他们在"卷首语"中把它的创作特点概括为："特别注重现实生活原生形态的还原，真诚直面现实、直面人生。"为了与传统的现实主义文学概念有所区别，"卷首语"进一步指出："所谓新写实小说，简单地说，就是不同于历史上已有的现实主义，也不同于现代主义'先锋派'文学，而是近几年小说创作低谷中出现的一种新的文学倾向"，"虽然从总体的文学精神来看，新写实小说仍划归为现实主义的大范畴，但无疑具有了一种新的开放性和包容性，善于吸收、借鉴现代主义各种流派在艺术上的长处。"直到这时，新写实小说才成为被更多的人接受的一个新的文学概念。上述表白虽然有些矛盾，说得有点吞吞吐吐，但基本概括了新写实小说的创作倾向。一是，新写实小说并不是一个与传统的现实主义相对立的文学概念,其文学精神仍然在后者的大范围之内。第二,它与传统的现实主义小说在取材上,尤其是处理生活的方式上有较大差别。确切地说,它无意于将现实主义精神本质化,而"特别注重现实生活原生形态的还原",更强调关注个人存在的世俗状态。从后来发表的讨论这一问题的上百篇文章看,尽管意见并不完全一致,在主张"还原生活"这一点上,却比较接近。

由于人们对新写实小说的理解过于宽泛,所以对该小说的认定也不统一。最初,评论界为读者提供的新写实作家的名单相当庞杂,池莉、方方、刘震云、刘恒、范小青、苏童、叶兆言、李锐、王安忆、李晓、杨争光、赵本夫、周梅森、迟子建、朱苏进等等,都放在里面。随着创作的发展,一些代表性小说开始被人们认可,这一范围后来又缩小为池莉、方方、刘震云、刘恒等人。新写实小说是一个跨越八九十年代的文学现象,基本上从1988年前后延续到90年代中期,是70年代末以来诸种小说流派中持续时间最长的。因此,人们对什么是典型的新写实小说,分歧基本不大。它们是池莉的《不谈爱情》《烦恼人生》《太阳出世》《你是一条河》,刘震云的《新兵连》《塔铺》《一地鸡毛》《单位》,方方的《风景》《落日》《祖父在父亲心中》《桃花灿烂》,刘恒的《狗日的粮食》《伏羲伏羲》《教育诗》《苍河白日梦》等。

一定意义上可以说,新写实是80年代文学走向终结的一个标志。该小说群体实际是八九十年代之交突发性风波之后,人文思潮中的激情、浪漫因素消退后出现的文学现象。一定程度上,它有迎合大众文化及其趣味的动机,但在深层次上,也包含了对当代文学创作反映现实方式的反思。50—70年代,当代文学对现实主义创作的原则、手法曾有过权威性的表达。它认为,文学创作的根本任务,是再现典型环境中的典型人物。文学的真实性不光要来自生活,而且要通过对生活的"加工""改造",使之比生活本身更典型、更集中、更强烈。因此,这里所说的"现实",不是指与人的生活及生存方式联系密切的现实本身,而是指符合特定的政治需要,配合"中心任务""中心工作",对一定时期的方针政策和人民群众具有明显的宣传、鼓动效果的那种艺术表现。因此,在上述前提下所"塑造"的典型和"展现"的艺术真实,就带有鲜明的政治功利性和为其服务的特征。90年代后,这种创作原则逐步在新的文化转轨中被"瓦解""颠覆",它的刻板、僵硬的叙述方式,使新写实作家产生了冷淡和厌弃的态度。一定意义上,说新写实小说很大程度上表现出对这一权威原则的背离,不是毫无根据的。然而,也应注意到新写实小说与另一层面,即五四以来人文思潮中带有激情和浪漫特征的"个性主义"意识的有意"疏离"。它之所以主张"还原"生活本相,消解创作中的主观倾向性,强调表现平庸的"世俗化"的"现实",对小人物的凡俗琐碎生活,以及在这种生活中烦恼、生存的艰难和孤独表现出一定的理解与同情,也即表明,他们放弃了五四时期的知识分子作家(包括80年代初的知识分子作家)所一贯坚持的批判、介入和干预"生活"的激进姿态,而回归到平民化的立场和写作态度上来。池莉公开表示:"赤裸裸的生与死,赤裸裸的人生痛苦将我的注意引向注重真实的人生过程本身,而不是用前人给我的眼睛去看人生",所以,"'印家厚'是小市民,知识分子'庄建非'也是小市民,我也是小市民。在如今的社会主义初级阶段,大家全是普通劳动者"。她还说,"我自称为'小市民',丝毫没有自嘲的意思,更没有自贬的意思,今天这个'小市民'不是从前概念中的'市井小民'之流,而是普通一市民,就像我许多小说中的人物一样"①。通过小说《一地鸡毛》主人公小林之口,刘震云以"反讽"的语气袒露了自己的"现实观":"伤心一天,等一坐上班车,想着家里的大白菜堆在一起有些发热,等他回去拆开散热,就把老师的事给放到一边了。死的已经死了,再想也没有用,活着的还是先考虑大白菜为好。"对这些"表白"的字面和字里,当然要有分析地看,不能简单地画等号,但是,它们透露出的文化信息却是应引起重视的,这就是,一位作家,更应该面对的是"真实"的凡俗人生,对小人物的喜怒哀乐给予"客观"的叙述,让读者在一种重新"还原"和不加"过滤"的本真的生活中体验人生的况味。

新写实小说的叙事方式,也发生了一些不同于其他小说流派的变化。首先,在取材上,采取了类似法国新小说的"摄像机"式或说"零度状态"的叙述方式。这种叙述方式沿着"生活流"的本来线索而展开,不对生活素材做人为的加工、剪辑和修饰,例如池莉《烦恼人生》对主人公印家厚"一天"各种琐事的讲述,刘恒《伏羲伏羲》里杨天青在询问婶子的伤情时两人的一段"对话",等等,即是力图排除多余描写的例子。其次,在对生活的处理上,围绕着人的生存状态,对其进行"原生态"的客观呈现。当然,小说毕竟是"小说",而不简单是"生活"本身。所以,为达到上述效果,作家们多半是采用隐匿式的、作者缺席的方式"描述"生活的。通过这种隐藏的、非常低调的视角,人们会相信确实只看到了生活本来的样子,他们的观察和体悟没有受到作者、作品文本的"干扰"。方方的《桃花灿烂》中父亲与母亲的一段对话,就像把一幅武汉这座城市司空见惯的生活图景,推到了人们面前:

---

① 池莉:《我坦率说》,《池莉文集》第4卷,江苏文艺出版社,1995—1998。

䄏套上外套,到门后面摘下雨衣,闷闷地对母亲说:"我不回来吃晚饭了。"

　　母亲说:"你放松点,该怎么玩就怎么玩。"

　　父亲却追问一句:"星子是哪个?是不是未来的儿媳妇?"

　　母亲斥了一句:"你少胡说八道!"

　　䄏住二楼,他将他那辆老旧的女式自行车扛到楼下。

　　雨依然下得很大,䄏蹬入雨中只几分钟,雨水便从雨衣上滑落了下来,他的裤脚已经湿去了半截。

读完这段描写,读者不自觉地走进了这个家庭,"亲历"了像自己曾经历的许多次的喜怒哀乐。另外,在传统小说中,作者、叙述者和作品是一种异质性的关系,这种异质性,使得作品对生活、读者的影响有所加强,干涉的意图也较明显。与之相反,新写实小说却使它们变成了一种同质性的叙事关系,故事的叙述往往不是通过哪一方面,而是三者共同"讲述"来完成的。同质性的叙事,使作品"不具有理想化的转变力量",完全"淡化"了自己的"价值立场"。①

　　到了90年代中期以后,不光是读者,就连新写实作家自己也感到创作有了重复的感觉。问题在于,这种"零度情感"的"非价值"的小说叙述,由于缺乏对现实的形而上的思考和批判,使它的思想价值和审美价值也都得不到提升,影响了对更大范围的历史生活的关注与表现,因而受到了不同方面的指责。在此情况下,一些作者在维持原有叙事风格的同时,努力在小说中增加了"抽象性"的成分,另一些作者则另外推出了新历史主义的小说产品,于是,一时间有些作品,仿佛又回到了作家们原先一度反感的先锋小说家的"虚构"上去。文坛上这种"花样翻新"的变化,很让一些认真的读者感到不太适应。

第四节　《一地鸡毛》《烦恼人生》和《风景》

　　刘震云、池莉、方方的小说,被八九十年代的评论界认为是代表了新写实的价值取向和审美特征的。尽管他们的取材方式和叙述手法并不完全相同,然而评论家乐意把他们看做一个着重揭示日常经验的作家群体。

---

①　陈晓明:《反抗危机:论"新写实"》,《文学评论》1993年第2期。

刘震云(1958—)生于河南省延津县。1973年入伍,五年后复员。当过中学教师。1982年毕业于北京大学中文系后,到《农业日报》任职。大学期间开始创作,1987年后先后发表中短篇小说《塔铺》《新兵连》《单位》《一地鸡毛》等,并引起广泛的注意。90年代后,出版有小说集《官人》《刘震云文集》、长篇小说《故乡面与花朵》《一腔废话》等。作者的创作,注重对底层人物灰色人生和生活态度的描写,长于用冷静客观的笔触表现这些人无聊麻木的日常生活,并对渗透到日常生活细节中的权力关系保持着鲜见的洞察力。刘震云反讽的叙述风格,在他后来的新历史小说中也有所延续。他的长篇小说,在文体和内容上都有一些不同于前的变化,例如语言的繁复、结构的多层化、意义的含混和歧义等等,但这些艺术创新,在评论中也有不同反应。

《一地鸡毛》写于1990年,这一期间,大概作者的精神生活比较低迷。换个角度看,它可以说是刘震云创作的一篇中国式的"黑色幽默小说"。作者试图告诉我们,权力就像是一道无形的"二十二条军规",渗透到了主人公小林的日常生活当中。由于它的"作用",小林一家总与自己的愿望发生"错位",在前者编织的网络中无奈地挣扎。小林好不容易排队买的豆腐,因为忘记放入冰箱而变馊;太太坐单位班车不是由于领导体谅下情,而是沾了局长小姨子的光;孩子入托原以为是邻居热心帮忙,其实是为充当陪读的角色;太太调动又由于找错关系,而最后前功尽弃。不仅小林一家受到权力的挤压,反过来说,他们与小保姆、查电表老头之间,同样也受着权力之手的影响和左右,从而构成了现代社会人与人之间一种相当荒谬、但又挣脱不开的关系。具有讽刺意味的是,小林和太太当年都是大学生,也曾有过一番雄心壮志,然而,生活对意志的磨损、腐蚀,使他们变成了患得患失的小市民。有人发现:"也许这篇小说的主题可以读成日常生活是如何把人们变得卑琐","小林们又是如何变得卑琐"的。[①] 作者也提示说:"《一地鸡毛》并不是特别新生的作品,但因为某种外在的因素而广为人知。"[②]但是,如果情节仅仅发展到此,也不会对读者形成很大的吸引力。作品的"高潮"和"反讽"的力量,主要来自小林与自己原来的小学老师的复杂"关系"。当风尘仆仆从外地赶到北京治病的,老师,没有因为受到小林太太的冷遇而生怨恨,反

---

① 陈晓明:《跋:"权力意识"与"反讽意味"——对刘震云小说的一种理解》,《官人》,第320页,长江文艺出版社,1992。

② 《自序》,《刘震云文集·一地鸡毛》,江苏文艺出版社,1996。

而留下两桶香油离去时,小说写道:

> 看着公共汽车开远,老师还在车上微笑着向他招手,车猛地一停一开,老头子身子前后乱晃,仍不忘向他挥手,小林的泪刷刷地涌了出来,自己小时上学,老师不就是这么笑?

然而,小说结尾又写道:

> 现在老师已经做古,上次老师来看病,也没能给他找个医院,到家里也没让他洗个脸……但伤心一天,等一坐上班车,想着家里的大白菜堆到一起有些发热,等他回去拆开散热,就把老师的事给放到一边了。死的已经死了,再想也没有用,活着的还是先考虑大白菜为好。

小林进一步想到的还有,"老婆能用微波炉再给他烤点鸡,让他喝瓶啤酒,他就没有什么不满足的了"……显然,对"底层人"命运的关注,以及在倾力描写他们被无形的世俗力量任意摆弄的生活境遇时,刘震云显示了他的机智和敏锐——在这意义上,《一地鸡毛》是不应该被当成一般的写实小说来看的——所以,后来作品被改编成电视剧播放的时候,一种无形的东西在人们内心激起了长久的共鸣。

池莉(1957—　)生于湖北沔阳,曾下乡插队。从 80 年代,医专毕业后,当过一段医生。后就读于武汉大学中文系,之后担任一家杂志编辑,现为武汉市文联专业作家。1978 年开始创作,写过诗歌、散文,后改写小说。作者因中篇小说《烦恼人生》引起人们的注意。其他有代表性的作品,还有《太阳出世》《不谈爱情》《来来往往》《小姐你早》《过麦娘》等。她的小说主要以武汉普通市民的凡俗生活为描写对象,揭示他们接近于"原生态"的生存境况和态度。作者叙事能力强,语言干净利落,处理题材和人物时比较冷静客观。她主张面对琐碎的生活现实,摒弃虚幻的生命抽象,坦然地呈现朴实、率真的生命本质,这使她的小说拥有较多的读者。90 年代以来,《来来往往》《小姐你早》等多部作品先后被改编成电视剧。但也有人对她的创作态度提出了比较尖锐的批评,认为"迎合"了市民的阅读趣味。①

《烦恼人生》通过主人公印家厚一天"流水账"式的凡俗生活,客观真实地描写了他在现实重压下的生命状态,以及无聊麻木的生活态度:

---

① 刘川鄂:《小市民名作家——池莉论》,湖北人民出版社,2000。在这部著作中,作者对"汉派文学""非知识分子""市民视角"和作品的"硬伤"等问题,都进行了质疑。该书出版后,引起了作家本人和其他人的争议。

少年的梦总是有着浓厚的理想色彩,一进入成年便无形中被瓦解了。印家厚随着整个社会流动,追求,关心。关心中国足球队是否能进军墨西哥;关心中越边境战况;关心生物导弹治疗癌症的效果;关心火柴几分钱一盒了?他几乎从来没有想是否该为少年的梦感叹。他只是十分明智地知道自己是个普通的男人,靠劳动拿工资而生活。哪有功夫去想入非非呢?日子总是那么快,一星期一星期地闪过去。老婆怀孕后,他连尿布都没有准备充分,婴儿就出世了。

印家厚实际上是武汉这座繁忙芜杂的现代都市的一个缩影,读者通过这个在生活的"圈套"中无力自拔的凡庸的小人物,一下子就看到了武汉许许多多个印家厚式的芸芸众生。在这个意义上说,池莉就是90年代的老舍。如果说老舍笔下出现的是清末民初北京的老式和新式的市民形象,池莉则对八九十年代的武汉市民形象做了淋漓尽致的刻画。人们注意到,印家厚的确没有远大的"理想",他的生活哲学就是如何每天带孩子过江上班时,能在饭摊上吃上热乎乎的早点,别人长工资他也能长工资,别人换彩电他也能换彩电;他不觉得关心白菜多少钱一斤会丢人,也不认为洗衣服、晾衣服、关电视这些琐碎的生活会增添苦恼,而且还会为每晚一家人吃完饭后,"老婆还埋头于膝上的杂志。儿子自己打开了电视,入迷地看《花仙子》",然后上床睡觉这种日复一日的生活,感到温馨和满足。像作者的大多数小说一样,《烦恼人生》中没有激烈的思想冲突,更没有尖锐到难以化解的矛盾线索,相反,它叙述流畅,描绘入微,三言两语,就能将一个人物勾勒而出,给人以惟妙惟肖的感觉,让读者顿时产生一种"现场感"。当然,能否通过生活的表象透视它更深的含义,并进而揭示出比小说本身更为重要的东西来,这个问题也是可以讨论的。对不同类型的作家,应该有不同的评价标准,而不应当把某一种标准放大,使之变成一种本质化的东西。例如,法国的大仲马在当时是一位通俗作家,但他的小说《三个火枪手》《基督山伯爵》却成为世界范围内的畅销书,曾经吸引了许多读者,因此,大仲马的小说被法国人视为自己民族现代文化的一部分,受到了人们的尊敬。问题只是在于,作为一位作家,他能否在自己专属的题材领域发挥最大的艺术想象力,使自己的人物进入文学的长廊而令人永志难忘。显然,《烦恼人生》作为新写实的代表作之一,其文本价值有进行"细读"的必要。

方方(1955—)原籍江西,1957年随父母迁居武汉。70年代做过装卸工。1982年武汉大学毕业后,做过编辑和专业作家。1982年,因发表小说《大篷车》而知名。之后,又有《风景》《祖父在父亲心中》《桃花灿烂》等小说问世。方方的作品多取材于社会底层,善于描写小人物卑琐扭曲的性格,以及与周遭环境浑然难分的生存状况。她观察尖锐,笔锋犀利,叙述充分,对人性弱点的剖析常常达到令人颤栗的深度。另外,与一般的新写实作品不同,她作品的视角是知识分子的,在处理题材时,有时显露出某种抽象的、哲学的气蕴。80年代以来,作者先后出版的小说集有《"大篷车"上》《十八岁进行曲》《江那一岸》《一唱三叹》和《行云流水》等。

在一定意义上,《风景》是可以作为一个微型的武汉"市民史"来读的。在这部小小的世俗生活的"长卷"中,每个人物陷入的不是生活的困顿,现实的苦恼,而是人与人相互"敌视"的怪圈,它展现的是人生背后极其丑陋、扭曲的种种现象。例如,父亲的"打码头史",母亲自年轻时开始的"风骚"经历,大哥的"退学风波",二哥的沉潜和死于爱情纠葛,五哥、六哥的凶残恶劣,小香的刻薄和拿婚姻做游戏的阴暗心理,等等。这个家庭没有亲情,拳头是最高的哲学,敌视编织了人与人之间的荒诞关系,而人性的病态和卑琐,则被作者做了相当深入的开掘。如果说池莉的小说表现的是世俗意义上的"市民社会"的人生百态,那么方方则透过上述人生世相,对人性题材进行了"审丑"和"审恶"的深化处理。在这组人物群像中,最具亮点的中心人物是七哥。在这个家庭中,他曾经是一个最受糟践的人,从小负着为家里"拣破烂"的特殊任务,任何人都把他当做"发泄"的对象,而床下的地铺,则是他在家庭中唯一可以生存的角落。就在这一凶险、丑陋的"社会"环境中,七哥的人性被彻底扭曲。他投机取巧,报复心强烈;他把别人都视作对手,在与人的明争暗斗中获得某种快感;他对父母也抱着相当阴暗的心理,用恶作剧的心态观察他们随时可能显出的人生"窘境";在读完大学后,他在人生哲学上也未能完成"扬善抑恶"的转换,而是变本加厉地将婚姻当做自己向上爬的手段。某种角度上,七哥就是武汉的"于连",不过,他有过连于连都难以想象的极其糟糕的个人"生存史""成长史",他充满功利的人生选择,做得比于连还要赤裸和公开。"恶"这个字,既是七哥人生的缩影,也是他的人生准则,更是他全部的精神世界。作者试图告诉读者,通过七哥们的形象,"丑恶"的环境是如何影响人、培养人,直到最后是如何毁灭人的。这个家庭,的确是武汉市民社会中一道非常独特而典型的"风景"。正像有人所指出的:"《风景》以武汉著名的平民区'河南棚子'为背景,描绘了'父亲'一家十余口人的生存景况和生活状貌","从这一群挤在狭窄的空间里的粗俗人物的粗糙活法和粗陋心灵中,使人们感受到棚户区的特有的文化风情和凡俗人生的情绪世界"。① 在结构上,小说以一个死去的儿子的视点来观察这家人的生活,让他来叙述他们的故事,从而使作品笼罩着一层超现实主义的氛围和荒诞、陌生的写作形式。

---

① 周柯:《跋:在凡俗人生的背后——方方小说从〈风景〉到〈一唱三叹〉阅读笔记》,《行云流水》,第328页,长江文艺出版社,1992。

第十七章　90年代文学

第一节　80年代终结和90年代开始

80年代终结和90年代开始,是90年代文学出现的历史前提。这两个年代之间有一种隔世之感,然而就在这种隔世的惊讶中,90年代文学揭幕了。80年代末后的几年中,人们普遍感到迷茫,不知中国的未来在哪里。工人不愿做工,公务员、教师纷纷下海经商,正是这种历史症候的生动显现。中国社会处在断裂和转变中,但这种转变的遥远的地平线上又现出一抹曙光。这抹曙光清楚地告诉人们,80年代结束了。1992年,在邓小平"南方讲话"之后,商品经济的发展明显加快,随着商品意识向着政治、文化领域的渗透和扩张,社会体制和文化体制面临着全面的转轨。由于传统意识形态大幅度的自我调整,图书出版和电视制作的进一步市场化,代表着商品经济和市民阶层要求的大众文化开始崛起,它不仅对传统文化思想的壁垒,而且对依赖这一壁垒的知识分子群体也产生了巨大冲击。意识形态和知识分子对文化市场、出版、传播渠道长期形成的垄断权,逐步被转移到大众文化手中,知识分子在社会文化中的中心地位已变得岌岌可危。在这种情况下,愤怒不安的知识界在1993到1995年间发动了关于"人文精神"的大讨论。① 紧接着,有关"雅文化"与"俗文化"、"雅文学"与"俗文学"、"躲避崇高"、"后现代主义"等的争端,②在不同城市的媒体上展开。无法否认的事实是,

---

①　关于"人文精神"的问题,是上海的学者王晓明、陈思和和李劼较早提出的。首先引起争论的,是王晓明、张宏等的"对话录"《旷野上的废墟——人文精神的危机》。参见《读书》1993年第6期。

②　在90年代,最早介绍、评析西方"后现代主义"理论的是北京的一批青年学者,如王宁、王岳川、陈晓明、王一川、张颐武等人,他们不仅在报刊上发表了许多文章,还翻译了多部理论著作。

弥漫整个知识界的普遍心理失落和焦虑,是由于大众文化的蓬勃兴起而引起的,但它的强烈反弹,也暴露出了一些值得注意的问题:一是知识分子的社会道德激情和启蒙话语在受挫之后,并没有及时做出必要的调整,反而暴露出浮躁和盲目膨胀的缺陷;二是由于还不适应文化发展上的多元化,精英文学一度出现了失语,一些批评家和作家的创作陷入了停顿——它为另一些适应文化多元化,且有一定批判立场的批评家和作家的出道,提供了历史性的机会。① 今天看来,"人文精神讨论"本身存在着很多问题,这些问题至今没有得到更具分量的反思、清理和讨论。但无可争议的是,90年代文化状况非常复杂,它牵涉到诸多方面,不可能在短时间内全盘把握。人文精神讨论前后,对贾平凹长篇小说《废都》的批判风波和后现代文化及文学实践,将人们的目光引向另一重历史视野。

80年代理想主义精神终结最醒目的标志,是由上海一批学者所主导的"人文精神讨论"的发生。由于上海处在中国市场经济前沿,那里的学者和批评家对精神思想问题特别敏感。与此同时,他们对坚持精神信仰的作家也一直非常推崇。这种状况,与20世纪30年代的上海知识界十分相似。较早讨论"人文精神"的文章是《上海文学》1993年第6期发表的《旷野上的废墟——文学与人文精神的危机》。② 这是王晓明与几位研究生有关"人文精神"问题的讨论纪要。讨论者对当时的文学状况提出了批评,尤其不满意于先锋小说后的另一些文学现象,他们认为从新写实小说、王朔小说创作和张艺谋的电影开始,出现了人文精神的萎缩,"不但标志着公众素养的下降,更标志着整整几代人文精神素养的持续恶化,文学的危机实际上暴露

---

① 90年代后出现的文学批评,被人称做"后学"或"学院派批评"。他们的批评立场与80年代的精英批评有明显差异,一是强调对大众文化的介入,二是冷淡以价值为中心的启蒙话语,倾向于采用中性的学术话语评论作家和作品,另外,他们对文学背后的"文化"现象的兴趣开始超过文学本身。所以,有人说90年代批评的"转向",是由"审美批评"转向了"文化批评"。这一时期比较活跃的作家群,则是所谓"60年代出生的作家""70年代出生的作家"和"女性作家"等。

② 李劼后来著文,对"人文精神"讨论的"首创权"提出质疑,认为是他"首先"提出来的:"人文精神一说,最早是在南京变成话题的。我记得是在我写完有关《红楼梦》一著(一九九三年八月)之后,那年的十月份,南京师范大学请我和我的同事王晓明一起到他们学校去作演讲。……记得是饭后坐在鸡鸣寺喝茶聊天的当口,当时的《钟山》副主编范小天问起,能不能给他们出出点子,把《钟山》办得更文化一点(大意如此)。我想了一会,就向他们作了一个建议,开个'再度虚构'的栏目。范小天当时听了,不明白我在说什么,而且,他认为'再度虚构'的说法学术气太重,最好能通俗一点。于是,我就向他提了人文精神一说。我说,那就开个'重建人文精神'的专栏吧。接着,我把有关人文精神的意思以及如何重建等等,说了一通。……"参见2003年8月9日《新散文》。这种说法带有"再叙述"意味,揭示了理论提倡背后的情况,对了解90年代文化的复杂状况有一定参照作用。

了当代中国人人文精神的危机"①。此文引发了一系列的讨论,它触动了很多人内心的挣扎和敏感神经,激烈的争论随之展开。1993 到 1995 年间的《上海文学》《读书》《东方》《文汇报》《中华读书报》《光明日报》《十月》《钟山》《当代作家评论》《为您服务报·文艺沙龙》《海上文坛》《文艺争鸣》《作家报》等报纸杂志相继发表了很多文章②;1995 年 6 月,北京华艺出版社推出萧夏林主编的指责主张"人文精神讨论"一方的"抵抗投降书系";1996 年,王晓明又将有利于自己一方观点的文章结集为《人文精神寻思录》,由上海文汇出版社出版。"人文精神讨论"被疑为针对王蒙 1993 年发表在《读书》上为王朔小说"辩护"的文章《躲避崇高》而发起。③ 这使王蒙产生了很大的抵触情绪。其实,今天可以看到,在冠冕堂皇的争论背后,实际涉及文坛和文人的意气之争。对于熟悉中外文坛的人们来说,这种情况并不奇怪。争论焦点围绕着"市场社会转型"中知识分子的责任、身份和立场而展开,但双方经常又不在同一个层面争论这些问题:王蒙是从质疑文学界盛行已久的"洋八股党八股与书生气"的角度,欣赏王朔"玩文学"的"作用和意义"的。《旷野上的废墟》中的讨论者不管这些,他们认为王朔调侃的目的是"媚俗","它取消了生命的批判意识",其结果是"以另一种方式暴露出文学创作的危机"。王朔、吴滨、杨争光对此不以为然,他们认为"人文精神"要落实到对人自身的关注上,而现在的时代恰恰提供了这种可能,"我觉得现在谈不上失落不失落",因此,动辄用"萎缩""溃败"乃至"危机"来概括当前文坛和知识分自精神现状,实在夸张和令人发笑。④ 张承志、张炜是把精神信仰看得比文学创作还高很多的作家,他们对放弃精神追求的言

---

① 王晓明等:《旷野上的废墟——文学与人文精神的危机》,《上海文学》1993 年第 6 期。
② 1993 年《上海文学》第 7 至 10 期刊发了陈思和、陈平原的文章。1993 年第 6 期的《钟山》,在"新'十批判书'"的专栏中,发表了陈晓明、张颐武、戴锦华、朱伟的文章。1994 年第 3 至 8 期的《读书》以"人文精神寻思录"为总题,推出了张汝伦、王晓明、朱学勤、袁进、蔡翔、王彬彬、吴炫、王干、费振钟、郜元宝、李天纲、季桂保、许纪霖等人的文章,都表达了对日渐走下坡路、品位越来越低的文化现状的不满。1994 年下半年,上海的《文汇报》又展开了四次讨论。1995 年 3 月后,《作家报》连续讨论了几个月。到年底,《光明日报》也连续刊发了几个专版的"争鸣文章",对"人文精神讨论"予以持续的关注。持相反意见的文章,主要见于《上海文学》发表的王朔、吴滨、杨争光的对话《选择的自由与文学现状和人文精神》,以及王蒙在与王彬彬论争中的诸多文章等。
③ 参见田健民:《中国当代文艺论争史》,第 240 页,大众文艺出版社,2005。该书写道:"张英先生在《世纪末之争——知识分子与人文精神大讨论》一文中认为:《旷野上的废墟》正好发表在《躲避崇高》文之后,况且文章明确举例对'王朔精神'进行了批判,让人误解为《旷野上的废墟》是在批判王蒙。"
④ 王朔、吴滨、杨争光:《选择的自由与文学现状和人文精神》,《上海文学》1994 年 2 期。

论敏感到令人紧张的地步,所以在这场知识分子大分化运动中表现格外抢眼。他们认为,这正是一种"文学已经没有了发现""信仰失落、人生缺乏精神导向"的观念,于是反复地大声疾呼"今天我们需要抗战的文学",因为,让一批"无操守的文人占据了文坛,联络电视台、报刊形成了称霸文化领域的势力",将是"极具讽刺和悲哀的事"。① 80年代团结一致的知识分子群体,在这场争论中出现巨大分化。今天可以看出,这种分化的路径,正是90年代文学之所以出现的一个历史理由。同时可以看出,在"文学"内部爆发大规模的论争,表面是由突如其来的市场经济引起的恐慌,实际上与长时期内把"文学"等同于"知识者""社会批判者"的思想专利和专属领域的历史习惯有密切关系。某种程度上,"人文精神讨论"的焦点,是应该如何看待文学与市场的关系,在市场经济全面兴起的历史风景中,人文知识分子怎样给自己定位等等问题。② 可能这时市场经济对文学领域已有较深的渗透,王蒙、王彬彬在"二王"之争中使用了过去很少见到的"人身攻击""谩骂"式的文体风格,这让人感到颇为不快,因为这种文学批评的语言在80年代从来没有出现过。在一种日益不安的气氛中,人们似乎闻到了90年代文化转轨中的某些气息。

铺天盖地而来的《废都》批判,是反映90年代文化状况的另一尖锐现象。在80年代,每逢贾平凹作品问世,都是好评如潮,这位文坛宠儿在那个年代出尽风头,当然他的创作确实始终保持在很高的水平之上。1993年,贾平凹的长篇小说《废都》在《十月》连载,接着由北京出版社出版,首印50万册。后来,公开出版和半公开出版100万多册,据说被盗版1200万册左右。《废都》"畅销"和"盗版"的主要原因,是"那种精神颓败的价值理念,准确地表达了当时一些知识分子的某种隐秘心态",③以及作者在描写主人公庄之蝶与四个女人的社会风俗情史时在文字处理上使用的"此处删除多

---

① 参见张承志《以笔为旗》,《十月》1993年第1期;张炜《抵抗的习惯》,1993年3月21日《文汇报》。"二张"作为捍卫"文学尊严感、神圣感"的代表,在当时显得非常令人瞩目,常常表现出一种悲壮的姿态。

② 黄平在《"人"与"鬼"的纠葛——〈废都〉与八十年代"人的文学"》一文中,对此有过到位的历史分析,参见《当代作家评论》2008年第2期。他认为,80年代的文学实际受到"知识者文学"传统的很大影响,而贾平凹的《废都》试图回到中国传统文学那种"旧文人文学"的轨道上去,这就使二者在认识文学的功能、角色和价值上出现了分歧。此观点也可用于观察"人文精神讨论"中双方的主要分歧点。

③ 参见《贾平凹、谢有顺对话录》中谢有顺的评价,第219、220页,苏州大学出版社,2003。在这本书,贾平凹在"沉默"多年后,也对这部小说做了自我"辩解"。

少多少字"的手法。《废都》的出版,激起了知识界的"众怒",不少人都使用"堕落""无耻""商业行径""媚俗"等等字眼指责其价值取向,把导致"纯文学"终结的责任归咎于它。① 但是,"《废都》批判"背后的当代文化转轨的信息可能更值得注意:首先,文学作者身份和环境的变化。90年代以前的文学主要是由作为知识者的作家、批评家所主导和垄断的,这种垄断权包括了对"启蒙""批判""心灵表现"等等知识谱系的占有和使用,他们在坚持这些知识的价值观念的同时,实际也成为它们的权威和利益集团。然而现在,他们必须与"旧文人""书商型作家"等"体制外作者"分享文学的资源、读者和经济利润,不得不与其他知识谱系如"日常""欲望""性叙事""普通生死"等平起平坐。与此同时,由于整个文化环境的变化,广大读者的阅读渠道开始多元化,文学阅读不再是文化消费的中心,这也使作家不得不与他们过去所轻蔑的各种大众读本在同一个时代相处。其次,"如果说在此之前的当代文学的'生产'是由国家所主导的,而以《废都》为代表,这种'生产方式'转入了国家和书商'双轨道'的运作体制"。② 图书市场的进一步迅速开放和转轨,正是媒体时代、文化市场化到来的重要标志。作为受国家出版体制保护的专业作家、批评家,开始面临和承受市场所带来的各种风险。实际上,通过贾平凹《废都》被大量盗版侵权的事实,可以看出90年代以后的许多作家、文化人,在充分享受媒体时代、文化市场所带来的种种特权的同时,随时也都可能成为市场经济的受害者。最后,90年代文化的转轨,也标志着当代文学在90年代的转轨。50至80年代,以知识分子精英为主体

① 参见陈晓明:《废墟上的狂欢节——评〈废都〉及其他》,《天津社会科学》1994年第2期;栾保俊:《不值得评价的评价——〈废都〉读后感》,《文艺理论与批评》1994年第2期;户晓辉:《裸体的〈废都〉》,《新疆艺术》1994年第2期。另外,李书磊、戴锦华、张颐武、李洁非、孟繁华、韩毓海、余世存等也都对小说进行了"严厉批评"。据人统计,在"废都热"中,出版的有关小说的评论文集不下十余部,如上海三联书店的《贾平凹怎么啦?》、团结出版社的《废都之谜》、陕西人民出版社的《多色贾平凹》、中国矿业大学出版社的《废都及废都热》、学苑出版社的《废都废谁?》、河南人民出版社的《废都滋味》、华夏出版社的《失足的贾平凹》、贵州人民出版的同名书籍《废都之谜》、陕西人民出版社的《贾平凹与废都》、甘肃人民出版社的《废都啊,废都!》、宁夏人民出版社的《正大综艺·废都专版》、西安出版社的《奇才鬼才怪才贾平凹》、太白文艺出版社的《贾平凹迷中谜》等,参见邰元宝、张冉冉编:《贾平凹研究资料》,《贾平凹创作争鸣综述》,第411页,天津人民出版社,2005。很多出版社的"兴趣",恐怕主要不是关心90年代的文化事业是否受到"威胁",这些书可能使它们都赚了一笔钱。不过,这也是90年代文化状况的一个缩影,没有什么值得奇怪的。另据贾平凹很多年后向人"诉说":"《废都》弄到那个地步","我在西安没法呆下去了","一夜之间我成了流氓作家、反动作家、颓废作家,帽子戴得特别大。这期间好多人、好多事,给我写作和生活造成了极大的困难。"参见《贾平凹、谢有顺对话录》中谢有顺的评价,第215页,苏州大学出版社,2003。

② 黄平等的对话:《"重看〈废都〉和如何"重看"》,《上海文化》2008年第2期。

的当代文学在不断受到意识形态文化的干扰、制约或要求合作的同时,事实上也成为30年来中国社会的文化英雄,产生过不少能促进民族文化健康发展、但同时也不无夸张的文学神话。鉴于这一时期当代文学的特殊性,相当多的文学生产和作家创作依赖于思潮、流派、主张和主义而存在,这种文化状况和文学体制实际不鼓励埋头于书斋、抱有真正文化和文学抱负和平实写作的理想的作家个人的产生。因此,与其把所有作家都捆绑在文学启蒙的单一轨道上,不如让文学真正从各种社会思潮、话语泡沫中解放出来,使作家、批评家生活在更为多元的文化空间,一种比较"职业化"和"文人化"的生存状态,也不失为一种文化的选择。在这个意义上,《废都》招致的"批判",以及它所透露的90年代文化转轨的信息,可能包括作家和许多批判者都没有预料到。但值得提出的是,由于批判《废都》的内部原因是知识分子话语与市场话语发生的严重冲突,而这部长篇是由于敏感到一场即将到来的历史新变而创作的,它本身提出的问题并没有被批评者所讨论;人们反而基于自己的文化处境去声讨这部小说,这就使双方的问题基本没有对接。另外,迄今为止人们对这场批判的历史结果也没有认真清理,更重要的不是批判,而是批判所涉及的诸多问题后来并未得到认真反思。作为当代文学的一件重要"公案","《废都》批判"显然应该在将来一个合适的机会进行重新讨论。

与"《废都》批判"几乎同时出现的,是"王朔现象"与都市文化和文学的兴起。基于当代文学长期处在具有浓厚农民意识色彩的当代史的笼罩下,都市文化和文学在这种文化中遭到废弃。所以,缺乏市场经济意识和都市文化经验的作家与批评家,在90年代初并没有为它们的兴起做好准备。今天重新来看当时文学批评对这些现象的激烈反应和不适应心态,就可以看出批评者与批评对象之间出现的错位问题。从近代以来东西方国家现代化的进程看,现代化必然会伴随都市和都市文化的兴起,二三十年代的"上海黄金十年"就是一个例子。而都市文化兴起,则刺激文学迅速走向多元化,30年代上海文坛上新通俗文学、新感觉派小说和左翼文学这"三驾马车"的出现,以及茅盾都市长篇小说《子夜》的问世,都是这种文化与文学之崭新关系的必然结果。1992年后,由于政府强力推行市场经济,城市化进程加快。在北京,迅速出现《渴望》《编辑部的故事》等通俗电视剧和肥皂剧,零点乐队、唐朝和崔健摇滚乐被青年观众追捧,三里屯等地大大小小的酒吧,以及各种制造电影、电视、通俗音乐的文化公司大量涌现,大众文化走在了全国的前面。王朔的小说和电视电影剧本,正是这一文化氛围的特殊产物。王朔自我表白道:"我立意写小说,的确是想光明正大地发点小财","1988年,电影为我带来了第一次事业上的小高潮。那年我有四部小说被改编为电影同时上映"。他承认,"写小说,人是自由的","而写剧本你的全部努力自始至终都是为了买主的需要贡献自己。买主不满意,这事便不算完"。不过他也抱怨说,很多人老把宣传教化、大众文化和纯文学混为一谈。"一个肥皂剧怎么达到一定的高度?它就是一看一乐的东西,它再拔高也就是一个电视剧","怎么弄出教育意义来","你不能要求它再有其它功能"。① 对生活、文学、大众文化等等,王朔有他个人的观念和理解方式,但"王朔批判者"在另一套文化逻辑和知识谱系中评价他:"王朔不但亵渎文化与文学,不但亵渎带有特定政治与意识形态内涵的伪崇高假崇高,他也亵渎一般意义上的崇高、神圣、理想、精神和青春等。"②不少批判文章,更是指认他为"痞子""流氓文化""市井文人"等等。从王朔的"自我辩解"和对他的"知识错位"的批评看,他实际处在五四启蒙文学、都市文化、当代革命文化和80年代知识精英文化等多重交叉点上。当然,我们也不能排除王朔在有意背弃人文精神传统的过程中,他的生活方式和文学创作存在的某些问题。他的某些过分的表现,一定程度上也损害了自己原本非常强劲的文学创造力,使自己过早从文坛上衰落,这自然令人惋惜。众所周知,王朔即使可以被称为一种"文化现象",放在北京90年代文化和文学中,也不是一个普遍现象,没有什么代表性,而是对这个曾经出现过两次"文学中心"——即"五四文学中心"和"伤痕文学中心"的文学传统的一次"脱轨",是另一种知识谱系(市民文化)在参与90年代文化和文学转轨过程时的对上述传统的反抗和背离。"王朔现象"和他的小说、电影、电视剧,可能是一种既不同于茅盾、老舍的"都市小说"(那里面仍有知识精英意识),也不同于一般大众文化、文学(如清末民初包天笑、周瘦鹃等人的小说,他们并不嘲笑知识分子,相反,对各种文化形态更具兼容并包的开放视野),而具有他的个人性特点。通过"王朔现象",人们发现当代文学并没有做好适应90年代文化的复杂状况的心理和思想准备,所以才会对他尖锐、离奇的文化观与文学表现产生"过激反应";与此同时,王朔对知识界的"冒犯",也可看出

---

① 参见王朔:《我和我的小说》,《文艺学习》1988年第2期;《创作谈(王朔答问)》,载《我是王朔》,国家文化出版公司,1992。在后一篇文章,作者系统地谈到他对生活、小说观念和写作风格的看法。

② 陶东风:《90年代小说的热点与走势的个案分析之一——王朔与所谓"痞子文学"》,葛红兵、朱立冬编:《王朔研究资料》,第367页,天津人民出版社,2005。

当代激进文化所培育的"憎恨哲学"并非没有民间的土壤,他对"传统价值体系"的"捣乱",让更多人第一次认识到了90年代文化芜杂、凶猛和多面性的面孔。

第二节　大众文化和文学的兴起

　　五六十年代,传统大众文化的历史席位被工农兵文化所替代。这种所谓的工农兵文化与人们理解中的民间文化毫无关系,而是假借民众之名的国家文化。随着土改、工商业改造等社会主义改造的完成,传统的大众文化被从社会主义文化地盘上清除出去。它的标志是,市民小报、通俗文学、周末版新闻、电影艳星等等从文化中消失绝迹。在所谓人民群众登上历史舞台的主流叙述中,40至70年代"大众""人民""群众""工农兵"等专用词语,被赋予了历史的主体性,许多经典著作都对它做了夸张的描述。很长一个时期内,大众往往被认为是革命的推动力,是一个国家神话,它的等级是高于知识分子和其他社会阶层的。80年代精英文学的兴起是对工农兵文化的彻底颠覆。90年代后,随着国家资源分配向着精英阶层的全面转移,"工农兵"又退回到它原先的历史位置上,被历史无形的手重新还原。人们注意到,随着商品结构和社会结构的重大调整,有技术专长和管理能力的知识阶层的社会地位逐渐上升,许多产业工人的生活开始与"下岗""再就业"联系在一起。这种历史翻盘现象激起了新左翼人士的不满。上海和北京爆发了"新自由主义"与"新左翼"的思想论战。与此同时,一些批评家和作家也敏感到这一变化对当代文学提出的新命题,他们开始用"城市""民间""新市民"等重新指称"大众"这一概念,这样,大众作为一个前缀词,自然地被延伸为"大众文学""大众文化"等当代文学的新概念。最早提出"民间"观点的是评论家陈思和。在《民间的浮沉》一文中,他对当代文学中英雄人物的"民间性格"做了开掘性的研究。在他看来,当代文学向大众文学的还原,是以"民间"的还原为标志的。① 吴亮主要是从城市文化的角度解释大众文学的意义的,他认为,城市的"物品"生产和销售培育了"物化"的审美文化,正是在城市消费文化对当代社会的侵蚀过程中,"等级制度隐去不再露面","历史回来了",文学被"同化、吞噬和改变",它进一步被确立了大众

---

① 陈思和:《民间的浮沉》,《上海文学》1994年第1期。

化的审美和欣赏标准。① 作家王蒙则直接用《躲避崇高》为题,对大众文学的基本形态做了充分的发挥,他说:"'五四'以来,我们的作家虽然屡有可怕的分歧斗争,但在几个基本点上其实常常是一致的。他们中的许多人有一种救国救民、教育读者的责任感:或启蒙,或疗救,或团结人民鼓舞人民打击敌人声讨敌人,或歌颂光明,或暴露黑暗",然而,"我们大概没有想到,完全可能有另外的样子的作家和文学。比如说,绝对不自以为比读者高明(真诚、智慧、觉悟、爱心……)而且大体上并不相信世界上有什么太高明之物的作家和作品,不打算提出什么问题更不打算回答什么问题的文学,不写工农兵也不写干部、知识分子",这些作品流露的更多是"玩世不恭",是"玩文学",是调侃、"大白话""粗鄙""过瘾""真真假假""幽默""随意"等,但"这已经是文学,是前所未有的文学选择","谁也无法视而不见"。② 尽管作者为王朔小说的公开辩护引起了广泛争议,但它表明大众文学不再是一个受"歧视"的文学类别,它对文学的"殿堂"已经可以登堂入室了。

  在此背景下,很多杂志开始大做大众文学的文章。他们大力推进、策划包装,希望建立重审文学价值的批评平台。对大众文学推波助澜的,是《上海文学》《当代作家评论》和《作品与争鸣》等杂志。《当代作家评论》1993年第2期辟出"汪曾祺评论小辑",发表了罗强烈、胡河清、韩毓海等评论这位作家创作的"民间意义"的文章。《作品与争鸣》1995年第1、3、8期推出了批评"痞子文化""茅盾被《大师文库》除'名'"和"躲避崇高"论的文章,对大众文学现象展开了热烈的讨论。从1996年第1期起,《上海文学》专门列出"新市民小说"专栏,先后发表了刘醒龙的《分享艰难》、何顿的《只要你过得比我好》、孙春平的《放飞的希望》等小说。另外,还推出"爱情·婚姻·家庭"小说专号,对都市这一大众话题进行了探索。其中,女作家陈丹燕的中篇小说《女友间》对上海城市女性日常生活和心态的艺术表现,引起了注意。该刊同时还发表了学者徐友渔、张汝伦、陈平原关于市民社会与大众文学之间关系的论文,他们对"市民社会"的历史渊源、大众文学对读者心理的影响以及大众文学的意义和不足等,都做了相当深入的探讨。大众文学一时成为人们争相传播的时髦概念,它的内涵外延得到前所未有的充分揭示。但是,当时人们并没有意识到它对90年代后的文学发展究竟意味着什么,这种将历史分析过于批评化的现象,将使当代文学为此付出代价。这

---

① 吴亮:《城市生活场景分析——商场与乐园》,《上海文学》1992年第2期。
② 王蒙:《躲避崇高》,《读书》1993年第1期。

个结果,在许多年之后人们才终于明白。该刊编者在《再说'新市民'》中宣称:"'新市民小说'的出现,是社会主义市场经济全面启动后,社会生活与人的价值观念变更在一部分审美情感与文化想象力范畴内的反映;它表明一部分作家开始站在现代都市文明的立场、而不再拘泥于以往'乡土性'文明的立场,来看待中国的现实生活与文化;它表明我国当代文学创作的格局与范式发生了明显的变化。"他指出:"活跃在这个新的文化空间中的作者,大多是出生于60—70年代的年青的都市文人。他们集中在北京、上海、广州、天津等各大城市,有的从事自由撰稿,有的参与运作大众传媒,有的跻身于专业写作队伍,是一批直接面对文化产业市场的操作型能干文人。他们没有或者缺少长其一辈的'知青作家'所持有的那种刻骨铭心的'文革记忆'与'乡土情结'",因此,他呼吁对这些作家应该采取"宽容的、平等的"态度,而不应该一概否定。① 值得注意的是,与王朔小说在北京评论界遭到的"冷遇"不同,上海的"新市民小说"(大众文学)受到了学者、评论家的热情肯定,但是具有讽刺意味的是,恰恰是王朔最能代表当时大众文学的创作水平和写作的姿态——也许基于这种反差很大的评论环境,几年后,当上海出现王安忆更加成熟的"新市民小说"《长恨歌》的时候,北京文坛的表现似乎相形见绌。

"大众文学"显然不是一个阶段性文学或流派的概念,它的意义经常处在模糊不清的状态。不过,作为对90年代文学转向的一种描述,这种说法可能更接近于当时文学的现实。如果说,伤痕文学、反思文学作为一种阶段性文学,其特征是由当时的社会政治所确定的话,那么,之后出现的现代派小说、寻根小说、先锋小说、新写实小说和第三代诗歌等则可以用"流派"的概念来界定,也就是说,它们代表了文学在某一非常历史时期里的潮汐,反映了特定的审美意识和艺术形态。而大众文学则是工业社会中大众文化的直接产物,具有鲜明的都市性、现代性的特征。因此,大众文学不热衷于判断、价值取舍和观念的估定,不对审美形态做等级性的、排斥性的选择,它天生习惯于多元的文学格局,习惯众语交杂的文学创作的环境。另外,大众文学与文化产业市场,例如与传媒、出版、产品营销的关系更加密切。作家、作品被进一步纳入市场的法则、规律和操作系统之中,一方面它们靠市场来生存,另一方面,市场也需要不断推出自己的品牌(例如,"明星"作家和作品"排行榜"),从而形成二者之间"共谋"和"同构"的关系。再次,作家的社

---

① 《再说"新市民"》,《上海文学》1996年第9期。

会身份也与传统时代有了天壤之别。由国家供养的作家人数正在日益萎缩,参与大众传媒运作的自由撰稿人、特聘作家的队伍在进一步扩大;还有的只是一些兼职作家,在正常的社会职业之外,文学创作只能放在八小时之外的业余时间中来完成。这种身份的转换,脱离了国家和传统意识形态的控制与规训,作家只是一个个自由的个体,他们的创作主要是在市场与精神的结合中进行的。在这个意义上,大众文学可以说是50年代以来中国的最为自由、自足,同时也是最为市场化的一种文学形态。

第三节 文学的多种姿态

显然应该看到,90年代中国文学的最主要的变化,是市场经济在大肆入侵文学体制、机构、策划出版和创作的各个角落。意识形态虽然还希望像80年代那样,对文学发展有一定的规范、指导和制约,但他们已经无法控制商业利润和消费市场建立自己评价作家、作品的标准和机制,即使最有名的作家和宣称是最纯粹的创作,也都无法摆脱这一无情的法则。因为文学管理者们也开始在这种利益交换中得到市场利润。这种权钱交换原则使人发现,90年代的文学生产并不都是市场经济一手主导,传统的意识形态改换面目,也在参与、组织甚至指挥这种生产。人们看到,这种文化市场正在按照功利目的制造、推出和生产自己的"名家""名作"。例如,"布老虎丛书"、余秋雨"文化苦旅"散文、张中行散文、《王朔文集》《废都》《白鹿原》、"留学生小说""女性小说"等现象都说明,这些作品的发表或出版,不再是作家的个人创作,而是与策划、出版、评奖和流通等所有环节共谋的结果,是权力和市场的集体创造。由于文化市场是瞬息万变、毫无规律可言的,所以,大众文学就要适应和表现出多样的形态,满足读者各方面的需求,显示出多方面的文化性格。

大众文学的不同姿态首先表现为流行文学读物的兴起。流行文学读物分广义和狭义两类。广义的流行读物是就所有的时代而言的,它一般都具有"时髦"和"时尚"的消费特征;狭义的流行读物专指某一时期的作家作品,它尽管仍然具有时髦性、时尚性,但却有着明确的文化内涵和所指。例如,50至70年代的流行读物突出显示的是教育功能,而休闲性,则是八九十年代以后流行读物最主要的特色。在80年代,最先进入大陆文学消费市场的,是来自港台的琼瑶、席慕蓉、三毛、金庸的小说和散文,它软性的叙述笔调,和关怀日常生活与小资情怀的艺术视角,弥补了建国以后国内宏大和硬性文学的不足,满足了大、中学生和城市白领阶层的阅读愿望。港台文化甚至大肆挤占本土的文化地盘,因为一时间没有人再对本土文化感兴趣,满街到处都是港台歌曲、电视和通俗小说的景象。90年代后,由于大众文化持续升温,对历史怀旧心理的日益凸现,有几种文学现象值得注意,但它们都是以流行为特征的。一是中国现代文学中非主流作家作品的"再版热"。建国后,文学史对非主流作家的叙述普遍采取的是压抑的态度,而这些作家的创作又是与社会大众的日常生存状态更加密切的。所以,周作人、张爱玲、钱锺书、林语堂、梁实秋、苏青等的作品一旦出版就迅速告罄,再版数次仍有市场,并不令人感到奇怪。正像大陆首版《张爱玲文集》的编者所指出的:"她的作品,不甚为国内读者所知,而在海外华人读者中,则有大批为之倾倒的'张迷'",因为,作家对"世态人情"的"体认",其小说所透出的人生的"无奈"与"苍凉",都证明"张爱玲的小说世界是有着众多幽丽、迷人的景观值得发现和欣赏的"。① 二是为配合爱国主义教育,50至70年代"红色文学经典"的"重版"。1998年后,人民文学出版社、中国青年出版社、北京十月文艺出版社等多家出版单位,以大批量的方式,推出在过去岁月中曾产生广泛影响、而现在读者较为陌生的多种革命历史题材的长篇小说,例如《红岩》《红日》《红旗谱》《青春之歌》《林海雪原》《烈火金刚》《朝阳花》等等。这些小说的重版,有明显满足人们历史怀旧心理的商业目的,但它同时也指出:"这些青年知识分子成长的道路,对当代青年亦不无启迪。"② 三是余秋雨、张中行以"凭吊"历史或文化为主题的散文,吻合了人们"精神失落"背景中的缺憾与感怀。余秋雨曾为古典戏曲研究者,张中行30年代毕业于北大。有感于市场经济对文化的侵蚀与损害,他们从历史典籍中寻找创作的灵感,以文化的失落为悲叹对象,先后出版了《文化苦旅》《文明的碎片》《负暄琐话》《负暄续话》《负暄三话》等多本极为畅销的散文随笔。这些作品,特别适合于在紧张的工作、学习之余,追求一点知识性、休闲性外加一些感伤情绪的城市知识青年和白领人士。它们的创作水平明显高于80年代传入大陆的港台散文,但也引起了知识界的激烈的非议。③ 90年代这种极其丰富而繁杂的文学现象,一直停留在被描述的水平,始终没有进入研究领

---

① 金宏达:《编者前言》,《张爱玲文集》第1卷,第1—9页,安徽文艺出版社,1992。
② 《青春之歌·内容提要》,北京十月文艺出版社,1998。
③ 人们注意到,与一般读者的"热读"与"崇拜"形成很大反差,两位作家在学术界、文化界却受到了似乎不应该的"冷遇"。参见萧夏林编:《秋风秋雨愁煞人——关于余秋雨》等书,中国文联出版公司,2000。

域。在一种所谓多元化的蛊惑下,人们很容易把这种众声喧哗看做一种文学民主,而没有意识到这种民主本身也存在极大问题,例如制造文化和文学垃圾,颠覆人们的传统信仰、人生理想和审美感情等等。它将文学推向了文化消费的状态。

精英文学的泛大众化,是另一种值得注意的形态。市场经济对文学的冲击,不仅造成了精英文学"人文精神的失落",文化的分流也造成了知识分子群体的进一步分化。采取何种叙事方式参与现代文化实践,应对大众文化的撞击,成了一块检验知识分子精神生活质量的"试金石"。1993年6月,标志着"陕军东征"的两部长篇小说贾平凹的《废都》、陈忠实的《白鹿原》在同月份问世。正像贾平凹自己在"1993年声明"中所预感的:"情节全然虚构,请勿对号入座;唯有心灵真实,任人笑骂评说"①,该小说受到了评论界包括知识界迄今为止最为严厉的批评。人们之所以指责它"堕落""颓废""色情",是因为小说模拟《金瓶梅》的手法,描写了书生庄之蝶在市场经济的大潮中极其荒唐、放纵的个人生活。该小说也由于它的"泛大众化",成为当时最受争议、也最为畅销的作品之一。另一受到责难、但也属于畅销作品的,是"留学生文学"《北京人在纽约》和《曼哈顿的中国女人》。批评家主要对它们迎合市场、多产和媚俗的做法及其姿态非常不安,认为这有违精英文学严肃、认真和对读者负责的创作态度。但显然,作家作品是否"泛大众化",是否有违精英文学的人文精神,确实存在着讨论的空间,它们仍然有商榷的余地。应该注意到,这种现象一方面可能确实存在作家在创作过程中刻意取悦大众读者的心态和动机;另一方面,也不排除书商、出版为追求商业利润而对作品进行的非常规的操作;再就是,作品的内容、情调和风格确实不经意地与当前大众文化的趋向发生了非常密切的吻合。例如女性文学、女性小说即属于这一类现象。从中国现代文学史看,女性意识在女作家的创作中是屡见不鲜的,例如庐隐的《海滨故人》、丁玲的《莎菲女士的日记》。其中,丁玲这篇小说对女性躯体的夸张描写是非常突出的。鉴于很长一个时期的"禁闭"政策,女性意识成为一个创作的禁区。在市场经济环境下,人们的阅读不再满足于严肃文学的教化功能,而向着许多未知领域大幅度倾斜,"猎奇""窥私癖"尽管包含着某些不健康的内容,但无伤大雅的"性意识"描写、对"女性意识"的揭露与表现,更容易进入文学流通领域。陈染的《私人生活》、林白的《一个人的战争》、卫慧的《上海宝贝》之受

---

① 见贾平凹小说《废都》扉页上的文字,北京出版社,1993。

到读者的青睐,与上述背景不无内在联系。人们不难发现,现代文学中思想启蒙的主题,妇女解放的艺术表现,不再成为女性小说创作的焦点,相反,后现代语境中的"躯体呈现"和"自我镜像",是它艺术追求的主要目标。后现代文化又是与商品、消费联系在一起的,所以,女性小说的以"大众"为文学消费对象的创作诉求也就不难理解。

　　毫无疑问,大众文学具有娱乐功能和消遣的性质,市场的运作与策划必然会成为大众文学的主要生产手段之一。90年代以来,市场策划最成功的范例是辽宁春风文艺出版社的"布老虎丛书"。1995至1998年间,这套丛书几乎成为文艺类图书在市场上的最大卖点,经它之手推向社会的小说有洪峰的《苦界》《中年底线》、铁凝的《无雨之城》《大浴女》、赵玫的《朗园》、崔京生的《纸项链》、梁晓生的《泯灭》、王蒙的《暗杀—3322》、叶兆言的《走进夜晚》、张抗抗的《情爱画廊》、贾平凹的《土门》、卫慧的《上海宝贝》、皮皮的《渴望激情》《比如女人》等。其中,铁凝的《大浴女》、张抗抗的《情爱画廊》、卫慧的《上海宝贝》、皮皮的《比如女人》都是国营书店和私人书摊上的"热销书",一印再印,实际印数很难统计(属于商业秘密),以致盗版书纷纷跟进,蔚成世纪末图书出版之"大观"。为招揽读者,《上海宝贝》的策划者们还为该小说精心设计了一个别出心裁的封面,左上角是一个低头遐思的披发女郎,再配以如下引人无边想象的文字,诸如"一部半自传体小说""一部发生在上海秘密的花园里的另类情爱小说""一部女性写给女性的身心体验小说"云云,让读者一册在手,不用翻书,就略知其中的"秘史":"此书为'晚生代'女作家卫慧的第一部长篇小说,倾其生活积累和艺术才情为新潮女性描形画影,堪称都市新人类的文学纪传。"①这种运作手段,与大众追求娱乐和消遣的心理可以说一拍即合。本时期重要的作品还有,人民文学出版社推出的"官场小说"王跃文的《国画》,华夏出版社策划的李佩甫的《羊的门》,长江文艺出版社连续出版的"跨世纪文丛",江苏文艺出版社运作的《池莉文集》,以及自传体小说《英儿》等等,不一而足。当然,其中也有"炒作"太过,而遭到指责、"停业"和"责令整改"的例子。王朔、王小波是两个被"炒红"的作家。90年代初,王朔曾以他大胆、泼辣的文字风格和对北京南城市井熟知在心的题材表现,赢得了人们的赞誉。之后,他主动把自己的小说纳入市场秩序,从而把《王朔文集》(华艺出版社出版)变成了一套畅销书。王小波在世时,是一个非常优秀、但名气不大的杂文作家。他病逝

---

① 卫慧小说《上海宝贝·内容提要》,春风文艺出版社,1999。

后,一些书商和有心人利用这一非常"事件"大肆炒作,一时间,其作品《青铜时代》《王小波散文》等迅速传遍大江南北、城市乡村,几乎覆盖了一个时期的图书市场。王小波这个名字也成为这个时代的一个特殊文化符号,它象征着悲壮、勇气、智慧等等,嵌入广大青少年的个人记忆当中。不过,主流批评未必接受这位特异作家的经典地位,在市场大力推介他的时候,主流批评的普遍缄默也给人留下极深的印象。当然,如果放在更多维的文学史视野中,是否能够安顿这位作家,将是一个值得讨论的问题。

大众文学的上述不同姿态,说明了文学与市场的全面接轨,纯文学与非文学之间的界限已经不攻自破,文学创作进入了事实上的"春秋战国时代",但同时,也标志着它进入了一个比较平面的历史时期。在这个时期,任何呼吁大师的口号,都将成为一个无奈的奢望,一个实际的文化泡沫。这种状况,已经成为事实。

第四节 《顽主》和《白鹿原》

在此背景中,有两部截然不同的小说非常值得注意。这倒不是因为它们写得很好,而是因为它们携带了很多 90 年代的问题,而这种问题至今没有被人认真研究。就主题、题材而言,王朔的《顽主》和陈忠实的《白鹿原》不属于同一种类型,放在一起介绍难免会遭人非议。但二者之间却又有某些相似之处,一是与文化市场都有较密切的关系,属于畅销书之类;二是它们对现实、历史的处理,都采取了非历史主义的叙事方式,一个是"玩",另一个是虚拟。而且更重要的是,两部小说都与后现代主义文化有某种精神的渊源,是一种典型的后现代文本。

王朔,1958 年生于北京的军人家庭。中学毕业后,曾在海军服役,复员后到医药公司上班,之后下海从事影视策划工作,后自办公司。1978 年开始创作,但作品一直没受到太多注意。80 年代末到 90 年代初,王朔的小说获得了很大发展,发表了《浮出海面》《空中小姐》《顽主》《一半是海水,一半是火焰》《动物凶猛》《千万别把我当人》《玩的就是心跳》《过把瘾就死》《我是你爸爸》等多部中长篇小说,受到广泛的注意。王朔这时显露出非凡的文学才华,在老舍之后,他把京味文学推向了一个新的高峰。无论从哪个角度看,王朔小说的意义都不能低估,当然这要到关于他的争议最终平息,历史还原越来越被研究者接受的时候,关于他小说的深入研究才可能开始,也许能取得一定成果。1992 年后,四卷本的《王朔文集》和《王朔自选集》

出版后,成为市场上的畅销书。其中,《顽主》《动物凶猛》《过把瘾就死》等还被改编成电影、电视剧。他早期的小说,取材于军队大院的成长经历和平民生活。之后,创作风格在文化转型中逐渐定型,专写都市以游戏、颓废为特征的文化痞子,嘲讽社会权威和知识分子成为他小说创作的基本主题和独有情结。王朔小说的语言富有个人特色,有北京南城的特殊韵味,在文白相间、雅俗交杂之中,暗含尖锐的反讽意味。他是老舍之后专写北京新市民,且取得突出成绩的作家之一。但评论界对他的创作意见不一,分歧很大。他是除余秋雨之外,受到文化界批评最多的作家。90年代后期,他还与金庸发生过争论,出版过《无知者无畏》等随笔。

中篇小说《顽主》的标题极具象征的意味,用北京的白话来解释,就是一群不可救药的"小痞子";或者说得更"文"一点,他们其实是"垮掉的一代"。于观、杨重和马青是小说并列的三个男主角。他们共同开了一家名为"三T"的公司,专做替人"恋爱""陪聊""组织评奖"等空头套白狼的勾当。他们视人生为游戏,把认真看成迂腐,将生活当成一张随抽随扔的纸牌,对每一件事都抱着谐谑和调侃的态度。但他们又不是十足的坏人,而只是以愤世嫉俗的姿态来反文化、反社会而已。正是在这样的小说视点上,作家宝康、中年人赵尧舜和"我爸爸"等中老年群体和知识分子,成了他们嘲讽和挖苦的对象。于观和他爸爸的一段对话,不妨说是他们这代人的行为宣言:

"难道现在就没什么能打动你的?前两天我听了一个报告,老山前线英模团讲他们的英雄事迹。我听了很感动,对比人家你就不惭愧?"

"惭愧。"……

"唉——"老头子长叹一声站起来,"真拿你没办法,我怎么养了你这么个寡廉鲜耻的儿子?"

"那你叫我说什么呀?"于观也站起来,"非得让我说自个是混蛋、寄生虫?我怎么就那么些不顺你的眼?我也没去杀人放火、上街游行,我乖乖的招谁惹谁了?非得绷着块儿坚挺昂扬的样子才算好孩子?我不就庸俗点吗?"

这篇小说实际上是一出精彩的"闹剧"——它以玩世的生存方式,戳破了社会的假面具;但也以一种过分的方式,亵渎了本来不应该亵渎的人生。所以,当人指责王朔的小说是"痞子与文化"时,①也有人认为不应当用简单的方法对待作者的作品,而应当对具体问题做具体分析,"如果仅以'痞子文学'一而概之的话,恐怕难以解释王朔小说的走红",王朔带给读者的更多是一种"文本"的快乐,"是以雅与俗、沉重与洒脱、愤世与玩世各种矛盾因素的有机融合",使很多人"沉醉在他的文本世界中",主张不仅从嘲讽对象,也要从反讽的角度思考问题。②多年后,连作者也承认:"那时我很自以为是,相信很多东西,不相信很多东西,欲望很强,以为已知的就是一切了。"③这番"告白",能帮助我们从多个视点阅读《顽主》,放在一个时代的大环境中来了解作家。但事实上,像作者的其他小说一样,《顽主》的人物对白和叙述给人留下极深的印象。它把庄重与谐谑熔为一炉,用复调的语言形式呈现人生的复杂和矛盾。同时,北京的现代口语在作品中得到了非常自如、随意的运用,那些形象生动的方言俚语,往往三言两语就把一个人物活生生地摆在你的面前,让你如同穿梭在北京的大小胡同,与熟悉的人谈天一般。王朔小说也有不足,例如讽刺多于思考,对转型时期的北京各种人物生活的变化表现较多,但还鲜有更成熟的积淀和深思。他对历史的把握,还缺乏更宏阔的视野和能力,这在一定程度上影响到他迈入更大作家的行列之中。

陈忠实是大器晚成的一类作家。80年代他虽然有不少文学作品,但始终没有引起批评界的关注。但是,他的耐心终于使他名声大噪,这就是他1990年创作的他的最重要的长篇《白鹿原》。陈忠实1942年生于陕西西安东郊灞桥区西蒋村。1965年初,在《西安晚报》上发表第一篇散文《夜过流沙河》。1979年后,先后在各种杂志上发表中篇小说9篇,短篇小说八十余篇,开始受到人们的注意。已出版的中篇小说集有《初夏》《四妹子》《夭折》,短篇小说集《乡村》《到老白杨树背后去》,以及文论集《创作感受谈》等。1993年,长篇小说《白鹿原》引起轰动,被评为有"史志意蕴"和"鲜明的史诗风格","把民族近半个世纪的历史作了缩微式的反映"。陈忠实的小说,风格朴实,有浓郁的西北生活气息。其长篇小说洞察深厚,视野开阔,他对历史题材的处理方式有柳青、路遥的影响,并有明显拓展。另外,他后期小说的"非历史化"倾向,也反映了作者在长篇小说创作领域历史观、小

---

① 高洪波:《痞子与文化》,《作品与争鸣》1995年第1期。
② 李杨:《亵渎与逍遥——王朔小说剖析》,《作品与争鸣》1993年第3期。
③ 《2002年版文集自序》,《王朔文集·顽主》,第1页,云南人民出版社,2002。

说观方面的重要变化。

《白鹿原》是作者创作的第一部长篇小说。它试图从清末到民国结束这50年的历史入手,写出"一部令人震撼的民族秘史"。①《白鹿原》虽然追求"史诗"的风格,但不是站在"先验"的立场来审视历史和现实,也不像一般小说家那样,把自己的眼光囿于特定阶段的表层的人生世相,而是超越了阶级对垒的历史结论,在"本真历史""家族恩怨""性意识冲动"等复杂因素相组合的"平台"上观察历史演变,洞悉人生无常,让读者在这种"非历史化"的叙事方式中直接参与作品文本的建构过程。表面上,作品通过白、鹿两个家族50年间的兴衰消长,展现中华民族蜕变期的苦难历程,实际上,《白鹿原》是借助"主线"和"辅线"的相互映照、交叉来推动情节发展、塑造自己的人物的。主人公白嘉轩显然是主线中的"中心人物"。他一生干了如下几件大事:前仆后继地换了七房女人,以续香火;为中兴家业机关算尽,终得人财两旺;办学堂,兴仁义,立乡约,正民风;在苛政之下,率民抗税交农;大旱年,为乞雨自残其身;最为动人之处,乃是当淫鬼大闹白鹿原时,白嘉轩挺身而出,冒族人之大不韪,毅然修塔镇"邪"。正如有的研究者所说,在白嘉轩身上淋漓尽致地体现了坚毅、精明、仁义、不屈和果敢的儒家精神,可以"修身"和"齐家"概括之。白嘉轩无疑代表了作者的人格理想。小说的"辅线",对主线带有某种"质疑""修正"和"颠覆"的作用。作为辅线上的"中心人物",作者以田小娥为核心,结成了一张"性关系网"。鹿子霖的阴险下流,白孝文的脆弱仁义,黑娃独特的人生选择,都在这张网上得到了充分的显示。一定程度上,田小娥的放荡,映照出的也许是历史文化层在所谓"仁义"束缚下的性无能,她的大胆乃至最后的悲剧,所要瓦解的正是白嘉轩所刻意建筑在白鹿原之上的传统社会的"王朝"。于是,在一幕幕主线、辅线相交织的惊心动魄的活剧中——巧取风水池,恶施美人计,孝子为匪,亲翁杀媳,兄弟相煎,情人反目……大革命、日寇入侵,三年内战,白鹿原翻云覆雨,王旗变幻,家仇国恨交错缠结,冤冤相报代代不已——这一切的"无常",终于给了读者一种非常强烈的历史虚幻、命运难以把握的感觉。尽管该小说问世后好评如潮,但也有人指责黑娃性格的逻辑"难以置信",批评它写性是为了"好读",是出于"读者市场"的考虑;另外,某些文字也存

---

① 白烨:《史志意蕴·史诗风格——评陈忠实的长篇小说〈白鹿原〉》,《当代作家评论》1993年第4期。

在着不够讲究的毛病;等等。①

需要注意的问题还有,对中国革命史的处理是否可以采取这样的"叙述"手段,它的复杂性仅仅通过家族纷争就能全面体现和深入揭示吗?对更成熟的读者来说,这种方法显然存在不小的问题。但是,无论作家还是批评者,都还没有给出更令人信服的回答。革命史的复杂性和自身矛盾性,并不都是偶然的、不确定的,它具有自己的历史逻辑,也具有自我解释的强大能力。对一个作家来说,写作的对象除了市场需要,他更重要的任务是面对历史,做出自己的解释。一个不能对历史进行解释,或者说虽然解释了但仍然流于某种文学时尚化,都不能真正服人。这是人们读到《白鹿原》后的一点点遗憾。

第五节　文学杂志的改刊

值得注意的现象,还有90年代国内文学杂志的"改刊热"。

90年代中期以后,由于商品经济的新一轮冲击和权威话语控制文艺的疲软,大多数文学杂志被迫在体制上转轨和面临改制的局面。建国后,出于服务"中心任务"和各种宣传方针政策的需要,文学杂志一直是由国家出钱、出人统管着的,曾经获得过非常丰厚的赠与。20年代以后出现的同人刊物完全消失,代之而起的是由各级文联、协会主办的文学杂志,例如,中国作家协会主办的《人民文学》《文艺报》《小说选刊》《诗刊》和《民族文学》,上海市作协分会主办的《上海文学》《收获》,湖北省作协分会主办的《长江文艺》等。它们就像今天的巨大国企一样,在那个年代的图书市场具有很大的文化垄断权。80年代后,又有一批隶属于出版社的杂志创刊,如人民文学出版社的《当代》,北京出版社的《十月》等。这些杂志,都曾在不同时期产生过不同影响,而且它们大都是以"纯文学"的面目出现的。这种局面也使很多编辑产生出对作家和读者的某种优越感。80年代的文学编辑,无论从哪个角度看都是一份令人羡慕的社会职业。1998年以后,国家给"国有"文学杂志的经费逐年减少,个别省市建立了自筹经费的试点,一些杂志开始向企业拉钱以维持生存,没有动作的杂志也日益感到了银根吃紧。在这种背景下,文学杂志向读者和大众文化市场的进一步靠拢,便成为大势所趋。由于报纸、电视、网络成为90年代的主要社会媒体,文学杂志作为80

---

① 李建军:《宁静的丰收——陈忠实论》,第131页,华夏出版社,2000。

年代社会主要媒体的历史作用被大大降低。相关的管理者开始轻视文学杂志,他们用改革的方式在逐渐抛弃这一曾经在80年代对于改革开放发挥巨大舆论监督作用的媒体,开始把它们看做改革的包袱。这种功利性的做法令很多文学人颇为不满。文学杂志在90年代以后的衰落存在多种原因,但国家的抛弃是一个主因。

在大众文学传播领域,一个基本的主题,是大众在文学生产与传播中的地位。大众在多大程度上能够参与文学的生产与传播过程?文学杂志是主动地接受市场还是被动地接受市场法则的引导?一家杂志主编曾经发出过这样的感慨:"当各种媒体都在马不停蹄攻城夺隘的时候,我们一干人马常常是集结在某个山水名胜之地,大吐苦水,坐而论道,更多的心绪放在羡慕哪家刊物拨款多,哪家刊物碰到的赞助企业出手慷慨,而很少反思刊物自身存在的弊端。我们千刊一面,我们发行量上不去,都有冠冕堂皇的理由,我们是阳春白雪,我们曲高和寡,可以说我们并不愿意直面现实,从等、靠、要的旧思维模式中脱离出来,直到生存越来越困难,甚至到了死亡的边缘时,才不得不想一想到底该把自己手里的刊物办成什么样。于是有了前两年的第一轮文学期刊的改版。"①这番表白,基本描述了大多数文学杂志面临的"尴尬",和初对市场"挑战"时的复杂心态。

杂志纷纷改刊的多米诺骨牌效应,出现在1998年。先走一步的是80年代被称为"四小名旦"之一的《作家》(辽宁)杂志。起初它曾尝试过以"俗刊"养"正刊"的路子,但并不成功。为展露面向市场的面容,该刊继而推出"七十年代出生女作家专号",引起了热烈反应,尝到了与媒体共享市场的滋味。之后,又与《大家》《钟山》《山花》《作家报》实行"联网四重奏",用同一篇"重点作品"同时在几家杂志上登载的方式进行集体造势。第二年,《作家》一方面继续突出自己"最前沿"的姿态,一方面与《青年文学》和《时代文学》联袂演绎"后先锋"小说,倡导"文本实验",在头条设置"每月话题",同时逐步促成"记忆·故事""作家地理""作家走廊"等泛文学的但是好读的栏目。为赢得"市场份额",《大家》(云南)也毫不逊色,他们努力在"杂"上下工夫,不断拓展阅读的空间。从1998年第1期起,推出了诸如"百家笔会""长篇短制""新散文""大家广场""作家24小时""直言《大家》"和"封面人物"等介于"文学"与"文化"之间的杂色栏目,不光吸引读者关注文学新人,而且也鼓励他们关注作家的"私密生活""个人空间"乃至

---

① 宗仁发:《文学期刊改版谈》,《当代作家评论》2000年第2期。

"躯体形象",可谓无所不包。在第3期,它接着"变脸",辟出"精神档案",4期接着刊出"女儿国记忆"等栏目。1998年的《山花》杂志(贵州),也是在"策划""联合办刊""刷新栏目"等紧张的状态中度过的。在该刊扉页,打出"贵州省作家协会主办贵州省黄果树烟草(集团)有限公司联办"的赫然标题。之后犹嫌不够,还推出"企业决策者论坛",封三、封底经常把企业家们开会、讨论、发言的照片刊出。20至40年代,国内各种文学杂志登载广告、启事并不鲜见,有的广告还经常"别出心裁",让读者在阅读文学作品之余,观察光怪陆离的现代都市的各类"芳容",但几乎没有与企业"联办"的先例,仅此可见90年代以来中国文学杂志的发展速度。另外,《山花》也试图跨出文学范围,争取到更多、更丰富的"话语空间",例如,在"跨世纪十二家""小说风景线""诗人自选"等之外,又专设"前沿学人""大视野"等栏,其中话题,也不专是学术问题,还包括了当前文化思潮中的种种"热点""焦点"和"交汇点"——后者成为该刊近年来的一大特色。同年,变化最大的莫过于由湖南一批下海作家创办的《天涯》杂志(海南)。创刊之初,《天涯》原是本纯文学杂志,办得也轰轰烈烈,颇受读者青睐。不承想,它突然大幅度"改刊",变成了一个以历史掌故为特色的"综合"杂志。小说、诗歌、评论栏目只占四分之一不到,其余皆为"红卫兵日记""知青日记"、某某"档案""披露"等内容。据说,《天涯》一时间订户大增,不仅成为书商、报摊的"抢手货",而且在各种严肃的书店中也"大行其道",大有人手一册、不能不读的意味。

到2000年,"《作家》蝉蜕般地在量变的基础上来了个全新的'质变'",总的来说,是由版块单调的"纯"向栏目丰富的"杂"变化,由单一的"文学内部"向诸种"与文学有关"的层面充分展开,"作家影集"原先固定的黑白图片变为大部分彩印,由新人主打转向名家专栏化,"一旦读者耐力不济,将其视为'画报'亦未可知"。[①] 如此一来,新年新版的《作家》杂志在市场份额占有量上呈飙升之势。山西的《黄河》杂志继续保持着"思想杂志"的特色,有意识地把自己定位在"大型知识分子读物"上。近年来,更加强调对现当代文化与文人命运的反思,在持重中保持锐气和活力。河南的《莽原》杂志首设"跨文化写作"头题栏目,从内文的设计到外包装都努力体现出新意。其中,"莽原周末"等栏目以七嘴八舌的方式呈现出话语多元化的姿态,给人一种在"守成"之中绝不"保守"的印象。这一年,变化最彻底的当

---

① 施战军:《刊情是一面镜子》,《当代作家评论》2002年第2期。

属由《湖南文学》"改刊"的《母语》,这个标题,多多少少给读惯了"文学杂志"的读者一种意外和吃惊——正如它声称的,自己已变成"中国第一本关注另类命运,表现另类生存姿态的新文化杂志"。它在版式设计上也"名不虚传":112页全铜版纸全彩印附带多媒体光盘,以"创刊号"的形式宣告了多年惨淡经营的老《湖南文学》的"寿终正寝"。像有人所说,它希望能像《希望》《新周刊》《三联生活周刊》那样,成为一本以文化娱乐生活、时尚风情为主调的豪华版"消闲类先锋杂志",或者是一个"快乐大本营"。比较起来,这几年北京一批"老牌"的杂志,如《人民文学》《诗刊》《民族文学》《小说选刊》《当代》《十月》和《中国作家》则不免"老气横秋",变化最小。体制的约束是一个原因,观念和编辑人员的"老化"也阻碍着它们进一步地增加"新颜"。个人订户逐年下降,即有订户也全靠其"权威地位"和各大图书馆、资料室等等维持,以此足见试图保持"纯文学"面目、不愿向市场"趋炎附势"的老杂志的难堪命运。《文艺报》可能是京城"老大"中唯一适应市场的一家文学报纸。近一两年,它不单数度改版、增版,扩大了"库容量",而且积极推出了类似"周末闲谈""文化娱乐"的专刊。不过,《文艺报》的传统角色和文化使命也为之发生了根本性的扭转,令人在缅怀"历史"中不免有些感慨和无奈。

如前所述,文学杂志的改刊是围绕大众在文学生产与传播中的地位而展开的,它是大众文学发展到一个时期时必然会出现的现象。从积极的方面看,国内文学杂志的"纯文学"质量虽然一定程度上受损,文化、历史积淀也受到一些影响,但由于开始以大众读者和市场为中心,不仅使国家摆脱了沉重的财政包袱,同时也淡化了意识形态色彩,让文学创作能在更为自由的状态下发挥自己的主观能动性,它为作家艺术创造力的发挥,也不能不说赢得了一个更大的发展空间。它对建立、加强和巩固文学艺术在整个社会及历史发展中的"新公共性",有其不可替代的作用。然而,这种"一哄而起"的"改制"也带来一系列消极的影响,比如,由于杂志和编辑方针大幅度向市场"倾斜",使作家的主体受阻,一批读者较少、水平较高的文学作品难以问世;即使问世,也难以发表。另外,因为一味地迎合读者,杂志的"媚俗化"倾向有所加强,使得"文学杂志"与"文化杂志"之间的界限日益缩小,前者的审美作用、社会批判功能也会在一定意义上走向弱化。这些不足,对文学创作水平的整体提高,对增强中国文学在世界文学中的地位和竞争力显然是不利的。因此,有学者警告说:"大众传播是否可能成为一种新的控制和统治的手段?"例如,商品对人的精神生活的控制。"通过强化信息的延展力与渗透力,大众传播的发展必然打破公共生活与私人生活的原有边界。也就是说,个体的私人事件可以经由大众传媒而被转化为公共事件",所以,"如果我们依然把眼光局限于对话性的公共性,那么我们就无法达到对于现代世界中的公共生活新本质的令人满意的理解"。"与其像哈贝马斯那样以传统的公共性理念为依据指责大众传媒扼杀了公共领域,不如重新思考公共生活的变化着的本质"。① 事实上,由于文学杂志的过度改刊,已经促成"文学快餐"和"思想快餐"结成新联盟,从而对变化中的"公共生活"的持续、深入的思考和批判构成了一种从未有过的"压力"。

---

① 陶东风:《大众传播与新公共性的建构》,《文艺争鸣》1999年第2期。

第十八章　90 年代作家创作

第一节　女作家与女性文学

显而易见,"女性文学"和"女作家"并不是两个不同类属的文学概念。因为,它们的前缀词指的都是某位作家或是创造了某种文学现象的人的"性别"。在 80 年代,一般是就女作家群体而言的,90 年代,由于西方女性主义文化思潮涌入中国,女作家群体开始经常被冠以"女性"的定语,但实际上,二者并没有本质的区别,只是受到不同时期文学思潮的影响而有所差异罢了。许多女作家已经在 80 年代文学各章中分别介绍过,故本章从略。

必须指出,社会生活的日趋多样化,影响到文学发展的多样化选择,女性文学就是其中之一。随着个性意识的张扬,各种意识逐步被命名,而且获得了公认,所以,有人把陈染、林白、徐小斌、徐坤、海男等人的创作追求概括为"个人化写作"。但实际上,她们创作的取材方式、叙述角度与 20 年代一些女作家的"身边小说"相当接近,人物精神上也都流露出怪癖的特点,这一叙述特点,我们可以称之为女性意识的创作。一般而言,她们的小说都有自叙传色彩,经常是通过主人公一段奇特的经历,展示一位女性的成长历程,有些也许只是内心的微妙活动,不一定都与现实生活挂钩,但它们经常被叙述成一种充满挫折感的记忆。由于有些作家在写小说之前,还有过一段诗歌创作的历史,所以,语言方式带有小说叙事与诗化抒情相结合的鲜明特征。在小说结构上,她们作品的故事性都不是很强,在讲故事时,也不像男作家那么理智和冷静,而是较多地带着个人的情绪、心境和趣味,作品结构也不讲究。但是,由于具有"个人化""身边化""女性化"等特点,因而,在叙述到内心世界某一角落、某一惊心动魄的经历时,其笔锋便往往显得比男作家更加敏感、尖锐,有一种刻骨铭心的痛感和自虐感,所以它获得很多读者的青睐。更为关注生活的私密性,而较为疏远生活的公众性,是90年代女性文学创作中的共性现象。不可否认的是,一个时期内,她们的主题、题材存在着类型化的问题。

女性文学也是千差万别的,比如,迟子建、张欣的创作就较难归入女性文学的行列。迟子建小说的取材,与她的出生地——黑龙江省北方遥远的漠河有很大的关系。她的《秧歌》《向着白夜旅行》,或讲述东北乡村普通人的生存状态,或以旅行的视角展示漠河独异的地理文化和生活一角,让人在一个偌大时空中被唤起了一种虚幻感。比较起来,她的小说语言较多地具有一般女作家所缺乏的质感,有多层次的变化。不过,小说高潮叙述很少,有时候读来较为平淡。张欣的创作时间跨度较长,早期作品没有给人留下多少印象。90年代后,她倾情于都市题材,写出了诸如《不要问我从哪里来》《梧桐·梧桐》《情同初恋》《如戏》《城市情人》和《岁月无敌》等一些小说。这些作品,"成为都市文学风景线上的重要景点"①。她擅长描写白领阶层在事业、婚姻和情感上的挫折,描写其在激烈的社会竞争中的生存状态,并把这些与时尚、流行话语自然地结合在一起。张欣小说观察敏锐,叙述相当干净,有单刀直入的阅读效果。在90年代社会职业日趋分化,都市生活日渐多元化的读者眼里,这种小说的可读性是很强的。当然,这些专写给白领社会看的小说,有时也会陷入陈旧的叙事圈套,题材和故事容易重复。

在女作家群体中,陈染和林白的小说具有一定的代表性,她们受到更多媒体的关注。

陈染,1962年生于北京,大学毕业后,当过教师、记者和编辑。早期写诗,后改写小说,因长篇小说《私人生活》而获得文坛的普遍赞誉。写诗的经验,也被带入她的小说创作中,比如故事比较松散,但某些视点非常尖锐,有冲击力。在90年代,她主张"个人化"写作,曾声称:"抛开国家等宏大的范畴,仅从个人的角度,我以为一个人若能安于像缓慢无声的流水在时间这个庞大的容器里舒缓而行,那么她就获得了相对而言的自由。"②她的小说,多半是从纯个人的视角,探索女性心理的隐秘,她们在各种社会关系中的挫折经历,但作者最为人们称道的,还是那些以第一人称自述的、有着强烈自

---

① 程文超:《欲海里的诗情守望——我读张欣的都市故事》,《文学评论》1996年第3期。
② 陈染、萧钢:《附录:另一扇开启的门》,《私人生活》,第312页,经济日报出版社,2000。

叙传色彩的作品。这些小说,"具有抒情的叙事","带有鲜明的'呈现'特征"。① 陈染著有小说集《纸片儿》《无处告别》《嘴唇里的阳光》,散文随笔集《断简残篇》《声声断断》,以及《陈染文集》等。

《私人生活》大概是陈染最有名的长篇小说,也可以说,它是一部叙述现代都市女性生命历程的严格意义上的"身边小说"。它从主人公隐秘的女性生活经验出发,向读者讲述了一个"女孩"在成长为一个"女人"的坎坷过程中的特殊经历。主人公是在一个特异的家庭中长大的,在学生时代,她是孤绝于社会群体之外的陌生人,长大后与一个男人有一段紧张中相互吸引的性的关系,同时,又与女邻居禾寡妇在暧昧的关系中密切来往。但是,当她终于摆脱了上述畸形关系的羁绊,在恋人的关爱中即将回到正常生活之中时,一场意外变故使她同时失去了母亲、女邻居和恋人。于是,在无以复加的痛苦中,她变成了"幽闭症患者",陷入到"精神创伤"的回忆中。有的研究者认为,《私人生活》的叙述不是"单方面"的,"陈染在其作品中的双重角色",即"精神分析者与分析对象"。② 与她以往小说不同的是,作品大大强调了故事性和哲理思辨性,并把大量飘忽不定的内心独白、记忆片段折叠到叙事中。但总的看,《私人生活》又不是纯"个人"的,而是从一个侧面探索了70至90年代女性意识的演变过程,主人公实际上是一个宽泛的女性自我的化身。不过也应指出,这类故事虽然涉及人们生活的某些隐秘角度,但多半还是作者在阅读较多西方女性著作后的想象的产物,其中含有书斋的味道,甚至带有某种独特的写作趣味,这种文风,后来影响了很多年轻女作家的文学创作。

林白,本名林白薇,1958年生于广西北流县。曾有插队经历。1982年毕业于武汉大学图书馆系,曾在图书馆、电影厂供职。早年写诗,后专写小说,主要作品有长篇小说《一个人的战争》《青苔》《守望空心岁月》《说吧,房间》《枕黄河》《玻璃虫》,中短篇小说集《玫瑰过道》《子弹穿过苹果》《同心爱者不能分手》和《致命的飞翔》,散文随笔集《丝绸与岁月》等。她的小说常用"回忆"的叙述方式,展现自己成长的经历,以及这一过程中女性内心复杂微妙的涌动波痕。另外,她笔下的"女性人物少有愤怒而多有忧伤。她们在同性之中寻找情爱或依恋,其内在动因尚待进一步认识,但外在的社

---

① 孟繁华:《忧郁的荒原:女性漂泊的心路秘史——陈染小说的一种解读》,《想象的盛宴》,第94页,云南人民出版社,2001。

② 戴锦华:《陈染:个人和女性的书写》,《私人生活》,第323页,经济日报出版社,2000。

会因素显然是不能忽略的"①。但是,她对女性经验的极端化描写和自恋、同性恋的自述,也引来人们的批评。

1994年,林白的《一个人的战争》发表后,曾引起过不小的震动。这部长篇的令人惊异之处,是它在"渴望与欲求,绝望与祈祷"的挣扎中,"如此彻底地讲述了一个女人的内心生活"。② 主人公多米的人生经历,是围绕着几条线索展开的:北流与母亲,这里留下了她不愉快的童年和与母亲之间怪异的关系;在"武大"的读书与思考,孤独的处境使她充满了飞翔着的幻想;图书馆、作家圈子和电影厂,在写作与恋爱生活中的双重冲突;一段南下重庆的奇特旅行经历,性的觉醒与离家"出走"的情节,影响了主人公对这个世界的看法。这是一个纯粹的女人的故事;多米是一个逃避生活,同时又挚爱生活的人,她是一个内心有力量的女孩,但是,一次又一次的陷入困境的经历,又使她对世界有一种强烈的敌视感。多米三岁就没有父亲,这种伤痛的感觉在她心里是一片抹不去的阴影。从这个角度就可以理解,她为什么对大千世界充满了怀疑,陷入"自闭"的怪圈,但同时,又为什么渴望着彻底地向人"倾诉"了。所以有人认为,《一个人的战争》对读者的吸引力,就因为它如此偏执地发掘了反常规的女性经验,把那些被贬抑的体验和意识转入小说的叙述语言之中。该小说的基本风格是诗化的,它不是依赖故事的推进,而是凭借着"记忆"的片段来组织情节、塑造人物,同时,又把女性经验微妙地糅于其中。它同时也可以说是一部"氛围小说",作者利用她写诗的功底,对人物周围的自然、小镇、人群、居室等,都做了相当细致的描绘和渲染,让人读后,有一种亲临其境的特殊感觉。另外,作品语言干净、简洁,贯穿着某种亲切的、与人很容易沟通的语感印象。像陈染一样,如果读者熟悉波西娃等西方著名女权主义者的著述,以及受她影响的西方女性小说,就会知道林白这些作品并不令人惊奇。也由于这种原因,后来两位作家的发展空间都受到限制,其艺术创造力没有得到充分发挥。

第二节 "60后"作家

90年代后,由于媒体强力介入社会生活,媒体语言作为一种强势语言在深度影响着人们对事物的判断。它的一个鲜明特征,就是以所谓的"代"

---

① 孟繁华:《女性的故事——林白的女性小说写作》,《想象的盛宴》,第82页,云南人民出版社,2001。
② 陈晓明:《跛:记忆与幻想的极限》,《致命的飞翔》,第356页,长江文艺出版社,1996。

来重新设定人们的历史位置,这种设定显然把复杂的现象简单化了。"60后"小说表面上看来自先锋小说的某种理念,但实际正是媒体作为推手所制造的文学概念。与此同时,人们还可以看到诸如"新生代""晚生代""后先锋"等不同的命名。所谓"60后"作家群,它指的是90年代后出现于文坛,主要在60年代中后期出生的一批作家,当然,也包括了与先锋小说有关系且在本时期有杰出表现的个别作家,例如余华等。这些作家主要指毕飞宇、张旻、何顿、述平、韩东、李冯、李洱、朱文、邱华栋、刁斗、东西、鬼子、鲁羊、荆歌、罗望子、张生等人。

必须看到,与知青一代作家相比,这代作家身上的社会使命感和历史责任感明显淡薄了。"60后"小说最引人注目的主题表现,是人生存在的无意义感。一位评论者曾这样描述过这一群体:"他们开始有了记忆的时候,时间已经到了70年代的中后期,60年代那种迷幻的激情不是我们的历史……我们是'红色时代的遗民'。"① 这种人生经历,形成了他们与知青一代历史记忆的"断代现象"。十年浩劫的疯狂岁月,在他们心灵中没有留下清晰的记忆,然而,"文革"后弥漫一时的精神虚无意识,却对他们的精神成长产生了重要影响。因此,鲁羊曾借用一首歌的歌词形象地描绘道,"我成长于理想破碎的时代","他离开激情,身体的物质性越来越大","他淹没在激情中断时"。这种种迹象表明,历史虚无主义意识对他们小说主题的构造有明显影响。朱文的《我爱美元》对金钱和性的狂热崇拜,是以主人公人生价值的崩溃为前提的,同时也表明了作者和他笔下的人物对社会价值、道德伦理的疏远和冷漠。在张旻的《自己的故事》《校园情结》和《情幻》等作品中,性爱被描绘成为一种游移在真与假、有与无之间又无从对证的记忆。它们不但揭示了渴望异性、在婚姻之外寻找爱情的种种隐秘情结,而且也揭示出存在本身的遮蔽和虚幻。当然,问题还不致这么简单,虽然他们的创作存在着"反意义""反崇高"的倾向,但他们中的有些人,认为这并不等于完全置意义于不顾,他们解释生活意义的角度和方式与过去存在的明显差异,是值得注意的。他们承认,"元日常生活","它也有一种意识形态倾向,本身已经规定着一种意义,这种写作态度本来是为了消解以往写作当中的意义",认为这是"解码成了再解码"。② 这说明,在主张消解意义、强调纯粹形

---

① 赵柏田:《出生于六十年代》,《书屋》1998 年第 3 期。
② 李大卫、李冯、李洱、李敬泽、邱华栋:《日常生活——对话之二,1998 年 11 月 3 日》,《山花》1999 年第 2 期。

式试验的先锋小说之后,"后先锋"小说尽管也面临着价值的迷失,然而,在其创作表面的"无意义感"背后,他们又在对"新"的意义进行艰苦的探索。所以,对他们小说文本中内容与形式相互遮蔽和矛盾的现象,不能一概而论,不加分析就匆忙地作出结论。

在叙事方式上,"60 后"小说是一种欲望化叙事或者说个人的叙事。毋庸置疑,欲望化叙事在 90 年代的骤然膨胀,与商品化大潮有着直接的联系。人们注意到,无论小说对欲望的表现方式如何,欲望话语的高频率出现,本身就是趋同商品意识的产物,这些作品充斥着"煽情的商业化色调",与纯粹的商业性畅销作品趋于合流。① 对这种现象,也有论者指出,即便是一些"诅咒欲望、劝诫世人抵抗欲望"的小说,"同时却进入了展现欲望的怪圈",这样,只能"降低小说的品格,劝世小说会变成煽情小说"。② 以上这些论述,都向人们指出了这么一个事实:小说中大量出现的欲望话语,已经成为不少作家迎合商业化消费趣味,创作为利欲所驱使的表现。但是,由于取材和观察方式的不同,"后先锋"小说家的叙事方式也是各有差别的。有的直接表达人对商品、性爱、物质的欲望,揭示人们在现代社会中赤裸裸的商业关系,例如邱华栋的《公关人》《时装人》《持证人》等"人"字系列的小说,笔触紧随商业化大潮中人的欲望的膨胀和走向,处处透射出对利益的一种执着的愿望,以及在商业化角色中自我断裂、自我失落的情状;有的虽不直接表现对物欲的追求,但是混乱的价值观却把人变成了纯粹的"行为主义者",而且这种"行为"又导致了人生的泛化状况,例如,何顿的《生活无罪》所表现的就是类似的情形。由于商品化的渗透,改变了主人公原有的价值观,使他本来衣食无忧的生活突然变成了"生存困境",更有意思的是,身为知识分子的他之所以"下海经商",并不是因为生活不能维系,而是因为与发财的同学相比自惭形秽的缘故。于是,他把过去的"思考"一下子就转向了"行动"。值得注意的是,由于历史上的原因,"个人欲望"长期受到了压抑,作为对过去历史反省的一部分,人们又很容易把欲望与个人权益联系起来,画上等号,并把对"个人欲望"的叙述,看做是文学进步的显著特征。但是,欲望,尤其是所谓"生理欲望",常常指向的是人的"本能"。因此,如果仅仅是对"本能"的叙事,那么"后先锋"小说中的"个人叙事"就值得警惕

---

① 李洁非:《新生代小说》,《当代作家评论》1997 年第 1 期。
② 毛克强:《面对欲望——当代城市小说的价值取向》,人大复印资料《中国现当代文学研究》1998 年第 7 期。

了。因为,它很容易变成一种对作家"个人经历"的叙说,而缺乏对人的本质的发现和批判。所以,连某些"后先锋"小说作者也意识到:"写小说拘泥于经历,我就不知道这杆红旗到底能打多久?因为你看到的、经历的毕竟有限,而且你的经历不一定能吊起别人的胃口。"①八九十年代以来,当代小说在叙事观念和方式上发生了一系列的变化。可以说,小说观念的革命主要是以"叙事"的革命来体现的。80年代初,无论是伤痕小说还是反思小说,普遍存在的多半是宏大叙事,后来寻根小说、先锋小说在叙事角度上虽有调整,但基本上还粘贴在"思潮""观念"等符号上,仍然缺乏独特、具体的个人体验。所以,如果这样来看,"60后"小说的个人叙事不失为一种明显的进展。事实上,除了我们以上列举的创作现象之外,"60后"小说还有许多表现个人梦境、下意识、潜意识的题材,这些作品虽不能提出重大的社会问题,但它们却从不同侧面、不同层次上揭示了在商品化大潮中人物个人意识的觉醒,而这种多元化的、不同姿态的个人意识,可能恰恰是社会在整体上走向文明的"预兆"和"序曲",它所展现的也许正是许多人梦想与追求的未来。

"60后"小说在艺术上还有一个特点,即他们的讲述笔法精细锐利,十分善于把握人物在特定环境中的性格侧面和心理层次。从他们的小说看,大多数的主人公都处在某种临界状态,一些细节的变化引起他们心理深处的振荡,而这恰恰又吻合了他们隐藏的无意识——在小说的场景中,人的那种复杂的内心生活表现得十分深刻细致而富有立体感,不但揭示了人物内心活动的多侧面,同时又呈现了故事交织着的多种元素。在毕飞宇、述平的作品中,有时故事的进展并不是借助情节来推动,情节只是人物心理的外部环境,由于前者的变化,外部环境以及人物之间的关系也因此发生了一系列微妙的变化。但是,有的作家并不像传统的作家那样,去花大量笔墨描写人物的心理活动,或者主要是通过叙述者"外来人"的眼光"跟踪"或"发现"这些心理活动,而是以"当事人"的视角,进入、展现并进而掘发人物的内心世界,而且将这一世界与外部环境进行不做主观判断的"比较"。在小说《母狗》中,韩东利用一个陈旧的知青题材提炼出一个相当精致的故事:下乡女知青小范美丽的躯体被小学教员余先生诱骗,这一场景恰恰又被有"窥视癖"的细巴看到,它因而成为村里一段不堪入耳的下流笑料。问题在于,不知情的小范成了全村人的"窥视"对象,她越是以为别人不知情,全村

---

① 东西、张燕玲:《小说能做些什么?》,《山花》2001年第2期。

人的心理活动越是有层次地变化着,终于,这种"无形"的压力导致了小范的自杀未遂。在另一篇《房间与风景》中,韩东以寓言的笔法揭露了现代城市的人在"窥视欲望"之间的因果关系。在城市中,楼房越修越高,但距离却越来越短,这就使每一位居住者的个人隐秘"暴露"在别人的视野当中。正是在这种"窥探"与"被窥探"相互交叉的生存环境中,女主人公显得恐惧而焦虑,虽然男主人公试图以枪击来阻止,但最终结果是他们不得不终日隐藏在厚厚的窗帘后面,他们早产的孩子是先天失聪但视力过人的畸形儿。

"60后"小说是中国社会转型过程中出现的一种文学现象。它对价值的放弃,对个人叙事的提倡,对人的隐秘心理的细致入微的揭露,都说明进入商品经济时代以后人们的社会观念和行为方式所发生的惊人的变化。对"后先锋"小说的思想倾向和审美选择,评论界说法不一,存在着较大的分歧。至于该小说群体是否真正放弃了"形而上"的思考,而向着"躯体""欲望"等本能的方面发展,还有待认真的观察。而且,随着这些年轻作家年龄、阅历的增长,他们的眼光和艺术表现是否还会跟着发生一些调整,也都值得研究。有人指出:"也许唯一的选择,就是向非商品化的精神价值回归,将信仰投注在绝对不可交易的对象之上,重新寻求无法被货币交易所贬损的高位价值。"①

第三节　余华等的小说

余华虽然难以归入"60后"小说作家之列,但他从具有试验色彩的叙事转向具体的生活感和现实感,却又与后者有某些相似之处。

余华(1960—　)出身于浙江省的一个医生家庭。中学毕业后,在海盐县的一家镇医院当牙科医生,同时开始从事文学创作,后来调入县文化馆,现居北京。1987年后,他创作的中短篇小说开始受到人们的关注,如《死亡叙述》《爱情故事》《鲜血梅花》《现实一种》《世事如烟》《难逃劫数》等。在作者创作的先锋小说阶段,他似乎迷恋于对死亡、暴力、灾难的叙述,虽然有强烈的"在场感",但多半采取的是有距离的"冷漠叙述"的方式。他承认:"长期以来,我的作品都是源出于和现实的那一层紧张关系,我沉湎于想象之中,又被现实紧紧控制。"90年代后,他开始意识到:"这过去的现实虽然

---

① 涂险峰:《商品化与人的价值的无根性——九十年代都市小说价值现象初探》,《文学评论》2001年第6期。

充满魅力,可它已经蒙上了一层虚幻的色彩","真正的现实,也就是作家生活中的现实"。① 这种"现实观"的改变,最大程度地体现在他之后创作的长篇小说《在细雨中呼喊》《活着》和《许三观卖血记》等作品中。尽管其中仍然存在着"想象""虚幻"的叙事成分,但"现实感"却明显增强了,因此,这使他的小说与读者的心灵之间有了一种强烈的呼应和交流。作者这些实验期的小说,本身价值其实不高,但由于当时文学批评的大加赞扬,提升了它们在文学史中的位置。事实上,这些作品明显是作者文学阅读的直接产物,其中有许多摸索的痕迹,以及不成熟的艺术表现。而且在今天看来,文学史对80年代先锋小说的评价过高,这显然是文学思潮刺激的结果,许多先锋小说都很难说是艺术上成熟的作品。

长篇小说《许三观卖血记》是余华摆脱先锋小说影响,思想上更加成熟,艺术上开始注意吸收写实小说传统营养后的突出收获。它的问世,标明余华开始真正成为重要作家,进入了新时期一流作家的行列。这部长篇1998年出版后,立即在读者中引起了轰动。小说讲述了一个令人扼腕痛惜、然而又无所适从的故事:许三观原是城里丝厂的送茧工,出于生活所迫,他偷偷去医院卖血。之后,便一发不可收拾,变成了"卖血专业户"。为了使身体能提供源源不断的"血源",他开始像阿方、根龙那样,每次卖完血后,都"要上馆子去吃一盘炒猪肝,喝二两黄酒",据说这样可以"补血"。遇到血源不紧张时,卖血者之间就出现了无形的争夺战,为了卖更多的血,他于是千方百计地贿赂血头。终于有一天,在许三观因为年老卖不出去血的时候,他感到了沮丧、恐慌,感到失去了生命的意义。作品的另一条线索,是他不能再糟糕的"生活"。他跟何小勇不要的许玉兰结了婚,不仅要接受他们俩生的孩子这个屈辱的事实,而且还得容忍两人在各自婚后继续偷情。他为三个儿子取名许一乐、许二乐、许三乐,但是,他的全部生活中除了卖血,毫无任何"乐趣"可言,生活一次次战胜了他的善良和软弱,欺侮他,践踏他,直至剥夺了他的人格和追求幸福的权利。作者说,他写的是"一本平等的书","这本书表达了作者对长度的迷恋,一条道路、一条河流、一条雨后的彩虹、一个绵延不绝的回忆、一首有始无终的民歌、一个人的一生。这一切犹如盘起来的一捆绳子,被叙述慢慢地拉出去,拉到了路的尽头"。如果说许三观还有些许的"乐趣",那就是他"通过死亡去追求平等","卖血"

---

① 余华:《〈活着〉前言》,长江文艺出版社,1993。

成了他能够和别人"平等"的唯一生命形式。① 由这篇小说可以看出,作者已开始了他个人艺术道路的转型,而后对先锋时期的极端性写作的全面告别则是此次转型的典型标志。与传统小说、先锋小说等叙述方式都有所不同,作者并没有赋予许三观以激烈的外部性格冲突,也没有对许三观的内心世界进行直接剖析,而是让许三观平实的人生、普通的话语"自动"地在小说时空中呈现,但在这种呈现中许三观的丰富、复杂、深厚却被充分地放大了。有论者认为:"作家对许三观的塑造主要聚集在三个纬度上:一是对于许三观顽强、韧性的生命力的表现;一是对于许三观面对苦难的承担能力和从容应对态度的表现;一是对于许三观的伦理情感生存思维的表现",所以,在小说最后,当"许三观想为自己卖一次血时,卖血实际上已经升华成了一种人生仪式和人性仪式"。②

青年作家朱文的《我爱美元》,收入他的小说集《傍晚光线下的一百二十个人物》(华艺出版社,1996),该小说因描写的大胆而出名,但也引起了颇多的争议。有人认为,这篇小说的主旨是以某种夸辞宣扬了"金钱至上"的观点。也有人不这么看,说它只是对"父辈"的身份和价值观念进行了彻底的颠覆,是一篇"反社会"的小说。小说叙述了主人公与其父亲的一段极其荒唐的经历:"我"先是在看电影时给父亲找"陪看小姐",后是在"金港夜总会"怂恿他进一步"下水",并且不避父子之忌讳,使父亲在儿子面前的尊严荡然无存。这种无视父辈威严的"渎父"行为在以往小说中是前所未闻的,它无疑是一种道德上的"弑父"之举。从一段父子对话中,可以看出一部分"后先锋"作家道德上的"滑坡"现象:

> "生活中除了性就没有其他东西了吗?我真搞不懂!"父亲把那叠稿纸扔到一边,频频摇头,他被我的性恼怒了。
> "我倒是要问你,你怎么从我小说中就只看到性呢?"
> "一个作家应该给人带来一些积极向上的东西,理想、追求、民主、自由,等等,等等。"
> "我说爸爸,你说的这些玩艺,我的性里都有。"

如果把这些对话看做作者的小说观,那么除了他对传统道德的敌意之外,还可以看出这一代作家小说观念中一种真实的困惑和试图瓦解它的写作策

---

① 余华:《许三观卖血记》的"中文版自序""韩文版自序",南海出版社,1998。
② 吴义勤:《告别"虚伪的形式"——〈许三观卖血记〉之于余华的意义》,《文艺争鸣》2000年第1期。

略。当然,不排除某些"后先锋"作家在艺术表现中的"激进"倾向,它"构成某种价值意识的表达","《我爱美元》的主人公究竟是在享受着金钱和性带来的直接乐趣,还是在津津有味地品尝着言说金钱与性的话语之乐?显然后者更为重要。作为一个表达者,他没有一味偷享肉体之欢,也没有像何顿小说主人公那样真刀真枪地下海,处心积虑地挣钱。他最大的举动,真正的乐趣,在于不无恶作剧地帮父亲'找乐子',这才构成情节的主体。所以,他更像一个设计师、操纵者,按照自己对生活的观念,导演着一幕幕玩世之戏,来论证自己的见解"。① 实际上,不单是同一位作者的其他小说,"后先锋"小说其他作家的作品,与《我爱美元》之间也是存在一定差异的。这些作品,也并不都这么"赤裸裸"地写人的欲望,而是采取了迂回、隐喻等方式来处理相关的小说题材。当然,不可否认,《我爱美元》是其中表现最为极端,因此也是较为值得注意的例子。

第四节　值得注意的散文创作

进入 90 年代以后,当代散文摆脱了"十七年"散文创作的僵硬模式,开始恢复和接近五四后现代散文的传统。在散文界,不单是作家散文主打天下,而且学者散文、随笔、大文化散文等概念也闯进了读者的视野,形成了一段繁盛的局面。

当今的学者散文,一般有两类。一是学者所写的散文,另一是与专业关系密切的学术随笔。在 80 年代,曾经有人提倡作家"学者化",但鉴于种种情况,此风并没有盛行开来,多数学者对文艺创作表现得比较冷淡。90 年代后,这种局面有了很大改观。这一转变,与其说是文学自身发展的结果,不如说是这一时期社会人文科学领域内在生长的原因,它与 90 年代整个社会、文化的转型有更为密切的关系。在 90 年代,稍稍摆脱了意识形态控制的学术研究,对独立的学术品格的培育和要求日益增长,表现在创作上,就是有越来越多的学者愿意把自己学术研究的材料转化到对现实人生和诸种社会问题的参与中来。这些"人生"和"问题"包括:对"文革"及一系列政治运动的反思,对几代知识分子精神历程的探索,对当前文化失落现象的思考,个人命运与历史的关系,以及文学与市场、文学与大众文化的关系,等

---

① 涂险峰:《商品化与人的价值的无根性——九十年代都市小说价值现象初探》,《文学评论》2001 年第 6 期。

等。它们所触及的问题,虽不及五四《新青年》时期、语丝时期那么尖锐而广泛,由于某种原因,甚至无法充分地展开,但它们的批评与反省姿态却是当代文学50年来的散文创作所罕有的。当然,由于写作者的特殊职业和身份,学者散文的艺术视角主要不是"向外"的,而是"向内"的,即带有"书斋型"的、个人内心世界探索的特点。在写作中,作者们往往以个人为轴心,展开个人与社会、历史、自然、宇宙等万事万物关系的探寻,其中,知识分子个人在当代中国的历史境遇,是这些散文涉及最多、感受也最深切的话题。正如有人指出的,所谓的学者散文,应该"考虑与此相应的知识背景和精神深度",没有相应的知识准备,不对人类文化传统有一定的了解,是不可能达到"自我置疑""自我批判"从而产生真正的"思想震荡"的。"事情正如汪晖所说,'如果不对自己负有直接责任的过去有深刻的洞察,那么对历史变迁的理解也不可能达到刻骨铭心的深度'。"①另外,学者散文的文体特征和艺术手法不尽一样,呈现出多样化的状态,但总的看,与当代散文传统比较疏远,同二三十年代的现代散文却较为接近。总结起来,一是"个人"的眼光和取材视角,具有作者个人独特的历史经验和生命体验,同时,在叙述语调和风格上,带有学者共有的内敛、含蓄的特点;二是在艺术手法上具有随笔化、序言化的写作倾向。由于这些散文大多是在从事专业活动之余留下的笔墨,它们既较多地留下了作者各自专业的痕迹,在艺术手法上也表现得灵活多样,这使它对一般读者具有一定的亲和力。

学者散文的作者主要是老一代和80年代以来涌现的中青年学者,专业涉及哲学、经济学、历史学、社会学、考古学、政治学、文学等多种社科人文领域。他们是:季羡林、金克木、张中行、林非、谢冕、樊钢、葛剑雄、郭宏安、赵园、陈平原、钱理群、刘小枫、汪丁丁、徐友渔、周国平、张志扬、张汝伦、朱学勤、王晓明、陈思和、汪晖、李辉、陆建德、李零、雷颐、葛兆光、郭齐勇,等等。金克木(1912—)是老一代的学者和翻译家,也是30年代"现代派"诗群的诗人之一。80年代后,写了大量怀人、忆旧的散文,其中,读书笔记和思想随笔占有较大比重,具有坚实的质感。这些文章,是作者多年治学和观察世事所得,思想深沉,底蕴深厚,展现了他博大精深的思想和知识情怀。金克木思想的锋芒,并不因年岁的增长而磨损,也不会受到历史迷障的遮蔽,正像他在《世纪末读〈书〉》所说的:"古希腊哲人喊出'认识你自己'。但是两千多年来人类认识自身远远没有认识外界多。科学、哲学、宗教、艺术无

---

① 洪子诚:《冷漠的证词——学者散文卷·导言》,社会科学文献出版社,1998。

不如此。有人苦思冥想,被称为神秘主义。这在个人可能有所得,而人作为一个类,不能靠冥想认识自己。"因此,他的思想不仅在希腊文化、印度古文献中自由地漫游,而且把触须延伸到《尚书》《书经》、汉代帛书、唐宋人手迹所编织的历史文化空间之中,这使他的思考上天下地,给人以丰富的启示。另外,在写作风格上,他的散文平实道来,松弛自然,藏澄明的见解于平平淡淡之中。张中行(1909—   )早年毕业于北大,大半生籍籍无名。90年代以后,他的一批学术性随笔渐渐在社会上流传,深得读者的喜爱。对为什么做文章,作者交代说:"大问题不能解答,或者说,第一原理树立不起来,是知识方面的迷惘。但迷惘也是人生的一个方面,更硬邦的现实是我们还活着。长日愁眉苦脸有什么好处呢?不如,事实也是人人都在这样做,且吃烤鸭,不问养壮了有什么意义。"①这种"告白"已透出他与二三十年代自由主义文人传统之间的精神纽结,同时也亮明了作者为人为文的态度。他先后出版了《负暄琐话》《负暄续话》《负暄三话》《流年碎影》和《顺生论》等随笔集,这些著述,以"闲话风"的笔致,谈知识,谈人生,谈日常伦理,显示出一种温和、圆润的情趣。由于他的文章对中外知识涉猎极广,所以也被称为"杂家"。不过,像他这样以旧学为功底,以对大千世界深透的洞察为起点的写法,在50年来的中国当代文学中委实不多。由此,可以认为这是周作人"闲话派"文人传统在90年代的某种"复活"——如果更远一点看,这种文风乃是中国传统散文中所固有的风致,只是由于人为的损坏,它暂时从文学创作中消逝了而已。

另外,其他作者的散文随笔,如陈平原的《"太学"传统》《校园里的"真精神"》、葛剑雄的《江陵焚书一千四百四十周年祭》、葛兆光的《尘封在阁楼中的往事》、赵园的《赣南行》、刘小枫的《这一代人的"怕"与"爱"》、钱理群的《这也是一种坚忍与伟大》、周国平的《私人写作》等,也都值得一读。

在90年代散文中,大文化散文是另一值得关注的创作现象。

大文化散文,主要指的是以中国的历史文化现象为描写对象,借此表达对现实生活的深切关怀的一类散文。它因余秋雨90年代初出版的散文集《文化苦旅》而得名,1998年初,又因《大家》杂志进一步推波助澜而变成了一个为人共知的文学概念。② 有论者认为,鲁迅当年回答斯诺的问题,为什

---

① 张中行:《顺生论》,第12页,中国社会科学出版社,1993。
② 《大家》杂志从1998年第1期开辟了"新散文"的专栏,特别推出青年散文家张锐锋、庞培专写山西和江南的"大文化"的散文作品,引起了文学界的关注。

么以为"中国新文学运动"最值得关注的部门是散文,原因即在,"在西学东渐、西洋诗歌小说的影响滚滚东来之际,散文这一古老的民族文学形式不仅未被摧毁,而且愈益显示出它的最适于表现中国人气质、情感、心理的种种长处。它是一个贯通古今和极富想象力的审美空间"①。因此,大文化散文的魅力,被更多的人认为是来自于它对传统文化丰富矿藏的挖掘和采取。大文化散文的出现,是有深层的社会原因的。90年代初,由于商品经济的浪潮全面卷来,政治、文化和文学受到了很大冲击。随着社会道德危机的加重,一些有识的散文家,开始把眼光投向中国固有的传统文化,希望从对文化传统精髓的发掘与重新解释中提取旺盛的生命力,以此抵御反文化、反文明的现代社会的种种弊端。除余秋雨外,这种努力在年轻的散文家张锐锋、庞培那里也获得了意外的成果。张锐锋的《大河》《飞箭》《倒影》诸篇,或是通过对中华民族的摇篮黄河的思考,或是借助对苏轼、王安石、李白、杜甫等人古典文学文本的"重读",对民族文化的原有活力和思想魅力重新进行考察。他的许多作品,是诗与文化的结合,是散文的充分的"诗化",显示了作者对大文化散文的深入认识和把握。与张锐锋笔下的北方意象不同,庞培对文化的重新阐释是以江南为对象的。在他的《乡村肖像》《摇面店》《运河》《小学堂》《在浮桥上》《乡村教堂》等作品中,江南乡村固有的旧桥、摇面店、小镇生活、乡下教员、木讷的顾老板、乌篷船等等散发着朴实的泥土气息,同时也深藏着传统生活底蕴的意象,纷纷扑面而来。在作者看来,这些事物和人物虽然远离现代文明,被视为"落后"的东西,然而在另一种意义上,又构成了对浮华的现代文明的尖锐批判,它们的生命力才是持久而永恒的。庞培下面的话,也许表达了这些作家之所以写这种大文化散文的真实用意,他说:

> 促使我写下那最初一批散文作品的奇妙愿望我已经找不回来。那大抵也像人在睡眠时容易做梦。在一个梦和另一个梦之间是人们不断变幻、有时面目全非的世道生活。……一个作家必须毕其一生精力和时间去回忆一桩、有时是一两桩事情……②

在商品经济的冲击下,人类原来古老而美好的记忆正逐步消失,文化的失落也将会让人们在历史的某一时刻品尝由自己种下的苦果——这种深刻教

---

① 程光炜:《怀旧、伤痛与童年记忆——评庞培、张锐峰的新散文》,《大家》1998年第1期。
② 庞培:《我对于散文的理解》,《大家》1998年第1期。

训,已被西方发达国家现代化的实践所屡屡证实。因此,大文化散文对当下现实的反省和批判,无疑具有了独特的意义。

余秋雨(1946——)的《文化苦旅》《文明的碎片》《山居笔记》和《秋雨散文》等以纪游的视角,艺术地再现了山川江河和各种古迹的原貌,表达了对现代文明的深沉反省,也显露出对某些历史积疾的峻切的批判。在作者看来,经过历年的战争和人为的破坏,中国的古代文明已近似一片"废墟",于是,他在对山川大地的回溯中感叹文化的兴衰,在对历史陈迹的追寻中思考知识分子的文化使命。由于他在从事这种文化的反省工作时,还不时向读者介绍大量的文化史知识和各种典故,而且融作家散文和学者散文于一体,时时表露出饱满的艺术激情,所以,他的散文在一般读者中有广泛的影响。有人指出:"可以这样说,余秋雨是在当代散文发生艰难蜕变的历程中脱颖而出的。如果说余秋雨创造了一种新的散文'范式',那么这样一种'范式'也是之于散文的发展历程而言的",但他同时也指出余秋雨"散文中的一些叙述与学术史、文化史不无出入,叙事方式过于小说化,铺陈甚至夸大其辞以及陈述真理的导师心态和姿态"。针对一些对余秋雨散文的"酷评",他主张"发现和指出这些'弱项'是必须的,但是,如果拘泥于此就会遮蔽我们审视余秋雨的视野"。①

作家散文在 90 年代散文创作中,呈活跃的姿态。在 80 年代创作了许多散文的老作家巴金、孙犁、杨绛等,在 90 年代也仍然有新作出现。年轻一辈的贾平凹、周涛、刘烨园、王英琦、唐敏、斯妤和刘亮程等人的作品,在读者中产生了一定的影响。由于诗人和小说家的"加盟",促使了 90 年代的"散文热"的出现。

第五节　90 年代诗歌

在 90 年代,诗歌创作状况最大的变化是从"中心"走向了"边缘"。一是人们不再像对朦胧诗那样,重视诗歌在文学家族中的位置;二是诗人及作品对一般读者的吸引力逐步减弱。80 年代一波又一波的先锋诗的"运动"和"风潮"终于尘埃落定,诗坛逐渐为沉寂所替代。

但是,在商品消费代替文化消费、知识分子对文化市场和传播的影响力明显萎缩的背景下,也有一些诗人在艰苦地思索。他们的思考围绕着两个

---

① 王尧:《知识分子话语转换与余秋雨散文》,《当代作家评论》2000 年第 1 期。

方面而展开：一是对80年代的先锋诗出现了新的认识和评价。他们意识到，尽管这一时期的诗歌对当代新诗的"转型"起到了重要作用，但它在诗学观念和创作中也暴露了一些问题，例如，过分的"反文化"、鄙俗化，强调表现日常生活和生命意识，偏离了诗的精神深度，等等。为此，80年代末西川、陈东东有针对性地提出了"知识分子写作"这一诗学命题。① 西川说："我提出了'诗歌精神'和'知识分子写作'等概念，并以自己的作品承认了形式的重要性。我的所作所为，一方面是希望对当时业已泛滥成灾的平民诗歌进行校正，另一方面是希望表明自己对于服务于意识形态的正统文学和以反抗的姿态依附于意识形态的朦胧诗的态度。从诗歌本身讲，我要求它多层次展开，在感情表达方面有所节制，在修辞方面达到一种透明的、纯粹和高贵的质地，在面对生活时采取一种既投入又远离的独立姿态。"② 这种认识中包含了对过去先锋诗创作的态度和对新的审美追求的期待。二是提出了"90年代诗歌"这一新的诗学理念和创作范式。为解决诗歌在新的时代语境中应取怎样的立场和姿态等问题，欧阳江河、王家新、张曙光、萧开愚、孙文波和臧棣等先后在文章中提出了"个人写作""叙事性"和"中国话语场"等概念，对诗人在"身份转换"过程中如何处理与"现实"的关系，如何以更复杂的语言态度和形式处理生活题材，发表了自己的看法。③ 在此基础上，"90年代诗歌"的概念逐渐清晰起来，并在一些诗人中形成了虽然各有差异但比较接近的创作倾向。"90年代诗歌"，可以认为是一种缺乏"运动"和"事件"等外部特征，更倾向以写作态度和作品体现诗人的存在方式的文学现象。但是，在此过程中，先锋诗歌内部也围绕这一"命名"问题发生了一场论争。

1988至1998年间，这些诗人在其创办的诗歌民刊《倾向》《90年代》《发现》和一些公开刊物上，发表了一批引人注目的诗作。其中，有代表性的有欧阳江河的《聆听》《傍晚穿过广场》、王家新的《帕斯捷尔纳克》《瓦雷金诺叙事曲》、西川的《致敬》、翟永明的《咖啡馆之歌》、于坚的《0档案》、开愚的《国庆节》、张曙光的《尤利西斯》、孙文波的《在无名小镇上》、陈东东的《病中》、柏桦的《未来》和臧棣的《照耀，或驳柏拉图》等。另外一些诗

---

① 1987年8月，诗人西川与陈东东在诗刊社举办的第七届"青春诗会"上提出了"知识分子写作"这一诗歌概念。

② 西川：《答鲍夏兰·鲁索四问》，《大意如此》，第246页，湖南文艺出版社，1997。

③ 人们普遍认为，欧阳江河的《89'后国内诗歌写作：本土气质、中年特征与知识分子身份》、程光炜的《九十年代诗歌：另一种意义的命名》等是较早提出"90年代诗歌"概念的文章。

人,如钟鸣、韩东、唐丹鸿、张枣、黄灿然、吕德安、庞培和小海等,也有自己的作品问世。

欧阳江河(1956—)是一个有较强的诗歌修辞能力和诗论素养的诗人。80年代,他以《悬棺》《玻璃工厂》和《汉英之间》等为代表的形式探索的长诗、短诗,引起人们普遍的兴趣。之后,他倾心于诗歌修辞技巧与思想深度的结合,写出了《聆听》《傍晚穿过广场》《魂游十四行诗》《关于市场经济的虚构笔记》《计划经济时代的爱情》和《哈姆雷特》等重要的诗篇。诗人擅长用诗歌修辞的手段展开或隐藏自己思想的锋芒,用"反词"去理解词语,从而创造奇异的语言效果。另外,他的玄学和思辨能力,也使其作品的品质具有明亮、光滑的质感,大理石坚硬的品性;作者语意的繁富,使得他比一般人更能展现丰富的心智,和难以理解的能指的虚幻色彩。他对个人存在状态、死亡和人性变异等主题的持续关注,使他成为本时期最具有现代主义创作倾向的诗人之一。

王家新(1957—)70年代末在武汉大学读书时,就开始了诗歌创作。他早期的诗作《北京印象》《"希望号"渐渐靠岸》,受到朦胧诗的某种影响。之后,他在1984年、1988年两次调整自己的创作视角,写出了诸如《醒悟》《空谷》《一个劈木柴过冬的人》等属于形式探索的诗作。"命运"是王家新90年代诗歌创作中的一个关键词,通过对命运的"承担"和现实体验,发掘出他对社会历史题材的重新认识和艺术表现,其中,《帕斯捷尔纳克》《瓦雷金诺叙事曲》《卡夫卡》《挽歌》和《伦敦随笔》即是出自这种写作态度的代表性作品。王家新的过人之处,在于他能从历史的转折之际发现人的普遍境遇,并从中认识到人类无法摆脱的悲剧,他的诗,他的艺术态度,与这一悲剧因素带有极大的同质性。在抒情方式上,作者不是"叙事"的,而是"自说自话"的,是一种由对个人心灵的持续不断的关注而爆发出来的富有质感的诗句,以及富有情感的深沉境界。

西川(1963—)在北大读书期间,与诗人海子、骆一禾友好,这使他的诗,倾向于揭示自然万物之中的神秘与纯朴的品性,以及人在瞬间的存在感觉。1989年,两位友人的辞世,造成他精神生活和创作的重要转变。他90年代的诗,向着"复调"的方面发展,例如长诗《造访》《致敬》《厄运》和组诗《另一个我的一生》等。他主张将叙事性、歌唱性、抒情性熔融为一种"综合创造",将人与历史、心灵与宗教、偶然与境遇联系在一起,并将诗歌展现在广阔的人类生活的层面上。作者喜欢使用"漫游式"的艺术视角,和喜剧的叙述口吻,他把智慧隐匿在语意反复的诗句中,在尖刻的反讽中形成批判的力量。在他看来,"厄运"不单是个人的生存遭遇,还出自对民族历史道路的省察,来自对所有人生存经验的积淀和提升。作者的写作风格是松弛的、从容的,这主要是因为他不倾向于单一的抒情色调,和单一的表现手段,而主张采取一种复杂的、含混的技巧来处理各种题材,并从中体现出诗与生活的最大的异质性来。

翟永明(1955—)是本时期最为人称道的女诗人之一。她80年代初的诗歌,有传统民歌的某种痕迹。1984年后,因组诗《女人》而发生了根本的变化。用男性的硬朗笔法来处理女性经验和女性诗歌,是翟永明创作中引人注目的特点。她观察犀利,用词冷静,语意反复而深含用意,把"觉醒"中的现代女性的生存状态和无法逃避的命运,揭示得淋漓尽致,大大深化了这一题材的历史深度和心理层次。这些,在《称之为一切》《静安庄》等作品中都有比较充分的体现。90年代后,作者作品中的"女性视角"开始弱化,而代之以比较复杂和多重的现实与虚构的场景。她更为注意对人性经验的掘发,对现实生活的描绘和体察,将"世俗性"的东西放在更大的视野之中去提炼和升华,在此基础上,完成了《咖啡馆之歌》《脸谱生涯》《莉莉和琼》《十四首素歌》《关于不可能的爱情、回忆与时间》《道具和场景的述说》等一系列不同于过去的力作,"她九十年代的诗发散着一种深不可测的悲悯",其叙事也愈发"离开纯粹的个人经验,而变得愈加混沌"。[①]

---

① 程光炜:《不知所终的旅行——九十年代诗歌综论》,《山花》1997年第11期。

第十九章 文化市场影响的文学生产

第一节 文学策划的介入

90年代中期前后,中国社会彻底摆脱传统社会观念的束缚,道德伦理和血缘地缘关系不再是稳定社会的基础,传统大家庭走向解体,人际关系开始融于利益因素。在文学层面,随着商品意识对文化市场和文学创作的进一步冲击,极大地改变了建国后组织文化传播、文学生产的秩序和传统方式。后者在逐渐脱离"国家"的垄断与控制之后,开始向着市场大幅度地倾斜,这对90年代中期后的文学面貌和走向,产生了深远影响。

人们敏感地注意到,在市场的背景下,文学的生产不再只是为"文学阅读"服务,而变为为"文化消费"服务,成为市场运作与大循环过程中的一种普通的产品。这不光对作家、批评家,而且对于读者无疑都产生了巨大影响。如果说,革命时代对文学的配置与生产是由意识形态的权力所决定的,那么,在市场经济时代,市场显然是推动文学和组织作家创作的另一种权力。1984年后,随着城市改革的深入,文艺体制的改革也提上了议事日程。国家在逐步放弃控制文艺权力的同时,开始对文学生产方式、稿费制度、办刊制度开展大力度的改造。其突出表现是,各级作家协会、出版部门虽然名义上还隶属上级宣传机构,后者还保留着一定的"审稿权",但经费改由国家"统包"而为单位"自筹";在文学主题不违反"四项基本原则"的前提下,文学的创作、发表、出版与发行,完全由各杂志社、出版社自己设法解决。这就为文学的市场"策划",大开了方便之门。在这种情况下,各家杂志和出版社为赢得更大的生存空间,扩大自己的发行量,纷纷使出浑身解数,以吸引广大读者的眼光和购买欲望,"文学策划"便成为实现这一目的的最便捷的手段。1994年春天,《文艺争鸣》与《钟山》联袂打出了"新状态文学"的旗号，不同于当年推出"新写实小说"的是，它是先有"理论"、后有作品的，暴露出文学策划的明显意图。同年，《北京文学》推出了"新体验小说"，《上海文学》推出"文化关怀小说"，紧接着，又制造出了诸如"新都市""新市民""新表现""新历史"和"60年代出生作家作品"一连串的文学符号和术语。1997年，《北京文学》因推出一批青年作家集体签名的《问卷调查》而引起了轰动效应。1998年，《大家》对原来的栏目进行了大幅度地调整，分别展示了"长篇短制""百家笔会""作家24小时""精神档案"和"直言大家"等焕然一新的专题，同时，在各个新栏目中，还贴出许多作家的"近照"或"生活照"，有些女作家的"个照"更是花样翻新，令人目不暇接，这对增加杂志的"亲和力"显然是事半功倍的。该刊1期的"走近苏童"中，既有作家苏童一家人嬉闹的照片，也有他躺在床上构思作品的特写镜头，还有一幅背着心爱的女儿的生活小照，总之，这种别出心裁的"策划"，的确使读者破天荒地第一次"走进"了原先很是神秘的作家的"生活"。1997到1999年间，《山花》更是流露出从"组织读者"到进而"组织市场"的大胆意图，它不仅设计出了"自由撰稿人""文体实验室""文本内外"" '99作品联展""视窗：21世纪文学"等一批新颖的专栏，而且还把眼光投向大学，专门辟出由高校教师撰稿、介绍各个专业动态和学术视野的醒目栏目"大视野"，进一步占领了潜在的大学市场。与此同时，老牌或大牌杂志，如《人民文学》《收获》《当代》《十月》和《中国作家》等也不甘人后，纷纷加大文学策划的力度，为争取更多的市场份额而殚精竭虑。显然，上述策划和以后不断推出的"70年代出生作家作品""重提现实主义""反腐小说""小女人散文""女性主义""后现代主义"等等，以及1998年出版界的"右派图书热""红色经典热"和各种"焦点""热点"等现象，与80年代的文学思潮已经不能同日而语，除反映文学的动向外，各杂志社、出版社主编和编辑们更为关心的，是怎样"走向"市场，通过巧妙的"策划"夺取更大层面的读者群。这些现象也说明，文学作品的问世，并不单单是作家的"个人"行为，而变成从写作、出版到流通等不同环节都受到市场选择和参与的"集体"行为。

尤其需要了解的是，在影响90年代文学与策划关系的各种因素中，值得注意的是经济全球化时代的到来。世界经济一体化的进程，冲破了过去各种意识形态的传统壁垒，进一步加快了文学走向商品化的历史过程。在这一过程中，"文学消费"成为一个不可绕过的、带有某种规定性的文学"规律"。80年代后，随着西方从工业社会向后工业社会转变，西方社会已经从传统的以生产（制造）为中心的社会转变到以消费（以及消费者）为中心的社会。消费和消费服务不但对经济的作用和贡献加大,而且在社会和文化生活中也从原来所扮演的"边缘角色"变成了"时代的主角"之一。在这种情况下,"消费的生产"和"消费文化"开始成为人们关注的崭新课题。由消费文化衍生的"快乐主义"视角发端于英国的伯明翰当代文化研究中心。该中心一反法兰克福学派对消费主义所采取的"精英主义"的批判立场,转而从"大众主义"出发,对包括消费主义在内的大众文化进行了价值中立的分析。20年来中国的改革开放,对中国当代文学的结构、走向和基本面貌可以说进行了整体性的、全面的改造,而这一工作,离不开前面所述的大环境和大趋势。50至70年代的文学,主要承载的是宣传爱国主义和革命思想的职责。"文革"结束后,文学的这一功能并没有发生根本性的改变,因为,伤痕文学和改革文学都是围绕着当时时代的主旋律而出现的文学现象。因此,90年代中国文学之从生产为中心走向以消费为中心,如果从积极的方面看,它对于文学创作获得一定的独立性至少是令人鼓舞的,完全不值得大惊小怪。因为这样,作家和读者都一定程度上摆脱了旧有体制的束缚,能够按照自己的意愿去选择文学;作家由"公家人"到"自由撰稿者"的身份的转变,也应该视为当代文学领域中的一场不小的"革命",但它对今后中国文学将要产生怎样一种深刻的影响,还要经过一定的历史长度和空间才能看清楚。

不过,也应该看到,通过策划来组织的文学,也存在着各种各样的问题。首先,作家、批评家虽然不再像过去那样,在创作过程中要受到传统意识形态这样和那样的束缚,但在市场环境下,杂志和出版社的商业利润和其他非文学的动机,不可能不渗透到文学的想象和创作过程之中,影响到文学更大和更自由的发展。90年代中期后,一些有识之士对王朔、金庸和余秋雨的批评,对一些通过策划而产生影响的作家作品的指责,即说明了文学在走向市场的过程中必然出现的焦虑。其次,不排除某些商业炒作对文学的负面影响。一定程度上,文学的策划与炒作,是消费文化中一对天生的姊妹,从市场运作来看,二者的联盟正是保证文学作品从生产到消费获取成功的必备条件。然而,有的时候,纯粹的商业炒作也混淆了读者的视听,模糊了文学的审美标准,降低了文学批评对非文学现象的监督、批评和限制,如果发展到极端,甚至会影响到一个时期文学发展和文学创作的整体水平。拉开距离来看,发生在前几年的"二王之争""《马桥辞典》事件"、王朔对金庸的"批评""90年代诗歌论争"等等文学"事件",确可看做是这方面的突出例证。最后,策划还可能制造出"伪"文学现象,过分的市场化会导致作家精神生态和作品的平面化,形成文学发展过程中的一种低谷现象。当然,并不是所有的文学策划都会降低创作的水平,对一些成熟的作家和作品来说,成功的策划不仅可以使作品迅速与市场接轨,纳入读者"文学接受"的正常轨道,而且也会进一步扩大文学在整个社会的影响和传播,最近几年一些优秀的长篇小说和随笔就是很好的证明。

第二节　在回忆中重叙历史

从1994年《顾准文集》的出版开始,1998年前后的中国图书市场上,出现了一批与知识分子历史相关的书籍,并一再形成图书热点和令人瞩目的文化现象。这其中,老作家尤其扮演了重要角色,他们的新作一再冲刷出版记录,吸引了广大读者的眼球,甚至引起轰动。

历史往往都是这样,在经历长时期的震荡、重组之后,由于各种真相大量暴露,使人们在震惊之余开始重温自己的历史。另外,一种伤感情绪也开始上升,它以怀旧的方式出现,实际却表明人们要在一种特殊的个人记忆而不是民族记忆中重叙自己所认识到的历史生活。人们不由得发现,随着世纪末的到来,人们对历史的重新审视和因之产生的怀旧感,开始形成了回顾历史的独特视角。在此背景中,反右和"文革"成为人们"再叙述"的主要话题。因为在当代知识分子的精神史中,这两个时期所留下的痕迹,是任何一个历史时期都无法比拟的。其中较有影响的,是上海远东出版社1995—1996年推出的"火凤凰文库",包括《无梦楼随笔》(张中晓)、《李方舟传》(朱东润)、《从文家书》(沈从文)、《沉船》(邵燕祥)等写于50—70年代而在今天出版的书稿,以及这段历史的"亲历者"的回忆录《文革中的我》(于光远)、《龙卷风》(蓝翎)、《大跃进亲历记》(李锐)和《狱里狱外》(贾植芳)等。1998年9月,经济日报出版社推出了三卷本的"思忆文丛":《原上草》《六月雪》《荆棘路》(副标题为"记忆中的反右运动")。"回忆录"体的图书,还有北京十月文艺出版社同年出版的韦君宜的《思痛录》、周一良的《毕竟是书生》、戴煌的《九死一生——我的"右派"历程》。另外,从维熙的《走向混沌三部曲》《第一个平反的"右派":温济泽自述》、朱正的《1957年的夏季:从百家争鸣到两家争鸣》《乌"昼"啼——1957年"鸣放"期间杂文小品文选》、胡平的《禅机——1957:苦难的祭坛》,以及中国青年出版社推出的"野百合花丛书"(收入王实味、罗隆基、胡风、王造时、储安平、顾准等人的传记、论文和文学作品)等,也先后问世。正如有人所评价的:"可以将这些书籍的出版,看做是一次历史性的对话:这是 1998 年的中国知识界对 1957 年历史的重新回顾和再解释。"①而在当年影响最大,甚至还上了北京某些书店"某月排行榜"的,是韦君宜的《思痛录》、季羡林的《牛棚杂忆》。

韦君宜(1917—2002)原籍湖北建始,生于北京。1934 年考入清华大学哲学系,次年投身"一二·九"运动,1936 年加入中国共产党。平津沦陷后,辍学到湖北从事地下活动。1939 年赴延安,当过中学教师、报刊和电台编辑等。1949 年之后,长期在中国作家协会、人民文学出版社担任领导职务。著有长篇小说《母与子》、中篇小说《洗礼》,以及中短篇小说集《女人集》《老干部别传》和《旧梦难温》等。1998 年,她的回忆录《思痛录》出版后,在社会上产生了很大影响。

出版社在"宣传性"的"内容提要"中称:"本书是老共产党员韦君宜晚年的回忆录,是继巴金《真话集》之后又一本说真话的书。她在病榻上完成的这本书不是一般的痛定思痛,而是大彻大悟","半个世纪的风雨,一次又一次的运动,使她忍不住拿起笔,用知识分子的良知来记述她所经历的时代"。对历史的"回忆",构成了该书的主要视角。它用"'抢救失足者'""解放初期有那么一点点运动""我曾相信'反胡风运动'""我所见的反右风涛""'大跃进'要改变中国面貌""一个普通人的启示""'文化大革命'拾零"和"当代人的悲剧"等做各部分的标题,分别讲述了她从 30 年代参加革命到解放初期、反右、"大跃进"和"文革"50 年来所经历的时代巨变。其中,既有真诚的追求,对中国革命的献身精神,也有运动中的深深茫然和个人的紧张状态,又有对历史某些荒谬方面的沉痛反省和批判,显示了同一类型知识者身上少有的思想勇气和洞察能力。值得重视的是,她对"历史"的处理,超出了"文革"结束后大部分作家那种"受害者"的眼光和心境,以及"旁观者"的批判姿态,而是以一个同样"负有责任"的"参与者"的叙述态度,认真地讲述了自己"这代人"的"历史"。作者这种不推诿、不回避、不伪饰的真诚态度,深深打动了亲身经历或没有经历、但愿意了解那段历史的许多读者的心。例如,在"我曾相信'反胡风运动'"一节中,她并不隐讳自己当时最初看到"胡风反革命材料"时,曾经"如获至宝,以为这也算胡风集团反革命活动的蛛丝马迹"的真实心态。又例如,在"一个普通人的启示"一节中,作者剖示了自己在单位为完成"反右派指标"而强行补划李兴华为右

---

① 贺桂梅:《世纪末的自我救赎之路——1998 年与反右相关书籍的文化分析》,戴锦华主编:《书写文化英雄——世纪之交的文化研究》,第 49 页,江苏人民出版社,2000。

派,并被迫当面向他宣布"组织决定",以及在得知该人20年后冤死外地时的矛盾、痛苦的内心活动。《思痛录》另一特色是,全书叙述的所见所闻客观真实,历史资料丰富。作者自始至终采取的是一种平实、自然的叙述口吻,对"当事人"的音容笑貌均有详细勾勒,对本人的复杂心态,也一一道来。这样,既保留了"历史活动"的原貌,和一种"现场感",把读者带入那段峥嵘岁月之中,同时,也鲜明表达了作者个人的针砭态度,有较深的历史反省深度。作者声称,她写此书是因为坚信"历史是不能被忘却的",这是要"让我们的国家永远在正确的轨道上,兴旺发达"。①

季羡林(1911—2009)生于山东省清平县,1930年考入清华西洋文学系。1935年赴德国哥廷根大学留学,1946年归国后,一直任教于北京大学至今,国内著名佛教史、梵语和中亚古代语言专家。80年代后,写了许多回忆性、治学性的散文。1998年,其散文集《牛棚杂忆》受到读者广泛的关注。

与韦君宜的"老共产党员"的创作视角不同的是,《牛棚杂忆》是从知识分子视角来重新观察和体验"文革"动乱的。在散文集中,作者从"自述"的角度讲述了"文革"的发生、"靠边站""集中学习"直至被关进"牛棚"进行残酷的劳动改造的全过程。"牛棚"是人们对"文革"中禁闭式"学习班"或"劳动干校"的专称,作为被贬称为"牛鬼蛇神"之一的知识分子,正是被"关"的对象,名称由此而来。"文革",实际是60年代中期到70年代初中华民族的一场大灾难,干部和知识分子,是其中受害最深的两类人。作者以"第一现场人"的身份,直接目睹和卷入了这场大浩劫,他采取外部观察和内心体验两种方式,再现了在"文革"的主要策源地北大的老教授的恐惧、慌乱,年轻学生的幼稚、狂热,斗争的残酷、无情,以及这所著名学府是如何陷入全面的混乱直至完全失去控制的。作者还用相当的笔墨,叙述了自己"荒唐"和被"摧残"的生活,细致入微地分析了在精神人格完全被摧毁后,心灵又是怎样扭曲地"适应"了当时的现实的,其中,他因腿伤而从宿舍爬到医院的情节,使读者读后心灵受到了强烈的震撼。1949年之后,改造知识分子,尤其是改造高级知识分子始终是一项权威性的政策,在这一过程中,这些人所受到的侮辱、扭曲和折磨是难以言表的。巴金的《随想录》、杨绛的《干校六记》即是从这一角度批判"文革"的杰作。《牛棚杂忆》继续着这一方面的深入思考,有些场景和话题,在这本书中还有所深化和提升。这使人感到,作者晚年写出的这部"回忆"之作,其意义绝不只是"个人"的苦

---

① 韦君宜:《思痛录·缘起》,北京十月文艺出版社,1998。

难史,而是那场大浩劫的真实再现,表达了一个知识分子面对历史时的良知。该书采取的是作者一贯的平实、客观的叙述风格,在表面平淡之中,让人有一种通透和彻悟的感觉。

第三节 "红色经典"重版

1995至1999年间,人民文学出版社、中国青年出版社和北京出版社将多年库存的纸型拿出,重新出版了《红岩》《红日》《红旗谱》《青春之歌》《林海雪原》《平原枪声》《敌后武工队》《野火春风斗古城》《朝阳花》《烈火金刚》等一批革命题材的长篇小说。一时间,这些成名于五六十年代的"红色经典"大行于市,少则几万册,多则几十万册,在各大书店一销再销,成为1998、1999两年的"畅销书"之一。"红色经典"的策划者和出版者称:"小说中刻画的林道静、卢嘉川、江华等一批栩栩如生的青年知识分子形象,象征着中华民族的未来和希望。这些青年知识分子成长的道路,对当代青年亦不无启迪",又渲染说:"小说故事情节真实感人,文字流畅优美。是一部常销不衰的优秀青年读物。"[①]

但其实,这批久久沉埋于历史尘埃的"红色经典"在90年代的"再风行",是有其丰富深刻的现实和历史原因的。归纳起来,应该主要有三点:一是社会道德的下滑和信仰的危机,使它们重新被用来填补"思想教育"的真空;二是在人情、亲情普遍冷漠和疏远的背景中,这些书满足了人们"怀旧"和"重温"的心理;三与图书市场有关,这些书籍经过炒作形成的"新卖点",极大地刺激了一般读者购买的欲望,成为新一轮的"商机"。

自1978年实行改革开放以来,中国社会在政治、经济、文化等各个方面取得了人所瞩目的进步。人民生活水平提高,物质供应丰富,社会交流和对外交往的速度和范围都超过了1949年以来的任何一个时期。然而,在整个社会由以阶级斗争为中心到以经济建设为中心的转型过程中,由于社会控制的放松、金钱至上观念的盛行,人们的道德和信仰明显下滑,出现了诸多不尽如人意的社会问题。对在市场经济时代出生和长大的一代人来说,他们既没有对历史的正面或负面的体验,也没有清贫、艰苦的人生经历,这种处境加深了他们的历史"悬空感"。另一方面,伴随着市场涌来的西方消费

[①] 杨沫:《青春之歌》的"内容提要",由于此提要是新写的,所以,我们既可以把它的话语看做是50至70年代时代流行话语的延续,又不难看出其在今天的市场条件下"策划"的意图。

文化和大众文化,又填充了他们思想观念的空间。在这种情况下,文化的虚无主义和信仰的"空白化",成为这代人中相当一部分人精神生活的普遍特征。因此,上级有关部门亟待填补因市场经济而造成的"思想教育"的真空,在传统方式日益贫乏的前提下,文学阅读无疑成为一种与时俱进的有效教育手段。据说,在上述革命历史题材小说重新编辑、出版的过程中,有关部门发出各种文件,要求青年组织和中、小学生"积极购买",务必做到"人手一册"。同时,为配合图书销售,"红岩颂"一类的大型展览开始在全国各大城市巡回展出,经《红岩》《青春之歌》改编的电影、电视剧,各种多媒体光盘、影碟等,也在各个影院、电视台和书店上演、播出和销售出。另外,中国与乌克兰合作、表现苏联卫国战争年代的电视剧《钢铁是怎样炼成的》,由深圳万科文化公司推出后,①在国内引起了"轰动",并在青年中引发了一股"保尔热"。确实,"联系着当前中国社会的现实状况,它又并非是一个无关痛痒的'装饰音',它不仅以耳熟能详的语词负载着不同的社会现实,而且以相当间接的方式传达着人们心中的一份隐痛,这表现为'精神危机'或'信仰危机',表现为改革开放以来人们不得不面对的精神领域的匮乏,因而迫切需要一个可以用来填补这种匮乏的英雄形象:这种似乎有点饥不择食的精神文化需求,是保尔精神复活的现实依托"②。

在基本过上"小康生活",尤其是一部分人开始进入"富裕阶层"之后,人们发现,物质生活与精神生活并不是成正比的,相反,有时候富足的物质生活反而会造成精神状态的"苍白"。近十年来,理想主义、浪漫主义等传统的社会情绪,更是从世俗世界中由减弱到销声匿迹,对各种欲望的盲目追求,使一些清醒之士陷入到茫然、迷失之中。正是在这一历史的间隙中,一种"怀旧"和要求"重温"历史的心理在社会上悄悄抬头。革命历史题材的文学,虽然有它过于单一和僵硬的一面,但它高扬的精神追求,它对理想、浪漫的热情叙事,不单单再现了战争年代的峥嵘岁月,而且也再现了50至70年代峥嵘岁月中那段特殊的社会情绪,而对这一历史"记忆",许多人都是难以忘却的。或许正像曲波在《关于〈林海雪原〉》一文中所感慨的那样:"'以最深的敬意,献给我英雄的战友杨子荣、高波等同志!'这是《林海雪

---

① 该公司是深圳万科集团中的一个子公司。万科文化传播公司的总经理郑凯南,毕业于中央戏剧学院,曾导演过《深圳印象》《冬日情话》等电视剧,并策划和监制过电影《过年》《找乐》和《兰陵王》等。

② 于洪梅:《读解我们时代的精神症候——对电视剧〈钢铁是怎样炼成的〉接受反馈的思考》,戴锦华主编:《书写文化英雄——世纪之交的文化研究》,第224页,江苏人民出版社,2000。

原》全书的第一句,也是我怀念战友赤诚的一颗心","这几年来,每到冬天,风刮雪落的季节,我便本能地记起当年战斗在林海雪原上的艰苦岁月,想起一九四六年的冬天。"①但值得指出的是,"重温"历史不等于是回到过去,许多人也许是借这些表现革命历史的"红色经典"重新检视历史生活,并在市场经济的背景下去思考怎样重建有价值、有意义的精神世界,问题在于,也有一些人仅仅附着在革命历史叙事的表面,依据对传统生活的"记忆"来指责社会的正常进步和发展,这样,反而会收到适得其反的效果。近年来,在对"红色经典"的"重读热"中,经历过非凡年代的中、老年显然构成了读者群的主体,而青少年则多半比较冷淡,一定程度上,这也使人们对"红色经典"能够继续"热"下去抱着怀疑的态度。

在上述背景中,"红色经典"的策划者和组织者们不乏某种商业的考虑。他们显然知道,在商潮滚滚的今天,任何东西都可能成为受大众青睐的"成品",从中获得可观的商业利润。仅仅从几部长篇小说带有宣传色彩的"内容提要""后记"和"作者自传"中,人们就不难发现它多方面的文本效应。例如,人民文学版的《林海雪原》的"内容提要"写道:"全书主要刻画了少剑波、杨子荣、刘勋苍等富有传奇色彩的人物形象,故事情节惊险紧张,引人入胜。"强调了小说对大众阅读的"传奇性""故事性",并且还能"引人入胜"。又例如,北京出版社出版的《青春之歌》在"封四"上配上了"作者手迹",紧接着是几幅具有吸引力的"故事插图",又在"初版后记""再版后记"和"新版后记"里"披露"了同样是读者感兴趣的作家的"个人生活"。另外,中国青年出版社出版的几部红色经典,在其"扉页"上宣称自己是"当代长篇小说精品系列",而且是中国青年出版社的"珍藏版"——不过,这些表面的图书"包装"只是说明了策划者的专业水平,并不能说明其他问题。更深层次的问题在于,在市场竞争日益激烈的今天,出版部门应该如何在"意识形态话语"与"民众话语"的双重期待中,抓住机会,迎难而上,扩大销售空间,以获得更牢固的立足之地和发展机遇;进一步说,在今天与历史、现代与传统、转型与坚守等几组复杂关系中,要敏感和与时俱进地找到它们之间的"平衡点",在保持自己的"传统优势"和"传统特色"的前提下,探索出一条真正体现了"中国特色"的出版事业的发展道路。当然,"红色经典"再次风行的背后,还潜藏着许多至今不为人们所认识的牵涉深广的诸多"问题",需要研究者给予更多的关注。

---

① 曲波:《林海雪原》,第581页,人民文学出版社,2000。

第四节　长篇小说热

进入 90 年代后,前十年比较沉寂的长篇小说开始活跃起来,一批重要的作品受到评论界的重视。除 60 年代出版长篇小说的"重镇"人民文学出版社、中国青年出版社、北京出版社和作家出版社继续推出力作外,外省一些出版社如上海文艺出版社、春风文艺出版社、花城出版社、江苏文艺出版社、长江文艺出版社和湖南文艺出版社等,也在积极组织货源,挂出自己的品牌。这种竞争意识,对长篇小说的创作起到了某种刺激和鼓励的作用。

长篇小说热的出现,有多方面的原因,一是 80 年代文学界"拨乱反正"和探索热潮过去之后,作家有可能在更宽裕的历史长度中思考问题,对历史和现实做更冷静与深入的开掘工作。他们不再满足于"姿态""生命""创新"等等,而希望在更坚实和深厚的生活层面上,在持续的关注中有所发现和拓展,并做一些带有某种总结意味的工作。这一视角的转移,显然有利于长篇小说的构思、写作和出现;二是经过十余年的创作历程,许多作家在生理年龄上都步入了中年或老年,其创作年龄,也大多达到了十年、二十年甚至三十多年之上。世事沧桑,人生变幻,增添了他们更为丰富和复杂的历史感受力和洞察力,调整了他们的人生态度,因此,在处理较为麻烦和复杂的题材时,能够做到比较耐心、专注和谨慎,自觉地把长篇小说本身所具有的历时性和共时性的特征带到主题的设置、题材的选择和人物的塑造当中去;三是经过二十年的社会和经济改革,中国社会发生了不同于过去几十年的结构性的巨大变化,现实生活日益多元和矛盾,人们的观念日益复杂,出现了进一步"分裂"与"分化"的态势。因此,现实生活不光给作家提供了远比过去要广阔的视野,而且也提供了多维的思考角度。这使长篇小说的创作,避免了以前那种在题材上"扎堆"的现象,其揭示的社会生活,也更加立体、多元和纵深了。于是,一批较为重要的长篇小说进入了广大读者的视野,它们是:王安忆的《长恨歌》《富萍》、韩少功的《马桥词典》、陈忠实的《白鹿原》、贾平凹的《废都》《土门》《我是农民》、余华的《活着》《许三观卖血记》、张炜的《九月寓言》《家族》、王蒙的《恋爱季节》《暗杀》、张抗抗的《赤朱》、刘震云的《故乡面和花朵》《故乡天下黄花》、格非的《敌人》、吕新的《抚摸》、北村的《施洗的河》、苏童的《我的帝王生涯》、孙甘露的《呼吸》、池莉的《口红》《来来往往》、铁凝的《大浴女》、阿来的《尘埃落定》、史铁生的《宿命》《务虚笔记》、陆文夫的《人之窝》、刘恒的《苍河白日梦》《逍遥颂》、卫慧的《上海宝贝》、张宇的《软弱》《疼痛与抚摸》、林白的《玻璃虫》、李佩甫的《羊的门》、王跃文的《国画》、张欣的《浮世缘》、邓一光的《我是太阳》、刘心武的《风过耳》、王朔的《千万别把我当人》、洪峰的《和平年代》《苦界》、刘醒龙的《生命是劳动与仁慈》、朱苏进的《醉太平》、叶兆言的《走进夜晚》、梁晓声的《泯灭》、莫言的《丰乳肥臀》、杨争光的《流放》、刘燕燕的《阴柔之花》、霍达的《穆斯林的葬礼》，等等。

尽管90年代的长篇小说仍然留有策划的痕迹，作家的创作、出版社的出版与发行一定程度上受制于市场和读者的需要，有些引起轰动的作品，既给出版社、书商带来很大的商机，也因此招来一些"麻烦"，[①]但仍有一部分小说在创作上比较严肃，真正代表了本时期长篇小说创作的水平，值得予以重视。

张承志（1948—　）原籍山东，生于北京，回族。"文革"中，从清华附中毕业后到内蒙古插队。1972年被推荐到北京大学历史系学习，后读研究生，到中国历史博物馆、中国社会科学院供职。70年代末到80年代中期，他的《旗手为什么歌唱母亲》《金牧场》《北方的河》《黑骏马》和《黄泥小屋》等中、长篇小说，曾获得人们的广泛好评。

史铁生（1951—2010）生于北京，清华附中毕业后，到陕西延安插队。70年代初，因双腿瘫痪回城，在一家街道工厂工作。80年代，他的回忆插队生活的小说《我的遥远的清平湾》赢得人们的关注。之后，又出版过中短篇小说集《舞台效果》《命若琴弦》和长篇小说《务虚笔记》《宿命》等。90年代，他的散文《我与地坛》发表后，引起了很大反响。对往昔岁月的回忆性的沉思，以及对人的艰难命运清醒的审视和宽容的理解，是作家创作的经常性的艺术视角，这种沉思与宽容，超越了对历史的怨怼，对个体命运的焦虑，升华到了一种近于宗教的境界。长篇《务虚笔记》和《宿命》等，在对命运、历史、个人等问题的认识上，都产生出了非凡与超拔的力量。通过这些作品，人们不只接触到表面的社会生活的变局，更重要的，是意识到了个人生命的意义。而这一"见识"，在当代文学中是较为少见的。因此，当人们把他的散文《我与地坛》和那些散文化的小说混在一起阅读的时候，会感到作者写出的不仅是一段历史，更可以视作他自己"生命的证词"，它们给人的

[①] 例如贾平凹的《废都》（北京十月文艺出版社）、卫慧的《上海宝贝》、王跃文的《国画》（人民文学出版社）、李佩甫的《羊的门》等，由于市场策划成功，当时发行都在数十万册乃至百万册以上，赢得巨额利润。有些书甚至在被"禁"之后，仍然在各种书摊上"招摇过市"，随时都可购到。

感动,是持续而长久的。

铁凝(1957—)原籍河北赵县,生于北京,后随父母到保定定居。中学毕业后,曾一度插队。1982年,因短篇小说《哦,香雪》而赢得文坛声誉。出版有中短篇小说集《六月的话题》《没有纽扣的红衬衫》《哦,香雪》,长篇小说《玫瑰门》《无雨之城》等。她过去的小说以清新秀润见长,90年代后,开始向着更复杂、多样的生活层面转移,于是,有了着重探索峥嵘岁月中人性困境的长篇小说《大浴女》问世。作品告诉我们,"一个美丽善良的母亲为了两个女儿,为了家,不期有了外遇",虽然,"爱的理由、氛围、地点无不让人心动",然而,许多年后,这隐匿的"秘密"和"负罪感"并未死去,它随着岁月而发酵,终于酿成主人公尹小跳与母亲、与同母异父的小妹之间长期的仇视与敌对。而这种种植在一代人心灵深处的人性的变态、扭曲与疯狂,却又是不能以对某一个人的指责为归宿的。作者选择了一个很小的"内心秘密",惊心动魄地展示了一个历史的大故事,从而把读者带向了一个永远都无法忘却的岁月。在作品中,作者采用了大量的心灵独白和心理分析的手法,运用对人的潜意识的观察与揣摩,展现了人物极其复杂、矛盾和充满尖锐冲突的精神世界。另外,作者洞察深刻,用笔犀利,也给人留下很深的印象。

阿来(1959—)是一位新秀作家。他生于四川省阿坝马尔康县,藏族。80年代中期开始创作,出版有小说集《旧年的血迹》和诗集《梭磨河》等。90年代末,因长篇小说《尘埃落定》获第五届茅盾文学奖而引起文坛关注。小说从藏族生活的视角,描写了二三十年代川北藏族"四土"一带因土司之争而引发的一系列战争,以及战争间隙里当地风俗奇异的家族生活。由于作品涉及婚丧嫁娶、祭祀、拜神、杂居、行刑、割耳等场面,以及许多不为人知的隐秘的角落,所以通篇给人以神秘之感。痴呆儿"我"是小说的中心人物,通过他的眼睛,展现了这座神秘城堡各个生活层面和诸多人物。由于他不正常的意识状态,造成作品时空的倒错、现实的荒诞和离奇,使整个作品笼罩在一种亦真亦幻的阅读感觉之中。这显然受到了福克纳南方小说和马尔克斯等拉美魔幻现实主义的某种影响,在他们的作品中,经常会有一个智力低能的孩子出现,他不仅起到组织情节、人物的作用,而且也把一部光怪陆离的历史和民俗再现于读者面前。但这部小说的主要特色,是它把历史、个人、风俗、边地融入对生命形式和意义的探索当中,并以一种诗化的语言,追索存在的本质,进而深层次的叩问、发掘悲剧中的美和永恒。这使一种浓厚的诗意贯穿于小说的始终,使读者的心灵由此而得到了某种升华。

第五节　王安忆等的小说

在 90 年代长篇小说创作中,王安忆和张炜是两位显示出一定创作实力,并且具有自己独特的艺术世界的作家。前者以都市文化为背景,展现了在现代社会挤压下人物的世俗生活,以及在时代大变局中无常的命运。后者以山东胶东半岛的乡村社会为框架,着重于探索人与自然、人与历史的复杂矛盾,思想者艰苦的思考,是他大多数作品构思的原发点和精神趋向。

王安忆(1954—　)原籍福建,生于南京,后随母移居上海。1970 年赴安徽淮北农村插队,两年后到江苏徐州文工团,后来返回上海。80 年代中期后,《流逝》《小鲍庄》《小城之恋》《69 届初中生》等诸多中长篇小说的发表,奠定了她在文坛的地位,其作品在海内外有较大影响。她是一位能在多种题材和领域内耕耘,且都有较大收获的富有创造力的女作家。1994 年 9 月至 1995 年 3 月间,王安忆以一种苍凉的心态和眼光,写出了对时间、历史和生命深入思考与体验的长篇力作《长恨歌》。在作者看来,历史是变幻无常的,人生不过是上海这座生生不息的大都市的一个瞬间,而自己的命运永远都无从把握,甚至是无法认识的。小说叙述了这样一个故事:40 年代,出身"石库门"阶层的中学生王琦瑶被选为"上海小姐",从此开始命运多舛的一生。她做过某大员的外室,上海解放,大员遇难,于是她成了普通百姓。然而,"表面的日子平淡似水,内心的情感潮水却从未平息",与几个男人的复杂关系,似乎都是命中注定。80 年代,进入晚年的王琦瑶劫数难逃,与女儿的男同学发生畸恋,最终被失手杀死,命丧黄泉。作者以她惯有的细腻而绚烂的笔,将这个人生故事写得哀婉动人,跌宕起伏。其中,对女性心理的逼真刻画和对市井生活的惊人把握,让人想到另一位出色的现代女作家张爱玲。不过,王安忆笔致的细腻缠绕,洞察力的犀利、全面,对自己人物充满自信的把握能力,以及在谋篇构局都做得停停当当之后那种写作过程的从容不迫,却都是她自己的风格,在当代女作家中是比较超群的。《长恨歌》开头的那段文字,对上海的熟悉,对"上海气"的一目了然,对她作品里"环境"与"生态"的深入认识,可以说到了出神入化的地步:

> 站一个至高点看上海,上海的弄堂是壮观的景象。它是这城市背景一样的东西。街道和楼房凸现在它之上,是一些点和线,而它则是中国画中称为皴法的那类笔触,是将空白填满的。当天黑下来,灯亮起来的时分,这些点和线都是有光的,在那光后面,大片大片的暗,便是上海

的弄堂了。那暗看上去几乎是波涛汹涌,几乎要将那几点几线的光推着走似的。它是有体积的,而点和线却是浮在面上的,是为划分这个体积而存在的,是文章里标点一类的东西,断行断句的。那暗是像深渊一样,扔一座山下去,也悄无声息地沉了底。

当然,也有论者认为,《长恨歌》是一部"怀旧"小说,作家的怀旧"不是企图真正回到既定过往,而是一种时间上的错位———一种在时间中某些东西被移位的感觉"①。事实上,90年代后,王安忆的不少小说都在对历史的记述中,给人某种错位的印象。

张炜(1956—)生于山东栖霞,1976年高中毕业后,回家务农。1980年毕业于烟台师专中文系,当过干部,现为省专业作家。出版有小说集《芦青河告诉我》《秋天的愤怒》《秋夜》,散文集《融入野地》,长篇小说《我的田园》《古船》《柏慧》《家族》和《九月寓言》等,其小说多次在全国获奖。他早期的创作偏于朦胧的乡村记忆,和两性之间的柔情。从《古船》开始,转入对历史文化深厚沉郁的思索,其作品具有了某种精神思辨的倾向。90年代以来,他固守知识分子的价值立场,坚持纯文学的创作,提出了一些反抗世俗和物化文化的主张。《九月寓言》以中国乡村生存状态的寓言的形式,表现了50至70年代北方一个处在与世隔绝之中的小村庄的平凡故事。以下的一些叙述与当代社会无关,它们似乎只是千百年来发生在这块土地上、原汁原味的乡间历史,例如流浪汉露筋与盲女闪婆的野合,金祥因为在外乡买来鏊子而使村里的吃饭方式发生了变化,大脚肥肩虐待儿媳的恶作剧,等等。作者暗示人们,中国乡村的历史虽然因为当代"事件"而显示出本土的特征,然而,在更深层次上,它就像一架原野上的水车,是外在于"当代"或"时间"而永恒地循环着的。正像在小说《古船》中一样,张炜感兴趣的,不只是具体的历史事件和现实冲突,而是对这些事件和冲突有某种规定性和支配性的历史本身,是历史的寓言化。因此,在《九月寓言》中,作者所叙述的是乡村表面的人物和场景,但他的思想早已飞越出作品文本,而进入他个人更广大的精神世界当中。作者这种"思想"大于"文本"的小说叙述方式,在同龄作家中是比较少见的,所以一般评论者认为,他的小说氛围厚重,视野开阔,有思想者的气度和胸襟。但这类作品,有时候阅读起来,也让人产生某种疲惫之感,在叙述节奏上显得拖沓。尤其是大量哲学、社会学著作的

---

① 罗岗:《找寻消失的记忆——对王安忆〈长恨歌〉的一种疏解》,《当代作家评论》1996年第5期。

引用,一定程度上损害了小说本身的叙述特色,对作品有一种游离的迹象。

第六节 "70后"作家

1997、1998年间,文坛出现了一个被人称作"70后"作家的创作群体。他们出生于70年代初和中期,有的年龄可能更小。与前几代作家不同,他们对"文革"等的历史记忆已经模糊,那些重大历史事件,不再是生活的中心和创作的原发点。因此,他们更感兴趣的是与其人生经历关系密切的市场背景中的个人生存状态,是与宏大叙事完全不同的个人叙事,即一般人所说的个体化、边缘化、身体化的人生故事。"70后"作家的作品,首先由《小说界》推出,其后,《山花》《作家》《大家》和《钟山》等杂志也都热情地予以介绍。由于这些年轻作家出道的时间较短,各个杂志和评论者开出的"名单"又不一致,所以很难有一个众人都接受的"权威"阵容。一般经常被人提到的作家有卫慧、棉棉、丁天、赵波、魏微、朱新颖、陈家桥、周洁茹、戴来、金仁顺、弥红、金磊、陈红、李凡、刘玉栋、巴乔、李浩、赵彦、王齐君、董懿娜、姜宇、方子玉、刘元进等人。[①]

与先锋小说、新写实小说等称谓是由评论家"命名"的文坛"规律"不同,"70后"作家一说是由几家杂志的编辑发明的,加之怀疑有"商业炒作"之嫌,因此,批评界对该群体一直存有争议。在各种意见中,赞成、反对和比较理解三种意见都有一定的代表性。赞成者认为,"70后"作家的出现,是文学发展过程中"代际交替"的十分自然的现象。从"二战"以后欧美文学的历程来看,当时不为人接受的年轻作家,后来都具有了"思想个性"和"个人风格"。"文学不可能永远停留在托尔斯泰的时代,就如同科学和技术进步一样,文学的进步在一定意义上显示的恰恰是社会心理和审美意趣的变革。"为此该学者断言,虽然目前总体上这些年轻作家的创作还不成熟,但"我敢说他们都是十分杰出而且将来必定都是很有出息的好作家",因为,该学者"了解他们的写作,而且还了解他们的内心、渴望以及梦想"。[②] 反对者的意见主要集中在这些年轻作家创作的"无根性"问题上,它体现在两个方面:一、"那些孤独的个人、那种颓废的反抗和对于'身体'的迷恋"等之所

[①] 随着时间的推移,这个"名单"还在不断变化。之所以会出现这种情形,一是由于时间太短,人们对他们创作的印象还未固定;二是其作品大多雷同,其中的"代表作"不多,所以,很难在一段时间内使名单稳定下来,并为大家所共同接受。

[②] 魏心宏:《我看"七十年代以后"作家》,《山花》2002年第4期。

以显得"无聊",是因为"它是现实中存在的那种无力也无法参与全球化进程,无力也无法分享市场的利益的'看不见'的阶层";在他们的创作中,"'革命'的历史似乎从来没有'在场'",但这种对"革命记忆"的"脱离",最容易带来的是在"全球化语境"中的对"民族的认同和感情"的丧失。① 表示理解的意见认为,尽管大众传媒的商业炒作对该群体的形象有所损害,例如所谓"美女作家"等等说法,但不能用粗暴的批评"遮蔽"了他们的创作。"正常情况下,一个作家总是从经验开始创作,童年经验啊、'身体'啊,等等,但一个有足够专业精神的作家总会走得更远。"他们指出,虽然这一群体目前的创作水平并不整齐,然而一部分人的"专业精神"已开始显露,而且已经表现出一定的艺术个性。因此,他们不赞成对其中一些女作者的创作状态"粗暴"地"归一",主张对她们"文本质地"上的"优异之处"做耐心、细致的分析研究。但他们也不否认,"70后"作家中确实有个别人希望对文坛有"怪模怪样的冲击力",有某种"病态"的"猎奇"心理,认为这对今后的创作有明显负面作用,是不可取的。②

"70后"作家确实是世纪末文坛出现的一支新异的创作力量。他们的人生经历,决定了他们与"文革"等历史经验关系的疏远,而与市场经济下的现代社会有更深的精神联系。因此,他们的创作很自然地回避了对群体存在的关注,而对个体存在和生命状态有某种先天的敏感和体知,这种"纯粹"是源于个人内心,表达的也是个人欲望的文学主题、题材与艺术形式,与80年代后诸种文学现象、流派,即使与"60后"作家之间,也有较大的差异和不同。而且由于,在这其中女作家占有较大比重,这就使更为感性和虚幻的"女性经验""女性感觉",成为这一代作家创作的一个十分醒目的特色。另外,"70后"作家大都生活在大、中城市,现代都市的生活节奏,光怪陆离的都市意象,如咖啡馆、舞厅、公寓、宾馆、电影院、休闲中心、街道、霓虹灯等,自然会刺激其创作灵感,编织其作品的基本意象。同时,现代社会日趋分化、冷漠的现实,也会进一步加剧其内心世界的孤独感、茫然感,使其陷入无所作为的两难境地,外在行为与内心真实出现对立和分裂。例如,《牵手》《一声叹息》和《谁说我不在乎》等有关家庭危机和婚外恋的小说,表现的就是一种青春的反叛与想象中的虚幻浪漫,以及最后的无奈。亚虎的《谁能比我更爱你》,用一种近乎冗长的琐碎叙述描写一对青年男女的微妙

---

① 张颐武:《理论的再出发:文学批评与文化研究的反思》,《山花》2001年第10期。
② 宗仁发、施战军、李敬泽:《被遮蔽的"70年代人"》,《南方文坛》2000年第4期。

的关系。表面上看,小说没有什么新奇之处,然而,新新人类之间这种微妙而不可思议的感情波澜却是目前最为流行的"70后"作家的典型的故事。它更让人感到,传统小说中的"震撼""新奇"似乎都被这"日复一日"的"日常生活"给瓦解掉了,所以,不仅小说里的重逢和相遇不可能给我们什么视觉和心理的冲击,就连最后女主人公的堕落,也会叫人觉得平淡无奇。这种对生活、题材和经验的处理方式,其实是令人眼熟的,它使读者不由得联想起30年代上海新感觉小说的某些作家,说它们同属于"都市小说家族",应该是不会让人感到意外的。虽然,"70后"作家的创作表现了在中国进一步走向市场化、城市化之后,人们在生活态度、世界观上发生的复杂的变化和矛盾,它在审美意识方面也有一定的探索和发展,但也有人表示了忧虑,担心"原来的那种方式显然不够,但是像'身体'写作,也过于狭隘,似乎在一种过分个人化的叙事中,掩盖了活生生的,有趣的生活,也粉饰了历史"[①]。这种担心并不是毫无道理的。在"70后"作家中,目前影响较大、也引起过一些争议的作家是卫慧、棉棉、丁天等。其中,卫慧的《上海宝贝》《卫慧为谁疯狂》引起比较多的批评,甚至一度还遭到查禁。

[①] 张闳、叶开:《关于"七十年代后"作家的无主题变奏》,《山花》2002年第4期。

第二十章　新世纪文学

第一节　评价的分歧

新世纪文学①似乎是一个不证自明的概念——新世纪的到来自然有了新世纪的文学。但是事实并非如此。当"新世纪文学"作为一个文学概念被提出和使用之后,学界对这个概念内涵的阐释发生了很大的分歧。这一分歧集中表现在对新世纪文学的整体评价上。

对新世纪以来文学创作的各种批评,经常见诸大小媒体,但2006年发生的几起批评事件,可能更集中地代表了这一倾向性的看法。一是《思想界炮轰文学界:当代中国文学脱离现实》的综合报道,思想界的学者认为:"中国主流文学界对当下公共领域的事物缺少关怀,很少有作家能够直面中国社会的突出矛盾。""最可怕的还不只是文学缺乏思想,而是文学缺乏良知。""在这块土地上,吃五谷杂粮长大的小说家中,还有没有人愿意与这块土地共命运,还有没有人愿意关注当下,并承担一个作家应该承担的那一部分。"②二是2006年岁末,德国汉学家顾彬先生对中国当代文学的批评被

---

① 《文艺争鸣》自2005年第2期开辟"关于新世纪文学"专栏,同年5月,沈阳师范大学中国文化与文学研究所和《文艺争鸣》杂志社联合召开了"新世纪文学与文学的新世纪"全国学术研讨会。此后,"新世纪文学"作为一个重要的文学概念开始被接受。中国人民大学报刊复印资料在2007年第1期连续转载了3篇关于"新世纪文学"研究的论文。人民文学出版社于2007年1月出版了由张未民等主编的《新世纪文学研究》论文集,集中展示了对该问题研究的重要成果。2010年10月24日,沈阳师范大学中国文化与文学研究所与《文艺争鸣》杂志社再度联合召开"新世纪文学十年"学术研讨会,对新世纪文学十年来的发展以及对新世纪文学研究的现状进行了深入的研讨。

② 《思想界炮轰文学界:当代中国文学脱离现实》,2006年5月20日《南都周刊》。

歪曲报道之后,国内作家、批评家做出的激烈反应①;三是杨义发表的《为当今文学洗个脸》。这几起文学批评事件的态度和倾向是非常不同的。思想界对当下文学创作几乎做了全面的否定,而且言辞激烈;在顾彬的"垃圾门"事件中,无论作家、批评家从什么角度发言,都有试图维护当下中国严肃文学形象的意思,尽管前提并不是真相的全部;但杨义先生对新世纪文学的批评是非常清楚的。他说:

> 当今文学写作正借助着不同的媒介在超速地生长,很难见到哪一个时代的文学如此活跃、丰富、琳琅满目。这是付出代价的繁荣,大江东去,泥沙俱下,不珍惜历史契机,不自尊自重的所谓文学亦自不少,快餐文学、兑水文学,甚至垃圾文学都在不自量地追逐时尚,浮泛着一波又一波的泡沫,又有炒作稗贩为之鼓与吹。于是有正义感的文学批评家指斥文学道德滑坡和精神贫血症,慨叹那种投合洋人偏见而自我亵渎,按照蹩脚翻译写诗,在文学牛奶中大量兑水,甚至恨不得把文学女娲的肚脐以下都暴露出来的风气。我们不禁大喝一声:时髦的文学先生,满脸脏兮兮并不就是"酷"。在此全民大讲公德、私德、礼仪的时机,我们端出一盆清凉的水,为当今文学洗个脸,并尽可能告知脏在何处,用什么药皂和如何清洗。我们爱护这个时代,爱护其文学,爱护时代和文学的声誉及健康,故而提出"为当今文学洗个脸"的命题。②

但是,新世纪文学的丰富性和复杂性,用任何一种印象式的概括都是不全面的。文学批评在否定末流的同时,更应该着眼于它的高端成就。这就如同现代文学一样,批评"礼拜六"或"鸳鸯蝴蝶派"是容易的,但批评鲁迅大概要困难得多。如果着眼于红尘滚滚的上海滩,现代文学也可以叙述出另外一种文学史,但现代文学的高端成就在"鲁郭茅巴老曹",而不是它的末流;同样的道理,新世纪文学不止是被夸张描述的"快餐文学、兑水文学,甚至垃圾文学",它的高端成就并没有被批评。因此,上述对新世纪文学的批评是一个"不及物"的批评。

事实上,无论对于新世纪文学创作还是批评而言,情况都远没有上述批评家们想象的那样糟糕。传媒的发达和文化产业的出现,必然要催生大量一次性消费的"亚文学"。社会整体的审美趣味或阅读兴趣就处在这样的

---

① 见《中国作家、批评家集体反击顾彬》,http://www.ycwb.com/ycwb/2006-12/16/content_1319394.htm。
② 杨义:《为当今文学洗个脸》,2006年12月23日《光明日报》。

层面上。过去我们想象的被赋予了崇高意义的"人民""大众"等群体概念在今天的文化市场上已经不存在,每个人都是个体的消费者,消费者有自己选择文化消费的自由。官场小说、言情小说、玄幻小说、小资趣味、白领时尚的风靡或长盛不衰,正是满足这种需要的市场行为。另一方面,我们过去所说的"严肃写作"或"经典化"写作,作为主流仍然存在。不仅在80年代成名的作家在艺术上更加成熟,而且超越了80年代因策略性考虑而对文学极端化和"革命化"的理解。比如文学与政治的关系,对语言、形式的片面强调,对先锋、实验的极端化热衷等。很多人之所以对新世纪的创作深怀不满,一方面是只看到了市场行为的文学,一方面是以理想化的方式要求文学。只看到市场化文学,是由于对"严肃写作"或"经典化"写作缺乏了解,特别是缺乏对具体作品阅读的耐心;以理想化的方式要求文学创作,则永远不会有满意的文学存在。

百年来关于文学的讨论,大都是文学之外的事情。那些对文学的附加要求,有的可以做到,也有的难以做到。在建立现代民族国家,需要民族全员动员的时代,文学确实起到过独特的、不能替代的巨大作用。但在后革命时期,在市场经济时代,再要求文学负载这样的重负,不仅不可能,而且也不必要。即便是在大变动大革命的时代,文学所能起到的作用也仍然是辅助性的,主战场还是革命武装。1992年,谢冕先生在为"20世纪中国文学丛书"所写的总序《世纪末:中国知识分子的思索》中说道:"中国文学的创作和研究受制于百年的危亡时世太重也太深,为此文学曾自愿地(某些时期也曾被迫地)放弃自身而为文学之外的全体奔突呼号。近代以来的文学改革几乎无一不受到这种意识的约定。人们在现实中看不到希望时,宁肯相信文学制造的幻像;人们发现教育、实业或国防未能救国时,宁肯相信文学能救民于水火。文学家的激情使全社会都相信了这个神话。而事实却未必如此。文学对社会的贡献是缓进的、久远的,它的影响是潜默的浸润。它通过愉悦的感化最后作用于世道人心。它对于社会是营养品、润滑剂,而很难是药到病除的全灵膏丹。"[①]许多年过去之后,我认为谢冕先生对文学的认识仍然正确。而对新世纪文学的不满,是缘于对文学及其功能的理想化期待。

新世纪文学在市场化的时代,不能不受到市场利益和其他非文学因素

---

① 谢冕:《二十世纪中国文学丛书·总序——世纪末:中国知识分子的思索》,谢冕:《新世纪的太阳——二十世纪中国诗潮》,时代文艺出版社,1993。

的支配和制约。长篇小说一直受到出版界的宠爱,这个文体的优越地位日益突出。每年出版一千余部的长篇可见生产规模之巨。出版数量不能说明艺术问题,但我们在重要的长篇小说作家,比如张洁、莫言、贾平凹、铁凝、史铁生、王安忆、韩少功、张炜、格非、刘震云、阿来、阎连科、周大新、李佩甫、阎真、黄国荣、范稳、杨志军、孙惠芬等人那里,可以看到,他们新世纪以来创作的长篇小说,应该说达到了一个相当高的水平。特别值得我们注意的,是中篇小说所取得的巨大成就。在我们看来,自80年代到现在,中篇小说可能代表了这一时段文学的最高水平。80年代的王蒙、张贤亮、冯骥才、张一弓、宗璞、张洁、谌容、张承志、陈建功、王安忆、韩少功、铁凝、张抗抗、张辛欣、古华等良好的文体意识和尖锐的社会问题意识,将中篇小说推向了一个相当高的水平。他们的创作为新世纪中篇小说的创作提供了丰富的经验,为其日后的发展奠定了扎实和稳定的基础。而中篇小说的容量和它所传达的社会与文学的信息,使它具有极大的可读性;大型文学期刊顽强的坚持,使中篇小说的生产与流播受到的冲击被降低到最小限度。文体自身的优势和载体的相对稳定,以及作者、读者群体的相对稳定,都决定了中篇小说获得了绝处逢生的机缘。这也使中篇小说不追时尚、不赶风潮,能够以"守成"的文化姿态坚守最后的文学性成为可能。在这个无处不变、无时不变的时代,不变的事物可能显得更加珍贵。在这个意义上,中篇小说很像是一个当代文学的"活化石"(短篇小说在这个意义上也可以成立)。当然,从来没有一成不变的"不变",这个"不变"是指对文学信念的坚持和对文学基本价值的理解。在这个前提下,无论中篇小说书写了什么,都不能改变它的基本性质。

在商业霸权主义掌控一切的文化语境中,我们在新世纪文学中看到了中国当下生活的另一面。由于历史、地域和现实的原因,中国社会发展的不平衡构成了中国特殊性的一部分。在这种不平衡中向下倾斜的当然是底层和广大的欠发达地区。面对这样的现实,在强调文学性的同时,作家当然有义务对并未成为过去的历史和现实表达出他们的立场和情感。在这个意义上说,作家在表达他们对文学独特理解的基础上,同时也接续了现代文学史上"社会问题小说"的传统。很多作品将底层生活的困苦,以真实或极端的方式表达出来。这些作品所具有的"新人民性",体现了新世纪文学直面现实和作家参与公共事务的内心要求。

对极端化或绝对化生活状态的表达相对容易些,因为那里隐含着不易察觉的、先在的道德立场的优越。而激愤、抗争以及同情等情感因素,特别容易得到读者的认同和掌声。这与20世纪以来我们的文学经验和读者的接受习惯有关。但是,对日常生活,对每个人都熟悉的生活状态,对不因时代、环境和制度而改变的,也就是"超稳定文化结构"中的人与人性和边缘经验的表达,就要困难得多。越是熟悉的生活,越是司空见惯的状态,越难以表达。文学是处理人类精神和心灵事物的领域,如果不放弃或牺牲文学,对人和人性的表达就永远是文学的困惑与焦虑。这一点,也恰恰是文学和娱乐文化最大也是最后的区别。新世纪中篇小说对日常生活中的人和人性的书写,取得了值得重视的成就。

这些看法并不是要维护新世纪文学的形象,而只是部分地陈述了当下文学的某些真相或真实。当下文学不是不存在问题。比如,"底层文学",仅仅呈现苦难是不够的,苦难在"底层文学"中如果是一个写作目的,就不可能达到应有的深度;比如,对历史的书写往往比对现实的表达更为生动和精彩,新世纪文学对现实的把握显然还捉襟见肘、力不从心。

第二节 整体性的破碎

在中国百年文学史上,乡村中国一直是最重要的叙述对象。在现代文学起始时代,乡村叙事是分裂的,一方面,穷苦的农民因愚昧、麻木被当做启蒙的对象,一方面,平静的田园又是一个诗意的所在。因此,那个时代对乡村的想象是矛盾的。乡村叙事整体性的出现,与中国共产党建立现代民族国家的目标密切相关。农民占中国人口的绝大多数,动员这个阶级参与建立现代民族国家的进程,是被后来历史证明的必由之路。于是,自延安时代起,特别是反映或表达土改运动的长篇小说《太阳照在桑干河上》《暴风骤雨》等的发表,使中国乡村生活的整体性叙事与社会历史发展进程的紧密缝合被完整地创造出来。此后,当代文学关于乡村中国的整体性叙事几乎都是按照这一模式书写的。《创业史》《山乡巨变》《三里湾》《红旗谱》《艳阳天》《金光大道》《黄河东流去》等概莫能外。

但是,这个整体性的叙事很快就遇到了问题,不仅柳青的《创业史》难以续写,而且周克芹的《许茂和他的女儿们》以"生活真实"的方式,率先对这个整体性提出了质疑。陈忠实的《白鹿原》对乡村生活"超稳定结构"的呈现以及对社会变革关系的处理,使他因远离了整体性而使这部作品具有了某种"疏异性"。在孙惠芬的《上塘书》中,上塘的历史已演化为一份"村志",那客观性的记录或有意滤去的历史建构,从另一个方面表达了作家面对历史的困境。在张炜的《丑行或浪漫》中,历史仅存于一个女人的身体中。在林白的《妇女闲聊录》中,王榨村的历史几为真空。这种变化首先是历史发展与"合目的性"假想的疏离,或者说,当设定的历史发展路线出现问题之后,真实的乡村中国并没有完全沿着历史发展的"路线图"前行,因为在这条"路线"上并没有找到乡村中国所需要的东西。这种变化反映在文学作品中,就出现了难以整合的历史。整体性的瓦解或碎裂,是新世纪表现乡村中国长篇小说最重要的特征之一。

乡村叙事整体性的破碎,在阿来和贾平凹的创作中最为明显。几年前,《尘埃落定》的出版使阿来一夜成名,但此后的若干年,阿来的存在只是在对《尘埃落定》的议论里,对这部作品的议论持续了许多年,甚至至今也没有成为过去。由于《尘埃落定》的影响,对他晚近出版的《空山》的评论肯定也会持续一段时间。但是,读过《尘埃落定》之后,再读《空山》会觉得这是一部很奇怪的小说:《尘埃落定》是一部英雄传奇,是叱咤风云的土司和他们子孙的英雄史诗,他们在壮丽广袤的古老空间上演了一部雄赳赳的男性故事,也是从前现代走向现代的浪漫历史;但《空山》里几乎没有值得讲述的故事,拼接和连缀起的生活碎片充斥全篇,在结构上也是由两个不连贯的篇章组成的;它与《尘埃落定》是如此的不同。

《随风飘散》是《空山》的第一卷。这一卷讲述了私生子格拉和母亲相依为命毫无意义的日常生活,他们屈辱而没有尊严,甚至冤屈地死亡而浑然不觉。如果只读《随风飘散》我们会以为这是一部支离破碎很不完整的小说片段;但是,当读完卷二《天火》之后,会发现那场没有尽期的大火不仅照亮了自身,同时也照亮了《随风飘散》中格拉冤屈的灵魂。格拉的悲剧是在日常生活中酿成的,格拉和他母亲的尊严是被机村普通人剥夺的,无论成人还是孩子,他们都随意欺辱这对仅仅是活着的母子。原始的愚昧在机村弥漫,于是,对人性的追问就成为《随风飘散》贯穿始终的主题。

《天火》是发生在机村的一场大火。这场大火更是一种象征和隐喻,它是一场自然的灾难,更是一场人为的灾难。那漫天大火背后,有各种表演的嘴脸,在政治文化的支配下,"运动"不是改变了人性,而是催发了人性的恶。自然的"天火"并没有也不可能给机村毁灭性的打击,但自然"天火"后面的人为"天火",却为这个遥远的村庄带来了更大的不测。多吉的命运和央金的命运是那个时代人物命运的两极,一念之差,或者在神秘的命运之手的掌控下,所有的人,既可以上天堂也可以下地狱。《空山》是一部多年潜心营造的作品,它将一个时代的苦难和荒谬,蕴涵于一对母子的日常生活里,蕴涵于一场精心勾画却又含而不露的"天火"中。这时我们发现,任何一场运动,一场灾难过后,它留下的永驻人心的创伤都不仅仅是对自然环境的。生活中原始的愚昧,一旦遭遇适合的环境,就会以百倍的疯狂挥发出来。对机村琐碎生活的叙述与《尘埃落定》宏大的历史叙述构成了鲜明的比较。仅仅几年的时间,历史主义在阿来这里已经烟消云散化为乌有。

贾平凹是这个时代最重要的作家之一,他已经完成的创作无可置疑地成为这个时代重要的文学经验的一部分。无论对贾平凹的看法有多么不同,有一点可以肯定的是,他几乎所有的长篇创作,都是与现实相关的题材。他关注着变化的生活和世道人心,并以他的方式对这一变化的生活,特别是农村生活和人的生存、心理状态表达着他的犹疑和困惑。

在他以往的作品中都有相对完整的故事情节,都有贯穿始终的主要人物来推动故事或情节的发展。或者说在贾平凹看来,以往的乡村生活虽然有变化甚至震荡,但还可以整合出相对完整的故事和历史,还有一个历史的整体性存在。这样的叙事或理解,潜含着贾平凹对乡村中国生活变化的乐观态度。但《秦腔》发生了重大的变化:小说已经没有完整的故事和情节。清风街上只剩下了琐屑无聊的生活碎片和日复一日的平常日子。再也没有大悲痛和大欢乐,一切都变得平淡无奇。"秦腔"在这里是一个象征和隐喻,它是传统乡村中国的象征,证实着乡村中国曾经的历史和存在。在小说中,这一古老的民间艺术正在渐渐流失,它片段地出现在小说中,恰好印证了它残存的艰难。疯人引生是小说的叙述者,但他在小说中最大的作为就是痴心不改地爱着白雪,不仅因为白雪漂亮,重要的还有白雪会唱秦腔。因此,引生对白雪的爱也不是简单的男女之爱,而是对某种文化或某种文化承传者的一往情深。对于引生或贾平凹而言,白雪是清风街上东方文化最后的女神:她漂亮、贤惠、忍辱负重又善解人意。但白雪的命运却不能不是宿命性的,她最终还是一个被抛弃的对象,而引生并没有能力拯救她。这个故事其实就是清风街或传统的乡村中国文化的故事:白雪、秦腔以及"仁义礼智"等乡村中国的最后神话即将成为过去,清风街再也不是过去的清风街,世风改变了一切。

《秦腔》的感伤是对传统文化越来越遥远的凭吊,是一曲关于传统文化的挽歌,也是对"现代"的叩问和疑惑。这样的思想贾平凹在《土门》《怀念狼》等作品中也表达过。笔者不免踌躇:《秦腔》站在过去或怀旧的立场面对今日的生活,它对敦厚、仁义、淳朴等乡村中国伦理文化的认同,是否也影响或阻碍了他对"现代"生活的理解和认知,使之对任何一种生活的理解和描述,都不免片面甚至夸张?《秦腔》的"反现代"的现代性,在这个意义上是值得讨论的。因此,面对"现代"的叩问或困惑,就不止是《秦腔》及作者的问题,对我们而言同时也是如何面对那个强大的历史主义的问题。

这种有趣的悖论,我们在关仁山的《麦河》、刘亮程的《凿空》中仍清晰可辨:《麦河》是表现当下乡村中国正在实行的土地流转政策,以及面对这个政策麦河两岸的鹦鹉村发生的人与事。实行土地流转是小说的核心事件,围绕这个事件,小说描绘了北中国乡村的风情画或浮世绘。传统的乡村虽然在现代性的裹挟下已经风雨飘摇,但乡村的风俗、伦理、价值观以及具体的生活场景,并没有发生革命性的变化,这就是我曾经强调过的乡村中国的"超稳定文化结构"。但是,乡村中国又不是一部自然发展史,现代性对乡村的改变几乎是难以抗拒的。因此,乡村就处在传统/现代的夹缝中——面对过去,乡村流连忘返充满怀恋;面对未来,乡村跃跃欲试又四顾茫然。这种情形,我们在《麦河》的阅读中又一次经验。有趣的是,《麦河》的叙述者是由一个瞎子承担的。三哥白立国是个唱大鼓的民间艺人,虽然眼睛瞎了,但他对麦河和鹦鹉村的人与事洞若观火了如指掌。他是鹦鹉村的当事人、参与者和见证者。虽然是个瞎子,但他心地善良,处事达观,与人为善和宽容积极的人生态度,给人留下了深刻的印象。在某种意义上他是鹦鹉村的精神象征。但作为一个残疾人,他的行动能力和处理外部事务的局限,决定了他难以主宰鹦鹉村的命运。他唯一的本事就是唱乐亭大鼓。但是这个极受当地农民欢迎的地方曲艺,能够改变鹦鹉村贫困的现实和未来的命运吗?小说中另一个重要的人物是曹双阳。这是一个我们经常见到的乡村"能人",他见多识广、能说会道,曾经和黑道的人用真刀真枪震慑过黑石沟的地痞丁汉,也曾经为了合股开矿出让了自己的情人桃儿。这是一个不安分、性格极其复杂的人物,也是我们常见的乡村里内心有"狠劲"的人物。他是当上"麦河集团"的老总以后重新回到鹦鹉村的。他希望村民通过土地流转加入"麦河集团",实现鹦鹉村的集体致富。所谓土地流转,是指拥有土地承包经营权的农户将土地经营权(使用权)转让给其他农户或经济组织,即保留承包权,转让使用权。也有的地区将集体建设用地通过土地使用权的合作、入股、联营、转换等方式进行流转,鼓励集体建设用地向城镇和工业园区集中。其要点是,在不改变家庭承包经营基本制度的基础上,把股份制引入土地建设制度,建立以土地为主要内容的农村股份合作制,把农民承包的土地从实物形态变为价值形态,让一部分农民获得股权后安心从事二、三产业;另一部分农民可以扩大土地经营规模,实现市郊农业由传统向现代的转型。

土地对农民太重要了。历朝历代只有处理好土地问题,乡村中国才有太平光景。对于农民来说,土地分下来容易合起来难。但土地流转不是合作化运动,它是充分自由的,可以流转也可以不参加流转。对乡村中国来说这当然是又一种新的探索。就鹦鹉村而言,由于双羊的集中管理和多种经营,鹦鹉村已经呈现出了新的气象,农民的生活和精神面貌发生了显著的变化。当然,小说是写人物命运的。围绕麦河两岸土地流转这个事件,《麦河》在描绘冀北平原风俗风情的同时,主要书写了鹦鹉村民在这个时代的命运和精神状态。曹双羊是一个"能人",但也诚如桃儿所说,这是一个患了"现代病"的人,他被金钱宰制,现代人所有的问题他几乎都具备。但他最终还是回到了土地,对土地的敬畏最终成就了这个"能人"。瞎子三哥的眼睛最后得以复明,这当然不是他说的"因果论"。但这个"大团圆"式的结局还是符合大众阅读趣味的。瞎子三哥是《麦河》塑造得最成功的人物,他是乐亭大鼓的传人,是一个民众喜闻乐见的人物。在他身上我们得以感受典型的冀北风情风物。应该说,就是这个乐亭大鼓将《麦河》搅动得上下翻飞风情万种。可以肯定的是,关仁山对三哥这类民间人物和乐亭打鼓相当熟悉。他身边的苍鹰是个"隐喻",这个鸟中之王,因为飞得高才看得远。三哥与苍鹰"虎子"是相互的对象,用时髦的话说,他们有"互文"关系。

《麦河》中桃儿这个人物我们在《九月还乡》中似乎接触过;她是一个来自乡村的卖淫女,但做过这类营生的人并非都是坏人。桃儿自从回到鹦鹉村,自从和瞎子三哥"好上"以后,我们再看到的桃儿和寻常见到的好姑娘并没有不同。她性情刚烈,但多情重义。她不仅爱三哥,而且最终治好了三哥的眼疾,使他重见光明。这里蕴涵着一个文学观念的问题。自从莫泊桑的《羊脂球》之后,妓女的形象大变。这当然不是作家的"从善如流"或庸俗的"跟进"。妓女也是人,只是"妓女"的命名使她们必须进入"另册"。桃儿的形象应该说比《九月还乡》中的九月丰满丰富得多。如果说九月是一个从妓女到圣母的形象,那么桃儿就是一个冀北普通的乡村女性。从这个变化来说,关仁山在塑造乡村女性形象方面有了很大的超越。

中国的改革开放本身是一个"试错"的过程,探索的过程。中国社会及其发展道路的全部复杂性不掌控在任何人的手中,它需要全民的参与和实践。事实证明,在过去那条曾被誉为"金光大道"的路上,乡村中国和广大农民并没有找到他们希望找到的东西。但麦河两岸正在探索和实践的道路却透露出了某种微茫的曙光。

文学和叙事的力量,缘于一种执著的热爱和情感,缘于叙事者对讲述对象的了解和想象。《凿空》不是我们惯常理解的小说。它没有可以梳理和概括的故事和情节,没有关于人物命运升降沉浮的书写,也没有刻意经营的结构。因此与其说这是一部小说,毋宁说这是刘亮程对沙湾、黄沙梁——阿不旦村庄在变动时代的心灵感受的讲述。在刘亮程的讲述中,更多呈现的是场景,人物则是镶嵌在场景中的。与我们只见过浮光掠影的黄沙梁——阿不旦村不同的是,刘亮程是走进这个边地深处的作家。见过边地外部的人,或是出于对奇异景观的好奇,或是出于对落后面貌的拒之千里,都不能理解或解释被表面遮蔽的丰富的过去,无论是能力还是愿望。但是,就是这貌不惊人的边地,以其地方性的知识和经验,表达了另一种生活和存在。阿不旦在刘亮程的讲述中是如此的漫长、悠远。它的物理时间与世界没有区别,但它的文化时间一经作家的叙述竟是如此的缓慢:以不变应万变的边远乡村的文化时间确实是缓慢的,但作家的叙述使这一缓慢更加悠长。一头驴、一个铁匠铺、一只狗的叫声、一把坎土曼,这些再平凡不过的事物,在刘亮程那里津津乐道乐此不疲。虽然西部大开发声势浩大,阿不旦的周边机器轰鸣,但作家的目光依然从容不迫地关注着那些古旧事物。这道深情的目光里隐含着刘亮程的某种拒绝或迷恋:现代生活就要改变阿不旦的时间和节奏了。它将像其他进入"现代"生活的发达地区一样,人人都将被按下"快进键","把耽误的时间抢回来"变成了全民族的心声。到了当下,环境更加复杂,现代、后现代的语境交织,工业化、电子化、网络化的社会形成,资源紧缺引发争夺,分配不平衡带来倾轧,速度带来烦躁,便利加重烦躁,时代的心态就是再也不愿意等。什么时候我们丧失了慢的能力?中国人的时间观,自近代以降历经三次提速,已经停不下来了。我们需要的是时刻看着钟表,计划自己的人生:一步到位、名利双收、嫁入豪门、一夜暴富、35岁退休……没有时间感的中国人变成了最着急最不耐烦的地球人,"一万年太久,只争朝夕",这是对现代人浮躁心态和烦躁情绪的绝妙描述。但阿不旦不是这样。阿不旦是随意和惬意的:"铁匠铺是村里最热火的地方,人有事没事喜欢聚到铁匠铺。驴和狗也喜欢往铁匠铺前凑,鸡也凑。都爱凑人的热闹。人在哪扎堆,它们在哪结群,离不开人。狗和狗缠在一起,咬着玩,不时看看主人,主人也不时看看狗,人聊人的,狗玩狗的,驴叫驴的,鸡低头在人腿驴腿间觅食。"这是阿不旦的生活图景,刘亮程不时呈现的大多是这样的图景。它是如此平凡,但它就要被远处开发的轰鸣声吞噬了。因此,巨大的感伤是《凿空》中的"坎儿井",它流淌在这些平凡事物的深处。

阿不旦的变迁已无可避免。于是,一个两难的命题再次出现了。《凿空》不能简单地理解为怀旧,事实上自现代中国以来,对乡村中国的想象就一直没有终止。无论是鲁迅、沈从文还是其他乡土文学作家,都一直存在一个不能解释的悖论:他们怀念乡村,但是在城市怀念乡村,是城市的"现代"照亮了乡村传统的价值,是城市的喧嚣照亮了乡村"缓慢"的价值。一方面他们享受着城市的现代生活,一方面他们又要建构一个乡村乌托邦。就像现在的刘亮程一样,他生活在乌鲁木齐,但怀念的却是黄沙梁——阿不旦。在他们那里,乡村是一个只能想象却不能再经验的所在。其背后隐含的是一个没有言说的逻辑——现代性没有归途,尽管它不那么好。如果这样,《凿空》就是又一曲对乡土中国远送的挽歌。这也是《凿空》对"缓慢"如此迷恋的理由。

第三节　重新发现的乡村

中国乡村文化的全部复杂性,在百年文学历史叙述中得到部分揭示的同时,却在新世纪的文化语境中显得扑朔迷离。一方面是乡村历史叙述整体性的破碎,乡村很难再被整合为一部完整的历史;一方面则是乡村里被重新发现的历史和文化。

20世纪末,作家李佩甫发表了长篇小说《羊的门》,在批评界引起了强烈的反响。这部小说是对包括中原文化在内的传统乡村文化的重构,对当下中国社会和世道人心深切关注和透视的作品,它是乡土中国政治文化的生动画图。独特的生活形式和一体化性质的秩序,使呼家堡成了当下中国社会政治生活的一块"飞地",它既实现了传统农业社会向现代文明转化的过程,使农民过上了均等富庶的生活,又严格地区别于具有支配性和引导性的红尘滚滚的都市文明。它是一片"净土",是尚未遭到现代文明污染的"世外桃源"。从消灭剥削、不平等的物质形式来说,那里已经完成了政治的解放;但从权力与资源分配的差异性来说,从参与机会与民主状况来说,又没有从传统和习俗的僵化生活中解脱出来。它是现代的,又是传统的;它的井然有序是文明的,而那里只有一个头脑,表明了它又是前现代的。呼家堡就是这样一个复杂、奇特的不明之物,它是传统社会生活遭遇了现代性之后,所产生的具有中国特色的社会生活场景。但它的非寓言性显然又表达了作者对当下中国社会生活的某种理解和洞察。

呼家堡的主人呼天成,是一种神秘的、神通广大和无所不能的人物,是一个大隐隐于野又呼风唤雨的人物。在社会生活结构中,他的公开和合法性身份是中国共产党基层组织的负责人,但他的作用又很像旧式中国的乡绅,是呼家堡联系外部社会和地方统治的桥梁。但他又不是一个乡绅,呼家堡的一切都在他的掌握之中,他是呼家堡的"主",是合法化的当家人,是这块土地不能缺少的脊梁和灵魂,他所建立起来的权威让呼家堡的民众深深折服,他对秩序和理性的尊崇,使他个人的统治也绝对不容挑战和怀疑。呼家堡的生活方式是呼天成缔造的,在缔造呼家堡生活方式的同时,呼天成也完成了个人性格的塑造。这个复杂的、既有乡村传统又有现代文明特征的中原农民形象,是小说取得的最大成就。

事实上,呼天成是多种文化交互影响,特别是政治文化影响的产物。他的性格基调就是由这种文化品格培育出来的。它的土壤就是乡村文化中盲从、愚昧、依附、从势以及对私有利益的倚重。呼天成的王朝统治是建立在这样的文化基础上的。它的经典场景就是用一"贼"字对几百号人的震慑:

> 一个"贼"字使他们的面部全部颤动起来,一个"贼"字使他们的眼睛里全都蒙上了一层畏惧。一个"贼"字使他们的头像大麦一样一个一个勾下去了。一个"贼"字就使他们互相偷眼望去,相互之间也突然产生了防范。那一层一层、看上去很坚硬的人脸在一刹那间碎了,碎成了一种很散很无力的东西……

这个场景启示了呼天成,他对书上说的"人民"有了新的理解,也启发了他统治呼家堡的策略。呼天成不是我们在一些作品中常见的腐败的村干部,也不是横行乡里的恶霸,而恰恰是一个修身克己、以身作则的形象。他不仅在一个欲望无边的时代,将激情逐出了"私化"领域,以自我阉割和超凡的毅力克制了他对秀丫的占有,而且即便是他的亲娘,也不能改变他"地下新村"的统一安排,一个命定的数字就是他亲娘的归宿。究竟是什么塑造了呼天成的"金刚不坏之身"?或者说我们究竟应该如何评价呼天成的集体信仰和他的道德形象以及民众对他的信任抑或恐惧?在呼天成那里,权力使他可以视统治对象为"贱民",他在权力和"贱民"的镜像关系中获得了统治的自信。这种权力意志使他难以走向以民主为表征的现代,而止步于遥远的乡村文化传统。

青年女作家邵丽的长篇小说《我的生活质量》也临摹或书写了官场人生。但这不是一部仅仅展示腐败和黑暗的小说,不是对官场异化人性的仇恨书写。在某种意义上,这是一部充满了同情和悲悯的小说,是一部对人的文化记忆、文化遗忘以及自我救赎绝望的写真和证词。小说的主角王祈隆是一个传统的农家子弟,他在奶奶的教导下艰难成长,终于读完大学,并在偶然的机遇中走上仕途。他并不刻意于为官之道,却一路顺风地当上市长。这个为世俗社会所羡慕的角色的背后,却有许多不足为外人道的人生苦衷和内心的煎熬。他恶劣的生活质量不是物质的,而是精神和心灵的。一个人的幸福与否,不是来自外在世界的评价,外在的评价只能部分地满足一个人的虚荣心和成就感。王祈隆的"生活质量"之所以成为问题,就在于他已经实现的社会地位、社会身份和未能忘记的文化记忆的巨大反差。作品的过人之处体现在作者处理王祈隆与安妮的情感过程。

王祈隆与安妮都是当下的"成功人士"、社会精英。按照一般理解,他们的结合是皆大欢喜、情理之中。但面对安妮的时候,王祈隆有难以克服的心理障碍:他脚上的"拐"——那个"小王庄出身"的标记,是他深入骨髓的记忆。这个来自底层的卑微的徽记,即便在他当上市长之后也仍然难以遗忘。"回忆"当然也是一种社会资源和争夺的对象。在过去的历史叙事中,由于农民在革命历史中的巨大作用,这个身份具有了神圣和崇高的意味。但在当下的语境中,在革命终结的时代,农民可能意味着不体面和没有尊严。它过去拥有的意义正在向负面转化。农民——尤其是带有"小王庄"标记的农民,在王祈隆这里成为一种卑微和耻辱的象征,面对安妮这个具有优越的文化历史和资本的欲望对象的时候,王祈隆彻底崩溃了,他不能遗忘自己的出身和历史。这是王市长的失败,也是传统的乡村文化在当下语境中的危机和失败。因此王祈隆与安妮成为传统与现代冲突的表意符号,他们的两败俱伤是意味深长的。

当代小说对乡村文化的重新发现和表达,肇始于寻根文学,它使我们发现了乡村文化的另一种历史。作为一种文学潮流或运动,寻根文学似乎早已过去,但它留下的思想遗产却仍在乡村文化的不断书写中发挥着影响。林白的长篇小说《万物花开》,似乎是林白为数不多的乡村题材的长篇小说。和她此前的作品相比,这部作品发生了极大的变化。这里没有了《说吧,房间》的现实主义风格,也没有了《玻璃虫》亦真亦幻的写实加虚构。这是一部怪异甚至是荒诞的作品,小说的人物由过去我们熟悉的古怪、神秘、歇斯底里、自怨自艾,也性感,也优雅,也魅惑的女人变成了一个脑袋里长着五个瘤子的古怪男孩,窗帘掩映的女性故事或只在私密领域上演的风花雪月,在这里被置换为一个愚顽、奇观似的生活片段,像碎片一样拼贴成一幅古怪的画图。瘤子大头既是一个被述对象,也是一个奇观的当事人和窥视者。王榨这个地方似乎是一个地老天荒的处所,在瘤子大头不连贯的叙述中勉强模糊地呈现出来。我们逐渐接触了那些只会说出人的本能要求的各式人物,他们是杀猪的人,是制造土铳的人,是没有被命名的在荒芜中杂乱生长出的人。这些人物在原初的生活场景中或是粗俗地打情骂俏,或是人与兽共舞。那些难以理喻毫无意义的生活被他们兴致盎然地过着。人的最原初的要求在这里成为最高正义甚至是神话,他们的语言、行为方式乃至兴奋的焦点无不与这个要求发生关联。这个类似飞翔的写作,留给我们的恰似散落一地不能收复的石玉相间的珠串。

有趣的是,小说附录有《妇女闲聊录》及"补遗"。这个"闲聊录"以"仿真"的形式记录了王榨发生的真实事件。所谓事件同样是一些琐屑得不能再琐屑的生活片段,同样是细微得不能再细微的日常符号。但在小说中却有了"互文"的作用:正文发生的一切,在"闲聊"中获得了印证,王榨的人原本就是这样生活的。在我看来,这是林白一次有意的艺术实验和冒险。她与众不同的艺术追求需要走出常规,需要再次挑战人们的想象力和艺术感受力。在这种挑战中她获得的是飞翔和独来独往的快感,是观赏万物花开的虚拟实践,她面对的是乡村古老或亘古不变的精神史,是具象地模糊表达形而上真实的一次有效实践,它可能更需要艺术勇气和胆识。

张炜是书写大地的当代圣手。在他以往的作品中,乡村乌托邦一直是他挥之不去的精神宿地,对乡村的诗意想象一直是他持久固守的文学观念。一方面他延续了20世纪中国文学的民粹主义传统,一方面也可理解为他对现代性的某种警觉和夸张的抵抗。2010年,张炜的《你在高原》出版。在当下这个浮躁、焦虑和没有方向感的时代,张炜能够潜心20年去完成它,这本身就是一个巨大的挑战和奇迹。这个选择原本也是一种拒绝,它与艳俗的世界划开了一条界线。450万字这个长度非常重要:与其说这是张炜的耐心,毋宁说这是张炜坚韧的文学精神。因此这个长度从某种意义上说也是一种高度。许多年以来,张炜一直坚持理想主义的文学精神,在毁誉参半褒贬不一中安之若素。不然我们就不能看到《你在高原》中张炜从容的脚步。对张炜而言,这既是一个夙愿也是一种文学实践。

用20年的时间去完成一个夙愿或文学实践,几乎是一种"赌博",他要同许多方面博弈,包括他自己。这部长卷有强烈的抒情性和诗意,它给人以飞翔的冲动,我们时常读到类似的句子:

> 我抬头遥望北方,平原的方向,小茅屋的方向。
> 你千里迢迢为谁而来?

为你而来。

你历尽艰辛寻找什么?

寻找你这样的人。

它具体而抽象。一切仿佛都只在冥冥之中,在召唤与祈祷之中。通过《你在高原》,张炜的文化信念和精神谱系特别值得我们注意他的文化信念是理想主义。他的理想主义与传统有关又有区别。他坚信一些东西,同时也批判一些东西。他坚持和肯定的是理想、诗意和批判性。这些概念是这个时代很少提及的。我们不能因此理解为这是张炜与这个时代的隔膜,事实上,正是他对这个时代生活的洞若观火,才使得他坚持或选择了那些被抛弃的文化精神。张炜的精神谱系和他的情感方式就是与生活在一起,特别是对底层生活的关注。他的足迹遍布《你在高原》的每个角落。他可以不这样做也能够写出小说。他坚持这样做,使他的写作更自信,更有内容。他的选择为当下文学提供了一种重要的参照。那些已经成为遗产的文化精神,在今天该怎样对待,这似乎是一个老生常谈的问题,但也是一个没有很好解决的问题。过去并没有死去,我们只有认真对待和识别过去,才能走好现在和未来的道路。在这个意义上张炜对过去的坚持和修正,值得我们珍惜和尊重。

张炜的另一部长篇小说《丑行或浪漫》,以一个乡村美丽丰饶的女子刘蜜蜡为主人公,她在经历重重磨难,浪迹天涯之后,最终与青年时代的情人不期而遇。但这不是一个大团圆的故事。在刘蜜蜡漫长的逃离苦难的经历中,在她以身体推动情节发展的过程中,我们发现了"历史是一个女人的身体"。刘蜜蜡以自己的身体揭开了"隐藏的历史"。小说不是从一个既定的理念出发,不是执意赞美或背离过去的乡村乌托邦,而是着意于文学本体,使文学在最大的可能性上展示与人相关的性与情。于是,就有了刘蜜蜡、雷丁、铜娃和老刘慒;就有了伍爷大河马、老獾和小油矬父子、"高干女"等人。这些人物用"人民""农民""群众"等复数概念已经难以概括,这些复数概念对这些人物已经失去了阐释效率。他们同为农民,但在和刘蜜蜡的关系上,特别是在与刘蜜蜡的"身体"关系上,产生了本质性的差异。因此,小说超越了阶级和身份的划分方式,而是在乡村文化对女性"身体"欲望的差异上,区分了人性的善与恶。在这个意义上可以说,乡村历史是一个女人的身体。在小说的内部结构上,它不仅以刘蜜蜡的"身体"叙事推动情节发展,而且在一定程度上敞开了乡村文化难以察觉的隐秘历史。特别是对小油矬父子、伍爷大河马等形象的塑造,显示了张炜对乡村文化的另一种读解。他们同样是乡村文化的产物,但因野蛮、愚昧、无知和残暴,成了刘蜜蜡凶残的追杀者。他们的精神和思想状态仍然停留于蛮荒时代,人最本能又没有道德伦理制约的欲望,就是他们生存的全部依据和理由。

阎连科小说近年来备受争议。他的长篇小说《受活》《风雅颂》《四书》都是如此。《受活》以狂想的方式在当代背景下书写了乡村另一种蛮荒的精神史。《受活》的故事几乎是荒诞不经的,它像一个传说,也像一个寓言,但它更是一段我们熟悉并且亲历的过去。故事的发生地受活庄,是一个由残疾人构成的偏远村落,村民虽然过着听天由命的日子,但浑然不觉,其乐融融。女红军茅枝婆在战场上负伤掉队流落到这里,在她的带领下,村民几乎经历了农村革命的全过程。但在"圆全人"的盘剥下,受活庄仍然一贫如洗。茅枝婆最后的愿望就是坚决要求退社。小说另一条线索是总把自己和政治伟人联系在一起的柳鹰雀副县长带领受活庄人脱贫的当代故事。苏联解体的消息,让他萌生了一个极富想象力的致富门路——从俄罗斯买列宁遗体,在家乡建立列宁纪念堂,通过门票收入致富。为筹措"购列款",柳县长组成了残疾人"绝术团"巡回演出……这虽然是个荒诞不经的故事,但却会让人联想到汤因比对《伊利亚特》的评价:如果把它当做历史来读,故事充满了虚构,如果把它当做文学来读,那里却充满了历史。在汤因比看来,一个伟大的历史学家,也一定是一个伟大的艺术家。阎连科是一个文学家,但他却用文学的方式真实地反映或表现了那段荒诞历史的某个方面。如果从故事本身来说,它仿佛是虚拟的、想象的,但那些亦真亦幻、虚实相间的叙述,对表现那段历史来说,却达到了"神似"的效果,它比真实的历史还要"真实",比纪实性的写作更给人以震撼。这是艺术想象力的无穷魅力。

董立勃《白豆》中的人物和故事,并不是发生在典型的乡村中国,但边陲军垦的生产、生活方式,是中国乡村文化的另一种延伸和接续。那里的等级、权力关系是以另一种形式表现出来的。《白豆》的场景是空旷贫瘠的"下野地",人物是农工和被干部挑了几遍剩下的年轻女人。男人粗陋女人平常,精神和物资一无所有,是"下野地"人物的普遍特征,一如我们常见的乡村经典场景。无论在什么时代,他们都是地道的边缘和弱势的人群。主人公白豆因为不出众、不漂亮,便宿命般地被安排在这个群体中。男女比例失调,不出众的白豆也有追逐者。白豆的命运就在追逐者的搏斗中一波三折。值得注意的是,白豆在个人婚恋过程中,始终是个被动者,这一方面与她的经历、出身、文化背景有关,一方面也与男性强势力量的控制有关。胡铁不是白豆的强暴者,当他找到了真正的强暴者之后,本来可以洗清冤屈还以清白，但一只眼的罗"首长"却宣布了他新的罪名。在权力拥有者那里，是否真的犯罪并不重要，重要的是权力对"犯罪"的命名。胡铁在绝望中复仇，也象征性地自我消失了。《白豆》里的权力支配关系是决定人的命运的本质关系。但是，如果把白豆、胡铁的悲剧仅仅理解为权力支配关系是不够的。事实上，民间暴力是权力的合谋者。如果没有杨来顺图谋已久的"匿名"强奸，如果没有杨来顺欲擒故纵富于心计的阴谋，白豆和胡铁的悲剧同样不会发生，或者不至于这样惨烈。因此，在《白豆》的故事里，权力与暴力，是人性的万恶之源。普通人对权力的崇拜或畏惧，是一种普遍的文化心理。这种政治文化是一个事物的两面，它们之间的关系越是紧张，表达出的问题就越是严重。

书写历史是长篇小说的一个传统，今后仍然会产生大量的作品。但新世纪也出现了"去历史化"的长篇小说，这就是刘震云的《一句顶一万句》。大概从《我叫刘跃进》开始，刘震云已经隐约找到了小说讲述的新路径，这个路径不是西方的，当然也不完全是传统的，它应该是本土的和现代的。他从传统小说那里找到了叙事的"外壳"，在市井百姓、引车卖浆者流那里，在寻常人家的日常生活中，找到了小说叙事的另一个源泉。《我叫刘跃进》的人物、场景和流淌在小说中的气息以及它的"民间性"让人一目了然，但因过于戏剧化，更多关注外部世界或表面生活的情节而淹没了人的内心活动，好看有余而韵味不足。这部《一句顶一万句》就完全不同了，它告知我们的是，除了突发事件如战争、灾害等不可抗拒因素外，普通人的生活就是平淡无奇的，在平淡无奇的生活中发现小说的元素，这是刘震云的能力；但刘震云的小说又不是明清白话小说，叙述上是"花开两朵各表一枝"，功能上是"扬善惩恶宿命轮回"。他小说的核心部分，是对现代人内心秘密的揭示，这个内心秘密，就是关于孤独、隐痛、不安、焦虑、无处诉说的秘密，就是人与人的"说话"意味着什么的秘密。

在《一句顶一万句》中，说话是小说的核心内容。我们每天实践、亲历和不断延续的最平常的行为，被刘震云演绎成惊心动魄的将近百年的难解之谜。百年是一个时间概念，大多是国家民族或是家族叙事的历史依托。但在刘震云这里，"去历史化"表现在这里只是一个关于人的内心秘密的历史延宕，只是一个关于人和人说话的体认。对"说话"如此历尽百年地坚韧追寻，在小说史上还没有第二人。无论是杨百顺出走延津寻女，还是牛爱国奔赴延津，都与"说话"有关。"说话"是一种交流，但更是一种"承认"。夫妻之间的关系，除了生理需要、传宗接代之外，"说话"就是最重要的形式。

但吴摩西和老婆吴香香没有话,老婆说话就是骂吴摩西。理论上说就是吴香香在各方面对吴摩西的"不承认",或者说是不屑甚至蔑视。吴摩西逆来顺受一年多并没有明确的认识,真正明白了是在郑州火车站见到因奸情败露逃跑的老高和吴香香的恩爱场景。这时吴香香已有身孕,他们"为吃一个白薯,相互依偎在一起;白薯仍是吴香香拿着,在喂老高。老高说了一句什么,吴香香笑着打了一下老高的脸,接着又笑弯了腰"。这个场景照出了吴摩西和吴香香的关系——有说有笑的夫妻就是普通百姓的日子,但吴摩西没有,于是他打消了原来的念头,离开了郑州。这个关系的处理只有现代作家才能够完成。如果是明清白话小说,比如《水浒传》,就只能处理成一个仇怨关系,是"辱妻之恨"。武大发现妻子潘金莲与西门庆私通之后,回到家里捉奸又力所不及,只能被诉诸暴力,被西门庆一脚踢在心窝卧床不起,最后被毒药害死。但刘震云处理吴摩西的时候,不是纠缠在市井风月,而是迅速回到了吴摩西的内心:他要离开这个让他伤心的地方,但去哪里呢?吴摩西既没有可去的地方,也没有指引他的人,一个人内心的无助和孤独在这里被写到了极致。人的一生可以有许多朋友,但真正为难和需要帮助的时候,你会突然发现,可以投奔的人竟然了无踪影。这一发现不仅表达了刘震云洞察世事的锐利和深刻,同时也表达了他对人生悲凉或悲剧性的认识。

小说的下半部"回延津记"的主角,是吴摩西养女曹青娥的儿子牛爱国。牛爱国在情感上的遭遇与吴摩西没有本质差别。他也是为了找一个能"说上话"的人而返回延津。一出一进是一个近百年的轮回,但牛爱国能够找到吗?我们不知道。我们知道的是,这些人物不知道存在主义,也不知道哈贝马斯的交往理论,但"话"的意味在这些人物中是不能穷尽的。说出的话,有入耳的、有难听的、有过心的、有不过心的、有说得着的、有说不着的、有说得起的、有说不起的、有说不完的还有没说出来的。老高和吴香香私通前说了什么话,吴摩西一辈子也没想出来;章楚红要告诉牛爱国的那句话最后我们也不知道,曹青娥临死也没说出要说的话。没说出的话,才是"一句顶一万句"的话。当然,那话即便说出来了,也不会是惊天动地的话。这是小说的技法而已,和《红楼梦》中的黛玉临死也没说出宝玉如何、《废都》中有许多空格没什么区别。需要破译的恰恰是已经说出的话,是普通人在日常生活中的"说话"是如何形成政治的。这些普通人是中国最边缘或底层的群体,在葛兰西的意义上他们是"属下",在斯皮瓦克的意义上他们是"贱民",他们是"沉默的大多数",是没有话语权力的阶层。他们在日常生活中的言说被排除在历史叙事之外,是刘震云发现了这个群体"说话"的历史和隐含其间的伦理、智慧、品性等。最根本的是,说话就是他们的日子,他们最终要寻找的还是那个能说上话的人。小说也正是因为有了这些韵味,也就是理论上的萨特、哈贝马斯、查尔斯·泰勒等对人的存在、交往、有意义的他者和承认的政治的论述,普通人的"说话"才博大精深深不可测,也正是因为刘震云发现了这一切,才使这部讲述市井百姓的小说超越了明清白话小说而具有了现代意义。

在迈向现代的过程中,经过"祛魅"之后,乡村文化蕴涵的历史多重性再次被开掘出来。如果说 50 年代机器隆隆的轰鸣打破了乡村的宁静,乡村文化对现代文明还怀有羡慕、憧憬和期待,乡村文化与现代的冲突还没有完全显露出来的话,那么,进入新世纪以后,有声和无声的现代"入侵"和诱惑,则使乡村文化遭遇了不曾料想的危机与困境。但是就在乡村文化风雨飘摇的时代,重返自然却成为现代新的意识形态。那么,在追随现代的过程中,乡村文化的永远滞后就是难以逃脱的宿命吗?这显然是我们尚未明了的文化困惑。

第四节　被复兴的传统

传统文化是当代中国文化与文学研究的一个巨大情结,在不同的历史阶段,"继承"或"弘扬"传统几乎是不变的、永远"政治正确"的口号。因此,对当代中国文化与文学来说,它具有"元话语"性质。但是,传统究竟如何继承,或者究竟什么是我们的文化与文学传统,又一直是困扰我们的悬而未决的问题。毋庸置疑,对传统的尊重或继承永远是有必要的。但是,在我们对待传统的问题上,一直有一个挥之不去的潜在诉求:只有与传统联系在一起,才能够确定我们的文化身份,这就是民族性。在过去的理论表达中,只有民族的才是大众喜闻乐见的,才是中国作风和中国气派的;在当下全球化的语境中,只有民族的才是世界的,也只有民族的,才能够保证国家文化安全而抵制强势文化的覆盖或同化。应该说,这两种理解的功利性诉求所构建起的意识形态,在不同的历史时期都有它的历史合理性。但是,传统文化显然不止存在于功利性的意识形态的表达中。事实上,在现代性追求的过程中,由于社会求新求变的激进演化,总体性的传统文化已经无从表达。在我们感受到的生活中,到处是钢筋水泥的森林和与国际接轨的新近时尚,特别是以电视、网络为中心的新型媒体,几乎彻底改变了我们认知和感受世界的方式。那个总体性的传统日渐淹没于红尘滚滚的现实世界中。

另一方面,传统又确实是我们的文化母体。无论社会以怎样激烈的方式发生变化,总体性的传统还是幽灵般地支配着我们的思维方式和行为方式。即便在文学活动中,我们熟知了再多的西方理论或创作方法,文化传统也还是顽固地存活下来。在近期的小说创作中,文化传统的复兴成为一个令人瞩目的现象,这就是体现在当下小说创作中的民间文化、文人趣味和乡村的世风与伦理。

铁凝的《笨花》也是一部书写乡村历史的小说。小说叙述了笨花村从清末民初一直到40年代中期抗战结束的历史演变。但是,值得注意的是,国族的历史演变更像是一个虚拟的背景,而笨花村的历史则是具体可感、鲜活生动的。因此可以说,《笨花》是回望历史的一部小说,但它是在国族历史背景下讲述的民间故事,是一部"大叙事"和"小叙事"相互交织融会的小说。它既没有正统小说的慷慨悲壮,也没有民间稗史的恣意横流。向家的命运是镶嵌在国族命运之中的,向中和以及他的儿女向文成、取灯以及向文成的两个儿子,都与这一时段的历史有关系。但是,他们并没有也不可能建构甚至成为这段历史的"缩影"。尽管在向中和和取灯的身上体现了民族的英雄主义,但小说真正给人深刻印象的,还是笨花村的日常生活,是向中和的三次婚姻以及笨花村窝棚里的故事。因此,《笨花》在这个意义上也可以看做是一部对"整体性"的逆向写作。

笨花村棉花地里的窝棚,是小说中的一个经典场景。它像一个暗夜笼罩的舞台:既有心神不定看花的男人,也有心情像棉花一样盛开的拾花女人,既有游走的"糖担儿",也有暗暗的糖锣。无数个窝棚既扑朔迷离又充满诱惑,它是笨花村一道独特又暧昧的景观。它是笨花村的风俗,也是笨花村的风情。在这个场景里出入了与笨花村相关的各色人等,在笨花村,它像一个男女之事的"飞地",也是一个诱惑无边的肉体与棉花的民间"交易所"。但笨花村似乎习以为常,并没有从道德的意义上评价或议论它,除非在矛盾极端的时候,偶尔骂一句"钻窝棚的货"。但是,窝棚里的交易却在最本质的意义上表现着人的性格、禀性和善与恶。西贝牛、小治、时令、"糖担儿"、向桂、大花瓣、小袄子等,都与窝棚有着不同的关系。甚至取灯最后也被日本鬼子糟蹋、杀害在窝棚里。

窝棚仅仅是小说大舞台中的一个小角落,与窝棚有关的人物也不是小说中的主要人物。但在这个暗夜笼罩的角落里,小说以从容不迫的叙述,通过小人物照亮了过去许多抽象的观念。比如"人民""民众""群众"等,他们被指认为与革命有天然的联系,而且神圣不容侵犯,他们是不能超越和质疑的,但在《笨花》中,他们既可以钻窝棚,也可以上学堂,既可以不自觉地参与抗日,也可以轻易地变节通敌。那个被命名为小袄子的年轻女孩就是一个典型。她不同于她的前辈向喜、向中和,也不同于她的同代人取灯。她既没有旧式人物的民族气节,也没有新式人物的革命理想。她只是一个普通人,在动荡的年代只希望能够求得生存,最后她还是被处决了。但这样的人物也被动地参与了笨花村历史的书写。《笨花》是一部既表达了家国之恋也表达了乡村自由的小说。家国之恋是通过向喜和他的儿女并不张扬但却极其悲壮的方式展现的;乡村自由是通过笨花村那种"超稳定"的关于窝棚的乡风乡俗表现的。因此,这是一部国族历史背景下的民间传奇,是一部在宏大叙事的框架内镶嵌的民间故事。可以肯定的是,铁凝这一探索的有效性,为中国乡村的历史叙事带来了新的经验。

关仁山的长篇小说《白纸门》,一开篇就描绘了这样一个场景:冀北海滨雪莲湾的冬季,一个略有委靡无所事事的渔民在火盆边吸烟袋。当他看到海滩上的积雪被烈风抽打的时候,职业的敏感使他顿时精神抖擞,然后便跌跌撞撞地栽到雪野里去了。值得我们注意的是,在这个开篇的叙述中,有几个独特的关键词是我们不熟悉的:红海藻、门神、梭子花、大铁锅、闰年谣,等等。事实上,在《白纸门》的"引子"《鹰背上的雪》中,这样的关键词出现了49个,而这49个关键词也恰恰是《白纸门》的49个章节的标题。

小说是以麦家祖孙三人七奶奶、疙瘩爷和重孙女麦兰子的生活和性格展开故事的,但它又不是一部家族小说。这个家族与雪莲湾的民俗风情有密切关系,甚至可以说,麦家的历史就是雪莲湾的历史,麦家的风俗影响或塑造了雪莲湾的文化和生活方式;小说的空间在雪莲湾,但雪莲湾的时间源头却是不可考的久远历史。这个历史仍然与麦家有关:"古时候发海啸,雪莲湾一片汪洋,七奶奶的先人会剪纸手艺,平时就在门板上糊上剪纸钟馗,家家户户买来白纸,请七奶奶先人给剪钟馗。明眼人一看,雪莲湾家家户户都是一色白纸门了。"与门文化有关的还有,谁家男人死了,要摘下左扇白纸门随同下葬,女人走了要摘下右扇白纸门下葬,新人入住要重新换上门,贴上七奶奶剪的白纸钟馗。雪莲湾的风俗就这样延续下来。这大概是小说对《白纸门》唯一作出注释的"词条"。其他没有作出注释的"词条",都隐含在雪莲湾的生活词典里。也许在作者看来,民间生活的秘密是只可意会不可言说的,这个不可言说的有意"省略",恰恰是小说的高明之处。

《白纸门》给人印象最深的,是它对民间文化或民俗民风的呈现与描绘。它像"箴言"或"咒语",不能改变现实却预言了现实。我们可以说它是"迷信",是非理性,但它却是雪莲湾的民间信仰。"民间信仰,是对超自然力的信仰而形成的观念以及在观念统治下形成的态度和行为。这种超自然力,既包括人格化的力量(如神灵),也包括非人格化的力量(如法术)。一般来说,民间信仰缺乏统一的神系、固定的组织以及统一的教义,因而在形态上同制度化的宗教有较大差异,并因此而长期被人们普遍以'迷信'相称,来强调它与科学的对立,特别是与狭义'宗教'(高级宗教)的区别。但其实在本质上,它同各种高级宗教是一致的。从客观的经验来看,或者说,从科学的角度来看,它们均属于非理性的范畴。在人类学、民俗学当中,与制度化的宗教相对,民间信仰常被称作'普化宗教'。对于中国的民间信仰,有些学者又常常称之为'民间宗教',并且把它看做中国民众自己的宗教。"①文化人类学或民间文化研究专家指出了"民间信仰"的功能或价值。而《白纸门》重返民间文化,重新表达对神秘事物的敬畏和顾忌,意义显然重大。T.S.艾略特指出:"历史意识不仅与过去有关,而且和现在有关。历史感迫使一个人在写作时不仅在内心深处装着自己的那一代人,而且还要有这样一种感觉:从荷马开始的整个欧洲文学,以及包含在其中的他本国的文学是并存的,并且构成了一种并存的序列。这种历史意识,这种既是无时间的、又是有时间的、又同时是无时间和有时间的意识,使一个作者具有传统性。它也使作者最确切地意识到他在时间中的位置和他自己的当代性。"②

青年作家徐名涛的长篇小说《蟋蟀》,是一部集中书写传统文化和生活的作品。这是一部离奇而怪异的小说,情节密集又悬疑丛生;它是一部关于过去的民间秘史,也是一部折射当代世风和私密心理的启示录。故事的时间和背景都隐约迷离,我们只能在不确切的描述中知道,这是一个发生在清末民初巢湖一带的姥桥镇陈家大院和妓院翠苑楼里的故事。大院的封闭性、私密性和妓院制度,预示了这是一段陈年旧事,它一旦被敞开,扑面而来挥之不去的是一种陈腐霉变的气息。这种气息我们既熟悉又陌生,既心想往之又望而却步:妻妾成群的陈天万陈掌柜、身怀怨恨的少东家陈金坤、风情万种的小妾阿雄、禀性难改的小妾梅娘、表面儒雅心怀叵测的义子王世毅、始终不在场但阴魂不散的情种秦钟以及一任管家两任知县等,各怀心事

---

① 安德明:《民间信仰的功能》,见《中国学术论坛网》。
② [美]爱德华·W·萨义德:《文化与帝国主义》,北京三联书店,2003。

地款款而来。

这是两个不同的场景,一个是私人化的宅院,一个是公共化的妓院。但这两个不同的场景却隐含了共同的人性和欲望,在无数的谎言中上演了相似的爱恨情仇。陈家大院的主人陈天万陈掌柜一生沉迷于斗蟋蟀,他的生死悲欢都与蟋蟀息息相关,在爱妾与蟋蟀之间他更爱蟋蟀,但他必须说出更爱小妾阿雄;小妾梅娘与少东家有染,与知县两情相悦,与义子王世毅有肌肤之亲并最终身怀六甲;王世毅表面儒雅但与妻子豆儿同床异梦,对收留他的义父陈掌柜的两个小妾虎视眈眈,以怨报德;管家表面忠诚但对陈家家产蓄谋已久韬光养晦……这一切都被谎言所遮蔽。院墙之外虽然传言不绝街谈巷议,但大院昏暗的生活仍在瞒与骗中悄然流逝。死水微澜终酿成滔天大浪,陈家大院更换了主人,那个只有母亲而父亲匿名的孩子,虽然身份暧昧,但因眉眼、提蟋蟀罐走路的姿态和对蟋蟀的痴迷都与陈掌柜相似,使人们有理由相信那就是陈掌柜的孩子。邻里释然,大院宁静,但这个被命名为司钊的孩子,许多年过后,无论他的父亲是谁,可以肯定的是,他是又一个陈天万。他一定会承传陈家大院——也是中国传统生活中最陈腐却又魅力无边的方式。这个意味深长的结尾,也使《蟋蟀》成为一部意味深长的小说。

在现代知识分子阶层形成之前,中国舞文弄墨的人被称为文人。文人就是现代文化人。幕僚、乡绅等虽然也有文化,也可能会有某些文人的习性,但他们的身份规约了他们的生活方式和情感方式,他们还不能称为文人。就像现在的官员、公务员、律师、工程师、教师等,虽然也有文化,但他们是政治家或专业工作者,也不能称为文人。在传统中国,文人既是一个边缘群体,也是一个最为自由的群体。他们恃才傲物,放浪不羁,漠视功名,纵酒狎妓等无所不为。这种行为方式和价值观都反映在历代文人的诗文里。五四新文化运动之后,这一传统被主流文化所不齿,它的陈腐性也为激进的现代革命所不容。因此,小说中的传统文人气息在相当长的一个时期里中断了。90年代以后陆续发表的贾平凹的《废都》、王家达的《所谓作家》等,使我们又有机会领略了小说中的文人气息。庄之蝶和胡然虽然是现代文人,但他们的趣味、向往和生活方式都有鲜明的传统文人的印记。他们虽然是作家,也有社会身份,但举手投足都有别于社会其他阶层的某种"味道":他们有家室,但身边不乏女人;生活很优裕,但仍喜欢钱财;他们谈诗论画才华横溢,但也或颓唐纵酒或率性而为,喜怒哀乐溢于言表。

如果说《废都》《所谓作家》等作品中的人物,还残留着旧文人习气和趣味的话,那么,青年作家李师江的《逍遥游》,则是一部表达了现代文人气的小说。《逍遥游》延续了李师江一贯的语言风格,行云流水旁若无人,出人意料又在情理之中,幽默智慧又奔涌无碍。但表面的"逍遥"却隐含了人生深刻的悲凉,它不是"流浪汉小说",但不确定的人生却又呈现出真正的精神流浪。在漂泊和居无定所的背后,言说的是一种没有归属感的无辜与无助。活跃在小说中的人物,既不是古代"为万世开太平"的官僚阶层,也不是"以天下为己任"的现代知识分子,他们不名道救世,不启蒙救亡,他们只是社会中的一个边缘群体,既生活于黎明百姓之中,又有自己的趣味和交往群体。他们落拓但不卑微,我行我素但有气节,大有明清之际文人的风采。作品中的李师江、吴茂盛等有各种让人不能接受的习气和生活习惯,无组织无纪律,言而无信不拘小节,但他们又都多情重义,热爱生活和女人。他们没有稳定的生活,似乎也不渴望更不羡慕"成功人士"。他们更像是生活的旁观者,一切都可遇不可求,虽然漂泊动荡为生存挣扎,但也随遇而安得过且过。他们经常上当受骗但决不悲天悯人自艾自怜。生活仿佛就在他们放肆的话语中成为过去。李师江、吴茂盛们没有宏大抱负,大处不谈国家社稷,小处不谈爱情。这些事情在他们看来既奢侈又矫情。因此李师江笔下的人物都很放达,很有些胸怀。这就是小说的文人气质,评论李师江小说的文字,都注意到了他很现代的一面,这是对的,但他对传统文化的接续和继承似乎没有被注意。

贾平凹的长篇小说创作,大多与现实保持着密切的关系,特别是乡村中国现代性的问题。但是,值得注意的是,贾平凹的小说又不那么现实。在他的小说中,总是注入了他丰富的个人想象或个人经验,尤其是个人的心理经验。他不那么现实的感觉或个人经验的加入,特别是文人趣味的一贯坚持,恰恰是小说最具文学性因素的部分。《高兴》是一部属于"底层写作"的作品。刘高兴、五富、黄八、瘦猴、朱宗、杏胡等,都是来自乡村的都市"拾荒者"。都市的扩张和现代文明的侵蚀,使乡村的可耕土地越来越少。生存困境和都市的诱惑,使这些身份难以确定的人开始了都市的漂泊生涯。他们维持生计的主要手段是拾荒。但是,面对中国最底层的人群,贾平凹并不是悲天悯人地书写他们无尽的苦难或万劫不复的命运。事实上,刘高兴们虽然作为都市的"他者"并不是城市的真正主人,但他们的生存哲学决定了他们的生存方式。

刘高兴是小说中的主要人物。这个自命不凡、颇有些清高并自视为应该是城里人的农民,也确实有普通农民没有的智慧,但他毕竟只是一个来城里拾荒的边缘人,再有智慧和幽默,也难以解决城市身份问题。有趣的是,贾平凹在塑造刘高兴的时候,有意使用了传统小说中"才子佳人"的叙事模式。刘高兴和妓女孟夷纯都生活在最底层,贾平凹以想象的方式让他们建立了情感关系,并赋予了他们的情感以浪漫特征。他们的相识、相处以及刘高兴为了解救孟夷纯所做的一切,亦真亦幻但感人至深。我们甚至可以说,刘高兴和孟夷纯之间的故事是小说中最具可读性的文字。这种奇异的组合是贾平凹的神来之笔,正因为是"才子佳人"模式,刘高兴和孟夷纯之间才没有发生"嫖客与妓女"的故事。他们的情感不仅纯洁,而且还被赋予了更高的精神性的价值和意义。贾平凹显然继承了中国古代白话小说和戏曲的叙事模式。还值得注意的是,小说几乎通篇都是白描式的文字,从容练达,在淡定中显出文字的真功夫。它没有大起大落的情节,细节构成了小说的全部。我们通常都认为,小说的细节是对作家最大的考验,一个作家和一部作品,最精彩之处往往在细节的书写和描摹上。《高兴》在这一点上所取得的成就,应该说在近年来的长篇小说中是最为突出的。《废都》之后,我们再没见到这样的文字,但在长篇小说进退维谷之际,贾平凹坚定地向传统文学寻找资源,不仅为自己的小说创作找到了新的路径,同时也显示了他"为往圣继绝学"的勃勃雄心和文学抱负。

当然,《高兴》显然不止是为我们虚构了一个文人式的"才子佳人"的浪漫故事。事实上,在这个浪漫故事的表象背后,隐含了贾平凹巨大的、挥之不去的心理焦虑,这就是在现代化的过程中,中国农民将以怎样的方式生存。他们被迫逃离了乡村,但都市并未接纳他们。当他们试图返回乡村的时候,也仅仅是个愿望而已,不仅心灵难以归乡,就是身体的还乡也成为巨大的困难。五富的入土为安已不可能,他只能像城里人一样被火化安置。高兴们暂时留在了城市,也许可以生存下去,就像他们的拾荒岁月一样。但是,那与他们的历史、生命、生存方式和情感方式休戚与共的乡村和土地,将会怎样呢?他们习惯和熟悉的乡风乡情真的就这样渐行渐远地无可挽回了吗?《高兴》虽然将情景设置在了都市,但它仍然是乡土中国的一曲悲凉挽歌。

当全球化、现代性、后现代性等问题在文学批评中随处可见的时候,我们发现,真正具有巨大冲击力的小说,还是存在于对乡土中国的书写和表达中。当下中国最广大的地区仍然是没有发生本质变化的农村。一是即便在生活表面有了"现代"的震荡或介入,但乡村对"现代"的既向往又抗拒、既接受又破坏的矛盾,仍然是一个普遍的存在;二是在现代中国,对乡村的叙事几乎是"追踪式"的,农村生活的任何细微变化,都会引起作家强烈的兴趣和表达的热情。这就为中国的农村题材文学积累了丰富的经验,也正是这一极端本土化的文学形态,建构了一种隐约可见的"文学的政治"。但是,那种"超稳定"的乡村生活的表意形式或文化结构,如宗教、仪式、婚娶、娱乐、庆典乃至两性关系等风俗风情,则超越了时代甚至社会制度而延续下来,它强大的生命力远远在我们的想象之外。

范小青的《赤脚医生万泉和》叙述的故事,从"文化大革命"到改革开放历经几十年。万泉和生活在"文化大革命"到改革开放两个不同的时期。这两个时期对中国的政治生活来说是两个时代。但时代的大变化、大动荡、大事件等,都退居到背景的地位,我们只是在乡村行政单位建制、万泉和的身份、批斗会现场和一些流行的政治术语中,知道小说发生在"文化大革命"背景下。进入故事后我们发现,后窑村的日常生活并没有发生根本性的变化,传统的风俗风情仍在继续并支配着后窑人的生活方式。那些鲜活生动的乡村人物也没有因为"文化大革命"就改变了性情和面目。我们在好逸恶劳的"新娘子"万里梅、风情万种轻佻风骚的刘立、简单泼辣又工于心计的柳二月、心有怨恨又无从宣泄的裘大粉子等乡村女性那里,鲜明地感受了乡村中国前现代周而复始的日常生活图景。进入改革开放时期,这些人物的性格或性情也没有因此而改变。

乡土中国风俗风情不变的超稳定性,还可以在后窑男性人物和其他场景中得到证实。吴宝是一个典型的乡间花花公子,他肆无忌惮地与各种女性发生关系,"文化大革命"前后都是如此。他虽然也曾被批斗,但那种形式化的场景不仅不严肃,而且很像是一出滑稽的言情喜剧:

> ……刘玉和吴宝并排站着,刘玉还把自己的头靠在吴宝的肩上。吴宝嬉皮笑脸,和一个看热闹的新媳妇打情骂俏,他说:"你要是老盯着我看,你会怀上我的孩子。"害得人家新媳妇满脸通红。旁边的人吓他,说人家新媳妇肚子里已经有孩子了,吴宝就笑道:"那孩子生下来也会像我。"新媳妇说:"不可能的,怎么可能呢?"吴宝想要凑到新媳妇耳边说话,被裘二海喝住了,吴宝就站回原地,跟新媳妇挤眉弄眼地说:"你过来,我告诉你怎么可能。"新媳妇差一点真要过去了,后来她才发现是不能过去的,就站定不动了。吴宝"嘘"了一声,说:"现在人多不方便,晚上我们在竹林里见,我告诉你。"大家都笑,吴宝得意地摇晃着身子,刘玉拉他说:"吴宝你站好,严肃点,这是开批斗会呀。"[①]

---

① 范小青:《赤脚医生万泉和》,第72页,人民文学出版社,2007。

这个场景是典型的乡村文化,一方面,它是对新道德的维护,是对不正当两性关系的"批判";另一方面,两性关系又是乡村社会带有"娱乐性"的"文化生活"。这一点,我们在各种民歌或民间故事中都可以看到。因此,即便在"文化大革命"中,即便是被批判的对象,民众也并没有把它看得多么严重。批斗会更像是娱乐民众的文化活动。这个场景,与铁凝的《笨花》中的窝棚故事异曲同工——民众并不是将两性关系很道德化地对待的。

当然,乡土中国社会的发展,并不是一部简单的自然发展史,并不是以不变应万变的物理时间。现代中国政治风云的变幻,深刻地影响了中国乡村的发展。这不只是说经过百年的社会变革,中国农民的政治身份和经济地位发生了根本性的变化,而且乡村中国的社会结构也发生了极大的变化。其中的重要现象就是乡绅阶层的消失。乡绅在中国乡村社会中有非常重要的作用,它非常类似于西方的市民社会,能够起到类似教会、工会、学校、社会救助组织、文化组织机构等的作用。当然,乡绅的作用没有也不会像西方市民社会那样完善,但是,作为非政府、非组织的乡绅阶层,在中国乡村社会结构中,有一定的权威性和文化领导权。它的被认同已经成为乡土中国文化传统的一部分。家长、族长、医生、先生等,对自然村落秩序的维护以及对社会各种关系的调理,都有不可替代的作用。比如《白鹿原》中的白嘉轩就是这样的人物。在《赤脚医生万泉和》中,赤脚医生万人寿和万泉和,在乡土中国也是乡绅式的人物。但在"文化大革命"期间,赤脚医生作为新生事物,他们自然不会也不能行使乡绅的职责,发挥乡绅的功能,只是我们可以明确感受到普通人对他们的尊敬、羡慕和热爱。普通民众的这一态度,可以肯定地说,与赤脚医生这个新生事物没有关系,民众的态度显然与他们作为乡村大夫的身份有关。但是万人寿和万泉和毕竟不是乡绅,万人寿甚至可以被批斗,万泉和几起几落朝不保夕。这就是社会政治生活对乡土中国社会结构的改变,文化或文明在乡土中国的不断跌落,在这个现象上可以充分地被认识到。

新世纪对中国文学经验的讨论展开已经多时。值得注意的是,在都市化进程越来越快,城市人口加速膨胀的今天,我们却没有获得属于中国的城市文化经验。那些时尚或新潮的都市生活,只是在最浅表的层面表达了一种虚假的情感狂欢。真正的中国文化或文学经验,还是隐含在传统中国的文化记忆之中。文化传统,这个总体性的幽灵,无论我们是否喜欢,它都是这样在不断被重构和建构中"复兴"并支配着我们。

第五节　中篇小说

在新世纪,中篇小说是代表这个时代高端文学成就的文体之一。80年代以来,中篇小说在大型文学刊物的推动下有了极大的发展,积累了丰富的经验;中篇小说的容量和它传达的社会与文学的信息,使它具有极大的可读性;大型文学期刊顽强的坚持,使中篇小说的生产与流播所受到的冲击降低到最小限度。文体自身的优势和载体的相对稳定,以及作者、读者群体的相对稳定,都决定了中篇小说在"文化乱世"中获得的绝处逢生的机缘。这也使中篇小说能够不追时尚、不赶风潮,以守成的文化姿态坚守最后的文学性成为可能。在这个意义上,中篇小说很像是一个当代文学的"活化石"。

毕飞宇是新世纪最有影响的中篇小说作家之一。他先后发表的《青衣》《玉米》《玉秀》《玉秧》《家事》等为数不多的中篇小说,使他无可争议地成为当下中国这一文体最优秀的作家。《玉米》应该是他最具代表性的作品,在百年中篇小说史上也堪称经典之作。《玉米》的成就可以从不同的角度评价和认识,但是,它在内在结构和叙事艺术上,在处理时间、空间和民间的关系上,更充分地显示了毕飞宇对中篇小说艺术独特的理解和才华。《玉米》的社会土壤是腐败的,但作为文学土壤又是坚实的。毕飞宇在坚实的文学土壤上塑造了玉米这个形象。他将玉米情感疼痛的历史书写得悠长而悲怆,就像利刃缓慢划过皮肤,绽放的是带血的花朵;他在一个虚拟的空间——战机飞翔的天空,和一个切实的空间——大王庄的世俗世界,为玉米的虚幻想象和现实处境提供了进退自如的广阔天地;在软弱麻木的民间社会,展现了权力的力量和它坟墓般的幽暗。玉米从自强、自尊、多情到妥协、无奈和冷漠的心路历程,让读者读过之后历历在目挥之难去。

陈应松多年来深居简出,往返于神农架山区。他的"神农架系列"小说引起了极大的反响。《松鸦为什么鸣叫》《望粮山》《豹子最后的舞蹈》《马斯岭血案》《太平狗》等作品,以绝对和极端的方式书写了苦难的凄绝。在《豹子最后的舞蹈》中,孤独地行走于山中的豹子几乎没有藏身之地,笼罩在豹子周围的是一种灭顶的绝望。豹子的苦难可以找到施加的对象,但如同豹子般绝望的人物伯纬,也在跳最后的舞蹈,但他却如入无物之阵。能把苦难写到这样的绝对和极致,是陈应松小说的力量所在。

须一瓜的中篇小说创作在新世纪取得的成就令人刮目相看。她对人性复杂性的理解使她的小说扑朔迷离。那是一种狂欢节化的小说。《地瓜一样的大海》受到普遍重视。小说以少年张小银的视角观看当下社会的人与事,张小银是一个公开的窥视者。通过张小银的视角我们被告知,问题少年恰恰是社会问题的一个缩影:小说中任何一个职业在社会结构中都演化为一种权力角色,对任何事物的判断都不是缘于事物本身,而是权力对事物的指认和利用,权力是社会生活无处不在的主体,社会的统一性是在权力宰制下完成的。须一瓜的小说一贯地复杂,她对人与人之间的难以理解、沟通和人心的内在冷漠麻木有持久的关注和描摹。《第三棵树是和平》同样是一篇扑朔迷离的小说,它有精密的细节构成的内在逻辑。小说虽然以一个女性的不幸来展开故事,但却不是一篇女性主义的小说,它是一个有关正义、道德、良知和捍卫人的尊严的作品。对人与人之间缺乏怜悯、同情和走进别人内心的起码愿望,作家表达了她挥之不去的隐忧。《回忆一个陌生的城市》,有须一瓜一贯的后叙事视角,没有人知道事情的结果甚至过程,即便是当事人或叙述者也不比我们知道得更多。

吴玄的《西地》,讲述的是在叙事主人公家乡西地发生的故事。叙事人呆瓜在这里似乎只是一个他者,他只是间或地进入故事。但呆瓜的成长历程却无意间成了西地事变的见证者:西地本来没有故事,它千百年来就像停滞的钟表一样,物理时间的变化在西地没有得到任何反应。如果按照通俗小说的方法来解读,《西地》就是一个男人和三个女人的故事,但吴玄要表达的并不只是"父亲"的风流史,他要揭示的是"父亲"的欲望与"现代"的关系。"父亲"本来就风流,西地的风俗历来如此,风流的不止"父亲"一个,但"父亲"的离婚以及他的变本加厉,却具有鲜明的"现代"色彩:他偷卖了家里被命名为"老虎"的那头牛,换回了一只标志着现代生活或文明的手表,于是他在西地女性那里变得身价百倍,女性的艳羡也招致了男人的嫉妒和怨恨。但"父亲"并没有因此受到打击。他在外面做生意带回来的李小芳是个比呆瓜还小几岁的女人。这个女人事实上和与"父亲"相好过的女教师林红具有对象的相似性。林红是个知青,是城里来的女人,虽然林红和"父亲"只开花未结果,但林红和李小芳这两件风流韵事,却从一个方面表达了"父亲"对"现代"的深刻向往,"现代"和欲望的关系,在"父亲"这里是通过两个女性来具体表达的。

青年作家葛水平在新世纪异军突起。她对底层生活的熟悉,对普通人生存或心灵苦难的体察达到了感同身受的程度。她在三年左右的时间里连续发表了二十多部中篇小说。这些作品,以"原生态"的方式,在缓慢流淌的物理时间里,充分展示了太行山区"贱民"生活的残酷和艰窘,在极端化的自然和社会环境中,在简单又原始的人际关系中,揭示了社会最底层和最边缘群体的生存状态和精神状态。在她纡缓从容波澜不惊的叙述背后,聚集了强大的情感力量,表达了她对文学独特的理解,同时也表现了她坚忍不拔的文学意志和勃勃雄心。她的《喊山》《甩鞭》《地气》等作品,引起了批评界广泛的关注和议论。

鲁敏是70年代出生的作家,她先后发表了百余万字的小说。在鲁敏的中短篇小说创作中,历史是一个隐约可见的线索或参照:它似乎不那么明确,但从来也不曾消失。它像幽灵一样若隐若现又无处不在。历史对于鲁敏来说,因神秘而挥之不去,小心翼翼又兴致盎然。她引起更多注意的作品,是寄托了她心目中"温柔敦厚"的乡土情怀的作品——《颠倒的时光》《逝者的恩泽》《思无邪》《风月剪》《纸醉》等一批以"东坝"为背景的小说。东坝既是一个虚构之地,也是作家心中的"原乡"。它飘渺又切实,虚幻又真切。在鲁敏的思想中,它是一个既可想象亦曾经验的精神故乡。在现代性化过程中,东坝古老的文化精神正在遭受来自都市文化的羞辱,但东坝却没有放逐它,它仍然弥漫在东坝的街巷、田间、土地和空气里。于是,同样是民间的生活,过去那密不透风的丑陋和卑微逐渐隐去了,我们在乡间或小镇看到的是另一种情形和人物,这里没有怨恨、没有敌意、没有琐屑不堪,是只有善与亲和的乡土中国。

马晓丽的《云端》,应该是新世纪最值得谈论的中篇小说之一。说它重要有两个原因:一是对当代中国战争小说新的发现,一是对女性心理对决的精彩描写。当代中国战争小说长期被称为"军事题材",在这样一个范畴中,只能通过二元结构建构小说的基本框架。于是,正义与非正义、侵略与反侵略、英雄与懦夫、敌与我等规定性就成为小说创作先在的约定。当代战争小说也就在这样的同一性中共同书写了一部英雄史诗和传奇。英雄文化与文化英雄是当代"军事文学"最显著的特征。《云端》突破了"军事文学"构筑的这一基本框架。解放战争仅仅是小说的一个背景,小说的焦点是两个女人的心理"战争"——被俘的太太团的国民党团长曾子卿的太太云端和解放军师长老贺的妻子洪潮之间的心理战争。两个女性就在这样复杂的关系中纠缠、搏斗,间或地推心置腹甚至互相欣赏,她们甚至谈到了女性最隐私的生活和感受。在这场心理战争中,她们的优势时常微妙地变换着,一波三折跌宕起伏,但这里没有胜利者。战场上的男人也是如此。最后,曾子卿和老贺双双战死。云端自杀,洪潮亦悲痛欲绝。小说在整体构思上出奇制胜,在最紧要处发现了文学的可能性并充分展开。战争的主角是男人,几乎与女性无关。女性是战争的边缘群体,她们只有同男人联系起来时才间接地与战争发生关系。但在这边缘地带,马晓丽发现了另外值得书写的战争故事,而且同样惊心动魄感人至深。这是一篇可遇不可求的优秀之作。

魏微的小说温暖而节制,款款道来不露声色。在自然流畅的叙述中打开的似乎是经年陈酒,味道醇美不事张扬,和颜悦色沁人心脾。读魏微的小说,酷似读林海音的《城南旧事》,有点怀旧略有感伤,但那里流淌着一种温婉高贵的文化气息,看似平常却高山雪冠。《家道》和《云端》异曲同工。许多小说都是正面写官场的升降沉浮,都是男人间的权力争斗或男女间的肉体搏斗,但《家道》却写了官场后面家属的命运。这个与官场若即若离的关系群体,在过去是"一人得道鸡犬升天",如果官场运气不济,官宦人家便有"家道败落"的慨叹,家道破落就是重回生活的起点。当下社会虽然不至于克隆过去的官宦家族命运,但历史终还是断了骨头连着筋。《家道》中父亲许光明原本是一个中学教师,生活也太平,后来因写得一手好文章,鬼使神差地当了市委秘书,官运亨通地又做了财政局长。做了官家里便门庭若市车水马龙,母亲也彻底感受了什么是荣华富贵的味道。但父亲因受贿入狱,母亲又彻底体会了"家道败落"作为"贱民"的滋味。如果小说仅仅写了家道的荣华或败落,也没什么值得称奇。值得注意的是,魏微在家道沉浮过程中对世道人心的展示或描摹,对世事炎凉的深切体悟和叹喟。其间对母子关系、夫妻关系、婆媳关系、母女关系及邻里关系,或是有意或是不经意的描绘或点染,都给人一种惊雷裂石的震撼。

韩少功的《报告政府》无论对新世纪文坛还是对他个人来说,都是一部重要的作品。多年来,韩少功对传统的小说形式似乎感到绝望,他一直在寻找小说绝处逢生的可能性。中篇小说《报告政府》,对文坛来说,他所涉及的领域鲜为人知,一墙之隔划分了两个世界,生与死、善与恶、正与邪等,是我们基本的认知或了解,那是一个神秘和令人难以想象的所在。但韩少功所书写的监狱景观远远超出了我们的想象。那里的残酷、丑恶甚至血腥不仅仍在暗中上演,而且也有超级智慧、绝顶聪明在极限的环境里表现得淋漓尽致。更重要的是,即便是十恶不赦罪大恶极的人,其内心深处仍有人性乃至良心的复杂存在。对韩少功个人而言,自寻根文学开始,他对文学可能性的探索深怀迷恋,但其略有夸张的先锋和前卫姿态曲高和寡。《报告政府》大概是他为数不多的从"正面"挑战小说的创作。在这个把握难度极大的小说中,在对分寸、火候和节奏的掌控中,韩少功再次证实了他锋芒锐利的小说才能。

迟子建的《世界上所有的夜晚》,虚构了一个魔术师意外死亡的故事。死亡就是止步。世界上没有比死亡更令人恐惧和不可接受的了,但死亡又是不可拒绝的。迟子建没有渲染死亡的神秘及其细节,死亡对死去的人已经没有意义,所有的伤痛和压力是需要向死而生的人面对的。女主人公——魔术师的妻子的哀痛可想而知,但暗夜并不止笼罩在女主人公一个人的心头。于是,死亡幻化为一个凄美的想象,坚忍而决绝。

如何讲述 80 年代的故事,如何通过小说表达我们对 80 年代的理解,就如同当年如何讲述抗日、反右和"文革"的故事一样。近年来,对 80 年代的重新书写正在学界和创作界展开。应该说,蒋韵的《行走的年代》是迄今为止在这一范围内写得最有特点的一部小说。它流淌的气息、人物的面目、它的情感方式和行为方式,以及小说的整体气象,将 80 年代的时代氛围提炼和表达得炉火纯青。它单纯而浪漫,决绝而感伤,一往无前头破血流。大四学生陈香偶然邂逅诗人莽河,当年的文艺青年见到诗人的情形,是今天无论如何都难以想象的:那不止是高不可攀的膜拜和发自内心的景仰,那个年代的可爱还在于那是可以义无反顾地以身相许的。于是一切就这样发生了。没有人知道这是一个伪诗人伪莽河,他从此一去不复返。有了身孕的陈香只有独自承担后果;真正的莽河也行走在黄土高原上,他同样邂逅了一个有艺术气质的社会学研究生。这个被命名为叶柔的知识女性,像子君,像萧红,像陶岚,像丁玲,亦真亦幻,她是五四以来中国知识女性理想化的集大成者。她是那样地爱着莽河,却死于意外的宫外孕大出血。两个女性,不同的结局相同的命运,但那不是一场风花雪月的事。因此,80 年代的浪漫在《行走的年代》中更具有女性气质:它理想浪漫却也不乏悲剧意味。当真正的莽河出现在陈香面前时,一切都真相大白。陈香坚持离婚南下,最后落脚在北方的一座小学。诗人莽河在新时代放弃诗歌走向商海,但他敢于承认自己从来就不是一个诗人,尽管他的诗情诗意并未彻底泯灭。他同样是一个诚恳的人。《行走的年代》的不同,就在于它写出了那个时代的热烈、悠长、高蹈和尊严,它与世俗世界没有关系,它在天空与大地之间飞翔。诗歌、行走、友谊、爱情、生死、别离以及酒、彻夜长谈等表意符号,构成了《行走的年代》浪漫主义的独特气质。但是,当浪漫遭遇现实,当理想降落到大地,留下的仅是青春过后的追忆。那代人的遗产和财富仅此而已。因此,这是一个追忆,一种检讨,是一部"为了忘却的纪念"。那代人的青春时节就这样如满山杜鹃,在春风里怒号并带血绽放。

此外,叶弥的《明月寺》、方方的《水随天去》、徐坤的《年轻的朋友来相会》、吴玄的《同居》、杨少衡的《秘书长》、程青的《十周岁》、李铁的《花朵一样的女人》、晓航的《努力忘记的日落时分》、徐则臣的《西夏》、钟晶晶的《我的左手》、荆永鸣的《白水羊头葫芦丝》、北北的《风火墙》、王松的《双驴记》、蒋韵的《心爱的树》、叶舟的《姓黄的河流》、余一鸣的《不二》、南飞雁的《红酒》等,在揭示和表达人性的多样性和复杂性方面,都提供了独特或新鲜的经验。在注重艺术意味的同时,对社会生活和精神世界、心灵世界的关怀,仍然是这些作品的基本特征。每个作家的经验不同,题材或叙述对象不同,但可以肯定的是,这些作品都通过生活的表象试图揭示出隐含于表象背后的人性或世道人心。表象不仅仅是一种只可感知和可见的存在,同时它也是一种精神事件和现象。这种动机和努力,使中篇小说在关于人性的表达上不仅气象万千,而且坚持或强化了它的艺术力量。

第六节 "新人民性"的文学

新世纪以来,文学对中国现实生活或公共事务的介入,已经成为最重要的特征之一。对底层生活的关注、对普通人甚至弱势群体生活的书写,已经构成了新世纪文学的"新人民性"。在这些作品中,我们看到了中国当下生活的另一面。

2003年,在北京召开的"崛起的福建小说家群体"研讨会上,针对北北的小说创作,"新人民性"的概念被提出。"新人民性"是一个与"人民性"既有关系又不相同的概念。"人民性"的概念最早出现在19世纪20年代,俄国诗人、批评家维亚捷姆斯基在给屠格涅夫的信中就使用了这一概念,普希金也曾讨论过文学的"人民性"问题。但这一概念的确切内涵,是由别林斯基表达的。它既不同于民族性,也不同于"官方的人民性"。它的确切内涵是表达一个国家最低、最基本的民众或阶层的利益、情感和要求,并且以理想主义或浪漫主义的方式彰显人民的高尚、伟大或诗意。应该说,来自于俄国的"人民性"概念,有鲜明的民粹主义思想倾向。此后,在列宁、毛泽东等无产阶级革命导师以及中国五四时期的文学家那里,对"人民性"的阐释,都与民粹主义思想有程度不同的关联。这里所说的"新人民性",是指文学不仅应该表达底层人民的生存状态,表达他们的思想、情感和愿望,同时也要真实地表达或反映底层人民存在的问题。在揭示底层生活真相的同时,也要展开理性的社会批判。维护社会的公平、公正和民主,是"新人民性"文学的最高正义。在实现社会批判的同时,也要无情地批判底层民众的"民族劣根性"和道德上的"底层的陷落"。因此,"新人民性"文学是一个与现代启蒙主义思潮有关的概念。

北北的《寻找妻子古菜花》《王小二同学的爱情》《有病》以及《转身离去》《家住厕所》等,对底层生活的关注和体现出的悲悯情怀,作为一种"异质"力量进入了当时为杂乱的都市生活所统治的文坛。当代小说的世俗化倾向,使小说越来越多地呈现出快感的诉求,美感的愿望已经不再作为写作的最低承诺。因此,我们在当下小说创作中,已经很难再读到具有诸如浪漫、感动、崇高等美学特征的作品。但是文学作为关注人类心灵世界的领域,关注人类精神生活的范畴,它仍有必要坚持文学这一本质主义的特征。北北在她的小说中注入了新时代内容的同时,仍然以一种悲悯的情怀体现着她对文学最高正义的理解。我们在儿童王小二的经历中,在王大一的"现代愚昧"中,在路多多惨遭不幸的短暂生涯中,在王二颂本能、素朴的"剪不断、理还乱"的人性矛盾中,在李富贵寻妻、奈月坚贞的爱情中,读到了久违的震撼和感动。北北以现代的浪漫、幽默和文字智慧,书写和接续了文学伟大的传统。在全球化的语境中,作为欠发达或弱势话语国家的作家,北北提供的悲悯情怀,以及对文学最高正义的坚持和重新书写的经验,是当下中国文学经验的一部分。

事过两年之后,批评界发起了关于"底层写作"的讨论。对现实生活的关注以及在文学界引发的这一讨论,是文学创作和批评介入公共事务的典型事件。争论仍在继续,创作亦未终止。这一领域影响最大的作家曹征路对工人阶级的生存状态关注已久。2005年,他的《那儿》轰动一时。小说的主旨不是歌颂国企改革的伟大成就,而是意在检讨改革过程中出现的严重问题。国有资产的流失、工人生活的艰辛,工人为捍卫工厂的大义凛然和对社会主义企业的热爱与担忧,构成了这部作品的主旋律。当然,小说没有固守在"阶级"的观念上一味地为传统工人辩护,而是通过工会主席为拯救工厂上访告状、集资受骗,最后无法向工人交代而用气锤砸碎自己的头颅的故事,表达了一个时代的终结。朱主席站在两个时代的夹缝中,一方面他向着过去,试图挽留已经远去的那个时代,以朴素的情感为工人群体代言并身体力行;一方面他没有能力面对日趋复杂的当下生活和"潜规则"。传统的工人阶级在这个时代已经力不从心无所作为。《霓虹》堪称《那儿》的姊妹篇,它的震撼力同样令人惊心动魄。不同的是,那个杀害下岗女工(也是一个暗娼)的凶手终于被绳之以法,但对那个被杀害的女工而言已经不重要了。对我们来说,重要的是在这篇作品中,我们看到了一个从生活到心灵都完全破碎了的女人——倪红梅。她生活在人所共知的隐秘角落,但这个公开的秘密似乎还不能公开议论。倪红梅为了她的女儿和婆婆,为了最起码的生存,她不得不从事最下贱的勾当。但她对亲人和朋友的真实和朴素又让人为之动容。她不仅厌倦自己的生活方式,甚至连自己都厌倦,因此想到死亡她都有一种期待和快感。最后她终于死在犯罪分子的手里,只因她拒绝还给犯罪分子那两张假钞嫖资。

青年女作家吴君,曾因长篇《我们不是一个人类》受到文坛的广泛关注。她的中篇小说《亲爱的深圳》,对底层生活的表达达到了新的深度。李水库千里寻妻滞留深圳,保洁员的妻子程小桂隐匿夫妻关系求人让李水库做了保安。这对到深圳打工的青年夫妻,既不能公开自己的夫妻关系,也不能有正当的夫妻生活。在亲爱的深圳——到处是灯红酒绿红尘滚滚的新兴都市,他们的夫妻关系和夫妻生活却被自己主动删除了。如果他们承认了这种关系,就意味着他们必须失去眼下的工作。都市规则或资本家的规则是资本高于一切,人性的正当需要并不在他们的规则之中。于是,这对夫妻的合法"关系"被都市的现代"关系"替代或覆盖了。在过去的底层写作中,我们更多看到的是物资生存的困难,是关于"活下去"的要求。在《亲爱的深圳》中,作家深入到了一个更为具体和细微的方面,是对人的基本生理要求被剥夺过程的书写。它不那么惨烈,但却更非人性。当然,事情远不这样简单,李水库在深圳生活了一段时间之后,他有机会接触了脱胎换骨、面目一新的女经理张曼丽。李水库接触张曼丽的过程和对她的欲望想象,从一个方面揭示了农民文化和心理的复杂性。这一揭示延续了《阿Q正传》《陈奂生上城》的传统,并赋予了当代性特征。吴君不是对"苦难"兴致盎然,不是在对苦难的观赏中或简单的同情中表达她的立场,而是在现代化的过程中,在农民一步跨近"现代"突如其来的转型中,发现了这一转变的悖论或不可能性。李水库和程小桂夫妇所付出的巨大代价,是一个意味深长的隐喻。但在这个隐喻中,吴君却发现了中国农民偶然遭遇或走向现代的艰难。民族的劣根性和农民文化及心理的顽固和强大,将使这一过程格外漫长。无论是李水库还是程小桂,尽管在城市里心灵已伤痕累累、力不从心,但可以肯定的是,他们很难再回到贫困的家乡——这就是"现代"的魔力:它不适于所有的人,但所有的人一旦遭遇了"现代",就不再有归期。这如同中国遭遇了现代性一样,尽管是与魔共舞,却不得不难解难分。

在"新人民性"这一文学现象中,青年作家胡学文的《命案高悬》是特别值得重视的。一个乡村姑娘的莫名死亡,在乡间没有任何反响,甚至死者的丈夫也在权力的恐怖和金钱的诱惑下三缄其默。这时,一个类似于乡村浪者的"多余人"出现了,他叫吴响。村姑之死与他多少有些牵连,但死亡的真实原因一直是个谜团,各种谎言掩盖着真相。吴响以他的方式展开了调查。一个乡间小人物——也是民间英雄,要处理这样的事情,其结果是可以想象的。于是命案依然高悬。胡学文在谈到这篇作品的时候说:

> 乡村这个词一度与贫困联系在一起。今天,它已发生了细微却坚硬的变化。贫依然存在,但已退到了次要位置,困则显得尤为突出。困惑、困苦、困难。尽你的想象,不管穷到什么程度,总能适应,这种适应能力似乎与生俱来。面对困则没有抵御与适应能力,所以困是可怕的,在困面前,乡村茫然而无序。
>
> 一桩命案,并不会改变什么程序,但它却是一面高悬的镜子,能照出形形色色的面孔与灵魂。很难逃掉,就看有没有勇气审视自己,审视的结果是什么。
>
> 堤坝有洞,河水自然外泄,洞口会日见扩大。当然,总有一天这个洞会堵住,水还会蓄满,河还是原来的样子——其实,此河非彼河,只是我们对河的记忆没变。这种记忆模糊了视线,也亏得它,还能感受到一丝慰藉。我对乡村情感上的距离很近,可现实中距离又很遥远。为了这种感情,我努力寻找着并非记忆中的温暖。①

这段体会说得实在太精彩了。表面木讷的胡学文对乡村的感受是如此的诚恳和切实。当然,《命案高悬》并不是一篇正面为民请命的小说。事实上,作品选择的也是一个相当边缘的视角:一个乡间浪者,兼有浓重的流氓无产者的气息。他探察尹小梅的死因,确有因自己的不检点而忏悔的意味,也有因此在这个过程中洗心革面的潜在期待。但意味深长的是,作家"并非记忆中的温暖",却是通过一个虚拟的乡间浪者来实现的。或者说,在乡村也只有在边缘地带,作家才能找到可以慰藉内心的书写对象。人间世事似乎混沌而迷蒙,就如同高悬的命案一样。但这些作品却以睿智、胆识和力量洞穿世事,揭示了生活的部分真相。

反映当代生活、并以文学的方式参与当下公共事务的作品,最有影响的应该是曹征路的《问苍茫》。这些年来,曹征路站在改革开放的最前沿,密切关注着30年来中国大地上发生的这场改变国家民族命运的大变革。值

---

① 胡学文:《高悬的镜子》,《北京文学·中篇小说月报》,2006年第8期。

得注意的是,他的作品不是那种花团锦簇、莺歌燕舞似的时代装饰物,也不是貌似揭露、实际迎合的所谓"官场文学"。《问苍茫》在以"现场"的方式表现社会生活激变的同时,更以极端化的姿态或典型化的方法,发现了变革中存在、延续、放大乃至激化的问题。在这个意义上,曹征路承继了百年来"社会问题小说"的传统,特别是劳工问题的传统。不同的是,现代文学中包括劳工问题在内的"社会问题小说",是民主主义、社会主义在中国传播的背景下展开实践的,它既是五四时代启蒙主义思潮的需要,也是启蒙主义必然的结果。在那个时代,"劳工神圣"是不二的法则,劳工利益是启蒙者或现代知识分子坚决维护或捍卫的根本利益。但是,到了曹征路的时代,事情所发生的变化大概所有人都始料不及,尽管"人民创造历史""工人阶级""社会公平""人民利益""劳动法""工会"等概念还在使用,但它们大多已经成为一个诡秘的存在。在现代性的全部复杂性和不确定中,这个诡秘的存在也被遮蔽得越来越深,以至于很难再去识别它的本来面目或真面目。无数个原本自明的概念和问题,在忽然间变得迷蒙暧昧甚至倒错。于是,便有了这个"天问"般的迷惘困惑又大义凛然的"问苍茫"。

《问苍茫》在《当代》杂志发表的时候,正值改革开放30年,各个领域都有不同形式的纪念活动或会议。客观地说,30年来的伟大成就举世公认。国家形象和国际地位的改变,是伴随着30年改革开放的历史一起发生的。但是,我们也不能不承认还有没有被叙述的历史,还有另外的历史也同时在发生。这个历史,就是《问苍茫》中的历史。在这个历史中,我们首先感到"苍茫"的不仅是那些还在使用的"知识"和"理论依据",重要的是这些"知识"和"理论依据"与现实究竟是一种怎样的关系,面对现实它的阐释是否还有效。

改革开放以来,理论上的这些问题因"不争论"被悬置起来。但是,当改革深入到一定程度的时候,当现实出现问题逼迫我们作出理论解释的时候,我们却两手空空一贫如洗。于是,当工人罢工时,身为宝岛电子厂书记的常来临说:"你们有意见就提,公司能满足就满足,不能满足就说清楚。不要动不动就闹罢工,那个没意思。你们有你们的难处,老板也有老板的难处。老板就不困难吗?为了找订单,她几天几夜都没合眼了。没有订单,我们就没有活干,没有活干大家都没有钱赚。大家是一根绳上的蚂蚱,这个道理不是明摆着吗?"当年李大钊的"以劳动为本位,以劳动者为本位"的理论在这里没了踪影。常来临书记的立场非常明确:老板的难处就是大家共同的难处,没有老板大家就都没有钱赚,大家都不能活命,因此,老板才是"本位"、资本才是"本位"。当然,宝岛电子厂的工人并不是严格意义上的产业工人,他们来自贫困的乡村,是为生存不惜任何代价讨生活的。"工人阶级"的内涵已经发生了巨大的变化。现实的全部复杂性使九十多年过去后,不再困惑我们的问题又一次浮出水面。

无论是褒贬,曹征路都历史性地站在了最前沿。2004年5期的《当代》杂志发表了他的《那儿》,一时石破天惊。在《那儿》那里,曹征路在鲜明地表达自己的情感立场,也不经意间流露了他的矛盾和犹疑。《那儿》里的工人阶级是中国传统的产业工人,也只有产业工人才能做出朱主席这样决绝的选择。但是,在《问苍茫》中,"工人"的内在结构已经发生了根本性的变化。无论是柳叶叶、毛妹五姐妹,还是唐源等技术工人,他们都来自边远的乡村,这些还不具有"工人阶级"意识、也没有产业工人传统的农民,是为了摆脱贫困或为了生存来到深圳幸福村和宝岛电子工厂的。无论面对劳资冲突,还是具体的人与事,这个群体都存在着盲目性和摇摆性。需要指出的是,不具有产业工人意识和传统的农民工,首先也是人。是人就应有人的尊严和权利。小说中,这些女孩子还没有走出山区,就遭遇了"开处"的侮辱,而且是乡长、村长老爹送来的,"怎么折磨都行"。进入工厂之后,每天是十几个小时的劳动,还有随时被解雇的威胁;在残酷的生存环境中,有的堕落做了妓女,有的嫁给了曾给自己"开处"的马经理风烛残年的父亲;毛妹则因救火重伤毁容,无人赔偿甚至栽赃嫁祸而被逼自杀……这就是《问苍茫》中工人的处境。

值得注意的是,曹征路在情感和立场上倾向于工人的同时,他并没有采取早期民粹主义者的思想策略,没有为了解决立场问题而简单地站在"劳工"一面。他对柳叶叶等人身上的软弱、功利、现实、盲目甚至庸俗的一面,同样进行了批判。初来的柳叶叶不知道罢工的真正含义,在她看来,罢工就有机会穿漂亮衣服到街上逛逛,同时又担心拿不到"加班费";机会主义分子常来临因为没有参与"开处"使柳叶叶免遭一劫,这不仅在道德层面使柳叶叶感佩不已,同时也被他空洞高蹈的话语所迷惑:她爱上了他。这应该是一个新时代的正在成长的"新人"形象,我相信作家也是按照这样的形象来塑造的,不然就不会将"打工诗人"、潜伏记者等都安插在她身上。但是,曹征路还是遵循了生活的逻辑,发现了这个"新人"难以蜕去的先天的巨大局限。这些都表明了曹征路面对"底层"时的巨大困惑和矛盾,也正是这样的困惑、矛盾和焦虑,赋予了作品真实性的力量和时代特征。

同样,《问苍茫》在塑造常来临、陈太、赵学尧、文念祖、何子钢、迟小姐等人物时，都没有做简单化的处理。尤其是常来临这个人物，是我们在其他作品中未曾见过的。他的特殊性、独特性，是曹征路的一大贡献。这个军人出身也待过业，在道德上有自我约束的人，没有参与招工时的"开处"，他的道德形象在小说的男性中几乎是凤毛麟角，夫妻两地分居还能够做到"守身如玉"，堪称道德楷模。但就是这样一个有道德的人，能够带着山村来的女工逛深圳、说贴心话的人，在面对工人和资本的时候，他的人格分裂了：一方面，他愿意为工人着想，并巧妙地改变了工厂集体辞工变相剥削的阴谋；一方面，在强大的资本神话面前，他无能为力举步维艰。他曾对柳叶叶说："有句话你一定要听，你是个有前途的人，你和他们还不一样，你还会有很大发展，还会有自己的事业。什么叫现代化？什么叫全球一体化？说白了就是大改组大分化。国家是这样，个人也是这样。一部分人要上升，一部分人要下降，当然，还有一部分人要牺牲。这个是没有办法的事。"常来临没有说错，现实的确如此；但他说对了吗？哪部分人应该"上升""下降"或"牺牲"？

几年来，对包括《问苍茫》在内的书写底层的小说的文学性或艺术性问题，一直存有争议。诟病或指责最大的理由除了"展示苦难""述说悲情""底层"是社会学概念而不是文学概念之外，就是"底层写作"的文学性问题。这个问题似乎是在"专业"范畴里的讨论。在今天的文学批评看来，任何一种文学现象都不仅仅取决于它的情感立场，同时，也必须用文学的内在要求衡量它的艺术性，评价它提供了多少新的文学经验。这些看法无疑是正确的。但是，需要强调的是，许多年以来，能够引发社会关注的文学现象，更多的恰恰是它的"非文学性"，恰恰是文学之外的事情。我们不能说这一现象多么合理，但它却从一个方面告诉我们，在中国的语境中一般读者对文学寄予了怎样的期待，他们是如何理解文学的。另一方面，急剧变化的中国现实，不仅激发了作家介入生活的情感要求，同时也点燃了他们的创作冲动和灵感。"底层写作"正是在这样的背景下发生的。但是，就像在文学领域没有共同认同的"中国经验"一样，也没有一个共同的"底层文学"特征。

对底层生活的关注，使"新人民性"的文学逐渐形成了一股巨大的文学潮流。刘庆邦的《神木》《到城里去》，陈应松的《马斯岭血案》《豹子最后的舞蹈》，熊正良的《我们卑微的灵魂》，迟子建的《零作坊》，吴玄的《发廊》《西地》，杨争光的《符驮村的故事》，张继的《告状》，何玉茹的《胡家姐妹小乱子》，胡学文的《走西口》《逆水而行》，张学东的《坚硬的夏麦》，王大进的

《花自飘零水自流》,温亚军的《落果》,李铁的《工厂的大门》,孙惠芬的《燕子东南飞》,马秋芬的《蚂蚁上树》等一大批作品,其中的人物和生存环境都是今日中国的另一种写照。他们或是穷苦的农民、工人,或者是生活在城乡交界处的淘金梦幻者。他们有的对现代生活连起码的想象都没有,有的出于对城市现代生活的追求,在城乡交界处奋力挣扎。这些作品从不同的方面传达了乡土中国或者是前现代剩余的淳朴和真情、苦涩和温馨,或者是在现代生活的诱惑中本能地暴露出农民文化的劣根性。这些作品书写的对象,从一个方面表达了这些作家关注的对象。对于发展极不平衡的中国来说,物资和文化生活历来存在两种时间:当都市已经接近发达国家的时候,更广阔的边远地区和农村,其实还处于落后的19世纪。在这些小说中,作家一方面表达了底层阶级对现代性的向往、对现代生活的从众心理;一方面也表达了现代生活为他们带来的意想不到的复杂后果。底层生活被作家所关注并进入文学叙事,不仅传达了中国作家本土生活的经验,而且这一经验也从一个方面表现了他们的价值观和文学观。

第七节　文学批评

20世纪60年代自美国后现代作家约翰·巴斯发表了《枯竭的文学》之后,各种"终结论""死亡论"的声音就不断传来。"抵制理论""理论之死""作者之死""历史之死",当然也有"批评之死"的声音此起彼伏。但是,这些"终结论"或"死亡论",并不是言说文学、理论或批评真的"终结""死亡"或"枯竭"了。他们都有具体针对的对象。比如约翰·巴斯,他的"文学的枯竭",是挑战现实主义文学,挑战传统文学观念的,因为此时他正站在文学新方向的最前沿。在巴斯看来,小说应当是"原创的""个人的",也就是一种他所说的"元小说"。就现实主义文学而言,作为一种"总体化的小说",它从19世纪早期一直延续到20世纪中期,构成了小说史上一个短暂的"实验"阶段。尽管也成就了无数大师,但在约翰·巴斯看来,随着时间的流逝,现实主义那种曾有的反传统的思想已经耗尽。新的"元小说"在20世纪60年代开始再度流行。这才是巴斯宣布"写实主义实验(现实主义)"已经"枯竭"的真实用意。按照这样的思路,批评家尼尔·路西连续发表了《理论之死》《批评之死》和《历史之死》等惊世骇俗的文章。在路西看来,文学不可能是一种"稳定"的结构,它有许多特殊范例,但总体性的"稳定"

结构是难以包括或不能解释这些特殊性的。①"批评之死"显然是针对这种文学总体性稳定的批评而言的。但是,路西同时认为,由于文学结构是不稳定的,并不意味着批评一定会死亡——或者枯竭——因为它再也不可能像从前那样行动。在这个意义上,批评将会得到更密切的关注。

事实的确如此。当传统的"元理论"被普遍质疑之后,批评家的地位得到了空前提高。我们都会承认,保罗·德曼、德里达、杰姆逊、哈罗德·布鲁姆等大师与其说是理论家,毋宁说是批评家更为确切。他们的思想活动并不是在寻找一种"元理论",而恰恰是在批评自柏拉图以来建构的知识或逻辑的"树状结构"。在"树状结构"的视野里,认为知识或逻辑是一元的、因果的、线性的、有等级或中心的。但是,在现代主义之后,传统的"元理论"不再被信任,特别是到了德勒兹、瓜塔里时代,他们提出了知识或逻辑的"块茎结构"。在"千座高原"上,一种"游牧"式的思想四处奔放,那种开放的、散漫的、没有中心或等级的思想和批评活动已经成为一种常态。这就是西方当下"元理论"终结之后的思想界的现状。美国当代西方马克思主义批评家杰姆逊将这种状况称为"元评论"。他在《元评论》一文中宣告,传统意义上的那种"连贯、确定和普遍有效的文学理论"或批评已经衰落,取而代之,文学"评论"本身现在应该成为"元评论"——"不是一种正面的、直接的解决或决定,而是对问题本身存在的真正条件的一种评论"。作为"元评论",批评理论不是要承担直接的解释任务,而是致力于问题本身所据以存在的种种条件或需要的阐发。这样,批评理论就成为通常意义上的理论的理论,或批评的批评,也就是"元评论"。"每一种评论必须同时也是一种评论之评论。""元评论"意味着返回到批评的"历史环境"上去,"因此真正的解释使注意力回到历史本身,既回到作品的历史环境,也回到评论家的历史环境"②。

新世纪中国文学批评的状况,与西方强势文化国家有极大的相似性。批评的"元理论"同样已经瓦解。就像普遍被了解的那样,在我国,文学理论作为一个基础理论学科,并不是像韦勒克所说的文学研究是由文学理论、文学批评和文学史一起构成的。在韦勒克看来,文学理论和文学批评同属于"文学研究"范畴,它们应该是平行的。但是,过去我们所经历的情况通

---

① 尼尔·路西:《批评之死》,阎嘉主编:《文学理论精粹读本》,第25页,中国人民大学出版社,2006。
② [美]詹姆逊:《元批评》,见詹姆逊:《快感:文化与政治》,第3—4页,中国社会科学出版社,1998。

常是,文学理论对于文学批评来说,是具有指导意义和规范作用的。它恰恰是文学批评的"元理论",因此它不仅仅是文学研究的组成部分,对文学批评来说,它构成了权力或等级关系,它是一个超级的"二级学科"。进入 90 年代,当作为批评主体的现代启蒙话语受到严重挫折之后,受到西方批评话语训练的"学院批评"开始崛起。这个新的批评群体出现之后,中国文学理论的"元话语"也开始遭到质疑。这当然不应仅仅看做是西方批评话语的东方之旅,但中国文学理论遭到质疑的历史或社会背景却与西方大体相似。以现代知识作为背景的中国文学理论,在建立现代民族国家过程中所起到的伟大作用是不能低估的。它对于推动欠发达的现代中国文学的建立功不可没。即便是在 80 年代初期,在抵制、反抗"文化大革命"时期文艺意识形态的斗争中,文学理论所起到的重要作用也同样无可取代。在过去的时代,文艺理论的特殊地位几乎不能怀疑。所有的关于文学艺术的讨论,最后都要归结于"文学理论"。"文学理论"已经为我们规约了一切,它的"元理论"性质是不能动摇的。40 年代初期以来形成的关于文学艺术的思想、方针、路线和政策,至今仍然是我们理解社会主义文艺最重要的依据。无可怀疑,在拯救中华民族危亡、建立现代民族国家以及在大规模的社会主义建设过程中,那个时代的文艺理论话语所起到的历史作用无论怎样估计都不会过高:在那样的时代,实现民主的全员动员,使文学艺术服从于国家民族最高利益,使文艺成为革命事业的一部分,发挥齿轮和螺丝钉的作用,是完全可以理解和正确的。

但这也成为文学理论作为"元理论"不可动摇的强大的历史依据,它的普遍意义仍然没有成为过去。一部作品是否具有合法性,是否能够成为这一理论的有效证明,是判断它是否有价值的依据。这就是中国的现代性价值。但是中国的现代性最大的特征就是它的不确定性。特别是在飞速发展的当代中国,文学艺术发展的激烈或激化程度远远超出了我们的想象。中国的社会已远远不是追求现代性的"现代社会",那些资本主义已有的所有的物资乃至精神现象,我们几乎应有尽有,各种文化现象、思想潮流,共生于一个巨大又拥挤的空间。过去我们所理解的元理论对当今文艺现象阐释的有效性正在消失。一种以各种批评理论进行的新的批评实践早已全面展开。正如普遍认同的那样,对于西方文艺批评理论的关注,并不是"西方中心论"或简单的"拿来主义",事实上,它已经成为建设中国文学理论批评的主要参照或资源之一。于是,在当代中国,理论批评也同样形成了德勒兹意义上的"千座高原","游牧"式的批评正弥漫四方。

在这个意义上,包括文学在内的文艺批评,应该说取得了巨大的历史进步。"元理论"的终结和多样性批评声音的崛起,也从一个方面表达了当代中国巨大的历史包容性和思想宽容度。这是大国文化的体现。但是,一方面是文艺批评巨大的历史进步,一方面是对文艺批评的强烈不满。许多年以来,对文艺批评怨恨、指责的声音不绝于耳。但是没有人知道这个"憎恨学派"在憎恨什么,指责批评的人在指责什么。那些浅表的所谓"批评的媒体化""市场化""吹捧化"等,还没有对文艺批评构成真正的批评,因为那只是或从来都是批评的一个方面而不是全部。或者我们从相反的方向论证,假如"媒体批评""市场化批评"等不存在的话,批评的所有问题是否就可以解决?对于一个时代文学或批评成就的评价应该着眼于它的高端成就,而不应该无限片面地夸大它的某个不重要的方面。就如同英国有了莎士比亚、印度有了泰戈尔、美国有了惠特曼、俄国有了托尔斯泰,中国现代文学有了鲁迅,中国现代文学就是伟大的文学一样。现代中国批评界也是鱼龙混杂泥沙俱下,但因为有了鲁迅、瞿秋白等,中国现代的文艺批评就是一个伟大的时代。当下中国还没有出现这样伟大的文艺批评家。但在一个转型的时代,一切都可能在孕育、生长,所有的可能性还没有完全幻化为现实。

改革开放30年来,文艺批评不仅在学院体制内补上了因长期闭关锁国而对西方文艺理论批评不了解的课程,培养了数目巨大的专业理论批评人才,而且那些一直在场的批评家,在建构中国文艺理论批评新格局,推动理论批评建设,参与、推动文艺创作,阐释或批判文化现象等方面,一直没有终止努力。对于新出现的文学、文艺现象的阐释、解读,比如对现代派文艺、先锋文学、新写实小说、市场文艺、网络文化、时尚文化、"底层写作"以及各种文化、文艺现象,批判的声音从来就没有停止过。对于批评的不满,应该具体地分析。更多的人习惯于80年代对意识形态没有质疑的思想方式,一切都有答案,而且是清晰的非此即彼的答案。那时不是"千座高原",而是只有一座山峰,对山峰只需仰望而不必思想。今天的情况已大不相同,一切凝固的东西都烟消云散化为乌有,一切都是不确定的,一切都没有不变的答案。对这种纷纭甚至纷乱的声音的不适应就在所难免;一方面,"元理论"或普遍性丧失,文艺批评也失去了统一的标准或尺度,它再也不是非此即彼式的二元世界。因此,批评的问题应该是"元理论"、普遍性丧失后的不确定性带来的问题。正像前面提到的,中国已经成为最大的文化试验场,参与、影响或左右文艺的因素越来越多,这些因素是文艺批评家所难以掌控和改变的。

在总体肯定文艺批评取得巨大历史进步的同时,也必须谈到文艺批评真正的问题。文艺批评真正的要害或问题,在新世纪主要是是非观、价值观的淡漠。统一标准或尺度的丧失,并不意味是非观、价值观和立场也可放弃。对与文学艺术相关问题的阐释、解读是必要的,但过度阐释或言不及义的言辞表演,也伤害了批评的尊严,使批评成为另外一个好好先生。批评不应该简单地否定一个作家、一部作品或一个现象,但也不意味着一味地说好话。一味的好话和粗暴的批评是一回事,是一个事物的两种同质表现。因此,让批评发出真正有力的声音,让批评有是非观、价值观和立场,是纠正当下批评被诟病的最好手段,也是维护批评最高正义的有效途径。

修订版后记

这本《中国当代文学发展史》，最初是应人民文学出版社之约编写的，并于2004年初版，2005年重印一次；2009年，我们经过修订之后，由中国人民大学出版社出版了插图本；这两个版本都有一些大学选用，学界也多有评价。辽宁大学的王春荣、吴玉杰教授主编的专著《文学史话语权威的确立与发展——"中国当代文学史"史学研究》中，对此书曾有专门的研究，她们认为这部文学史是在"新高度前的新探索"，"反映了21世纪之初当代文学史研究的动态和水平"。我们当然理解这些溢美之词是善意的鼓励，但这也从一个方面反映了这部文学史出版之后的反响和使用情况。因此，在这里我们必须感谢人民文学出版社和中国人民大学出版社对我们的信任并相继出版了这部著作。与李明生先生和翟江红女士的合作以及由此建立的友谊，至今仍给我们以温暖和美好。

这次经过再修订后，由北京大学出版社出版。这次修订，主要是添加、充实了一些新内容，规模比前两个版本更大一些，内容当然也更丰富一些。具体编写情况是：绪论、第一章至第九章、第二十章由孟繁华编写；第十章至第十九章由程光炜编写。

感谢北京大学出版社再次出版本书，感谢责任编辑张雅秋女士的愉快合作，是她诚恳得体的工作方法和具体细致的叮嘱，才有可能使本书以这样的面貌呈现给各位读者。最后，希望得到专家和研究、讲授中国当代文学史的师生的批评指导。

孟繁华
2011年9月
沈阳—北京

与本书相配套的作品选有《**中国当代文学经典阅读**》一书,程光炜教授主编。书中所选作品,一是以《中国当代文学发展史》(修订版)的论述脉络为基准,二是每篇作品后皆附有"延伸阅读"文字,旨在简要梳理其在文学史中的位置及意义,彰显其价值;是该文学史良好的参照及补充。

《中国当代文学发展史(修订版)》教学课件申请表

尊敬的老师:

您好!我们制作了与《中国当代文学发展史(修订版)》一书配套使用的教学课件,以方便您的教学。在您确认将本书作为指定教材后,请您填好以下表格(可复印),并盖上系办公室的公章,回寄给我们,我们将免费向您提供该书的教学课件(或者直接扫右下二维码申请课件)。我们愿以真诚的服务回报您对北京大学出版社的关心和支持!

您的姓名	
系 　　　　　　　　　　　　　院/校	
您所讲授的课程名称	
每学期学生人数	＿＿＿＿人　＿＿＿＿年级　＿＿＿＿学时
课程的类型	□ 全校公选课　　□ 院系专业必修课 □ 其他＿＿＿＿＿＿＿＿＿＿＿＿
您目前采用的教材	作者＿＿＿＿＿＿　书名＿＿＿＿＿＿ 出版社＿＿＿＿＿＿＿＿＿＿＿＿＿＿
您准备何时采用此书授课	
您的联系地址	
邮政编码	
您的电话(必填)	
E-mail (必填)	
目前主要教学专业、科研方向(必填)	
您对本书的建议	系办公室 盖　章

我们的联系方式:

北京市海淀区成府路 205 号北京大学出版社
文史哲事业部　张雅秋
邮编:100871　电话:010-62757065
邮箱:zhangyaqiu@263.net